I0597685

NOUVEAU TRAITÉ

DE PHARMACIE

THÉORIQUE ET PRATIQUE.

à Monsieur Thierry
souvenir affectueux

[signature]

IMPRIMERIE D'AMÉDÉE GRATIOT ET Cᵉ,
11, Rue de la Monnaie.

NOUVEAU TRAITÉ

DE

PHARMACIE

THÉORIQUE ET PRATIQUE

PAR

E. Soubeiran

PHARMACIEN EN CHEF DES HÔPITAUX ET HOSPICES CIVILS DE PARIS,
DIRECTEUR DE LA PHARMACIE CENTRALE DES HÔPITAUX ;
PROFESSEUR A L'ÉCOLE SPÉCIALE DE PHARMACIE; MEMBRE DE L'ACADÉMIE ROYALE DE MÉDECINE,
DE LA SOCIÉTÉ DE PHARMACIE ;
MEMBRE CORRESPONDANT DE L'ACADÉMIE DES SCIENCES, ARTS ET BELLES-LETTRES DE ROUEN.
DE LA SOCIÉTÉ LIBRE D'ÉMULATION DE LA MÊME VILLE,
DE LA SOCIÉTÉ DES PHARMACIENS DU NORD DE L'ALLEMAGNE;
MEMBRE HONORAIRE DE LA SOCIÉTÉ DE PHARMACIE DE LISBONNE.

SECONDE ÉDITION.

Tome premier.

PARIS

CROCHARD ET Cⁱᵉ, LIBRAIRES,

Rue et Place de l'École-de-Médecine, 17
(Ancien nº 13).

1840

PRÉFACE.

Trois années ne se sont pas encore écoulées depuis la première publication de ce Traité de pharmacie, et cependant l'édition actuelle présente de grandes différences avec celle qui l'a précédée, parce que les travaux qui ont paru dans l'intervalle, sont venus y prendre place, et qu'un bon nombre des parties importantes de l'ouvrage ont été refaites presque complétement.

Un nouveau Codex a paru; ses formules ont été substituées à celles de l'ancien; par là, des formules que la première édition de ce traité avait présentées sous la forme critique, sont devenues à leur tour les formules légales; le plus grand nombre des articles de l'ouvrage ont dû être remaniés en ce sens. Mais le nouveau Codex lui-même a été l'objet de critiques peu ménagées. Je les ai enregistrées, adoptant celles qui me paraissaient fondées, en ajoutant au besoin de nouvelles, négligeant celles qui me semblaient insignifiantes, et soumettant à leur tour, à une juste critique, les observations qui avaient été faites à la légère ou qui tombaient à faux, dans l'ignorance où s'étaient trouvés leurs auteurs des motifs qui avaient déterminé le choix du Codex.

Les articles généraux relatifs aux formes pharmaceutiques ont presque tous éprouvé des changements importants; quelques-uns, en particulier ceux qui traitent des poudres, des eaux distillées, des huiles essentielles, des extraits, des sirops, des emplâtres, ont été refondus presque complétement. A la suite de ces articles généraux, la première édition contenait des formules composées, qui ne pouvaient être rapportées à aucune substance médicamenteuse simple : appréciant les observations qui m'ont été faites à ce sujet, j'ai déplacé toutes ces formules et je les ai reportées à la fin de l'ouvrage, sous le titre de Formulaire.

J'ai conservé la même classification générale des médicaments simples ; mais la disposition des articles particuliers, surtout en ce qui concerne les plantes et les produits animaux, a été modifiée d'une manière importante.

Une substance simple étant donnée, la première édition de l'ouvrage faisait revêtir à cette substance toutes les formes pharmaceutiques dont elle était susceptible, en suivant précisément l'ordre qui avait été adopté dans la classification générale, c'est-à-dire, en allant des préparations plus simples aux préparations plus composées; le pharmacien et le médecin surtout y trouvaient l'avantage d'embrasser facilement toute l'histoire pharmaceutique d'un corps : mais il y avait mieux à faire sous ce rapport, et ce mieux a été réalisé. On sait que, lorsqu'une substance médicamenteuse simple a reçu une forme pharmaceutique quelconque, il arrive le plus souvent qu'elle a éprouvé des modifications dans sa com-

stitution ; elle peut avoir perdu quelqu'un de ses principes constituants, elle peut en avoir acquis d'autres qui
changent ses propriétés ou qui viennent y ajouter les
leurs. Chaque forme pharmaceutique d'une seule e
même substance, devient ainsi une sorte de médicament particulier, qui lui-même peut être la base d'autres préparations ; or, ces préparations ont toujours
entre elles une plus grande analogie que celle que l'on
pourrait observer entre les préparations qui résultent
du traitement de la matière médicamenteuse primitive.
Si l'on prend cette distinction pour point de départ, on
arrive à une classification plus naturelle, en ce sens
qu'elle rapproche des médicaments dont la constitution a
plus de ressemblance ; elle permet d'embrasser avec plus
d'avantage la valeur comparative des diverses préparations. Donnons-en un exemple : la poudre de quinquina
est la base des tablettes, de l'opiat de quinquina; ces
préparations, poudre, tablettes, opiat, qui renferment
toute la substance de l'écorce, ont plus d'analogie entre
elles que les préparations dans lesquelles on aura fait
intervenir un véhicule qui sépare quelqu'un des éléments
de l'écorce; poursuivons : l'eau et l'alcool ont une action
toute différente sur l'écorce ; il en résulte, que chacun
de ces véhicules donne lieu à une série de préparations qui offrent entre elles une grande analogie de composition ; tandis que les médicaments des deux séries
ont des rapports fort éloignés, alors même que leur
apparence extérieure semble établir le contraire. — Je
ne doute pas que ce système de classification ne contribue
à éclairer singulièrement l'emploi des préparations pharmaceutiques. J'ai voulu faire plus; et, après avoir établi,

a

autant que l'état de la science le permet, les différences de composition que ces préparations présentent entre elles, j'ai exprimé par des chiffres leur valeur relative, afin que le praticien puisse, avec plus d'exactitude encore, saisir leurs différences et leurs analogies. Le temps m'a manqué pour mener ce travail à fin, pour l'appliquer à toutes les substances médicamenteuses; mais on le trouvera mis en exécution pour les substances les plus énergiques et les plus importantes de la matière médicale. Qu'on ne se trompe pas cependant sur le degré d'importance que j'accorde à ces chiffres; ils sont l'expression exacte de l'expérience pour les matières que j'ai employées; mais qui pourrait espérer de les retrouver toujours précisément semblables, quand on sait que les substances médicamenteuses simples n'ont jamais une composition parfaitement la même, et que des circonstances nombreuses font varier la proportion relative des principes qui s'y trouvent contenus? Cependant, les écarts dans les nombres qui pourraient être amenés par d'autres expériences, ne pourront jamais modifier les premiers que d'une quantité peu importante; et comme la dose à laquelle il est nécessaire d'employer un médicament, ne peut en aucun cas être fixée d'une manière absolument rigoureuse, les rapports que j'ai établis seront toujours un guide utile pour le praticien, pourvu, toutefois, qu'il ne néglige pas de tenir compte des différences de composition. Cette voie dans laquelle je ne fais qu'entrer, me paraît destinée à lier plus intimement la thérapeutique à la pharmacie, et doit concourir utilement aux progrès de l'art médical.

La partie chimique de l'ouvrage a éprouvé moins de

changements; cependant quelques articles ont reçu des modifications, exigées par la marche de la science : tels sont entre autres ceux qui traitent des carbonates alcalins, des chlorures d'oxides, des sels de fer, des préparations mercurielles.

L'article de la première édition sur les Eaux minérales a éprouvé de tels changements et de telles augmentations, qu'on peut le considérer comme un nouveau traité spécial, le seul qui ait encore été publié sur cette intéressante fabrication.

Je dirai quelques mots des changements que j'ai apportés dans les nombres des formules. Dans les formules des médicaments officinaux, toutes les fois que les quantités relatives des substances ont pu être exprimées par des chiffres, dont les rapports sont assez simples pour que, dans la pratique, ils ne puissent entraîner aucune erreur, je me suis contenté d'exprimer ces rapports. Chacun les traduira en grains, gros, onces, livres ou grammes, suivant la quantité du médicament qu'il voudra obtenir. Quand, au contraire, les formules ont présenté dans les quantités relatives de leurs éléments des rapports éloignés qui pouvaient faire craindre des erreurs lors de leur réduction en poids, j'ai préféré énoncer en poids les proportions relatives des substances ; alors, les poids anciens et les poids nouveaux ont été employés simultanément : les premiers écrits en toutes lettres, les seconds exprimés par des chiffres. J'ai adopté également ce système pour toutes les formules magistrales.

L'emploi obligé des poids nouveaux, et la crainte des erreurs qui peuvent naître de l'adoption de cette mesure, donnent de la valeur à tout moyen facile de transformation des poids anciens en poids nouveaux, et réciproquement. Après avoir reproduit le tableau de comparaison qui existait dans la première édition, je me suis décidé à faire un second tableau plus spécial, écrit en caractères plus gros et plus distincts, qui forme une table de comparaison entre les poids du nouveau et de l'ancien système. Ce tableau ne tient pas essentiellement à l'ouvrage. Il peut en être détaché et servir à chaque instant de guide aux élèves des pharmacies.

PRÉFACE

DE LA PREMIÈRE ÉDITION.

Le Traité de pharmacie que je publie aujourd'hui, est en même temps un ouvrage de pratique et un ouvrage d'étude; il offre au praticien l'avantage trop peu commun d'un traité dont toutes les formules sont exécutables, car j'ai répété par moi-même les opérations qui s'y trouvent décrites, toutes les fois que ces opérations ont eu pour objet la préparation d'un médicament; et quand plusieurs moyens ont été proposés pour arriver à un résultat, j'ai comparé ces moyens, et je me suis arrêté à celui qui m'a présenté le plus d'avantages. Comme traité d'études pharmaceutiques, ce livre est en quelque sorte l'exposé des leçons de pharmacie que je fais depuis douze ans; le but principal que je me suis toujours proposé a été d'amener les élèves à reconnaître la nécessité d'une instruction solide, pour apprécier les divers phénomènes qui se produisent pendant la préparation des médicaments. J'ai appelé constamment leur attention sur les applications nombreuses que l'on trouve à faire à chaque instant des sciences à la pratique de la pharmacie. La pharmacie est en effet un art tout d'applications; si elle a pour objet le choix, la préparation et la conservation des médicaments, elle emprunte constamment aux sciences les données qui l'éclairent et qui la guident dans sa marche. Les matières très variées dont on fait usage comme médicaments, sont fournies par les animaux, par les plantes, ou sont des substances minérales; le pharmacien doit les connaître exactement; car de leur choix dépend la valeur des préparations dont elles sont destinées à devenir la base. Il emprunte à l'histoire naturelle les caractères propres à les distinguer; la physiologie lui fournit une foule de remarques précieuses sur les circonstances les plus favorables à leur récolte. La chimie lui permet d'apprécier leur pureté, et de reconnaître les falsifications que l'on a pu leur faire éprouver. En outre, toutes ces matières médicamenteuses sont rarement employées dans l'état où la nature nous les présente : tantôt elles sont soumises à des opérations purement physiques, qui, sans rien changer à leur nature, facilitent leur administration; tantôt elles subissent, dans nos laboratoires, diverses manipulations, et, par des mélanges ou des combinaisons, y acquièrent des propriétés nouvelles; puis, livrées à elles-mêmes, elles éprouvent parfois des changements qui les modifient, qui détruisent leurs propriétés ou leur en communiquent de nouvelles. C'est dans la physique, et surtout dans la chimie, que le pharmacien puise les connaissances qui lui sont indispensables pour le guider dans les diverses manipulations auxquelles il soumet les médicaments, et pour reconnaître les altérations que ceux-ci peuvent éprouver plus tard par l'action des agents naturels qui incessamment tendent à les détruire;

c'est par le secours de ces sciences que le plus souvent il apprécie avec justesse la valeur réelle des procédés opératoires dont il est appelé à faire usage.

La chimie est de toutes les sciences celle dont l'application à la pharmacie est la plus patente, et c'est, sans contredit, celle qui lui a rendu le plus de services. Le pharmacien que la nature a doué de l'esprit d'observation, trouve tous les jours, dans les circonstances où il est appelé à placer les corps, un sujet d'études et d'observations. Tantôt, apportant à l'avancement de la science son modeste tribut, il forme à l'observation de jeunes élèves destinés à devenir un jour ses égaux, il éclaire quelque point obscur, ou il signale quelque réaction inaperçue; d'autres fois, favorisé par des circonstances heureuses, plus avide de gloire et de réputation, animé d'ailleurs de ce feu sacré à qui les dieux domestiques ne suffisent plus, il abandonne les opérations trop journalières de son laboratoire, pour des recherches d'une plus haute portée. Les laboratoires modestes des pharmaciens ont ainsi concouru puissamment à l'avancement de la chimie, par les observations qui en sont sorties, ou parce que, véritable pépinière de chimistes, ils ont développé quelques-uns de ces sujets rares qui sont appelés à exercer une haute influence sur la direction et le perfectionnement de la science. Il suffirait, pour s'en convaincre, de voir combien de chimistes illustres en sont sortis, après y avoir puisé l'amour de la science et l'habitude de l'observation.

La chimie a rendu à l'art de guérir les services les plus signalés; elle lui a fourni ses remèdes les plus héroïques. Depuis surtout qu'elle est devenue une science exacte, elle a singulièrement éclairé la marche de la médecine, en lui faisant connaître avec plus de précision la composition des matières dont elle est appelée à se servir. Personne ne niera, contre l'évidence, que depuis que la chimie a pénétré dans le domaine de la pharmacie, les préparations médicinales n'aient été mieux connues dans leur nature, et que le médecin n'y ait gagné la certitude d'avoir des médicaments plus semblables à eux-mêmes : pour les substances minérales, sans contredit, chaque fois que les chimistes ont mieux étudié un corps, qu'ils ont reconnu plus exactement sa composition, qu'ils ont perfectionné son mode de préparation, ou fait connaître les différences qui pouvaient résulter pour lui de modifications apportées dans le mode opératoire, la pharmacie s'est aussitôt enrichie de ces observations. La chimie organique, quoique moins avancée, a cependant perfectionné l'art des médicaments, en lui fournisant des remèdes nouveaux, et en lui donnant les moyens de mieux apprécier la nature de ceux qui étaient déjà connus, ou de perfectionner leur préparation. Parce que sa marche est souvent encore incertaine, serait-il juste de nier tout le bien qu'elle a fait, serait-il sage de fermer la porte à toutes les améliorations qu'elle peut amener encore? Le tout est de se tenir en garde contre l'enthousiasme du moment, et d'être sobre d'applications. Dans l'état de jeunesse où se trouve cette partie de la science, il faut recevoir son impulsion avec réserve : il y a souvent indispensable nécessité à faire marcher de front et l'observation du chimiste et celle du médecin : la première, quelquefois plus aventureuse, s'appuyant sur les faits observés au laboratoire, propose les modifications; l'observation médicale vient ensuite, plus sage, plus dégagée d'idées quelquefois préconçues, confirmer ou détruire les avantages que l'on s'était promis. C'est par cette marche seulement que la pharmacologie des substances organiques sera éclairée, et qu'elle pourra faire des progrès solides; mais l'accord du médecin et du chimiste est indispensable pour le succès; il peut seul donner aux observations la précision suffisante, en établissant rigoureusement la nature même de la substance qui a été employée, et en déterminant avec exactitude son mode d'emploi le plus avantageux. Il est aussi difficile au médecin de marcher sans le secours du chimiste, qu'au chimiste de prononcer sur les propriétés médicales d'une substance, ou sur le mérite d'une préparation sans en avoir appelé au médecin.

L'incertitude des applications de la chimie à la pharmacie règne surtout, avons-nous dit, quand il s'agit des matières végétales; cependant, depuis que beaucoup de ces substances ont été mieux étudiées et mieux connues, il en est résulté de grands perfectionnements pour la pharmacie. Parmi les analyses qui ont été faites des matières végétales, il en est dans lesquelles chaque principe immédiat a été isolé et étudié; de sorte que l'on sait quels sont les véhicules les plus propres à dissoudre chaque principe, et quelle action ces principes exercent les uns sur les autres. On peut, en outre, calculer au moyen de quels agents on parviendra à recueillir séparément ceux dont on recherchera les vertus, et à isoler, au contraire, ceux dont on aura intérêt à se défendre. La connaissance des propriétés chimiques de tous les éléments d'une substance permet, en outre, de calculer quelle influence peuvent avoir sur ses composés pharmaceutiques les autres corps que l'on voudrait y associer. Quand un travail analytique a été fait sur un pareil plan, il est toujours d'une grande utilité ; malheureusement bien peu ont été exécutés avec autant de perfection.

Il faut dire encore que les principes organiques sont, pour un grand nombre, si peu stables, si altérables dans leur composition, qu'ils se forment, se détruisent ou s'unissent entre eux par l'influence des agents les plus faibles, et que souvent l'on est assez embarrassé de préciser si un produit retiré par l'analyse préexistait réellement, ou s'il s'est formé pendant l'opération. C'est ainsi que nous en sommes à douter si, parmi les nombreux principes que les chimistes ont retirés de l'opium, il n'en est pas plusieurs qu'ils auraient créés dans leurs manipulations. L'incertitude est bien plus grande encore quand l'analyse d'une substance n'a été en quelque sorte qu'ébauchée. J'entends parler de toutes les analyses dans lesquelles les principes immédiats n'ont pas été isolés à l'état de pureté ; c'est ainsi, par exemple, que les matières dites principes actifs du Simarouba, de la Gentiane, du Séné, etc., ne peuvent être considérées, par les chimistes, comme des principes immédiats, mais comme des mélanges de diverses matières ; mais si l'auteur de l'une de ces analyses imparfaites a fait connaître par quels moyens on obtenait, sous le plus petit volume, la plus grande proportion de substance médicamenteuse, et quels agents on devrait employer pour y parvenir, alors son travail n'en est pas moins utile au pharmacien, auquel il apprend à traiter convenablement les corps, lorsqu'il veut en extraire les parties médicamenteuses.

Si tous les matériaux qui entrent dans la préparation des médicaments avaient été soumis à une investigation chimique convenable, la pharmacie serait arrivée à sa perfection. Il ne lui resterait plus qu'à examiner les nouveaux corps que l'expérience montrerait utiles dans le traitement des maladies. Mais si l'on en excepte les combinaisons de la nature brute, et celles que forment quelques substances organiques entre elles, ou avec des composés inorganiques, tout le reste est encore à faire. Il est à désirer que les pharmaciens continuent d'augmenter le nombre des analyses végétales, pour en faire l'application aux préparations médicinales.

On nomme médicament toute substance qui, prise intérieurement, ou appliquée extérieurement, concourt à la guérison des maladies. On a longtemps discuté sur les différences qui existent entre les médicaments, les poisons et les aliments ; mais ces trois mots se définissent d'eux-mêmes, et n'entraînent avec eux aucune espèce d'équivoque. Observons, toutefois, que chacune de ces significations peut appartenir à un même corps, dans des circonstances différentes ; ainsi, les substances amylacées servent tantôt de matière alimentaire, et tantôt de médicaments ; et les poisons les plus énergiques deviennent, dans des mains habiles, les moyens les plus puissants de rappeler la santé.

On dit des médicaments qu'ils sont internes ou externes, officinaux ou magistraux, simples ou composés.

La division des médicaments en internes et externes n'est convenable qu'autant que ces épithètes sont appli-

quées dans des cas particuliers ; car un médicament peut
être employé à l'intérieur et à l'extérieur, suivant les
indications que l'on veut remplir ; par exemple, l'opium,
le quinquina, l'huile, sont aussi fréquemment recommandés en applications ou en frictions à la surface du
corps qu'administrés à l'intérieur.

Les médicaments sont dits officinaux lorsque, préparés à l'époque de l'année la plus convenable, et d'après
des formules généralement reçues, ils peuvent se conserver longtemps sans altérations. Les médicaments
nommés magistraux, par opposition, s'altèrent très
promptement, et sont confectionnés peu de temps avant
qu'ils soient administrés aux malades. Remarquons cependant que, dans son acception propre, la dénomination de médicament magistral devrait s'appliquer à toute
préparation faite sur la formule particulière d'un médecin.

Les médicaments sont simples ou composés. Les premiers s'emploient tels que la nature nous les présente,
ou du moins sans avoir éprouvé aucune préparation qui
puisse les altérer. Les médicaments composés sont des
mélanges ou des combinaisons. Cette différence entre
les médicaments composés a engagé les pharmacologistes
à diviser leur étude en deux séries. La première comprend toutes les combinaisons empruntées par l'art de
guérir à la chimie inorganique, les principes immédiats
extraits des plantes ou des matières animales, et quelques-unes de leurs combinaisons, en un mot, toutes
les préparations dont la nature chimique est bien connue. On a rangé dans une seconde classe, sous le nom
de pharmacie galénique, non seulement tout ce qui est

simple mélange, mais encore toutes les opérations où les réactions chimiques se compliquent, et sont plus difficiles à apprécier, soit par le grand nombre d'agents qui sont en présence, soit par l'ignorance dans laquelle nous sommes de la nature de ces agents et de leurs propriétés. Cette seule distinction fait voir que le domaine de la pharmacie galénique doit diminuer de jour en jour, et qu'il arrivera une époque où elle ne traitera plus que des mélanges et des opérations préliminaires nécessaires à la disposition des corps à l'usage médical, et à leur conservation. C'est là le but que les pharmaciens doivent se proposer. C'est un travail immense, et qui ne saurait être l'ouvrage d'un seul. La coopération de tous n'est pas de trop, et je croirai avoir rendu un véritable service à la pharmacie si, en appelant sur ce point l'attention des pharmaciens, je puis contribuer à diriger leurs travaux vers ce but. Il nous manque surtout des analyses des matières végétales; car la connaissance exacte de ces matières est le seul guide que nous puissions avoir dans le choix des véhicules les plus propres à attaquer et dans celui des substances qui peuvent leur être associées sans modifier ou détruire leurs propriétés. L'attention, éveillée par de brillantes découvertes, s'était portée quelque temps vers ce genre de recherches; mais bientôt le dégoût d'un travail dont on n'a pas assez apprécié l'utilité, a arrêté l'impulsion, au grand détriment du perfectionnement de la pharmacie.

J'ai dit que l'on devait user avec réserve de l'application de la chimie à la préparation des médicaments; mais on doit s'en abstenir d'une manière absolue lorsqu'il s'agit de ces médicaments très composés qui nous ont été légués par nos prédécesseurs, et dans lesquels le médecin reconnaît encore des propriétés utiles. Il nous est tout à fait impossible d'apprécier les changements qui peuvent se produire dans de pareils mélanges; nous ignorons complétement si l'addition ou la soustraction de quelques matières, en apparence indifférentes, ne peuvent pas apporter des changements dans les propriétés médicamenteuses du produit. C'est ainsi, pour prendre autre part un exemple bien avéré de notre ignorance sur les réactions qui se produisent dans des mélanges aussi composés, c'est ainsi que dans certaines recettes employées pour la teinture, on est tout étonné de voir l'opération manquer, si l'on vient à soustraire telle matière que la théorie faisait considérer comme inutile pour le succès. Le respect pour ces vieilles préparations est une règle à laquelle le pharmacien ne doit jamais se soustraire; il doit suivre exactement les formules admises pour ces médicaments composés, quelles que soient d'ailleurs les idées qu'il puisse avoir sur les perfectionnements dont ces formules seraient susceptibles.

La classification d'un ouvrage de pharmacie pratique n'a aucune espèce d'importance; comme chaque opération y devient l'objet d'une description détaillée, peu importe le lieu où elle se trouve placée; l'essentiel est d'avoir une table exacte qui la fasse retrouver facilement; mais, dans un traité consacré à l'étude, la classification prend un degré d'importance très élevé. Les matières doivent y être coordonnées de manière à ce qu'elles aident le plus possible à l'intelligence. Il s'agit, autant que faire se peut, de marcher du simple au composé, de manière à ne s'occuper de l'étude d'un point quelconque qu'autant que les éléments qui le composent ont déjà été appris exactement. C'est le plan général que je me suis attaché à reproduire ; mais il faut bien dire que, dans un ouvrage de pharmacie, qui est nécessairement rempli d'emprunts faits à diverses sciences, l'application d'un pareil plan est en réalité impossible. On doit sans cesse supposer acquises au lecteur quelques notions générales de ces sciences, et suivre ensuite, autant que possible, la marche naturelle du simple au composé.

Dans la première partie de l'ouvrage, j'ai fait l'étude des formes générales sous lesquelles on emploie les médicaments, et des moyens généraux de les obtenir. Ce sont là les matières que j'ai spécialement traitées, il y a quelques années, dans le Manuel de pharmacie ; elles comprennent l'étude des préparations pharmaceutiques générales susceptibles d'être appliquées à presque toutes les matières médicamenteuses. J'ai divisé le premier livre de manière à aller, autant que possible, du simple au composé, et l'ordre que j'ai suivi est peu différent de celui qui a été adopté par le Codex. J'étudie d'abord les diverses préparations pharmaceutiques que l'on peut obtenir sans l'intermédiaire d'aucun corps nouveau, et pour lesquelles l'emploi des agents mécaniques est suffisant. Ce genre de médicaments est fourni surtout par les matières végétales et animales. J'y trouve d'abord les poudres, qui contiennent ou qui peuvent contenir toute la substance de la matière médicamenteuse ; puis les pulpes qui, préparées avec la plante fraîche, sont dans le même cas, bien que souvent dans la préparation des unes et des autres on ait isolé une grande partie de la matière fibreuse des plantes. Puis viennent les fécules et les sucs. Ce sont déjà des médicaments d'un ordre plus compliqué; déjà se montre dans leur préparation la réalisation d'une sorte d'analyse, dans laquelle certains principes de la plante sont rejetés, tandis qu'un ou plusieurs autres constituent le produit; mais ces médicaments ont encore ce caractère commun qu'ils sont obtenus sans le secours d'autres agents que les moyens mécaniques.

Un second groupe se compose des préparations pharmaceutiques, pour lesquelles on fait intervenir un véhicule, qui, tantôt dissout toute la substance, d'autres fois la partage en principes qui se dissolvent, et en principes qui refusent de se dissoudre. On voit déjà que l'on opère ici suivant un ordre d'analyse plus compliqué que celui qui forme le caractère de la première série. En outre, le véhicule dont on se sert devient partie essentielle du médicament; ses propriétés s'ajoutent à celles de la substance médicamenteuse, et les effets qu'il produit sont souvent aussi utiles que ceux qui peuvent résulter de l'action des corps qu'il a dissous. Ces médicaments se subdivisent tout naturellement d'après la nature du dissolvant; l'on a des dissolutions obtenues par l'eau, par l'alcool, par l'éther, par le vin, par le vinaigre, par des huiles, etc. L'ensemble de ces préparations a reçu de quelques auteurs le nom spécial de Solutés.

Viennent ensuite les médicaments dans lesquels un véhicule s'ajoute à la substance médicamenteuse, mais qui se distinguent essentiellement des précédents par le mode opératoire qui les fournit; ce sont les préparations obtenues par la distillation d'un véhicule, quel qu'il soit, pourvu qu'il ait le caractère de volatilité, sur une ou plusieurs substances médicamenteuses. Ce sont là encore de véritables dissolutions, mais obtenues par un procédé différent, et qui, d'après la manière dont elles sont obtenues, ne peuvent contenir que des principes volatilisables. J'ai traité, dans ce chapitre, de l'extraction des huiles essentielles, parce qu'elles s'obtiennent par un procédé tout à fait analogue à celui qui fournit les eaux distillées, dont elles sont le principal élément.

En quatrième ordre sont les extraits pharmaceutiques. Ce sont des médicaments qui proviennent d'une dissolution de principes végétaux ou animaux dont on soustrait le véhicule par l'évaporation. Ces médicaments résultent d'un ordre d'analyse plus compliqué que les précédents, puisqu'après avoir fait une première séparation de principes solubles et insolubles des plantes par la dissolution, on arrive à soustraire le véhicule, et à ne conserver que les principes solubles sous une forme plus concentrée. La condition essentielle de ces préparations, c'est que le véhicule soit vaporisable en entier, ou du moins qu'il puisse se partager par l'évaporation en parties qui se volatilisent, et en matières solides qui s'ajoutent aux principes végétaux ou animaux.

Le cinquième ordre comprend la grande série des médicaments qui contiennent le sucre comme principe essentiel, auxquels M. Chereau a donné le nom général de Saccharolés. Tantôt le sucre y est ajouté comme agent de conservation, pour donner le moyen de conserver toute l'année des médicaments que l'on ne peut se procurer en bon état qu'à certaines époques ; d'autres fois il a pour objet de rendre la matière médicamenteuse moins désagréable pour le malade; souvent il remplit en même temps ces deux indications. C'est la consistance du médicament qui établit les genres principaux; par exemple, les tablettes, les conserves, les sirops : d'autres fois, c'est la nature du principe sucré; par exemple, les sirops, les mellites; enfin, le médicament peut recevoir son caractère de la présence de quelque principe particulier, comme cela a lieu pour les pâtes et les gelées.

Les médicaments qui composent le sixième ordre ont toujours été un embarras dans tous les essais de classification méthodique des préparations pharmaceutiques. C'est que leur composition est des plus variables : tantôt ils sont constitués par une substance médicamenteuse simple, tantôt ils sont peu composés, tantôt ils le sont beaucoup. Tout en revêtant une même forme, on les voit contenir un véhicule, ou résulter d'un simple mélange de matières toutes médicamenteuses. La plupart sont magistraux, et, par cela même, livrés incessamment à toutes les modifications que l'indication thérapeutique ou la volonté du médecin peut leur faire éprouver. Ce vague dans la forme et dans le caractère devient réellement un caractère qui associe naturellement toutes les préparations qui composent le sixième groupe. Ce sont les espèces, les poudres composées, les pilules, les bols, les électuaires, les potions. Ces diverses préparations ont encore pour caractères d'être presque constamment destinées à l'usage interne. J'ai placé là les électuaires, que quelques auteurs mettent parmi les saccharolés, et qui méritent réellement ce nom, quand ils ne sont qu'une forme pharmaceutique sous laquelle on enveloppe certaines substances, pour diminuer leur volume ou masquer leur saveur; mais les plus remarquables de ces médicaments, ceux pour lesquels la dénomination d'électuaire, de confection, a été adoptée, sont, je pense, de tout autre nature. Il se produit dans plusieurs d'entre eux, par la réaction que leurs composants exercent les uns sur les autres, des effets inconnus qui sont nécessaires pour que le médicament acquière toutes ses propriétés, et dont nos connaissances actuelles ne nous permettent ni de connaître la nature, ni d'apprécier l'importance.

Dans le septième ordre sont les médicaments composés, destinés toujours à l'usage externe, et qui ont pour base une ou plusieurs matières grasses, une ou plusieurs matières résineuses. On leur associe d'ailleurs les substances les plus diverses. Toutes ces préparations forment une série naturelle qui se divise, suivant le mode d'association des corps gras ou résineux, en cérats, pommades, onguents et emplâtres.

Le huitième ordre se compose de la réunion de diverses préparations, qui sont caractérisées par leur mode d'emploi médical plutôt que par leur composition. Là sous les mêmes noms se trouvent souvent agglomérées les substances les plus diverses. C'est ainsi que sous le nom de collyres se trouvent désignés des poudres, des mélanges mous, des expansions de gaz ou de vapeur; sous celui de liniment, des liqueurs huileuses, alcooliques ou éthérées. Souvent ces médicaments viendraient se classer par leur composition dans quelqu'un des ordres précédents; mais comme ils sont presque tous prescrits par le médecin au moment du besoin, et par cela même

très sujets à varier dans leur composition, et comme
d'ailleurs leur caractère principal réside surtout dans la
manière dont on les emploie, j'ai jugé à propos de les
séparer des autres formes pharmaceutiques, et de con-
tinuer à en faire un groupe séparé. C'est dans ce groupe
que se trouvent les cataplasmes, les collyres, les gargarismes, les injections, les fumigations, les bains, etc.

Il est facile de voir d'après cet exposé que le premier
livre renferme toutes les règles générales qui régissent
les préparations pharmaceutiques ; elles s'appliquent à
des préparations qui ont pour base des substances végétales, animales ou minérales. On y retrouve l'avantage
que possède la classification adoptée par presque tous
les auteurs, de réunir toutes les préparations d'un même
genre, et le soin que j'ai mis à traiter ces généralités,
permettra, je l'espère, d'en faire l'étude avec profit.

Les matières qui composent le premier livre sont donc
exposées dans l'ordre suivant :

1. OPÉRATIONS PRELIMINAIRES.

Récolte.
Dessiccation.

2. DE QUELQUES OPÉRATIONS PRÉALABLES QUI S'APPLI-QUENT À PLUSIEURS ORDRES DE PRÉPARATIONS.

Lotion.
Décantation.
Évaporation.

3. MÉDICAMENTS OBTENUS PAR DES OPÉRATIONS PUREMENT MÉCANIQUES.

Poudres.
Pulpes.
Sucs.
Fécules.

4. MÉDICAMENTS PRÉPARÉS PAR SOLUTION.

SOLUTIONS PAR L'EAU.

Tisanes.
Apozèmes.
Bouillons.
Mucilages.
Émulsions.

SOLUTIONS PAR L'ALCOOL.

Teintures alcooliques.

SOLUTIONS PAR LE VIN.

Vins médicinaux.

SOLUTIONS PAR LA BIÈRE.

Bières médicamenteuses.

SOLUTIONS PAR L'ÉTHER.

Teintures éthérées.

SOLUTIONS PAR LES CORPS GRAS.

Huiles médicinales.
Pommades par solution.

SOLUTIONS PAR LES HUILES ESSENTIELLES.

Myrolés.

5. MÉDICAMENTS PRÉPARÉS PAR DISTILLATION.

Eaux distillées.
Huiles essentielles.
Alcoolats.

6. MÉDICAMENTS OBTENUS PAR ÉVAPORATION DES SOLUTIONS.

Extraits.

7. MÉDICAMENTS SUCRÉS (Saccharolès).

Sirops.
Mellites.
Conserves.
Gelées.
Pâtes.
Élæosaccharum.
Saccharures.
Tablettes.
Pastilles.

8. MÉDICAMENTS COMPOSÉS ANOMAUX.

Espèces.
Poudres composées.
Pilules et bols.
Électuaires.
Potions.

9. MÉDICAMENTS GRAS OU RÉSINEUX POUR L'USAGE EXTERNE.

Cérats.
Pommades.
Onguents.
Emplâtres.

10. MÉDICAMENTS EXTERNES PLUS SPÉCIALEMENT MAGISTRAUX.

Sparadraps.
Écussons.
Bougies.
Suppositoires.
Pessaires.
Cataplasmes.
Fomentations.
Lotions.
Collyres.
Gargarismes.

Injections.
Dentifrices.
Liniments.
Bains.
Douches.
Fumigations.
Escharotiques.
Moxas.

Après l'exposé des principes qui régissent les préparations pharmaceutiques d'une manière générale, le reste de l'ouvrage est consacré à l'étude spéciale de chaque substance médicamenteuse : c'est l'application faite à chacune d'elles des règles qui ont été posées dans la première partie de l'ouvrage. Il en résulte une histoire pharmaceutique complète des divers médicaments, dans laquelle la première partie n'est réellement que le résumé des observations qui constituent la seconde, mais un résumé classé, comparé, qui permet d'embrasser à la fois toutes les observations particulières qui s'accordent entre elles. C'est que, si dans le fait les généralités ne sont que la conséquence des observations particulières, cependant dans un ouvrage d'étude il était nécessaire de les faire arriver en première ligne. J'ai reconnu par une longue pratique du professorat tout ce que cette division avait d'avantageux pour les élèves ; elle sera également utile aux personnes qui voudront s'occuper de l'ensemble de la pharmacologie, aux pharmaciens, et plus encore aux médecins, qui, voyant toujours des agglomérations de formules basées sur la forme du médicament, et sans aucune relation avec l'effet médical, ne se méprennent que trop souvent sur le but de la pharmacie, et ne voient dans les ouvrages qui traitent des médicaments que des collections de recettes, parce qu'une classification vicieuse ne leur permet pas de saisir les rapports ou les différences que peuvent présenter entre elles les différentes préparations qui ont une même substance pour base.

Je n'ai traité que des matières qui sont réellement du domaine de la matière médicale ; et je ne me suis pas astreint à décrire pour chacune d'elles toutes les formes pharmaceutiques qu'elle peut revêtir, mais seulement celles qui sont ordinairement employées : l'ouvrage aurait pris sans utilité une étendue hors de toute proportion ; je pouvais d'autant mieux en agir ainsi, que les généralités ayant été traitées avec beaucoup de détail, il devenait facile à chacun d'en faire au besoin l'application à telle ou telle substance. Ce sont surtout les médicaments composés pour lesquels j'ai été fort discret ; j'ai rapporté les formules principales, celles qui assez souvent encore sont demandées aux pharmaciens, renvoyant pour les autres aux formulaires spéciaux.

J'ai distribué les végétaux par famille naturelle. Cette classification, comme toute autre, est assez indifférente dans un ouvrage purement pratique ; mais elle m'a présenté un grand avantage, dans l'intention où j'étais de faire en même temps un ouvrage d'étude. Les familles naturelles présentent des agglomérations de plantes plus ou moins analogues : leur classification méthodique et les comparaisons qui en découlent, offrent un intérêt qui permet plus facilement à la mémoire de retenir les faits. Cette marche m'a permis souvent, d'ailleurs, d'exposer en moins de phrases l'histoire des matières que je soumettais à l'étude ; car, de ce qu'un assez grand nombre de familles sont formées de plantes dont la composition et les caractères médicaux ont une extrême analogie, j'ai pu me contenter d'énoncer celles de ces plantes qui sont employées en médecine et étudier d'une manière générale les préparations dont elles sont la base ; le lecteur trouvera cette méthode mise à exécution pour les Aurantiacées, les Labiées, les Solanées et beaucoup d'autres familles. On a lieu d'être surpris que ce système ne soit pas applicable à la totalité des familles naturelles, puisqu'elles sont composées d'individus liés par un même système d'organisation ; il semblerait que de mêmes organes devraient élaborer des principes semblables ; mais l'expérience prouve qu'il n'en est pas ainsi ; cependant, dans les familles qui sont les plus anomales sous ce rapport, on sentira facilement, je l'espère, tout l'avantage que l'on peut tirer de cette classification, qui permet d'embrasser dans le cadre pharmacologique non seulement les matières qui sont tous les jours employées par les médecins, mais encore toutes celles que la thérapeutique a presque abandonnées et auxquelles elle revient de temps à autre faire des emprunts. La question des substitutions en tire également une grande lumière : on doit user toutefois d'une grande réserve à ce sujet. Les substitutions peuvent être tentées par les médecins, mais le pharmacien consciencieux doit toujours s'en abstenir.

L'histoire de chaque substance végétale se compose de son nom vulgaire, du nom botanique de la plante qui le fournit ; puis vient l'exposé des recherches chimiques dont la plante a été l'objet. Il se compose lui-même de l'énoncé des principes qui ont été trouvés par l'analyse,

et de la description succincte de ces principes, quand ils
ne rentrent pas dans la classe de ceux qui se retrouvent
dans toutes les plantes, et dont l'histoire a déjà été faite
dans le cours de l'ouvrage, comme le sucre, l'amidon,
la gomme, l'extractif, etc. Je n'ai point voulu faire une
histoire complète de ces corps, mais faire connaître
leurs principales propriétés, celles surtout que j'appel-
lerai plus spécialement pharmaceutiques, et qui sont de
nature à éclairer l'histoire des différentes préparations
dans lesquelles la matière végétale peut entrer. Il en résulte que ces diverses préparations sont plus facilement
appréciées dans ce qu'elles ont de bon et de défectueux ;
les rapports qu'elles ont entre elles en deviennent aussi
beaucoup plus faciles à saisir. Cette disposition des matières a encore des avantages qui, je l'espère, ne tarde-
ront pas à se faire sentir : c'est qu'exposant en résumé
l'état de la science sur chaque substance médicamenteuse, et montrant par conséquent ce qui lui manque
pour être satisfaisant, il indique tout naturellement des
sujets de recherches, et il engagera sans doute les pharmaciens à reprendre les travaux imparfaits pour concourir à l'avancement de l'art auquel ils se sont con-
sacrés.

Chacune des préparations pharmaceutiques dont une
matière végétale est la base, devient l'objet d'une formule spéciale, qui est suivie de quelques détails sur
le *modus faciendi*. Presque constamment je prends
pour départ la formule du Codex, qui doit toujours
être suivie par les pharmaciens ; j'expose ensuite les
observations auxquelles elle a donné lieu, et j'en fais
l'histoire critique. Ici, comme dans tout le cours de

l'ouvrage, j'ai cherché à faire à chacun la part qui lui était due, et si je n'ai pas toujours cité tous les procédés qui ont été proposés, c'est que l'expérience m'a montré que ceux que j'omettais ne méritaient pas l'attention.

Les matières animales forment la matière du troisième livre. J'ai suivi pour elles la classification méthodique des zoologistes; mais à raison du petit nombre d'animaux ou de produits fournis par les animaux qui sont usités en médecine, je n'ai retiré que peu d'avantages de cette classification. L'histoire particulière de chaque matière animale a d'ailleurs été calquée sur celle des plantes et de leurs produits.

Le 4ᵉ livre comprend l'histoire de tous les médicaments qui sont plus spécialement chimiques; il se compose de l'examen des substances chimiques minérales, de celui des produits d'origine organique, qui sont des résultats de décomposition et de l'étude des préparations plus pharmaceutiques auxquelles toutes ces matières servent de base. La classification se trouvait ici en grande partie tracée par la nature même du sujet; elle devait être empruntée à la chimie; mais elle a dû être modifiée en ce sens, que, s'appliquant à l'histoire des substances médicamenteuses, elle devait réunir les corps qui ont des propriétés médicales semblables. C'est ainsi, par exemple, que dans l'histoire du soufre, on a dû trouver l'acide hydro-sulfurique et les sulfures alcalins dont les propriétés sont analogues, mais que l'on n'a dû y placer ni l'acide sulfurique ni les sulfates qui sont des médicaments d'un ordre tout différent. C'est ainsi encore que l'histoire du chlore a dû se composer du chlore et des chlorures d'oxides, et qu'elle n'a dû renfermer ni les chlorures métalliques ni les chlorates.

Dans un premier groupe, j'ai réuni toutes les substances acides qui doivent à leur acidité leurs propriétés médicales, quelque soit d'ailleurs leur composition; au moins lorsqu'on les emploie convenablement étendus d'eau. Ils forment trois sections, les acides oxigénés, les hydracides et les acides d'origine organique.

Le second groupe se compose des matières alcalines, savoir, des oxides alcalins, de l'ammoniaque, et des composés dans lesquels ces corps conservent un caractère d'alcalinité, comme les carbonates. Bien que tous ces corps offrent des différences notables dans leurs propriétés, ils sont tous liés par le caractère commun de saturer facilement les matières acides.

Les autres préparations minérales forment tout naturellement deux ordres bien distincts, ceux où la base du médicament, le corps qui communique au composé chimique ses propriétés médicales, est le principe électro-négatif dans la combinaison, puis ceux où au contraire cette base médicale est également la base chimique et remplit dans les combinaisons les fonctions électro-positives. Dans le premier ordre se trouvent le chlore, le brôme, l'iode, le soufre, le cyanogène, l'arsenic, etc. Dans le second, le potassium, le sodium, le barium, le fer, le plomb, le cuivre, l'argent, l'or, l'antimoine, etc. Chacun de ces corps devient le sujet d'une étude spéciale qui se compose de son histoire propre et de celle de ses combinaisons qui sont employées en médecine.

Après l'étude des substances minérales, j'ai dû consacrer quelques chapitres à l'histoire des composés d'origine organique, qui n'avaient pu trouver place dans l'histoire spéciale des plantes ou des animaux, parce qu'ils sont des produits de laboratoire, qui résultent de réactions chimiques qui dénaturent complétement les corps qui leur donnent naissance. C'est ainsi que j'ai consacré un chapitre à l'histoire des éthers, un autre à celle des savons, et un troisième enfin aux produits pharmaceutiques qui résultent de la distillation sèche des matières organiques. Enfin, j'ai terminé l'ouvrage par l'histoire de la fabrication des eaux minérales, sujet tout chimique et qui ne rentrait convenablement dans aucune autre partie de mon cadre de classification.

J'aurais pu tout aussi bien faire rentrer dans cette partie de l'ouvrage, l'histoire de tous les principes d'une composition bien déterminée, qui sont fournis par les substances végétales ou animales; mais dans un ouvrage consacré à l'histoire des préparations pharmaceutiques, il convenait beaucoup mieux d'étudier ces corps en même temps que les substances qui leur doivent leurs propriétés, puisque la valeur de toutes les préparations pharmaceutiques qui ont une même base, est déterminée en grande partie par la proportion de chacun des principes que cette base contient et que l'histoire de ces préparations est éclairée par les propriétés que l'on vient de reconnaître à tous ces principaux éléments de composition. Il est ainsi plus profitable d'étudier la mannite en même temps que la manne, la morphine avec l'opium, la quinine et la cinchonine en même temps que le quinquina, l'essence de térébenthine avec la résine qui la produit.

Une substance étant donnée, j'indique sa composition et je donne un petit nombre de caractères qui servent plus spécialement à la distinguer et qu'il est surtout important de connaître pour son emploi médical : comme la saveur, l'odeur, la solubilité dans les divers véhicules les plus employés. Je n'ai voulu nullement faire l'histoire chimique complète des corps, mais donner seulement une idée exacte des propriétés qui peuvent de suite les faire reconnaître, ou qui sont de quelque utilité pour le choix du mode d'administration.

J'ai indiqué encore d'une manière générale quelles sont les propriétés médicales de chaque substance, non pour les décrire avec détail, ce qui est du domaine de la thérapeutique; mais pour pouvoir signaler l'efficacité de chacune d'elles, appeler plus spécialement l'attention du pharmacien sur celles qui présentent quelques dangers et éviter peut-être des erreurs funestes. Je décris ensuite avec détail le mode de préparation le plus convenable; je discute la valeur des différents procédés qui ont été proposés; je donne avec grand soin léur théorie, qui est, dans les préparations de ce genre, le guide le plus sûr que puisse suivre l'opérateur pour mener à bien son opération. Je n'ai pas craint souvent de donner à ces théories un assez grand développement, parce que je les considère comme ayant un haut degré d'importance pour la pratique, et parce que, dans les ouvrages de chimie, elles ne sont pas ordinairement traitées avec tout le soin que l'on peut apporter dans un ouvrage spécial.

Cette première histoire d'un corps étant achevée, j'étudie successivement les différentes formes pharmaceutiques que l'on est dans l'usage de lui donner, absolument comme je l'ai fait pour les matières végétales et animales.

J'ai compris dans cette histoire des médicaments chimiques ceux qui sont préparés par les pharmaciens et ceux qui sont préparés en grand dans les laboratoires des arts; mais lorsque les produits sont de nature à n'être fabriqués que sur une grande échelle, ou qu'ils appartiennent à ces corps qui sont répandus en grande masse par les fabriques dans le commerce de la droguerie, je me suis contenté d'indiquer quelques-uns de leurs caractères et de traiter de leurs préparations pharmaceutiques, renvoyant aux ouvrages de matière médicale et de chimie pour tout ce qui concerne leur extraction ou leur fabrication de toutes pièces.

J'ai cru devoir mettre en tête de l'histoire chimique des médicaments, quelques notions élémentaires sur la combinaison chimique, par lesquelles j'ai cherché à rendre aussi claire que possible la théorie des proportions définies, et la définition de ce que l'on doit entendre par proportion ou équivalent chimique; je l'ai cru nécessaire, parce qu'ayant rapporté toutes les compositions et toutes les théories en proportions, il était indispensable de donner une idée nette et précise de la signification de cette expression. On concevra facilement d'ailleurs pourquoi j'ai préféré aux atomes chimiques les équivalents qui ne sont pas de nature à changer, dont la théorie est infiniment simple et par cela même plus appropriée à un ouvrage pratique.

J'ai fait suivre les considérations sur la combinaison d'un exposé des règles de la nomenclature; je l'ai cru nécessaire dans un moment où la nomenclature électro-chimique est adoptée dans presque tous les enseignements, et où elle ne tardera pas à pénétrer dans la pratique.

En général, je me suis abstenu de faire connaître les caractères essentiellement chimiques des corps dont je faisais l'histoire pharmaceutique, renvoyant à cet effet aux ouvrages spéciaux de chimie. Cependant il m'est arrivé à plusieurs reprises d'établir quelques caractères généraux de composition : c'est quand il s'est agi de quelque sujet difficile à comprendre pour des personnes peu versées dans la science chimique. J'ai cru alors qu'un exposé clair et dégagé de tous développements accessoires serait utile pour l'intelligence des matières. C'est ainsi qu'on trouvera dans l'histoire des chlorures d'oxides, des sulfures alcalins, du cyanogène, des éthers, des distillations pyrogénées, un exposé de principes généraux destiné à rendre plus saisissable pour le lecteur le lien qui réunit tous les composés qui forment chacun de ces groupes.

L'exposé suivant complètera l'exposition de la classification que j'ai suivie pour les matières chimiques.

CONSIDÉRATIONS GÉNÉRALES.

Combinaison chimique.
Nomenclature.

ACIDES.

ACIDES DU SOUFRE.
—   DE L'AZOTE.
—   DU PHOSPHORE.

ACIDE HYDROCHLORIQUE.
— ACÉTIQUE.
— OXALIQUE, etc.

ALCALIS.

POTASSE.

Hydrate de potasse.
Carbonate de potasse.

SOUDE.

Hydrate de soude.
Carbonate de soude.

MAGNÉSIE.

Magnésie.
Carbonate de magnésie, etc.

PRÉPARATIONS DE CHLORE.

Chlore.
Chlorures d'oxides.

PRÉPARATIONS D'IODE.

Iode.
Iodures.

PRÉPARATIONS DE SOUFRE.

Soufre.
Acide hydrosulfurique.
Sulfures alcalins.

PRÉPARATIONS DE PHOSPHORE.

Phosphore.

PRÉPARATIONS DU CHARBON.

Charbon.

PRÉPARATIONS CYANIQUES.

Acide hydrocyanique.
Cyanures métalliques.
Cyano-ferrates.

SELS DE POTASSE.

SELS DE SOUDE.

SELS DE BARYTE.

SELS DE CHAUX.

SELS DE MAGNÉSIE.

SELS D'AMMONIAQUE.

SELS D'ALUMINE.

PRÉPARATIONS DE MANGANÈSE.

—   DE FER.
—   DE ZINC.
—   DE PLOMB.
—   D'ÉTAIN.
—   DE BISMUTH.
—   DE CUIVRE.
—   DE MERCURE.
—   D'ARGENT.
—   D'OR.
—   D'ANTIMOINE.

ÉTHERS.

SAVONS.

PRODUITS PYROGÉNÉS.

EAUX MINÉRALES.

Je dois parler maintenant du système de nomenclature dont je me suis servi. Depuis quelques années on
s'est beaucoup occupé de créer des dénominations nouvelles pour les médicaments; mais ces travaux me pa-

raissent avoir eu pour résultat principal de mettre au jour l'esprit méthodique et les connaissances raisonnées des personnes qui se sont occupées de ce genre de travail; quant à l'utilité que le perfectionnement de la pharmacie peut en avoir retiré, il me paraît être à peu près nul, et je suis resté pour mon compte dans les mêmes idées que j'ai professées, il y a quelques années, sur ce sujet, et que pour cette raison je rapporte ici textuellement.

« Quant à la nomenclature, je me suis servi de celle qui est connue de tout le monde. Je ne suis pas persuadé qu'il soit nécessaire de la remplacer par une nouvelle. Lorsque Linné établit le système de nomenclature actuellement en usage dans l'histoire naturelle, il rendit à cette science un immense service; et quand ce grand génie n'aurait d'autres titres à la gloire que cette seule création, il marcherait encore un des premiers parmi les naturalistes, tant cette grande pensée a été féconde en résultats. L'établissement du langage linnéen est, sans contredit, la principale cause qui a fait faire aux sciences naturelles d'aussi grands progrès. C'est qu'il y avait nécessité de donner à chaque être un nom facile à retenir, qui pût servir à le faire reconnaître, et défendît de le confondre avec tout autre individu voisin. Ce nom, une fois établi, devait rester invariable, parce que les caractères propres à chaque être sont toujours les mêmes, et se présenteront aux naturalistes des siècles futurs tels qu'ils ont été observés par les naturalistes de nos jours. Ce fut également une idée heureuse et féconde en résultats que celle qui inspira à Guyton-Morveau de dénommer les corps chimiques d'après la nature des éléments auxquels ils doivent leur origine. Les variations mêmes que l'on a reprochées comme un défaut à la nomenclature chimique ne sont pas sans avantages ; car énoncer la synonymie d'un corps, c'est rappeler les travaux dont il a été l'objet, c'est rappeler les idées que les chimistes ont eues successivement sur sa nature. Ainsi, les mots d'acide muriatique déphlogistiqué, d'acide muriatique oxigéné, de chlore, rappellent les opinions successivement adoptées par Schéele, Berthollet, et les chimistes actuels. Mais de ce que l'établissement d'une nomenclature a rendu de grands services en chimie et en histoire naturelle, est-ce une raison pour vouloir en créer partout indistinctement, là même où elles ne sont d'aucune utilité? Est-il donc bien nécessaire d'établir une nouvelle nomenclature pharmaceutique? Les noms dont on a fait usage jusqu'à présent ne peuvent-ils donc plus suffire à nos besoins, et fallait-il en introduire de nouveaux? Si je ne me fais pas illusion, la première condition est de s'entendre : or, est-il possible d'établir des noms dont la signification soit plus claire, et laisse moins de vague dans l'esprit que la plupart des noms génériques anciens, qui appartiennent au langage ordinaire, et auxquels on ne peut reprocher d'autres défauts que d'être entendus de tout le monde? Certainement, tous les noms que l'on pourra créer ne présenteront jamais à l'esprit une définition plus nette que celle qu'il se forme des mots pilules, sucs, poudres, sirops, cataplasmes, tisanes, etc.

« Il est une autre considération qui aurait dû détourner de l'idée de faire une nouvelle nomenclature pharmaceutique, c'est que les médicaments peuvent varier à l'infini. Aucune loi ne pouvant présider à leur prescription, il en résulte qu'il ne sera jamais possible de prévoir toutes les anomalies qui pourraient se présenter ; aussi, vaut-il mieux se servir des noms anciens, quoique peu convenables, que d'en inventer de nouveaux qui ne le seraient pas davantage. Quel moyen aurait-on, par exemple, de dénommer les pilules ? Sera-ce d'après la nature des matières qui en font la base ? Mais ce peut être une poudre, un extrait, une résine, un corps gras, un sel, etc., ou un mélange de toutes ces substances. Se servira-t-on de l'excipient ? Mais il peut varier tout autant, et souvent même l'excipient n'est pas nécessaire. »

J'ai conservé la nomenclature ancienne ; j'ai adopté seulement quelques mots qui m'ont paru d'un usage commode ou nécessaire, tels que le mot *hydrolés* pour désigner les dissolutions faites au moyen de l'eau, soit d'une manière générale ou avec l'intention de conserver un certain vague dans la définition que ne m'auraient pas donnée également les mots plus spéciaux de tisanes, gargarismes ; etc., etc. J'ai conservé aussi le mot de *saccharolés* pour désigner l'ensemble des médicaments qui contiennent le sucre comme condiment ou comme composant essentiel ; celui de *saccharure* pour les préparations de forme pulvérulente, dans lesquelles le sucre entre pour une forte proportion ; celui d'*alcoolatures*, et mieux *alcoolures,* pour les teintures alcooliques préparées avec des végétaux frais, et qu'il est souvent important de distinguer de celles qui sont fournies par les plantes sèches.

Quant à la nomenclature plus spéciale de chaque médicament, les tentatives de perfectionnement qui ont été faites jusqu'à présent ne me paraissent pas avoir été très heureuses. Je préfère l'expression de laudanum de Rousseau à celle de vin d'opium préparé par la fermentation, celle de poudre de James à celle de poudre de phosphate de chaux et d'antimoine composée; le nom anciennement connu d'Hièra Picra me paraît meilleur que celui d'électuaire d'aloès composé, quand il y a tant d'électuaires dans lesquels on fait entrer et où l'on peut faire entrer l'aloès mélangé avec d'autres substances; il en est de même de la désignation ancienne de pilules de Belloste au lieu de la dénomination nouvelle des pilules de mercure, de scammonée et d'aloès composées : le nom de Baume nerval appliqué à un médicament connu, vaut certainement mieux que le nom *inemployable* d'onguent d'huiles volatiles, de baume du Pérou et de camphre composé, etc., etc.; avec un pareil système, on est amené à créer des noms qui n'en finissent pas, si l'on veut, par la nomenclature, faire connaître la principale composition des médicaments, ou à en donner une idée incomplète, si on veut abréger les dénominations comme il est indiqué par le bon sens.

Une réforme qui me paraît beaucoup plus raisonnable est celle qui consiste à dire vin au quinquina ou avec le quinquina, huile à la ciguë ou avec la ciguë, au lieu des anciennes dénominations vin de quinquina, huile de ciguë et autres pareilles, car ces dernières expressions sont grammaticalement mauvaises, puisque le vin n'est pas tiré du quinquina, ni l'huile de la ciguë, comme on semble le dire. Ceci, toutefois, n'est pas d'une grande importance, car enfin, il ne s'agit que de s'entendre clairement, et je ne crois pas qu'il y ait jamais eu confusion à ce sujet.

Quant aux formules elles-mêmes, j'ai rapporté, de préférence, comme je l'ai dit, celles du Codex; c'est la loi écrite à laquelle tout pharmacien doit être tenu de se conformer, sous peine de livrer la thérapeutique à l'anarchie la plus complète. Je ne reconnais à personne le droit de substituer une formule à une formule légale; si elle ne vaut pas mieux, à quoi bon; si elle donne un produit de qualité supérieure, le délivrer sans l'accord du médecin, c'est donner au malade un médicament différent de celui sur les effets duquel le médecin croit pouvoir compter. Il n'est qu'un seul cas où les procédés de préparation peuvent être changés sans inconvénients, c'est quand il s'agit de matières d'une composition chimique bien déterminée, pour lesquelles il importe peu que l'on se serve de tel ou tel mode de fabrication, parce qu'ils conduisent absolument au même résultat; mais quant aux préparations d'une composition plus difficile à connaître, comme toutes les préparations spécialement pharmaceutiques fournies par les plantes ou les animaux, libre aux pharmaciens d'en étudier les préparations, de proposer des modifications de formules; mais toutes bonnes qu'elles soient, le nouveau médicament ne doit être délivré dans son officine, qu'autant qu'il a été adopté par le Codex légal ou qu'il est l'objet d'une prescription spéciale de la part du médecin.

Les modifications apportées aux formules ont eu souvent pour objet d'établir des rapports simples entre les différentes matières qui entrent dans la préparation des médicaments, de manière à ce que l'on puisse saisir de suite l'influence que chacune d'elles peut avoir dans les propriétés générales du tout. Je crois cette innovation bonne en elle-même, et toutes les fois qu'il s'agira d'établir de nouvelles formules officinales, on fera bien d'adopter cette manière de faire; mais je ne partage pas pour cela l'avis des personnes qui veulent retoucher toutes les formules reçues pour les niveler à ce système, et réellement l'utilité de ces modifications ne me paraît pas manifeste; l'on se trouve en effet dans l'alternative ou de modifier beaucoup la formule pour arriver à ce résultat, et alors on change le degré d'activité du médicament, ou de la modifier à peine, et alors l'avantage que l'on s'est promis devient tout à fait nul, car il est aussi commode pour la pratique de savoir qu'un médicament contient à peu près un dixième ou un douzième de l'un de ses éléments, que de savoir qu'il en contient exactement l'un de ces nombres; les doses auxquelles un remède doit être employé, n'étant pas absolues, si on les exprime par des nombres ronds ou des fractions simples, ce n'est pas que l'on puisse jamais affirmer que ces nombres sont absolument ceux que l'on devait employer plutôt qu'une fraction un peu plus forte ou un peu plus faible.

La nomenclature des médicaments chimiques ne donne pas lieu aux mêmes contestations. A mesure que les chimistes modifient leur théorie, ils doivent apporter des modifications correspondantes dans les dénominations qui expriment la composition des corps; ces nouveaux noms, après être restés quelque temps dans le domaine purement scientifique, pénètrent peu à peu dans le langage ordinaire et finissent par devenir usuels.

Force est alors de suivre ici les progrès de la science et d'adopter sa nouvelle nomenclature pour les préparations chimiques, quand cette nouvelle langue a été reçue généralement; de là, la nécessité d'établir une synonymie complète pour toutes les préparations que la pharmacie emprunte à la chimie pure. A cet effet, j'ai placé en tête de chaque corps simple et composé, son nom emprunté à la nomenclature électro-chimique actuelle; puis j'ai donné ensuite une synonymie, qui se compose du nom ou des noms que le corps a portés avant l'établissement de la nomenclature guytonienne; puis tous les noms que depuis cette époque les chimistes ont fait porter successivement à ces corps; mais afin de faciliter singulièrement les recherches à ce sujet et de diminuer les chances d'erreur, j'ai eu le soin de faire à la fin de l'ouvrage une table complète, où chaque dénomination se trouve rapportée et qui renvoie à la page où se trouve exposée toute la synonymie du corps dont il est question.

[illegible]

NOMENCLATURE PHARMACEUTIQUE.

	Noms anciens.		*Noms nouveaux.*
CODEX.	HENRY ET GUIBOURT.	BÉRAL.	CHÉREAU.
Poudres.	Poudres.	Poudres.	Pulvérolés.
Sucs.	Sucs.	Sucs.	Opolés (officin.).
			Opolites (magistr.).
Fécules.	Fécules.	Fécules.	Amydolés.
Huiles.	Huiles.	Huiles.	Oléol.
Pulpes.	Pulpes.	Pulpes.	Pulpolites.
Eaux distillées.	Hydrolats.	Hydrolats.	Hydrolats.
Huiles volatiles.	Huiles volatiles.	Oléulés.	Oléolats.
Alcoolats.	Alcoolats.	Alcoolats.	Alcoolats.
Solutions par l'eau.	Hydrolés.	Hydrolés *.	Hydrolés.
		Hydrolatures.	
Tisanes.	Hydrolés.	Tisanes.	Hydrolés.
Apozèmes.	Hydrolés.	Apozèmes.	Hydroolites.
Émulsions.	Hydrolés.	Émulsions.	Hydroolés.
Potions.	Hydrolés.	Potions.	»
Mucilages.	Hydrolés.	Mucilages.	Mucolites.
Teintures alcooli-			
ques.	Alcoolés.	Alcoolés.	Alcoolés.
		Alcoolatures.	
Teintures éthérées.	Éthérolés.	Éthérolés.	Éthérolés.
		Éthérolatures.	
Vins médicinaux.	OEnolés.	OEnolés.	OEnolés.
		OEnolatures.	
Bières médicinales.	Brutolés.	Brytolés.	Brutolés.

* M. Béral emploie la terminaison en *é* pour les solutions qui ne donnent pas d'extraits par l'évaporation et celle en *ature* pour celles qui en donnent. La même règle
s'applique aux solutions par l'eau, l'alcool, l'éther, etc.

| *Noms anciens.* | | *Noms nouveaux.* | |
CODEX.	HENRY ET GUIBOURT.	BÉRAL.	CHÉREAU.
Vinaigres médicin.	Oxéolés.	Acétolés.	Acétolés.
		Acétolatures.	
Huiles médicin.	Élæolés.	Élæolés.	Élæolés.
Huiles essentielles			
médicinales.	Myrolés.	Médicaments oléo-	
Médicaments avec le		liques.	
sucre.	Saccharolés.	Saccharolés.	Saccharolés.
Sirops.	Sirops.	Sirops.	Saccharolés liq.
Mellites.	Mellites.	Hydromellés.	Saccharolés liq.
	Oximellites.	Acétomellés.	
Olæosaccharum.	Élæosaccharum.		Oleosaccharolés.
?	Saccharurres.	Saccharolés.	
		Saccharures *.	
Gelées.	Gelées.	Gelées.	Saccharolés mous.
Pâtes.	Pâtes.	Pâtes.	Saccharolés ductiles.
Conserves.	Électuaires.	Conserves.	Saccharolés mous.
Tablettes.	Tablettes.	Tablettes.	Saccharolés solides.
Pastilles.	Pastilles.	Pastilles.	Saccharolés solides.
Électuaires.	Électuaires.	Électuaires.	Saccharolés mous.
Extraits.	Extraits.	Extraits.	Apostolés.
Espèces.	Espèces.	Espèces.	Spéciolés.
Poudres compos.	Poudres compos.	Poudres compos.	Pulvérolés.
Pilules et bols.	Pilules et bols.	Pilules et bols.	Saccharolés solides.
Cérats.	Élæocérolés.	Liparoïdès.	Oléocérolés.
Pommades.	Liparolés.	Liparolés **.	Stéarolés.
		Liparoïdés.	
Onguents.	Retinolés.	Retinoïdés.	Oléocérolés résin.
Emplâtres ou O. so-			
lides.	Retinolés.	Retinoïdés.	Stéarolés solides.
— vrais.	Stéaratés.	Stéaratés.	Stéaratés.
Cataplasmès.	Cataplasmes.	Cataplasmes.	
Fomentations.	Hydrolés.	Hydrolotifs.	Hydrolés.
Lotions.	Hydrolés.	Hydrolotifs.	Hydrolés.
Liniments.	Élæolés.	Élæolés.	

* Mélange de sucre et d'une teinture alcoolique séché à l'étuve.

** Liparolés, pommades à excipient simple ; liparoïdés, pommades à excipient composé.

Noms anciens.		Noms nouveaux.	
CODEX.	HENRY ET GUIBOURT.	BÉRAL.	CHÉREAU.
Liniments.	Alcoolés.	Alcoolés.	
	Étherolés, etc.	Alcoolatures, etc.	
Collyres.	Hydrolés.	Hydrolotifs.	
	Poudres.	Poudres.	
	Alcoolés, etc.	Alcoolés, etc.	
Bains.	Hydrolés.	Hydrolotifs.	Hydrolés.

NOUVEAU TRAITÉ

DE PHARMACIE

THÉORIQUE ET PRATIQUE.

DES POIDS ET MESURES.

LA base de toutes les mesures et de tous les poids employés en France a été adoptée par le gouvernement, après un travail de l'Académie des sciences. C'est l'unité de mesure de longueur qui sert à former toutes les autres. Elle est appelée *mètre*, et elle correspond à la dix-millionième partie du quart du méridien terrestre. Le mètre est égal à 3 pieds 11 lignes 3/10 de l'ancienne mesure.

Des mesures de longueur et de solidité.

Le mètre se subdivise en 10 parties, dont chacune porte le nom de décimètre; chaque décimètre est divisé en 10 nouvelles parties ou centimètres, et les centimètres à leur tour sont divisés en dix parties ou millimètres.

10 mètres	forment un décamètre.
1,000 mètres	kilomètre.
10,000 mètres	myriamètre.
1 mètre carré	forme un centiare.
100 mètres carrés	are.
10,000 mètres carrés	hectare.
1 mètre cube	forme un stère.
10 mètres cubes	décastère.

Réduction des toises, pieds et pouces en mètres.

Toises.	Mètres.	Pieds.	Mètres.	Pouces.	Mètres.	Lignes.	Millimètres.
1	1,94904	1	0,32484	1	0,02707	1	2,256
2	3,89807	2	0,64968	2	0,05414	2	4,512
3	5,84711	3	0,97452	3	0,08121	3	6,767
4	7,79615	4	1,29936	4	0,10828	4	9,023
5	9,74518	5	1,62420	5	0,13535	5	11,279
6	11,69422	6	1,94904	6	0,16242	6	13,535
7	13,64326	7	2,27388	7	0,18949	7	15,791
8	15,59229	8	2,59872	8	0,21656	8	18,047
9	17,54133	9	2,92355	9	0,24363	9	20,302
10	19,49037	10	3,24839	10	0,27070	10	22,558

Réduction des mètres en pieds et fractions de pied.

Mètres.	Pieds.	Pouces.	Lignes.	Décimètres.	Pieds.	Pouces.	Lignes.	Centimètres.	Pouces.	Lignes.	Millimètres.	Lignes.
1	3	0	11	1	0	3	8,329	1	0	4,4330	1	0,443
2	6	1	10	2	0	7	4,659	2	0	8,8659	2	0,886
3	9	2	10	3	0	11	0,988	3	1	1,2989	3	1,329
4	12	3	9	4	1	2	9,318	4	1	5,7318	4	1,773
5	15	4	8	5	1	6	5,648	5	1	10,1648	5	2,216
6	18	5	7	6	1	10	19,776	6	2	2,5978	6	2,659
7	21	6	7	7	2	1	10,307	7	2	7,0307	7	3,103
8	24	7	6	8	2	5	6,636	8	2	11,4637	8	3,546
9	27	8	5	9	2	9	2,966	9	3	3,8966	9	3,989
10	30	9	5	10	3	0	11,296	10	3	8,3296	10	4,433

Mesures de capacité.

L'unité de mesure de capacité est le décimètre cube qui prend le nom de litre. Il renferme mille grammes pesants d'eau distillée, prise à son maximum de densité ; on le divise en décilitres, centilitres, millilitres : 10 litres forment un décalitre ; 100 litres forment un hectolitre ; 1,000 litres forment un kilolitre.

Le litre surpasse de 1/14 l'ancienne pinte de Paris.

	litre.		pinte.
1 pinte.......	0,931	1 litre.......	1,0740
1 chopine.....	0,466	1/2 litre.....	0,5370
1/2 setier.....	0,283	1 décilitre...	0,1070
1 poisson.....	0,116	1 centilitre...	0,0107

Le boisseau ancien vaut 13 litres, et 12 boisseaux valent un setier.

Un setier correspond	à 1,56 hectolitre.
Un hectolitre	à 0,641 setier.

Les mesures de capacité anglaises sont :

Le gallon qui équivaut	à 4,5434 litres.
La pinte	à 0,5679

Le litre qui vaut	1,760 pinte anglaise.
Le décalitre	2,20 gallons.
L'hectolitre	22,00

La kanne suédoise vaut	2,617 litres.
La quarte de 1/8 de kanne	0,326

Des mesures de pesanteur.

L'unité de mesure de pesanteur est le gramme. Il représente le poids d'un centimètre cube d'eau distillée prise à son maximum de densité.

Le gramme est divisé en décigrammes et en milligrammes. Les multiples du gramme s'appellent décagrammes, hectogrammes, kilogrammes, myriagrammes.

L'ancienne mesure française des poids est la livre appelée poids de marc. Elle se partage en 16 onces :

1 livre	vaut 16 onces.............	9216 grains	489,5 grammes.
1 once	8 gros ou dragmes ou..	576	30,594
1 gros	3 scrupules ou........	72	3,824
1 scrup.	....	24	1,274
1 grain	....	«	0,0531

L'emploi du gramme et de ses composés est obligatoire en France. Mais l'habitude prise par le public, de se servir de la livre, a été difficilement vaincue; et pour conserver cependant l'unité de poids, le gouvernement avait ordonné que les poids de livre dont on ferait usage, ne seraient que des divisions exactes du kilogramme. Ainsi la livre, poids de marc, pèse 489,5 grammes. On l'a faite de 500 grammes. La livre équivaut alors au demi-kilogramme ; la demi-livre au quart du kilogramme ; le quarteron au huitième, etc. La loi de juillet 1837 a rendu l'emploi des poids de grammes obligatoire à compter de 1840.

Livres.	Grammes.	Onces.	Grammes.	Gros.	Grammes.	Grains.	Grammes.
1	500	1	31,25	1	3,9	1	0,054
2	1,000	2	62,50	2	7,81	2	0,110
3	1,500	3	93,75	3	11,71	3	0,162
4	2,000	4	125,00	4	15,62	4	0,217
5	2,500	5	156,25	5	19,53	5	0,271
6	3,000	6	187,50	6	23,43	6	0,325
7	3,500	7	218,75	7	27,34	7	0,379
8	4,000	8	250,00	8	31,25	8	0,434
9	4,500	9	281,25	9	35,15	9	0,488
10	5,000	10	312,50	10	39,00	10	0,542

Hectogr.	Livres.	Onces.	Gros.	Grains.	Décagr.	Onces.	Gros.	Grains.
1	»	3	1	43	1	»	2	40
2	»	6	3	14	2	»	5	8
3	»	9	4	57	3	»	7	48
4	»	12	6	28	4	1	2	17
5	»	1	»	»	5	1	4	57
6	1	3	1	43	6	1	7	26
7	1	6	3	14	7	2	1	66
8	1	9	4	57	8	2	4	34
9	1	12	6	28	9	2	7	3
10	2	»	»	»	10	3	1	43

Grammes.	Gros.	Grains.	Décigr.	Grains.	Centigr.	Grains.	Milligr.	Grains.
1	»	18,43	1	1,84	1	0,184	1	0,1084
2	»	36,86	2	3,69	2	0,37	2	0,037
3	»	55,30	3	5,53	3	0,55	3	0,055
4	1	1,72	4	7,37	4	0,74	4	0,074
5	1	20,16	5	9,22	5	0,92	5	0,092
6	1	38,59	6	11,06	6	1,11	6	0,111
7	1	57,02	7	12,90	7	1,29	7	0,129
8	2	3,46	8	14,75	8	1,48	8	0,148
9	2	21,89	9	16,59	9	1,66	9	0,166
10	2	40,32	10	18,43	10	1,84	10	0,184

Poids médicinaux étrangers.

La livre médicinale étrangère est toujours de 12 onces ; l'once se partage en 8 gros ou dragmes, le dragme en 3 scrupules. Le scrupule vaut tantôt 20 grains et tantôt 24 grains.

PAYS.	LIVRE.	ONCE.	GROS.	Scrupule de 24 grains.	Scrupule de 20 grains.	GRAIN.
	grammes	gram.	gram.	gram.	gram.	gram.
Espagne.	344,822	28,735	3,592	1,197	»	0,0498
Toscane.	339,529	28,293	3,536	1,179	»	0,0491
Rome.	339,190	28,265	3,533	1,177	»	0,049
Angleterre.	373,	31,09	3,88	»	1,295	0,0647
Autriche.	420,829	35,069	4,383	»	1,461	0,073
Allemagne et Russie	357,963	29,830	3,728	»	1,242	0,0622
Prusse	467,72	29,238	3,654	»	1,218	0,069
Hollande et Belgique.	369,041	30,753	3,844	»	1,281	0,064
Suède.	356,37	29,697	3,712	»	1,237	0,0618
Piémont.	307,418	25,618	3,202	»	1,067	0,053

L'instrument qui sert à déterminer le poids des corps s'appelle balance. Il est le plus ordinairement composé d'une barre inflexible, librement suspendue, et qui porte à ses extrémités des plateaux destinés à recevoir les poids et les corps que l'on veut peser.

La barre qui supporte les plateaux s'appelle fléau. Elle doit être assez forte pour ne pas fléchir sous les poids dont ses extrémités sont chargées. Elle est supportée librement par son centre, de manière à se mettre en mouvement aussitôt que l'une de ses extrémités supporte un poids plus considérable que celui qui agit sur son autre extrémité. La ligne suivant laquelle le fléau est suspendu, s'appelle l'axe de suspension ; les deux côtés du fléau en dehors de cette ligne s'appellent les bras du fléau.

Quand les deux extrémités du levier sont également chargées, la pesanteur qui tend à précipiter les corps agit avec la même énergie sur chacun des côtés de la balance, et le fléau sollicité d'une manière égale à ses deux extrémités reste en équilibre ; mais si un poids plus fort est placé dans un des plateaux de la balance, alors l'action de la pesanteur s'exerce de ce côté sur une plus grande masse, et la balance tombe.

Peser un corps, c'est déterminer la quantité d'un poids connu qui est nécessaire pour lui faire équilibre et l'empêcher de se précipiter; cet équilibre a lieu quand la somme des parties matérielles est la même des deux côtés, et par conséquent lorsque l'action de la pesanteur s'exerce également sur l'une et l'autre extrémités du fléau.

Pour qu'une balance soit bonne, il est quelques conditions indispensables à remplir dans sa construction. Le fléau doit être suspendu librement, et il doit se mouvoir avec le moins de frottement possible. Pour arriver à ce résultat, on donne à la partie qui pose la forme d'un biseau dont l'arête porte sur un plan en acier trempé.

Les deux bras du fléau doivent être égaux; car un fléau est un véritable levier du premier genre. La ligne sur laquelle porte le fléau est le point d'appui; le poids qui agit sur l'une de ses extrémités est la puissance; celui qui pèse à l'autre est la résistance; si ces poids sont égaux, et que les bras du levier aient la même longueur, il y a équilibre; mais si les poids restant égaux les deux bras du fléau avaient une longueur différente, celui des poids qui agirait par un levier plus long l'emporterait sur l'autre; la balance tomberait de ce côté, et donnerait par conséquent une indication fausse.

Dans une balance le centre de gravité du fléau doit être placé un peu au-dessous du point de suspension. Ce centre de gravité, c'est un point central autour duquel les particules sont disposées symétriquement, et sur lequel on peut admettre que se trouve concentrée toute l'action de la pesanteur. Le fléau ne peut être en équilibre, qu'autant que le centre de gravité se trouve quelque part dans la ligne verticale qui passe par l'axe de suspension. Alors il est soutenu; dans toute autre position la pesanteur agirait sur lui pour le précipiter, jusqu'à ce qu'il occupât la partie la plus basse possible.

Si le centre de gravité est placé sur la ligne même de suspension, la balance reste en repos dans toutes les positions, parce que, quelque inclinaison que l'on donne au fléau, le centre de gravité n'en sera pas moins soutenu par l'axe de suspension.

Si le centre de gravité est placé au-dessus de l'axe de suspension, la balance est folle, c'est-à-dire qu'elle tombe de beaucoup, même par l'addition d'un très petit poids ; c'est que l'inclinaison que le fléau a subie, écarte latéralement le centre de gravité ; il ne porte plus sur le point de suspension de la balance, et la pesanteur le précipite jusqu'à ce qu'il soit arrivé dans la partie la plus basse, ce qui n'a lieu que lorsque le fléau a fait un demi-tour sur lui-même.

Si le centre de gravité est placé au-dessous de l'axe de suspension, comme il est alors dans le point le plus bas possible, s'il vient à être écarté de sa position, la pesanteur tend sans cesse à l'y ramener, et le fléau oscille à la manière d'un pendule jusqu'à ce que cet effet soit produit. Cette construction est nécessaire pour tous les fléaux de balance ; seulement on rapproche d'autant plus le centre de gravité du point de suspension que l'on veut rendre la balance plus sensible.

Voir les ouvrages de physique, pour plus de détails, sur le *Manuel* et la *Théorie* des balances.

De la mesure de la densité des corps.

La densité d'un corps est la quantité de matière qu'il renferme sous un volume donné. C'est, en d'autres termes, le rapport du volume à la masse.

La densité des corps est un caractère important. Elle sert souvent de moyen pratique pour reconnaître leur pureté ou leur degré de concentration. C'est principalement pour les liquides, que, dans les arts et dans le laboratoire du pharmacien, la détermination de la densité est utile sous ce rapport. C'est ainsi qu'avant ou après une opération, on reconnaît, par la densité d'un acide, d'une dissolution saline, d'une liqueur éthérée ou alcoolique, si elle a été amenée au degré de concentration convenable.

Prendre la densité d'un corps, c'est déterminer combien il pèse comparativement à un autre corps qui a le même volume. C'est à l'eau que l'on compare la densité des autres corps. On représente sa densité par 1. Si un corps pèse autant qu'un volume d'eau égal au sien, on dit qu'il a la même densité que l'eau, ou que sa densité est 1 ; s'il pèse le double, sa densité sera représentée par 2 ; s'il pèse moitié moins, on dira que sa densité est 0,5.

Nous n'avons à nous occuper que des moyens usuels de reconnaître la densité des liquides, renvoyant aux ouvrages de physique pour les procédés délicats par lesquels on détermine au moyen de la balance la densité des solides, des liquides ou des gaz.

On appelle aréomètres des instruments destinés à mesurer la densité des corps. Ils sont de deux sortes, les aréomètres à volume constant et à poids variable, comme, par exemple, celui de Nicholson, et l'aréomètre à poids constant et à volume variable, tel que le pèse-acide, le pèse-sel, etc. Cette dernière sorte d'aréomètre est la seule dont nous ayons à nous occuper. Elle se compose d'un tube mince, égal, portant une boule pleine d'air à sa base, et au-dessous une autre petite boule dans laquelle on met un corps lourd, du mercure ou du plomb, destiné à lester l'instrument et à l'obliger de s'enfoncer dans le liquide, en conservant sa position verticale. On plonge l'instrument dans de l'eau distillée, et l'on marque 0, au point de la tige qui affleure le liquide. On porte alors l'instrument dans une dissolution faite avec 15 parties de sel marin et 85 parties d'eau ; il s'y enfonce moins et l'on marque 15 au point d'affleurement. On partage en 15 parties ou degrés l'espace compris entre 0 et 15, et on continue à diviser le tube en degrés, en reportant au-dessus et au-dessous des divisions déjà obtenues une échelle qui porte des degrés de même grandeur. Les degrés qui sont placés au-dessous de zéro servent à faire connaître la densité des liquides plus pesants que l'eau ; ceux qui sont placés au-dessus servent pour les liquides plus légers.

Un aréomètre construit de la sorte pourrait servir à reconnaître la différence de densité de tous les liquides ; mais pour cela il faudrait une échelle fort longue qui rendrait l'instrument incommode et fragile ; aussi préfère-t-on ne donner à l'échelle que la longueur nécessaire pour peser certains liquides et avoir plusieurs instruments séparés. Veut-on faire un aéromètre pour les liqueurs denses, on leste l'instrument de manière à ce que le zéro se trouve à la partie la plus haute du tube ; veut-on faire un aréomètre pour les corps légers, le zéro touchera le réservoir d'air et les degrés inférieurs seront supprimés.

L'aréomètre destiné aux acides marque de   0 à 70°
                      aux sels. . . . .   à 40
                      aux sirops. . . . . 20 à 36

L'emploi de l'aréomètre précédent est basé sur ce principe, qu'un corps plus léger qu'un liquide placé à la surface de ce liquide, s'y enfonce de manière à déplacer un volume de ce liquide dont le poids égale son poids propre.

Il en résulte 1° que l'aréomètre doit être plus léger que les liquides pour lesquels on en fait usage ; c'est pour satisfaire à cette condition que l'instrument contient un réservoir d'air qui lui donne de la légèreté ; 2° que pour déplacer un poids égal au sien d'un liquide dense, l'aréomètre doit s'y enfoncer moins que pour déplacer un poids pareil d'un liquide léger ; 3° que la quantité dont l'instrument s'enfonce est un indice certain du plus ou du moins de densité des liquides. Il est une remarque importante à faire dans l'emploi des aréomètres, c'est de prendre le degré, non pas au point où le liquide s'élève le long de la tige de l'instrument ; mais au niveau réel du liquide, au-delà de la courbure qui est produite par le mouvement ascensionnel du liquide sur les parois de l'aréomètre par l'effet de la capilarité.

Aéromètre batave.

C'est l'aréomètre que nous venons de décrire, le zéro est pris dans l'eau distillée. Les degrés pour les liqueurs pesantes sont pris au-dessous du zéro de l'échelle, les degrés pour les liqueurs plus légères que l'eau, comme l'alcool, l'éther, sont pris au-dessus.

Aréomètre de Baumé.

L'aréomètre de Baumé, pour les liqueurs denses, est le même que l'aréomètre batave. Le zéro est pris au point d'affleurement dans l'eau distillée.

Baumé, pour graduer son aréomètre pour les liqueurs légères, a changé son point de départ. Il faisait une solution de 10 parties de sel marin dans 90 parties d'eau distillée ; il y plongeait l'instrument et marquait zéro au point d'affleurement ; il le reportait dans l'eau distillée et il y marquait 10 degrés, puis il continuait à diviser l'échelle en prenant pour base la grandeur des premières divisions. Il résulte de cette construction que le même alcool qui marque zéro à l'aréomètre batave, marque 10 degrés à l'aréomètre de Baumé, et que, par suite, la spirituosité accusée par ce dernier instrument, est toujours de 10 degrés supérieure à celle qui est indiquée par l'aréomètre batave.

Aréomètre de Cartier.

L'aréomètre de Cartier ne s'emploie que pour les liqueurs légères ; c'est une altération de l'aréomètre de Baumé. Il est généralément adopté par le commerce. Le zéro est le même pour les deux instruments, mais l'aréomètre de Cartier s'enfonce à 30 degrés quand celui de Baumé s'enfonce à 32. M. Gay-Lussac a admis, pour base de l'aréomètre de Cartier, que cet aréomètre marque 28 degrés à la température de + 15 dans de l'alcool d'une richesse de 74 centièmes ; l'aréomètre de Baumé marque 29,655 là où l'aréomètre de Cartier marque 28 degrés.

Alcoomètre centésimal.

La construction de cet instrument est due à M. Gay-Lussac. C'est l'aréomètre légal ; ses indications servent de base pour les droits à percevoir sur les alcools. Il indique immédiatement la quantité d'alcool réel qui existe dans un esprit. Cet instrument a été gradué à la température de + 15. Il marque 0 dans l'eau distillée et 100 degrés dans l'alcool absolu. Les degrés intermédiaires ont été obtenus en plongeant successivement l'instrument dans des mélanges en proportions connues d'eau pure et d'alcool. On conçoit du reste que cette suite d'opérations n'est nécessaire que pour la construction d'un thermomètre étalon ; il sert de terme de comparaison pour en graduer d'autres.

Chaque division de l'alcoomètre s'appelle 1 degré centésimal et il exprime la quantité d'alcool absolu. Ainsi l'alcool qui a 60 degrés centésimaux contient 60 pour 100 d'alcool pur ; celui qui marque 90 degrés en contient 90 pour 100. On exprime les degrés centésimaux par la lettre c, mise à droite et au-dessus du chiffre qui exprime les degrés. Ex. 10^c, 15^c, 50^c.

Les variations de température augmentent ou diminuent le volume des liqueurs, et par suite leur densité. Les indications de l'alcoomètre ne sont donc exactes qu'autant qu'elles sont prises à la température de 15 degrés , à laquelle l'instrument a été gradué. L'alcool paraîtra plus fort qu'il ne l'est réellement si la température est supérieure à 15 degrés, et plus faible si elle est au-dessous de ce terme. Les variations peuvent s'élever jusqu'à 12 pour 100 de la valeur du liquide spiritueux de 0 à 30 degrés.

M. Gay-Lussac a construit par expérience des tables où les corrections à faire sont indiquées. Elles font connaître 1° quel serait le véritable degré de l'alcool si la température était + 15; 2° quel est le volume réel d'alcool absolu qui y est contenu. On achète 1000 litres d'alcool à temp. + 2 degrés; il marque 44ᶜ : si la température était + 15, il marquerait 49ᶜ. Mais en chauffant les 1000 litres de + 2 à + 15, leur volume augmenterait et deviendrait 1009 litres; de sorte qu'en livrant 1000 litres à + 2 marquant 44ᶜ, on livre réellement 1009 litres à + 15 marquant 49ᶜ.

On achète 1000 litres d'alcool à 70ᶜ. Si la température est + 15, l'indication est exacte; mais si la température est plus haute, soit + 25, l'alcool indiquera plus de 70ᶜ, et l'acheteur perdra. L'alcoomètre marquant 73 à + 25, on voit par la table que 73ᶜ à + 25 degrés = 70ᶜ à + 15.

Supposons que la température soit zéro, l'alcoomètre ne marquera que 65ᶜ dans de l'alcool ayant réellement 70ᶜ; la table nous apprendra que 65ᶜ à 0 = 70ᶜ à + 25. Je renvoie, pour plus de détails, aux tables et à l'instruction données par M. Gay-Lussac.

Dans le commerce, où l'on ne fait usage que de l'aréomètre de Cartier, on achète l'esprit de vin à la température tempérée (12,5), et l'on compte 1 degré en plus ou en moins de spirituosité, par 5 degrés au-dessus ou au-dessous de cette température; mais on ne tient pas compte de la diminution ou de l'augmentation du volume de la masse. Pour l'eau-de-vie, on ne compte qu'un seul degré de spirituosité pour 10 degrés de température. Mais ces indications sont peu exactes.

Nous donnons une table portant les corrections à faire pour les degrés de l'alcool les plus usités dans la pharmacie. La colonne latérale indique la température observée; les colonnes horizontales les degrés alcoométriques correspondants à ces températures : on veut, par exemple, employer de l'alcool à 56ᶜ pour la préparation d'une teinture; si la température est + 15, l'alcoomètre doit y marquer 56ᶜ; si la température était 0, l'alcoomètre devrait marquer 61,2, et 54,2 si la température était 20.

Temp.	56 c	80 c	85 c	86 c	94 c	Temp.	56 c	80 c	85 c	86 c	94 c
0	61,2	84,3	88,9	89,9	97,1	16	55,6	79,7	84,7	85,7	93,8
1	60,9	84	88,7	89,6	96,9	17	55,3	79,4	84,4	85,4	93,6
2	60,5	83,7	88,5	89,4	96,7	18	54,9	79,1	84,1	85,2	93,3
3	60,2	83,5	88,2	89,2	96,5	19	54,6	78,8	83,9	84,9	93,1
4	59,8	83,2	87,9	88,9	96,3	20	54,2	78,5	83,6	84,6	92,9
5	59,5	82,9	87,7	88,6	96,1	21	53,9	78,2	83,3	84,3	92,6
6	59,1	82,6	87,4	88,4	95,9	22	53,5	77,9	83	84	92,4
7	58,8	82,3	87,2	88,1	95,7	23	53,1	77,6	82,7	83,8	92,1
8	58,5	82	86,9	87,9	95,5	24	52,8	77,3	82,4	83,5	91,9
9	58,1	81,7	86,6	87,6	95,3	25	52,4	77	82,1	83.2	91,6
10	57,8	81,5	86,4	87,4	95,1	26	52	76,7	81,8	82,9	91,4
11	57,4	81,2	86,1	87,1	94,9	27	51,7	76,3	81,5	82,6	91,1
12	57	80,9	85,8	86,8	94,7	28	51,3	76	81,2	82,3	90,9
13	56,7	80,6	85,5	86,5	94,4	29	51	75,7	80,9	82	90,6
14	56,3	80,3	85,3	86,3	94,2	30	50,6	75,4	80,6	81,7	90,4
15	56	80	85	86	94						

Rapport des degrés du pèse-acide et de la densité.

DEGRÉS.	DENSITÉ.	DEGRÉS.	DENSITÉ.	DEGRÉS.	DENSITÉ.
0	1000	25	1210	50	1532
1	1007	26	1221	51	1549
2	1014	27	1231	52	1566
3	1022	28	1242	53	1583
4	1029	29	1252	54	1601
5	1036	30	1261	55	1618
6	1044	31	1275	56	1637
7	1052	32	1286	57	1656
8	1060	33	1298	58	1676
9	1067	34	1309	59	1695
10	1075	35	1321	60	1715
11	1083	36	1334	61	1736
12	1091	37	1346	62	1758
13	1100	38	1359	63	1779
14	1108	39	1372	64	1801
15	1116	40	1384	65	1823
16	1125	41	1398	66	1847
17	1134	42	1412	67	1872
18	1143	43	1426	68	1897
19	1152	44	1440	69	1921
20	1161	45	1454	70	1946
21	1171	46	1470	71	1974
22	1180	47	1485	72	2000
23	1190	48	1501	73	2031
24	1199	49	1516	74	2059

Rapport des indications fournies par différents aréomètres.

BAUMÉ.	CARTIER.	BATAVE.	DENSITÉ.	CENTÉSIMAL (1).
10	10	0	1,000	0
11	10,92	1	0,993	5
12	11,84	2	0,987	10
13	12,76	3	0,979	17
14	13,67	4	0,973	23
15	14,59	5	0,966	29
16	15,51	6	0,960	34
17	16,43	7	0,953	39
18	17,35	8	0,947	43
19	18,26	9	0,941	47
20	19,18	10	0,935	50
21	20,10	11	0,929	53
22	21,02	12	0,923	56
23	21,94	13	0,917	59
24	22,85	14	0,911	61
25	23,77	15	0,905	64
26	24,69	16	0,900	66
27	25,61	17	0,894	69
28	26,53	18	0,888	71
29	27,44	19	0,883	73
30	28,38	20	0,878	75
31	29,29	21	0,872	77
32	30,31	22	0,867	79
33	31,13	23	0,862	81
34	32,04	24	0,857	83
35	32,96	25	0,852	84
36	33,88	26	0,847	86
37	34,80	27	0,842	88
38	35,72	28	0,837	89
39	36,63	29	0,832	91
40	37,65	30	0,827	92
41	38,46	31	0,823	93
42	39,40	32	0,818	94
43	40,31	33	0,813	96
44	41,22	34	0,809	97
45	42,14	35	0,804	98
46	43,06	36	0,800	99
47	43,19	37	0,795	100
48	44,90	38	0,791	»

(1) Les degrés centésimaux ont été indiqués en nombre ronds, en négligeant les fractions.

Poids d'un litre ou densité des divers liquides dont les noms suivent.

	grammes.
Eau distillée	1000
Acide acétique le plus concentré	1063
Id. hydrochlorique à 22°	1180
Id. nitrique le plus concentré	1510
Id. sulfurique à 66°	1847
Alcool absolu	797
Id. du commerce 33°	863
Id. faible eau-de-vie 22°	923
Ammoniaque liquide 22°	923
Éther acétique	917
Id. hydrochlorique	914
Id. nitrique	911
Id. sulfurique 56° B.	758
Id. sulfurique pur, 63° B.	729
Huile de baleine	923,3
Huile d'amandes douces	917
Id. de faîne	917,6
Id. de lin	940,3
Id. d'olives	915,3
Id. de pavot	928,8
Id. de ricin	940,9
Id. volatile de térébenthine	869,7
Lait de vache	1032,4
Id. de chèvre	1034,1
Id. de brebis	1040,1
Id. d'anesse	1035,5
Petit-lait de vache clarifié	1019,3
Vin de Bordeaux	993,7
Id. de Bourgogne	991,7
Id. de Madère	1038,2
Id. de Malaga	1022,1
Vinaigre blanc d'Orléans	1013,5
Vinaigre distillé	1009,5

De la mesure de la température.

La détermination de la température de l'air et des liquides est souvent nécessaire au pharmacien. Il y parvient au moyen d'un instrument que l'on appelle thermomètre et qui est basé sur la propriété que possèdent les corps d'augmenter de volume par la chaleur, et d'en diminuer au contraire par le froid.

Un thermomètre consiste en un tube ou une boule de verre contenant un liquide ; si la température s'élève, le liquide monte dans le tube ; pour apercevoir facilement de petits effets, le tube qui contient le liquide est d'un diamètre très fin ; un faible changement dans le volume du liquide devient alors très sensible.

Pour construire un thermomètre, on prend un tube capillaire portant une boule ou un cylindre à l'une de ses extrémités ; on le fait chauffer et l'on plonge l'extrémité ouverte dans du mercure ; à mesure que l'air intérieur se refroidit, il diminue de volume et il est remplacé par du mercure. On porte celui-ci à l'ébullition, et quand on suppose que la vapeur du mercure a chassé devant elle tout l'air de l'instrument, on plonge de nouveau le bout ouvert du thermomètre dans le mercure pour le remplir complétement. On chauffe de nouveau le mercure pour faire sortir ce qu'il peut y en avoir d'excédant, et l'on ferme le thermomètre en exposant son extrémité au dard de la flamme d'un chalumeau.

Pour graduer le thermomètre, on le plonge dans de la glace fondante, et l'on marque zéro au point où le niveau de mercure s'établit ; on expose ensuite l'instrument à l'action de la vapeur d'eau se produisant librement à l'ébullition, dans un vase métallique et sous la pression de 76 cent., et l'on marque 100 degrés au point où le mercure s'est élevé. On divise en cent parties l'espace entre 0 et 100, et l'on rapporte des degrés de même grandeur au-dessous et au-dessus pour avoir les indications des températures plus basses que 0 ou plus élevées que 100 degrés. On exprime les degrés thermométriques au-dessus de zéro par le signe $+$ et les degrés au-dessous de zéro par le signe $-$.

Le thermomètre ainsi construit s'appelle thermomètre centigrade. Il a été fait à l'imitation de celui de Réaumur, et ils ne diffèrent, en effet, l'un de l'autre, qu'en ce que l'espace entre la glace fondante et la vapeur de l'eau bouillante est partagée en 80 degrés dans le thermomètre de Réaumur et en 100 degrés dans le thermomètre centigrade.

En Angleterre et dans une partie de l'Allemagne, on se sert du thermomètre de Fahrenheit. Le zéro y est obtenu par un mélange de sel marin et de neige, et l'instrument marque 212 degrés dans la vapeur de l'eau bouillante. Le zéro du thermomètre ordinaire correspond au 32ᵉ degré de Fahrenheit, de sorte que l'espace qui est partagé en 100 degrés dans le thermomètre centigrade, est partagé en 180 degrés du thermomètre de Fahrenheit.

Tableau comparatif des thermomètres centigrade, de Réaumur et de Fahrenheit.

Centigrade.	Réaumur.	Fahrenheit.	Centigrade.	Réaumur.	Fahrenheit.
— 20°	— 16°	4°	55°	44°	131°
15	12	5	60	48	140
10	8	14	65	52	149
5	4	23	70	56	158
0	0	32	75	60	167
5	4	41	80	64	176
10	8	50	85	68	185
15	12	59	90	72	194
20	16	68	95	76	203
25	20	77	100	80	212
30	24	86	105	84	221
35	28	95	110	88	230
40	32	104	115	92	239
45	36	113	120	96	248
50	40	122			

Les thermomètres qui sont faits avec du mercure sont les meilleurs, parce que le métal étant conducteur, la chaleur s'y propage plus aisément; parce que le mercure n'entrant en ébullition qu'à une température élevée, peut fournir des indications pour des températures bien supérieures à l'eau bouillante; parce que l'augmentation de volume indiquée par le mercure quand il est renfermé dans des enveloppes de verre se fait d'une manière régulière, au moins entre 0 et 100 degrés.

On emploie des thermomètres faits avec de l'esprit de vin. Ils ne peuvent servir que pour des températures peu élevées; mais ils sont les seuls dont on puisse faire usage pour reconnaître de grands degrés de froid, parce que le mercure se congèle à une température de — 40 d.

ABRÉVIATIONS USITÉES DANS LES FORMULES.

R.	Recipe, prenez.
F. S. A. . . .	Fiat secundum artem, faites selon l'art.
M.	Misce, mêlez.
Div.	Divisez.
Solv.	Dissolvez.
Fasc. j. . . .	Fascicule ou brassée (ce que le bras plié peut embrasser).
Man. j. . . .	Manipule ou poignée (ce que la main peut empoigner).
Pugil. j. . . .	Pincée (ce que peuvent pincer les trois premiers doigts de la main).
Cyat. j. . . .	Verrée.
Cochl. j. . .	Cuillerée.
Gutt.	Goutte.
N° 1, 2. . . .	Le nombre de morceaux ou de parties.
Ana ou aa. . .	De chaque.
P. E.	Parties égales.
Q. S. ou S. Q.	Suffisante quantité.
Q. V.	Quantum volueris, ce que vous voudrez.
℔.	Livre.
℥.	Once.
ʒ.	Gros.
Ɔ.	Scrupule.
Gr.	Grain.
Pil.	Pilule.
Pot.	Potion.
Pulv.	Poudre.
Tinct.	Teinture.

LIVRE PREMIER.

DES OPÉRATIONS PHARMACEUTIQUES EN GÉNÉRAL.

LOTION OU LAVAGE.

C'est l'opération qui consiste à laver les corps. Elle a pour but de séparer quelques matières étrangères adhérentes à leur surface. On lave les racines dans l'eau, pour ramollir et détacher la terre qui y est adhérente. On lave la gomme arabique, pour en séparer les corps étrangers et une matière extractive amère qui occupe sa surface.

Le lavage est fréquemment usité dans les laboratoires. Il sert à purifier les précipités. Ce sont des dépôts pulvérulents formés au milieu d'une liqueur qui contient des principes solubles, et qui en restent imprégnés.

Quelques personnes réservent le mot lotion pour cette opération, et ils appellent lavage celle où le liquide n'exerce qu'une sorte d'action mécanique, comme le lavage que l'on fait subir aux feuilles ou aux racines des plantes, pour les débarrasser de la terre qui y est attachée.

Le liquide qui sert à laver, peut être de nature très différente. Il agit toujours en pénétrant entre les particules qui composent le précipité, et en entraînant les corps solubles. Le lavage se fait par décantation, ou sur un filtre. On lave sur un filtre en y versant le précipité délayé, et faisant passer au travers, sur le filtre même, une quantité de liquide plus ou moins grande. Ce procédé a le défaut que souvent le liquide se fait des routes qu'il traverse avec rapidité, de sorte qu'il ne pénètre pas dans tout l'intérieur de la masse, et le lavage est incomplet. On a moins à craindre cet inconvénient quand on opère sur de petites quantités de précipité.

2.

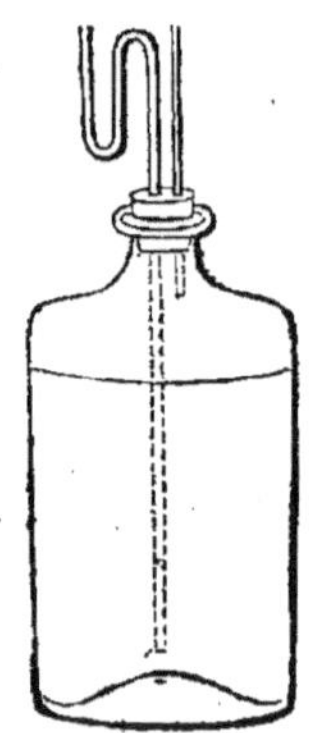

Dans ce cas on se sert avec avantage de la bouteille à laver. C'est un flacon qui contient de l'eau ou tout autre liquide, et qui permet de le verser par petit filet sur toutes les parties du filtre. Le dessin ci-contre représente la bouteille à laver la plus commode. C'est un flacon dont le bouchon est percé de deux trous : l'un livre passage à un tube droit rétréci à son extrémité, l'autre est un tube en S dont la longue branche plonge profondément dans le flacon. Quand on incline cette bouteille, l'eau sort en filet par l'extrémité du tube droit, et l'air rentre à mesure par le tube en S.

On se sert quelquefois avec avantage de la bouteille à laver ci-contre, que l'on doit à M. Berzélius : c'est un flacon ordinaire dont le bouchon est traversé par un tube capillaire. On souffle fortement par l'extrémité du tube, de manière à introduire de l'air dans la bouteille ; l'eau en sort alors avec assez de force par l'extrémité du tube, sous l'influence de la pression intérieure ; le jet rapide qui en résulte est fort utile pour détacher les matières qui se sont attachées aux parois des filtres, et pour les précipiter vers le fond.

Quand les précipités sont abondants, il faut préférer le lavage par décantation. On délaie, à plusieurs reprises, la poudre dans un liquide convenable, et, à chaque fois, on laisse déposer et l'on décante.

On conçoit facilement qu'après quelques décantations le lavage soit terminé. Supposons que la quantité totale du liquide soit de 10 litres, et que l'on puisse en retirer chaque fois 8 litres par décantation ; après la première décantation, il ne restera plus que 0,2 de la matière dissoute ; après la deuxième décantation, il n'en restera plus que 0,02 ; après la troisième que 0,002. De sorte qu'un petit nombre de décantations suffira pour entraîner toute la dissolution. Quand le lavage est terminé, on jette le tout sur un filtre, pour laisser égoutter le précipité, et le recueillir avec plus de facilité.

Quand on fait les lavages par décantation, les vases les plus commodes sont les vases cylindriques plus larges en bas qu'en haut ; l'inclinaison de leurs parois empêche le précipité de pouvoir s'y arrêter. Il tombe tout entier au fond du vase, et le courant qui s'établit dans le liquide, lors de la décantation, ne peut en entraîner aucune portion.

DÉCANTATION.

La décantation est une opération qui consiste à séparer les liquides des dépôts qu'ils surnagent. Comme la filtration, elle a pour but d'isoler les particules liquides des matières solides ; elle en diffère par la manière de procéder. Pour décanter, il faut d'abord laisser précipiter, par le repos, tous les corps qui sont en suspension dans la liqueur, et soutirer ensuite la partie qui s'est éclaircie. Quand on opère sur des masses considérables, le meilleur moyen de décanter consiste à se servir de vases percés, à leur paroi latérale, d'un trou que l'on ferme avec un robinet ou un bouchon ; cette ouverture doit être pratiquée au-dessus du fond du vase, à une hauteur telle que le dépôt ne s'élève pas jusque-là. Quand la matière s'est clarifiée par le repos, on ouvre le robinet et on reçoit le liquide dans un vase convenable.

Ce procédé est applicable également à de petites masses ; mais on lui préfère alors l'emploi du siphon. Le siphon le plus simple est un tube recourbé sur lui-même, de manière à avoir à peu près la forme d'un V renversé dont une des branches serait plus longue que l'autre. On plonge la branche la plus courte dans la liqueur, et l'on aspire par l'extrémité de la grande branche. Le liquide s'élève dans le siphon, le remplit bientôt, et continue de s'écouler jusqu'à ce que son niveau soit abaissé jusqu'à l'extrémité inférieure de la petite branche.

Rien de plus simple que la théorie de cet instrument. Au moment où l'on plonge la branche la plus courte dans un liquide, celui-ci y pénètre et s'y élève à la même hauteur que dans le vase. C'est que l'air pèse également sur la surface du liquide dans le vase, et sur sa surface dans le siphon ; mais en aspirant par l'extrémité de la branche la plus longue, on enlève une partie de l'air contenu dans le siphon, et par suite on diminue dans cette partie la force élastique de l'air intérieur.

La pression de l'atmosphère, à l'extérieur, devenue prépondérante, fait monter dans le siphon le liquide, qui ne tarde pas à en remplir la capacité. Alors l'écoulement continue, parce que la pesanteur de l'air, qui s'exerce à l'extrémité de la longue branche du siphon, et qui est sensiblement égale à celle que ce fluide exerce sur la surface du liquide dans le réservoir, ne peut supporter l'excédant de poids qui résulte de la plus grande longueur de la colonne du liquide dans la grande branche, et cet effet se maintient pendant tout le temps que dure l'écoulement du liquide.

Quand les liquides sont de nature telle, que l'on puisse craindre d'en aspirer en faisant le vide dans la capacité du siphon, on adapte, vers l'extrémité de la grande branche, un second tube étroit qui remonte le long de cette branche, et par le bout duquel on fait l'aspiration. On a le soin de boucher l'extrémité du siphon avec son doigt au moment où l'on aspire, et on l'enlève pour livrer passage au liquide aussitôt que celui-ci est descendu jusque près de cette extrémité.

Lorsque les liqueurs dégagent des vapeurs dangereuses à respirer, il est convenable de modifier le procédé opératoire. On se sert du siphon simple; mais avant de le plonger dans le liquide, on le remplit d'un liquide semblable, ou de tout autre que l'on puisse sans inconvénient mêler au produit. On bouche avec les doigts les deux bouts du siphon, on plonge l'extrémité la plus courte dans le liquide et l'on ôte son doigt de l'extrémité de la grande branche; l'écoulement s'établit aussitôt.

Le siphon de Hempel pourrait être employé dans le même cas. C'est un siphon ordinaire dont la branche la plus courte est repliée sur elle-même, et en dehors à son extrémité. On la plonge dans le liquide, et l'on y adapte un entonnoir dont le col est assez long pour s'élever au-dessus de la hauteur du siphon. On verse une portion du liquide à décanter dans l'entonnoir, et on retire celui-ci aussitôt que l'écoulement commence à se faire par la branche longue. Ici c'est la pression exercée par le liquide dans l'entonnoir, qui détermine l'ascension, et une fois que l'écoulement est établi, et que l'on a retiré le tube, on rentre dans les conditions du siphon ordinaire.

Quand les liqueurs sont renfermées dans des vases à ouverture étroite, on se sert avec avantage du siphon de Bunten.

C'est un siphon ordinaire qui porte une boule vers le haut de la branche la plus longue. On remplit de liquide la branche longue et la boule, et l'on immerge la petite branche. La boule en se vidant entraîne le liquide en contact avec la branche courte, et bien que la boule soit en partie vidée, le courant du liquide se maintient. On peut encore, dans les mêmes circonstances, se servir de l'appareil suivant : on ferme le col du vase par un bouchon percé de deux trous, l'un destiné à livrer passage au siphon, et l'autre, à un petit tube qui plonge dans le liquide. Le tout doit être adapté de manière à ce que l'air extérieur ne puisse pas pénétrer entre le bouchon et les parois du vase, et ceux des tubes. On souffle par l'extrémité du petit tube ; par là, on augmente la quantité d'air dans la capacité vide du vase, et, par conséquent, la pression qui est exercée à la surface du liquide. Quand elle s'est suffisamment accrue, elle détermine l'ascension du liquide dans le siphon.

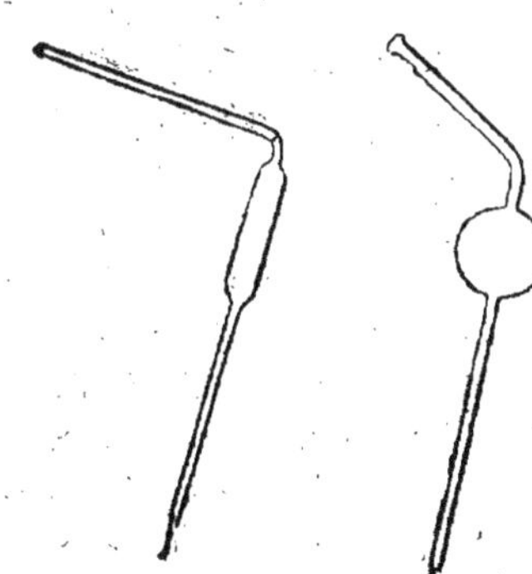

Quand on ne doit soutirer que de petites quantités de liquides, on le fait commodément au moyen d'une pipette. Une pipette est un tube, le plus ordinairement en verre, d'une des formes ci-contre : veut-on s'en servir, on plonge l'extrémité effilée dans la liqueur et l'on aspire avec la bouche pour faire monter le liquide et remplir en grande partie la pipette ; bouchant alors avec le doigt un peu humecté l'ouverture supérieure, on porte la liqueur, sans qu'elle se répande, jusqu'au vase où l'on veut la recevoir. Elle s'écoule aussitôt que l'on ôte le doigt. On se sert, plus en petit encore, d'une mèche de coton ou d'une petite lame de papier non collé, dont un bout plus long que l'autre pend en dehors. Le liquide s'écoule le long de ce siphon, et laisse presque à sec le précipité qui occupe le fond du vase.

FILTRATION.

La filtration est un procédé mis en usage pour séparer d'un liquide toutes les molécules qui n'y sont que suspendues, en lui faisant traverser un corps dont les pores très serrés permettent seulement la pénétration du liquide. L'appareil qui sert à la filtration prend toujours le nom de filtre. Le papier, les étoffes de laine, de fil, le coton cardé, le sable, le verre, etc., sont la matière la plus ordinaire des filtres, et l'on est déterminé dans son choix par la nature même du filtre et celle des liqueurs qui doivent le traverser.

Le filtre de papier est le plus employé de tous. Il contient souvent des matériaux solubles, qui se dissolvent dans les liqueurs à mesure que la filtration se fait, et leur communiquent une odeur et une saveur désagréables. C'est surtout dans les liqueurs peu sapides, comme le petit lait, ou dans celles qui, destinées à l'usage de nos tables, doivent avoir une saveur très franche, que cet inconvénient se fait sentir. On l'évite en se servant de papier peu coloré, et en le lavant à plusieurs reprises avec de l'eau bouillante avant de s'en servir.

On dispose le papier qui doit servir à filtrer, en le pliant à plusieurs reprises sur lui-même, de manière à lui donner la forme d'un cône en zig-zag, qui se prête à la forme de l'entonnoir, mais qui ne le touche que par quelques points. Cette disposition est indispensable, car le liquide ne passe que dans les parties où le papier n'est pas en contact avec le verre.

On ajoute quelquefois des brins de paille ou de bois qui ont pour effet d'empêcher le contact du papier avec le verre sur un plus grand nombre de points. En Allemagne, on s'est servi, pour le même usage, d'entonnoirs cannelés ; mais comme le papier mouillé pénètre facilement dans les cannelures, ils ne sont pas d'un bon emploi.

Il ne faut pas trop enfoncer le papier dans l'entonnoir, parce qu'il obstruerait le passage et empêcherait la filtration. Il ne faut pas non plus qu'il ne le soit pas assez, car le fond du filtre perdrait ses plis; il s'arrondirait, et, n'étant plus soutenu par les parois du vase, il céderait à la pression du liquide et se déchirerait.

Quand on a beaucoup de matière à filtrer, on supprime l'entonnoir, et l'on se contente d'étendre le papier sur une toile tendue sur un châssis.

Cette filtration sur des carrés ne peut s'exécuter pour toutes les liqueurs. Celles qui ont pour base des véhicules volatils éprouveraient trop de perte, à cause de la lenteur avec laquelle se fait la filtration.

Les filtres disposés de cette manière ont une grande capacité, mais il débitent peu. Quand on est pressé, on gagne du temps à multiplier les filtres de papier dans les entonnoirs.

Quand la liqueur que l'on veut épurer contient un dépôt pulvérulent abondant, il est inutile d'employer l'intermède du papier. Il suffit d'une simple toile tendue sur un châssis. Les premières portions de liquide qui la traversent sont troubles; mais bientôt le diamètre des pores du filtre se trouve diminué par l'interposition des particules du précipité, et la liqueur passe claire. On reverse sur le filtre les portions de liquide qui ont passé en premier.

Les filtres de laine sont employés pour filtrer les sirops.

On leur donne diverses formes, et ils prennent le nom de blanchets, chausse d'Hippocrate, filtre de Taylor, etc. (*Voy.* Sirops).

Les filtres de laine peuvent également servir pour d'autres liqueurs que les sirops; mais ils ne peuvent être employés pour les liqueurs chargées de potasse ou de soude en dissolution, qui auraient bientôt détruit le filtre.

Les filtres de coton sont réservés pour les fluides qu'on regarde comme précieux, soit à cause de leur prix, soit à raison des petites quantités que l'on a pu s'en procurer. On introduit dans le col d'un entonnoir un peu de coton cardé que l'on comprime légèrement, et l'on verse dessus le liquide. Il suinte goutte à goutte. Ce moyen n'entraîne avec lui presque aucun déchet. On s'en sert en particulier pour les huiles essentielles.

Les filtres en verre pilé sont surtout réservés pour les acides concentrés. On place d'abord dans le col de l'entonnoir des morceaux de verre grossiers; on les recouvre successivement par du verre de plus en plus divisé, et l'on termine par une couche de verre en poudre. C'est sur celui-ci que l'on verse l'acide. Il dépose à la surface les matières qui troublaient sa transparence, et il s'écoule par le bec de l'entonnoir. Il faut avoir la précaution de faire tremper le verre qui doit entrer dans la composition d'un filtre, dans de l'acide muriatique concentré qui dissout toutes les parties terreuses adhérentes, et de le laver ensuite à grande eau pour séparer tout l'acide excédant.

On emploie encore comme filtre une couche de sable ou des pierres poreuses, qui laissent passer l'eau et retiennent le limon. Ce sont les filtres les plus usités dans les ménages. Il faut avoir le soin de brosser souvent la surface de ces pierres, pour détacher le dépôt qui s'y est attaché, sans quoi la filtration languit et cesse bientôt tout à fait. On a observé que l'eau filtrée est moins aérée que celle qui s'est clarifiée par le repos : aussi, quand on la destine à servir de boisson, doit-on préférer cette dernière, toutes les fois que l'on peut s'en procurer, ou bien aérer l'eau après la filtration.

Les filtres de charbon sont communément employés. La faculté qu'a ce corps d'absorber les gaz et de se combiner aux matières colorantes, le rend précieux dans un grand nombre de cas. Dans les laboratoires, pour user du filtre de charbon, on verse le liquide sur une couche de charbon en poudre (*V.* filtre de Dumont, à l'art. SIROPS). Dans les arts, on fabrique des pierres poreuses artificielles dont le charbon fait partie; mais sa présence n'y est pas d'un grand avantage; car il a bientôt produit tout son effet. Au bout d'un temps assez court, il n'agit plus que mécaniquement, à la manière des autres éléments qui entrent dans la composition de la pierre.

Le charbon absorbe les gaz à la manière de tous les corps poreux. C'est par là qu'il détruit la fétidité des liqueurs. Il se combine chimiquement aux matières colorantes. Cette propriété, comme l'a montré M. Bussy, est modifiée par l'état physique et chimique du charbon. Celui qui provient des végétaux, et qui contient de l'hydrogène, décolore les liquides moins efficacement que le charbon azoté que les matières animales laissent après leur calcination. L'état de division du charbon influe aussi puissamment sur sa faculté décolorante. Si on mêle une matière végétale ou animale à une substance terreuse, et que l'on calcine, les particules du charbon, isolées les unes des autres par l'interposition d'un corps étranger, ne peuvent se réunir, et le charbon, plus divisé, décolore mieux les liquides. Cet effet est particulièrement remarquable dans le charbon provenant de matières animales qui contiennent tout naturellement des substances minérales interposées;

sans doute le mélange du charbon y est plus intime qu'on ne pourrait le faire artificiellement : tels sont les os, qui servent presque exclusivement à la préparation du charbon animal. Peut-être aussi dans quelques cas la présence du sel calcaire n'est-elle pas sans influence sur le résultat.

M. Donovan a publié un appareil fort simple, propre à la filtration des liquides auxquels l'accès de l'air serait nuisible, ou qui sont volatils. Veut-on, par exemple, filtrer une dissolution d'alcali caustique, on place dans le tuyau en entonnoir du vase A un bouchon en toile commune lâchement roulée, en ayant soin d'éviter que le bouchon presse les parois. On verse dessus la dissolution alcaline ; dès qu'elle passe claire, on introduit le bec de A dans le col du vase inférieur D, dans lequel il entre à frottement. On adapte alors le tube C, et la filtration continue sans qu'il y ait possibilité d'absorption d'acide carbonique. Cet appareil est également très convenable pour filtrer les liqueurs alcooliques ou éthérées et les fluides ammoniacaux. Si on voulait s'en servir pour des acides, on remplacerait le bouchon de toile par du verre, que l'on disposerait ainsi qu'il a été enseigné plus haut.

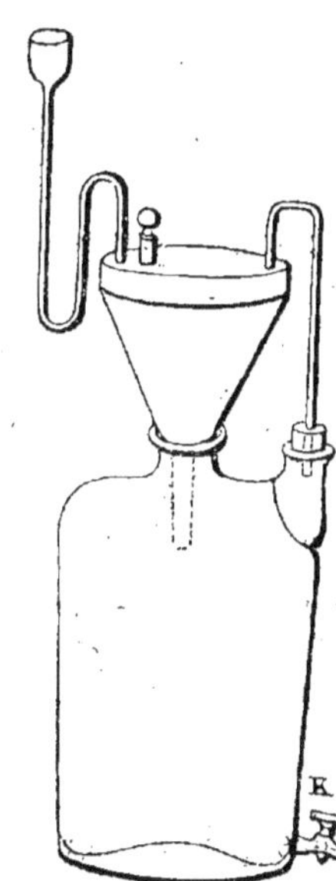

M. Riouffe se sert d'un vase supérieur, dont la forme permet l'introduction d'un filtre ordinaire. A sa partie supérieure, il adapte un tube en S, qui sert à l'introduction du liquide, sans qu'il soit nécessaire de déboucher l'appareil. Un petit tube, bouché à l'émeril, permet de livrer passage à la colonne d'air que déplace le liquide introduit.

Le robinet K, placé au-dessus du fond du récipient, laisse dans celui-ci les dépôts qui ont pu s'y former.

VAPORISATION ET ÉVAPORATION.

Vaporiser et évaporer, c'est réduire un corps en vapeurs ; mais dans la pratique ces deux opérations diffèrent essentiellement en ce que, dans la vaporisation, on considère la vapeur et ses effets ; dans l'évaporation, c'est, au contraire, le résidu. Ainsi, on vaporise pour faire certaines fumigations ; on évapore pour concentrer sous un plus petit volume les sucs, les solutions, etc. La manière de produire la vaporisation est variable suivant la nature de la vapeur que l'on veut produire, et suivant l'emploi auquel on la destine. Nous y reviendrons en traitant des fumigations.

L'évaporation est fondée sur la propriété que les liquides possèdent de se réduire en vapeurs. Ces corps forment dans toutes les circonstances une certaine quantité de vapeurs qui est proportionnelle à l'espace dans lequel ils sont placés, et à leur température. Cette quantité est constamment la même pour un espace donné, qu'il soit vide ou plein d'air ; elle varie avec la température ; elle est d'autant plus grande que la température est plus élevée. On observe que la vaporisation se fait plus vite dans le vide que dans l'air, sans doute à cause de l'empêchement mécanique que trouvent les particules de vapeur à se loger entre les particules de gaz : mais avec le temps, la proportion de vapeur formée dans un même espace vide ou plein d'air est absolument la même.

En faisant l'application de ces principes à l'évaporation, on trouve :

1° Que dans une atmosphère saturée d'une vapeur, l'évaporation du liquide qui l'a fournie ne se fait pas.

2° Que dans un espace limité, qui n'est pas saturé de vapeurs, l'évaporation se fait jusqu'à ce que cet espace se soit saturé.

3° Que dans un espace illimité, comme est l'air atmosphérique qui est renouvelé sans cesse par son mouvement à la surface du liquide, l'évaporation n'a de limite que la quantité du liquide, à moins que l'air n'ait été saturé de ses vapeurs, ainsi qu'il arrive quelquefois pour l'eau après plusieurs jours de pluie ; que l'évaporation est plus rapide à mesure que l'air est plus éloigné de l'état de saturation.

4° Que l'évaporation est plus prompte à mesure que la température est plus élevée. Suivant Dalton, elle est proportionnelle à la force élastique de la vapeur qui se forme.

5° Qu'en augmentant le mouvement de l'air, l'évaporation est plus prompte.

Suivant la manière dont on évapore un liquide, on peut distinguer : 1° l'évaporation dans le vide ; 2° l'évaporation spontanée ; 3° l'évaporation par la chaleur.

L'évaporation dans le vide est rarement employée pour la préparation des médicaments ; on en fait un usage assez fréquent dans les laboratoires pour concentrer des liqueurs facilement altérables par la chaleur et l'air ; on place ces liquides en couches minces dans un vase très aplati placé au-dessus d'un autre vase qui contient un corps capable d'absorber la vapeur à mesure qu'elle se forme. Au moyen de cette précaution, la formation des vapeurs est continue ; sans elle l'évaporation s'arrêterait aussitôt que l'intérieur de la cloche serait saturé de vapeurs. On se sert ordinairement, pour soutirer la vapeur d'eau, d'acide sulfurique concentré, de chlorure de calcium sec ou de chaux vive, tous composés dont l'affinité pour l'eau est très prononcée. L'évaporation dans le vide est cependant employée en grand dans les arts pour la concentration des sirops, mais alors on fait le vide au moyen de la vapeur. Parry a décrit un appareil de ce genre pour la préparation des extraits (*Voyez* EXTRAITS).

On appelle évaporation spontanée celle qui se fait à l'air libre. On place le liquide dans des vases très larges que l'on recouvre seulement d'un papier, pour éviter qu'il ne soit sali par les corps qui voltigent dans l'air. Il se fait de la vapeur, qui est entraînée à mesure par le courant d'air. La surface du liquide se trouve continuellement en contact avec un espace nouveau propre à se charger de vapeurs, de telle sorte qu'au bout d'un temps plus ou moins long l'évaporation est complète.

La température de l'air, son état hygrométrique et la vitesse de son mouvement influent puissamment sur l'évaporation spontanée. Les effets que l'on obtient participent à la fois de ces trois causes. Soit une solution abandonnée à l'évaporation spontanée, elle s'évaporera d'autant plus vite que l'air sera plus chaud et plus sec, et que sa marche sera plus rapide. Il pourra arriver cependant que l'évaporation se fasse mieux dans un air froid que dans un air chaud, si le premier est sec, et le second chargé d'humidité.

Nous avons vu, en effet, que, dans un espace donné, il ne peut se former qu'une quantité déterminée de vapeurs : la conséquence de ce principe est qu'un air saturé d'humidité, en arrivant à la surface d'une dissolution, ne pourra plus se charger de vapeurs, bien qu'il réunisse ces deux conditions d'être à une température élevée et de former un courant rapide. Il pourra même arriver que la dissolution lui enlève une partie de son humidité, si cette dissolution est concentrée, et que le corps dissous ait beaucoup d'affinité pour l'eau.

L'évaporation, à l'aide de la chaleur, se fait à des températures assez variables. On porte le liquide à l'ébullition, si la vaporisation peut être accélérée sans inconvénients. On opère au bain-marie ou à la chaleur de l'étuve, si l'on craint qu'une élévation plus forte de température ne détermine quelque changement dans la nature des matières dissoutes. Dans tous les cas, il est convenable de multiplier les surfaces autant que possible, et l'on y parvient en se servant de vaisseaux évaporatoires très évasés, et en agitant les liqueurs d'un mouvement continu.

La chaleur augmente la vitesse de l'évaporation, en donnant au liquide la faculté de produire une plus grande quantité de vapeurs à la fois, et de contrebalancer de plus en plus la résistance de l'air. Au terme de l'ébullition, la vaporisation n'est plus limitée que par le refroidissement que détermine la formation des vapeurs. L'air ne peut plus opposer d'obstacle à leur dégagement; car la force avec laquelle la vapeur tend à s'échapper est égale à la résistance de l'air; ou, en d'autres termes, la tension élastique de la vapeur est égale à celle de l'atmosphère. Aussi, à cette époque, on voit de grosses bulles de vapeurs se succéder rapidement, et venir crever à la surface du liquide : c'est le phénomène nommé *ébullition*.

L'ébullition ne se fait pas pour tous les liquides à la même température, et un même liquide, dans des circonstances différentes, exige, pour entrer en ébullition, des degrés de chaleur différents. En général, on peut dire que l'eau bout à 100 degrés, l'alcool pur à 78 degrés, l'éther sulfurique à 35 degrés. Mais ces degrés peuvent changer avec la pression de l'atmosphère, la nature des vases, et celle des matières qui sont tenues en dissolution.

Nous avons dit que l'ébullition se manifeste quand la vapeur qui se fait dans un liquide a acquis une tension élastique égale à celle de l'air. Il est, par conséquent, facile de prévoir l'influence que les variations dans la pesanteur de l'air exerceront sur le terme d'ébullition d'un liquide. Si cette pression est moindre; si, par exemple, on se transporte sur des hauteurs, là où la colonne d'air a moins d'élévation, les liquides entrent plus tôt en ébullition, parce que, la pesanteur de la colonne d'air étant diminuée, il n'est pas nécessaire, pour vaincre la résistance qu'elle oppose à la vaporisation, que la vapeur atteigne une tension aussi considérable. Le contraire arrive dans les digesteurs fermés : l'air et la vapeur qui composent l'atmosphère exercent, à la faveur de la température, une pression très forte qui s'oppose à l'ébullition du liquide qui y est soumis; lequel acquiert, par le fait même de son degré de chaleur considérable, une faculté dissolvante plus prononcée, dont on tire souvent avantage dans la pratique. Mais cette pression venant à cesser brusquement, ce qui arrive si on ouvre instantanément la machine, il se forme aussitôt une quantité de vapeur proportionnelle à l'excès de température du liquide, et celui-ci se trouve ramené à son degré ordinaire d'ébullition.

Quand un liquide a dissous quelque substance, on observe qu'en général le terme de son ébullition est retardé, et l'on en trouve la cause dans l'affinité du liquide pour le corps dissous, de sorte que l'ébullition est plus tardive à mesure que le corps tenu en dissolution exerce sur le liquide une action chimique plus énergique, et que sa proportion est plus considérable. On peut même se servir avec avantage de cette observation pour constater le degré d'affinité d'un solide pour un liquide. Ainsi, en voyant le sel de Saturne et le sublimé corrosif changer à peine le point d'ébullition de l'eau, le sel marin la retarder de quelques degrés, et une solution saturée de muriate de chaux ne bouillir qu'à 120 degrés, on en conclut que l'affinité du muriate de chaux pour l'eau est très grande, que celle du muriate de soude est moyenne, et que le sublimé corrosif et l'acétate de plomb n'exercent sur l'eau qu'une action très faible.

La nature des vases dont on fait usage influe aussi sur le degré d'ébullition des liquides. Ceux-ci bouillent plus tôt dans des vases métalliques que dans des vases de terre ou de verre, et plus facilement dans des vases qui présentent des aspérités que dans des vases polis. On facilite même beaucoup l'ébullition, en ajoutant au liquide quelque corps étranger, comme des grains de sable ou de verre, et surtout de la limaille métallique. On voit les bulles de vapeur se former à toutes les aspérités, et l'ébullition est hâtée de plusieurs degrés. M. Bostock a observé une différence de 27,7 degrés centigrades entre de l'éther qui bouillait dans un tube de verre bien uni, et celui auquel, dans le même tube, il ajoutait quelques petits copeaux de hêtre. Le terme d'ébullition de l'alcool, dans les mêmes circonstances, a varié de 7,7°, et celui de l'eau de 2° à 2,7°.

L'eau bout dans un vase de verre par intervalles et avec bruit. Beaucoup d'autres liquides présentent le même phénomène. Il en résulte une secousse qui occasionne souvent la fracture des vases. Cette ébullition brusque est connue en chimie sous le nom de soubresaut. Elle paraît provenir de ce que l'adhérence que le liquide a contractée avec la surface polie du verre, oppose un obstacle à la formation de la vapeur. Alors, le liquide s'élève de quelques degrés au-dessus de son terme ordinaire d'ébullition, jusqu'à ce que cet état soit dérangé par son propre excès. A ce moment, il se produit une bouffée de vapeur, le liquide est projeté, et le vase lui-même est soulevé. On parvient toujours à se mettre à l'abri de cet inconvénient en mettant dans la cornue ou la capsule quelques parcelles métalliques. On préfère le platine, qui n'est attaquable que par un très petit nombre d'agents chimiques.

DE L'ÉLECTION ET DE LA RÉCOLTE.

Les matières employées comme médicaments appartiennent au règne organique ou au règne inorganique. La seule recommandation à faire pour le choix des substances minérales, est de les prendre dans le plus grand état de pureté possible. Au reste, le nombre de celles que la médecine emploie est extrêmement limité, et le pharmacien trouve dans ses connaissances minéralogiques les caractères propres à les distinguer.

C'est en plus petite proportion encore que les substances animales sont mises en usage. Peu d'entre elles entrent dans la confection des médicaments, et la plupart, fournies par le commerce, ne laissent au pharmacien que le soin d'un choix dans lequel il est guidé par la matière médicale.

Quand on emploie les animaux entiers ou leur chair, il faut préférer ceux qui sont dans la vigueur de l'âge et de la santé. Leurs sucs ont acquis toute l'élaboration dont ils sont susceptibles, et jouissent au plus haut degré des propriétés qu'on y recherche. Dans quelques circonstances rares, on préfère les jeunes animaux ; le veau et le poulet en sont des exemples connus. Leur chair, très gélatineuse, fournit des boissons dont l'effet émollient ne se retrouverait pas au même degré dans leur viande plus faite.

Les substances végétales présentent trop d'intérêt, par la quantité que l'on en consomme, et les services qu'elles rendent à l'art de guérir, pour que nous soyons aussi brefs dans l'exposition des règles à suivre dans leur choix.

L'époque la plus favorable à la récolte des végétaux, que Vanhelmont nommait temps balsamique, n'est pas la même pour tous, et elle influe beaucoup sur leurs propriétés. L'âge des plantes et le terrain sur lequel elles croissent ont surtout une influence très marquée. L'effet de la culture ne peut non plus être révoqué en doute. Enfin, nous verrons qu'il n'est pas indifférent d'employer telle ou telle partie d'un même végétal.

On sait que les jeunes plantes contiennent beaucoup d'eau et de principes mucilagineux. Aussi, est-il très rare que, dans cet état, elles soient employées comme médicament. Les plantes mucilagineuses sont peut-être les seules que l'on puisse employer à cette première époque de leur vie; encore le mucilage est-il plus élaboré quand elles ont parcouru une plus longue période de végétation. Il existe de nombreux exemples de cette différence entre les propriétés des plantes dans leur jeunesse et à un âge plus avancé. L'expérience nous a appris que la bourrache peu développée ne contient presque que du mucilage. Plus tard on y trouve des matières extractives et des sels, en particulier du nitrate de potasse. Les nègres se nourrissent sans inconvénient des jeunes pousses de l'apocyn, et les paysans toscans de celles de la viorne clématite. En Suède, on mange l'aconit dans sa jeunesse. Les feuilles naissantes des chicoracées et des cynarocéphales sont un aliment agréable; plus développées, elles sont remplies d'un suc très amer, etc.

Les mêmes observations peuvent être faites sur les parties séparées des plantes. Ainsi, les feuilles sont plus chargées de sucs extractifs avant la floraison; l'aubier est plus aqueux au temps de la sève; les écorces changent de composition à mesure qu'elles vieillissent.

L'influence du terrain sur les propriétés des végétaux est mal

I. 3

connue. Les nombreux exemples que nous en avons ne permettent cependant pas de la révoquer en doute. Nous voyons des ombellifères être aromatiques quand elles croissent dans un sol sec, et acquérir des propriétés vénéneuses quand le terrain est très humide, et surtout quand elles viennent dans l'eau. Les solanées, et surtout les crucifères venues dans un sol aride, n'y végètent pas avec la même vigueur que dans le voisinage des lieux habités : il semble qu'une nourriture animalisée soit nécessaire à la formation de leurs sucs actifs. On doit, en général, récolter les plantes là où elles croissent naturellement. Les bulbes viennent mieux dans un terrain sec, et les racines fibreuses dans une terre poreuse. Le trèfle préfère les terrains gypseux, la bourrache et l'ortie les terrains nitrés. Nous voyons les plantes des montagnes être généralement préférées aux mêmes espèces qui viennent dans la plaine. Sans doute que la sécheresse du terrain et surtout la lumière vive à laquelle elles se trouvent exposées sont pour beaucoup dans ce résultat. Haller s'est assuré que la valériane qui pousse dans des lieux bas et humides est bien moins efficace que celle qui a été récoltée sur les hauteurs.

L'influence de la culture sur les propriétés des plantes est trop connue pour qu'il soit nécessaire de s'y arrêter longtemps. Nous citerons cependant quelques exemples, et d'abord se présente au premier rang celui des arbres fruitiers. Les variétés qu'ils nous fournissent, et dont nous faisons tant de cas, sont l'effet du hasard. Il n'est pas en notre pouvoir de les faire naître à volonté ; mais nous savons les conserver par une culture habilement conduite. C'est par elle que nous voyons se remplir de sucre les péricarpes, naturellement acerbes, des drupacées et des pomacées. C'est encore elle qui diminue la saveur forte et désagréable des chicoracées, du céleri, des cardes, etc. Si, dans ces circonstances, la culture est utile, dans d'autres elle serait nuisible, car elle affaiblit ou dénature des propriétés actives. Ainsi, l'on ne recherchera pas un amer dans la chicorée étiolée de nos jardins, et le plus grand nombre des plantes médicinales sont dans le même cas. Il faut en excepter cependant toute la famille des crucifères, les ombellifères aromatiques, et, jusqu'à un certain point, les labiées.

L'expérience nous a appris quelles sont les parties des végétaux les plus propres à l'usage médical. Ce sont, en exceptant les matières mucilagineuses et émollientes, celles dont la saveur et l'odeur sont très prononcées; et dans le cas où l'on veut employer une plante dont la pratique médicinale n'a pas encore profité, c'est dans les organes les plus aromatiques et les plus sapides que l'on doit rechercher les propriétés médicales les plus énergiques. Nos sens sont presque toujours des guides certains dans ces occasions; mais on peut se laisser conduire encore par la voie de l'analogie. On sait que le calice est la partie la plus aromatique des labiées; dans les amomées, c'est la racine; toutes les parties sont odorantes dans les laurinées, etc.

Doit-on s'astreindre à n'employer que l'espèce indiquée dans le Codex? Oui, dans le plus grand nombre de cas. Cependant, le pharmacien instruit peut souvent se laisser guider par l'analogie. Un grand nombre de substitutions de ce genre sont journellement pratiquées. Dans une grande partie du midi de la France, on substitue le *lepidium latifolium* au grand raifort. Une foule de rumex remplacent, dans différents pays, le *rumex patientia* de Linné. On emploie indifféremment le *symphitum tuberosum* et le *symphitum officinale*, le *cynoglossum vulgare* et le *cynoglossum pictum*, l'*helleborus niger* et l'*helleborus viridis*, le *triticum repens* et le *panicum dactylon*, etc. Ce n'est cependant qu'avec la plus grande circonspection que l'on doit se permettre les substitutions. Elles ne peuvent guère être faites que d'espèce à espèce. On doit se défier d'une ressemblance apparente, et se rappeler, en outre, qu'un même principe existant dans des espèces différentes, ne s'y trouve pas dans des proportions semblables.

Les racines doivent être récoltées au printemps ou à l'automne. Si on les arrache au printemps, c'est quand les feuilles commencent seulement à se développer; si on les récolte en automne, c'est après la chute totale des feuilles et celle de la tige dans les plantes bisannuelles. En voici la raison : les racines croissent en automne après la maturation de la graine, parce que les sucs, n'étant plus attirés vers les organes de la reproduction, redescendent dans les racines. Elles deviennent très succulentes à cette époque, et elles prennent de l'accroissement. Elles continuent à croître jusqu'à ce que le froid arrête la végétation. Mais au printemps la chaleur douce de l'atmosphère ranime l'action vitale; la racine absorbe dans la terre de nouveaux sucs, et bientôt les feuilles se développent. En raison de leur force de succion, ces derniers organes absorbent tout le suc surabondant qui se trouvait dans la racine, et celle-ci s'épuise, bien qu'elle reste encore succulente par la grande quantité de sève qui la traverse. C'est donc en automne, quand les sucs nourriciers sont abondants, ou au printemps avant l'absorption des sucs, que l'on doit récolter les racines. Il est bon de remarquer que la récolte d'automne est plus facile; si l'on attend au printemps que la végétation recommence, les sucs contenus dans les racines changent de nature, et s'approprient en quelque sorte à leur nouvelle fonction qui est la nourriture des pousses nouvelles; puis elles perdent ensuite de plus en plus quand les feuilles se développent et se montrent à la surface du sol. Il y a cependant quelques exceptions à ces règles, fondées sur les circonstances particulières de la végétation ou sur les propriétés que l'on recherche dans les plantes. Ainsi, l'existence éphémère des racines annuelles oblige de les récolter quand la plante est en pleine végétation. Au reste, quelle que soit l'époque où l'on arrache une racine, il faut que celle-ci soit succulente, flexible et non ligneuse. Quelques racines, cependant, sont récoltées quand elles sont devenues ligneuses; ce sont celles dont on n'emploie que l'écorce, comme la quintefeuille, la cynoglosse. On les prend quand l'écorce est épaisse, succulente, et peut se séparer facilement du bois.

Quand une racine appartient à une plante vivace, il est convenable de ne l'arracher de terre qu'après quelques années de végétation. On la trouve remplie de sucs élaborés et plus propres à l'usage médical. Ceci est une conséquence de ce que nous avons dit sur l'état imparfait des principes immédiats dans les plantes encore jeunes : aussi, les racines de rhubarbe, de jalap, ne sont recueillies que lorsque la plante est déjà âgée de quatre à cinq ans. Pour les autres, on attend qu'elles aient deux ou trois ans. Plus tard elles deviendraient ligneuses et moins succulentes.

Les racines annuelles sont généralement inertes. Les racines des plantes bisannuelles doivent être récoltées à la fin de la première année, quand la végétation des feuilles est terminée et à une époque dans l'hiver aussi avancée que possible.

Les expériences de M. Knigth peuvent nous guider sur le choix de l'époque la plus favorable à la récolte des tiges ligneuses.

Ce savant physicien a observé que le bois et l'aubier sont plus denses en hiver, et qu'ils fournissent plus d'extrait qu'en toute autre saison.

Sans entrer dans les considérations physiologiques auxquelles il a été conduit par cette observation, tirons-en seulement cette conséquence que c'est en hiver qu'il faut récolter les bois. On avait proposé d'écorcer les arbres pour donner plus de densité au bois. L'expérience a parfaitement confirmé ce que la théorie avait prévu ; les sucs, ne pouvant plus descendre par l'écorce, se jettent sur le bois, et augmentent sa densité. Elle nous a appris en même temps que les bois écorcés à l'avance deviennent plus tôt la proie des vers. Cet inconvénient, qui est d'un très grand poids dans l'emploi des tiges comme bois de construction, ne contre-balance pas, pour l'usage médical, l'avantage d'avoir des médicaments plus riches en parties actives ; et l'excortication des arbres pourrait sans doute être pratiquée avec avantage dans la culture médicale.

Il faut recueillir les écorces quand la végétation de l'année est terminée ou avant la fleuraison. Car, au moment où le travail de la reproduction se fait, les sucs se portent abondamment, d'abord sur les fleurs, ensuite sur le fruit et les graines, au détriment des autres organes, de sorte que ceux-ci ne sont chargés convenablement de sucs actifs que lorsque les fleurs commencent à poindre ou quelque temps après que la maturation de la graine est achevée. On prendra les écorces sur des individus ni trop jeunes ni trop vieux. Quand elles sont arrivées à un certain terme de leur accroissement, les écorces doivent être rejetées de l'emploi médical. Elles se fendent ; les parties extractives s'altèrent, et les matières salines sont entraînées par l'eau des pluies ; toutes circonstances qui tendent à détruire leurs propriétés médicinales.

On récolte les feuilles quand la végétation est dans toute sa force, au moment où les organes reproducteurs commencent à poindre. Plus tard, comme nous l'avons dit, ceux-ci attirent la majeure partie des sucs de la plante, au détriment des autres organes, et, bientôt après la maturation, les feuilles ne tardent pas à changer de couleurs, ce qui est un indice certain des changements chimiques qui s'y sont opérés. Dans leur jeunesse, au contraire, les feuilles gorgées de sève contiennent peu de sucs actifs, et ont besoin que l'acte de la végétation détermine dans leur tissu le dépôt d'une plus grande quantité de matériaux élaborés.

Les fleurs, en raison des propriétés qu'on y recherche et des changements qu'éprouvent les matériaux immédiats qu'elles renferment, ne sont pas toujours cueillies dans le même état. Le plus souvent c'est quand l'épanouissement, en partie opéré, nous offre les pétales dans leur plus grand état de vigueur. Bientôt après l'ouverture de la fleur, la fécondation se fait et les sucs cessent de se porter sur les organes accessoires, qui dépérissent. Quelquefois on cueille les fleurs presque en boutons. Cette précaution est à prendre pour les composés à aigrettes, dont le développement continue à se faire encore longtemps, parce que le réceptacle charnu qui porte les petites fleurs ne perd son eau de végétation qu'avec beaucoup de lenteur. La rose de Provins est cueillie tout à fait en boutons; c'est de toutes les fleurs indigènes, la seule qui soit dans ce cas. La couleur rouge qu'elle nous fournit et le principe astringent y sont plus développés.

Quelle est l'époque de la journée la plus convenable pour cueillir les fleurs? Si l'on doit les conserver, il ne faut les cueillir qu'après que la rosée est évaporée; sans quoi l'humidité qui les recouvre retarde leur dessiccation, et provoque une altération dans leurs principes. Mais quand les fleurs doivent être employées de suite, lorsque, par exemple, on les destine à la fabrication des eaux distillées, il est préférable de les cueillir le matin ou le soir. L'odeur des fleurs est due à un principe volatil de la nature des huiles essentielles, que la chaleur du soleil volatilise : aussi, remarque-t-on que les plantes ont une odeur plus faible dans la journée, parce qu'au soleil ces huiles se dissipent plus vite qu'elles ne se reproduisent, tandis que le matin ou le soir les sucs qui affluent dans les fleurs s'y conservent beaucoup mieux, et y sont plus abondants. Ce n'est pas cependant une raison pour les récolter à ce moment, quand elles doivent être séchées; car la dessiccation y produit le même effet que la chaleur du jour.

Les fruits considérés pharmaceutiquement peuvent être séparés en deux groupes, les fruits charnus et les fruits secs. Les fruits charnus sont ceux dont le péricarpe contient, outre les vaisseaux nourriciers, une quantité considérable de tissu cellulaire gorgé de sucs. Les fruits secs ont le tissu cellulaire peu abondant, et leur péricarpe est naturellement d'une consistance presque sèche.

Quand on doit employer les fruits charnus récents, il convient de les cueillir à leur parfaite maturité. Il est cependant quelques exceptions à cette règle. Ainsi, les framboises, les mûres, les groseilles très mûres donnent des sucs visqueux qui s'altèrent promptement. Il est convenable de les cueillir à leur maturité, mais avant qu'elle ne soit très avancée.

Si les fruits charnus doivent être conservés dans leur état de fraîcheur, il faut les enlever de l'arbre avant qu'ils soient tout à fait mûrs. La maturation s'achève dans le fruitier, et sans cette précaution les fruits blessiraient bientôt.

Les fruits secs capsulaires, c'est-à-dire dont les valves se séparent naturellement à la maturité, doivent être récoltés quand la graine et le péricarpe ont acquis tout leur développement, mais avant leur dessiccation naturelle. A la fin de leur vie, il se manifeste, dans les péricarpes, des changements de couleur qui annoncent des altérations chimiques dans leur tissu. C'est probablement à la négligence mise à la récolte de certains fruits capsulaires, par exemple de ceux du pavot, qu'il faut rapporter, en grande partie, l'incertitude des résultats qu'ils ont donnés dans la pratique médicale. On attribue à la même cause le peu d'efficacité des follicules de séné. Mathiolle assure que nombre de fois il a fait usage de ces fruits pris au moment de leur succulence, et que toujours il les a trouvés aussi purgatifs que les feuilles.

Les fruits carcérulaires ou les fruits secs indéhiscents doivent être récoltés à des époques différentes, suivant l'usage auquel on les destine. Si le péricarpe est la partie essentielle du fruit, si c'est en lui que résident les propriétés médicinales, on se conformera aux règles que nous avons établies pour les fruits capsulaires ; mais, si l'on recherche principalement les vertus qui appartiennent à la graine proprement dite, laquelle, dans ce genre de fruits, est souvent soudée avec le péricarpe, on devra attendre que la maturité soit complète, afin que les différentes parties de la graine aient pu acquérir tout leur développement. En se conformant à ces principes, on récoltera, avant le moment de leur chute, les fruits secs des ombellifères (polachénes de Richard) qui contiennent, dans le péricarpe, l'huile volatile à laquelle ils doivent leurs vertus. On attendra le moment où le fruit des graminées (cariopse de Richard) sera prêt à sortir de ses enveloppes scarieuses, parce que c'est dans la graine, et non dans le péricarpe, que se trouvent les principes immédiats utiles. On devra attendre la maturité des fruits du carthame, du blé noir, de l'arroche, et prévenir celle de la noix, quand on aura l'intention d'utiliser le brou.

Les semences doivent être recueillies à la maturité parfaite. Autrement, l'eau qu'elles contiennent encore se vaporise, et les laisse désorganisées; si elles sont émulsives, elles rancissent plus vite. Le moment de récolter les semences est celui de la déhiscence des valves dans les fruits capsulaires, et de la maturité du péricarpe dans les fruits charnus.

Quand les graines sont enfermées dans une coque osseuse, on ne les en tire qu'au moment d'en faire usage. Elles y sont garanties du contact de l'air, et elles s'y conservent mieux.

DESSICCATION, CONSERVATION, RENOUVELLEMENT.

Les drogues exotiques nous sont apportées dans un état qui leur permet de se conserver pendant un temps plus ou moins long. Il en est tout autrement de la plupart des médicaments simples indigènes. On ne peut les garder qu'autant qu'ils ont été privés de l'eau qu'ils contiennent. S'il était toujours possible de se procurer des plantes fraîches dans un état convenable de développement, nul doute que souvent on ne dût leur donner la préférence. Mais pendant une partie de l'année la végétation est inactive, et dans la saison chaude elle-même, ce n'est que pendant un espace de temps déterminé qu'un végétal est dans l'état convenable à l'emploi médical; de là, la nécessité de dessécher les végétaux pour rendre leur administration possible dans toutes les saisons. Il faut remarquer en outre que les plantes ne croissant pas en tous lieux, on serait privé, sans la dessication, de l'emploi d'un grand nombre d'entre elles. L'emploi des plantes dans leur état de fraîcheur, ou après leur dessiccation, n'est pas une chose indifférente. Il se fait pendant la dessiccation des changements qui n'ont pas été appréciés encore avec une assez grande attention. Nos connaissances, à ce sujet, se bornent à quelques observations générales, qu'une étude plus attentive pourrait bien souvent démentir. On suppose que la partie gommeuse des plantes diminue de quantité, qu'une partie de l'albumine végétale se coagule. On sait que les matières volatiles se dissipent en partie, et qu'il en est quelques-unes qui se perdent entièrement, telles que l'huile âcre des crucifères, et le principe fugace des renonculacées, des arum, des sumacs.

La dessiccation pour les plantes consiste dans la dissipation de leur eau de végétation. Les sucs séveux et les sucs propres sont composés de matières très diverses, dissoutes ou divisées à la faveur de l'eau. Celle-ci s'évapore, et les principes qui lui étaient unis restent dans le tissu du végétal à l'état de siccité, et peuvent s'y conserver. La dessiccation doit être prompte pour éviter les altérations que les sucs contenus dans les plantes éprouveraient nécessairement, si l'évaporation de leur eau de végétation se faisait avec lenteur.

La dessiccation des corps est basée sur la propriété que l'eau possède de s'évaporer à l'air; cette évaporation se fait également, mais avec plus de lenteur, quand l'eau est contenue dans le tissu du végétal. L'air sert à l'évaporation de l'eau, en recevant dans ses interstices la vapeur d'eau qui se forme. Mais par lui-même il nuit à l'évaporation plutôt qu'il ne la facilite. La vapeur d'eau se formerait plus vite dans le vide qui ne lui présenterait pas d'obstacle, tandis que pour se séparer dans l'air, elle est obligée de se loger dans les intervalles que les particules gazeuses laissent entre elles, ce qui demande plus de temps; mais pour la dessiccation des plantes, on conçoit que le système d'évaporation dans le vide soit impraticable.

En renfermant de l'eau dans un espace circonscrit, elle forme de la vapeur : mais la quantité en est limitée par l'étendue de l'atmosphère qui l'enveloppe, et par la température. Aussitôt que l'air est saturé de vapeur pour cette température à laquelle on opère, toute évaporation cesse de se produire. Le même effet, et par les mêmes causes, se produirait dans une chambre bien fermée, où l'on placerait des plantes fraîches. Celles-ci abandonneraient toute l'eau de végétation nécessaire à la saturation de l'air de la chambre; mais une fois qu'il serait arrivé à cet état extrême d'humidité, la dessiccation serait interrompue; de là, la nécessité de renouveler l'air pour remplacer celui qui s'est chargé de vapeur d'eau, par un nouvel air qui puisse en recevoir à son tour.

La rapidité du courant d'air a une influence très grande sur la promptitude de la dessiccation. Tout le monde sait qu'elle la rend beaucoup plus prompte. Voici l'explication de ce fait. Nous avons vu que la nécessité pour la vapeur de se faire passage dans les vides laissés entre elles par les particules de l'air, retardait la formation des vapeurs. Par la même raison, l'évaporation dans l'air marchera plus vite dans un air sec que dans un air contenant déjà de l'humidité. Dans l'air sec, les vides sont libres, et la vapeur n'a à vaincre que la résistance des particules de l'air; dans l'air humide, les vides sont en partie remplis par de la vapeur, et celle qui arrive trouve cet obstacle de plus. Or, quand l'air ne séjourne pas longtemps sur des plantes, celles-ci sont en contact à chaque instant avec un air nouveau qui n'a pas le temps de se saturer; elles sont constamment exposées à l'effet d'une atmosphère qui, étant éloignée de son point de saturation, reçoit la vapeur avec plus de promptitude.

Quand l'air est plus sec, l'évaporation marche plus vite; c'est encore une conséquence de la difficulté que la vapeur d'eau éprouve de plus en plus à se nicher dans les vides de l'air, à mesure que ceux-ci se remplissent d'humidité.

Quand l'air est plus chaud, l'évaporation est plus prompte. Ceci tient à une propriété que possède l'eau comme tous les liquides, de former plus de vapeurs dans un espace circonscrit quand la température est plus élevée; mais pour cette élévation de température, il y a encore un point de saturation, passé lequel toute évaporation cesse encore; de sorte qu'exception faite de la faculté de dissoudre plus de vapeur d'eau, toutes les considérations précédentes trouvent encore la même application.

La dessiccation des plantes et de leurs parties se fait ordinairement dans un grenier aéré qui prend le nom de séchoir. Il est placé de préférence sous les combles, parce que la chaleur du soleil qui frappe sur les tuiles élève la température de la pièce, et rend la dessiccation plus prompte.

Le séchoir est autant que possible pris à l'exposition du midi. Il doit présenter des ouvertures assez nombreuses, pour que l'air y circule facilement; mais ces ouvertures doivent se trouver surtout du côté qui amène de l'air sec et chaud; dans nos climats, du côté du midi ou de l'est. Les ouvertures doivent être fermées avec des persiennes qui ne s'opposent pas au courant d'air, mais qui empêchent les rayons du soleil de venir tomber sur les plantes. Ces ouvertures sont même fermées entièrement par des volets, en temps de pluie, dans la direction du vent qui pourrait faire pénétrer celle-ci dans le séchoir.

Il faut faire présenter aux plantes que l'on veut sécher une grande surface, et renouveler celle-ci autant que possible. A cet effet, on les dispose sur des claies à claires-voies; on les y étale en couches peu épaisses, et on les retourne souvent pour éviter qu'elles ne s'altèrent.

On peut aussi attacher les plantes par paquets, et les suspendre en guirlandes. Les paquets ne doivent être ni trop épais ni trop serrés pour que la dessiccation puisse se faire facilement jusqu'au centre.

On a souvent recours, pour dessécher les plantes, à la chaleur de l'étuve. Celle-ci est indispensable dans les temps pluvieux, pendant lesquels l'air est presque saturé d'humidité, ou lorsqu'on opère sur des parties succulentes à tissu compacte qui laissent sortir difficilement leur eau de végétation.

Une étuve est un emplacement plus ou moins vaste, souvent une chambre qui est chauffée par un fourneau, et dont la construction, bien que variable suivant les localités, doit cependant être conforme à quelques principes. La chaleur lui est donnée par un poêle, dont la bouche du foyer est placée en dehors, pour que la poussière des cendres ne puisse salir les matières à sécher. Ce poêle doit être muni d'un grand nombre de tuyaux et on leur fait parcourir le plus grand espace possible dans le sens horizontal. Ils fournissent alors plus facilement leur chaleur. Les particules d'air, qui viennent toucher à sa base un tuyau vertical, s'échauffent et se dilatent; devenues plus légères, elles s'élèvent le long du tuyau en s'échauffant toujours davantage, et elles forment ainsi une sorte de fourreau qui recouvre constamment le tuyau et se trouve continué par les particules qui remplacent à la base celles que leur légèreté a fait monter vers les régions supérieures; de ce phénomène il résulte que les mêmes particules s'échauffent beaucoup au point de contact avec le tuyau, mais qu'il faut beaucoup de temps pour qu'elles s'y soient toutes échauffées. Si le tuyau est horizontal, les particules qui le touchent ne restent que quelques instants en contact avec lui, parce que, dans leur ascension, elles l'ont bientôt dépassé; ainsi elles se renouvellent sans cesse, et, comme un corps chaud se refroidit d'autant plus rapidement qu'il a le contact de corps plus froids, il y a dans un même temps plus de chaleur enlevée au tuyau, quand il est horizontal que lorsqu'il est placé verticalement.

Il ne suffit pas d'échauffer l'atmosphère d'une étuve, il faut encore la renouveler, car elle serait bientôt saturée de vapeur aqueuse, et toute évaporation cesserait. On établit un courant d'air en pratiquant quelques ouvertures sur les parois de l'étuve : il en sort continuellement de l'air chaud chargé d'humidité, qui est remplacé à mesure par de l'air plus froid, qui s'échauffe et devient très propre à hâter la dessiccation. Cet air froid entre par les fissures de la porte de l'étuve, et il a l'inconvénient de la refroidir. On pare à ce défaut en plaçant dans le foyer du fourneau des cylindres métalliques qui s'y échauffent et qui viennent s'ouvrir dans l'intérieur de l'étuve ; l'air extérieur les traverse pour entrer dans l'étuve, de sorte que ces bouches de chaleur y versent continuellement de l'air sec et échauffé qui remplace celui qui sort par les ouvertures. Il s'agit seulement de modérer le courant, afin que l'air ne soit expulsé de l'étuve qu'après avoir eu le temps de s'y saturer d'humidité. Cette condition est avantageusement remplie dans le système d'étuve qui a été proposé par M. Cooper. L'air échauffé est porté à la partie supérieure de l'étuve et l'issue lui est ouverte à la partie inférieure : par là le mélange se fait avec lenteur, et ce sont toujours les couches inférieures les plus chargées d'humidité qui sont expulsées. Du reste, la construction de l'étuve peut présenter de grandes différences suivant les localités.

Dans la dessiccation à l'étuve, les plantes doivent être également étalées en couches minces et retournées de temps en temps pour que la dessiccation s'en fasse facilement. Une autre précaution est indispensable : c'est de ne pas les exposer de suite à une forte chaleur. Elles subiraient dans leur eau de végétation une sorte de coction qui les altérerait. On commencera par une température de 20 à 25 degrés que l'on élèvera jusqu'à 35 à 40.

Quelle que soit la manière dont les matières organiques aient été séchées, on remarque qu'au sortir du séchoir elles sont cassantes ; au bout de quelque temps elles reprennent un peu de flexibilité, et deviennent plus maniables ; ce qui tient à ce que le tissu végétal est hygrométrique, et s'empare d'une partie de l'humidité de l'air, de manière à se mettre en une sorte d'équilibre avec lui.

Tout ce qui concerne la dessiccation des plantes entières ou des feuilles des plantes se trouve compris dans ce que nous avons dit de leur élection et de la dessiccation en général. Nous nous contenterons de citer quelques exemples. On desséchera à l'air libre les labiées, la fumeterre, le trèfle d'eau, la mercuriale, etc., toutes plantes moyennement aqueuses. La chaleur de l'étuve sera nécessaire pour l'orpin, la joubarbe, dont les sucs sont très abondants.

Les végétaux aromatiques chargés d'huile volatile doivent être séchés de préférence au grenier. On ne peut éviter qu'ils perdent une partie de leur odeur ; mais la proportion en est plus faible à mesure que l'on opère à une plus basse température, parce que la volatilité de l'huile essentielle décroît par un même abaissement de chaleur dans une proportion plus grande que ne le fait la vapeur d'eau. Il faut rester dans des limites telles que l'évaporation se fasse bien, ce qui n'aurait pas lieu à une température trop basse, et en même temps veiller à ce que la dissipation des principes volatils ne soit pas trop abondante. On remplit ces conditions en étalant les végétaux à l'ombre, dans un lieu bien aéré.

Quand les racines sont peu succulentes et peu épaisses, on les dessèche facilement en les suspendant par paquets dans une étuve ou dans un grenier aéré, ou encore en les coupant par tronçons courts et les étalant sur des claies.

Les racines charnues sont coupées par tranches minces. On en forme des chapelets que l'on suspend au grenier ou dans l'étuve. Telles sont la pomme de terre et les racines de la bryone et du nénuphar.

On recommande généralement de laver les racines avant de les dessécher. Cette opération a pour but d'en séparer la terre qui y est adhérente. Elle se fait sur les racines entières ; à cet effet on met les racines dans un réservoir (un baquet, une auge en pierre) avec une bonne quantité d'eau, et on les y remue avec une pelle ou avec la main. La terre se détache et se précipite ; on retire les racines et on les soumet, s'il est nécessaire, à un second lavage, après quoi on les étale à l'air pour faire évaporer l'eau qui les mouille. Une fois que leur surface est séchée, on les coupe par tranches et on les fait sécher au grenier ou à l'étuve.

Quelques personnes préfèrent sécher les racines sans les laver, et les secouer dans un sac de toile une fois qu'elles sont bien sèches. Le frottement que les morceaux exercent les uns sur les autres en détache toute la terre, que l'on sépare ensuite au moyen d'un crible.

Cette méthode est bonne pour les racines un peu fortes, qui ne sont pas composées de plusieurs branches, et que l'on coupe ordinairement par tronçons; mais le lavage est encore préférable.

Il est avantageux de conserver quelques racines dans leur état de fraîcheur, soit qu'elles perdent, en se desséchant, les propriétés qui les caractérisent; soit qu'elles en acquièrent de nouvelles. On les tient environnées et couvertes d'un sable bien sec. On conserve de cette manière les racines de raifort, d'iris. On coupe le collet du raifort afin que les feuilles ne se développent pas, ce qui ne pourrait avoir lieu qu'au détriment de la racine.

Les bulbes, toutes les fois qu'on les emploie frais (et alors on va les chercher le plus souvent au moment de s'en servir), sont conservés dans du sable. Si on les dessèche, c'est toujours par le procédé suivant. On rejette les parties les plus extérieures dont l'aspect seul annonce un commencement de détérioration, et les parties voisines de la hampe dont l'état d'étiolement naturel n'a pas permis aux principes actifs de se produire, et l'on ne récolte que les squammes ou tuniques intermédiaires. On les coupe, soit transversalement, soit dans le sens de leurs fibres longitudinales pour diviser la pellicule mince et très dense qui recouvre leur surface, et qui s'opposerait à l'évaporation de l'humidité. On les enfile en chapelets, ou on les étale sur des claies, et on les fait sécher à l'étuve.

Le bois et les écorces se dessèchent avec la plus grande facilité. Il suffit de les laisser exposés à l'action de l'air dans un grenier bien ouvert.

Les fleurs d'un volume un peu considérable ou celles qui sont isolées sur la tige sont récoltées séparément les unes des autres. Quand, au contraire, elles sont très petites et réunies en grand nombre sur un support commun, en corymbe, en ombelle ou en grappe, on les cueille avec leur pédoncule, et on les désigne sous le nom de sommités fleuries. On les réunit en petites bottes, à l'aide de ficelles, et on les suspend dans un grenier; quelquefois on les enveloppe de papier, pour éviter que la lumière n'en altère les couleurs; par exemple, pour le caillelait, le millepertuis, la petite centaurée, le mélilot, l'origan, la marjolaine.

Les fleurs, en raison de la délicatesse de leur tissu et de la facilité avec laquelle elles s'altèrent, doivent être desséchées promptement, en se conformant cependant à ce qui a été dit sur les moyens généraux de dessiccation, et pressant d'autant plus la dessiccation que leur tissu est plus aqueux et plus altérable.

On fait subir à quelques fleurs une opération préalable. On sépare le calice et les onglets des pétales des roses rouges et des œillets. On enlève le calice de la violette. Si l'on destine ces dernières fleurs aux usages chimiques, il faut, avant de les sécher, les laver à l'eau chaude pour séparer une matière verte. Elles conservent fort bien leur couleur si, aussitôt qu'elles sont assez sèches pour être friables, on les enferme encore chaudes dans des vases hermétiquement fermés. L'altération qu'elles éprouvent dans les circonstances ordinaires paraît être le résultat d'une sorte de fermentation déterminée par l'humidité hygrométrique.

Les fruits peu charnus sont desséchés par les procédés ordinaires. On se contente de les étendre dans un grenier aéré ou au soleil. Il est plus convenable de placer à l'ombre ceux qui sont chargés de principes volatils, par exemple, les polachènes des ombellifères.

Les fruits pulpeux, tels que les figues, les prunes, les cynorrhodons, ne doivent jamais être desséchés au point de devenir cassants. On les expose d'abord à la chaleur douce d'un four, et ensuite à celle du soleil, et on les reporte successivement au four et au soleil, jusqu'à ce qu'ils aient acquis le degré de siccité convenable. Le but qu'on se propose dans cette manipulation est, 1° de faciliter la dessiccation de la matière charnue, en élevant la température; 2° de déterminer également l'évaporation dans toutes les parties. La chaleur du four agit surtout à la surface; à mesure que l'humidité s'échappe, le tissu végétal se resserre, et devient bientôt assez dense pour s'opposer à l'évaporation des sucs situés plus profondément. Pendant le temps que les fruits passent hors du four, l'équilibre se rétablit à peu près dans toute leur substance, parce que leurs parties desséchées se ramollissent de nouveau aux dépens des sucs de l'intérieur. Il est aisé de concevoir qu'en renouvelant plusieurs fois ces effets, on arrivera graduellement à la concentration convenable des sucs du fruit. Observons que le four doit être chauffé de manière à produire la dessiccation sans cuire les fruits.

Les semences, quand elles ont été récoltées à leur parfaite maturité, n'exigent ordinairement d'autre soin que d'être gardées dans un lieu sec, à l'abri de la voracité des animaux. Il est convenable de laisser dans leur coque ligneuse celles qui en sont pourvues. On a remarqué qu'elles s'y conservent plus longtemps sans altération.

Toutes les substances prises des animaux doivent être soumises à la dessiccation avec les mêmes soins que les plantes, en variant les procédés selon la nature particulière de chacune d'elles.

Les cantharides, les cloportes sont exposés épars sur des toiles ou sur des châssis, dans un grenier ouvert où l'air circule librement.

On sépare la peau, la tête et les intestins des vipères. On les suspend ensuite, dans une étuve, pour les sécher par degrés. Le foie et le cœur étaient autrefois conservés à part, et ils étaient désignés sous le nom de bézoard animal.

Toutes les substances, après avoir été convenablement desséchées, doivent être enfermées dans des vases inaccessibles à la lumière, à l'humidité et à la poussière. Des vases de verre noir ou de faïence seraient sans contredit les meilleurs, s'ils n'avaient l'inconvénient d'être d'une trop petite capacité. On les remplace par des boîtes de bois peintes en dehors, et garnies intérieurement de papier collé avec de la colle d'amidon, à laquelle on a ajouté de l'aloès, de l'absinthe ou de l'alun, pour le garantir des insectes. Les plantes dont on récolte les sommités se conservent beaucoup mieux quand chaque botte est enveloppée de papier. Il est d'ailleurs nécessaire de visiter souvent tous les médicaments simples, pour les préserver des avaries qu'ils peuvent contracter avec le temps, et pour rejeter ceux qui se trouveraient altérés.

Quand on doit conserver des masses assez considérables d'espèces indigènes, une manière avantageuse est de les tasser fortement en balles, après qu'elles ont été bien desséchées. De cette manière, l'air et l'humidité ne peuvent pénétrer dans l'intérieur, et leur action se borne tout au plus à dénaturer la couche superficielle. C'est par ce procédé que, dans les arts, on conserve le houblon; c'est aussi le moyen dont se servent les herboristes en gros. Les pharmaciens se trouveront bien de l'employer à l'occasion, suivant le conseil que leur en a donné M. Decourde-manche.

Quand il s'agit de conserver des animaux vivants, on y parvient en les plaçant dans les conditions qui les écartent le moins possible de leurs habitudes naturelles. On conserve les gre-nouilles et les écrevisses en les mettant dans des vases avec de l'eau et de l'herbe, ou mieux encore des touffes de joncs. On recouvre le vase d'un couvercle à claire-voie ou d'un filet. On met les tortues dans un jardin, les vipères dans une boîte garnie de son. Les sangsues sont placées dans de l'eau fraîche que l'on change souvent. Si on peut les renouveler facilement, on se trouve bien de les tenir dans un courant d'eau continuelle; on ne les touche alors qu'au moment de les appliquer. J'ai fait établir à la pharmacie centrale et dans les hôpitaux de Paris un petit appareil fort simple, dont l'emploi a diminué singulièrement la mortalité de

ces animaux. C'est un pot de terre que l'on recouvre d'une toile; il porte deux ouvertures, l'une au niveau de son fond; l'autre à la moitié de sa hau-teur. A la première est adapté un tube T terminé en entonnoir à sa partie su-périeure et que ferme à sa partie inférieure et dans le pot même une plaque percée d'une multitude de petits trous; c'est par ce tube qu'un petit filet d'eau s'introduit continuellement: la seconde ouverture porte une pomme d'arrosoir P, également criblée de trous; c'est par elle que s'écoule sans cesse le trop plein. Tout l'appareil est fait avec de l'étain en feuilles, soudé au moyen d'un alliage fusible (étain, bismuth, plomb).

Quand la localité exige une provision plus longue de sangsues, on fait bien de les mettre dans un petit bassin contenant de l'ar-gile et du charbon, ou un mélange de tourbe et de charbon; il est bon encore ici que l'eau se renouvelle peu à peu; enfin, dans la saison d'hiver, on met les sangsues dans une argile fine, détrempée, formant une pâte en consistance de beurre. Elles s'y enferment et y restent jusqu'à la belle saison. On a soin d'ailleurs de les garder dans un lieu à l'abri de la gelée.

DE LA PULVÉRISATION.

La pulvérisation est une opération que l'on fait subir à la plus grande partie des matières employées en médecine. Elle est singulièrement avantageuse, car non-seulement la forme de poudre est commode comme moyen de faciliter l'administration d'une matière médicamenteuse, mais encore elle la prédispose favorablement à d'autres opérations : une matière pulvérisée est plus appropriée à former des mélanges intimes, ou à se laisser pénétrer par les dissolvants que l'on veut charger de ses principes solubles.

Comme forme pharmaceutique, la poudre est une des plus souvent utiles, l'une des plus avantageuses auxquelles on puisse avoir recours. Si l'on en excepte les matières qui ne peuvent agir qu'à forte dose (car l'obligation d'avaler une grande quantité d'une matière pulvérulente inspire toujours au malade beaucoup de dégoût), tous les médicaments presque sans exception peuvent être administrés sous cette forme. Une petite dose de matière pulvérulente est toujours prise sans difficulté par le malade, qui la délaie dans un peu de boisson, ou qui échappe à son odeur et à sa saveur en l'enveloppant dans un peu de confiture, une cuillerée de soupe, etc.

C'est surtout pour l'emploi des végétaux ou des parties de végétaux et d'animaux qui doivent leur action médicale à des principes solubles dans l'eau que la forme de poudre est précieuse. Ainsi divisés, ils abandonnent aux liquides toutes leurs parties solubles et actives avec une singulière facilité, et comme les moyens de pulvérisation sont mécaniques et ne peuvent entraîner aucune altération dans la composition de ces matières, on possède le médicament dans un grand état d'efficacité, et tel qu'on ne le retrouve pas toujours dans les préparations plus compliquées. Nous n'hésitons pas à dire que pour les médicaments facilement altérables, comme la digitale, les solanées et quelques autres, la forme de poudre sera le plus souvent préférable. On doit, au contraire, s'abstenir de donner sous cette forme, et sans autre préparation, toutes les matières âcres ou caustiques qui ne seraient pas extrêmement solubles dans l'eau, et particulièrement un grand nombre de substances minérales, l'iode, le sublimé corrosif, le chlorure de barium, le sulfate de cuivre, etc., etc.; ces matières, en séjournant sur quelque point de la membrane de l'estomac, pourraient y produire des accidents inflammatoires plus ou moins graves. En général, toute matière âcre doit être délayée, quand on veut l'administrer à l'intérieur, pour que son action directe soit partagée en même temps sur un grand nombre de points et qu'elle soit par cela même affaiblie.

Quand on veut réduire une substance en poudre, les moyens de pulvérisation doivent être appropriés à la texture de la matière sur laquelle on doit opérer. Quoi qu'il soit vrai de dire que des moyens souvent très différents peuvent être indifféremment employés à la pulvérisation d'un grand nombre de substances, il arrive aussi que, pour certaines autres, le mode opératoire est nécessairement commandé par leur texture ou leur composition.

On procède à la pulvérisation par des moyens très différents. La râpe, la lime, les meules, sont mises en usage. Plus souvent, on se sert du pilon. Nous examinerons d'abord quelles sont les règles applicables à la pulvérisation des corps en général. Nous passerons ensuite en revue chaque mode particulier de pulvérisation pratiqué dans les officines, en indiquant successivement quels sont les corps qui doivent y être soumis.

Les corps que l'on veut pulvériser doivent être fort secs. Cette précaution est surtout indispensable pour les matières qui sont formées par un tissu organique. Elles se mettent en équilibre d'humidité avec l'air atmosphérique; leurs tissus organiques prennent de la mollesse, de la ductilité, et refusent de se pulvériser. Pour peu que ces matières aient un volume un peu considérable, on leur fait subir une division préalable pour qu'elles présentent plus de surface, et qu'elles se dessèchent mieux. A cet effet, quand les matières sont d'un tissu compacte, on les concasse et on les sèche à l'étuve; par exemple, les racines de jalap, de colombo, d'iris, de curcuma, etc. Quand les matières que l'on doit pulvériser ont un tissu ligneux, on les divise au moyen de la râpe; par exemple, le bois de gayac, le quassia amara, les santaux, la racine ligneuse de sassafras, etc.

Les matières très fibreuses sont coupées en tranches très minces au moyen du couteau à manche. Cette opération, en même temps qu'elle facilite la dessiccation, rend la pulvérisation plus facile en divisant les fibres. On l'applique :

Aux racines d'Arrête-bœuf.	Aux écorces de Garou.
—— Garance.	—— Orme.
—— Guimauve.	—— Saule.
—— Réglisse.	—— Simarouba.
—— Pareira brava.	—— Sureau.

On coupe de la même manière les racines plus compactes de bardane, d'ache, d'aunée, d'acorus, de patience, de pyrèthre, de ratanhia, etc.

En outre des opérations précédentes, il est des substances qui exigent quelque manipulation préalable, dont le but peut être fort différent ; ainsi il est certaines racines, composées de plusieurs parties assez petites, rapprochées les unes des autres, qui dans leurs intervalles retiennent de la terre enfermée. Il est important de séparer cette terre qui se mêlerait à la substance pulvérisée. On y parvient en concassant légèrement ces racines, et en les secouant sur un crible pour faire tomber la terre. On les sèche ensuite à l'étuve, et on les pulvérise. On traite par cette méthode les racines de

Angélique.	Benoîte.
Aristoloche petite.	Contrayerva.
Arnica.	Ellébore noir.
Asarum.	Serpentaire de Virginie.
Asclepias.	Valériane.

Quand ces racines sont propres, cette opération préalable est inutile.

On sépare les semences contenues dans les capsules de pavot, les semences engagées dans la pulpe de la coloquinte, et les noyaux osseux des myrobolans ; on monde de leur enveloppe les semences des cucurbitacées, les amandes, les pignons d'Inde, les graines de tilly. On rejette au contraire le péricarpe scarieux de l'amome en grappe et du cardamome.

Les coquilles d'œufs, les coquilles d'huîtres, le corail, les pierres d'écrevisses sont d'abord contusées et passées au tamis de crin ; on lave cette poudre avec de l'eau bouillante, pour enlever, au moins en partie, une matière animale qui, plus tard, se putréfierait et ferait prendre une odeur fétide à la poudre.

Les os de sèche sont bien nettoyés avec un couteau de toutes les impuretés qui peuvent salir leur surface, et on enlève la coquille testacée la plus dure.

On met le riz dans une terrine, on le lave avec de l'eau froide, puis on le jette sur une toile et on l'arrose encore de temps en temps, jusqu'à ce qu'il ait perdu sa consistance cornée, et qu'il soit devenu opaque et friable ; on le pulvérise en cet état sans laisser de résidu et on fait dessécher la poudre à la chaleur de l'étuve.

Le salep est mis à tremper dans l'eau froide pendant douze heures. Au bout de ce temps on le retire, on l'essuie fortement à la surface pour en détacher la peau, puis on le sèche à l'étuve avant de le pulvériser. L'eau qui pénètre par la macération dans le salep change en quelque sorte sa texture. Elle lui ôte de sa consistance cornée et le rend plus friable.

On expose à la vapeur d'eau les semences coriaces de la noix vomique et de la fève Saint-Ignace ; on les passe au moulin ou on les contuse au mortier.

Les pierres siliceuses ne se pulvérisent bien qu'autant qu'on les a fait rougir au feu, et que, dans cet état, on les a plongées dans de l'eau froide. Sans doute que leur friabilité, après cette opération, est le résultat de la tension extraordinaire dans laquelle se trouvent leurs molécules. La chaleur les écarte les unes des autres, et augmente le volume de la masse. Le refroidissement subit que produit le contact de l'eau froide, contracte brusquement les parties les plus extérieures ; mais cet effet ne se fait pas sentir à l'intérieur où les molécules se refroidissent lentement, et restent dans un état d'écartement plus grand que ne le comporte leur température ; état contre nature et qui détermine la séparation des particules dès qu'un choc brusque vient à détruire l'équilibre qui existait dans la masse.

A mesure que l'on pulvérise un corps, les portions qui ont été réduites en poudre s'élèvent dans l'atmosphère à chaque secousse qui est imprimée à la masse. Le moindre inconvénient qui en résulte est la déperdition d'une certaine quantité de matière. Il arrive fréquemment que le pileur en est très incommodé; et souvent il en résulterait pour lui des accidents fâcheux, s'il ne parvenait à s'en mettre à l'abri. Toutes les matières âcres, comme les gommes-résines, l'euphorbe, les cantharides, les racines de jalap, d'asarum, d'ipécacuanha, la bétoine, l'arnica, etc., peuvent produire ces effets. On évite le danger qui résulterait de leur action, en recouvrant le mortier d'un sac de peau en forme de cône qui est traversé par le pilon dans sa partie supérieure, et qui y est fortement attaché. La base du cône recouvre la bouche du mortier, et se trouve liée à ses bords par une corde ou une courroie.

Il serait de toute impossibilité de pulvériser entièrement dans un mortier toute la matière que l'on y a mise. De temps en temps, on sépare les parties les plus fines de celles qui n'ont pas encore été suffisamment divisées. On y parvient au moyen d'un tamis. C'est un tissu tendu dans une portion de cylindre en bois et au travers duquel les parties les plus ténues trouvent seules un passage. On se sert de tissus plus ou moins fins suivant que l'on veut obtenir des matières plus ou moins ténues. Quand on veut avoir des poudres très fines, on emploie un tamis couvert. La pièce supérieure est appelée couvercle, et la pièce inférieure tambour. Elles sont toutes deux garnies en peau, et elles s'emboîtent sur le tamis, de manière à ce qu'il ne puisse y avoir déperdition de poudre. On emploie ces tamis couverts dans les mêmes circonstances et pour les mêmes raisons que nous avons rapportées plus haut en parlant de la déperdition pendant la contusion des corps.

Pour faire passer les poudres à travers le tissu du tamis, on se contente de remuer circulairement celui-ci en l'appuyant sur le mortier, où au moins de l'agiter dans les mains. Si on le frappait contre le mortier, l'on forcerait à passer des parties qui n'auraient pas encore acquis le degré de ténuité convenable. Une matière fibreuse qui aurait été tamisée de la sorte fournirait une poudre remplie de fibres non pulvérisées.

Souvent les matières que l'on soumet à la pulvérisation sont composées de parties différemment friables, ce qui donne le moyen de les séparer les unes des autres. On ne cherche pas à le faire, quand les particules d'un corps sont toutes de même nature, ou qu'elles ont toutes des propriétés utiles, et aussi quand les différents principes qui composent un corps offrent peu de différence dans leur degré de friabilité.

Quand une matière n'est formée que d'une seule espèce de substance, comme les composés chimiques bien déterminés, les gommes pures, le sucre, les résines, les gommes-résines, le camphre, etc., la poudre est semblable à toutes les époques de l'opération, et on peut prendre indifféremment les premiers ou les derniers produits.

Le même résultat se présente, quoique d'une manière moins exacte, pour les corps de nature organique, composés par conséquent de matières très différentes, quand ils sont formés d'un tissu délicat, sans mélange de fibres ligneuses, ou avec mélange d'une faible quantité de ces fibres. Alors les parties plus friables facilitent la pulvérisation des autres, et, jusqu'à la fin de l'opération, les produits conservent une proportion assez grande de principes actifs pour être conservés. Il devient important alors de mélanger toutes les poudres obtenues à des époques différentes de l'opération pour en faire un tout homogène. Je citerai comme exemple la préparation des poudres suivantes :

Racines de Aunée.	Fruits de Poivres.
Aristoloche.	Coloquinte.
Colombo.	Semences de Lin.
Curcuma.	Moutarde.
Gentiane.	Riz.
Gingembre.	Staphysaigre.
Iris.	Lichen d'Islande.
Jalap.	Seigle ergoté.
Rhubarbe.	Mousse de Corse.
Salep.	Cantharides.
Bulbes de Scille.	Musc.
Écorces de Cannelle.	Corail, etc., etc.
Winter.	

Lorsque les matériaux qui constituent un médicament sont très différemment friables, et que l'un d'eux n'a pas ou n'a que très peu de propriétés médicamenteuses, il est avantageux de le séparer. On y parvient, en grande partie, en fractionnant les produits de la pulvérisation. Si la partie active se pulvérise la dernière, on rejette la première poudre : si elle est plus friable que les parties inertes, on rejette au contraire les derniers produits. Dans le premier cas se trouvent le quinquina gris, la cascarille, la gomme adragante. On rejettera donc les premiers produits de la pulvérisation du quinquina gris et de la cascarille. La première poudre que fournit la gomme adragante contient toutes les matières étrangères plus friables que cette gomme. MM. Henry et Guibourt ont proposé avec juste raison de gratter l'écorce du quinquina gris, pour enlever tous les cryptogames et le tissu cellulaire superficiel, de gratter également la cascarille pour en séparer la couche lichenoïde, car ce sont les matières qui les premières se réduisent en poudre. On applique la même manipulation aux écorces d'angusture vraie et d'angusture fausse, au quinquina jaune ou rouge avec écorce, comme on les appelle dans le commerce.

Les corps dont les derniers produits de la pulvérisation sont presque inertes sont en plus grand nombre. Ce sont toutes les racines fibreuses, les feuilles et les tiges, dont la fibre végétale résiste plus à l'action du pilon que les matières extractives. On rejette le résidu qu'elles laissent, et qui est tout à fait fibreux. On observe dans la pulvérisation de ces corps, que les produits sont de moins en moins odorants et sapides ; on doit s'arrêter au moment où le résidu n'a plus que peu d'odeur et de saveur. On ne peut dire, avec une suffisante exactitude, à quel point on doit arrêter la pulvérisation de substances différentes. Le Codex a tranché la question en prescrivant de ne retirer que les 3/4 de la substance à l'état de poudre. Ce système a l'avantage de donner un rapport toujours le même entre le poids de la substance entière et celui de la poudre que l'on en retire.

Ce que nous venons de dire conduit à penser que, dans un très grand nombre de cas, les poudres ne sont pas semblables à différentes époques de la pulvérisation. Aussi, est-il essentiel de mélanger tous les produits pour avoir un tout homogène. Le mélange se fait en retournant toutes les poudres ensemble dans le fond d'un tamis ou sur un papier. Pour que le mélange soit exact, il convient même de les forcer à passer de nouveau à travers un tamis dont le tissu soit plus lâche que celui qu'elles ont traversé en premier lieu.

Les différents modes de pulvérisation mis en pratique dans les officines sont au nombre de sept, savoir :

> La contusion,
> La trituration,
> La mouture,
> La pulvérisation par frottement,
> La pulvérisation par intermède,
> La porphyrisation,
> La dilution,

Jetons un coup d'œil sur chacune de ces sortes de pulvérisation.

CONTUSION.

La contusion consiste à mettre le corps que l'on veut réduire en poudre dans un mortier, et à le frapper fortement à coups de pilon. On s'en sert pour toutes les matières denses dont les molécules sont très adhérentes entre elles, et ne sont pas susceptibles de se ramollir par la chaleur. Le plus grand nombre des parties des végétaux sont pulvérisées de cette manière, en se conformant d'ailleurs à toutes les précautions que nous avons déjà prescrites.

La nature du mortier doit être en rapport avec celle des corps que l'on réduit en poudre. Le plus souvent on se sert d'un mortier de fer et d'un pilon du même métal. Ils servent pour les matières dures, compactes, qui ne risquent pas d'être colorées par le fer. Un mortier de marbre doit être préféré pour les matières salines, à moins qu'elles ne soient acides ; et alors on lui substitue un mortier en verre ou en porcelaine.

TRITURATION.

Quand une matière est fort tendre ou que ses parties sont susceptibles de se ramollir par la chaleur, il faut éviter de la frapper avec le pilon. On se contente de le promener circulairement dans le mortier en écrasant la matière par une pression ménagée entre les parois du mortier et la tête du pilon. C'est ainsi que l'on prépare les poudres des résines et des gommes-résines. Quelques praticiens conseillent d'huiler légèrement le fond du mortier et le bout du pilon quand on pulvérise des résines, dans le but de les empêcher d'y adhérer. Mais l'huile, en rancissant, communique à la résine une odeur désagréable. Il est préférable de pulvériser les résines sans intermède, en choisissant pour le faire un temps sec et froid.

M. Guibourt a donné, pour se procurer la poudre des gommes-résines, un procédé que nous ne saurions adopter. Il consiste à laisser les gommes-résines à l'étuve, et, au bout de quelque temps, de les concasser et de les remettre à l'étuve, et ainsi successivement jusqu'à ce qu'elles restent friables. Mais la dessiccation des gommes-résines résulte de la déperdition de leur huile essentielle, qui est une de leurs parties médicamenteuses les plus actives. Heureusement la pulvérisation de ces produits est rarement nécessaire, vu qu'on les emploie surtout mélangés avec d'autres matières qui facilitent leur pulvérisation, ou pour la préparation des emplâtres, et alors on a recours à la dissolution.

MOUTURE.

La pulvérisation par mouture se fait avec des appareils très variés. Tout le monde connaît les moulins à dents de fer dont on se sert dans les ménages pour moudre le café : dans des dimensions différentes ils servent à pulvériser les amandes que l'on destine à la préparation de l'huile, les semences de ricins, de croton, ou d'épurge qui ont la même destination. Ils sont encore d'un excellent usage pour déchirer le tissu des noix vomiques et de la fève Saint-Ignace, après qu'il a été ramolli par la vapeur d'eau.

Ces moulins servent encore à la pulvérisation du poivre. Avec quelques modifications, on les emploie à la fabrication de la farine de lin ; mais comme cette graine est plate et présente peu de prise, que l'expression en ferait sortir de l'huile, les moulins, pour réussir, doivent couper la graine plutôt que l'écraser.

La farine de moutarde se fait très bien dans un moulin composé de deux cylindres tournant en sens inverse ; mais elle se fait encore mieux au pilon, pourvu que celui-ci soit à tête étroite et qu'il ne puisse exprimer la graine pour en faire sortir l'huile.

Des meules horizontales ou verticales en pierre dure ou en fonte, un tonneau tournant sur lui-même et contenant des boulets de fonte, sont encore des appareils employés à la pulvérisation dans les arts; mais il ne sont pas à la portée des pharmaciens, et par leur prix élevé, et par les petites quantités de poudres que ceux-ci ont généralement à préparer.

PULVÉRISATION PAR FROTTEMENT.

Il est des corps dont la poudre obstruerait les pores du tamis sans les traverser. On les pulvérise en usant d'un artifice particulier. On prend chaque morceau de matière séparément, et on le frotte sur un tamis placé au-dessus d'une feuille de papier. C'est ainsi que doivent être pulvérisées la céruse et la magnésie. Ce procédé est encore appliqué à la préparation de la poudre d'agaric, pourvu qu'on ait l'attention de repasser la poudre que l'on a obtenue à travers un tamis de soie.

PORPHYRISATION.

La porphyrisation est une opération qui consiste à faire mouvoir une molette de pierre très dure sur une table de même matière, et que l'on a chargée de poudre.

Le nom de porphyrisation, donné à cette opération, lui vient de ce que l'on fait le plus fréquemment usage de tables de porphyre. Toute autre pierre dure peut lui être substituée; quelquefois l'on se sert de marbre. Il faut toujours se laisser guider dans son choix par la dureté de la matière que l'on veut réduire en poudre. Il doit toujours exister une grande différence entre la dureté de la table et celle de la substance que l'on y pulvérise, sans quoi une partie de la pierre serait détachée et altérerait la pureté du produit.

La molette doit être de même matière que la table, et n'être pas parfaitement plane, mais légèrement convexe. Sans cette disposition, la poudre ne pourrait s'engager entre elle et le plan du porphyre.

Avant de soumettre les corps à la porphyrisation, on commence par leur donner un certain degré de ténuité. Le fer est limé, pilé dans un mortier de fer, et tamisé. On pulvérise ainsi les terres, les pierres, les sels.

Quand une matière peut être altérée par l'eau, on la porphyrise à sec. Tels sont beaucoup de sels que l'eau décompose, comme les sels d'antimoine, de bismuth et quelque sels de mercure. Tel est le fer, qui s'oxide en absorbant l'oxigène à la faveur de l'humidité de l'air. On doit encore porphyriser à sec tous les sels solubles; l'eau se saturerait de ces sels et par l'évaporation elles les laisserait cristallisés, et par conséquent en morceaux plus ou moins volumineux dans la masse. Quand les corps ne sont pas altérables par l'eau, on les réduit en pâte, au moyen de ce liquide, pour les pulvériser plus aisément. La porphyrisation en est plus prompte, parce que la matière ne fuit pas aussi facilement sous la molette.

On porphyrise toutes les matières minérales très dures que la contusion et le tamisage ne diviseraient pas assez. Tels sont les coquilles d'œufs, le sulfure d'antimoine, le verre d'antimoine, les os brûlés, les coraux, les métaux, les sels difficiles à broyer, comme le mercure doux, l'émétique, le sulfate de potasse.

Quelquefois, après qu'une matière a été porphyrisée à l'eau, on la forme en trochisques, dans le but d'en faciliter la dessiccation. A cet effet, on met la pâte porphyrisée dans un entonnoir en fer-blanc, monté sur une planchette en bois; laquelle porte en-dessous un petit pied en bois également, qui dépasse un peu l'extrémité de l'entonnoir; on met un papier non collé sur une table; et, en frappant à petits coups dessus, on fait tomber la pâte en petits pains qui présentent beaucoup de surface, qui ont peu de volume, et qui par conséquent sèchent promptement à l'air.

DILUTION.

La nature nous offre certaines matières dans un grand état de division, et seulement mélangées avec des corps grossiers dont il est facile de les séparer, en profitant de leur différence de densité. Telle est la craie, telles sont les terres bolaires : celles-ci sont les seules que l'on pulvérise dans les officines. L'opération à laquelle on les soumet est connue sous le nom de dilution. Elle consiste à laisser tremper les matières argileuses dans l'eau, pendant un temps plus ou moins long, à délayer ensuite en agitant, à laisser déposer quelques minutes, et à séparer par décantation la terre la plus fine restée en suspension, du sable, plus lourd, qui se précipite d'abord.

La dilution n'est pas, à proprement parler, un mode de pulvérisation; mais elle s'y rapporte, en ce qu'elle permet de séparer les parties les plus fines de certains corps de celles qui n'ont pas acquis le même degré de finesse. Elle ne peut s'appliquer qu'à des substances minérales sur lesquelles l'eau n'a pas d'action.

On applique encore la dilution à la préparation des poudres de sulfure d'antimoine, de sulfure de mercure, de pierre hématite; et, comme ces substances ne sont pas susceptibles de se délayer dans l'eau, à la manière des argiles, on les porphyrise préalablement, et l'on sépare, par la dilution, la poudre très fine des parties les plus grossières que l'on porphyrise de nouveau.

On traitait de même la litharge, en se contentant toutefois de la piler sans la porphyriser; mais comme elle n'a jamais besoin d'être en poudre très fine, cette pratique est inutile.

PULVÉRISATION PAR INTERMÈDE.

C'est à la pulvérisation par intermède que se rapporte la pulvérisation du phosphore, que l'on met en fusion dans un flacon plein d'eau ou mieux d'alcool, et que l'on tient agité jusqu'au refroidissement, pour que les particules du liquide soient interposées entre les particules de phosphore au moment où la solidification vient saisir ces dernières.

C'est encore une pulvérisation de même nature que la préparation du mercure doux à la vapeur; la vapeur d'eau vient s'interposer au milieu des molécules vaporisées du chlorure mercuriel, et met obstacle à leur réunion au moment de la solidification.

C'est encore une opération du même genre que cette opération des arts où le soufre est saisi par un refroidissement subit qui lui fait traverser brusquement l'intervalle entre la chaleur nécessaire pour sa gazéification et le moment où il reprend l'état solide, de manière à ce que les molécules se déposent sans contracter d'adhérence entre elles.

On peut assimiler à une sorte de pulvérisation les opérations chimiques qui nous fournissent les corps sous la forme d'un précipité pulvérulent. Ce moyen est employé pour quelques substances dans l'intention évidente d'éviter la pulvérisation. Ainsi le carbonate de chaux qui se trouve dans la nature est rarement pur. A l'état de craie, il contient des matières organiques, et si on le prend à l'état de marbre blanc, il exige une pulvérisation et une porphyrisation fort longues. On se le procure parfaitement pur et à l'état de poudre impalpable en décomposant le muriate de chaux par du carbonate de soude et lavant avec soin le précipité.

On mêlait à la chair de coloquinte, ou aux vipères, ou à l'agaric, un mucilage de gomme adragante, et, après avoir fait sécher ce mélange, on le pulvérisait. Mais l'agaric et la coloquinte peuvent se réduire en poudre sans le secours de la gomme, et la chair de vipère qui n'est jamais employée seule, se pulvérise à l'aide des autres matières plus friables que l'on y associe.

On arrose le camphre d'alcool ou d'éther pour détruire son élasticité.

Les matières molles comme la vanille, sont triturées avec du sucre qui absorbe l'humidité excédante. Les semences émulsives se pulvérisent bien plus convenablement aussi par cette addition.

Pour pulvériser un métal ductile (l'or, l'argent, l'étain), on prend ce métal réduit en feuilles très minces, et on le divise au moyen d'une substance qui facilite la séparation de ses particules, et dont la solubilité permette, plus tard, de l'enlever entièrement, par exemple : le sucre, le sel marin, le sulfate de potasse. On triturera donc le métal réduit en feuilles avec l'un de ces corps, pendant assez de temps pour le bien diviser ; on versera ensuite sur la masse de l'eau bouillante, qui dissoudra l'intermède, et laissera précipiter la poudre métallique. On recueillera celle-ci sur un filtre, et on la lavera à plusieurs reprises. Observons toutefois que l'étain en feuilles du commerce contient du plomb, et qu'il ne convient pas de s'en servir.

C'est peut-être à la pulvérisation par intermède que l'on doit rapporter celle des métaux ductiles, fusibles à une basse température, au moyen du calorique. On les fait fondre à la chaleur, et, quand ils sont fondus, on les verse dans une boîte sphérique, de bois ou de fer à parois garnies d'aspérités, et blanchies de craie dans toute leur étendue. On agite sans interruption : les particules métalliques constamment agitées se condensent bientôt en se refroidissant, mais elles ne peuvent se réunir, et restent séparées les unes des autres. On passe au tamis de soie. On peut, par ce procédé, pulvériser l'étain, le plomb, etc.

Le zinc se pulvérise en mettant le métal en fusion et le versant dans un mortier échauffé dont le pilon a été également chauffé. On agite vivement au moment où le métal va se solidifier pour empêcher les particules métalliques de se réunir, et l'on passe au tamis de soie.

Tels sont les divers moyens pratiqués pour pulvériser les corps. Il nous reste encore à indiquer les précautions suivantes, applicables surtout à la conservation des matières pulvérisées.

On ne saurait trop recommander de préparer une petite quantité de poudre à la fois : les médicaments se conservent mieux dans leur entier. Cette règle est surtout applicable aux substances volatiles et aromatiques, et à celles qui attirent l'humidité de l'air. On peut seulement excepter quelques substances minérales.

On doit conserver les poudres végétales dans des vaisseaux fermés exactement. La lumière altère promptement leur couleur, ce qui annonce un commencement de détérioration. Il faut les garder dans des vases qui ne soient pas perméables aux rayons lumineux, comme des vaisseaux de terre ou des bocaux de verre recouverts de papier noir.

Parmentier a recommandé avec raison de sécher les poudres avant de les renfermer; car, par leur exposition à l'air, elles absorbent une certaine quantité d'humidité qui contribue à leur détérioration.

DES PULPES.

Les pulpes pharmaceutiques sont constituées par le mélange des sucs et des parties cellulaires et vasculaires encore tendres des végétaux; on les obtient toujours des parties succulentes. Elles sont aux plantes vertes ce que les poudres sont aux plantes sèches, c'est-à-dire qu'elles contiennent toute la substance de la matière médicamenteuse simple, mais dans un état particulier de division. Les pulpes sont un genre de médicaments moins utiles que les poudres, parce qu'elles ne peuvent être obtenues à toutes les époques de l'année, puisque les plantes ne sont dans un état convenable de végétation que pendant un temps fort limité.

Dans les végétaux dont le tissu est entièrement composé de parties molles, formées seulement par du tissu cellulaire, ou par un mélange de ce tissu avec des vaisseaux encore jeunes et facilement déchirables, le mélange de ces tissus, divisés par quelque moyen mécanique, constitue les pulpes médicamenteuses. On obtient également des pulpes avec des substances chargées de parties solides et fibreuses ; mais la pulpe elle-même en est toujours exempte. Le procédé d'extraction consiste alors à séparer les parties endurcies de celles qui ont la mollesse convenable. Il faut déchirer le tissu de la plante, et le forcer de passer à travers les mailles d'un tamis pour en séparer les parties étrangères. Cette opération s'exécute avec une spatule élargie d'un seul côté, et qui porte le nom de pulpoir. Si quelque partie grossière échappe à la première opération, on repasse la pulpe une seconde fois pour l'en débarrasser.

Le procédé général d'extraction des pulpes reçoit des modifications suivant la nature des substances que l'on y soumet et l'usage auquel on les destine.

Quand on opère sur des substances fraîches, d'une texture molle comme le sont les herbes et leurs différentes parties, les fleurs ou les fruits pulpeux, on les pile dans un mortier pour déchirer leur tissu et on les pulpe sur un tamis. Nous citerons comme exemple la ciguë, le cochléaria, le cresson, les roses rouges. Quand on veut réduire en pulpe des parties compactes, comme les bulbes ou les fruits charnus, on obtient immédiatement la pulpe au moyen de la râpe. C'est ainsi que l'on prépare les pulpes de carotte, de pomme de terre, d'oignon, de scille, d'ail, etc.

On remarque que ces pulpes sont mal liées ; le suc se sépare aisément des parties solides. Souvent on ne peut se soustraire à cet inconvénient sans altérer les propriétés du médicament. C'est ce qui a lieu pour les pulpes des plantes antiscorbutiques, de la scille, de l'ail, qui contiennent des parties volatiles, les quelles concourent efficacement à l'effet cherché, et se dissiperaient par la coction. Dans le même cas sont la pulpe de racine de carotte destinée au pansement des cancers, la pulpe de racine de patience destinée à l'usage externe, et celle de pomme de terre que l'on doit appliquer sur une partie brûlée. L'usage postérieur auquel on destine les pulpes peut encore être un obstacle à ce que l'on soumette les plantes à la coction, par exemple, la pulpe de pomme de terre qui doit servir à la préparation de la fécule, celle de betteraves ou celle des fruits qui ne sont qu'une forme intermédiaire qui doit rendre l'extraction des sucs plus facile.

Toutes les fois que la coction est sans inconvénient, il faut y avoir recours, parce qu'elle donne des pulpes plus liées et plus homogènes. Plusieurs circonstances paraissent contribuer à produire ce résultat. C'est l'albumine végétale qui en se coagulant contribue à lier toutes les parties; c'est le tissu cellulaire qui se ramollit par l'ébullition de l'eau, et finit par se transformer en une sorte d'empois; dans les racines amylacées c'est la fécule qui se gonfle par l'action combinée de l'eau et de la chaleur sur les cellules amylaires.

La coction des plantes est surtout nécessaire pour la préparation des pulpes, quand celles-ci sont destinées à produire quelque effet émollient, ou lorsqu'il est nécessaire de chasser quelque principe âcre et volatil. Ainsi la pulpe d'oignon cru est âcre et excitante, tandis qu'elle agit seulement à la manière des émollients, quand son huile âcre a été éliminée par la coction; ainsi, la pulpe de scille cuite est pour les mêmes causes toute différente de celle qui est obtenue sans feu.

La coction est presque toujours employée quand on doit préparer des pulpes avec des substances qui ont été desséchées; il faut rendre aux parties la mollesse qu'elles avaient avant leur dessiccation, et comme presque jamais on ne cherche alors à y conserver de parties volatiles, la coction est avantageuse.

On soumet à la coction par des procédés assez différents, les substances qui sont destinées à la fabrication des pulpes.

1° On les fait cuire dans les cendres. Ce procédé, recommandé surtout pour les bulbes, a l'inconvénient de brûler toutes les parties extérieures et de les cuire d'ailleurs assez inégalement.

2° On enveloppe les substances de pâte et on les soumet à la chaleur du four. C'est une manipulation qui n'est pas toujours commode et qui ne présente d'ailleurs aucun avantage.

3° On met les substances dans un poêlon ou une chaudière avec de l'eau, et on tient en ébullition jusqu'à ce qu'elles soient suffisamment ramollies. Il faut avoir soin de n'employer que la plus petite quantité de liquide, et faire en sorte qu'il n'en reste que fort peu au moment où l'opération est terminée. On ajoute ce liquide à la pulpe, et comme elle est alors presque toujours trop molle, on lui rend la consistance convenable en le faisant évaporer à la chaleur du bain-marie.

4° On fait cuire à la vapeur de l'eau bouillante les substances destinées à être réduites en pulpe. A cet effet, on les pose sur un diaphragme placé à quelque distance du fond d'un vase en cuivre étamé ou en étain, que l'on ferme avec un couvercle et qui reçoit par sa partie inférieure la vapeur qui sort d'une chaudière ; ou bien, avec un appareil plus simple, on met la matière à ramollir dans une espèce de bain-marie percé qui s'enfonce dans une chaudière ou dans la cucurbite d'un alambic, mais qui n'a pas assez de profondeur pour plonger dans l'eau. On couvre ce vase et on porte l'eau à l'ébullition. Un appareil plus économique et tout aussi profitable est celui que l'on emploie dans les ménages pour faire cuire les pommes de terre. Il se compose d'une marmite en fonte, au fond de laquelle on met une grille de fourneau qui sert de diaphragme. On garnit le fond de la marmite avec une couche d'eau ; on place les matières végétales sur la grille ; on les recouvre avec un torchon replié sur lui-même et on ferme le tout avec le couvercle de la marmite. On porte l'eau à l'ébullition et en peu de temps l'opération est terminée.

La coction une fois terminée on écrase les substances dans un mortier, ou si elles offrent peu de résistance, on les écrase de suite sur le tamis au moyen du pulpoir.

Les pulpes les plus employées que l'on prépare par coction sont celles de pruneaux, dattes, jujubes, oignon commun, bulbes de scille, de lis, de racine d'aunée, de guimauve, de plantes émollientes.

Il est des matières naturellement pulpeuses qui n'ont besoin que d'être ramollies avec un peu d'eau, telle est la pulpe de tamarin du commerce; telle est encore la pulpe contenue dans la casse des boutiques.

La pulpe des cynorrhodons exige un procédé particulier. Comme la consistance des calices de roses est trop ferme, on les arrose avec un peu de vin blanc et on les abandonne à la cave à un léger mouvement de fermentation, qui les amène à un état analogue à celui des fruits blessis, sous lequel ils ont assez de mollesse pour être pulpés (Voir CYNORRHODONS).

Enfin on obtient encore une sorte de pulpe en prenant des substances en poudre et en y ajoutant à froid ou à chaud la quantité de liquide aqueux nécessaire pour leur donner la consistance d'une pâte. Cette méthode est souvent suivie pour les pulpes destinées à la préparation des conserves ou qui doivent immédiatement servir de cataplasmes.

Les pulpes sont des médicaments facilement altérables, qui commencent à se décomposer peu de temps après leur préparation, circonstance qui contribue singulièrement à diminuer l'usage que l'on en pourrait faire. Plusieurs d'elles entrent dans d'autres préparations, par exemple dans les conserves, les électuaires, les cataplasmes, etc.

DES SUCS.

Toutes les parties qui composent les végétaux peuvent être considérées comme composées mécaniquement d'un réseau dont les mailles sont plus ou moins serrées, et dans les interstices desquelles se trouvent renfermés des liquides jouissant de propriétés diverses, en raison des végétaux et des organes qui les contiennent. Ces liquides portent le nom de suc; leur extraction consiste dans l'élimination que l'on fait du tissu qui les renferme. Ce sont des médicaments d'un ordre plus avancé que les précédents, puisqu'ici une partie de la matière médicamenteuse simple est seule conservée; il y a déja dans cette préparation un commencement d'analyse qui consiste dans la séparation du liquide d'avec les parties solides.

Tantôt le tissu ne contient qu'une très faible proportion de matières solides : c'est le cas des plantes dans leur jeunesse et des parties charnues qui nous sont fournies par quelques-unes; tantôt, au contraire, la fibre végétale, durcie par le dépôt des molécules alimentaires, a pris plus de consistance, et les liquides sont devenus plus rares. Nous trouvons ces caractères dans le bois, les écorces, enfin dans toutes les parties ligneuses des plantes.

Ces différents états du tissu végétal doivent apporter des modifications dans les procédés qui ont pour objet d'en extraire les sucs. Nous les retirons plus aisément, et en plus grande abondance, des parties charnues que des parties ligneuses, et même après que l'individu a été séparé du sol, nous ne pouvons plus en extraire mécaniquement de ces dernières. Quand le végétal est sur pied, si elles nous fournissent pourtant des sucs précieux, c'est qu'on leur ouvre un passage à l'aide d'incisions; alors ils ne sont plus fournis par un espace limité du bois ou de la racine, car la circulation les renouvelle sans cesse dans le point où il leur a été livré passage.

Tout agent qui ouvrira les cellules du tissu végétal sera convenable pour l'extraction des sucs; mais la nature même des parties sur lesquelles il faut agir, nécessite l'emploi de moyens bien différents.

Tout liquide contenu dans les cellules des plantes peut être considéré comme un suc. Relativement à leur nature, ces liquides peuvent être divisés en cinq classes :

> Les sucs aqueux.
> Les sucs huileux.
> Les sucs résineux.
> Les sucs laiteux.
> Les huiles essentielles.

Nous allons examiner successivement les quatre premières classes. Les huiles essentielles, qui s'obtiennent presque toujours par la distillation, et par conséquent par un mode opératoire tout différent, seront étudiées plus tard.

SUCS AQUEUX.

Les sucs aqueux sont caractérisés par la nature de leur véhicule, et l'absence, au moins comme principe essentiel, de toute partie résineuse. Ils se subdivisent en trois séries qui présentent des caractères assez tranchés dans leur composition. Ce sont les sucs extractifs, les sucs sucrés et les sucs acides.

Les sucs extractifs ne sont pas essentiellement acides et ils doivent leurs propriétés à la matière extractive ; les sucs acides sont caractérisés par la présence d'un acide ou d'un sel avec excès d'acide qui leur donne une saveur aigre ; les sucs sucrés ont pour caractère de contenir du sucre et pas ou à peine d'acide.

Sucs extractifs.

Ces sucs sont fournis surtout par les parties herbacées des plantes : presque tous proviennent des feuilles et des tiges herbacées ; leur composition peut se représenter avec assez d'exactitude d'une manière générale. Ils contiennent tous :

> De l'albumine végétale,
> De la matière extractive,
> De la chlorophylle.

L'albumine végétale existe dans presque toutes les parties des végétaux et dans tous les sucs que nous examinons. Elle s'y trouve sous deux états : une partie est en dissolution, une autre est à l'état insoluble. C'est la même substance sous un état moléculaire différent : l'analogie des caractères sous ces deux formes est aussi frappante que celle du blanc d'œuf liquide et du blanc d'œuf coagulé.

L'albumine végétale est incolore, inodore et insipide. Elle commence à se coaguler vers le 40e degré ; mais elle n'est totalement séparée qu'entre le 60 et 70e. Cette coagulation laisse toujours une partie de matière animalisée en dissolution.

L'eau ne dissout pas l'albumine coagulée. Elle est également insoluble dans l'alcool. Celui-ci précipite l'albumine soluble de ses dissolutions aqueuses, et le précipité est un mélange d'albumine soluble et d'albumine insoluble. L'albumine végétale n'est pas soluble dans l'éther. Elle se gonfle et se dissout dans les lessives des alcalis caustiques. Elle se combine aux acides et elle forme avec eux des composés avec excès d'acide, qui sont insolubles dans l'eau et qui deviennent solubles par un lavage prolongé, en perdant leur excès d'acide.

Quand elle existe en dissolution avec quelque matière colorante, comme par exemple dans tous les sucs des végétaux, au moment où elle est coagulée par la chaleur ou par les acides, l'albumine entraîne en combinaison insoluble une partie de cette matière colorante. Abandonnée à elle-même, l'albumine végétale se putréfie.

La matière extractive est un corps fort mal caractérisé. Il est probable que ce nom s'applique à des mélanges ou des combinaisons de matières fort différentes entre elles ; mais comme ces matières se retrouvent dans les sucs avec un grand nombre de caractères communs, dont la connaissance est indispensable à l'étude théorique des sucs, nous allons les exposer sommairement.

La matière extractive est toujours colorée en brun jaunâtre plus ou moins foncé. Sa saveur varie dans chaque plante, mais elle est toujours sapide. Elle est inodore. Elle est soluble dans l'eau et sa dissolution est colorée. Elle est soluble dans l'alcool qui contient de l'eau, et s'y dissout d'autant mieux qu'il est plus étendu. Elle est tout à fait insoluble et dans l'alcool absolu et dans l'éther. Elle s'altère par l'action réunie de l'air et de la chaleur, et elle se change alors en un composé insoluble que nous étudierons quand nous nous occuperons des extraits.

La chlorophylle est la matière qui colore en vert les feuilles, les tiges et les calices des plantes. Elle se rapproche tout à fait des résines par ses propriétés. Sa couleur est le vert foncé. Elle est insipide et inodore. Elle se ramollit par la chaleur sans entrer en fusion. Elle est combustible, mais elle brûle moins vivement que les résines. Elle est insoluble dans l'eau, mais elle se dissout dans l'alcool, dans l'éther et dans les huiles grasses et essentielles. L'acide sulfurique la dissout ; il en est de même de l'acide acétique. Elle est également soluble dans les alcalis, et, si après avoir ajouté un sel métallique à une dissolution alcoolique de chlorophylle, on y verse un alcali, on obtient des laques vertes à teintes très diverses suivant la base qui a servi à les former. On obtient du reste cette matière à l'état d'isolement par un procédé facile, qui consiste à écraser les plantes, à en exprimer le suc, à laver le marc avec de l'eau et à le reprendre par l'alcool. L'extrait alcoolique, lavé avec un peu d'eau, laisse la chlorophylle.

Pour extraire le suc des plantes, on les monde de toutes les parties altérées par l'âge ; on les lave pour enlever la poussière ou la terre qui les souille ; puis on les secoue fortement dans un linge pour les sécher, au moins en grande partie. On les met alors dans un mortier de marbre et on les réduit en pulpe par contusion avec un pilon en bois. Le broyage sous des meules est encore très bon ; l'on s'en sert dans des opérations en grand, en Suisse, par exemple, pour extraire le suc de la surelle et de l'oseille, et en Languedoc pour écraser les olives.

Si la plante est peu succulente, si le suc qu'elle contient suffit à peine à mouiller ses surfaces après l'écrasement, il faut ajouter un peu d'eau, quand elle est pilée, pour délayer le suc et lui permettre de s'écouler au dehors. Cette manipulation est, par exemple, indispensable quand on veut extraire le suc de presque toutes les labiées, de la saponaire, etc.

On est encore obligé d'ajouter de l'eau (1/16) quand le suc de la plante est épais, visqueux et refuse de s'écouler par la pression, comme cela arrive pour la bourrache, la buglosse et les autres borraginées. Cependant, quand les sucs de ces végétaux ne doivent pas être employés seuls, on évite cette addition d'eau, parce que les plantes plus succulentes que l'on pile en même temps fournissent au suc un véhicule qui le délaie.

Lorsque le tissu d'une plante a été convenablement déchiré, il s'agit d'en faire sortir le suc ; on y parvient en le soumettant à la presse ; le suc s'écoule fort trouble et avec une couleur verte. En cet état, il est composé d'une dissolution d'albumine et de matières extractives et salines, tenant en suspension de l'albumine coagulée, un peu de gluten, de la chlorophylle et les parties les plus fines du tissu végétal qui ont été mécaniquement entraînées. Les sucs sont rarement employés en cet état, à moins qu'ils ne soient destinés à d'autres préparations, parce qu'ils sont dégoûtants pour le malade, et souvent d'une digestion difficile.

On les clarifie par le repos ou par la filtration à froid. La clarification par simple repos est rarement employée, parce que les sucs des plantes sont fort altérables et commencent souvent à se décomposer avant que les matières insolubles aient eu le temps de se précipiter ; aussi préfère-t-on les clarifier par la filtration. L'albumine coagulée, la chlorophylle et les débris végétaux restent sur le filtre, et la dissolution des autres matières passe transparente.

La filtration des sucs se fait toujours avec assez de lenteur, parce que le dépôt fin et visqueux d'albumine et de gluten qui se dépose sur la surface du papier, met un obstacle au passage du liquide.

Cette difficulté que l'on éprouve à filtrer des sucs fait recourir à une méthode fort expéditive de clarification, qui consiste à chauffer le suc avant de le filtrer. Alors il passe avec une singulière facilité ; mais on ne doit pas indifféremment avoir recours à cette méthode, car la portion d'albumine végétale qui est en dissolution est coagulée ; elle entraîne en combinaison une partie de la matière extractive en laquelle résident les propriétés médicales des sucs. Ce qui le prouve, c'est que le même suc filtré à froid est bien plus coloré que s'il a été filtré à chaud, et que si on attend, pour le chauffer, qu'il ait été filtré à froid, l'albumine qui s'en sépare alors, est fortement colorée. Or, l'albumine est un principe qui n'a pas de couleur, et qui ne peut devoir la teinte foncée qu'elle a prise qu'à la matière extractive colorante qu'elle a enlevée au suc.

Cependant il est des opérations pour lesquelles il faut avoir nécessairement recours à cette clarification par la chaleur ; alors on sacrifie une partie des principes extractifs des plantes.

Parmi les sucs aqueux, il en est un certain nombre qui appartiennent à des végétaux aromatiques qui doivent, en grande partie, leurs propriétés à un principe volatil. Tels sont les sucs fournis par les plantes chargées d'huiles essentielles et par les plantes de la famille des crucifères. Alors surtout il faut recourir à la clarification par simple filtration à la température ordinaire, car à la déperdition occasionnée par la coagulation de l'albumine, se joindrait celle produite par la dissipation du principe volatil.

Si l'on voulait clarifier un suc aromatique par la chaleur, il faudrait le mettre dans un matras, boucher celui-ci avec un parchemin percé de quelques trous d'épingles, et tremper, à plusieurs reprises, le matras dans l'eau bouillante, pour coaguler l'albumine. On laisserait refroidir entièrement avant de filtrer.

On ajoute quelquefois des acides aux sucs pour en faciliter la dépuration. C'est ainsi que le suc des oranges aigres facilite la clarification des sucs antiscorbutiques. On sait qu'en ajoutant de l'oseille aux plantes destinées à faire un suc d'herbes, celui-ci est infiniment moins coloré. On doit croire que les acides forment avec l'albumine végétale des sucs un composé insoluble qui ramasse, en se concrétant, toutes les parties qui n'étaient que suspendues, et une partie de celles qui étaient dissoutes. Le précipité est formé aussi par l'oxalate de chaux, qui résulte de la double décomposition du sel d'oseille (suroxalate de potasse) par les sels de chaux que les plantes contiennent toujours.

Nous ajouterons qu'il faut piler dans un mortier en bois les plantes qui contiennent des sucs acides.

Sucs sucrés.

Les sucs sucrés dont nous nous occupons ici sont principalement fournis par les racines des plantes. Ils sont caractérisés par la présence du sucre cristallisable et par la faible quantité d'acide qu'ils contiennent. La manière de les obtenir est fort simple : on lave les racines pour les débarrasser de la terre qui les souille, on les réduit en pulpe par le moyen d'une râpe, et on en fait écouler le suc par l'expression. Une assez forte proportion de suc reste toujours dans le marc, soit parce qu'il mouille les surfaces, soit parce qu'une grande partie des cellules n'ont pas été ouvertes par l'agent mécanique dont on s'est servi.

Quand on exprime la pulpe charnue de ces racines, à moins que l'on n'ait à sa disposition une presse très puissante, il peut rester dans l'intérieur une partie de suc qui ne s'écoule pas, à cause de l'obstacle qu'oppose à son passage la croûte extérieure de la pulpe qui devient de plus en plus compacte. On évite que cet effet ne soit produit en mêlant à la pulpe, avant de la mettre sous la presse, de la paille sèche hachée et lavée qui donne de la porosité à la masse. On conçoit que ce moyen ne soit pas nécessaire quand on opère sur des parties riches en fibres ligneuses, qui remplissent absolument le même objet que la paille.

On clarifie ces sucs par la filtration à froid, ou lorsqu'ils sont par trop visqueux, en coagulant l'albumine par la chaleur. Il y a ici peu d'inconvénients à user de ce dernier moyen.

Les sucs tirés des racines sucrées ont tous beaucoup d'analogie de composition. On y trouve :

> Sucre cristallisable,
> Albumine végétale,
> Acide malique et malate acide de chaux,
> Matière extractive,
> Matière colorante,
> Acide pectique.

Souvent aussi il y a de l'amidon.

Le sucre qui se trouve dans ces sucs est identique avec le sucre que l'on retire de la canne à sucre. M. Pelouze a démontré que tout s'y trouvait sous cet état, et que le sucre incristallisable que l'on obtient par l'évaporation est le résultat d'une altération produite pendant le traitement.

En outre du sucre, M. Vauquelin a trouvé de la mannite dans la racine de carotte; suivant MM. Laugier et Wackinroder, elle serait produite par la décomposition du suc. M. Pelouze a vu que la mannite se forme dans le suc de betteraves pendant la fermentation visqueuse, en même temps que du sucre de raisin. La découverte d'une forte proportion de mannite dans les racines du céleri laisse cependant quelque probabilité à la préexistence de cette matière.

Ces racines sucrées ne paraissent pas contenir de véritable gomme; mais quand on a chauffé leur suc avant de les filtrer, l'alcool en précipite une matière de nature gommeuse.

L'albumine végétale dans la plupart de ces sucs paraît avoir les mêmes propriétés que dans les autres sucs des plantes, au moins dans le suc de panais, de carottes, de navets, etc., elle se coagule par la chaleur; M. Braconnot, dans le suc de betteraves, lui a trouvé des propriétés particulières : elle est précipitée facilement par les acides et même par l'acide acétique. Elle forme quand elle est desséchée une matière colorée; elle est imparfaitement coagulée par la chaleur; mais le caractère qui la distingue spécialement, c'est que, lorsqu'elle est mêlée à de l'eau sucrée, elle lui fait prendre une consistance visqueuse, sans que la fermentation alcoolique se produise. C'est de l'acide acétique et de l'acide lactique qui sont formés. La matière animalisée donne à ces liqueurs leur apparence glaireuse et elle peut être précipitée en partie par l'alcool, mais dans un état marqué d'altération.

Quand on abandonne à eux-mêmes les sucs des racines sucrées, ils ne tardent pas à s'altérer; le sucre se décompose, mais sans fournir d'alcool. Il se fait des acides acétique et lactique et la liqueur devient visqueuse. Cet effet est le même que produit la matière albumineuse de ces sucs sur l'eau sucrée, et il faut évidemment le lui rapporter. C'est un exemple de ce que l'on a nommé la fermentation visqueuse, qui se produit toutes les fois qu'un ferment peu énergique agit sur une dissolution de sucre.

Sucs acides.

Les sucs acides sont caractérisés par la présence d'un acide
végétal à l'état de liberté. Ils contiennent toujours aussi du sucre
appartenant à la variété que l'on nomme sucre de raisin.

Les acides contenus dans ces sucs sont les acides citrique
et malique, et quelquefois tartrique. Ils sont tantôt seuls et
tantôt mélangés deux à deux. La table suivante fait connaître
la nature de l'acide contenu dans plusieurs espèces de fruits ;
plusieurs de ces résultats auraient besoin d'être confirmés de
nouveau.

Fruits contenant l'acide.

Tartrique.	Citrique.	Malique.	Malique et citrique.
Raisins.	Oranges.	Poires.	Vaccinium myrtilus.
Tamarins.	Citrons	Pommes.	Groseiller.
	Vaccinium oxicoccos	Épine vinette	Alisier.
Mûrier blanc.	— vitis idæa.	Sureau.	Cerises.
	Prunus padus.	Sorbier.	Fraises.
	Cynorrhodons?	Vinaigrier.	Ronces.
			Framboises.

Le sucre contenu dans les sucs acides est le sucre de raisin,
caractérisé par sa grande solubilité dans l'alcool, sa cristallisation
en mamelons peu consistants et sa composition, car il contient
moins de carbone que le sucre ordinaire.

On trouve encore dans tous les sucs de fruits une matière qui
paraît avoir beaucoup de rapport avec l'albumine végétale, mais
qui en diffère par quelques caractères ; ainsi elle n'est pas précipitée par l'acide sulfurique. Elle a une grande importance dans
les sucs. Elle y constitue une sorte de mucilage, chargé de petits
globules qui peuvent croître et amener la fermentation du suc et
par suite la transformation du sucre en alcool et en acide carbonique. Toutefois, la fermentation ne peut naître qu'autant que
le suc a eu le contact de l'air : M. Gay-Lussac a mis hors de
doute que sans l'absorption de l'oxigène les sucs ne fermentent pas.

Les sucs acides contiennent en proportions variables des matières colorées et odorantes qui sont différentes pour chacun d'eux
et qui contribuent à modifier leurs propriétés. Il s'y joint dans

quelques-uns des principes plus actifs, comme, par exemple, la matière purgative dans les fruits du nerprun.

On rencontre encore dans la plupart des sucs une matière particulière qui leur donne la propriété de se prendre en gelée dans quelques circonstances. C'est la pectine que nous étudierons plus tard en nous occupant des gelées. Cette matière, qui est soluble dans l'eau, se change en un acide gélatineux (pectique) presque insoluble, dans quelques circonstances particulières, et entre autres pendant la fermentation alcoolique des sucs. (*V*. gelées.)

Le mode d'extraction des sucs acides dépend de quelques circonstances de structure des fruits ; s'ils sont très succulents et que leur tissu soit très lâche et très tendre, il suffit de les exprimer pour en faire sortir le suc, par exemple pour les citrons, les oranges, les groseilles, les raisins, etc.

Quand, au contraire, le tissu des fruits est compacte et serré, il faut avoir recours à la râpe, par exemple pour les pommes, les coings.

Il est en outre quelques précautions particulières qui peuvent être exigées par la nature du fruit ou par les propriétés de ses diverses parties ; ainsi l'on sépare les nucules des fruits à noyaux, l'écorce du fruit des hespéridées, les pépins et l'endocarpe des pomacées, la râfle des fruits en grappes, ou du moins, pour ces derniers, quand la séparation du suc ne s'en fait pas immédiatement. Quelquefois la minutie de l'opération la fait négliger ; on la rend inutile alors par quelques précautions particulières ; ainsi, en n'exprimant qu'avec la main les fruits de la groseille et du nerprun, on évite d'écraser les semences qui pourraient altérer la saveur et les propriétés du suc.

Quelquefois, après avoir écrasé les fruits, on laisse le suc en contact avec le marc pendant quelque temps pour faciliter la dissolution des matières qui existent dans les enveloppes. Cette manipulation est employée dans la préparation des sucs de nerprun, de framboises et de mûres.

Lorsque les cellules des fruits ont été brisées, on détermine l'écoulement du suc par l'expression : on soumet le tout à la presse, et si la pulpe est compacte, comme celle que l'on obtient en râpant les fruits charnus, on la mélange d'abord avec de la paille hachée et lavée.

La clarification des sucs acides s'obtient presque toujours par la fermentation ; mais celle-ci n'est jamais portée assez loin pour détruire toute la matière sucrée et faire passer le suc à l'état vineux. Il suffit qu'elle soit assez avancée pour détruire la viscosité du suc et rendre sa filtration facile. Cette viscosité du suc est due à la présence du sucre, à celle de la pectine et de la matière azotée, et à une portion de parenchyme divisé qui est tenu en suspension. La fermentation détruit le sucre, transforme la pectine en acide pectique qui se sépare, et elle précipite le ferment.

Certains sucs sont exposés à une légère fermentation dans un lieu frais ; elle suffit à leur clarification : par exemple, les sucs de pommes, de coings, de grenades, de citrons, d'oranges. D'autres ont besoin, pour être clarifiés, d'une fermentation plus longue ; ce sont ceux qui sont très chargés de pectine ou de sucre, comme les sucs de groseilles, de framboises, de mûres. On arrête l'opération aussitôt que le suc est éclairci ; car une fermentation trop longue ferait contracter au suc une odeur et une saveur vineuses qui le rendraient moins agréable.

Les phénomènes qui se produisent pendant la clarification des sucs et qui la déterminent sont ceux de la fermentation alcoolique. Toutes les circonstances sont réunies pour qu'elle se produise, savoir : 1° du sucre en dissolution dans l'eau ; 2° une matière azotée qui peut jouer le rôle de ferment lorsqu'elle a eu le contact de l'air (1) ; 3° une température toujours suffisamment élevée à l'époque de l'année où l'on fait ces préparations.

Dès que les vésicules des fruits ont été brisées, la matière azotée absorbe de l'oxigène (dans une autre manière de voir, les globulins végètent, s'accroissent et deviennent globules de ferment). Elle acquiert par là la propriété de déterminer la fermen-

____

(1) Le nom de *ferment* s'applique à toute matière capable de déterminer la transformation du sucre en alcool et en acide carbonique, et plus spécialement en une matière qui se sépare pendant la fermentation du moût de bière : elle est formée de globules transparents, sphériques, mais un peu aplatis, qui sont véritablement organisés, et que plusieurs observateurs considèrent comme des végétaux. Suivant M. Cagniard Latour, ils se nourrissent du sucre et déterminent par isolement la formation de l'alcool, et par un travail d'absorption, l'acide carbonique.

tation alcoolique, c'est-à-dire la transformation du sucre en acide carbonique et en alcool. L'action est d'abord très lente; mais elle va en augmentant de plus en plus, parce que l'un des produits de la décomposition de la matière azotée est un ferment beaucoup plus énergique qu'elle, ou parce que les globulins se sont changés en plus grand nombre en globules de ferment. Ceux-ci agissent à mesure qu'ils sont formés pour hâter la réaction des éléments du sucre les uns sur les autres; en outre, la température s'élève par le fait même des combinaisons chimiques qui s'opèrent dans la masse et concourt à rendre la réaction plus énergique.

Si la fermentation a lieu sur du sucre de canne, a peine a-t-elle duré quelques minutes que celui-ci est changé en sucre incristallisable, en s'assimilant 1 p : d'eau. Il est alors composé de :

12 pp. carbone, 12 pp. oxigène, 12 pp. hydrogène.

Par la fermentation, il devient :

Acide carbonique	4 C	8 O	» H
Alcool	8	4	12

12 C 12 O 12 H

Si la fermentation a lieu sur le sucre de raisin, il se sépare de l'eau. Le sucre de raisin cristallisé contient :

24 pp. C; 27 pp. O; 27 pp. H.

Il se fait :

Acide carbonique	8 C	16 O	» H
Alcool	16	8	24
Eau	»	3	3

24 C 27 O 27 H

L'acide carbonique, à mesure qu'il se forme, soulève le parenchyme, et l'élève à la surface. Bientôt il se dégage en presque totalité. L'alcool reste dans la liqueur et y opère des changements remarquables; il dissout la matière colorante, qui souvent est par elle-même insoluble dans l'eau; il précipite, en outre, les parties mucilagineuses et le ferment; ce qui nous explique pourquoi la fermentation, qui avait d'abord été en croissant, diminue au contraire progressivement d'activité, au bout de quelque temps.

Tels sont les phénomènes généraux que nous présente la fermentation des sucs sucrés et acides.

Toutefois la nature des sucs peut donner lieu à quelques phénomènes particuliers. Le plus remarquable est sans contredit la destruction de la pectine et sa transformation, pendant l'acte de la fermentation, en acide pectique qui se dépose sous forme de gelée.

On a remarqué qu'un certain nombre de sucs, ce sont ceux surtout qui sont riches en pectine, se clarifient facilement par l'addition du suc de cerises. Le suc se prend presque instantanément en une masse gélatineuse ; au bout de vingt-quatre heures, on en sépare avec facilité une liqueur très claire. Ce procédé est fort avantageux, parce que la clarification du suc se faisant plus vite, il est moins sujet à prendre un goût vineux qui altère sa saveur. Ce procédé est surtout employé pour les sucs de groseilles, de framboises. On ignore tout à fait quel genre de réaction donne naissance au précipité gélatineux.

On a proposé, pour clarifier les sucs de coings et de pommes, un procédé particulier qui consiste dans l'emploi des amandes. On prend, par exemple, la pulpe provenant de cent coings et dix onces d'amandes douces. On pile les amandes avec un peu de suc de manière à en faire une pâte fine ; on la mélange exactement à la pulpe de coings, et, après quelques heures de contact, on exprime fortement et l'on filtre. Ce procédé donne à la vérité un suc transparent ; mais il est moins coloré que par la méthode ordinaire, et il a l'inconvénient de se troubler de nouveau au bout de dix à douze heures. Si on le filtre, il se trouble encore de nouveau, et ainsi à plusieurs reprises. Cet effet paraît être produit parce que la fermentation qui a été interrompue, se continue après la clarification. Les amandes agissent évidemment en cela que leur albumine est coagulée par l'acide malique, et qu'elle retient agglomérées les particules de ferment qui n'étaient que suspendues ; elle décolore le suc en entraînant en combinaison une partie de la matière colorante.

On peut également ajouter les amandes pilées au suc exprimé, et filtrer au bout de deux heures. Ce procédé est depuis longtemps employé pour clarifier le verjus.

Il est un autre procédé d'extraction des sucs dont nous devons parler, et auquel on a recours dans quelques cas particuliers. Il s'applique à des fruits d'un volume peu considérable et très succulents, mais dont les parties succulentes n'existent qu'à l'extérieur : tels sont les mûres et les framboises. On extrait ces sucs en mettant les fruits dans une bassine sur un feu doux et en chauffant. La chaleur dilate le suc, fait crever les vésicules qui le renferment, et il s'écoule au dehors ; on passe sur une chausse ou à travers un tamis. Ce procédé est même quelquefois employé pour la préparation du suc de groseilles. Il donne des sucs plus visqueux que ceux que l'on obtient par la méthode ordinaire ; ils sont aussi plus chargés de pectine, et donneraient des sirops qui se prendraient en gelée avec le temps ; mais ces sucs sont très bons pour préparer des gelées végétales.

CONSERVATION DES SUCS.

Les sucs aqueux, mucilagineux et antiscorbutiques sont magistraux. Ils se détériorent bientôt après leur préparation. Il en est quelques-uns cependant que l'on pourrait conserver en les soumettant au procédé d'Appert dont nous parlerons bientôt ; tel est en particulier le suc d'asperges.

La conservation des sucs acides devra seule nous occuper. Pour y réussir, rappelons-nous quelle est leur nature, et quels moyens nous avons de les soustraire à la décomposition. Ils contiennent tous du sucre et, entre autres principes, une matière fermentescible azotée. M. Gay Lussac nous a parfaitement prouvé que la matière fermentescible des sucs sucrés ne peut déterminer la fermentation qu'autant qu'elle a eu le contact de l'air, et qu'il suffit d'une bulle d'oxigène pour que la décomposition s'établisse. De ces faits, il résulte que, si nous pouvions extraire les sucs par un moyen quelconque, sans leur donner le contact de l'air, ils ne pourraient pas fermenter. C'est ce que l'expérience a pleinement confirmé. Mais comme économiquement ce moyen n'est pas praticable, il a fallu en trouver un qui remédiât à son insuffisance. Les expériences de M. Collin nous ont appris que l'un des résultats de la décomposition des sucs sucrés est un ferment insoluble analogue et probablement identique au ferment de bière, et qui, comme lui, détermine la fermentation des sucs, sans avoir besoin de la présence de l'air. Nous savons aussi, d'après les observations de ce chimiste, que la chaleur de l'ébullition arrête la fermentation déterminée par le ferment insoluble, et qu'elle ne peut plus se reproduire sans le contact de l'air.

Il résulte de tous ces faits, que l'on pourra soustraire un suc à la décomposition, en le privant du contact de l'air pour arrêter l'oxigénation, et en le chauffant pour suspendre l'action destructive du ferment insoluble.

Le procédé d'Appert remplit parfaitement ces conditions. Voici comment on le pratique. On met le suc dans des bouteilles, on les bouche, et l'on assujétit le bouchon avec du fil de fer. On les place ensuite dans une cucurbite avec assez d'eau froide pour les recouvrir jusque vers le goulot et avec de la paille pour qu'elles ne se choquent pas entre elles ; on fait bouillir l'eau pendant quelques minutes, on laisse refroidir, on goudronne les bouteilles et l'on porte à la cave. La chaleur contracte le ferment insoluble, et le rend impropre à déterminer la fermentation ; le suc se trouvant en même temps privé du contact de l'air, la portion du ferment soluble qu'il contient encore (les globulins peut-être) ne peut absorber l'oxigène. Il s'empare, à la vérité, de la petite quantité de ce gaz qui se trouve dans le goulot de la bouteille, où l'on ne retrouve plus que de l'azote ; mais il est ensuite coagulé pendant l'ébullition.

On reproche à ce procédé de conservation d'entraîner souvent la rupture d'une partie des bouteilles, et la perte du suc qui y est contenu. On a proposé de porter les sucs à l'ébullition dans une bassine et de les enfermer encore tout chauds dans des bouteilles que l'on bouche immédiatement. M. Gay met au contraire le suc froid dans les bouteilles, et il les tient pendant cinq minutes dans un bain-marie d'eau bouillante, où elles sont plongées jusqu'au col. Ces deux procédés réussissent également ; l'essentiel est de boucher les bouteilles avec soin pendant qu'elles sont encore très chaudes. La conservation a lieu, parce que le ferment est coagulé comme dans la méthode d'Appert, et parce que le suc est encore assez chaud au moment où l'on bouche les bouteilles, pour détruire les effets qui résulteraient de l'absorption d'une nouvelle quantité d'oxigène. La conservation est moins certaine que par le procédé d'Appert, parce qu'il y a moins d'exactitude dans l'exécution ; mais elle est suffisante pour la conservation des sucs médicinaux.

Le mutisme est employé pour la conservation des sucs de pommes, de coings, de poires, etc. Il consiste à mettre dans les bouteilles de la vapeur sulfureuse, ou mieux encore à ajouter par pinte de suc quinze grains de sulfite de chaux. Les acides du suc s'emparent de la chaux, et l'acide sulfureux se trouve en présence du ferment. La manière d'agir de cet acide est mal connue. En voyant un suc fournir du ferment insoluble, après qu'il a absorbé l'oxigène, on a pu supposer que l'acide sulfureux agit en désoxigénant le ferment insoluble, et le ramenant à l'état de ferment soluble, incapable de déterminer la fermentation sans le contact de l'air. Cette explication qui paraît, au premier aperçu, assez naturelle, ne peut être admise ; car les corps désoxigénants, autres que l'acide sulfureux, ne peuvent produire ce résultat. L'acide sulfureux, suivant M. Desfosses, contracte avec le ferment une combinaison qui le rend impropre à déterminer de nouveau la décomposition du sucre : suivant M. Cagniard Latour , il empoisonne et tue les petits végétaux qui constituent le ferment.

L'ancien procédé employé pour la conservation des sucs consiste dans la soustraction du contact de l'air, opérée par une légère couche d'huile. Il importe de ne pas se servir d'une huile qui rancisse facilement ; elle pourrait communiquer au suc une odeur et une saveur désagréables. L'huile d'olives et l'huile d'œillette sont préférées. On objecte contre la première la facilité avec laquelle elle se fige. On croit qu'en cet état elle ne défend plus le suc du contact de l'air ; mais quand bien même elle serait figée, elle suffirait encore pour prévenir la fermentation.

SUCS HUILEUX.

Les sucs huileux constituent les huiles proprement dites. Ils sont le plus généralement contenus dans les semences des plantes ; mais quelquefois aussi, quoique plus rarement, on les rencontre dans le fruit.

Les huiles sont solides ou liquides ; la composition des unes et des autres est semblable et ne diffère que par les proportions des composants. Il en est de même des graisses animales, comparées aux corps gras tirés des végétaux. Ces matières ont tant d'analogie de composition qu'il est impossible de séparer leur étude.

Les corps gras ont été long temps considérés comme des principes particuliers ; mais les travaux de M. Braconnot et surtout de M. Chevreul, nous ont démontré que, malgré leur diversité, ils étaient formés par un petit nombre de principes particuliers, mélangés en diverses proportions.

On peut partager les corps gras élémentaires en quatre groupes :

1° Matières grasses sur lesquelles les alcalis sont sans action :

Cholestérine.	Céraïne.
Éthal.	Myricine.
Ambréine.	Castorine.

2° Corps gras que les alcalis changent en glycérine, et en acides gras que la chaleur décompose en partie et volatilise en partie :

Stéarine.	Élaïdine.
Margarine des graisses.	Palminé.
——— des huiles.	Oléine.
Ricinine.	

3° Corps gras qui sont changés par les alcalis en acides oléique et margarique, et en une matière grasse insaponifiable :

Cétine.	Cérine.

4° Corps gras que les alcalis transforment en glycérine, en acides gras volatils, et en acides oléique et margarique.

Phocénine.	Hircine.
Butyrine.	

Nous n'étudierons ici que les principes gras de la deuxième classe et encore seulement la stéarine, la margarine et l'oléine, qui constituent par leur mélange la presque totalité des huiles et des graisses connues.

Les corps gras d'origine végétale sont formés pour la plupart d'oléine et de margarine. Les corps gras d'origine animale, sont formés de stéarine, d'oléine et de margarine. Cependant le beurre ne contient pas de stéarine, et celle-ci paraît être contenue dans l'huile épaisse de muscade.

Stéarine. Elle est blanche, solide, sans odeur ni saveur. Elle cristallise en petites lames nacrées et brillantes. Quand elle a été fondue, elle se refroidit en une masse sans apparence cristalline, qui a assez de friabilité pour être pulvérisée. Elle fond à 62°.

Elle est insoluble dans l'eau. L'alcool ne la dissout sensiblement qu'à chaud, et elle se dépose presque en totalité par le refroidissement. L'éther bouillant en dissout beaucoup : à + 15, il n'en garde que 1/225e de son poids. Elle se convertit entièrement en glycérine et en acide stéarique, en se saponifiant. Elle est formée de carbone 76,21, hydrogène, 12,18, oxigène 11,61.

Margarine. La margarine est blanche, solide, incolore et inodore. Elle est beaucoup plus fusible que la stéarine. Elle fond à + 47°. Elle se comporte avec l'eau et l'alcool à peu près comme la stéarine ; mais l'éther froid en dissout une grande proportion. Elle donne à la saponification de la glycérine, de l'acide stéarique (fusible à 70°).

On trouve dans les huiles végétales une autre espèce de margarine qui fond à + 28°, et qui donne par la saponification de l'acide margarique (fusible à + 59°).

Oléine. L'oléine est la partie fluide des graisses. Elle se solidifie vers — 4. Dans l'état de pureté elle est à peu près incolore ou à peine colorée. Elle n'a pas d'odeur. Sa densité est de 0,913 à 0,929. Elle est insoluble dans l'eau. Elle se dissout mieux dans l'alcool que les deux matières précédentes ; mais elle y est aussi plus soluble à chaud qu'à froid. L'éther la dissout presque en toutes proportions. Elle se transforme à la saponification en glycérine et en un mélange d'acide margarique avec beaucoup d'acide oléique.

Les corps gras sont insolubles dans l'eau. Ils sont généralement fort peu solubles dans l'alcool. L'huile de ricin et l'huile de croton tiglium sont à peu près les seules qu'il dissout en grande proportion.

L'éther dissout fort bien les huiles et les graisses.

Les corps gras se mêlent généralement en toutes proportions avec les huiles essentielles. Ils dissolvent les matières résineuses, le camphre. Ils ne peuvent dissoudre ni la gomme, ni le sucre, ni les matières extractives.

Le phosphore et le soufre sont sensiblement solubles dans les corps gras.

En faisant abstraction d'un petit nombre d'entre eux, les corps gras, d'origine végétale ou animale, sont formés par la réunion de deux ou de trois principes dont nous venons d'exposer les principaux caractères. Leur consistance dépend de la quantité relative d'oléine ou de matières solides qu'ils contiennent.

Mais ici il faut distinguer plusieurs cas : 1° la stéarine ou la margarine, quelquefois toutes deux sont simplement mélangées avec l'oléine. Ex.: la plupart des graisses animales et végétales ; 2° la stéarine seule est mélangée à l'oléine. Ex.: huile d'illipé ; 3° la margarine seule est mélangée à l'oléine. Ex.: graisse humaine, huile de muscade ; 4° la margarine et une partie de l'oléine sont combinées et constituent la partie solide du corps gras. Ex.: huile d'olives ; 5° la stéarine et l'oléine sont combinées et forment une graisse solide. Ex.: beurre de cacao (F. Boudet et Pelouze).

La couleur des huiles et des graisses est différente pour chacune d'elles. Elle est due à des matières particulières, car la stéarine, la margarine et l'oléine sont toutes trois incolores.

Les graisses ont une odeur variable ; elle est due à des corps de nature très diverse. Ce sont des huiles volatiles et quelquefois des acides gras, par exemple, dans le beurre, le suif.

La saveur des corps gras est due également à quelques principes étrangers.

Les corps gras sont moins denses que l'eau. Les uns sont liquides à la température ordinaire : huiles d'amandes douces, de lin, etc.; les autres se liquéfient aisément par la chaleur. Une forte température les décompose toujours, et l'on remarque que l'un des produits de leur décomposition par le feu est une matière acide pareille à celle qui se serait produite par leur saponification.

Exposés à l'action de l'air, les corps gras absorbent l'oxigène avec lenteur et rancissent. Les phénomènes sont surtout remarquables avec les huiles. L'absorption est d'abord fort lente, puis il arrive un moment où elle se fait avec une grande rapidité. Il peut même arriver que la chaleur produite soit assez considérable pour déterminer l'inflammation de l'huile. Il est vrai qu'il faut, pour que ce dernier effet se produise, que l'huile soit en grande quantité et qu'elle présente une grande surface. En absorbant l'oxigène de l'air, il est certaines huiles qui s'épaississent et finissent par se solidifier entièrement ; ce sont les huiles de lin, de noix, de chènevis, de pavots, de ricins, de soleil ; on les appelle huiles siccatives ; et par opposition on appelle huiles non siccatives les huiles qui rancissent sans se solidifier, telles que celles d'olives, de navette, d'amandes, de faînes, de noisettes.

Les huiles comme les sucs s'obtiennent en déchirant le tissu qui les renferme et en exprimant fortement pour les faire écouler; mais l'état de fluidité ou de solidité des corps gras amène quelque différence dans la manière de procéder.

1° Quand une huile est fluide, il suffit, pour l'extraire, de diviser les cellules qui la renferment; à cet effet, on passe les semences au moulin pour les réduire en poudre, on enferme cette poudre dans des carrés de toile de coutil, et on les soumet à la presse, graduellement, afin de ne pas déchirer les toiles.

Il est des matières qui exigent quelques précautions particulières; ainsi on frotte les amandes dans un sac rude et on les crible pour séparer la matière jaune qui est à leur surface. On sépare l'enveloppe testacée des ricins pour avoir une huile incolore, et celle des pignons d'Inde pour qu'elle ne diminue pas le produit par la quantité d'huile dont elle resterait imprégnée.

On préfère mettre les substances en poudre à les réduire en pâte, parce que le parenchyme trop divisé serait entraîné en plus grande partie; il troublerait la transparence de l'huile et rendrait sa dépuration plus longue en augmentant pour elle les chances d'altération. Il pourrait arriver aussi que des matières qui ne sont pas mélangées à l'huile dans les graines, mais qui peuvent s'y dissoudre, se trouvassent alors dans le produit en plus grande quantité et modifiassent ses propriétés.

On obtient facilement par ce procédé les huiles d'amandes, de ben, de noisette, de pavot blanc, de semences froides, de lin, de noix, de ricin, d'épurge, de croton tiglium, etc.

Il y a toujours avantage, dans l'extraction des huiles, à éviter l'emploi de la chaleur; elle dispose les produits à la rancidité; sous ce rapport il faut rejeter le procédé qui consiste à monder les amandes de leur enveloppe par l'eau bouillante afin d'obtenir un tourteau plus blanc.

Dans les arts pour obtenir l'huile de lin, et souvent aussi l'huile de noix, on fait chauffer la poudre des semences pour rendre l'écoulement plus prompt. Quand on ne chauffe qu'à une chaleur modérée, à la vapeur d'eau, par exemple, l'huile éprouve peu de changements ; seulement elle est plus disposée à rancir ; mais souvent on fait subir à la graine un commencement de torréfaction qui altère l'huile profondément, lui donne de l'âcreté et la rend impropre à l'usage médical. Les pharmaciens ne doivent employer que l'huile de lin qu'ils ont préparée eux-mêmes.

2° Quand les huiles sont solides, il y a nécessité d'élever la température. La chaleur, en les fluidifiant, les met dans les mêmes conditions qu'une huile naturellement liquide. Le moyen d'appliquer la chaleur n'est pas toujours le même, ainsi que nous allons le voir.

La première condition à remplir est de diviser suffisamment la substance qui renferme l'huile. A cet effet, quand elle n'est pas mêlée à des corps étrangers, on la pile dans un mortier échauffé, pour ramollir les corps gras, et former une pâte, que l'on achève de broyer sur une pierre à chocolat chauffée. Le cacao reçoit une opération préliminaire. C'est une torréfaction qui dessèche, altère et détache l'enveloppe. On le verse sur une table, et on le froisse avec un rouleau pour détacher l'épisperme, que l'on sépare au moyen d'un van.

Le procédé le plus simple pour l'extraction des huiles solides consiste, après que la matière a été réduite en pâte dans un mortier chauffé ou sur une pierre à chocolat, à l'exprimer promptement entre des plaques de fer étamées échauffées dans l'eau bouillante. Si l'on n'exprime pas promptement, ou si l'on n'a pas une bonne presse à sa disposition, on perd une partie du produit qui reste engagé dans la masse.

Par une autre méthode on facilite la sortie de la matière grasse en mêlant à la pâte 1/5 de son poids d'eau bouillante et la soumettant promptement à la presse entre des plaques échauffées. C'est le procédé de Josse, pour extraire le beurre de cacao. Il réussit très bien. Demachy conseillait d'exposer le cacao à la vapeur de l'eau, comme on le fait pour l'huile de lin, et de le presser entre des plaques échauffées. Cette manipulation est moins commode que la précédente ; elle m'a cependant réussi mieux que toute autre pour la préparation de l'huile de laurier.

On peut encore, après avoir broyé les matières, les faire bouillir avec de l'eau. Le corps gras vient nager à la surface. On laisse refroidir, et on le sépare. C'est ainsi qu'on recommandait autrefois de préparer l'huile de laurier, et que l'on extrait pour les arts la cire du myrica et l'huile de palme.

Quand une huile solide a été extraite par l'un des procédés ci-dessus, il est nécessaire de la séparer des matières étrangères qu'elle a entraînées. On peut la tenir fondue au bain-marie, pour laisser déposer les fèces. On préfère ordinairement la filtrer à travers un papier, dans un entonnoir à double fond, échauffé par la vapeur de l'eau bouillante.

Quand on dispose d'une étuve, et que les corps gras sont faciles à fondre, on peut y faire la filtration; on peut encore fort commodément, quand on ne possède pas un appareil exprès pour cet usage, mettre la matière grasse sur un filtre dans un entonnoir de verre ou de fer-blanc et celui-ci sur un vase destiné à recevoir l'huile. On place le tout dans le bain-marie d'un alambic que l'on ferme avec son couvercle, et l'on porte l'eau de la cucurbite à l'ébullition.

Il y a encore d'autres modes d'extraction pour les huiles; ainsi on mêle les ricins et les semences du croton en poudre avec une ou deux fois leur poids d'alcool; on chauffe quelque temps au bain-marie, et l'on soumet à une forte pression. On chasse ensuite l'alcool par la distillation. Cette méthode toute simple demande des précautions particulières, suivant chaque substance que l'on y soumet, et il en sera traité pour chacune d'elles en particulier. Elle a été appliquée à tort à la préparation de l'huile de ricin. Elle est encore recommandée pour la préparation de l'huile de croton, et nous verrons plus tard qu'elle donne un produit de bonne qualité.

Les corps d'origine animale s'obtiennent par un procédé fort simple. Ici le corps gras forme presque toute la masse des matières que l'on traite, et les parties étrangères n'en constituent qu'une petite partie. Aussi suffit-il d'exposer les tissus graisseux à une douce chaleur, pour déterminer la liquéfaction et la séparation du corps gras. C'est ainsi que l'on prépare la moelle de bœuf, la graisse de porc, le suif, etc. L'extraction de l'axonge va nous servir d'exemple.

On prend de la panne de porc : c'est la graisse des flancs mêlée de tissu cellulaire, ou bien encore les portions graisseuses accumulées vers l'épiploon. On la coupe par morceaux et on la pétrit dans l'eau froide, avec les mains, pour en séparer le sang. On la pile ensuite dans un mortier de marbre, et on la porte dans une bassine étamée ; on la fait fondre à une douce chaleur. Quand la graisse est transparente, ce qui indique qu'elle ne contient plus d'eau ni de graisse solide en suspension, on la passe au travers d'un linge serré, et, quand elle est figée, on la gratte pour la séparer des impuretés qui restent au fond. On la fait liquéfier de nouveau au bain-marie, et on la coule dans des pots que l'on a soin de couvrir et de placer dans un lieu frais.

Il est bon d'agiter la graisse au moment où elle commence à se solidifier, jusqu'à ce qu'elle ait pris assez de consistance. Elle est alors plus homogène, parce que la stéarine ne s'en sépare pas, ou plutôt s'en sépare uniformément. On a une masse homogène. L'air ne peut alors agir que sur la surface, parce qu'il ne se fait pas, dans l'intérieur, des vides où il puisse pénétrer.

Les portions de matières qui restent sur les toiles sont remises sur le feu et sont soumises ensuite à une forte pression. On obtient un second produit moins blanc que le premier, mais tout aussi bon pour quelques préparations.

Les corps gras doivent être conservés dans un lieu frais, et surtout à l'abri du contact de l'air. Ils absorbent l'oxigène de l'air, s'épaississent, et prennent une saveur et une odeur désagréables. On dit alors qu'ils ont ranci, et il faut les rejeter de l'emploi médical.

Il est bon de ne préparer les huiles qu'à mesure du besoin, et de les conserver dans des vases bien remplis et qui ferment exactement.

Les huiles solides se conservent bien par le procédé de MM. Henry et Guibourt. On les coule dans des fioles à médecine, que l'on en remplit entièrement, et où elles se congèlent : on bouche ces fioles et on les conserve à la cave.

SUCS RÉSINEUX.

Les sucs résineux, tels qu'ils existent dans les plantes, sont formés par de la résine liquéfiée par de l'huile essentielle. Ces sucs sont souvent renfermés dans des vaisseaux particuliers, et on les fait sortir par des incisions faites à l'écorce ou au tronc des arbres. Quand ils contiennent naturellement beaucoup d'huile essentielle, ils conservent leur liquidité après leur sortie, et on les appelle térébenthines ; quand, au contraire, la proportion d'huile essentielle est plus petite, ou quand les sucs résineux restent exposés long-temps à l'action évaporante de l'air, ils prennent de la solidité, perdent presque toute l'huile essentielle et constituent des résines sèches. Quelques-uns de ces sucs résineux contiennent de l'acide benzoïque ou de l'acide cinnamique unis à une huile essentielle d'une odeur suave. On les appelle baumes.

Les résines naturelles sont toujours formées par un mélange de plusieurs principes résineux différents, que l'on peut séparer les uns des autres par l'action de véhicules qui dissolvent les uns et sont sans action sur les autres, ou par des opérations chimiques plus compliquées; tous ces principes ont une série de caractères communs qui les lient à un même type.

Les résines sont solides, sèches, rudes au toucher; leur saveur est variable et elle est souvent due à des matières étrangères. Souvent elles sont colorées; mais, dans l'état de pureté, il est probable qu'elles sont incolores. Beaucoup sont odorantes, mais on sait pour plusieurs d'entre elles que l'odeur est due à un mélange d'un peu d'huile volatile.

Les résines sont fusibles, et quand elles sont fondues, elles donnent un liquide visqueux et rude au toucher, caractère qui les fait aisément distinguer des corps gras.

Les résines ne conduisent pas l'électricité et elles prennent par le frottement l'électricité résineuse.

Elles sont toutes insolubles dans l'eau. Elles sont, au contraire, toutes solubles dans l'alcool; à chaud, la dissolution alcoolique mélangée avec de l'eau devient laiteuse, et la résine se dépose sous forme de poudre. L'alcool froid ne dissout pas certaines d'entre elles et les laisse déposer par le refroidissement; presque toujours alors elles prennent une texture cristalline plus ou moins prononcée. M. Bonastre les a assez improprement appelées sous-résines.

La plupart des résines sont solubles dans l'éther. Il en est cependant, mais en petit nombre, qui refusent de s'y dissoudre, par exemple, la résine de jalap, de liseron, etc.

En général, les résines se dissolvent dans les huiles fixes et dans les huiles volatiles. Elles se comportent avec les alcalis d'une manière très différente. Il en est qui refusent entièrement de se combiner avec eux. Exemples : résine molle de la Mecque, résine molle de copahu, sous-résine d'élémi et d'euphorbe, résine particulière aux sapins. Parmi les résines qui se combinent aux alcalis, Unverdorben en a distingué trois classes.

1° *Résines fortement électronégatives*. Elles se combinent facilement aux alcalis. L'ammoniaque caustique les dissout aisément et la dissolution soumise à l'ébullition pendant un quart d'heure ne laisse pas déposer de résine. La solution alcoolique de ces résines rougit le papier de tournesol. Telle est la résine de la colophane, et l'une des résines du copale.

2° *Résines médiocrement électronégatives*. Leur dissolution alcoolique rougit le tournesol. Elles sont solubles dans l'ammoniaque à froid; mais la liqueur soumise à une ébullition rapide pendant un quart d'heure perd toute l'ammoniaque. Ces résines sont cependant assez acides pour décomposer le carbonate de soude à l'ébullition. Cette série de résines est la plus nombreuse de toutes. On y trouve deux résines du pin, la résine de copahu, etc.

3° *Les résines faiblement électronégatives*. Leur dissolution alcoolique ne rougit le tournesol qu'à l'ébullition. Elles se dissolvent dans les alcalis caustiques, mais non dans l'ammoniaque et le carbonate de soude : je citerai comme exemple l'une des résines qui composent le benjoin et le baume du Pérou.

Les résines qui ont le caractère acide diffèrent de tous les autres acides végétaux, en ce qu'elles ne contiennent pas d'eau de cristallisation; en se combinant aux bases, elles forment des sels qui également ne sont pas hydratés.

Les résines sont des corps ternaires qui contiennent peu d'oxigène et qui sont au contraire riches en carbone et en hydrogène. On les considère comme le résultat de l'oxigénation des huiles essentielles. Il est certain au moins que les résines du pin et du copahu sont représentées dans leur composition par de l'huile essentielle et de l'oxigène. M. H. Rose, en comparant la composition des sous-résines d'élémi et d'euphorbe, et celle des résines de pin et de copahu, a vu que ces dernières étaient plus oxigénées, et il lui a paru probable que le premier degré d'oxigénation des huiles essentielles donnait des résines insolubles dans l'alcool froid, tandis que les résines qui sont plus oxigénées étaient solubles dans ce véhicule.

M. H. Rose s'est assuré encore que les résines acides du pin et celle du baume de copahu, ont une même composition chimique et une même capacité de saturation. Il s'est assuré encore que les sous-résines de l'élémi et de l'euphorbe étaient composées toutes deux de la même manière, et contenaient moitié moins d'oxigène que les premières.

Les pharmaciens préparent quelques sucs résineux, mais par des procédés particuliers, et qui seront décrits en traitant des extraits.

SUCS LAITEUX.

Les sucs laiteux doivent leur nom au caractère de lactescence qu'ils possèdent. Ils sont opaques et souvent blancs comme du lait; quelquefois ils sont colorés; mais toujours ils forment une espèce d'émulsion naturelle qui peut rester permanente pendant assez longtemps.

La composition des sucs laiteux est assez variable. Le plus grand nombre d'entre eux est formé par une liqueur mucilagineuse qui tient une substance résineuse en suspension. Tel était, dans le végétal, l'état des nombreuses gommes résines employées en médecine, qui, après avoir été extraites à l'état de suc, ont été amenées par évaporation à l'état de solidité, par exemple : la gomme ammoniaque, la scammonée, l'assa fœtida, le sagapénum, etc.

Quelques sucs doivent leur lactescence au caoutchouc; tels sont ceux du jatropha elastica, castilloa elastica, syphonia guianensis, etc., etc., etc., qui fournissent le caoutchouc du commerce; tels paraissent être encore les sucs de diverses urticées et apocynées. Une espèce contient une matière fibrineuse et de la cire en abondance. C'est le lait de l'arbre de la vache (galactodendron).

Une seule espèce de suc laiteux est récoltée par le pharmacien; c'est celui qui s'écoule par des incisions faites à l'écorce des tiges de la laitue, et qui est connu sous le nom de thridace. Il en sera traité à l'article Laitue.

DES FÉCULES.

On appelle amidon ou fécule amylacée une matière blanche, grenue, brillante, qui se précipite du suc d'un assez grand nombre de végétaux. On l'a trouvé dans diverses parties des plantes. Il abonde en général dans les racines; il existe dans les tiges des palmiers ; quelques fruits en contiennent, plus généralement les semences ; il en est dont il constitue la majeure partie de la masse. Son utilité est des plus grandes ; c'est lui qui, par sa présence dans les céréales, les semences des légumineuses, les pommes de terre, les patates, rend ces matières si précieuses pour la nourriture des hommes et des animaux.

L'amidon se retrouve dans toutes les plantes avec des propriétés communes, et il ne forme véritablement qu'une seule espèce qui se présente d'ailleurs dans chaque végétal avec quelques modifications de caractères ; son histoire chimique encore imparfaite s'est accrue dans ces derniers temps des travaux de plusieurs chimistes, parmi lesquels il faut citer particulièrement MM. Raspail, Dubrunfaut, Biot, Persoz, Payen et Guérin Vary.

L'amidon est solide, sans odeur ni saveur ; il forme une poudre blanche, brillante. Sa densité est de 1,53. Mais si on remplit un même vase de fécules différentes, il ne contient pas une même quantité de chacune d'elles. Suivant M. Planche, un vase qui contient 1000 d'eau peut contenir 800 de fécule de pommes de terre, 794 de fécule de blé, 584 de fécule de radis noir.

Suivant l'opinion la plus généralement adoptée, l'amidon est une partie organisée, composée d'une même matière dans toute l'étendue du grain d'amidon, et dont la texture diminue de densité à mesure que l'on se rapproche du centre. Ces différences dans la densité se montrent, non-seulement dans les couches d'un même amidon, mais aussi dans les fécules d'origine différente, et jusque dans la fécule d'une même plante prise à des âges différents.

Si l'on broie l'amidon avec de l'eau froide, que l'on délaie dans de l'eau et que l'on filtre, il reste une partie insoluble, et il passe une liqueur transparente ; si l'on évapore cette liqueur à siccité et qu'on reprenne par l'eau, on obtient une nouvelle liqueur et encore des parties insolubles. La partie dissoute est formée des parties les moins cohésives de l'amidon ; la matière indissoute est formée par les parties du grain qui ont le plus de cohésion ; enfin celles qui restent après l'évaporation sont de l'amidon auquel l'évaporation a fait prendre une cohésion plus forte. M. Payen va plus loin ; il dit que la liqueur qui a tous les caractères d'une dissolution vraie n'en a que les apparences ; que l'amidon y est simplement divisé, et il apporte en preuve que si l'on congèle cette liqueur à une température très basse, tout l'amidon en est séparé. Pour M. Guérin Vary, qui s'est occupé du même sujet, il y a une matière essentiellement soluble (amidine), un tégument tout à fait insoluble (amidon tégumentaire) et une partie insoluble par elle-même, qui peut cependant se dissoudre à la faveur de l'amidine, mais qui s'en sépare par la concentration (amidin). M. Jacquelain a confirmé l'existence du tégument insoluble.

La transformation que l'amidon éprouve à l'eau froide se manifeste plus complétement avec l'eau chaude; mais tous les grains ne se transforment pas en même temps: il en est qui fournissent la matière soluble déjà avant 40 degrés; mais c'est à l'ébullition surtout que l'on est assuré de les atteindre tous; si la liqueur est assez concentrée, elle se prend en une masse de consistance gélatineuse qui porte le nom d'empois.

Toutes les parties de l'amidon, ainsi que les amidons provenant de végétaux différents, ont une composition semblable; elles contiennent 12 pp. carbone (44,6), 10 pp. hydrogène (6,1), 10 pp. oxigène (49,3). Suivant M. Payen, une proportion d'oxigène et d'hydrogène y existerait à l'état d'eau.

L'amidon est insoluble dans l'alcool.

L'iode donne à l'amidon une belle couleur bleue, dont la teinte varie suivant les proportions d'iode. Cette coloration a lieu et sur l'amidon entier et sur sa décoction. Si l'on mêle de l'iode avec la décoction d'amidon que l'on évapore dans le vide et que l'on reprenne par l'eau, on obtient un iodure d'amidon soluble, et un iodure insoluble, tous deux colorés en bleu. Le premier, suivant M. Lassaigne, contient 41,79 pour cent d'iode. Quand on chauffe la solution d'iodure d'amidon à 90° si elle est concentrée, à une température plus basse si elle est étendue d'eau, elle se décolore, et reprend sa couleur par le refroidissement; mais si l'on porte à l'ébullition, elle reste incolore. Dans ce cas, suivant M. Lassaigne, il se fait de l'acide hydriodique, et la couleur bleue ne reparaît que par l'addition du chlore. La température nécessaire pour produire ces phénomènes, varie suivant le degré de concentration de la liqueur.

La propriété que possède l'amidon de se colorer en bleu par l'iode, donne le moyen de reconnaître la présence de l'iode par l'amidon, et celle de l'amidon par l'iode.

Nous venons de voir l'amidon se dissoudre imparfaitement dans l'eau, donner même une dissolution équivoque et prendre par l'iode une couleur bleue. Or l'amidon, placé dans certaines circonstances, perd toute apparence d'organisation, devient évidemment soluble dans l'eau et ne prend plus par l'iode qu'une couleur purpurine. Alors aussi sa dissolution n'est plus précipitée par l'acétate de plomb; c'est un corps nouveau, et comme on lui a reconnu la propriété de dévier fortement à droite les rayons de lumière polarisée (propriété que possède également l'amidon), M. Biot lui a donné le nom de dextrine. M. Payen a reconnu que sa composition chimique est la même que celle de l'amidon. La dextrine se produit quand on traite l'amidon par la potasse, quand on abandonne de l'empois à la fermentation spontanée, surtout en présence de gluten; quand on traite l'amidon par l'acide sulfurique étendu; quand on fait agir l'orge germée sur l'amidon. Elle se produit encore pendant la torréfaction légère de l'amidon; il s'en fait dans les graines céréales pendant leur germination.

L'acide sulfurique étendu, chauffé avec l'amidon à une température de 90 à 92,5, le modifie et le change en dextrine : si l'on porte à l'ébullition, il reste peu de dextrine et beaucoup de sucre de raisin. La proportion la plus convenable pour saccharifier l'amidon est 500 fécule, 500 acide et 1390 eau. On entretient l'ébullition pendant plusieurs heures, jusqu'à ce que l'alcool ne précipite plus de matière gommeuse dans la liqueur.

M. Dubrunfaut a vu, le premier, que l'empois d'amidon est liquéfié et saccharifié par l'orge germée. Il a attribué cet effet à un principe immédiat, particulier, soluble dans l'eau. MM. Payen et Persoz ont précipité ce principe de l'infusion d'orge germée par l'alcool, et ils lui ont donné le nom de *diastase*. C'est une matière blanche, solide, amorphe, neutre, soluble dans l'eau et l'alcool faible. Elle a la singulière propriété de liquéfier l'empois d'amidon et de le transformer en sucre, semblable au sucre de raisin; mais le premier effet de la diastase est de convertir l'amidon en dextrine; puis celle-ci devient sucre de raisin. On emploie 1 partie d'amidon, 50 parties d'eau, 0,05 à 0,06 d'orge germée.

On délaie l'orge germée dans de l'eau; au bout d'un quart d'heure on passe, on chauffe à 30°; alors on ajoute la fécule délayée dans une partie de l'eau, et l'on continue à chauffer; on entretient la température entre 65° à 75° pendant quelques minutes, puis on porte rapidement à l'ébullition. La dextrine reste en dissolution ; mélangée d'un peu de sucre, on peut la séparer par l'évaporation ou la précipiter par l'alcool. Si l'on entretient pendant deux à trois heures la température de 65° à 75°, la dextrine disparaît en grande partie, et presque tout est converti en sucre de raisin. Il est remarquable que l'on n'a pu encore produire la saccharification complète de l'amidon par la diastase. Il reste une partie de dextrine qui ne peut être saccharifiée en présence du sucre produit. La liqueur est d'autant plus sucrée que l'action a été plus prompte et la quantité d'eau plus considérable.

La dextrine en dissolution dans l'eau est quelquefois employée comme émolliente et mucilagineuse. On s'en sert à la manière de la gomme arabique. M. Velpeau s'en sert de préférence pour les bandelettes qui doivent retenir immobiles les membres fracturés.

Le sirop sucré, mélange de sucre de raisin et de dextrine, est désigné sous le nom de sirop de fécule ou de dextrine. Ses propriétés sont les mêmes que celles du sirop de gomme ; mais il a une odeur fade et souvent une saveur âcre qui le rendent d'un emploi peu agréable.

L'infusion de noix de galle, par le tannin qu'elle contient, précipite l'amidon. Le précipité qui se forme est soluble à chaud et insoluble à froid. Au-dessus de 50° il est en dissolution ; il se précipite au-dessous de cette température. On a l'occasion d'observer bien des fois cette propriété dans le traitement des végétaux qui contiennent en même temps de l'amidon et du tannin.

Les fécules, en usage en médecine, sont l'amidon des céréales, celui de la pomme de terre, l'arrow-root ou fécule du maranta indica, le tapioka, la moussache, fournis par la racine du jatropha manihot ; le sagou, fécule en partie modifiée de différents palmiers. Toutes ces fécules nous sont fournies par les arts et le commerce. Nous décrirons, pour exemple, le procédé par lequel on procède à l'extraction de la fécule de pomme de terre.

Prenez des pommes de terre, enlevez-en l'épiderme (dans les arts on se contente de les laver), réduisez-les en pulpe au moyen d'une râpe, délayez dans l'eau et passez au tamis ; la fécule se dépose ; on la lave à plusieurs eaux pour la purifier, et on la fait sécher à l'ombre.

Pour retirer les fécules médicinales de la bryone, de l'arum, où du marron d'Inde, on râpe ces corps, et on exprime la pulpe dans un sac de toile. On verse le suc qui s'en écoule sur un tamis, pour en séparer quelques débris grossiers, puis on l'abandonne au repos; la fécule se précipite; on décante, et l'on fait sécher le précipité à l'ombre. Enfin on le pulvérise, et on le conserve dans des vases bien fermés.

Le marc retient encore de la fécule. On le délaie dans le suc d'où la fécule s'est déposée, et on le soumet de nouveau à la presse pour obtenir une nouvelle quantité de fécule. Celle-ci ne doit pas être lavée, car elle n'agit souvent qu e par les parties des sucs qui lui sont restées adhérentes.

Toutes ces fécules médicinales ont été, avec raison, bannies de la pratique. On ne pouvait jamais savoir en quelle proportion le principe actif y était retenu.

DES MÉDICAMENTS PRÉPARÉS PAR SOLUTION.

DE LA SOLUTION.

La solution ou dissolution est une opération qui consiste à faire fondre un corps dans un liquide. La solution paraît consister en une simple division des particules du solide entre les particules du liquide, d'où résulte entre toutes ces particules une disposition telle, qu'elles sont toutes placées semblablement et symétriquement les unes par rapport aux autres. La cause de ce singulier phénomène est tout à fait inconnue. On l'a attribuée à l'affinité : on a dit qu'un corps se dissolvait dans un liquide, lorsque l'affinité de ce liquide était plus forte que la cohésion qui tenait réunies les molécules du solide, et qu'au contraire la dissolution n'avait pas lieu quand la cohésion l'emportait sur l'affinité. Mais dans certaines limites, la dissolution se fait en toutes proportions, ce qui est contraire aux lois ordinaires des combinaisons chimiques. Si, par exemple, un sel est soluble dans son poids d'eau, il faudrait admettre que la combinaison se fait en toutes proportions, depuis le moment où la première particule disparaît, jusqu'à celui où la dernière se dissout.

Cependant le retard qu'un liquide éprouve dans son degré d'ébullition, quand il a dissous certains corps, est un indice dans lequel on ne peut se refuser à voir une action chimique; mais comme il est des corps qui ne produisent pas cet effet, il paraît certain que la dissolution d'un corps peut être un phénomène tout à fait indépendant de l'affinité.

La dissolution d'un corps dans un liquide est toujours accompagnée d'un abaissement de température, qui est le résultat de la soustraction du calorique, que le corps solide a rendu latent au moment où il a changé d'état. Ce phénomène n'est cependant constant que si l'on a satisfait d'abord à l'affinité du corps solide pour le liquide. Un morceau de muriate de chaux sec, qui nous servira d'exemple, en se dissolvant dans l'eau, élevera la température, parce que la quantité du calorique produit lors de la combinaison de l'eau avec le sel sera plus considérable que le froid résultant du passage du muriate de l'état solide à l'état liquide. Mais, si l'on a d'abord uni le muriate de chaux à une quantité d'eau convenable, ce qui sera si on le prend cristallisé, alors il y aura production de froid. Nous devons donc admettre que, dans la dissolution d'un corps solide dans un liquide, il y a toujours abaissement de température, à moins que cet effet ne soit masqué par des circonstances contraires, dont la plus fréquente sera la combinaison du solide avec le liquide.

L'on a cherché à établir une différence entre la solution et la dissolution. On a dit qu'il y avait solution quand, par la soustraction du liquide, on retrouvait le corps dissous tel qu'il avait d'abord été employé; et qu'il y avait dissolution quand le solide, dans la liqueur, était dans un état différent de celui sous lequel il avait été soumis à l'action du liquide. On faisait une solution en faisant fondre du sel ou du sucre dans l'eau, et une dissolution quand on attaquait un métal par l'acide nitrique. On pourrait réduire la proposition à ces termes : il y a dissolution quand il s'établit une action chimique entre le liquide et le corps dissous, et il y a solution quand cette réaction chimique n'a pas lieu. On arrive alors à établir une différence entre des opérations presque semblables, comme entre une solution de sulfate de soude cristallisé, et une solution de sulfate de soude effleuri. Ces distinctions sont rarement faites, et l'on emploie indifféremment les mots solution et dissolution. Nous diviserons l'étude de la solution considérée comme moyen opératoire pharmaceutique en trois parties différentes. D'abord nous décrirons les procédés généraux employés pour obtenir les corps en dissolution; puis nous nous occuperons des matières qui peuvent être dissoutes; et enfin nous étudierons l'action particulière à chaque dissolvant.

DES PROCÉDÉS GÉNÉRAUX EMPLOYÉS POUR OBTENIR DES DISSOLUTIONS.

Solution.

La solution simple est une opération qui consiste à dissoudre un corps dans un liquide approprié. Elle a pour caractère spécial que toute la matière employée disparaît dans ce liquide, si la proportion de celui-ci est assez considérable; tout le corps dont on s'est servi se retrouve donc dans la liqueur.

La solution s'opère plus vite si le corps que l'on soumet à l'action du liquide est divisé. Elle a aussi lieu plus promptement, quand par l'agitation on renouvelle sans cesse le contact du liquide avec le corps que l'on veut dissoudre.

Un moyen toujours avantageux pour obtenir une dissolution, consiste à suspendre le corps dans le liquide, sur un diaphragme mis à la surface. Les couches de liquide qui sont en contact avec lui se saturent, et deviennent plus pesantes, se précipitent et sont remplacées à mesure par de nouveau liquide qui se sature à son tour. Il y a alors dans le liquide un mouvement qui tend à mettre le corps en contact sans cesse avec de nouvelles portions du dissolvant. C'est le même effet que produit l'agitation avec moins d'avantage, parce qu'elle mêle les parties saturées avec la masse de liquide, et que celui-ci, de plus en plus chargé, perd à chaque instant de sa faculté dissolvante.

La solution peut s'opérer à froid ou à chaud. En général les corps sont plus solubles à chaud qu'à froid; aussi l'élévation de température est-elle un moyen d'augmenter la solubilité des corps ou de la rendre plus prompte. Il faut consulter dans le choix de la température la nature du liquide et celle de la substance que l'on veut dissoudre. Avec l'eau, qui est inaltérable par la chaleur et dont la valeur vénale est à peu près nulle, on peut, relativement au liquide lui - même, opérer indifféremment à une température plus basse ou plus élevée; avec l'alcool ou l'éther, qui n'éprouvent pas d'altération dans les limites de leur ébullition, on peut également opérer à chaud ou à froid; mais comme ici le liquide a une valeur qui doit faire éviter avec soin les déperditions, si l'on veut opérer à chaud, il faut que ce soit dans des vases distillatoires (*Voy.* Digestion, p. 102). Le vin, qui est altérable par le feu, ne peut être chauffé. Les huiles ne peuvent l'être que dans des limites de température qui ne puissent les altérer : on ne dépasse pas 100° cent.

Les matières qui sont susceptibles de se dissiper par la chaleur, comme les huiles volatiles, doivent être dissoutes à froid, ou l'on doit opérer en vases clos, si on élève la température.

La nature des vases que l'on emploie est souvent indifférente. Mais quand les liqueurs ou les substances à dissoudre sont de nature à attaquer les vases de métal, on a recours à d'autres vases inattaquables. On substitue le cuivre au fer, l'étain au cuivre, l'argent à ces métaux; on se sert de vases de platine, de verre, de porcelaine.

MACÉRATION.

La macération est une opération qui consiste à faire tremper les corps plus ou moins de temps, et à froid, pour en séparer, à l'aide d'un liquide, les parties solubles ; cette opération est préférée aux autres modes de dissolution, quand les principes que l'on veut dissoudre sont facilement altérables, ou que le liquide lui-même ne peut supporter l'action de la chaleur sans éprouver de changement dans sa nature, ou bien encore quand la substance sur laquelle on opère renferme plusieurs principes différemment solubles, que l'on a intérêt à séparer les uns des autres. La préparation des vins médicinaux nous offrira un exemple de la macération employée pour ne pas changer la nature du dissolvant. Le traitement des racines chargées en même temps de parties extractives et féculentes nous montrera l'avantage de la macération pour séparer les parties solubles à toutes les températures, de l'amidon qui ne peut se dissoudre dans l'eau qu'à la chaleur de l'ébullition.

On nomme *maceratum* ou *macéré* le liquide chargé par macération des parties solubles d'un corps.

Le but que l'on se propose dans la macération peut être assez différent : tantôt elle a pour but la conservation des corps; ainsi, par la macération dans le vinaigre, on conserve les cornichons, et par un séjour dans la saumure, on parvient à saturer de sel les viandes et les poissons, et à empêcher leur putréfaction. Quelquefois la macération est employée comme moyen préparatoire à quelque autre opération : que l'on veuille, par exemple, extraire les parties solubles d'une racine très dense ou d'un bois très dur, il conviendra, avant de les soumettre à l'ébullition, de les faire tremper pendant un temps assez long. Par ce moyen, le liquide pénétrera peu à peu tout le tissu, rendra aux cellules et aux vaisseaux leur souplesse et ramollira les matières desséchées ; d'où résultera une dissolution plus facile et plus complète, lorsque, après quelque temps, on viendra à favoriser l'action par une élévation de température.

INFUSION.

L'infusion consiste à porter un liquide à l'ébullition, et à le verser sur les corps dont il doit extraire les parties solubles. On prolonge le contact plus ou moins de temps, souvent jusqu'à parfait refroidissement. Dans l'infusion, l'élévation de température du liquide augmente beaucoup son énergie ; mais son action est de courte durée, parce qu'en se refroidissant il perd, à chaque instant, de sa force dissolvante. Ces circonstances font réserver l'infusion pour les matières d'une texture délicate qui sont facilement pénétrées par le liquide, et qui lui cèdent promptement tous leurs principes, comme les fleurs, les feuilles, etc. On en fait aussi usage pour les corps qui renferment des matériaux volatils qu'une chaleur trop longtemps continuée dissiperait. Alors, surtout, il faut couvrir le vase, pour éviter toute déperdition, et diviser d'autant plus exactement les corps que leur tissu est plus serré.

La liqueur obtenue par infusion est appelée *infusum* ou *infusé*.

L'infusion est un excellent moyen de dissolution qui peut

s'appliquer à une foule de substances. Le plus grand nombre des matières végétales, lorsque d'ailleurs elles ont été convenablement divisées, donnent à l'infusion tous les principes que l'on y recherche, sans leur faire éprouver d'altération. C'est une opération qui peut être employée avantageusement avec tous les liquides qui peuvent supporter l'ébullition sans être altérés ; on y a cependant rarement recours pour l'alcool et surtout pour l'éther, à cause de la déperdition de véhicule qu'elle entraîne.

DIGESTION.

La digestion consiste à laisser tremper les corps dans un liquide chaud. Le degré de chaleur dont on fait usage n'est pas toujours le même. Il doit être plus élevé que la température ordinaire, et ne pas être assez grand pour porter le liquide à l'ébullition. La digestion s'emploie souvent comme opération préparatoire pour des matières denses et difficiles à attaquer. Elle est surtout utile quand le liquide est facilement altérable par la chaleur. Par exemple, dans la préparation des huiles médicinales, la digestion remplit bien les deux conditions indispensables, de ne pas changer la nature du dissolvant, et de dissoudre les parties solubles des corps soumis à son action.

Quand la digestion s'exécute sur des liquides peu volatils, elle se fait parfaitement dans une étuve convenablement chauffée, au bain-marie, ou bien encore sur un feu doux, moyen qui toutefois est moins sûr et demande plus de soins et d'attention.

Quand les liquides ont quelque prix et sont volatils, comme l'alcool et l'éther, la digestion se fait dans l'appareil distillatoire, de manière que l'on puisse recueillir le liquide qui se réduit en vapeur. MM. Corriol et Berthemot ont fait connaître un appareil convenable pour les digestions avec l'alcool ou les éthers. Il se compose 1° d'un matras C, placé sur un bain de sable, qui reçoit les matières en opération ; 2° d'une allonge D munie d'un bouchon E, et que traverse un tube de verre tourné en spirale, qui sert de serpentin ; ce tube est fixé par un bouchon bien ajusté dans le col de l'allonge ; 3° d'un tube recourbé F qui s'adapte au serpentin et dont la branche horizontale est légèrement inclinée vers celui-ci ; 4° d'un matras J qui sert de récipient ; 5° d'une allonge K qui enveloppe le col du matras, et dans laquelle il se trouve fixé au moyen d'un bouchon ; 6° d'un bouchon I qui

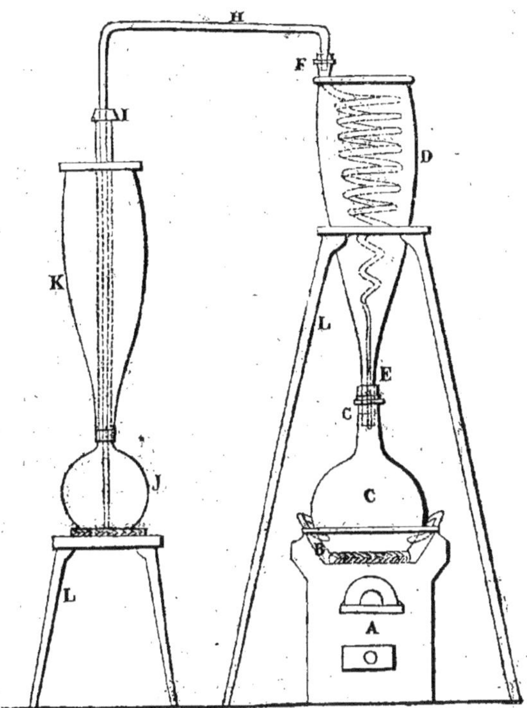

est traversé par le tube recourbé et qui pose à plat sur l'orifice du ballon ; ce bouchon est destiné à empêcher le tube de poser sur le fond du ballon récipient.

L'appareil étant disposé, les matières ayant été introduites dans le matras, on remplit d'eau les deux allonges et l'on chauffe. Les vapeurs qui se forment sont condensées dans le serpentin de verre et retombent continuellement dans le matras. Si une petite quantité arrivait jusqu'au tube recourbé, elle s'y condenserait, et en raison de sa pente, le liquide coulerait dans le serpentin ; enfin les vapeurs qui pourraient échapper à cette condensation seraient immanquablement liquéfiées en traversant le col du ballon récipient.

L'avantage de cet appareil est de permettre d'entretenir des substances en digestion dans un liquide volatil sans perdre aucune

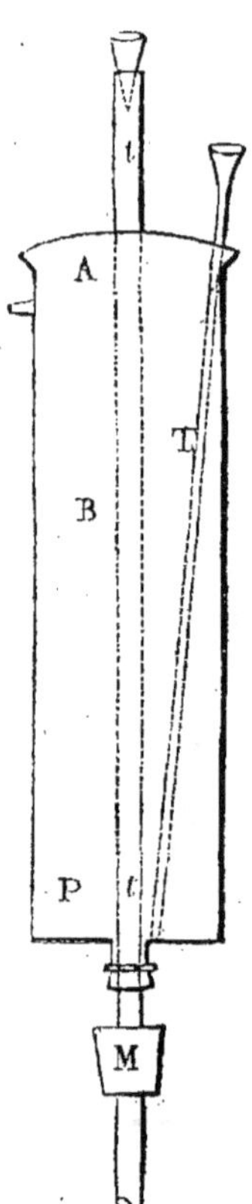

portion de ce liquide et en restant dans les mêmes conditions pendant tout le temps que dure l'opération. Son défaut, c'est qu'il est d'une construction difficile et en même temps très fragile; Mohr a conseillé l'appareil ci-contre qui a l'avantage d'être beaucoup plus simple. Il se compose d'un cylindre en fer blanc A qui porte une tubulure à sa partie inférieure. Ce cylindre est traversé dans sa longueur par un tube de verre $t\,t$ qui entre à frottement dans le bouchon de la tubulure et dans celui qui ferme le matras M. Ce tube est taillé en biseau à son extrémité. Les vapeurs qui y pénètrent sont refroidies par l'eau froide qui remplit le manchon de fer-blanc. On renouvelle cette eau au moyen du tuyau en fer-blanc T qui amène de l'eau froide au fond du manchon en même temps que l'eau échauffée s'écoule par le trop plein.

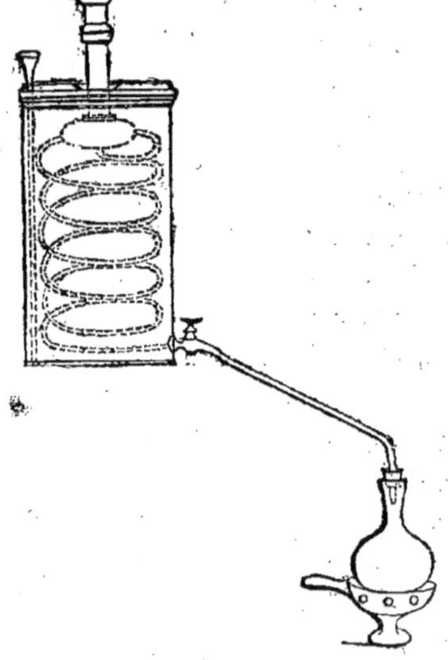

Sans construire un appareil spécial pour ces digestions, je me sers d'un serpentin ordinaire. La figure ci-contre donne une idée claire de la disposition. Les vapeurs qui se condensent dans le tube incliné et celles qui peuvent arriver jusque dans le serpentin, retombent dans le matras.

DÉCOCTION.

On fait une décoction quand on soumet les corps à l'action d'un liquide bouillant. Le degré de chaleur dépend de la nature même de ce liquide. Il est déterminé par la température à laquelle a lieu son ébullition. Ainsi, dans une décoction au moyen de l'eau, les corps recevront une chaleur de 100° : elle sera de 78° avec l'alcool, et d'autant plus élevée au-dessus de ce degré que l'alcool sera étendu d'une plus grande quantité d'eau.

On peut même, au moyen d'appareils particuliers, en s'opposant à la sortie des vapeurs, retarder l'ébullition des liquides et dépasser la température de leur ébullition. Tel est le résultat auquel on arrive avec les digesteurs à soupapes, les autoclaves, la machine à Papin.

On ne peut employer la décoction que pour des liquides qui ne sont pas décomposés quand on les porte à l'ébullition ; quand ces liquides sont volatils, on fait l'opération dans des vases distillatoires ou dans ceux qui servent à la digestion.

Dans la décoction, la chaleur est forte et prolongée : aussi tous les principes solubles sont dissous. On parvient même à charger le liquide de principes sur lesquels il eût été sans action à une température plus basse. Souvent même des corps insolubles par eux-mêmes sont entraînés, à la faveur des autres corps solubles auxquels ils sont associés. Ainsi, l'huile âcre de réglisse se retrouve dans la décoction de cette racine ; la résine insoluble du gayac est entraînée par la décoction dans l'eau.

Il arrive que certaines matières éprouvent une altération quand l'opération est trop prolongée. La rhubarbe, la casse, perdent, dit-on, leur propriété laxative ; l'amer du lichen se détruit, suivant l'observation de M. Berzélius ; les matières extractives absorbent l'oxigène, et deviennent insolubles.

Il convient d'employer la décoction toutes les fois qu'il faut attaquer des corps très denses que le liquide pénètre avec peine, ou toutes les fois que l'on veut avoir dans la liqueur des matières insolubles, et qui ne peuvent y exister qu'à la faveur d'autres principes et de l'action prolongée du calorique.

Il faut s'abstenir d'en faire usage quand on doit dissoudre des matières facilement altérables, et principalement quand on a intérêt à ne pas entraîner des principes insolubles, ou qui ne peuvent se dissoudre qu'à une chaleur élevée. Par exemple, on traitera la racine de réglisse par infusion, et non par décoction : celle-ci contiendrait l'huile âcre, et serait désagréable; on ne soumettra pas à l'action de l'eau bouillante les racines chargées d'amidon et de parties extractives, ou d'amidon et de tannin, lorsqu'il sera nécessaire de ne pas dissoudre la fécule amylacée, qui rendrait les liqueurs visqueuses et épaisses, sans augmenter leurs propriétés, et qui, en outre, précipiterait une partie du tannin, en formant avec lui un composé insoluble. On devra encore éviter de soumettre les corps à l'ébullition, quand ils seront chargés de parties volatiles, d'huile essentielle, par exemple, à moins toutefois que l'on ne veuille séparer l'huile volatile pour ne conserver que les principes fixes qui y sont associés.

LIXIVIATION.

La lixiviation s'opère en versant, sur une substance disposée en couche plus ou moins épaisse, un liquide froid ou chaud, qui filtre au travers, et entraîne tout ce qu'il rencontre de soluble. Cette opération est surtout utile dans le cas où les corps qui peuvent se dissoudre sont en très petite proportion par rapport à la masse. Il faudrait employer des vases immenses pour l'épuiser par ébullition, et l'on n'arriverait pas, d'ailleurs, à des résultats aussi avantageux. Il est facile d'en concevoir la raison : toutes les fois qu'une masse solide est mouillée par un liquide, celui-ci ne s'écoule pas en entier, mais une partie est retenue, par l'affinité capillaire, dans l'espace que les particules laissent entre elles. Supposons maintenant que nous mettions en contact avec la matière à lessiver la quantité de liquide qui peut être saturée par les parties solubles ; si le quart du liquide est retenu par l'effet de la capillarité, l'on n'aura, après avoir laissé couler le liquide, que les trois quarts du produit que l'on aurait dû obtenir. Si l'on ajoute une nouvelle quantité d'eau, il restera encore une quantité considérable de substance soluble, retenue dans l'intérieur, et il faudra des traitements successifs assez nombreux pour l'enlever tout à fait.

Supposons, au contraire, une couche d'eau de quelques pouces s'enfonçant dans une masse pulvérulente qui contient seulement quelques parties solubles ; elle va dissoudre les sels qu'elle rencontrera sur son passage ; si, au moment où elle a disparu de la surface, où ses dernières parties se sont enfoncées dans la matière, on ajoute une nouvelle couche d'eau semblable, celle-ci poussera la première devant elle sans s'y mêler. La première eau traversant alors de nouvelle matière, dissoudra une nouvelle quantité de matière saline ; puis poussée toujours de haut en bas par des additions successives d'eau, et entraînant toujours avec elles de nouvelles quantités de sels, elle arrivera saturée au fond du vase. Et ainsi une faible couche d'eau, repoussée sans cesse par les couches supérieures, aura suffi à dissoudre toutes les parties solubles d'une masse considérable de matière solide.

C'est par un semblable effet que M. Vauquelin, ayant fait passer de l'eau de mer à travers du sable humecté par de l'eau ordinaire, obtint d'abord un écoulement d'eau douce, et ne vit l'eau salée s'écouler qu'après que toute l'eau douce eût été déplacée.

Dans la pratique ordinaire, on n'obtient pas des résultats aussi avantageux, parce que le liquide ne pénètre pas également dans toute la masse, parce qu'il se fait de fausses voies par lesquelles le liquide s'écoule plus rapidement et presque tout entier, parce que les couches différentes de liquide se mélangent entre elles, parce que les particules solubles qui sont dissoutes laissent à leur place des vides qui augmentent la porosité du mélange, et livrent un passage plus libre au courant du liquide. Malgré toutes les causes qui agissent pour contrarier le résultat théorique, la lixiviation n'en reste pas moins un mode opératoire de la plus grande utilité.

On fait la lixiviation avec un liquide froid ou avec un liquide chaud. Il n'est pas indifférent d'employer l'un ou l'autre. Quand on veut extraire tout ce qu'une matière contient de soluble, on préfère aider l'action du liquide par une élévation de température : il a plus d'énergie, dissout plus facilement et plus abondamment les substances solubles, et on les obtient sous un plus petit volume. C'est ainsi que, dans les préparations des sels, à la manière de Tachenius, on opère à chaud, pour entraîner tous les sels solubles et toute la matière colorante qui existent dans le résidu de l'incinération. Mais si l'on agit sur un mélange de matériaux différemment solubles que l'on veuille séparer les uns des autres, il faut se servir d'eau froide, qui attaque facilement les uns, et qui n'a pas, ou a peu d'action sur les autres. Ainsi, dans la lixiviation de la potasse du commerce, on opère à froid pour dissoudre seulement le carbonate de potasse, et entraîner le moins possible de sulfate et de muriate de potasse. Dans la préparation du sel de soude avec la soude artificielle, on lessive à froid pour ne pas attaquer le sulfure de calcium, et dissoudre seulement le carbonate de soude.

Pour lessiver une substance, on la réduit en poudre grossière, et on la met sur une claie, dans un baquet ou tout autre vase percé d'un trou à sa partie la plus basse. On met devant l'ouverture quelques fragments grossiers, ou de la paille, pour empêcher qu'elle ne puisse être obstruée par la matière ; alors on verse de l'eau à la surface, et à mesure qu'elle pénètre et qu'elle s'écoule, on la remplace par une nouvelle quantité. Quelquefois on ferme d'abord l'ouverture inférieure, et on laisse l'eau et la poudre en contact l'une avec l'autre avant de rendre l'écoulement libre. Cette manipulation est nécessaire quand les principes que l'on veut dissoudre ont beaucoup de cohésion, et ne cèdent que lentement à la propriété dissolvante de l'eau.

La lixiviation n'avait pas été appliquée aux préparations pharmaceutiques, ou plutôt cette application était presque oubliée, quand MM. Boullay en rappelèrent tous les avantages. Ils lui donnèrent le nom de méthode de déplacement, parce que les couches de liquides se déplacent mutuellement, et parce que l'on peut successivement déplacer un liquide par un autre. Il est vrai que M. Payen avait conseillé cette opération, que M. Robiquet s'en était servi pour des recherches chimiques ; mais l'application réelle aux préparations de pharmacie me paraît appartenir à MM. Boullay. La méthode de déplacement est donc la lixiviation exécutée sur des matières végétales et animales ; elle donne en général des résultats plus rapprochés de la théorie que les procédés des arts, parce que les circonstances sont plus favorables ; on opère sur moins de mélange à la fois ; la poudre est plus fine, plus égale ; elle est tassée plus uniformément.

MM. Boullay ont généralisé la méthode de déplacement, mais ils n'ont publié qu'un petit nombre de faits. M. Simonin l'a appliqué au traitement de la racine de ratanhia et à celui de la salsepareille ; M. Dublanc s'en est servi pour préparer l'extrait de l'écorce de racine de grenadier. Un travail qui mérite de faire époque dans cet ordre de recherches est celui qui a été publié par M. Guillermond fils. Ce n'est pas que M. Guillermond ait appliqué la méthode à un grand nombre de corps ; mais le premier il a fait des expériences sur les avantages que l'on pouvait s'en promettre comparativement avec un autre procédé qui a été proposé, il y a longtemps, par Cadet de Gassicourt, et qui consiste à humecter les matières pulvérisées avec le double de leur poids d'eau et à les soumettre à la presse après quelques heures de macération. M. Guillermond a encore étudié d'une manière fort satisfaisante l'influence qu'exerce sur les résultats le mélange des couches liquides qui sont superposées, et il est arrivé à cette conclusion, contradictoirement à celle qui avait été tirée par MM. Boullay, c'est que les couches de liquides se mélangent facilement entre elles. A l'époque où M. Guillermond a fini son travail, je l'ai continué sur quelques substances, et j'ai signalé, ainsi qu'il l'avait fait, qu'il en était un certain nombre qui ne se prêtaient pas à ce genre d'opération. Eloigné de ce genre de recherches par d'autres occupations, j'ai pu depuis le reprendre, et les nombreuses expériences que j'ai faites m'ont amené à rapporter quelques modifications à l'opinion que je m'étais faite à ce sujet. Déjà j'avais opéré sur un assez grand nombre de corps, quand j'ai pu avoir connaissance d'un mémoire encore inédit de M. Dausse sur le même sujet. M. Dausse a soumis à la lixiviation, tant avec l'eau qu'avec l'alcool, près de quatre-vingts substances différentes ; mes expériences ont porté sur soixante des matières que M. Dausse avait traitées, et sur onze autres qui n'avaient pas été l'objet de ses recherches. Il en est résulté une masse de faits qui permettent d'apprécier avec exactitude tout ce qui a rapport à ce mode d'opération.

Je vais prendre l'exemple de l'épuisement d'une matière par l'éther, parce que cette opération réussit dans ce cas mieux que dans tout autre, et après avoir établi le manuel et la théorie de l'opération, je l'étudierai successivement pour d'autres liquides.

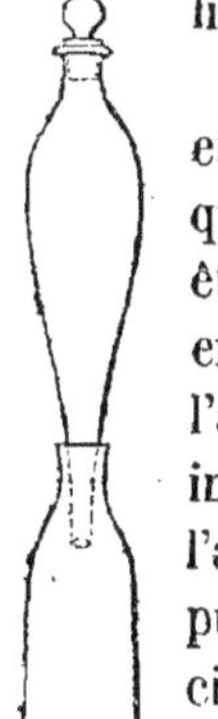

On réduit en poudre la matière que l'on veut traiter, et on la met dans une sorte d'allonge de forme conique, qui entre à frottement dans une carafe, et qui peut être bouchée à sa partie supérieure avec un bouchon en verre ; on place d'abord dans l'orifice inférieur de l'allonge un peu de coton pour retenir la poudre. On interpose un peu de papier entre le col de la carafe et l'allonge pour permettre à l'air de sortir facilement, puis on verse l'éther à la surface de la poudre. Celui-ci descend peu à peu, chasse devant lui l'air qui était interposé entre les particules pulvérulentes, dissout les principes solubles, et s'écoule dans la carafe. On le remplace par de nouvel éther, et quand celui-ci ne dissout plus rien, on verse à la surface de l'alcool ou de l'eau, qui chassent devant eux la portion d'éther qui est restée intreposée et viennent prendre sa place, de manière qu'avec de l'eau surtout, on peut recueillir à l'état de teinture éthérée, et presque sans perte, tout l'éther dont on s'est servi.

La théorie de cette opération est celle de la lixiviation; mais les résultats sont plus rapprochés des inductions théoriques, parce que la matière est divisée d'une manière plus uniforme que pour les lixiviations des arts; parce que les couches de poudre sont superposées plus également; parce que l'opération exécutée sur une petite échelle, peut être conduite avec plus de régularité. Mais il ne faut pas croire, comme l'ont avancé MM. Boullay, qu'il n'y

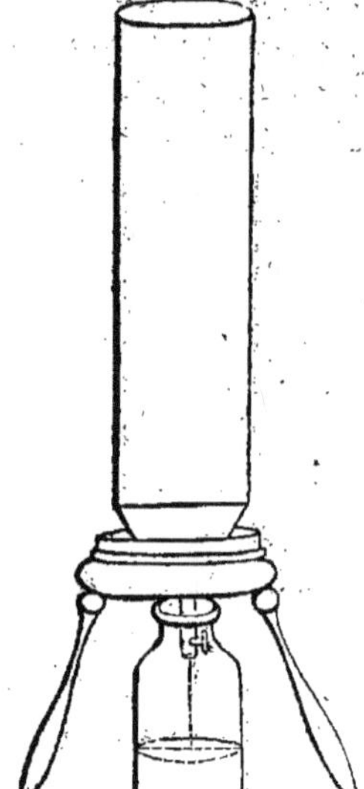

avait pas mélange des couches de liquides superposées; il est vrai de dire que dans les lixiviations avec l'éther, ce mélange est restreint à des limites fort étroites.

Le meilleur appareil dont on puisse se servir est celui qui a été indiqué par MM. Boullay. C'est un cylindre en fer-blanc ou en étain, environ quatre fois plus long que large, qui est terminé inférieurement par un cône ouvert.

Dans le milieu de la partie conique du vase, on place un diaphragme percé de trous assez grands, tels que ceux du diaphragme supérieur de la cafetière à la Dubelloy. Ce diaphragme porte à son centre une petite tige qui sert à le placer et à l'ôter avec facilité; on le recouvre avec une couche fort mince

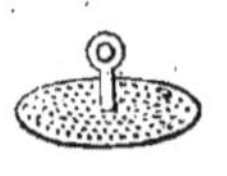

de coton cardé, sur lequel on place la poudre qui doit être mise en œuvre. On la recouvre par un autre diaphragme métallique. Il y a avantage à ne pas faire l'appareil trop grand; il est bon que sa capacité ne dépasse pas celle nécessaire pour recevoir de deux à trois kilogrammes de poudre; si on opère sur beaucoup de matières, il

vaut mieux la diviser en plusieurs appareils. Il est encore essentiel de fermer inférieurement l'appareil par un robinet qui permette de ralentir à volonté l'écoulement; nous en verrons bientôt
l'utilité.

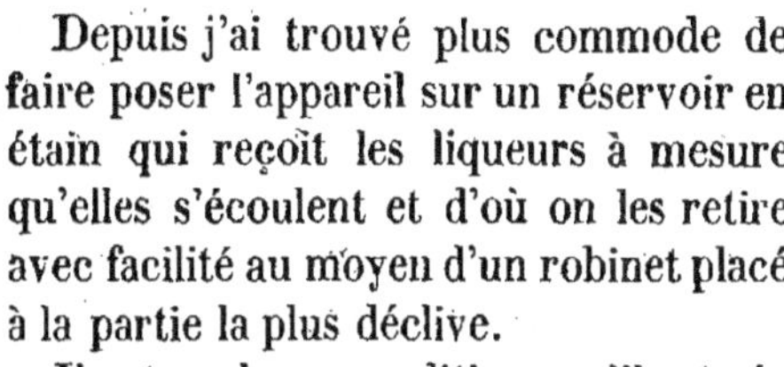

Depuis j'ai trouvé plus commode de
faire poser l'appareil sur un réservoir en
étain qui reçoit les liqueurs à mesure
qu'elles s'écoulent et d'où on les retire
avec facilité au moyen d'un robinet placé
à la partie la plus déclive.

Il est quelques conditions qu'il est nécessaire de remplir, quelque soit le liquide dont on fasse usage.

1° La poudre dont on se sert ne doit
être ni trop fine ni trop grossière. Fine,
elle oppose trop d'obstacle à l'écoulement
des liquides et l'opération ne finit pas;
grossière, elle livre aux liquides un passage trop facile, et la matière est mal
épuisée.

Le degré de finesse de la poudre qui doit être lessivée est une
condition importante de succès. C'est pour nous être servis de
poudre trop fine que M. Guillermond et moi, et certainement
avant nous MM. Boullay, avons annoncé qu'un assez grand
nombre de matières muqueuses se refusaient à être lessivées par
l'eau; il est de fait, au contraire, qu'il n'est que bien peu de substances auxquelles le procédé ne soit pas applicable. Quand on
opère sur des feuilles, des sommités ou des fleurs, après les avoir
séchées et quand elles sont devenues friables, on les frotte avec
la main sur un crible de fer qui contient quinze mailles au pouce;
s'il reste des côtes, on les coupe et on les passe au mortier ou
mieux au moulin. Le moulin à noix ordinaire est fort bon pour
cet usage; c'est encore un excellent instrument pour diviser les
racines sans opération préalable, quand elles sont peu volumineuses, et après qu'elles ont été coupées en tronçons courts dans
le cas contraire. On l'applique d'ailleurs avec avantage à presque
tous les corps; seulement pour tous l'opération n'est facile et
avantageuse qu'autant que l'on a eu la précaution de les bien sécher. Il est du reste fort difficile d'exprimer d'une manière bien

nette le degré de ténuité que chaque poudre doit avoir. Les sub-stances muqueuses doivent être moins divisées que les autres, et l'on peut faire usage de poudres plus fines quand elles doivent être lessivées avec de l'alcool, et surtout avec de l'éther.

2° La poudre doit être introduite à plusieurs fois dans le réci-pient, en frappant légèrement sur les parois extérieures pour la tasser légèrement ; on égalise à mesure sa surface.

Il est fort difficile d'exprimer la quantité dont la poudre doit être tassée dans le cylindre à lixiviation. Il faut là une expé-rience que donne l'habitude et qu'il est difficile de transmettre autrement que par la pratique ; car chaque substance ne doit pas être tassée de la même manière et de la même quantité, et cha-cune en particulier ne doit pas l'être également suivant la finesse de la poudre et la hauteur de la colonne que le liquide a à tra-verser. Il en résulte que ce lessivage, fort simple dans sa théorie, devient une opération difficile, par la grande habitude qu'elle exige de celui qui doit l'exécuter.

Le liquide doit être versé sur la poudre de manière à former une couche non interrompue à sa surface ; il pénètre alors d'une manière égale en chassant devant lui l'air atmosphérique ; autre-ment il peut arriver qu'une portion reste emprisonnée entre dif-férentes couches humectées, et que par son ressort il empêche le liquide de s'y faire jour ; on entretient la surface de la poudre entièrement recouverte pendant tout le temps que dure l'opéra-tion. Quand on verse l'eau, si on s'aperçoit qu'elle pénètre très vite, c'est une preuve que la poudre n'a pas été assez tassée ; il faut la comprimer en appuyant sur le diaphragme supérieur. Pour cette raison, un diapragme métallique est préférable à une rondelle de papier ou de toile, qui n'offre pas les mêmes ressources. Si l'on s'aperçoit que l'écoulement est trop prompt, on peut le modérer encore, comme le conseille M. Dausse, en fermant d'une certaine quantité le robinet inférieur et en ne le laissant couler que par un petit filet ; de là l'utilité du robinet qui termine l'appareil ; mais il faut bien dire qu'un premier tassement fait d'une quantité con-venable est plus avantageux, parce qu'il donne de suite des li-queurs plus concentrées et qu'il facilite moins le mélange entre les différentes couches de liquide. C'est là une difficulté d'exécution qui ne peut être vaincue que par la persévérance ; l'habitude de ce genre de travail le rendra bientôt familier à chaque pharmacien.

MM. Boullay ont conseillé d'employer les poudres sèches ; M. Dausse donne le même conseil pour les substances compactes qui n'augmentent pas sensiblement de volume par l'eau ; cette légère dilatation est même dans un cas un avantage, comme l'a fait observer M. Dausse, parce qu'elle diminue la porosité de la matière, et par suite la vitesse de l'écoulement. L'augmentation de volume est un désavantage quand elle est trop forte, comme il arrive pour les substances d'un tissu moins ligneux, ou pour celles qui sont chargées d'une plus grande quantité de matière muqueuse. Je préfère en tous cas me servir d'une méthode qui a été indiquée par M. Dausse pour un certain nombre de substances, et qui s'applique avantageusement à toutes. Elle consiste à humecter la poudre avec la moitié de son poids d'eau froide et à la laisser en cet état pendant plusieurs heures avant de l'introduire dans l'appareil à lixiviation. Par là, chaque matière se gonfle d'une quantité en rapport avec sa propre nature ; par là encore les matériaux solubles sont ramollis ou dissous, et la poudre est plus vite et plus complétement épuisée ; par là encore le liquide trouve sa route frayée ; il se fait jour plus assurément à travers tous les points de la colonne qu'il doit traverser, et l'on a peu à craindre la formation de fausses voies, qui est l'argument le plus puissant que l'on puisse opposer à la lixiviation des matières organiques.

La quantité d'eau que j'ai indiquée est suffisante pour humecter le plus grand nombre de substances végétales ; il faut la diminuer de moitié au moins pour la noix de galles ; il est rarement nécessaire de l'augmenter. Le lessivage se fait à l'eau froide ; il faut en excepter certaines matières, comme le coquelicot, le séné, que l'eau bouillante dépouille mieux de leurs parties solubles ; il faut d'ailleurs, ainsi que je l'ai dit, tasser les poudres humectées d'une quantité dont je vais tâcher de donner une idée par quelques exemples, quoique nécessairement d'une manière un peu vague.

Tassez fortement les poudres de :

Arnica,	Pareira brava et toutes autres
Camomille,	substances très volumineuses
Houblon,	ou très ligneuses.
Quassia amara,	

Tassez assez fortement les poudres de :

Bistorte,	Patience,
Buis,	Quinquina,
Cainça,	Ratanhia,
Chiendent,	Réglisse,
Colchique,	Salsepareille,
Columbo,	Saule (écorce de),
Douce-amère,	Squine,
Grenadier (écorce de),	Valériane, et en général les
Ipécacuanha,	substances à texture ligneuse.

Tassez modérément les poudres de :

Absynthe,	Chardon bénit,
Aconit,	Chicorée,
Anémone,	Mercuriale,
Armoise,	Rhus radicans,
Aunée,	Sabine,
Belladone,	Saponaire (feuilles),
Centaurée (petite),	Stramonium,
Ciguë,	Trèfle d'eau.
Chamædris,	

Tassez peu les poudres de :

Bardane,	Pensée sauvage,
Bourrache,	Polygala,
Gentiane,	Racine de persil,
Noix de galles,	Racine de saponaire.

Ne pas tasser du tout :

Coquelicot,	Roses rouges,
Rhubarbe,	Safran.

Les capsules de pavot ne se prêtent nullement à la lixiviation par l'eau ; l'opération est même difficile pour la gentiane, et surtout pour la rhubarbe. Celle-ci doit être réduite en poudre très grossière ; encore l'opération ne réussit-elle que dans des mains très exercées à ce genre de manipulation.

Quand on veut traiter par lixiviation les matières visqueuses qui se gonflent beaucoup par l'eau, on peut se servir avec succès du mode de manipulation conseillé par M. Mouchon ; il consiste à délayer les matières avec une quantité d'eau convenable pour en faire une pâte liquide que l'on verse dans l'appareil ; on laisse écouler le liquide surabondant et l'on achève de lessiver à la manière ordinaire ; les matières se tassent alors d'une manière égale et de la quantité précisément nécessaire ; il faut se rappeler qu'il n'y aurait pas avantage à recourir à ce procédé pour les substances ordinaires, parce qu'il augmente nécessairement la quantité du liquide nécessaire à l'épuisement.

Quand on traite une matière par lixiviation, les premières portions de liqueur qui passent sont très chargées, parce que le liquide en contact avec des couches de poudre vierge se sature des matériaux solubles; mais au bout de quelque temps, les liqueurs apparaissent de moins en moins chargées, et il faut une quantité d'eau bien plus grande que ne l'indique la théorie pour épuiser la matière pulvérulente. Deux causes concourent en même temps à ces résultats ; la première, c'est que les matériaux solubles étant renfermés dans le tissu de la plante, l'eau ne les atteint pas tous immédiatement ; et en outre, c'est que les différentes couches liquides se mêlent avec facilité; MM. Boullay avaient pensé le contraire ; mais c'est un fait d'expérience que l'on peut aisément constater. Il l'a été par M. Baudrimont pour la pulpe de betterave : il a vu que dans l'épuisement de cette pulpe, en la tenant couverte d'une couche d'eau, on introduisait dans le suc environ le tiers de son poids d'eau étrangère. M. Guillermond l'a prouvé également en humectant une poudre inerte par une solution d'extrait et cherchant à déplacer celui-ci par de l'eau froide.

L'écoulement du liquide aqueux se fait toujours avec plus de difficulté que celui des liqueurs éthérées ou alcooliques. Ceci tient à ce que l'eau gonfle bien davantage les tissus organiques, en même temps qu'elle développe les parties mucilagineuses. Il en résulte que la poudre se gonfle, se tasse et devient moins perméable à l'eau : celle-ci est en outre détachée plus difficilement des surfaces, de sorte que les couches d'eau superposées poussent facilement la liqueur qui n'est qu'interposée dans les vides que laissent les particules pulvérulentes; mais elle ne détache qu'avec plus de peine celle qui adhère aux surfaces mêmes et elle ne s'y mélange que lentement; de même que l'eau déplace bien l'huile qui est engagée au milieu d'une poudre et non pas celle qui adhère aux particules pulvérulentes.

La lixiviation des matières végétales est avantageuse quand il est nécessaire d'obtenir des solutions concentrées, comme pour les liqueurs destinées à la préparation des extraits. Elle évite une concentration toujours nuisible aux liqueurs d'origine organique. Le plus grand reproche que l'on puisse lui faire, c'est qu'elle exige un temps considérable, qui, dans les temps chauds, peut permettre aux matières d'entrer en fermentation avant que leur épuisement par l'eau ne soit complet.

Tout ce que je viens de dire s'applique aux lixiviations par l'alcool aussi bien qu'aux lixiviations par l'eau; seulement il faut fermer l'appareil avec un couvercle pour éviter l'évaporation; ici même, comme les tissus organiques ne se gonflent pas comme au contact de l'eau, l'emploi de la méthode est encore plus général. Il y a aussi avantage à humecter préalablement la poudre à l'avance avec la moitié de son poids de liqueur spiritueuse. Chaque substance doit aussi être tassée d'une manière différente; mais on peut toujours pour chacune d'elles tasser plus que dans le traitement par l'eau, parce que le gonflement des matières est toujours moindre, et parce que, malgré la lenteur de l'écoulement, on n'a pas à craindre que la fermentation se mette dans la masse. Je n'ai vu non plus, pour aucune des substances que j'ai mises en expérience, que la quantité de matière dissoute ait été diminuée par une macération préalable.

L'alcool ne développe pas le mucilage et ne gonfle pas les tissus organiques autant que l'eau le fait; aussi l'écoulement est-il généralement plus prompt pour les liqueurs alcooliques; aussi des matières mucilagineuses qui se refusent à laisser filtrer l'eau, livrent-elles passage à l'alcool. La scille, et sans doute d'autres bulbes se gonflent beaucoup et forment un mucilage épais avec l'alcool à 56ᶜ.

Quand une poudre a été épuisée au moyen de l'alcool, elle reste imprégnée d'une partie de ce liquide qu'il est intéressant d'en retirer. MM. Boullay, dans l'idée qu'ils s'étaient faite que les liquides se déplaçaient sans se mélanger, avaient proposé de verser à la surface de la poudre de l'eau qui poussait l'alcool devant elle et permettait de le recueillir tout entier et sans mélange. Je m'étais aperçu qu'il n'en était pas ainsi, et, à mon instigation, M. Guillermond a fait des expériences tout à fait convaincantes, qui ont démontré que, si une partie de l'alcool était séparée sans mélange, bientôt on obtenait des liqueurs alcoolisées de moins en moins spiritueuses. Cette circonstance diminue singulièrement les avantages que l'on pouvait s'attendre à trouver dans l'emploi de la lixiviation avec l'alcool. Ici, en effet, il importe peu d'avoir des quantités un peu plus grandes de liquide, parce qu'on le retire sans inconvénients par la distillation à une température basse et à l'abri du contact de l'air, et l'on perd par la méthode de déplacement presque autant d'alcool que dans les procédés ordinaires.

Il y a environ vingt ans que le comte Réal a fait construire, sous le nom de filtre-presse, un appareil qui ne diffère de notre appareil à déplacement que parce que le liquide qui passe à travers la poudre végétale, est soumis à une pression considérable qui détermine un écoulement plus rapide des liqueurs. L'appareil consiste en une boîte d'étain fort épaisse, qui porte à sa base un diaphragme destiné à supporter la poudre; à la partie supérieure est un tube très élevé que l'on remplit d'eau; si ce tube a trente-deux pieds de haut, le liquide au contact de la poudre supporte une pression double de celle de l'atmosphère, et passe avec facilité. Comme ce tube si élevé n'est pas commode, le comte Réal avait substitué à l'eau, dans quelques-uns de ses appareils, la pression du mercure, que l'on a remplacée depuis par une pompe foulante.

Nous ne nous servons pas en France du filtre de Réal, et ne pouvant porter à son sujet un jugement assuré, je puiserai dans la traduction allemande que M. Schœdler a faite de mon ouvrage, ce ce que je vais dire, et qui résume en quelque sorte les opinions de Geiger à ce sujet.

Le cylindre de la presse de Réal est un tube court, surmonté par un tube long et étroit qui s'y adapte à vis. Une longueur de 9 à 10 pieds pour ce second tube est tout à fait suffisante; l'avantage que l'on peut avoir à l'allonger ne compense pas les inconvénients qui résultent de l'incommodité de son maniement.

Le cylindre est en étain ou en fer-blanc fort; il se termine en cône à sa partie inférieure; au point où il commence à devenir conique est un rebord sur lequel on pose un diaphragme percé de trous; on le recouvre d'un morceau d'étoffe de laine et l'on place la poudre au-dessus; on met sur la poudre une nouvelle étoffe de laine, puis au-dessus un diaphragme percé, si l'appareil n'est pas complétement rempli; on assujettit le tout au moyen de cercles d'étain C C que l'on a de différentes hauteurs à cet effet; on

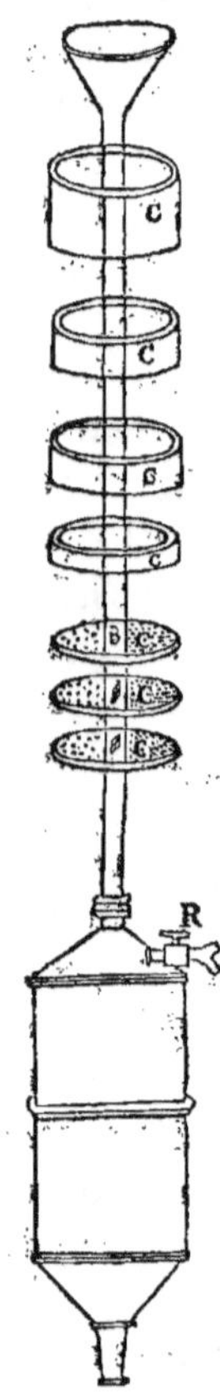

place alors le couvercle et l'on y visse le tube; après que l'on a placé un vase au-dessous du cylindre, on verse de l'eau dans le tube à pression et on le maintient toujours rempli. La meilleure manière d'y parvenir est de placer à côté de lui un vase avec de l'eau dont un siphon puise le liquide pour le verser dans le tube : le liquide pénètre avec force dans la masse et sort chargé des parties extractives. Quand il sort peu coloré et qu'il n'a presque plus de saveur, on considère l'opération comme terminée et on vide le tube par le robinet R.

Les substances, avant d'être mises dans le cylindre, doivent être réduites en poudre grossière; la poudre est humectée convenablement et laissée pendant quelque temps dans un autre vase, de manière à ce qu'elle soit toute gonflée quand on la met dans le cylindre.

Ce qui vient d'être dit s'applique également au traitement par l'alcool; l'humectation préalable de la poudre est alors inutile.

On peut très bien extraire les parties solubles par un liquide chaud; il est bon alors d'entourer le tube et le cylindre d'une enveloppe en bois, comme mauvais conducteur du calorique.

Geiger a donné en outre une indication de la quantité dont doit être tassée chaque poudre en particulier; je ne la rapporte pas, parce qu'elle s'accorde avec les indications que j'ai données moi-même pour la lixiviation sans pression.

Depuis, des appareils du même genre ont été proposés par Romershausen, Payen, par le professeur Zenneek et par M. Béral. L'écoulement y est rendu plus facile, soit par la pression qu'exerce une pompe foulante à la surface du liquide, soit par le vide imparfait que fait une pompe aspirante dans un récipient fermé, qui porte le cylindre à lixiviation. L'avantage que procurent ces instruments consiste dans l'écoulement plus facile du liquide. M. Baudrimont s'est assuré que les diverses couches de liquides s'y mêlent moins, et que leur mélange se fait en des proportions d'autant plus faibles que la pression est plus élevée. On ne peut cependant dépasser certaines limites, car la partie inférieure de la pulpe se comprime et forme un arrêt imperméable que le liquide ne peut pas franchir.

Il ne faut pas croire, toutefois, que l'emploi de la pression détruise tous les défauts reprochés à la lixiviation. Elle en fait naître un nouveau, car l'écoulement lent du liquide est une condition nécessaire à l'épuisement par une petite quantité de liqueur; il faut que celle-ci ait le temps de pénétrer les cellules fermées de la plante, et d'en extraire les parties qui y sont contenues. J'ai reconnu, à plusieurs reprises, en me servant du petit appareil de M. Béral, que lorsque les liqueurs passaient peu colorées, et que la matière paraissait épuisée, si on arrêtait l'opération pour la recommencer quelque temps après, il s'écoulait alors de l'appareil des liqueurs fortement chargées. On peut y remédier sans doute en tassant un peu plus les matières, et l'éloge que fait du filtre-presse un praticien aussi distingué que Geiger, ne peut laisser aucun doute sur les bons résultats que l'on peut obtenir avec cet instrument.

Quoi qu'il en soit, je pense que la simplicité des appareils à lixiviation sans pression, la commodité de leur emploi, et les bons résultats que l'on en obtient leur feront donner la préférence dans les laboratoires des pharmaciens.

Je dois, en terminant, dire quelques mots d'une méthode de dissolution qu'il est important de ne pas perdre de vue, à cause des services importants qu'elle a rendus et qu'elle est appelée à rendre encore; c'est celle qui a été proposée par Cadet, et qui est suivie encore par quelques pharmaciens, pour la préparation des liqueurs concentrées destinées à fournir des extraits. Elle consiste à réduire les substances en poudre demi-fine, à les humecter avec le double de leur poids d'eau froide ou d'eau tiède, et à les soumettre à la presse après quelques heures de contact; on peut, si l'on veut, humecter de nouveau la poudre et en retirer une nouvelle quantité de principes solubles. En général, une poudre traitée de cette manière retient sous la presse le tiers de son poids d'eau, et par conséquent un sixième des principes solubles après la première opération, et un trente-sixième seulement après la seconde. Les défauts de cette méthode, c'est qu'il faut une bonne presse pour la mettre à exécution, c'est que les linges retiennent une partie du produit, c'est que les liqueurs que l'on obtient sont moins claires, c'est enfin qu'il faut plus d'eau pour obtenir une même quantité d'extrait; mais il est des circonstances où elle sera préférée. Comme l'application de la lixiviation à la préparation des solutions concentrées demande beaucoup d'habitude, les pharmaciens qui se verront trompés dans leur attente, parce qu'une matière trop tassée ou trop muqueuse se refusera à livrer passage à l'eau ou à l'alcool, seront fort aises de recourir au procédé de Cadet, qui leur permettra de tirer bon parti encore d'un résultat aventuré.

MATIÈRES SOUMISES A L'ACTION DES DISSOLVANTS.

Les principes qui se trouvent le plus ordinairement dans les matières végétales et animales, et qui se dissolvent dans certains véhicules employés en médecine, sont :

1° Les acides végétaux, solubles dans l'eau et l'alcool ;

2° Les alcalis végétaux formant des combinaisons naturelles que l'eau et l'alcool sont presque toujours aptes à dissoudre;

3° Les résines, les huiles essentielles, qui sont peu ou point solubles dans l'eau, mais qui se dissolvent dans l'alcool, dans les éthers, les huiles fixes et volatiles ;

4° Les huiles grasses, dont l'éther et les essences sont les seuls bons dissolvants et qui se mêlent entre elles en toutes proportions;

5° Le sucre de canne, qui est soluble dans l'eau et dans l'alcool, à moins que ce dernier ne soit trop rectifié, et le sucre de raisin que l'alcool le plus fort dissout également bien ;

6° La gomme, que l'eau dissout à froid, et que l'alcool, l'éther et les huiles refusent de dissoudre ;

7° L'amidon, qu'on ne peut dissoudre qu'en l'attaquant par l'eau bouillante ;

8° L'extractif, le tannin, solubles dans l'eau et dans l'alcool aqueux, mais insolubles dans l'alcool absolu et dans l'éther ;

9° L'albumine végétale et animale, tantôt soluble, tantôt insoluble dans l'eau, mais cessant d'être soluble aussitôt qu'elle a été coagulée ;

10° Le tissu cellulaire des animaux, qui se transforme par une ébullition prolongée en gélatine soluble dans l'eau et insoluble dans les autres véhicules.

Mais dans les phénomènes de dissolution que nous présentent les corps, on ne doit jamais perdre de vue qu'il ne faut pas juger d'une manière absolue de leur présence dans un liquide par leur solubilité propre dans ce liquide. Les principes immédiats des végétaux ou leurs combinaisons exercent les uns sur les autres une action encore inétudiée, par laquelle les matières insolubles se dissolvent en dépit de leur propriété contraire, tandis que des substances épuisées par les véhicules nous montrent encore des principes qui auraient dû se dissoudre, et qui ont été retenus par l'action des autres éléments auxquels ils étaient associés.

SOLUTIONS PAR L'EAU.

(Hydrolés.)

L'eau est un véhicule inaltérable par l'ébullition et assez commun pour que sa déperdition n'ait pas d'importance ; aussi, dans l'examen des solutions aqueuses, l'emploi de la chaleur est tout à fait subordonné à la nature des matières sur lesquelles on doit agir, tandis que son influence sur le liquide peut être entièrement négligée.

On peut distinguer trois cas principaux : 1º la matière est entièrement soluble dans l'eau ; 2º des principes solubles sont mêlés à du ligneux ; 3º des matières de solubilité différente sont unies au ligneux.

Une matière est entièrement soluble dans l'eau.

1º Quand une matière est soluble entièrement dans l'eau, l'opération est des plus simples : elle se fait à froid ou à chaud. Nous avons tracé les règles applicables à ce sujet en nous occupant de la solution en général.

Des principes solubles sont mêlés au ligneux.

2º Quand une substance est formée tout entière (sauf le tissu végétal) de principes solubles dans l'eau (gomme, sucre, matière extractive, etc.), on peut extraire ces principes par différents moyens. Les plantes contiennent, dans leur état de fraîcheur, un suc composé pour le plus grand nombre d'entre elles, de matière extractive, d'albumine et de quelques sels en dissolution, d'albumine coagulée et de chlorophylle à l'état insoluble. Quand ces plantes ont été séchées, elles ont la même composition, mais les tissus ont pris de la rigidité et les sucs se sont épaissis ; l'eau rend aux tissus une flexibilité qui lui permet de les pénétrer de nouveau, et aux matières solubles la fluidité qu'elles avaient perdue. On parvient à ce résultat par la macération, la digestion, l'infusion, la décoction et la lixiviation. Les mêmes moyens sont le plus souvent applicables aux plantes dans leur état de fraîcheur.

A. Macération. Elle est très recommandée par les auteurs modernes, parce qu'elle est propre à ramener les sucs à ce qu'ils étaient avant la dessiccation ; cependant, à moins que les matières ne soient réduites entièrement en poudre, l'eau les pénètre difficilement, et quelquefois la décomposition commence avant qu'elle ne les ait entièrement pénétrées. J'ai vu presque constamment la macération épuiser les plantes simplement concassées moins complétement que l'infusion.

Elle est généralement inefficace pour les substances fraîches qui s'altèrent avant de céder leurs parties solubles, à moins qu'on ne déchire leur tissu assez profondément pour que les sucs se mélangent directement avec l'eau.

B. Infusion. L'infusion est le mode opératoire qui convient presque constamment ; par son moyen les matières délicates entières sont facilement pénétrées ; elle réussit tout aussi bien sur les substances d'un tissu plus dense quand on a le soin de les diviser convenablement. Elle agit promptement et efficacement sur les végétaux secs ou dans l'état de fraîcheur, et elle leur fait éprouver peu de changements ; elle coagule l'albumine ; je l'ai vue presque constamment fournir des liqueurs plus sapides et plus odorantes que la macération, et laisser à l'évaporation une plus grande quantité d'extrait, à moins toutefois que les matières soumises à l'action de l'eau froide n'aient été réduites en poudre fine.

On traite par infusion les fleurs et les feuilles sèches, les racines amylacées qui doivent leurs propriétés à des matières gommeuses ou extractives, et en général toutes les substances qui contiennent des principes volatils ou dont toutes les parties actives sont solubles dans l'eau.

C. Décoction. La décoction est recommandée pour les matières denses qui sont difficilement pénétrées et qui ne contiennent que des principes fixes. On la prolonge plus ou moins, suivant la résistance que l'eau rencontre pour pénétrer dans le tissu ; mais c'est une opération qui a été abandonnée avec juste raison dans un grand nombre de cas : 1° parce que les matières denses, toutefois que leurs principes sont solubles dans l'eau, les cèdent aussi bien à l'infusion, pourvu que, par une division préalable, on facilite à l'eau un moyen d'action ; 2° parce que l'action prolongée de l'eau et de la chaleur, surtout au contact de l'air, altère beaucoup de matières végétales, et en particulier la matière extractive ; 3° parce que l'on obtient moins de produit d'une même matière soumise à la décoction que traitée par infusion, et la cause, suivant les observations de Kulmann et de M. Guibourt, en est dans la fixation de la matière extractive sur la fibre végétale, action qui est tout à fait analogue à la combinaison des matières colorantes avec les tissus.

Mais la décoction est indispensable lorsque les substances que l'on veut atteindre ne peuvent se dissoudre que par l'action plus ou moins prolongée de la chaleur. C'est par la décoction que l'on traite les semences des céréales dont l'amidon doit fournir des liqueurs mucilagineuses ; c'est à la décoction que l'on soumet le lichen pour dissoudre son principe amyloïde ; c'est à elle que l'on a recours pour obtenir tout le principe mucilagineux et le principe sucré des pommes, des prunes, des dattes, des jujubes, des racines de carotte, de navet, de l'oignon, etc., etc. ; c'est par elle que l'on obtient des liqueurs très mucilagineuses avec les racines amylacées, la graine de lin, etc., etc.

La décoction est nécessaire encore quand les matières que l'on doit dissoudre ne préexistent pas et ne se forment que par l'altération de quelques tissus. Telle est la formation de la gélatine par l'action prolongée de l'eau bouillante sur les membranes ; mais nous y reviendrons en nous occupant spécialement des bouillons.

La décoction est encore nécessaire pour les substances fraîches d'une texture un peu compacte, qui trouvent dans un reste d'organisation, une défense contre la pénétration par l'eau à une plus basse température.

D. Digestion. La digestion est le plus ordinairement employée comme moyen préparatoire pour disposer les substances d'un tissu compacte à céder leurs principes solubles.

Elle est nécessaire pour des substances qui sont défendues de l'action de l'eau par des matières insolubles qui les enveloppent.

Ainsi on fait digérer le baume de Tolu dans l'eau, parce que la résine ramollie par la chaleur et laissée en contact prolongé avec l'eau, finit par laisser dissoudre l'acide cinnamique et l'huile essentielle.

E. Lixiviation. La méthode de déplacement peut être substituée à la macération et à l'infusion toutes les fois qu'il s'agit d'obtenir des liqueurs concentrées. Pour arriver au même résultat, quand les matières, par leur nature muqueuse, ne se prêtent pas à ce genre de traitement, il faut les réduire en poudre grossière, les faire macérer avec l'eau et les soumettre à la presse.

Des matières différemment solubles sont unies au ligneux.

3. Quand une matière végétale contient, en outre de la fibre ligneuse, des principes de nature et de solubilité différentes dont on peut avoir intérêt à laisser quelques-uns sans les dissoudre, il faut se comporter d'après les données de l'expérience. Il peut arriver : 1° que la substance que l'on met en œuvre soit amylacée ; 2° qu'elle contienne quelque matière nuisible que l'on ait intérêt à laisser dans le résidu ; 3° qu'elle contienne quelque principe utile, par lui-même insoluble ou peu soluble dans l'eau.

A. Quand une racine est amylacée et que les principes que l'on y recherche ne sont pas l'amidon, il faut opérer dans des circonstances qui ne permettent pas à celui-ci de se dissoudre. Dans ce cas la macération est recommandée par tous les auteurs ; mais quand on y a recours, il faut diviser les corps de manière à ce que l'action soit prompte et efficace ; autrement il faut recourir à l'infusion, qui peut bien entraîner dans la liqueur quelques parties amylacées ; mais sa puissance de pénétration rend l'épuisement des racines plus prompt, et elle n'entraîne jamais avec elle les accidents de fermentation, qui, dans l'été surtout, résultent parfois d'un contact prolongé.

Les racines amylacées fourniraient par la décoction des liqueurs troubles et souvent désagréables pour le malade. Il est à remarquer cependant que lorsque les racines restent entières et ne sont pas soumises à une décoction trop prolongée, cet inconvénient se fait moins apercevoir, parce que l'amidon restant engagé dans le tissu des plantes, les parties dissoutes seules arrivent dans le liquide et d'une manière fort incomplète ; mais la décoction a toujours contre elle l'altération qu'elle entraîne dans les principes végétaux et la diminution de ces principes par leur combinaison avec la fibre végétale.

Quand les racines amylacées contiennent du tannin, les décoctions qui sont transparentes tant qu'elles sont chaudes, se troublent par le refroidissement. C'est qu'il se fait un composé d'amidon et de tannin qui est soluble dans l'eau au-dessus de 49° et qui se précipite, au-dessous de cette température.

B. Certaines substances contiennent des principes autres que l'amidon qu'il est important de ne pas dissoudre : telle est la racine de réglisse, qui contient une huile âcre ; les baies de genièvre, qui sont très chargées de résine ; la casse, dont l'enveloppe contient un principe astringent de propriété opposée à la propriété laxative de la pulpe. On parvient à empêcher la dissolution de ces corps dans l'eau en opérant par simple macération. Les principes les plus solubles se dissolvent, les autres restent.

Également dans les boissons aqueuses faites avec l'oignon ou le navet et qui sont employées comme émollientes, la chaleur prolongée, en même temps qu'elle contribue à rendre les liqueurs plus mucilagineuses, dissipe l'huile volatile qui est contenue dans ces bulbes. De même par l'ébullition des substances chargées en même temps d'huile volatile et de substances amères solubles, comme la camomille, l'absynthe, l'écorce d'orange ou de citron, on volatilise par la décoction l'huile essentielle pour ne conserver que le principe tonique fébrifuge.

C. Il arrive que la partie la plus active d'un médicament est insoluble dans l'eau, et ne peut s'y trouver qu'à la faveur d'autres principes, et en quelque sorte en opposition avec ses propriétés propres ; on doit alors soumettre les corps à une décoction prolongée. C'est par elle seulement que l'on parviendra à dissoudre quelques parcelles du principe médicamenteux. En ayant égard à cette circonstance, on traitera par décoction la racine de jalap, le bois de gayac, qui doivent leurs propriétés à des substances résineuses. Il en sera de même du quinquina, quand on voudra avoir en dissolution la combinaison insoluble du rouge cinchonique avec les alcalis végétaux.

Les règles que nous venons de poser sont d'une application absolue pour les circonstances que nous avons exprimées et pour les exemples que nous avons cités à l'appui. Elles trouvent leur application pour beaucoup d'autres corps ; mais il arrive souvent que nos connaissances sont trop peu avancées pour que nous puissions ainsi formuler le mode opératoire nécessaire. Alors il faut appeler de notre connaissance imparfaite de la composition des corps, à l'expérience plus directe tirée de la nature des produits dissous par l'eau, ou bien encore à l'observation médicale. Une des causes qui contribuent surtout à augmenter les difficultés dans ce genre de recherche, c'est l'action bien évidente que certains principes exercent les uns sur les autres et qui change leur solubilité ordinaire. Elle est telle que, pour une matière insoluble, on ne peut presque jamais prononcer d'une manière absolue sur son absence dans une liqueur.

Je citerai quelques exemples, remettant à une autre époque de les examiner plus spécialement. La matière amère de la racine de colombo est insoluble dans l'eau, et cependant la macération de la racine suffit pour la dissoudre, parce qu'elle trouve dans le végétal une matière colorante ou un acide qui facilite sa dissolution ; la résine et l'huile volatile du semen-contra se dissolvent dans l'eau à la faveur des matières gommeuse et extractive ; le bois de Brésil, suivant M. Chevreul, la rhubarbe, suivant M. Caventou, contiennent des combinaisons binaires qui se partagent sous l'influence de l'eau en deux composés fort différents, l'un insoluble, dans lequel abonde le principe insoluble du composé, l'autre soluble, dans lequel le principe opposé domine. Il semble même que la température ait une influence marquée pour augmenter la proportion de l'un ou de l'autre composant.

Une circonstance encore difficile à saisir est celle de la formation de certains principes par l'action même du dissolvant. Ainsi, l'huile d'amandes amères, celle de moutarde, ne préexistent pas dans la graine. Ainsi probablement l'asparagine est un produit d'altération de la racine de guimauve ou des turions d'asperges ; et sans doute, dans un grand nombre de cas, des produits se forment dont l'existence dans les liqueurs peut nous avoir échappé. Ce sont là des sujets difficiles de recherches, qui demandent des analyses faites avec soin, un examen attentif des liqueurs et la confirmation des données obtenues au moyen de la chimie par celles que peut fournir l'expérience médicale. L'utilité de ce genre de travail est incontestable, et il appartient surtout aux pharmaciens de s'y livrer.

En outre des principes que nous venons de poser, il est certaines conditions qui conduisent à traiter diversement une matière suivant l'indication que l'on veut remplir. Ainsi, la racine de columbo cède à l'eau par infusion un principe amer qui est employé avec succès comme tonique, mais dont l'emploi serait contre-indiqué dans le traitement des diarrhées chroniques ; la matière mucilagineuse de l'amidon qui s'allie à ce principe, quand on traite la racine par décoction, modère son action trop vive sur les tissus et seconde alors merveilleusement ses effets ; ainsi, le lichen d'Islande fournit par infusion une boisson simplement amère ; par la décoction, le principe mucilagineux du lichen se dissout également et forme un médicament plus composé ; on peut même, en réjetant la première liqueur, obtenir un médicament purement gélatineux.

On pourrait citer encore un grand nombre d'exemples de ce genre. La racine de guimauve cède à l'eau, par infusion, un mucilage jaunâtre, et la tisane est limpide et agréable. Une forte décoction dissout l'amidon, et le produit est épais, louche, et ne convient plus qu'aux usages extérieurs. L'absynthe fournit par infusion un médicament excitant ; la décoction prolongée, en volatilisant l'huile volatile, ne laisse plus qu'une matière amère et tonique.

C'est à l'indication thérapeutique de déterminer le choix entre ces divers modes d'opération, et le médecin dans ces cas particuliers doit le prescrire avec la plus grande attention.

TISANES.

Une tisane est une boisson peu chargée de principes médicamenteux et qui sert de boisson ordinaire au malade. Ce genre de médicament rend de grands services à l'art de guérir. Pour un grand nombre de tisanes l'effet est à peu près le même que celui de l'eau ; mais le malade ne boirait pas d'eau et boit volontiers sa tisane. Il faut dire d'ailleurs qu'une petite quantité de matière sapide et odorante rend ces boissons plus amies de l'estomac. Les tisanes sont souvent aussi des médicaments rendus actifs par les principes qu'elles tiennent en dissolution. En ce cas, l'action délayante de l'eau favorise singulièrement l'effet médical.

Comme le malade est obligé d'y revenir souvent, il faut que les tisanes soient légères et le moins désagréables possible. On peut les édulcorer à volonté. Avant de les administrer, on les clarifie par le repos, plus rarement par la filtration.

On prépare des tisanes par les différents moyens de dissolution qui ont été étudiés dès le chapitre précédent ; savoir : la solution simple, la macération, l'infusion, la digestion, la décoction. La manière d'opérer et le choix à faire de l'un ou l'autre moyen n'exigent pas d'autres détails que ceux qui ont été donnés précédemment. Je dois dire cependant que les infusions de plantes se conservent plus longtemps sans altération que les liqueurs obtenues par macération ; ce qui n'est pas sans importance pour l'emploi médicinal des tisanes.

Si souvent on ne fait entrer qu'un seul corps dans la composition d'une tisane, il arrive assez fréquemment qu'on en emploie plusieurs à la fois. Il faudra se conformer de même aux règles indiquées ci-dessus ; c'est ainsi que, dans toutes les tisanes édulcorées avec la racine de réglisse, après avoir traité, par décoction, les matières qui résistent davantage à l'action de l'eau, on fait seulement infuser cette racine. Il est inutile que nous nous étendions davantage sur ce sujet ; ce que nous avons dit des tisanes simples doit suffire pour servir de règles dans la préparation des tisanes plus composées.

Lorsque dans une tisane on fait entrer des sels, des acides, des sirops, il est convenable de ne les ajouter qu'après que la liqueur a été passée. Ces additions ne doivent pas contrarier la nature chimique connue des principes médicamenteux. Ainsi, l'acétate de plomb précipitera presque tous les principes immédiats des végétaux ; il en sera de même de la plupart des sels métalliques. L'addition d'un acide facilitera la dissolution des principes actifs du quinquina ; un alcali en séparerait les bases alcalino-végétales ; au contraire, un alcali ajouté à la rhubarbe facilitera la dissolution en plus grande quantité de la matière résineuse purgative. Les considérations de ce genre doivent être soigneusement pesées par le médecin : l'oubli des réactions chimiques pourrait l'exposer à annuler entièrement les effets des médicaments sur lesquels il aurait cru pouvoir compter.

DES APOZÈMES.

On désigne sous le nom d'apozèmes des boissons médicinales qui diffèrent des tisanes en ce qu'elles contiennent plus de principes médicamenteux, et qu'elles ne servent jamais de boisson ordinaire aux malades.

Ce que nous avons dit sur la préparation des tisanes, est souvent applicable à celle des apozèmes. Cependant les règles simples que nous avons posées ne sont pas d'une application aussi sûre, dans l'ignorance où nous sommes des changements dans la solubilité qui peuvent résulter de l'action mutuelle des corps qui composent en même temps les formules compliquées des apozèmes.

Je rapporte, comme exemple d'apozème, la préparation de la tisane royale :

TISANE ROYALE.

Pr.: Séné	4 gros	16 grammes.
Sulfate de soude	4 gros	16
Anis	1 gros	4
Coriandre	1 gros	4
Cerfeuil récent	4 gros	16
Eau tiède	2 livres	1000
Citron coupé par tranches. Nº 1.		Nº 1.

Faites macérer pendant vingt-quatre heures ; passez avec expression, et filtrez.

BOUILLONS.

Les bouillons sont des solutions aqueuses dont la base est la chair des animaux.

Leur composition se complique par l'emploi de plusieurs sortes de matières animales et plus souvent encore par l'addition d'herbes ou de légumes.

On divise les bouillons en alimentaires et médicinaux : les premiers sont faits avec des viandes d'animaux arrivés à l'âge de puberté, appartenant à la grande famille des mammifères ; les seconds sont préparés avec les viandes peu faites du veau ou du poulet, avec la chair des vipères, des grenouilles, des tortues, quelquefois avec des escargots ou des écrevisses.

Les bouillons médicinaux remplissent presque toujours la double indication d'un effet thérapeutique et d'un effet alimentaire.

Bouillon alimentaire. La préparation des bouillons alimentaires est arrivée à sa perfection dans nos ménages. L'expérience de chaque jour a appris quelles conditions il fallait remplir pour obtenir un bon bouillon ; et nos ménagères, sans se rendre compte des phénomènes qui accompagnent cette opération, savent parfaitement la conduire. Il est utile cependant d'établir les principes sur lesquels est fondée la préparation du bouillon, pour pouvoir apprécier la nature des principes qui y sont contenus.

Le bouillon, indépendamment du sel qui en rehausse la saveur, contient des matières animalisées qui paraissent être plus spécialement alimentaires, et des principes aromatiques qui en relèvent la saveur et contribuent à l'alimentation, soit par eux-mêmes, soit plus encore en facilitant l'assimilation des premiers. Pour apprécier avec exactitude la nature de ces matières, nous allons examiner rapidement les principes qui constituent la viande, et ceux qu'elle peut céder à l'eau pendant sa coction.

La viande est formée de fibrine, d'albumine, d'hématosine ou matière colorante du sang, de tissu cellulaire, de graisse composée d'élaïne et de stéarine, de la matière particulière propre au système nerveux, de sels nombreux, d'un acide mal déterminé et en faible proportion, d'une substance découverte par M. Chevreul et qu'il a nommée créatine (de κρεας, ατος, chair) et de matières extractives.

La fibrine, matière éminemment azotée, qui forme la partie la plus abondante de la chair, est une substance absolument insoluble dans l'eau, qui éprouve par la cuisson un endurcissement qui la rendrait peu propre à servir d'aliment, si cet état n'était pas modifié dans la viande cuite par le mélange des parties gélatineuses, graisseuses et albumineuses. La fibrine ne fournit rien à l'eau, et par conséquent elle ne concourt pas activement à rendre le bouillon savoureux et alimentaire.

L'albumine existe dans la viande, partie à l'état coagulé, partie à l'état soluble. Une faible proportion seulement se trouve dans le bouillon, parce que la chaleur coagule celle qui se dissout d'abord. Toute la partie qui a été saisie dans l'intérieur de la viande, y est coagulée sans passer dans le liquide, et reste partie constituante et alimentaire du bouilli. Cependant l'albumine fournit une partie de la matière animalisée du bouillon ; sous l'influence de l'action prolongée de l'eau et de la chaleur, elle abandonne une partie de matière soluble azotée. La proportion en est moindre cependant que celle qui serait produite par le blanc d'œuf dans les mêmes circonstances ; et cette différence s'explique par l'état d'acidité de la liqueur dans le bouillon, et son alcalinité, au contraire, quand elle résulte de la coagulation du blanc d'œuf.

La matière colorante du sang se dissout dans l'eau aussitôt que celle-ci est en contact avec la viande et lui communique une couleur rouge ; mais cet effet n'est que momentané ; aussitôt que la température de l'eau s'est suffisamment élevée, l'albumine et la matière colorante se coagulent toutes deux, et viennent nager à la surface de la liqueur, sous la forme de flocons que l'on appelle écume.

Le tissu cellulaire de la chair musculaire a une influence marquée dans la préparation du bouillon ; par l'action prolongée de l'eau chaude, il se gélatinise en grande partie ; les portions les plus superficielles se dissolvent dans le liquide ; les autres plus gênées par la masse des parties solides qui les entourent, restent dans l'intérieur de la viande, mais ramollies, gélatineuses ; elles concourent à attendrir la viande cuite et à augmenter son moelleux. Il faut ajouter, pour compléter cette histoire du bouillon, que les os concourent à augmenter la proportion de graisse et plus efficacement encore à fournir de la gélatine. Celle-ci n'est pas toute formée dans les os : elle résulte de l'altération de leur réseau parenchymateux. La proportion en est faible, parce que la compacité des os les défend activement contre la pénétration de l'eau bouillante.

Les parties de graisse que la viande contient se fondent par l'élévation de la température et viennent nager à la surface du liquide ; mais il s'en faut de beaucoup qu'elles soient complétement séparées de la viande ; renfermées dans des cellules closes, enveloppées d'ailleurs en partie par les autres parties du tissu, il en reste une grande quantité dans la viande, qui contribue singulièrement à lui donner une saveur et une odeur plus agréables.

La matière grasse cérébrale, qui constitue presque entièrement la pulpe des nerfs, est ramollie et en partie entraînée pendant la préparation du bouillon. Son odeur qui se développe par la chaleur, se retrouve dans le bouillon et surtout dans le bouilli.

Quant à la créatine, matière qui a été plutôt entrevue qu'étudiée par M. Chevreul, elle est soluble dans l'eau et elle est par conséquent l'une des parties constituantes du bouillon. Elle est insipide et inodore et ne contribue pas à le rendre savoureux ; mais elle est azotée et il est bien possible qu'elle le rende alimentaire.

Les matières extractives de la viande sont fort nombreuses.

Elles sont solubles dans l'eau, se colorent par l'action prolongée de l'eau et de la chaleur. Elles contribuent surtout à donner au bouillon l'odeur et la saveur qui le caractérisent. C'est un mélange de plusieurs de ces matières qui avait reçu le nom d'osmazôme.

On retrouve en outre dans le bouillon des principes volatils qui concourent à le rendre odorant. Une partie en est chassée par la chaleur, mais il en reste assez pour lui communiquer une odeur aromatique et agréable. 1° C'est, d'une part, l'ammoniaque qui paraît provenir de l'action décomposante mutuelle des éléments de l'eau et de ceux de la créatine... ; 2° un principe sulfuré qui peut noircir l'argent et qui paraît se produire toutes les fois que l'albumine est coagulée ; 3° un principe d'odeur de viande encore mal connu ; 4° un principe d'odeur d'ambre que M. Chevreul avait déjà reconnu dans la moelle de bœuf.

On voit, en résumé, que les matières contenues dans le bouillon sont l'albumine cuite, la gélatine, la créatine, un peu d'acide et les matières extractives de la viande, et en outre les sels naturels de la viande, et le sel marin qu'on ajoute pendant la fabrication. La viande cuite ou le bouilli est un mélange de fibrine, d'albumine coagulée, de tissu cellulaire gélatineux, d'élaïne, de stéarine et de la matière grasse du cerveau. Toutes ces matières sont d'ailleurs rendues plus sapides par la proportion de bouillon qui les mouille et qu'elles conservent dans leur tissu.

La viande est rarement employée seule à la préparation du bouillon. On y ajoute ordinairement des légumes pour en augmenter la saveur et le rendre plus agréable. Les carottes, les navets, les panais, les choux, les porreaux, sont le plus ordinairement employés. Je me suis assuré par une expérience directe que les légumes ne fournissent au bouillon qu'une très faible proportion de principes animalisés; ainsi, dans deux bouillons faits comparativement avec la même viande, dans les mêmes proportions, l'un sans légumes, l'autre avec une proportion de légumes bien plus forte que celle qui est d'usage (elle égalait en poids les quatre cinquièmes de la viande), la proportion de matière azotée ne s'est trouvée augmentée dans le bouillon que d'un sixième seulement. Les légumes augmentent la densité du bouillon par le sucre et la matière de nature gommeuse qu'ils peuvent lui fournir; mais c'est surtout par leurs parties aromatiques qu'ils ajoutent à la qualité du produit. Les choux, les navets, cèdent un principe sulfuré et azoté analogue à celui qui se rencontre dans toutes les plantes crucifères. Les porreaux, les oignons fournissent une huile âcre et volatile. Bien que la majeure partie de ces principes volatiles soit dissipée par l'action longtemps continuée de la chaleur, il en reste cependant une proportion assez forte pour augmenter la saveur du bouillon. Cet effet est encore plus marqué dans l'emploi des carottes et des panais. Une huile volatile est encore ici le principe odorant ; mais elle se trouve engagée dans une sorte de combinaison triple avec de l'huile fixe et de la résine ; elle résiste par là plus obstinément à l'influence de l'élévation de température.

Le bouillon de viande le mieux préparé n'est jamais que faiblement chargé de principes alimentaires et aromatiques. Le résultat suivant, obtenu par M. Chevreul, suffira pour donner une idée exacte de sa composition. Le bouillon avait été préparé avec :

Bœuf	1,433
Os	0,430
Sel marin	0,040
Eau	5000
Navets	
Carottes	} 0,331
Oignons brûlés	

Les produits furent :

Bouillon	4 litres.
Bouilli	0,858
Os	0,392
Légumes cuits	0,340

La densité du bouillon était 1,0136. Un litre contenait :

Eau	985,600
Matières organiques	16,917

Sels solubles.

Potasse	
Soude	
Chlore	} 10,721
Acide phosphorique	
— sulfurique	

Sels insolubles.

Phosphate de magnésie. . . . .
    —   chaux. . . . .   }   8,539
Oxide de cuivre. . . . .

                                    1013,6

M. Chevreul a reconnu que dans les sels du bouillon la potasse est plus abondante que la soude, et que le phosphate de magnésie prédomine sur le phosphate de chaux.

Il est certaines précautions pratiques dont l'observation est indispensable pour la bonne fabrication du bouillon. D'abord se présente le précepte mis en pratique avec une rigoureuse exactitude par les ménagères, d'entretenir le liquide à une chaleur seulement voisine de l'ébullition ; une forte chaleur paraît avoir pour effet de saisir en quelque sorte la viande et de rendre ses diverses parties moins solubles dans l'eau. C'est la nécessité de cette chaleur modérée et soutenue qui donne tant d'avantage aux marmites en terre : par leur propriété peu conductrice, elles sont davantage à l'abri des coups de feu. Dans les grands établissements, les marmites de cuivre que l'on y emploie sont d'un moins bon usage ; en outre, la grande profondeur que l'on est dans l'habitude de leur donner, est encore une circonstance fâcheuse ; l'ébullition n'a lieu dans les couches inférieures que sous une pression plus forte que celle de l'atmosphère, ce qui suffit pour déterminer un commencement d'altération de la gélatine.

Ce n'est pas chose indifférente de mettre la viande dans l'eau froide et d'amener lentement à l'ébullition, ou de plonger immédiatement la viande dans l'eau bouillante. Dans le premier cas, il y a formation d'une écume comme nous l'avons dit ; dans le second, ce phénomène n'a pas lieu. C'est que l'albumine et la matière colorante du sang qui résident à la surface de la viande sont immédiatement coagulées par la température élevée du liquide. Elles forment alors une sorte d'enveloppe compacte qui met obstacle à la libre sortie des sucs de la viande. Ceux-ci sont atteints lentement par l'eau de la marmite et ils sont coagulés à mesure. Ceci semble être un effet d'un intérêt secondaire ; mais l'expérience prouve qu'il n'en est pas ainsi. M. Chevreul s'est assuré que lorsque la viande est plongée dans l'eau bouillante, le bouillon est moins bon au goût ; il a trouvé que la proportion des matières dissoutes était diminuée dans le rapport de dix à treize pour les matières organiques, et dans celui de deux à trois pour les sels fixes.

La nature de l'eau que l'on emploie à la fabrication du bouillon a également une influence marquée sur les résultats. L'eau de pluie donne un bouillon moins odorant et un bouilli moins sapide ; l'emploi du sel marin, en même temps que le sel ajoute sa saveur propre à celle du bouillon, paraît en outre avoir pour effet de relever la sapidité de la viande et celle du bouillon : cette action du sel est plus marquée encore sur les légumes ; le liquide acquiert une odeur plus prononcée, et cependant la proportion de matière dissoute est diminuée de plus d'un quart. La différence des résultats est surtout remarquable dans les légumes cuits qui sont devenus plus tendres et plus sapides.

Bouillons médicinaux. Les bouillons médicinaux ont généralement pour base une chair moins sapide que celle qui sert à la préparation des bouillons alimentaires : on emploie des viandes blanches provenant d'animaux jeunes ou d'espèces à chair peu savoureuse. On tient la chair dans l'eau au bain-marie pendant un temps suffisant pour la cuire. L'opération est prolongée plus ou moins longtemps, suivant la texture et la densité des tissus ; elle se fait très bien dans une boule d'étain à couvercle vissé : on peut la faire également à feu nu, à vase couvert, pourvu qu'on ait l'attention de bien modérer le feu.

Souvent on ajoute des plantes aux bouillons médicinaux. Si ce sont des racines compactes fraîches, on les met dans l'eau en même temps que la substance animale ; si elles sont sèches, on les concasse, et l'infusion suffit pour en extraire les parties solubles. Les herbes fraîches ou sèches sont seulement soumises à l'action du liquide chaud par simple infusion, surtout quand on se sert de végétaux aromatiques.

On passe les bouillons médicinaux quand ils sont refroidis, pour en séparer la graisse.

MUCILAGES.

On nomme mucilages des médicaments de consistance visqueuse qui coulent lentement et qui doivent leur consistance à la gomme ou à des corps analogues. Les mucilages ne diffèrent des autres dissolutions mucilagineuses, que par la forte proportion de principes gommeux qu'ils contiennent.

La gomme, qui est le plus ordinairement la base des mucilages, a pour caractères spéciaux d'être soluble dans l'eau, d'être incristallisable et de donner de l'acide mucique par l'acide nitrique concentré. La gomme forme deux espèces principales : 1° l'arabine, qui constitue la gomme arabique et la partie soluble dans l'eau du mucilage de lin, de la gomme de Bassora et de la gomme adraganthe; 2° la cérasine, qui constitue la partie insoluble de la gomme de pays. Sa composition chimique est absolument la même que celle de l'arabine, mais elle est insoluble dans l'eau; elle s'y gonfle seulement *un peu*; elle se transforme en arabine par l'ébullition; 3° la bassorine ou adraganthine, qui existe dans la gomme de Bassora et dans la gomme adraganthe, et qui a pour caractère d'être insoluble dans l'eau froide, mais de s'y gonfler *beaucoup* et de ne pas s'y dissoudre par une ébullition prolongée.

En outre de la matière gommeuse, les mucilages contiennent presque toujours des parties extractives qui les colorent, et qui se sont dissoutes dans l'eau en même temps que les parties gommeuses. Le mucilage des semences de coings est rougeâtre; il en est de même de celui de fénu-grec; celui de guimauve est légèrement coloré en jaune.

Certains mucilages, en outre des parties solubles, contiennent des matières en suspension qui ajoutent à leur consistance. Tels sont, par exemple, les mucilages obtenus avec la gomme adraganthe, la gomme de pays, la graine de lin, dans lesquels se trouve la variété de gomme insoluble.

La consistance des mucilages n'est pas toujours la même; on l'approprie à l'usage auquel ils sont destinés.

La préparation des mucilages est extrêmement simple; elle consiste à concasser les matières qui renferment la gomme ou le principe mucilagineux, et à les faire digérer pendant vingt-quatre heures dans une quantité d'eau convenable, en ayant le soin de remuer de temps à autre pour faciliter la dissolution; on passe avec expression à travers un linge.

Pour les mucilages de gomme arabique ou de gomme adraganthe, on les obtient en mettant la gomme entière ou la gomme en poudre en contact avec l'eau. Il sera traité plus spécialement de leur préparation aux articles particuliers à ces gommes et à l'article Tablettes.

ÉMULSION.

On donne le nom d'émulsion à un liquide d'apparence laiteuse, préparé avec des semences huileuses et de l'eau.

Toutes les semences émulsives contiennent, indépendamment de quelques principes qui peuvent être particuliers à certaines d'entre elles, de l'huile fixe, de l'albumine végétale, un peu de gomme, de matière sucrée et d'acide.

Si nous examinons quelle est la composition des amandes douces, qui servent le plus souvent à la préparation des émulsions, nous verrons, avec M. Boullay, que le sucre et la gomme y sont en trop petite proportion pour qu'on puisse raisonnablement leur attribuer la division de l'huile, et comme nous y retrouvons en abondance l'albumine végétale, il est hors de doute que c'est ce principe qui tient l'huile en suspension ; dans quelques semences très mucilagineuses, par exemple, celle de lin, on conçoit que le mucilage concoure à produire le même effet.

Pour faire une émulsion, on se sert de semences débarrassées de leur spermoderme. Pour les amandes, on l'enlève aisément en les faisant tremper pendant quelques instants dans de l'eau bouillante. Leur peau se ramollit et se détache en faisant glisser les amandes entre deux doigts. On les fait tomber dans de l'eau froide pour les raffermir, après quoi on les essuie, et on les fait sécher.

La soustraction de la pellicule des amandes est nécessaire, en cela que cette pellicule contient une matière tannante qui nuirait à la blancheur de l'émulsion, en même temps qu'elle pourrait altérer sa saveur.

Les amandes étant mondées, on les pile dans un mortier de marbre, en ajoutant un peu d'eau, pour empêcher la séparation de l'huile ; s'il doit entrer du sucre dans le lait d'amandes, on l'ajoute d'abord ; quand le tout est réduit en une pâte bien fine, on délaie dans l'eau, et l'on passe avec expression à travers une étamine.

Il est important de ne pas ajouter à une émulsion des liqueurs acides ou alcooliques, qui la coaguleraient ; les premières, en formant avec l'albumine végétale un composé insoluble, et les secondes, en s'emparant de l'eau.

Une émulsion se sépare quelque temps après qu'elle a été préparée. Le parenchyme des amandes, qui a été divisé pendant la trituration, et qui est resté suspendu, vient nager à la surface en même temps qu'une portion d'huile. Plus tard, le liquide passe à la fermentation et s'aigrit, et le coagulum augmente par la séparation plus complète du parenchyme et de l'huile, et, sans doute aussi, par la solidification progressive de l'albumine végétale, opérée par l'acide qui s'est produit pendant la fermentation.

Un jaune d'œuf délayé dans l'eau donne un liquide tout à fait analogue à l'émulsion des semences : c'est de l'huile tenue en suspension par de l'albumine.

On fait quelquefois de fausses émulsions, en délayant des huiles, des résines, des gommes-résines dans l'eau, à l'aide d'un mucilage ou d'un jaune d'œuf.

Les émulsions artificielles sont souvent composées de gomme, d'huile et de sirop; pour les obtenir, on emploie plusieurs méthodes :

1° On fait un mucilage avec la gomme et une suffisante quantité d'eau, et on ajoute l'huile petit à petit en remuant vivement.

2° On mélange la gomme en poudre et l'huile, et on ajoute peu à peu le liquide, en battant bien dans le mortier.

3° On fait un mélange en mettant la gomme dans le mortier, et ajoutant alternativement l'huile et le sirop, et enfin le reste du liquide.

4° On bat tout ensemble dans le mortier, gomme, huile et sirop.

Tous ces procédés réussissent également quand on emploie des doses bien appropriées de chaque substance; mais quand on force la dose d'huile, on parvient à l'incorporer plus exactement, en faisant d'abord un mucilage et y délayant l'huile par petites parties.

La gomme n'est pas le seul corps qui puisse servir à émulsionner les huiles; nous avons vu que l'albumine végétale produit le même effet dans les semences émulsives. Elle peut même émulsionner plus d'huile que n'en contiennent les semences; aussi, en pilant de l'huile avec des amandes, on parvient à la diviser exactement.

Quand on emploie l'albumine comme moyen d'émulsionner, on a recours au blanc d'œuf, et plus souvent encore au jaune d'œuf;

ces corps sont même préférables à la gomme, quand il s'agit de diviser une huile épaisse et visqueuse comme celle des ricins; mais, dans tout autre cas, on préfère la gomme, parce que l'émulsion faite avec le jaune d'œuf a une saveur et une couleur moins agréables.

On émulsionne les gommes-résines en les réduisant en poudre fine, et en les triturant avec un mucilage de gomme arabique ou un jaune d'œuf.

Certaines gommes-résines peuvent être émulsionnées facilement sans un mucilage étranger; ce sont celles qui contiennent naturellement assez de principe gommeux pour tenir la résine divisée et en suspension : telle est par exemple la gomme ammoniaque; mais en général il vaut mieux se servir de mucilage ou de jaune d'œuf, qui donne à l'émulsion plus de stabilité.

Les résines sont émulsionnées par la gomme, et mieux encore par le jaune d'œuf, parce que l'huile de celui-ci les ramollit et permet de les diviser plus exactement. La trituration avec du lait ou une émulsion d'amandes suffit pour diviser la résine de scammonée.

Les huiles volatiles, quand elles sont en proportions considérables, sont divisées par le jaune d'œuf; quand leur proportion est faible, il suffit de les mêler d'abord avec du sucre ou du sirop, pour qu'elles restent ensuite parfaitement divisées et suspendues au milieu du liquide.

Les teintures alcooliques donnent un moyen fort commode d'obtenir avec facilité les émulsions des résines et des gommes-résines. Si la teinture résineuse est en petite quantité, on la mêle d'abord à du sirop, et l'on ajoute ensuite le reste du liquide par petites parties; si la proportion de matière résineuse est considérable, on mélange la teinture en la battant d'abord avec un mucilage ou un jaune d'œuf. On comprend facilement que les particules résineuses qui se séparent de l'alcool se trouvent dans un état de division qui rend l'émulsion plus facile à faire. On pourrait presque se passer d'un intermède pour les teintures résineuses, qui, par leur seul mélange avec l'eau, abandonnent la résine en poudre fine; cependant il est préférable encore d'avoir recours à la division par le mucilage, parce que l'état lactescent de la liqueur a plus de stabilité. Cette pratique est indispensable, pour les teintures chargées de gommes-résines molles ou de matières grasses, qui se sépareraient en grumeaux, comme par exemple la teinture d'assa-fœtida et celle de castoréum.

SOLUTIONS PAR L'ALCOOL.

(Alcoolés).

L'alcool est un liquide incolore, d'une odeur vive et aromatique, d'une saveur âcre et brûlante. Il est composé d'oxigène, d'hydrogène et de carbone, en des proportions telles que ses éléments peuvent être représentés par des volumes égaux de vapeur d'eau et d'hydrogène bicarboné.

Quand il est pur, sa densité à + 15° est de 0,7947. Il entre facilement en ébullition; il bout à 78,41. Mais quand il contient de l'eau, le terme de son ébullition est retardé, et d'autant plus qu'il est plus étendu d'eau. Les vapeurs qui se forment sont un mélange de vapeurs aqueuses et de vapeurs alcooliques; la proportion relative de ces dernières diminue, et la température du mélange s'élève à mesure que l'ébullition continue.

L'alcool dissout le phosphore, le soufre, l'iode, les résines, les huiles volatiles, la presque totalité des acides, le tannin, les alcalis végétaux, le sucre de raisin; il ne dissout ni la gomme, ni l'amidon, ni l'albumine végétale. Il dissout aussi les corps gras, mais en petites proportions, surtout à la température ordinaire.

La quantité d'eau qui est mêlée à l'alcool influe d'ailleurs sur ses propriétés dissolvantes; ainsi, quand il n'est pas très concentré, il dissout le sucre de canne, les matières extractives et les gommes-résines.

La première condition à remplir, quand on veut se procurer des dissolutions alcooliques, est de reconnaître la pureté de l'alcool dont on va se servir, et son degré de concentration. L'alcool du commerce contient toujours quelques matières étrangères qui proviennent, soit des substances mêmes qui ont servi à sa préparation, soit du peu de soin qui a été apporté à celle-ci, soit des principes qu'il a dissous pendant sa conservation.

L'alcool qui provient du vin a une saveur franche et pure, et c'est lui que l'on doit préférer pour l'usage de la médecine. Celui qui provient de la distillation des pommes de terre, des céréales, a une saveur et une odeur souvent fort désagréables, qu'il doit à des huiles essentielles. L'alcool ne doit être réputé bon qu'autant qu'il donne par son mélange avec l'eau distillée une liqueur transparente, et que cette liqueur ne dénote aucun goût étranger ni aucune odeur désagréable.

L'alcool du commerce, avant de servir d'agent de dissolution pour les préparations pharmaceutiques, doit être soumis à une nouvelle distillation. Celle-ci s'exécute dans le bain-marie d'un alambic, et elle débarrasse l'alcool des matières fixes qu'il pouvait contenir. Cette opération n'augmente pas sa spirituosité ; mais on peut fractionner les produits pour avoir de l'alcool à différents degrés de concentration.

Cet alcool rectifié par simple distillation, est le seul dont on puisse se servir avec avantage pour la préparation des liqueurs suaves.

Pour se procurer de l'alcool très concentré, on le distille avec des corps qui, pour être propres à cet usage, doivent réunir à la condition d'une affinité assez grande pour l'eau, celle de ne pouvoir faire éprouver d'altération à l'alcool ; le sulfate de soude effleuri, l'acétate de potasse, le chlorure de calcium, le carbonate de potasse, la chaux, sont employés à cet effet. Le sulfate de soude a une action trop faible pour qu'il y ait avantage à s'en servir ; l'acétate de potasse lui-même n'est pas très avantageux ; quant au chlorure de calcium, il fait perdre une assez forte quantité d'alcool, qu'il retient en combinaison, et que l'on ne pourrait séparer qu'en étendant le résidu avec de l'eau et distillant de nouveau.

La chaux vive fait perdre beaucoup d'alcool, non pas qu'elle le retienne en combinaison, mais parce qu'elle forme une masse pulvérulente très volumineuse que la chaleur pénètre difficilement, et que pour cette raison on ne parvient pas à dépouiller complétement de l'alcool. La chaux est du reste une substance active, qui peut, si elle est employée en quantité suffisante, amener par une seule distillation l'alcool du commerce à l'état d'alcool absolu.

Le carbonate de potasse est, de toutes les matières que j'ai essayées, celle qui m'a donné les résultats les plus avantageux. J'emploie par litre d'alcool de commerce à 86ᶜ (33° Cartier), 100 grammes de carbonate de potasse séché au feu ; je laisse digérer dans le bain-marie d'un alambic, à une douce chaleur, pendant deux jours, en ayant soin d'agiter de temps en temps ; puis je distille au bain-marie. Je retire tout l'alcool qui marque 94ᶜ (39°,5 Cartier). L'on n'a pas à redouter dans cette opération l'altération de l'alcool, parce que l'alcali n'est pas caustique et n'est pas soluble ; son action se borne à s'emparer de l'eau. Il est remarquable que le carbonate de potasse ne peut amener l'alcool au-dessus de 94ᶜ à 95ᶜ ; à ce moment les affinités de l'alcool et du sel alcalin pour l'eau, se contrebalancent. L'alcool est alors bien voisin d'une combinaison de trois proportions d'alcool et une proportion d'eau, qui constituerait l'alcool à 95ᶜ,1.

L'alcool à 94ᶜ suffit aux besoins du laboratoire du pharmacien. Veut-on le transformer en alcool absolu, il faut opérer par l'une des deux méthodes suivantes :

1° L'amener à 97ᶜ en le distillant avec 100 grammes par litre de chlorure de calcium fondu, ou en le laissant digérer sur 150 grammes de chaux vive en poudre par litre ; le distiller avec lenteur sur 250 grammes de chaux vive pulvérisée par litre d'alcool, toutefois après que le contact de la chaux et de l'alcool aura été entretenu pendant deux à trois jours dans un lieu chaud.

2° Ajouter à l'alcool à 94ᶜ 500 grammes par litre de chaux vive pulvérisée ; laisser en contact pendant deux et trois jours à l'étuve et distiller très lentement. On essaie d'ailleurs les produits à mesure qu'ils coulent, pour s'assurer s'ils sont bien à 100ᶜ.

La chaux dans ces opérations n'altère pas la saveur de l'alcool. Cet effet ne se produit qu'autant que l'alcool sur lequel on fait agir la chaux n'a pas été déjà rectifié ; il n'est plus à craindre après la première rectification opérée sur le carbonate alcalin.

On emploie encore en médecine un alcool faible du commerce qui est connu sous le nom d'eau-de-vie ; il marque de 47ᶜ à 65ᶜ. L'eau-de-vie qui provient de la distillation du vin a une saveur franche et agréable ; mais les falsificateurs la font de toute pièce en coupant les esprits du commerce avec de l'eau et les colorant avec du caramel. Ils cherchent par différents moyens à lui donner la saveur propre à l'eau-de-vie vraie, souvent même ils y ajoutent des matières âcres pour lui donner du montant et faire croire à la présence d'une forte proportion d'esprit. L'évaporation de l'alcool qui laisse à nu la matière âcre, fait aisément reconnaître la fraude ; le goûter est le meilleur moyen de distinguer les autres falsifications. M. Berzélius conseille d'examiner si le résidu de l'évaporation précipite les sels de fer en vert. Ce caractère appartient à la véritable eau-de-vie qui a dissous le tannin des tonneaux de chêne où elle a été conservée, et il ne se retrouve pas quand la coloration est due au caramel ; mais on conçoit qu'il serait facile de donner ce caractère à de l'eau-de-vie colorée artificiellement (Voir, pour la mesure de la densité ou du degré alcoométrique, pages 7 et suivantes).

TEINTURES ALCOOLIQUES

(Alcoolés).

Les teintures alcooliques sont des dissolutions de différentes matières dans l'alcool, et qui sont destinées à l'usage médical. L'alcool, dans ces préparations, agit en même temps comme dissolvant et comme conservateur ; il n'altère en rien la qualité des produits qu'il dissout ; aussi ce genre de médicament est-il justement apprécié. Il fournit en tout temps au médecin des dissolutions concentrées, toujours prêtes et faites suivant des doses déterminées. Il est bon de remarquer que les effets de l'alcool s'ajoutent à ceux de la matière médicamenteuse, et qu'il est nécessaire d'en tenir compte dans l'emploi du médicament.

Les substances que l'on soumet à l'action de l'alcool doivent être sèches et divisées : divisées, pour qu'il les attaque plus facilement ; sèches, pour qu'il ne soit pas affaibli par leur eau de végétation. On prolonge le contact davantage, lorsque les corps cèdent leurs principes avec plus de difficulté.

L'alcool qui sert à la préparation des teintures médicinales ne doit pas avoir toujours le même degré de concentration. Ce n'est plus un dissolvant toujours constant ; ses propriétés dissolvantes varient avec son degré de concentration. On conçoit que, lorsqu'il doit agir sur des matières insolubles dans l'eau, il a besoin d'être plus concentré ; si, au contraire, on désire le charger de principes solubles en même temps dans l'eau et l'alcool, ou solubles dans l'eau et insolubles dans l'alcool rectifié, il faut se servir d'alcool plus ou moins étendu. Le Codex a réduit à trois les degrés de l'alcool destiné aux teintures médicinales. C'est l'alcool à 21° Cartier, 22° Baumé ou 56° centésimaux ; l'alcool à 31° Cartier, 33° Baumé ou 80° centésimaux ; l'alcool à 34° Cartier, 36° Baumé ou 88° centésimaux.

L'alcool à 56ᶜ est réservé pour les matières qui sont plutôt de nature extractive ; celui à 80ᶜ pour des substances plus riches en principe résineux et en huile volatile. L'alcool à 88ᶜ est réservé pour les résines pures et les substances chargées de matières grasses peu solubles.

On se sert, comme plus économique, de l'alcool rectifié que l'on ramène avec de l'eau au degré voulu, vu qu'il n'est pas nécessaire que ce menstrue ait la saveur agréable des alcools faibles obtenus par de premières distillations.

On prépare avec de l'alcool à 88ᶜ (34° Cartier) les teintures de :

Ambre,	Succin,
Baumes,	Térébenthines,
Résines,	

L'alcool à 80ᶜ (31° Cartier) sert à la préparation des teintures de :

Acorus,	Girofle,
Aloës,	Gommes-résines,
Angusture.	Macis,
Anis,	Musc,
Asarum,	Muscades,
Cannelle,	Noix vomique,
Cardamone,	Phellandrium,
Cascarille,	Rhus radicans,
Castoréum,	Safran,
Contrayerva,	Serpentaire,
Digitale,	Vanille,
Ellébore noir,	Winter (écorce de).
Gingembre,	

C'est avec l'alcool à 56ᶜ (21° Cartier) que l'on fait les teintures de :

Absynthe,	Houblon,
Aunée.	Ipécacuanha,
Cachou,	Jalap,
Cantharides,	Kino,
Colchique,	Quassia,
Columbo,	Quinquina,
Extrait d'opium,	Scille,
Feuilles diverses,	Semences de stramonium,
Gayac,	Séné,
Gentiane,	Valériane.

Le Codex prescrit le rapport de 1 à 4 dans la proportion des matières médicamenteuses et de l'alcool pour toutes les teintures simples; il en excepte seulement la teinture de succin, où le rapport est de 1 à 16; la teinture de cantharides, pour laquelle on prend huit parties d'alcool; la teinture d'extrait d'opium, où l'extrait n'est que le douzième du véhicule, et l'alcool camphré, qui est une solution d'une partie de camphre dans quarante parties d'alcool à 56°.

Les teintures alcooliques se préparent par simple solution, quand les matières que l'on emploie sont solubles entièrement dans l'alcool : telles sont le camphre, les résines, les térébenthines, les baumes. L'opération se fait dans un matras de verre, et l'on opère par macération ou par digestion. La chaleur donne le moyen de dissoudre plus promptement les corps; la macération économise les frais de chauffage, mais elle demande plus de temps. Quand on opère à froid, on ferme exactement le vase pour éviter une déperdition d'alcool; si l'on opère à chaud, on le bouche seulement avec un parchemin percé de trous. Quand on opère sur des quantités considérables de matières, on peut faire l'opération dans le bain-marie d'un alambic, et recueillir les vapeurs d'alcool. On peut encore avoir recours à l'un des appareils de digestion.

Quand la matière que l'on soumet à l'action de l'alcool n'est pas entièrement soluble, l'on a aussi recours assez indifféremment à la macération, à la digestion ou à la décoction; mais ce dernier mode est peu en usage, parce que l'ébullition change le degré de spirituosité du menstrue.

Teintures alcooliques. Quand on a soumis à la macération dans un poids déterminé d'alcool une matière végétale ou animale, l'alcool dissout les principes solubles, et l'on a une solution d'une concentration constante. C'est là une des conditions que l'on doit s'efforcer de remplir dans la préparation des médicaments. Si l'on veut séparer la liqueur de son marc, on soumet à la presse, et il reste dans le marc une partie de la solution; mais comme elle est semblable à celle qui s'est écoulée, la nature de celle-ci n'en est nullement changée. Il y a bien perte d'une partie de matière, mais cette perte ne saurait être évitée sans inconvénients.

Sous ce rapport, je ne puis approuver la proposition faite par MM. Boullay d'appliquer la lixiviation à la préparation des teintures alcooliques, car la lixiviation faite avec de faibles doses d'alcool n'épuise pas complétement les matières, et elles retiennent une partie de matière soluble que l'on pourrait en extraire par une lixiviation plus prolongée ou par la macération. En outre, quand on veut chasser par l'eau l'alcool qui reste engagé dans la poudre, les deux liqueurs se mêlent, et l'on ne recueille bientôt que des liqueurs plus faiblement spiritueuses et dont la composition est différente. Pour ces causes, l'ancien procédé de préparation des teintures alcooliques est incontestablement préférable.

Lorsque l'on soumet en même temps plusieurs corps à l'action dissolvante de l'alcool, il est préférable de les mettre successivement en contact avec lui, et suivant l'ordre de leur moindre solubilité; sans cela les matières les plus solubles satureraient d'abord le liquide, et le rendraient moins apte à agir sur les autres corps. C'est ainsi que, dans la préparation du baume du Commandeur de Permes, on fait d'abord une teinture avec l'angélique et l'hypéricum, on passe avec expression; on ajoute la myrrhe et l'encens, et quelques jours après seulement, le storax, le benjoin et l'aloès.

On ajoute des matières alcalines à l'alcool pour la préparation de quelques teintures, mais cette addition n'est pas aussi utile pour faciliter la dissolution des principes solubles que l'ont pensé quelques praticiens; elle n'est avantageuse qu'autant que ces alcalis ont par eux-mêmes une action médicamenteuse. L'expérience a montré qu'en se servant d'ammoniaque, la résine de gayac et la valériane ne donnent pas des teintures plus chargées. Si l'on emploie le succin, la proportion des principes dissous est moins grande que par l'alcool pur, etc.

Quand on ajoute un alcali à une teinture, et que la matière contient un sel à base végétale, celle-ci se trouve séparée de son acide, et cependant les propriétés du médicament ne sont pas détruites, parce que toutes ces matières alcalines sont solubles dans l'alcool.

Les teintures alcooliques sont dites simples ou composées, suivant que l'on a fait agir l'alcool sur une ou sur plusieurs substances.

Les teintures alcooliques composées le plus usitées sont:

L'élixir de longue vie,	La teinture d'opium ammoniacale,
La teinture antiscorbutique,	Le baume du Commandeur.
——— vulnéraire,	

Dans tout ce que nous venons de dire sur la préparation des teintures, nous avons supposé qu'on l'opérait sur des matières desséchées ; mais il est des plantes qui perdent par la dessiccation tout ou partie de leurs principes actifs, et qui, pour cette raison, doivent être employées à l'état de fraîcheur. Il est bien nécessaire de distinguer ces sortes de teintures de celles que l'on peut obtenir avec les mêmes plantes desséchées, car leurs propriétés sont souvent bien différentes ; pour cette raison, je conserverai à ces médicaments préparés avec les plantes fraîches le nom qui leur a été donné par M. Béral, *alcoolatures*, quoiqu'il soit peu agréable à l'oreille, mais pour ne pas créer une nouvelle dénomination.

Les alcoolatures sont donc des solutions alcooliques obtenues par l'action de l'alcool sur des plantes fraîches. Il y a deux moyens généraux de les préparer : l'un consiste à extraire le suc des plantes, à le mêler sans le clarifier avec de l'alcool fort (à 88°), et après quelques jours, à filtrer pour séparer les matières insolubles. L'autre méthode consiste à faire agir l'alcool, non plus sur le suc des plantes, mais sur la plante elle-même contusée. Je préfère cette méthode, parce qu'elle donne des produits toujours plus semblables ; car le marc que laisse l'extraction du suc, retient en proportions variables des principes qu'il est bon de dissoudre dans l'alcool. Du reste, pour ces préparations, la macération, l'expression et la filtration successives sont le seul mode opératoire auquel on puisse avoir recours.

On emploie toujours à leur préparation de l'alcool fort, pour compenser la perte de spirituosité que lui fait éprouver l'eau de végétation des plantes.

Les principaux alcoolatures sont ceux de :

Aconit,	Jusquiame,
Belladone,	Laitue vireuse,
Colchique,	Plantes antiscorbutiques,
Ciguë,	Rhus radicans,
Cresson de Para,	Stramonium.
Digitale pourprée,	

SOLUTIONS PAR LE VIN.

(Œnolés.)

VINS MÉDICINAUX.

On nomme vin médicinal un vin qui tient en dissolution un ou plusieurs principes médicamenteux.

Les vins ont, comme les teintures alcooliques, l'avantage de présenter au médecin des solutions, toutes prêtes, et comme les vins médicinaux sont moins chargés de principes médicamenteux que les teintures, et que par conséquent on les emploie à plus grande dose, l'action propre au vin se fait toujours sentir.

Le vin, comme l'alcool, est un dissolvant variable, suivant qu'on le choisit plus ou moins spiritueux.

Il y a plusieurs qualités de vin employées en médecine. On en peut distinguer trois sortes principales : les vins rouges, les vins blancs et les vins de liqueurs.

Le vin rouge contient de l'eau, de l'alcool, des acides tartrique, œnantique et acétique, du tartrate acide de potasse, du tartrate de chaux, une matière extractive, du tannin, une matière colorante jaune, une matière colorante bleue qui prend une couleur rouge par les acides, et qui est tenue en dissolution à la faveur de l'alcool ; une matière végéto-animale, une huile particulière qui lui donne son arome, enfin du sel marin et du sulfate de potasse.

L'odeur vineuse proprement dite, si différente de celle d'un mélange d'eau et d'alcool, provient de la présence dans le vin d'un éther particulier qui a été découvert par M. Deleschamps, et étudié par M. Liebig et Pelouze. L'éther œnanthique est très fluide, incolore ; son odeur est vineuse, on le retrouve dans les vins qui ont été dépouillés d'alcool par la distillation; sa saveur est forte et désagréable. Il est peu volatil, il ne bout que vers 225° à 230°. L'eau en dissout peu, mais l'alcool et l'essence le dissolvent très bien. Il entre dans le vin, pour $\frac{1}{40000}$ tout au plus.

Cet éther se fait pendant la fermentation, et il continue à se faire à mesure que le vin vieillit, parce que l'acide œnanthique qui le constitue, existe dans le vin et se combine peu à peu avec l'alcool. Cet acide œnanthique appartient aux acides gras; il est insipide et inodore, et il ne contribue aux propriétés de vin, que par la proportion d'éther œnantique qu'il y peut former.

Le vin blanc a la même composition ; mais le tannin et la matière colorante y sont en plus faibles proportions.

Enfin, les vins de liqueurs proviennent de raisins très sucrés ; ils contiennent beaucoup d'alcool, peu de tartre et encore du sucre ; dans leur fabrication, la fermentation s'est arrêtée avant que tout le sucre ait été détruit ; car la liqueur, devenue suffisamment alcoolique, a coagulé et précipité le ferment. Chacun de ces vins a aussi une saveur et une odeur spéciales et caractéristiques.

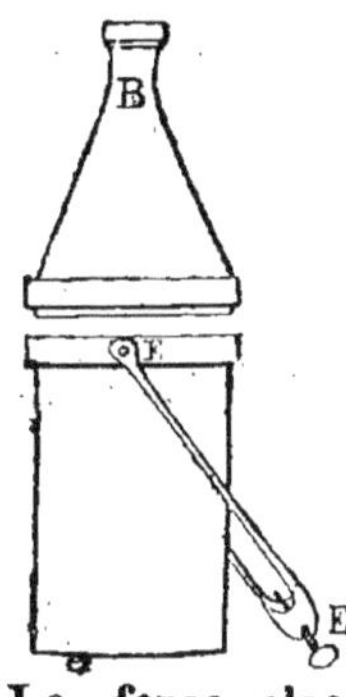

Le choix des vins est une opération importante dans laquelle un palais exercé l'emporte sur tous les réactifs des chimistes. Les dégustateurs habiles reconnaissent aisément et le terroir qui a fourni les vins, et les mélanges qu'on a pu leur faire supporter. Mais comme ce talent n'appartient qu'à quelques individus très exercés, nous allons donner d'autres moyens de reconnaître les falsifications dont les vins ont pu être l'objet.

La force alcoométrique du vin est une des questions les plus importantes que nous présente l'examen des vins ; on la détermine au moyen d'un petit appareil distillatoire que nous devons à M. Gay-Lussac. Il consiste en un petit alambic dans lequel on distille la liqueur vineuse de manière à la réduire aux $^2/_3$ de son volume. A cet effet,

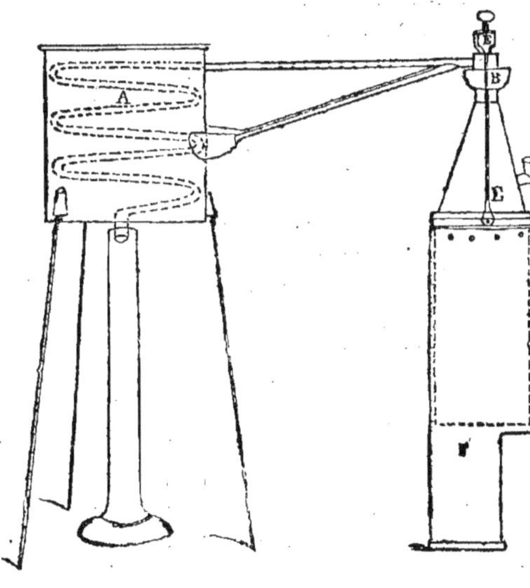

on en introduit une mesure donnée dans la cucurbite A, on adapte le chapiteau B, puis le serpentin, et l'on fixe le tout au moyen de l'anse et de la vis, qui serrent et ferment hermétiquement le chapiteau sur la cucurbite et le tube du réfrigérant sur le sommet du chapiteau ; on place la cloche graduée sous le bec du réfrigérant et l'on distille ; on se sert d'un petit fourneau F, fait avec un cylindre de tôle, et l'on chauffe au moyen d'une lampe à esprit de vin. L'on arrête l'opération aussitôt que le liquide distillé représente exactement le tiers du vin employé ; on prend le degré alcoométrique de cette liqueur que l'on corrige au moyen des tables (*voy.* page 11). Supposons que le produit distillé marque 30°, ou en d'autres termes, qu'il contienne 30 pour 100 de son volume d'alcool absolu ; comme cette quantité existait primitivement dans 3 fois autant de liqueur, il en résulte que le vin chargé contient $^{x}/_{30}$ ou 10 pour 100 de son volume d'alcool absolu.

La table suivante indique la quantité d'alcool que Brande a obtenue de diverses liqueurs vineuses.

	Alcool pour 100 en mesure.		
Vin d'Oporto......................	19	à	26
Madère........................	19	à	24
Bordeaux......................	13	à	16
Malaga........................	17,26		
Champagne rouge.............	11,30		
— blanc.............	12,80		
Bourgogne....................	12	à	14
Hermitage blanc.............	17,43		
— rouge.............	12,32		
Grave........................	12,80		
Frontignan...................	12,79		
Roussillon....................	17,26		
Constance....................	19,75		
Cidre........................	9,87		
Poiré........................	9,87		

J'ajouterai :

Vin de Johannisberg.............	15	à	16
du Rhin (bonne qualité).........	11	à	12
— (moins bon)..........	7	à	10
Bagnoles.....................	17	à	18
Couilloure...................	15	à	16

L'eau, les alcalis, la litharge, les matières colorantes étrangères, le poiré, les matières sucrées, l'alcool, sont les corps que l'on ajoute le plus ordinairement au vin pour lui donner l'apparence de qualités qu'il ne possède pas, ou pour masquer ses défauts. Le coupage avec de l'eau est la fraude la plus commune et la plus innocente : la dégustation et la distillation la font reconnaître.

On ajoute des alcalis, potasse ou soude, aux vins qui ont commencé à tourner à l'aigre, pour saturer l'acide acétique et masquer sa présence. Le vin acquiert par là une saveur âcre et saline. On ajoute en même temps que l'alcali de l'alcool, qui remplit le double objet de remplacer celui que la fermentation a détruit, et de masquer davantage la saveur des sels qui se sont formés. La saveur désagréable des vins qui ont été ainsi raccommodés met d'abord en défiance ; mais en les évaporant en sirop et en les mêlant avec de l'acide sulfurique, il se dégage une forte proportion d'acide acétique. On peut encore évaporer à sec et reprendre par l'alcool ; l'alcool à 53° dissoudrait l'acétate de soude, et l'alcool à 95° dissoudrait l'acétate de potasse ; on les reconnaîtrait aisément à leurs caractères ; si l'acide acétique avait été saturé par la craie, le vin précipiterait abondamment par l'oxalate d'ammoniaque. Il ne faut pas oublier que les vins contiennent naturellement de la chaux, et que c'est l'abondance du précipité qui est l'indice de la falsification.

La falsification du vin par la litharge, qui sature l'acide formé et donne une saveur douçâtre au vin, est maintenant inusitée, parce qu'il est trop facile de la reconnaître. On évapore le vin à siccité ; on le mêle avec du nitrate de potasse, et on projette le mélange dans un creuset de platine chauffé au rouge. Le résidu est chauffé avec de l'acide nitrique étendu, qui dissout l'oxide de plomb ; on évapore à siccité, et l'on redissout dans l'eau. La présence du plomb dans la liqueur se reconnaît par l'hydrogène sulfuré qui la précipite en noir, par le chromate de potasse qui la précipite en jaune, par les alcalis qui la précipitent en blanc.

Il est presque impossible de prononcer sur la coloration artificielle des vins, parce que le vin le plus naturel ne contient pas toujours la même matière colorante. Cette fraude est, du reste, peu usitée : les marchands de vin préfèrent monter la teinte des vins trop pâles avec les vins très colorés d'Orléans ou du midi de la France,

La falsification des vins avec le poiré ou le pommé se reconnaît par la méthode suivante, que nous devons à M. Deyeux : On évapore le vin en sirop clair, et on l'abandonne pour faire cristalliser le tartre ; on enlève le liquide : on lave les cristaux avec un peu d'eau froide, que l'on réunit à la première liqueur ; on fait concentrer pour faire déposer une nouvelle quantité de tartre. Après un troisième traitement pareil, la dégustation de la liqueur fait reconnaître aisément la saveur propre au poiré ou au pommé ; pour plus de sûreté, on peut l'évaporer tout à fait et en jeter un peu sur les charbons allumés : il se développe une odeur caractéristique de pommes cuites ou de poires cuites qui ne peut laisser de doute sur la falsification.

Les matières sucrées, comme la mélasse, la cassonade, que l'on ajoute au vin, se reconnaissent en évaporant en extrait, reprenant par l'alcool et faisant évaporer de nouveau. La présence de ces matières sucrées dans le vin est un indice presque certain de leur falsification.

On ajoute de l'alcool au vin pour le rendre plus généreux. Quand le mélange est fait nouvellement, on peut le reconnaître à la dégustation ; mais s'il a été fait depuis longtemps, il est à peu près impossible de reconnaître si l'alcool que le vin contient y existait naturellement ou s'il y a été introduit après la fermentation.

Le mélange des vins de qualités différentes les uns avec les autres ne peut être reconnu par des essais chimiques ; les dégustateurs exercés sont seuls habiles à reconnaître ces mélanges qui, le plus souvent du reste, sont sans inconvénient.

Les vins livrés par le commerce ont été tirés à clair et débarrassés de la lie. Cependant, pour leur bonne conservation, ils ont besoin d'une clarification qui les dépouille entièrement de toutes les matières qu'ils tiennent en suspension, et qui, plus tard, pourraient déterminer leur altération. A cet effet, on colle les vins quand ils sont en cave. Pour chaque pièce de vin de 300 bouteilles, on prend 5 blancs d'œufs ; on les bat d'abord avec un peu d'eau, puis avec 1 à 2 litres de vin pris dans la pièce. On verse les œufs ainsi délayés dans la pièce, et on l'agite bien pour les y répandre uniformément. On laisse déposer pendant 8 à 10 jours, et l'on tire à clair. L'albumine agit en formant avec le tannin un précipité insoluble, qui entraîne avec lui toutes les matières qui sont tenues en suspension.

Le vin blanc peut être clarifié par le même procédé : mais on préfère employer la colle de poisson, car beaucoup de ces vins ne sont clarifiés qu'imparfaitement par l'albumine, et conservent une apparence nébuleuse. La colle de poisson destinée à la clarification du vin blanc se prépare de la manière suivante : on la coupe par petits morceaux ; on la fait macérer dans de l'eau tiède pendant 12 heures ; elle forme alors une espèce de gelée, que l'on pétrit et que l'on délaie dans du vin blanc : on l'introduit par la bonde, et l'on agite vivement. La colle de poisson précipite les portions des matières végéto-animales qui troublent la transparence du vin et qui le feraient fermenter plus tard.

On conserve le vin dans des tonneaux en bois que l'on tient remplis, ou bien on le met en bouteilles : celles-ci doivent être couchées, pour que le bouchon reste toujours humide et gonflé, et qu'il s'oppose complétement à l'évaporation.

Quant aux vins de liqueurs, on les clarifie seulement par le repos ; leur conservation se fait sans aucune difficulté.

Tous les vins contiennent, outre l'eau et l'alcool, du tartre, de la matière colorante, du tannin et quelques sels. Tous ces éléments ont, dans la préparation des vins médicinaux, une action spéciale qui est modifiée et par leur proportion relative et par la nature particulière des matières sur lesquelles ils agissent.

L'eau et l'alcool sont les deux principaux agents de dissolution du vin. C'est à leur faveur qu'il se charge des matières que l'on met en contact avec lui. L'eau lui donne la propriété de dissoudre les matières salines, gommeuses et extractives ; c'est par l'alcool qu'il dissout les parties huileuses et résineuses. Les autres principes constituants du vin ont souvent aussi une grande influence sur son mode d'action. Ainsi, par exemple, il est bien certain que l'action du vin sur l'opium est toute différente de celle d'une eau alcoolisée ; le tannin pouvant précipiter quelques parties d'alcalis, les acides favorisant la dissolution de la narcotine et de la matière résineuse. C'est par son tannin que le vin produit sa propre décoloration lors de son contact avec le quinquina : enfin, dans la préparation du vin chalibé et du vin émétique, c'est par ses parties acides que le vin dissout le fer et l'antimoine.

On emploie à la préparation des vins médicinaux, des vins blancs ou rouges, secs ou sucrés. Il faut qu'ils soient de bonne qualité ; car, en agissant sur les matières organiques, ils sont disposés à subir une altération dans leurs principes constituants, laquelle est d'autant plus prononcée que le vin est moins généreux.

Il n'est pas indifférent de se servir de tel ou tel vin. On est conduit nécessairement à donner la préférence à l'un sur les autres, suivant la nature des substances sur lesquelles on doit agir. Ainsi, les vins de liqueur seront choisis pour les substances riches en principes éminemment altérables, comme la scille, l'opium ou le safran. On n'emploiera pas le vin rouge à la préparation du vin chalibé, le tannin qu'il contient ayant la propriété de précipiter le fer de sa dissolution. On lui donnera la préférence quand il s'agira de dissoudre des principes toniques ou astringents, parce que les propriétés propres au vin se trouveront en parfait accord avec celles des matériaux médicamenteux. C'est pour le même motif que l'on se servira du vin blanc pour préparer le vin diurétique. Disons toutefois que l'usage ou le caprice des inventeurs a souvent été la véritable cause de la préférence donnée à tel vin. Il est toutefois certaines circonstances tellement impérieuses, qu'elles ne laissent pas à l'opérateur la liberté du choix. Il doit, sous peine d'avoir un médicament de mauvaise qualité, ne se laisser guider que par les observations chimiques. Ainsi, les vins très chargés du Midi précipiteraient en partie le principe actif du quinquina; les vins généreux à peine chargés de tartre seraient peu propres à servir à la préparation des vins chalibé et émétique, qui ne contiennent le fer et l'antimoine qu'à la faveur des acides.

Il faut employer sèches les matières destinées à la fabrication des vins médicinaux. Les substances fraîches, en affaiblissant le vin, augmentent les chances de détérioration. Ce n'est qu'autant que les corps perdraient leurs propriétés par la dessiccation, qu'on devrait les prendre fraîches, par exemple : les végétaux antiscorbutiques; mais l'inconvénient est moins grand avec eux qu'avec tous les autres; on a remarqué que le vin qui est chargé de leurs principes ne s'altère pas beaucoup plus facilement.

On se sert de trois procédés différents pour préparer les vins médicinaux, savoir : la fermentation, la macération et les teintures alcooliques.

La fermentation est un procédé entièrement abandonné, et avec juste raison. Nous nous contenterons d'en faire mention : il consistait à mettre des substances médicamenteuses avec le moût de raisin, et à faire le vin à la manière ordinaire ; mais comme la fermentation détruit une partie des propriétés des corps, et en quantité variable, l'on ne saurait compter sur la nature du produit.

Le second mode de préparation des vins médicinaux est la macération ; c'est le plus employé et presque toujours le meilleur. Quand le vin est de bonne qualité, il éprouve peu d'altération par son contact à froid avec les corps. Il n'en serait pas de même si on élevait la température. Après avoir prolongé le contact plus ou moins de temps, à raison de la densité des matières, on passe avec expression et l'on filtre. Est-il nécessaire de rappeler que les matières doivent être convenablement divisées pour aider à la faculté dissolvante du vin ?

MM. Boullay ont proposé de préparer les vins médicinaux par la méthode de déplacement, en chassant par de l'eau les portions de liqueur vineuse qui restent dans le marc ; mais M. Guillermond a démontré, par des expériences positives, que l'eau et le vin superposés dans cette manipulation, se mélangent avec la plus grande facilité ; de sorte que les derniers produits seraient une liqueur aqueuse qui nuirait à la conservation du vin.

On a remarqué que les vins médicinaux s'altèrent souvent peu après leur préparation. Pour y parer, Parmentier a proposé de les faire à mesure du besoin, en mêlant à du vin une teinture alcoolique. Ce procédé est fort bon lorsque les principes que l'on veut dissoudre sont également solubles dans l'alcool étendu et dans le vin ; mais il arriverait souvent que la nature du médicament ne serait plus la même. On sait en effet que les acides et les autres principes du vin peuvent modifier singulièrement son mode d'action comme dissolvant. Les vins scillitique et antiscorbutique en particulier, préparés avec des teintures, paraissent différents de ce qu'ils sont quand on a fait agir directement le vin sur la scille ou sur les végétaux antiscorbutiques.

L'on a proposé un mode de manipulation qui a tous les avantages de l'emploi des teintures, sans en avoir les défauts : il consiste à mouiller préalablement les corps, pendant quelques jours, dans un peu d'alcool à 56°. On ajoute le vin, et l'on continue la macération. Dans ce procédé, l'alcool, qui pénètre la matière végétale, ramollit les principes solubles et les rend plus aptes à la dissolution une fois qu'ils sont en contact avec le vin. D'un autre côté, cet alcool augmente la spirituosité de nos vins ordinaires et les rend de meilleure conservation.

Quand un vin médicinal a été filtré, on doit le renfermer dans des bouteilles que l'on bouche bien, et que l'on place dans une cave.

Ce que nous avons dit doit suffire pour la préparation des vins médicinaux simples. Les mêmes règles sont applicables aux vins composés.

SOLUTIONS PAR LE VINAIGRE.

(Oxéolés.)

VINAIGRES MÉDICINAUX.

Le vinaigre de vin, le seul que l'on emploie en France à la préparation des vinaigres médicinaux, forme deux espèces différentes, le vinaigre blanc et le vinaigre rouge. Elles ne diffèrent l'une de l'autre que par la proportion de matière colorante qui s'y trouve.

L'alcool étendu d'eau exposé à l'air sous l'influence de l'éponge de platine ou d'une matière végéto-animale qui joue le rôle de ferment, absorbe l'oxigène et se change en acide acétique et en eau.

$$4 \text{ pp. C.} + 6 \text{ pp. hyd.} + 2 \text{ pp. oxig.} = \text{alcool.}$$
$$4 \text{ pp. oxig.} = \text{air.}$$
$$\overline{4 \quad\quad \text{C.} \quad 6 \quad\quad \text{hyd.} \quad 6 \quad\quad \text{oxig.}}$$

Les produits sont :

$$4 \text{ pp. C.} + 3 \text{ pp. hyd.} + 3 \text{ pp. oxig.} = \text{acide acétique.}$$
$$3 \quad\quad\quad\quad 3 \quad\quad = \text{eau.}$$
$$\overline{4 \quad\quad \text{C.} \quad 6 \text{ hyd.} \quad\quad 6 \quad\quad \text{oxig.}}$$

D'où l'on voit que, dans sa transformation en acide acétique, l'alcool perd la moitié de son hydrogène et gagne une proportion d'oxigène.

Cette transformation, opérée dans l'alcool de vin, laisse pour résultat le vinaigre. Celui-ci contient les mêmes substances que le vin ; mais l'alcool y est remplacé par l'acide acétique.

Cependant, le passage du vin en vinaigre, suivant les observations de M. Liebig, est un phénomène plus composé. La première action de l'air se porte sur l'hydrogène seulement. Il en résulte un nouveau corps (aldéhyd ou alcool déshydrogéné) qui ne diffère en effet de l'alcool qu'en ce que $^1/_3$ d'hydrogène y est en moins.

$$\text{Aldéhyd} = \text{C. 4 pp. H. 4 pp. O. 2 pp.}$$

Le second effet est la transformation de l'aldéhyd en acide acétique. Une nouvelle proportion d'hydrogène est brûlé et une proportion d'oxigène de l'air se fixe pour constituer l'acide acétique.

$$\text{Acide acétique} = \text{C. 4 pp. H. 3 pp. O. 3 pp.}$$

Le vinaigre est souvent falsifié dans le commerce. On le coupe avec de l'eau ; on y ajoute des acides étrangers ou des matières âcres.

L'eau qui a été ajoutée au vinaigre diminue sa force ; or, celui-ci ne peut être réputé de bonne qualité qu'autant qu'il est suffisamment acide. J'ai reconnu que 100 parties de bon vinaigre d'Orléans saturent 10 parties de carbonate de potasse pur et sec.

On reconnaît la présence de l'acide sulfurique dans le vinaigre en l'évaporant en sirop et traitant par de l'alcool à 40°, qui dissout l'acide sulfurique. On étend d'eau distillée et l'on vaporise l'alcool ; la présence de l'acide sulfurique est dénotée dans la liqueur par le muriate de baryte qui donne un précipité insoluble dans l'acide nitrique. La précipitation directe du vinaigre par le sel de baryte ne serait pas une preuve de la présence de l'acide sulfurique, car le vinaigre contient naturellement du sulfate de potasse qui peut produire cet effet ; mais ce sulfate n'est pas redissous par l'alcool, que l'on fait agir sur l'extrait de vinaigre.

La présence de l'acide hydrochlorique dans le vinaigre se reconnaît en le distillant et traitant la liqueur distillée par le nitrate d'argent. Si le vinaigre contenait de l'acide hydrochlorique, il a passé à la distillation, et l'argent le précipite sous forme d'un précipité blanc caillebotté, soluble dans l'ammoniaque et insoluble dans l'acide nitrique.

Le vinaigre qui serait falsifié par l'acide nitrique, après avoir été saturé et évaporé, laisserait un extrait sec qui fuserait sur les charbons ardents.

Si un vinaigre a été remonté par du vinaigre de bois, ce n'est qu'à la saveur qu'on peut s'en apercevoir; la fraude serait sans importance si l'odeur et la saveur du vinaigre n'en étaient pas altérées.

Les matières âcres que l'on ajoute au vinaigre, pour lui donner une force simulée, sont le poivre, le garou, la moutarde, le capsicum annuum, etc. On reconnaît leur présence en saturant le vinaigre; alors le montant de l'acide acétique est détruit, et l'âcreté propre aux matières introduites frauduleusement se fait aisément reconnaître.

Le vinaigre peut se charger de divers principes médicamenteux, par macération ou par distillation. Ce sont là les deux modes de préparation applicables à la confection des vinaigres médicinaux.

Le vinaigre ordinaire est composé d'eau, d'acide acétique et de bitartrate de potasse; il contient souvent aussi quelques parcelles d'alcool, et toujours un peu de matière végéto-animale et de principe colorant. Il agit sur les corps par l'eau et l'acide acétique, à titre de dissolvant; l'acide acétique lui donne la propriété de dissoudre assez bien les huiles essentielles et la plupart des substances résineuses; souvent il modifie en outre la nature de quelques substances; ainsi il corrige, dit-on, l'âcreté de la scille et du colchique. Il n'est pas douteux, qu'en agissant sur l'opium, il ne facilite la dissolution de la narcotine et d'une plus forte proportion d'huile et de résine : on dit que la propriété vireuse de l'opium en est diminuée.

Le vinaigre de vin doit servir à la préparation des vinaigres médicinaux. On préfère généralement au vinaigre rouge le vinaigre blanc, qui se conserve mieux.

On s'abstient de remplacer le vinaigre par un mélange d'acide acétique et d'eau, qui ne représente pas exactement le vinaigre, puisqu'on n'y retrouve ni le tartre, ni la matière colorante, matériaux dont l'influence est bien marquée.

On prépare les vinaigres par distillation ou par macération.

Les vinaigres distillés sont peu employés en médecine, si on en excepte le vinaigre distillé simple. Pour l'obtenir, on place dans la cucurbite étamée d'un alambic, de bon vinaigre blanc ou rouge, et l'on distille de manière à retirer en produit les trois quarts du vinaigre dont on s'est servi. Si on poussait plus loin l'opération, on brûlerait la matière restée dans la cucurbite.

Le premier produit qui passe à la distillation est peu acide, mais très suave; il contient, dit-on, un peu d'éther acétique, provenant de la réaction de l'acide acétique sur l'alcool. A mesure que l'opération avance, les produits deviennent plus acides, et, sur la fin, ils ont une odeur empyreumatique désagréable qu'ils perdent à la longue ; on peut les en priver tout à coup, en les exposant au froid.

La distillation du vinaigre présente un phénomène que nous retrouverons en nous occupant des eaux distillées, savoir la vaporisation simultanée de deux liquides d'une volatilité différente. L'acide acétique, plus fixe que l'eau, distille en plus petite quantité ; mais sa proportion augmente à mesure que l'opération avance, parce que le liquide, dans la cucurbite, devient de plus en plus concentré. Quelques personnes, afin d'obtenir plus de produit, après avoir retiré les $^3/_4$ du vinaigre à la distillation, ajoutent au résidu un volume d'eau égal au sien , et distillent pour retirer encore autant de vinaigre distillé qu'ils ont ajouté d'eau. Je me suis assuré que ce nouveau produit est plus faible que le premier, et d'une odeur désagréable ; aussi, ne doit-il pas être mêlé au premier ; mais il peut être utilisé pour quelque autre préparation.

Les vinaigres distillés aromatiques sont au vinaigre distillé simple, ce que les eaux distillées aromatiques sont à l'eau pure, et on les prépare de même ; seulement il est convenable de se servir de matières sèches, pour ne pas affaiblir le vinaigre. On recommande de distiller au bain-marie ; mais il serait préférable d'opérer dans l'appareil à vapeur, en ayant la précaution de ne retirer au plus que les trois quarts du liquide, et de mettre les substances végétales dans un bain-marie percé. On obtiendrait un produit bien plus riche en acide acétique. On peut faire sur sa nature, à différentes époques de la distillation, les mêmes observations que nous avons déjà faites sur le vinaigre distillé simple.

Il serait préférable encore de préparer ces vinaigres en mêlant un alcoolat à du vinaigre distillé. On observe dans quelques cas que le mélange des deux liqueurs blanchit, ce qui est le résultat de la séparation de l'huile essentielle ; mais, au bout de quelques jours, la dissolution s'est opérée, et le vinaigre a repris sa transparence.

Ce que nous avons dit sur la préparation des vins par macération est applicable à celle des vinaigres médicinaux ; ainsi, les matières devront être divisées de manière à être plus exactement attaquées par le vinaigre. On se servira de la macération, la chaleur ayant pour objet de faciliter l'altération des éléments du vinaigre ; on emploiera des matières sèches, et l'on ne devra se permettre de faire autrement, qu'autant que la nature même des corps y obligerait.

On a proposé d'ajouter aux vinaigres de l'alcool, pour qu'ils se conservent mieux ; il est préférable de le remplacer par l'acide acétique.

On se sert de vinaigre pour dissoudre certains principes odorants agréables. La saveur du vinaigre est changée, mais ses propriétés restent les mêmes : c'est dans ce but que l'on prépare le vinaigre de framboises ; celui-ci est réservé pour la préparation du sirop de vinaigre framboisé. On laisse les framboises entières, et l'on retire le vinaigre après quatre jours de macération.

On charge le vinaigre de quelques principes odorants, toniques et légèrement astringents. Dans ce cas sont les vinaigres de roses, de sureau ou surard, de lavande, de romarin, qui servent pour la toilette.

On ajoute au vinaigre, pour l'employer ensuite comme antiseptique, des matières très fortement aromatiques ; c'est là le but de la préparation des vinaigres camphrés, aromatiques.

Un seul vinaigre composé est usité, c'est le vinaigre antiseptique ou des quatre-voleurs ; il se fait par simple macération. On observe qu'il se conserve très longtemps sans altération , ce qu'il faut attribuer au camphre et aux huiles volatiles dont il est chargé. Voici sa préparation qui servira d'exemples pour d'autres :

VINAIGRE ANTISEPTIQUE OU DES QUATRE-VOLEURS.

Pr.: Sommités sèches de grande absinthe, une once. 32 grammes.
— de petite absinthe, une once... 32
Romarin, une once. 32
Sauge, une once. 32
Menthe, une once........................ 32
Rhue, une once. 32
Feurs de lavande, une once............... 32

Ail, un gros.	4 grammes.
Racines d'acorus, un gros.	4
Cannelle, un gros.	4
Girofles, un gros.	4
Muscades, un gros.	4
Vinaigre rouge, quatre livres.	2000
Camphre, deux gros.	8
Acide acétique à 10 degrés, une once.	32

Faites macérer les plantes pendant quinze jours; passez avec expression; ajoutez le camphre dissous dans l'acide acétique, et après quelques heures, filtrez.

BIÈRES MÉDICAMENTEUSES.

(Brutolés.)

C'est de la bière qui a été chargée de principes médicamenteux.

La bière agit principalement sur les corps, par l'eau et l'alcool qu'elle contient. Comme elle est elle-même très altérable, elle forme des médicaments très prompts à se détériorer; aussi ne doit-on préparer les bières médicinales qu'au fur et à mesure du besoin.

Tantôt on fait les bières médicinales par fermentation. Ce procédé a tous les inconvénients que nous avons signalés en parlant des vins; il est préférable de les faire par macération, et celle-ci ne doit jamais être prolongée longtemps.

On n'emploie en médecine que deux bières médicinales : la bière de quinquina simple et la bière antiscorbutique ou sapinetté.

SOLUTIONS PAR L'ÉTHER.

(Éthérolés.)

TEINTURES ÉTHÉRÉES.

Les teintures éthérées s'obtiennent par simple solution, quand leur base est soluble dans l'éther, comme le camphre, le phosphore, le chlorure de fer.

On prépare par macération celles qui ont pour base une matière en grande partie soluble dans l'éther. Ex : baume de tolu, ambre, castoréum, musc; pour toutes les autres, on les obtient par lixiviation dans l'entonnoir à déplacement. Cette méthode a le grand avantage de ne laisser perdre qu'une faible portion de l'éther qui sert à la préparation; elle permet de recueillir tout le produit, car l'eau déplace l'éther sans presque qu'il y ait mélange entre les deux liquides. L'épuisement incomplet de la matière par lixiviation n'est pas ici un argument d'aussi grande valeur, car lorsqu'on vient à soumettre à la pression le marc d'une teinture éthérée faite par macération, l'éther, à cause de son extrême volatilité, se perd en grande partie, et la teinture se concentre. L'inégalité de concentration que la teinture en éprouve est bien aussi grande que la différence qui peut résulter pour elle d'un épuisement imparfait de la matière végétale ou animale.

Les matières que l'éther dissout en agissant sur les substances végétales et animales, sont les corps gras, les huiles essentielles, les matières résineuses, la chlorophylle, etc.

Les teintures éthérées les plus habituellement employées sont celles de digitale, de ciguë, de belladone, de jusquiame, d'aconit, de castoréum, etc.

SOLUTIONS PAR LES CORPS GRAS.

Les solutions que l'on obtient avec les corps gras forment par leur consistance deux genres de médicaments, les huiles médicinales et les pommades par solution, qui ne diffèrent réellement que par la liquidité du véhicule pour les uns, et par sa solidité pour les autres.

Les principes végétaux que les corps gras peuvent dissoudre sont les matières résineuses, les huiles essentielles, la chlorophylle et peut-être les principes actifs de quelques plantes, comme la ciguë et les solanées. La dissolution par les huiles liquides peut se faire à la température ordinaire; mais avec les corps gras solides, il faut employer presque toujours assez de chaleur pour les liquéfier. Pour les uns comme pour les autres, quand on a recours à une élévation de température, elle doit être assez modérée pour n'altérer ni les corps gras ni les matières organiques qu'ils doivent dissoudre. On ne dépasse pas la chaleur du bain-marie.

HUILES MÉDICINALES.

(Élæolés.)

On nomme huiles médicinales des médicaments qui résultent de la dissolution dans l'huile de différents principes fournis par des matières minérales, par les animaux, ou par les plantes.

L'huile d'olives est toujours le véhicule de dissolution employé à la préparation des huiles médicinales. On lui donne la préfé-

·rence sur l'huile d'amandes douces, qui rancit trop facilement, et sur l'huile d'œillette qui est siccative.

L'huile d'olives doit être pure. On reconnaît qu'elle n'est pas ·mélangée avec des huiles étrangères, par le procédé suivant que nous devons à M. Poutet, de Marseille. Il consiste dans la solidification de l'huile d'olives par le nitrate de mercure, qui laisse liquides les huiles des semences oléagineuses. On prend sept parties et demie d'acide nitrique à 38° et six parties de mercure. La dissolution se fait spontanément et sans autre chaleur que celle produite par la combinaison. Le produit est un mélange d'acide nitrique, d'acide hyponitrique, de protonitrate, de deutonitrate et sans doute de nitrite de mercure.

On mêle dans une fiole 2 gros du réactif et 3 onces d'huile; on secoue fortement le mélange de dix minutes en dix minutes pendant deux heures et demie, et on laisse en repos. Si l'huile d'olives est pure, elle se concrète en trois ou quatre heures en hiver, et en six ou sept heures en été; sa surface est lisse et blanche. On reconnaît que l'huile d'olives est falsifiée lorsqu'après six à sept heures d'attente, le mélange n'est pas congelé ou que la congélation est nulle ou partielle. Cinq centièmes d'huile de graines font prendre à la surface congelée une configuration en choux-fleurs; dix centièmes une consistance de miel ou d'huile figée.

M. F. Boudet a reconnu que c'est à l'acide hyponitrique qu'elle contient, que la liqueur de Poutet doit la propriété de solidifier l'huile, et ayant observé que la solidification de l'huile d'olives pure se fait en 73 minutes, et qu'elle est d'autant plus retardée que la proportion d'huile d'œillette mélangée est plus grande, il fait opérer de la manière suivante : dans 5 grammes d'huile d'olives il faut ajouter un mélange de 1 centigramme d'acide hyponitrique, et 3 centigrammes d'acide nitrique; il faut bien mélanger le tout et porter à un température de 10°. L'huile d'olives pure est solidifiée en 73 minutes : $\frac{1}{10}$ d'huile d'œillette retarde la solidification de 40 minutes; $\frac{1}{20}$ de 90 minutes; puis le temps nécessaire à la solidification augmente d'avantage; puis l'huile refuse de se solidifier.

Dans cette solidification, l'oléine et la margarine sont changées toutes deux en un nouveau corps gras, l'élaïdine, fusible à 36°, remarquable par sa grande solubilité dans l'éther, et donnant un acide gras (élaïdique) qui fond à 44°. Quand on fait cet essai, il est bon d'opérer en même temps et comparativement sur de l'huile d'olives pure.

Les huiles médicinales peuvent être préparées par simple solution, par macération, par digestion ou par coction.

On prépare par simple solution les huiles qui ont pour base une matière entièrement soluble dans l'huile, par exemple, le camphre, le phosphore.

La macération s'applique surtout dans l'état de fraîcheur à des substances odorantes dont l'odeur fugace se dissiperait par une élévation de température. On les met en contact avec l'huile, à la température ordinaire ou à la chaleur du soleil ; au bout de quelques jours, on passe avec expression, on ajoute de nouvelles fleurs, on fait une nouvelle macération ; on passe encore et pour la troisième fois on ajoute des fleurs à l'huile ; enfin on passe et l'on filtre le liquide huileux. Le Codex applique ce procédé à la préparation des huiles de lis, de roses pâles ; il n'est propre qu'à charger l'huile du principe odorant des fleurs.

La macération dans l'huile appliquée à des plantes sèches réussit assez mal pour la préparation des huiles médicinales, parce que les tissus sont défendus de la pénétration du liquide huileux par l'eau hygrométrique qu'ils ont puisée dans l'atmosphère.

La digestion comme moyen de préparation des huiles médicinales est une méthode avantageuse. Elle s'applique aisément à toutes les substances sèches. La chaleur augmente la faculté dissolvante de l'huile et détruit l'obstacle que l'humidité des plantes pourrait opposer à son action. La meilleure méthode consiste à prendre les plantes concassées et à les faire digérer dans l'huile, dans un vase couvert, à la chaleur du bain-marie, pendant cinq à six heures, en agitant de temps à autre. Quand l'huile est refroidie, on passe avec expression et l'on clarifie par dépôt ou par filtration.

C'est de cette manière que l'on prépare l'huile de cantharides et celles des plantes aromatiques, telles que l'absynthe, la camomille, le fénu-grec, le mélilot, le mille-pertuis, la rhue, le sureau, etc.

La préparation des huiles par coction s'applique surtout à la ciguë, au pavot, et aux plantes de la famille des solanées, belladone, jusquiame, nicotiane, tabac, morelle ; on conçoit de suite qu'elle n'est pas applicable à des corps qui doivent leurs propriétés à des principes volatils que la chaleur dissiperait. On se sert de ces plantes à l'état de fraîcheur. Après les avoir pilées dans un mortier de bois ou de marbre, on les fait bouillir avec le double de leur poids d'huile jusqu'à consomption de l'humidité, ce que l'on reconnaît à ce que les plantes perdent leur flexibilité et à ce qu'un peu d'huile jetée sur des charbons ardents s'y enflamme sans pétiller. Jusqu'à ce moment, l'huile ne risque pas de brûler, parce que l'eau lui sert de bain-marie, et empêche la température de s'élever au-delà de 100 degrés ; mais quand on approche de ce point, il faut diminuer le feu, et laisser digérer pendant quelques heures sur un feu très doux. L'huile ne dissout bien les principes solubles que lorsqu'ils ne sont plus défendus de son action par l'eau qui les accompagnait. Cette opération terminée, on passe avec expression, on laisse déposer, on décante, et l'on conserve pour l'usage.

Les huiles médicinales les plus employées sont celles de :

Belladone,	Jusquiame,
Camomille,	Stramonium.
Ciguë,	

et parmi les huiles composées, le

Baume tranquille.

POMMADES PAR SOLUTION.

(Liparolés.)

L'excipient des pommades obtenues par solution est presque toujours l'axonge ; mais on y ajoute quelquefois de la cire pour leur donner de la consistance ; on peut également employer pour excipient tout autre corps gras de consistance molle.

Les pommades par solution se préparent par les mêmes procédés que les huiles.

1° *Par simple solution*. Exemple : Pommade de phosphore.

2° *Par macération*. En pétrissant des substances végétales fraîches avec l'axonge et en renouvelant les fleurs à plusieurs reprises ; mais, pour y parvenir, il faut nécessairement à chaque fois liquéfier le corps gras et passer avec expression ; quelquefois on remplace la plante par le suc obtenu au moyen de l'expression, et alors on n'a pas besoin de liquéfier à chaque fois les corps gras. A la dernière opération on est cependant obligé de le faire, et de tenir la matière liquéfiée et en repos pour donner le temps aux fèces de se déposer.

La macération n'est propre qu'à charger la graisse des parties odorantes des végétaux. Elle s'applique à la préparation des pommades de roses, de jasmin, de concombres.

3° *Par digestion.* On opère absolument de la même manière que pour les huiles, et le procédé est applicable aux mêmes substances. Les pommades les plus employées auxquelles ce procédé s'applique sont celles de cantharidine, de laurier, de garou, etc.

4° *Par coction.* Le mode opératoire est le même que celui employé pour les huiles par coction et il s'applique aux mêmes plantes. C'est ainsi que l'on prépare les pommades de ciguë, de nicotiane, de belladone, etc.

Les pommades par solution les plus employées sont celles de :

Cantharides,	Laurier,
Garou,	Phosphore,
Roses.	

et parmi les pommades composées :

L'onguent populeum.

SOLUTIONS PAR LES HUILES ESSENTIELLES.

(Myrolés.)

Le nom de myrolés a été proposé par MM. Henry et Guibourt, pour désigner les médicaments qui sont des dissolutions dans les huiles essentielles ; leur nombre est extrêmement restreint. Ils sont principalement formés par des matières grasses ou résineuses ou des huiles volatiles.

On n'emploie plus maintenant que deux de ces préparations : le baume de soufre anisé, qui consiste en une dissolution de soufre dans l'essence d'anis qui entre dans la composition des pilules de Morthon, et le baume de Vinceguère qui est un puissant excitant.

BAUME DE VINCEGUÈRE, DE LECTOURE OU DE CONDOM.

Pr. Huile volatile de genièvre.............	16
——— girofles................	16
——— lavande................	16
——— pétrole................	16
——— térébenthine............	16

Pr. Huile volatile de macis.   4

    — —   muscades.   4

    —   benjoin rectifié.   8

Camphre.   2

Safran en poudre.   2

Musc.   1

Ambre gris.   1

On fait digérer toutes ces matières à l'étuve pendant huit jours dans un flacon bouché, en les agitant de temps en temps ; on conserve sur le marc et l'on tire à clair à mesure du besoin.

Ce médicament est un puissant excitant pris à l'intérieur à la dose d'une à quelques gouttes. On le porte sur soi, ou bien on le répand comme parfum dans les appartements.

DES MÉDICAMENTS PRÉPARÉS PAR DISTILLATION.

DE LA DISTILLATION.

La distillation est une opération par laquelle on sépare les parties volatiles des corps ; elle se fait toujours en vase clos ; elle est fondée sur la propriété qu'ont les liquides de se réduire en vapeurs quand on élève leur température, et sur la propriété qu'ont les vapeurs de se condenser par le froid.

Les anciens distinguaient trois espèces de distillation : la distillation *per ascensum*, la distillation *per latus*, et la distillation *per descensum*. La distillation *per ascensum* n'est autre que la distillation à l'alambic. Elle avait reçu son nom de la forme des vaisseaux dont on faisait usage. C'étaient des cucurbites surmontées de chapiteaux plus ou moins élevés, de forme très variable, et dont la construction était basée sur ce principe vrai en lui-même, que les matières très volatiles pouvaient seules passer dans le récipient. La manière d'arriver à ce but était défectueuse ; avec des appareils de ce genre, les distillations devaient durer un temps infini sans aucun avantage.

Les anciens nommaient distillation *per latus* la distillation à la cornue, parce que les vapeurs sortent par le côté.

La distillation *per descensum* est un mode vicieux, abandonné depuis longtemps : elle avait pour but de forcer les liqueurs à distiller de haut en bas. Ainsi, mettant du girofle concassé et enveloppé sur un verre, on le recouvrait d'une plaque métallique que l'on chauffait pour forcer l'huile de girofle à sortir et à se rendre dans la partie inférieure du verre.

Maintenant on distille les corps seulement à l'alambic et à la cornue. Nous aurons à nous occuper successivement de ces deux modes opératoires.

Tout le monde connaît la forme grotesque des anciens alambics. Depuis longtemps on les avait réformés. Le chapiteau était séparé de la cucurbite par des tubes tantôt droits, tantôt tournés en spirale ou courbés en zigzag. On les supprima, et l'on fit reposer le chapiteau immédiatement sur la chaudière. On retrouve encore ce dernier alambic dans un grand nombre de laboratoires. Le chapiteau est conique et entouré d'un réfrigérant propre à condenser les vapeurs. A sa base est une rainure destinée à conduire dans le col du chapiteau les vapeurs condensées qui ruissellent sur ses parois internes. Cet appareil a deux grands défauts : le premier, c'est qu'une partie du liquide retombe dans la chaudière au lieu de couler dans le récipient. On y avait paré dans certains cas : ainsi, l'expérience avait appris, dans la distillation du vin, à donner au chapiteau un certain degré d'inclinaison ; une goutte d'eau-de-vie coulait alors à sa surface sans retomber dans la chaudière ; mais il restait toujours un second inconvénient auquel il n'avait pas été remédié, c'est qu'une partie des vapeurs était refroidie à distance sans avoir le contact du métal, et retombait directement dans la cucurbite. Les nouveaux alambics sont construits plus avantageusement : le chapiteau n'est pas refroidi, et la condensation des vapeurs ne s'y fait pas ; elles passent de suite dans son col et dans le serpentin, où elles reprennent l'état liquide. L'alambic est composé de trois pièces : la première est une chaudière de cuivre étamée, cylindrique, ayant vers sa partie supérieure un renflement sur lequel elle pose dans le fourneau ; c'est la cucurbite. La seconde pièce, qui s'emboîte dans la précédente, est en étain ; elle a la forme d'un dôme aplati. Sur un de ses flancs latéraux est soudé un large conduit en étain légèrement incliné de haut en bas, et dont l'extrémité est recourbée : c'est le chapiteau. La troisième pièce est nommée serpentin à cause de sa forme : c'est un tube cylindrique en étain, tourné en spirale, et placé au milieu d'une cuve dont l'eau se renouvelle sans cesse.

La cucurbite doit être très évasée, afin que, présentant plus de

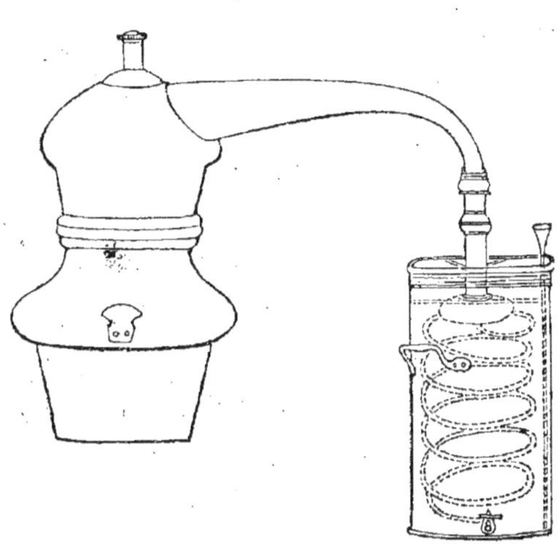

surface, le liquide s'y échauffe, et s'y vaporise plus aisément. Il est cependant convenable qu'elle ait assez de hauteur pour que les matières qui y sont contenues ne puissent s'élever jusque dans le chapiteau. Celui-ci est destiné à conduire les vapeurs ; les premières qui arrivent sur ses parois sont condensées, et retombent dans la cucurbite ; mais bientôt il s'échauffe et le passage de la vapeur devient continuel. On pratique souvent, à la partie le plus élevée du chapiteau, une ouverture que l'on tient bouchée tant que dure la distillation, et dont on se sert pour verser au besoin de nouveau liquide dans la cucurbite sans démonter l'appareil.

On a donné au serpentin la forme d'une spirale, afin de pouvoir, dans un plus petit espace, donner au tube plus de longueur, et faciliter la condensation des vapeurs. Celles-ci, en reprenant l'état liquide, abandonnent toute la chaleur qu'elles avaient rendue latente en se gazéifiant, et échauffent les particules d'eau qui se trouvent en contact immédiat avec le tube conducteur. Ces particules échauffées, devenues plus légères par leur dilatation, s'élèvent à la surface, et sont remplacées par de nouveau liquide qui s'échauffe à son tour, de sorte que l'eau est chaude dans la partie supérieure de la cuve, tandis qu'elle est tout à fait froide un peu

plus bas; mais il arriverait nécessairement qu'elle s'échaufferait
tout entière au bout d'un temps plus ou moins long, si on n'avait le
soin de la renouveler. A cet effet, un tuyau fait en entonnoir à
son extrémité supérieure s'élève un peu au-dessus des parois
de la cuve, et s'enfonce par l'autre bout jusque près de son fond.
Par son moyen, on fait arriver continuellement au fond de la
cuve un courant d'eau froide, et le trop plein qu'il produit est
évacué en eau chaude à l'aide d'un petit conduit pratiqué au niveau
primitif du liquide à un pouce environ du haut de la cuve.

Le réfrigérant à serpentin se trouve dans les laboratoires de
tous les pharmaciens. Nous allons cependant donner la description
d'un appareil imaginé par Gadda, qui est plus simple et moins

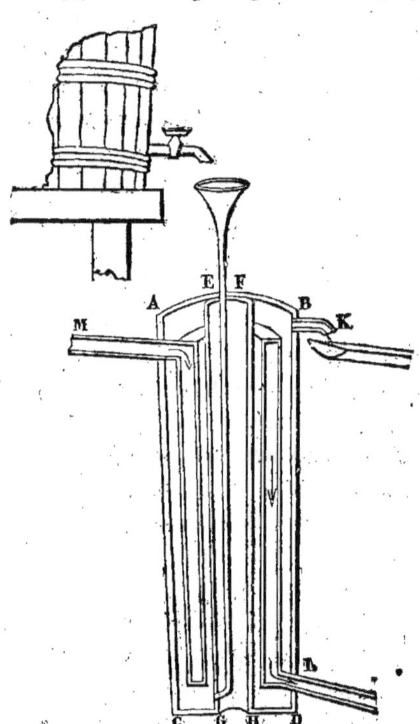

coûteux. Il se compose de
deux cônes tronqués, en
cuivre mince, qui entrent
l'un dans l'autre. Ils laissent peu de distance entre
eux, et ils sont réunis en
bas et en haut par deux
bandelettes en cuivre, sou-
dées à l'un et l'autre cônes.
La forme des cônes doit
être telle qu'ils laissent entre eux dans le haut où arrive la vapeur, un espace
plus grand que celui du
bas par où le liquide condensé doit sortir. Du reste,
la vapeur arrive par un
large tube à la partie supérieure du cône, et le liquide sort en bas par un
tube plus étroit. Le fond
du cône est d'ailleurs in-
cliné de quelques degrés dans le sens de ce tube, afin qu'aucune
portion du liquide ne puisse s'y arrêter. Cet appareil est plongé
dans un seau en cuivre ou en bois rempli d'eau que l'on renouvelle de même qu'avec le serpentin ordinaire. Comme la vapeur
est obligée de passer à travers un tube de peu de diamètre, qui

présente une grande surface, elle est condensée avec facilité. Il n'est même pas nécessaire de donner beaucoup de largeur à la couche d'eau refroidissante; on peut même, au lieu d'un seau en cuivre plein pour recouvrir le cône réfrigérant, se servir d'un seau qui laisse un cylindre vide à l'intérieur, de manière à ce que le cône du réfrigérant soit seulement enveloppé par une couche d'eau de deux pouces.

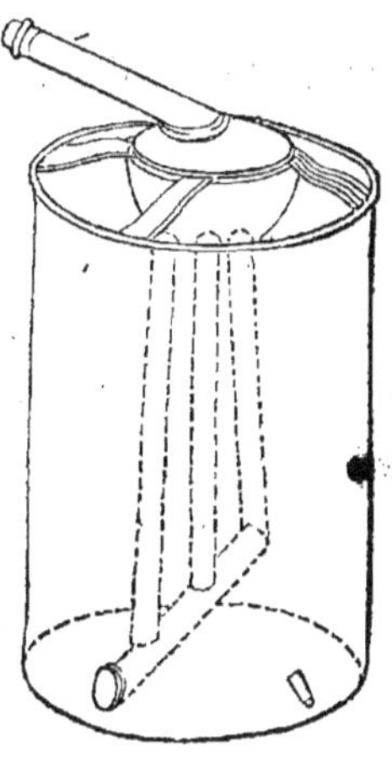

Le condensateur de Schrader est encore fort commode. Les vapeurs arrivent d'abord dans une espèce de boule creuse, dont la partie supérieure est hors de l'eau; de cette boule partent trois tubes droits qui conduisent la vapeur en bas dans le tube d'extraction; celui-ci sort par ses deux extrémités du seau qui contient tout l'appareil; le bout le plus élevé de ce tube est bouché, et sert seulement à faciliter le nettoyage. Cet appareil est plus facile à établir que le serpentin, et il se nettoie plus facilement.

Les matières soumises à la distillation dans l'alambic ordinaire, sont exposées à une température de 100 degrés centigrades environ. Cette restriction est nécessaire, parce qu'il est possible qu'on emploie un autre liquide que l'eau, et que même, avec celle-ci, la température est souvent plus élevée de quelques degrés, à raison des matières dont elle se trouve chargée, et qui, ayant de l'affinité pour elle, retardent le point de son ébullition.

Quand on veut distiller à l'alambic des liquides très volatils, on emploie une cucurbite intermédiaire en étain, qui entre dans la cucurbite ordinaire, de telle sorte que les matières ne se trouvent exposées qu'à un foyer de 100 degrés. Mais comme, à mesure qu'elles reçoivent de la chaleur, celle-ci est employée pour l'évaporation, le liquide contenu dans le bain-marie n'arrive jamais à cette température de 100 degrés.

La distillation à la cornue ne diffère pas, pour ainsi dire, de la distillation à l'alambic; nos alambics modernes étant, en effet, de véritables cornues composées de deux pièces séparables.

Une cornue est un vase de verre, de terre, de porcelaine ou de métal fait en forme d'œuf. A sa partie supérieure et latérale se trouve un tuyau d'abord très large qui va en se rétrécissant vers son extrémité. On distingue dans une cornue, la panse, la voûte et le col.

C'est dans la panse que reposent les matières à distiller ; elle répond à la cucurbite. La voûte et le col remplissent les mêmes fonctions que le chapiteau de l'alambic.

L'appareil pour la distillation des liquides à la cornue se com-

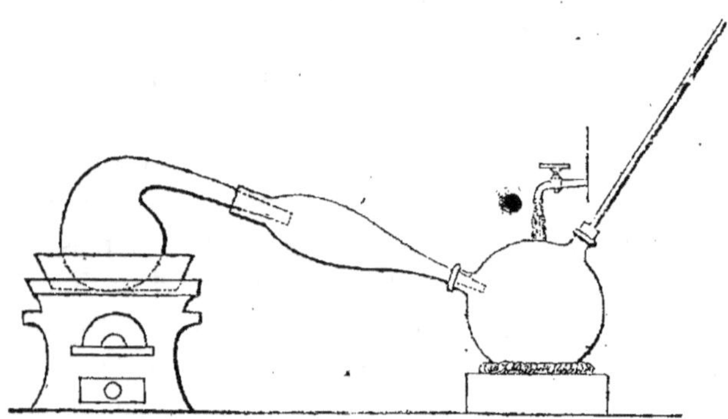

pose d'une allonge et d'un ballon récipient tubulé, surmonté d'un long tube. Celui-ci a le double avantage de faciliter la condensation des vapeurs, et de porter à une hauteur assez grande dans la cheminée les gaz incoercibles, parfois d'odeur désagréable et d'effet délétère.

Les cornues sont chauffées à feu nu, au bain de sable, ou au bain de liquide. Le choix de chaque mode de chauffage n'est pas indifférent. Ils ont chacun leurs avantages et leurs inconvénients, et ils doivent être appropriés à la nature même des matières qui sont chauffées.

On chauffe une cornue à feu nu en la posant sur un triangle de fer qui en soutient le fond au-dessus d'un fourneau. Une condition importante, c'est que le liquide (si l'on opère sur un liquide) soit assez abondant pour que les parois du vase qui reçoivent directement l'action du feu soient constamment mouillées par lui ; autrement il arrive que le verre prend sur ces points une température beaucoup plus élevée que celle du liquide, et lorsque par le mouvement de l'ébullition, celui-ci vient à toucher le verre, la différence brusque de température détermine la rupture de la cornue. C'est sur la fin de l'opération, quand on a dû évaporer la plus grande partie du liquide, que les accidents se montrent surtout ; on les évite en ménageant la chaleur de manière à ce que la cornue ne puisse s'échauffer que peu au-dessus de la température du liquide qu'elle contient ; mais alors la distillation languit, parce que la voûte de la cornue qui est sans cesse refroidie par le courant d'air auquel elle est exposée, condense une partie des vapeurs qui retombent en liquide et ont besoin d'être distillées de nouveau.

On empêche ce refroidissement de la cornue en l'entourant par le laboratoire et le dôme d'un fourneau à réverbère ; mais alors surtout le feu doit être ménagé avec grand soin pour éviter les ruptures ; la température de l'intérieur du fourneau ne doit dépasser que peu celle qui est nécessaire à l'ébullition du liquide.

Dans la distillation à feu nu, l'ébullition est rapide, mais inégale, parce qu'il est impossible que le feu ait constamment le même degré d'activité. Il ne faut chauffer que graduellement pour amener le liquide à l'ébullition ; et quand celle-ci se manifeste, retirer un peu de feu pour qu'elle ne devienne pas tumultueuse. Pendant tout le temps que dure l'opération, on ne met dans le fourneau que des charbons incandescents pour entretenir une chaleur constante, et surtout parce que les charbons neufs fournissent de la vapeur d'eau qui peut se condenser et faire casser la cornue en touchant quelques points très échauffés.

La distillation des matières solides à la cornue se fait dans l'appareil précédent ; mais on remplace souvent la cornue en verre par une cornue en grès que, pour plus de précaution, on a enduite d'une couche de lut fait avec de l'argile et du crottin de cheval.

La distillation au bain de sable s'exécute en enfonçant la cornue dans une couche plus ou moins profonde de sable, placée dans une chaudière de fonte ou de tôle : cette disposition a l'avantage de maintenir l'appareil à une température plus uniforme, parce que les variations qui se manifestent nécessairement dans l'activité du feu, n'arrivent à la cornue que par l'intermédiaire d'une couche de sable chaud qui les transmet avec assez de lenteur pour qu'elles deviennent insensibles.

On distille au bain de sable avec des cornues de verre. Le sable doit être fin, surtout si la cornue est grande et chargée, car par son poids elle se briserait sur des fragments grossiers. On met au fond du vase une couche de deux à trois pouces de sable, au plus, pour que la chaleur se transmette assez promptement. On a soin de n'enterrer dans le sable que la partie de la cornue qui contient le liquide, afin que le liquide projeté par l'ébullition ne vienne jamais toucher des parties trop échauffées, et à mesure que la distillation avance, on enlève du sable pour découvrir constamment les parties qui ne sont pas mouillées par le liquide.

Dans cette distillation au bain de sable, on recouvre la cornue d'une chemise en laine ou en tôle, pour éviter le refroidissement et rendre la distillation plus rapide; lorsque les matières que l'on distille ne sont pas altérables par la chaleur, on peut même envelopper entièrement la cornue de sable pour empêcher la condensation dans la voûte d'aucune portion de vapeurs.

On distille au bain-marie, à la cornue, des matières très volatiles, qu'il serait difficile de préserver d'une ébullition tumultueuse par une application directe du feu; par exemple: les liqueurs alcooliques ou éthérées. La cornue appuyée sur un cercle de corde est fixée solidement aux anses de la chaudière, de manière à ce qu'elle ne puisse venir surnager, ou qu'elle ne puisse être dérangée par le mouvement d'ébullition dans le bain-marie. Ici la température à laquelle le liquide est exposé est constante, le foyer qui chauffe la cornue ayant une température de 100 degrés, lorsque l'eau est en ébullition, et ne pouvant la dépasser. On peut employer tout autre liquide pour obtenir une température constante; on profite, par exemple, de la propriété que possèdent les sels de retarder le point d'ébullition de l'eau. Ainsi, en saturant l'eau avec l'un des sels suivants, on obtient des températures différentes:

Sulfate de soude.	100°,7
Acétate de plomb.	102
Chlorate de potasse.	104 ,2
Chlorure de barium.	104 ,4
Carbonate de soude.	104 ,6

Chlorure de potassium.	108°,3
Chlorure de sodium.	108 ,4
Hydrochlorate d'ammoniaque.	114 ,2
Tartrate neutre de potasse.	114 ,67
Nitrate de potasse.	115°,9
Chlorure de strontium.	117 ,9
Nitrate de soude.	121
Carbonate de potasse.	135
Nitrate de chaux.	151
Chlorure de calcium.	179 ,5
Nitrate d'ammoniaque.	180

Le mercure peut servir de bain jusqu'à une température de 150 degrés, et l'acide sulfurique jusqu'à 200 degrés; mais il ne faut pas aller plus loin, bien que ces liquides n'entrent en ébullition qu'à une température plus élevée; parce qu'avant d'être parvenus à cette température, ils répandent dans le laboratoire des vapeurs délétères. Le bain d'huile peut être échauffé jusqu'à 300 degrés; avec l'alliage de d'Arcet, on peut aller jusqu'au rouge. Toutes les fois que l'on se sert d'un liquide qui ne peut être porté à l'ébullition et qui n'a pas un degré constant d'ébullition, tel que les précédents, on plonge dans le bain un thermomètre qui sert de guide pour la conduite du feu.

Quand on veut distiller à une température plus basse que 100 degrés, on se sert d'un bain d'eau que l'on recouvre d'huile pour empêcher l'évaporation, et l'on y tient plongé un thermomètre qui accuse la température et qui sert de guide.

Dans la distillation à la cornue, la condensation des vapeurs commence dans le col de la cornue, elle continue dans l'allonge et s'achève dans le récipient. Celui-ci doit être arrosé constamment par un filet d'eau froide; on l'enveloppe d'une toile pour que l'eau s'y répande plus uniformément; on peut encore tenir le récipient plongé dans une terrine ou un baquet où il est fixé fortement par des ficelles; on remplit le vase d'eau froide que l'on rafraîchit continuellement par un filet d'eau froide qui arrive jusqu'au fond. Les portions de liquide échauffées s'écoulent à sa partie supérieure. C'est le mode de refroidissement ordinaire du serpentin; et lorsque les vapeurs ne sont pas de nature à attaquer l'étain, on peut très bien joindre celui-ci à l'appareil distillatoire à la cornue. Pour quelques liqueurs très volatiles, on entoure le récipient d'un mélange réfrigérant de glace et de sel marin.

M. Liebig a fait connaître un réfrigerant très commode. C'est une boîte en fer-blanc percée de quatre tubulures, comme l'indique la figure ci-contre; les deux tubulures latérales donnent

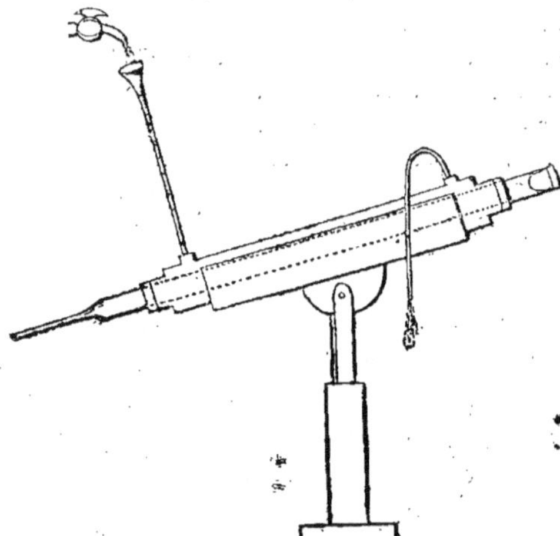

passage à un tube de verre, fixé au moyen de bouchons; à la tubulure supérieure la plus basse, on adapte un tube à entonnoir qui amène de l'eau froide; l'eau chaude sort par le siphon placé à la quatrième tubulure.

Pour empêcher la déperdition des vapeurs par les points de jonction de la cornue avec l'allonge, et de l'allonge avec le récipient, on y applique un lut, souvent une bande de papier collé suffit; d'autres fois on met un bouchon de liége, que l'on peut même au besoin recouvrir d'une couche de lut. Ceci est surtout nécessaire quand on doit recueillir dans la même opération des liquides et des gaz. Ces derniers sont reçus à l'extrémité du récipient dans un appareil convenable.

Enfin, quand on distille des acides qui corrodoraient les bouchons, on ne met aucun lut et l'on a seulement la précaution de prendre des vases qui s'adaptent exactement les uns dans les autres.

On veut quelquefois faire plusieurs distillations de suite dans le même appareil sans le démonter. On y parvient aisément quand le résidu de la distillation est resté liquide; car il suffit alors de l'enlever au moyen d'un siphon, ainsi que le liquide qui a été condensé dans le récipient; mais comme il arrive souvent que ces liqueurs seraient dangereuses si elles pénétraient dans la bouche, on se sert du siphon de Bunten, ou plus simplement du moyen suivant : les jointures étant lutées de manière à ne pouvoir laisser passage à l'air, on débouche la tubulure de la cornue et l'on y adapte un bouchon qui est traversé par un siphon; la branche la plus courte doit pénétrer jusqu'au fond de la cornue. Quand le bouchon est bien adapté, on souffle fortement par la tubulure du récipient pour rendre la pression intérieure prédominante sur la pression extérieure. Alors le liquide s'élève dans le siphon et la cornue se vide. On arrive de la même manière à vider le récipient si on plonge le siphon par sa tubulure et si l'on souffle par celle de la cornue.

Quand on se propose de recueillir des gaz, on se sert de l'appareil que nous devons à Woulf, et qui porte son nom. La figure indiquera mieux qu'une description la disposition des parties de cet appareil.

Pour en bien concevoir le jeu, il est nécessaire d'avoir présents à l'esprit les principes suivants :

1° Tous les gaz sont doués d'une certaine élasticité ou tension élastique, en raison de laquelle ils pressent sur les parois des vases dans lesquels ils sont renfermés ;

2° La tension d'un gaz est proportionnelle à sa quantité ; elle augmente avec la température, et diminue avec le refroidissement ;

3° L'atmosphère pèse sur tous les corps ; sa pression est égale au poids d'une colonne d'eau de trente-deux pieds, ou d'une colonne de mercure de vingt-huit pouces ou soixante-seize centimètres ;

4° Les liquides transmettent la pression en tous les sens.

Si l'émission d'un gaz vient à se faire en A, il passera successivement de la cornue dans le premier flacon, du premier flacon dans le second, et du second dans le troisième.

Au commencement de l'opération, le liquide est de niveau dans tous les tubes. Bientôt cet équilibre est rompu. Quelle en est la cause ? quels sont les phénomènes qui en résultent ? C'est ce qu'il nous convient d'examiner.

Une certaine quantité de gaz venant à se dégager en A augmente la tension élastique de l'air qui y est renfermé, et, par suite, une pression plus forte est exercée sur les parois du vase qui lui résistent, et sur les liquides du tube S et du tube e, qui cèdent à cette pression ; de sorte que le liquide s'élève d'une certaine quantité dans la branche la plus haute du premier, et descend d'une quantité égale dans le second, jusqu'à ce que la pression de l'atmosphère de A soit assez puissante pour déprimer toute la colonne du liquide en *e*. Alors, le gaz traverse la liqueur, s'y dissout, s'il y est soluble, ou, dans le cas contraire, vient augmenter

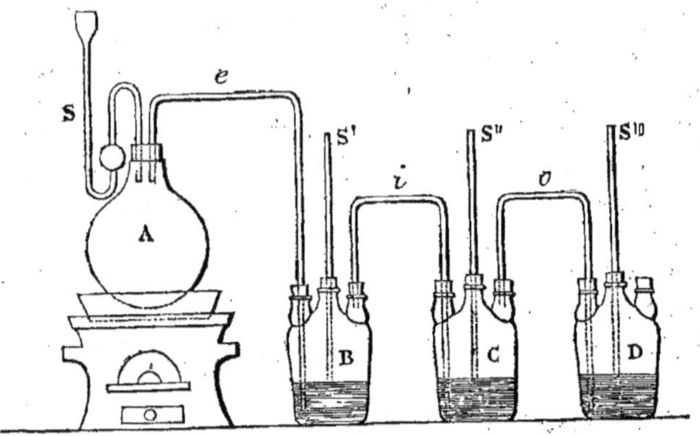

la tension élastique de l'atmosphère en B. Ici, des phénomènes semblables à ceux que nous venons d'examiner se manifestent, savoir : augmentation de la force élastique, et, par suite, pression à la surface du liquide en B ; élévation de ce liquide dans le tube droit S', et dépression du liquide dans le tube *i*, égale à l'élévation dans le tube droit.

Quand le gaz est parvenu en C, il se comporte encore de la même manière ; c'est-à-dire qu'en pesant également sur la surface du liquide dans le flacon C, et sur le liquide dans le tube *o*, il le fait monter dans l'un et descendre dans l'autre. Mais dans le dernier flacon D, le liquide ne s'élève pas dans le tube S''', parce que, ce flacon étant ouvert, le gaz qui y arrive se mêle à l'atmosphère, où son effet devient inappréciable, et la pression de l'air sur la surface de l'eau dans le flacon est contrebalancée par celle qu'il exerce également par le tube droit. Aussi ce tube est-il inutile, et ne l'a-t-on placé là que pour faciliter l'exposition de la théorie.

Quand le gaz qui se produit en A est parvenu à se dégager en D, si l'on examine le niveau du liquide dans les tubes, on voit qu'il est le même que celui de l'eau dans le flacon D, qu'il est plus élevé dans le flacon C, plus élevé encore dans le flacon B, et, enfin, que son élévation en S est égale à la somme des élévations en S' et S''. Recherchons la cause de ce phénomène.

Le niveau dans le tube S''' est le même que celui de l'eau ; j'ai déjà dit que cela provient de ce que la pression de l'air s'exerce également, et par l'intérieur du tube et sur la surface du liquide dans le flacon.

Le liquide est élevé d'une certaine quantité dans le tube S". C'est que la pression du gaz en C est plus forte que celle de l'atmosphère, qui pèse sur le liquide par le tube S"; car, elle était égale avant que l'opération fût commencée, et s'est augmentée de tout le gaz qui est arrivé et à la sortie duquel s'est opposé le liquide dans le tube o.

Le liquide est plus élevé dans le tube S' qu'en S". C'est que la tension élastique du gaz en B s'est accrue par la résistance que le liquide de C oppose à sa sortie, résistance augmentée de tout l'effet produit par l'accroissement de la tension élastique du gaz en C. En effet, pour s'échapper de C, le gaz n'a eu à vaincre que le poids de la colonne d'eau contenue dans le tube et celle de l'atmosphère, tandis que pour s'échapper de B, il faut que sa tension soit assez forte pour égaler le poids de la colonne d'eau contenue en i, augmentée de toute la pression de l'atmosphère de C, laquelle, ainsi que nous l'avons vu, est plus forte que celle de l'air.

Enfin si, dans le tube en S, la dépression est égale à la somme des dépressions en S' et S", c'est que, pour s'échapper de A, le gaz doit vaincre la somme des deux pressions exercées en B, C et D.

D'après cela, il faut, quand on a une longue série de flacons, se servir d'un tube en S très grand, sans quoi le gaz se ferait plus facilement passage en soulevant le liquide du tube en S que celui du flacon. Mais comme ces tubes, quand ils sont d'une grande dimension, sont incommodes et fragiles, on les remplit d'un liquide plus dense que celui du flacon, et qui, par conséquent, ne se déprime que d'une quantité moindre pour une pression égale. On se sert assez souvent à cet effet d'acide sulfurique et quelquefois de mercure.

Le tube en S sert à introduire dans le premier vase les liquides convenables ; mais il a un autre usage plus important qu'il partage avec les tubes droits , c'est d'empêcher le mélange des produits. Si ces tubes n'existaient pas , quand la tension de l'atmosphère intérieure de la cornue viendrait à diminuer par l'abaissement de la température, la pression dans le premier flacon restant la même, finirait par l'emporter sur celle de l'atmosphère de la cornue, et, en pressant sur le liquide de B, le ferait passer en A. Par suite, la tension élastique de B diminuerait, et ne contrebalancerait plus celle de C. Le liquide de C remonterait en B par le tube i; de là, diminution de l'élasticité de C, et passage du liquide de D en C, déterminé par la pression de l'air extérieur. Mais quand les tubes de sûreté existent, à mesure que la pression diminue en A, l'air refoule de plus en plus le liquide dans le tube S, le fait monter dans la branche la plus courte et bientôt pénètre lui-même dans l'appareil, et rétablit l'équilibre.

Le même effet est produit dans les autres flacons, par les tubes droits, mais il faut qu'ils plongent peu dans le liquide; autrement, il pourrait arriver que le liquide ait remonté par le tube recourbé avant que l'air ait pu refouler toute la colonne du liquide qui s'oppose à son entrée par le tube droit.

Pour éviter la rentrée dans la cornue du liquide froid contenu en S, et dont on a intérêt à se défendre, pour ne pas changer la nature du résidu de l'opération, ou parce qu'il pourrait occasionner la rupture des vases, on a adapté une boule au milieu de la longueur de la deuxième branche du tube en S. Par ce moyen, quand il y a absorption, le liquide vient se réunir dans la boule, et l'air, une fois logé au-dessous de lui, traverse ce liquide en raison de sa moindre pesanteur spécifique, et pénètre seul dans l'appareil.

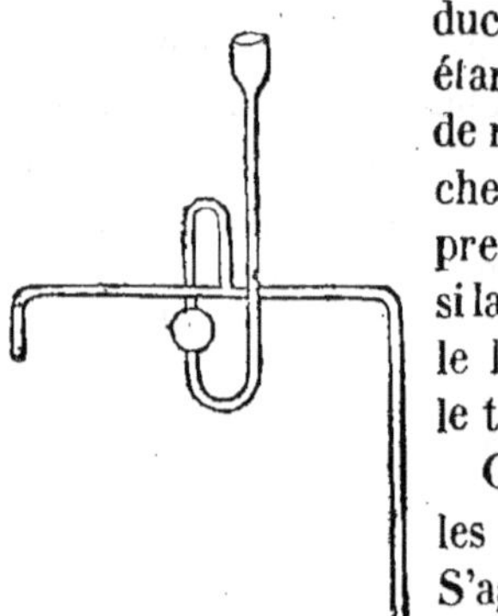

M. Welter a imaginé des tubes qui servent à la fois de conducteur et de tube de sûreté. Le liquide étant introduit par l'entonnoir, s'y tient de niveau dans la boule et la grande branche, tant qu'il y a équilibre entre les pressions extérieure et intérieure. Mais si la pression extérieure vient à l'emporter, le liquide est refoulé dans la boule, l'air le traverse et arrive dans l'appareil.

On modifie l'appareil de Woulf suivant les conditions que l'on veut remplir. S'agit-il de séparer les produits liquides des gaz, on met un ballon tubulé en contact avec le vase distillatoire, et de sa tubulure on fait partir un tube propre à recueillir les gaz. Veut-on recueillir les gaz insolubles, on termine l'appareil par un tube recourbé qui plonge sous des cloches pleinés d'eau ou de mercure.

Quand on veut dissoudre des gaz, et qu'on opère très en grand, on supprime le tube en S, et, pour éviter l'absorption, on place, entre le premier flacon et la cornue, un flacon intermédiaire au fond duquel on met une petite couche d'eau. Le tube qui part de la cornue pénètre dans ce flacon, sans arriver jusqu'au liquide. On plonge dans celui-ci un tube droit de sûreté. Il résulte de cette disposition, que le gaz apporté de la cornue passe immédiatement dans les récipients, et que le tube droit intermédiaire laisse entrer l'air quand la tension élastique de l'atmosphère de la cornue vient à diminuer.

Telles sont les principales dispositions des appareils distillatoires. Il en est encore d'autres fort importantes ; mais, comme elles font partie du domaine des arts industriels plutôt qu'elles n'appartiennent à la chimie pratique de nos laboratoires, leur description, dans cet ouvrage, eût été déplacée.

Dans la distillation des liquides, lorsqu'on l'exerce sur un seul, la théorie est fort simple. Le liquide de la chaudière distillatoire étant porté à l'ébullition, forme des vapeurs dont la force élastique est égale à celle de l'air, et comme elles sont poussées sans cesse par les nouvelles vapeurs qui se forment, elles ont bientôt expulsé l'air atmosphérique de l'appareil. Alors elles continuent à se former tant que le liquide est entretenu à l'ébullition ; à mesure qu'elles arrivent dans les parties froides de l'appareil, elles s'y condensent, et elles y sont remplacées par de nouvelles vapeurs qui se condensent à leur tour.

Mais quand il passe en même temps deux liquides à la distillation, la théorie cesse d'être aussi simple. On conçoit bien, par exemple, que le plus volatil (l'eau, par exemple, dans un mélange d'eau et d'huile essentielle), entre en ébullition à son terme ordinaire et distille ; mais le moins volatil distille en même temps, et le mélange des deux vapeurs est en rapport avec la volatilité de chacune d'elles. Ainsi, à la température de 100 degrés, l'essence qui ne bout qu'à 150, forme cependant déjà une quantité assez considérable de vapeur qui se mêle à la vapeur d'eau, de manière que celle-ci en est saturée pour cette température de 100 degrés. Mais, de même que la vapeur d'eau se renouvelle sans cesse, la vapeur d'essence se reproduit à chaque instant, de sorte que si l'eau est en assez forte proportion, il arrive que toute l'essence passe à la distillation malgré sa moindre volatilité; que si l'on mêle à l'eau quelque sel qui retarde son point d'ébullition, alors la vapeur d'eau se fait à une température plus élevée; à cette même température l'essence a une tension plus grande, ou, en d'autres termes, forme plus de vapeur dans le même espace, et il arrive de là que le rapport de l'essence dans le mélange des vapeurs est augmenté, et qu'en même temps il en distille davantage.

Quand deux liquides distillent ensemble, l'affinité qu'ils exercent l'un sur l'autre peut modifier ces résultats. Ainsi, quand on soumet à la distillation un mélange d'eau et d'alcool, s'il obéissait à la théorie précédente, l'alcool qui passe devrait résulter d'un mélange de vapeurs d'eau et de vapeurs d'alcool en proportions constantes et par conséquent avoir toujours le même degré. Or l'expérience nous apprend que les premières liqueurs qui distillent sont plus spiritueuses que celles qui les suivent, et que le produit s'affaiblit de plus en plus à mesure que la distillation avance. Il faut bien reconnaître là les effets de l'affinité entre les deux liquides, d'où résulte qu'à mesure que l'eau perd de l'alcool, elle retient plus fortement celui qui lui reste, et ainsi tant que dure l'opération. Aussi voit-on le point de l'ébullition des liqueurs s'élever constamment, jusqu'à ce qu'il ne reste plus que de l'eau pure qui bout à 100°.

La distillation de l'acide acétique aqueux nous offre le même phénomène; mais comme l'acide acétique est un peu moins volatil que l'eau, c'est lui dont la proportion augmente sans cesse dans la cornue, et le produit distillé en est toujours plus chargé à mesure que la distillation avance.

EAUX DISTILLÉES ET HUILES ESSENTIELLES.

On donne le nom d'eaux distillées et d'hydrolats à l'eau qui a été chargée par la distillation des principes volatils des végétaux. Tous les matériaux susceptibles de se volatiliser, et qui sont contenus dans les plantes, passent avec l'eau pendant la distillation. C'est principalement l'huile volatile; mais il s'élève d'autres corps qui compliquent la composition des eaux distillées.

L'eau de cannelle contient de l'acide cinnamique, celle de valériane les acides acétique et valérianique; l'eau de poivre est ammoniacale, suivant Vauquelin, et il en est sans doute de même pour beaucoup d'autres. On trouve encore dans les eaux distillées des matières organiques fort mal connues, dont la présence dans ces eaux peut, dans le plus grand nombre de cas, être considérée comme accessoire, mais que nous ne pouvons cependant, sans des expériences positives, considérer comme inertes.

L'huile essentielle est le principe qui constitue le plus ordinairement les eaux distillées ; il est probable qu'elle se trouve souvent dans les eaux distillées dans un état pareil à celui sous lequel la plante la contient. Cependant la distillation de l'huile essentielle en présence de l'eau doit faciliter singulièrement la formation de ces hydrates d'huiles que MM. Blanchet et Sell nous ont surtout signalés. Au reste, l'histoire chimique des huiles essentielles est si peu avancée, que l'on ne saurait tirer encore que des conjectures hasardées.

Bien que l'huile essentielle soit le principe qui prédomine le plus ordinairement dans les eaux distillées, on ne saurait cependant considérer ces médicaments comme de simples solutions d'essence. On a cherché à les préparer artificiellement en agitant de l'eau distillée simple avec quelques gouttes d'huile essentielle ; mais ce procédé, fort économique, ne remplit pas le but qu'on s'était proposé. L'odeur et la saveur ne sont plus les mêmes, et le produit s'altère très rapidement.

En général, les eaux distillées sont peu chargées de principes médicamenteux, parce que les huiles essentielles sont peu solubles dans l'eau, aussi les emploie-t-on pour la plupart à la dose de quelques onces ; il en est cependant qui sont plus actives ; il est à propos de citer comme telles, les eaux distillées de menthe, de moutarde, de laurier-cerise et d'amandes amères.

Huiles essentielles.

Les huiles essentielles ou volatiles se trouvent répandues dans toutes les parties des végétaux. C'est presque toujours à elles que ceux-ci doivent leur odeur.

Les huiles essentielles sont des produits toujours riches en carbone et en hydrogène, toujours volatilisables par la chaleur, et inflammables au contact de l'air par une chaleur élevée.

Les huiles essentielles sont le plus ordinairement formées par le mélange de deux sortes d'huiles différentes ; l'une liquide prend le nom d'élæoptène, l'autre solide est appelée stéaroptène. Chacun de ces produits est variable dans chaque espèce, et par sa composition et par quelques-uns de ses caractères ; mais tous se rattachent à un type commun. En général, les stéaroptènes sont moins volatils que les huiles liquides.

Il est des huiles essentielles qui ne contiennent que des principes liquides, comme l'huile de cajeput ; d'autres, en plus grand nombre, contiennent en même temps des huiles liquides et des huiles solides ; en général nos connaissances sur la véritable composition des huiles essentielles sont fort peu avancées, parce que l'extrême analogie de propriétés que possèdent les différents principes qui y sont mélangés, permet difficilement de les séparer les uns des autres.

En outre des stéaroptènes, les huiles volatiles contiennent quelquefois des matières qui leur sont analogues et qui paraissent s'être formées par une véritable altération ; c'est ce qui arrive pour l'essence de térébenthine, celles de citron, de basilic, de cardamome, de persil, et sans doute d'autres. Il est ordinairement très difficile de reconnaître si certaines matières préexistent dans les huiles, ou si elles sont un résultat d'altération.

Les huiles volatiles relativement à leur composition intime se divisent en trois classes : celles qui ne sont formées que d'hydrogène et de carbone ; celles qui contiennent de l'hydrogène, du carbone et de l'oxigène ; celles qui contiennent du soufre et de l'azote.

Huile volatiles hydrocarbonées.

Essence de Térébenthine.	Essence de Bergamotte.
Copahu.	Cédrat.
Genièvre.	Limette.
Sabine.	Poivre noir.
Citron.	— cubèbes.
	Stéaroptène d'huile de roses.

En exceptant l'huile de roses, qui contient le carbone et l'hydrogène dans le même rapport que le gaz oléfiant (85,96 carbone, 14,04 hydrogène), toutes les autres renferment ces éléments dans le rapport de 88,5 du premier, et 11,5 du second. Elles ont cela de remarquable, qu'elles peuvent toutes contracter une combinaison avec l'acide chlorhydrique ; mais, d'après les quantités d'essence qui entrent en combinaison avec une proportion chimique d'acide, elles constituent trois groupes différents.

1° La proportion chimique d'huile est composée de 20 proportions de carbone, et 16 pp. d'hydrogène. Ex. : essence de térébenthine.

2° La proportion chimique d'essence est composée de 15 pp. de carbone et 12 pp. d'hydrogène. Ex. : essence de cubèbes, de genièvre.

3° La proportion chimique d'essence est formée de 10 pp. de carbone et 8 pp. d'hydrogène. Ex. : essence de citrons, de copahu.

Huiles oxigénées.

	Carbone		Hydrogène		Oxigène	
Anis (solide).	—	10 pp.	—	6 pp.	—	1 pp.
Fenouil (solide).	—	10	—	6	—	1
Asarum.	—	8	—	4 1/2	—	1
Camphre.	—	10	—	8	—	2
Cannelle.	—	18	—	8	—	2
Girofles.	—	20	—	12	—	5
Iris.	—	4	—	8	—	1
Menthe (solide).	—	10	—	10	—	1
Ulmaire.	—	14	—	6	—	4

Il faut ajouter les essences de cassia lignea, de fenouil, de lavande, de menthe, de romarin, de roses, dont la composition proportionnelle est mal connue.

La manière dont les éléments sont associés dans ces huiles oxigénées, a été mal déterminée. M. Dumas est disposé à admettre pour plusieurs d'entre elles, qu'elles constituent des oxides d'essence, auxquels il donne le nom générique de camphre. Dans cette supposition, le camphre ordinaire serait composé de 1 radical (10 pp. carbone, 8 pp. hydrogène), avec 1 pp. oxigène. Les essences concrètes d'anis et de fenouil résulteraient de l'union de 1 pp. oxigène avec 1 pp. d'un radical (10 pp. carbone, 6 pp. hydrogène). Le stéaroptène de menthe poivrée, contiendrait aussi 1 pp. oxigène et 1 proportion d'un radical hydrocarboné (10 pp. carbone, 10 pp. hydrogène), compositions qui sont au reste tout à fait hypothétiques. L'essence de cannelle se prête mieux à une autre supposition qui consiste à grouper ses éléments ainsi qu'il suit : radical (carbone 18 pp., hydrogène 7 pp., oxigène 2 pp.) + hydrogène 1 pp. ; de sorte qu'elle serait un véritable hydrure d'un radical ternaire oxigéné. Telle est aussi la composition de l'essence d'ulmaire et d'amandes amères, une proportion d'hydrogène étant combinée avec les autres éléments qui constituent un radical ternaire. Parmi les matières solides qui se déposent dans les huiles essentielles, il en est qui sont de véritables combinaisons d'essence et d'eau. Le fait est bien constaté pour les espèces suivantes : hydrate d'essence de térébenthine, hydrates des essences de thym, de basilic et de cardamome, camphre d'asarum, camphre de persil et camphre d'anémone. Pour un grand nombre d'essences oxigénées, les faits nous manquent pour prononcer si elles sont ou non des hydrates d'huiles. MM. Blanchet et Sell accordent comme propriétés spéciales à ces hydrates de se dissoudre dans l'eau, et d'y cristalliser, comme aussi à leur dissolution alcoolique de se réduire en eau et en huile essentielle, sous l'influence des rayons lumineux.

Huiles azotées et sulfurées.

Huile de Moutarde,   Cochléaria.
Raifort,

La première de ces huiles contient, carbone 32 pp., hydrogène 10 pp., azote 4 pp., oxigène 5 pp., soufre 5 pp. On ne sait rien sur la manière dont ses éléments sont groupés.

Les huiles volatiles sont solides ou liquides. Souvent elles se partagent naturellement en un mélange d'huile liquide et d'huile solide. Elles sont toutes âcres et odorantes. Aucune d'elles n'a la viscosité et en même temps le toucher gras des huiles fixes. En général elles sont diversement colorées, mais par des matières qui sont étrangères à leur nature essentielle.

Les huiles essentielles sont volatiles; mais, sous ce rapport, on peut les diviser en deux classes. Les plus volatiles peuvent être distillées seules sans décomposition; les autres s'altèrent souvent quand on veut les distiller sans eau. En général elles n'entrent pas en ébullition avant une température de 150 à 160°.

Les huiles volatiles sont très facilement combustibles; quand on approche de l'une d'elles un corps enflammé, elle prend feu et brûle en répandant une fumée épaisse.

Les huiles volatiles se colorent et s'épaississent avec le temps.
A l'air elles absorbent l'oxigène. Il se fait de l'acide carbonique,
du gaz hydrogène et de l'eau. Elles s'épaississent et contiennent
des produits très variés, de l'acide acétique, quelques matières
cristallisées, etc. Elles se rapprochent alors des résines, et
quelques-unes même paraissent se résinifier par un simple phénomène d'oxigénation ; au moins les résines de pin et de copahu
ne diffèrent dans leur composition des essences de térébenthine
et de copahu que par une certaine quantité d'oxigène.

L'eau peut dissoudre une petite quantité d'huile essentielle.
Les stéaroptènes y sont moins solubles que les huiles liquides.
Parfois au contact de l'eau les huiles s'y unissent lentement et
forment de véritables hydrates, par exemple, l'huile de térébenthine. Tous ceux de ces hydrates qui sont connus sont solides
et proviennent de la combinaison de l'eau avec les élæoptènes. Ils
se dissolvent dans l'eau et ils y cristallisent. Ils sont aussi solubles
dans l'alcool et dans les huiles.

Les huiles essentielles sont solubles dans l'alcool. Il les dissout
d'autant mieux qu'il est plus concentré. M. de Saussure croit
que les huiles les plus oxigénées sont aussi les plus solubles. L'eau
précipite les huiles volatiles de leur dissolution alcoolique.

L'éther dissout aussi très bien les huiles essentielles. Elles se
mêlent entre elles et aux huiles grasses.

L'acide acétique pur s'unit très bien aux essences ; mais s'il
contient de l'eau, ne fût-ce que 5 p. 0/0, une partie d'huile se
dissout dans l'acide acétique aqueux, tandis qu'une autre partie
s'unit à de l'acide acétique fort.

Un grand nombre d'huiles volatiles ne montrent ni propriétés
acides, ni propriétés alcalines. Quelques-unes se combinent aux
acides (huiles de térébenthine, de citron, camphre), d'autres se
combinent aux bases (huiles de girofle, de piment).

Eaux distillées.

Les anciens pharmacologistes distinguaient deux espèces d'eaux
distillées : les eaux essentielles et les eaux distillées proprement
dites. Les premières sont tout à fait rejetées de la pratique médicale. On les obtenait en distillant au bain-marie les parties
charnues de certains végétaux ou des plantes entières assez riches d'eau de végétation pour fournir à l'opération, et retenir les

principes odorants et volatils. On traitait de cette manière plusieurs crucifères, tels que le cresson, le raifort, le cochléaria. Les fleurs fournissaient peu de ces eaux essentielles, mais on en retirait abondamment de plusieurs fruits.

Celles de fraises, de framboises, de groseilles, de prunes, de pêches, sont très agréables, et peut être pourrait-on les utiliser dans la préparation des liqueurs.

Les eaux distillées ont ordinairement l'odeur des plantes qui les ont fournies. L'on fait surtout usage des plantes aromatiques pour la préparation de ces médicaments ; on choisit dans chacune la partie la plus chargée d'huile essentielle. C'est la racine dans les amomées, l'écorce et le fruit dans les laurinées ; on se sert des fleurs et des fruits des hespéridées ; dans les labiées on prend les sommités fleuries ; plus tard, au premier développement de la graine, on obtiendrait plus d'huile essentielle, mais elle serait moins suave. Certaines plantes ne contiennent que peu ou point d'huile volatile ; de là, la division des eaux distillées en eaux distillées des plantes inodores, et eaux distillées des plantes odorantes. Les premières ont une odeur herbacée, toujours à peu près la même, et l'on a cru longtemps qu'elles n'avaient aucune propriété. Cela est vrai, ou peu s'en faut, quand on s'est contenté d'une seule distillation ; mais MM. Deyeux et Clarion ont fait voir que, lorsqu'elles étaient bien préparées, elles méritaient plus de confiance, et que, pour obtenir des plantes inodores tous les principes qu'elles peuvent céder à l'eau par la distillation, il fallait recohober trois ou quatre fois le produit sur de nouvelles plantes, c'est-à-dire, reverser à trois ou quatre reprises la liqueur distillée sur des plantes nouvelles, et procéder, à chaque fois, à une nouvelle distillation.

Par ce procédé, l'eau de laitue devient calmante, l'eau de centaurée se recouvre d'une huile épaisse ayant une saveur âcre et très mordicante. M. Brossat a préparé de cette manière, avec la fleur du tilleul, une eau distillée d'un effet très marqué sur l'économie. Malheureusement ces eaux distillées de plantes inodores ne se conservent pas, et si l'on voulait s'en servir en médecine, il faudrait les transformer en sirop aussitôt après leur préparation.

Les observations de M. Dubuc, conformes à celles qui ont été faites en Allemagne, nous confirment dans l'opinion que les eaux distillées des plantes inodores sont bien loin d'être identiques entre elles. Il a vu qu'elles se congèlent à des températures différentes ; l'eau de laitue et celle de pourpier plus tôt que l'eau de pavot ; celle-ci avant l'eau de plantain ou de chicorée. On ne peut expliquer ces phénomènes que par des différences dans la nature des principes qui sont en dissolution.

Plus généralement on emploie des végétaux frais à la préparation des eaux distillées. Il donnent un produit plus suave. Le contraire a lieu pour quelques plantes, savoir :

Lierre terrestre,	Origan,
Fenouil,	Serpolet,
Mélilot,	Tilleul.

Avant de soumettre les végétaux ou les parties de végétaux à la distillation, il faut les diviser convenablement. On râpe les bois, on concasse les racines et les écorces, on brise les feuilles ; on peut même piler les plantes inodores, mais les plantes aromatiques doivent être employées entières, pour qu'il ne se perde aucune portion de leur principe odorant.

Les matières sèches doivent être laissées en macération avant qu'il ne soit procédé à leur distillation, et celle-ci doit être d'autant plus prolongée que le tissu est plus dense. Ici la macération a pour objet de pénétrer le tissu des corps, et de le ramollir pour faciliter la sortie des matériaux immédiats qu'il renferme.

Quand on veut soumettre une plante à la distillation, on la met dans la cucurbite avec de l'eau ; mais la quantité d'eau ne peut être fixée. Il faut en mettre assez pour que les plantes en soient encore baignées convenablement après la distillation ; sans quoi elles brûlent et l'eau acquiert une odeur et une saveur empyreumatiques désagréables.

Dans le procédé le plus anciennement pratiqué, les plantes sont plongées au milieu du liquide, dans la cucurbite de l'alambic ; mais il arrive que ces plantes, ramollies par la coction, s'attachent au fond de la chaudière, y brûlent ou y éprouvent au moins un commencement de décomposition, qui communique aux produits une odeur et une saveur désagréables qu'ils ne perdent pas toujours en vieillissant. Le moyen le plus ordinaire d'éviter cet accident, est de garnir le fond de la cucurbite avec une couche de paille longue ou avec une claie d'osier qui empêche le contact immédiat des plantes avec le fond échauffé de la chaudière.

M. Henry a proposé et a mis à exécution, à la Pharmacie centrale des hôpitaux, l'emploi d'un seau percé de trous qui reçoit les plantes et les retient plongées dans le liquide, mais qui les éloigne en même temps des parois latérales et du fond de la cucurbite. Cette disposition a été adoptée par beaucoup de pharmaciens, seulement ils ont généralement substitué au seau en métal plein de M. Henry, un sac en toile métallique qui remplit plus économiquement le même objet.

Plus tard, M. Henry s'est aperçu que ce perfectionnement n'avait pas complétement surmonté la difficulté, et que les eaux conservaient encore, à un certain degré, l'odeur empyreumatique que l'on cherchait à éviter. On s'explique aisément ce résultat. Les plantes soumises à l'action de l'eau bouillante pendant tout le temps que dure la distillation, cèdent au véhicule un grand nombre et une grande proportion de principes fixes ; à mesure que la vaporisation se fait, le niveau de l'eau baisse dans la cucurbite, et les matières dissoutes restent à l'état solide sur les parties des parois de la chaudière qui étaient mouillées d'abord par la dissolution. Si ces parois viennent à être léchées par la flamme, ou seulement même un peu fortement chauffées, les substances extractives et gommeuses qui les recouvrent sont décomposées, et les produits de cette décomposition viennent se mêler à l'eau distillée et en altérer la qualité.

M. Henry remplaça le seau métallique plongeant jusqu'au fond de la cucurbite par un autre seau beaucoup plus court et également percé de trous. Dans ce nouvel appareil, les matières n'étaient plus plongées dans l'eau, mais les vapeurs qui s'élevaient de la cucurbite traversaient les plantes et passaient à la distillation, entraînant avec elles tous les principes volatils. C'était un perfectionnement heureux, mais il ne mit pas tout à fait à l'abri des inconvénients du bain-marie plongeant. En effet, les premières vapeurs qui s'élèvent et qui pénètrent les plantes, s'y condensent par l'abaissement de température qu'elles en éprouvent, et tant que la chaleur n'est pas portée et entretenue à 100 degrés dans toutes les parties de l'appareil, il y a condensation de vapeurs ; le liquide chaud qui en résulte se charge des parties solubles des plantes, retombe en dissolution concentrée, se mêle à l'eau de la cucurbite, et y présente plus tard et par les mêmes causes, les phénomènes d'altération observées avec le seau plongeant. Seulement, ici les circonstances sont moins défavorables ; une partie plus faible des principes fixes des plantes est dissoute par l'eau ; l'altération ne peut s'effectuer que sur une masse moindre. Il y a réellement amélioration.

Le seul remède tout à fait efficace consiste à soumettre les plantes à un courant de vapeurs, sans qu'aucune partie des principes organiques puisse être soumise à l'action directe du feu. M. Duportal a décrit un appareil de ce genre, qui remplit toutes les conditions désirables pour une bonne fabrication. Son appareil consiste en une chaudière qui fournit la vapeur d'eau, un vase intermédiaire qui contient les plantes, et un serpentin qui recueille les vapeurs aromatiques et qui les condense. Les conduits qui servent de passage à la vapeur, et le vase dans lequel les plantes sont placées, doivent être entourés de plusieurs doubles d'étoffe de laine, pour éviter, autant que possible, toute déperdition de chaleur.

Le seul reproche qu'on puisse faire à cet appareil, c'est qu'il est coûteux, et cette circonstance est certainement la véritable cause qui a empêché de l'adopter dans les laboratoires des pharmacies. Je vais faire connaître un autre appareil que j'ai fait établir à la Pharmacie centrale, et qui réunit le double avantage de donner de bons produits et de ne demander presque aucune dépense pour être adapté à l'alambic ordinaire qui se trouve chez les pharmaciens.

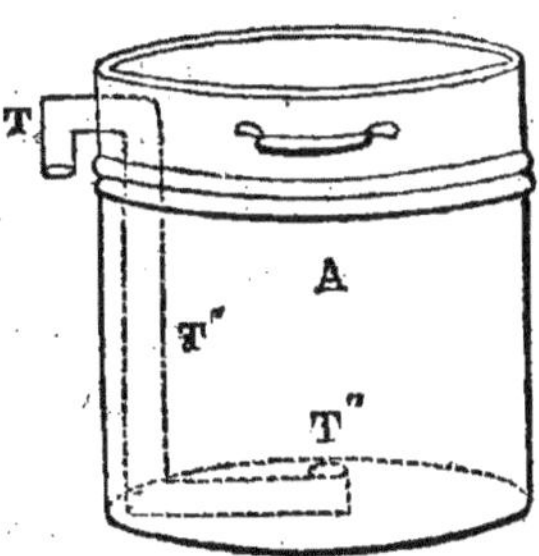

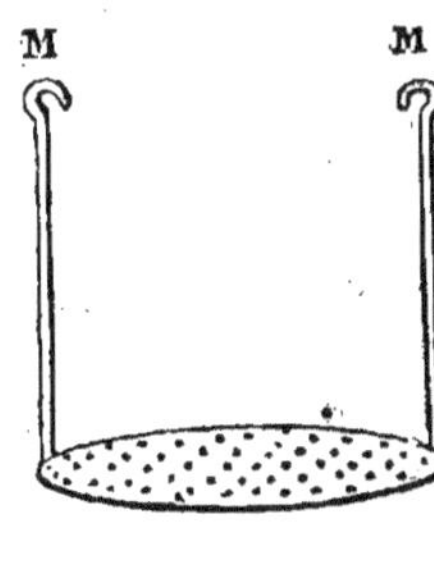

L'idée première de cette construction m'a été donnée par M. Mitscherlich : elle doit rapprocher beaucoup cet appareil de celui qui est usité par quelques pharmaciens allemands, et que je ne connais pas dans ses détails. Une expérience de plusieurs années m'a confirmé les bons effets de celui que j'ai fait construire ; et depuis, M. Méro, pharmacien et distillateur à Grasse, en a obtenu plus d'avantages encore, parce que là où l'on opère sur des masses considérables de fleurs et où la distillation dure plusieurs heures, les inconvénients attachés à la distillation directe sont beaucoup augmentés.

L'appareil consiste en une modification bien simple apportée à l'appareil distillatoire ordinaire.

Dans la cucurbite de l'alambic, on plonge un bain-marie A pareil à celui qui sert à distiller les liqueurs alcooliques. Si on le fait construire exprès, il vaut mieux le faire en cuivre qu'en étain, parce que ce métal a besoin de moins d'épaisseur et qu'il transmet alors plus rapidement la chaleur. On peut aussi lui donner un peu moins de profondeur qu'au bain-marie ordinaire. Du reste, j'ai reconnu dans de premiers essais que la distillation marche très bien en se servant du bain-marie d'étain, qui est une des parties essentielles de l'alambic des pharmacies.

A travers la partie du bain-marie qui s'élève au-dessus de la cucurbite, passe un tuyau en cuivre recourbé. Le coude extérieur T va s'adapter à la douille de la cucurbite. La partie inférieure du tube descend le long des parois intérieures du bain-marie, se recourbe et vient s'ouvrir au milieu de son fond T'. Ce tuyau est destiné à amener la vapeur qui se produit par l'ébullition de l'eau contenue dans la cucurbite. Il est commode de faire pratiquer à celle-ci une seconde douille qui reste fermée avec un bouchon, et qui permet d'ajouter au besoin une nouvelle quantité d'eau.

Les plantes que l'on veut distiller sont mises dans le bain-marie ; mais pour qu'elles soient traversées également par la vapeur, et qu'aucune partie ne puisse se soustraire à son action, elles reposent sur un diaphragme percé de trous, porté sur trois à quatre petits pieds qui le tiennent soulevé au-dessus de l'orifice du conduit à vapeur. Ce diaphragme est armé sur les côtés de deux lames en cuivre M M qui lui servent de manches, et qui servent à l'introduire facilement et à le retirer avec toutes les plantes, quand la distillation est terminée.

L'appareil étant ainsi disposé, on recouvre le bain-marie de son chapiteau, on adapte le serpentin, et l'on procède à la distillation. On voit de suite qu'ici aucune partie des plantes ne peut brûler, puisqu'elles ne sont jamais exposées à une température qui dépasse 100 degrés. La distillation marche avec autant de rapidité qu'à l'ordinaire, parce que la vapeur n'éprouve d'autre obstacle à son passage que celui qui lui est opposé par son frottement sur les parois du vase et sur la surface des plantes elles-mêmes, parce que l'espace que la vapeur doit traverser étant plongé constamment au milieu de l'eau bouillante et des vapeurs qui en sortent, conserve sa température de 100 degrés pendant tout le temps que dure la distillation. Les vapeurs ne peuvent se refroidir en le traversant, et par suite y éprouver de condensation.

Bien que l'appareil soit fermé et qu'il n'ait aucun indicateur, on n'éprouve pas de difficulté pour reconnaître si la cucurbite contient toujours la quantité d'eau convenable ; car il suffit d'y mettre, avant de commencer l'opération, une quantité d'eau un peu plus grande que celle qui doit être recueillie comme produit.

Cet appareil est si simple, il entraîne si peu de frais pour être adapté à l'appareil distillatoire ordinaire des pharmacies, il remplit si bien d'ailleurs toutes les conditions désirables pour une bonne fabrication, que je ne doute pas qu'il ne soit bientôt très répandu.

On peut se contenter de percer la paroi supérieure du bain-marie, et d'y faire passer un tuyau mobile que l'on met ou que l'on ôte à volonté. L'appareil peut servir alors alternativement à ses usages habituels ou à la distillation à la vapeur. J'ai mieux aimé faire construire un bain-marie qui ne servît qu'à cet usage; mais je me suis servi dans mes premiers essais du tube mobile, qui réussit aussi bien et qui n'entraîne dans aucune dépense nouvelle.

La méthode de distillation à la vapeur est considérée comme préférable à toutes les autres. Jai voulu m'assurer si l'assertion était fondée : voici les résultats auxquels je suis parvenu. L'expérience a prononcé en faveur de la distillation à la vapeur pour les plantes suivantes :

Absinthe.	Lavande.
Anis.	Lierre terrestre.
Armoise.	Mélilot.
Aunée.	Mélisse.
Bleuet.	Fenouil (feuilles).
Bourrache.	Fenouil (semences).
Cerfeuil.	Genièvre.
Chardon bénit.	Hysope.

Fleurs d'Oranger.	Tanaisie.
de Roses.	Thym.
Sauge.	Tilleul.
Sureau.	Valériane.

La distillation de la plante au milieu de l'eau a donné de meilleurs résultats avec :

Amandes amères.	Laitue.
Cochléaria.	Moutarde.
Cresson.	Raifort.

L'avantage de la distillation à la vapeur se fait surtout sentir pour les plantes dont l'odeur est douce et agréable. Quand les eaux sont presque inodores, ou tout au contraire, quand elles ont une odeur très forte, il est à peu près impossible d'apprécier les différences qu'il peut y avoir dans la qualité des produits. J'ai fait figurer ces plantes dans la série de celles qui doivent être distillées à la vapeur, parce que ce procédé a d'ailleurs l'avantage de donner des produits qui se gardent mieux ; on peut de suite les mettre en emploi, parce que, au moment où elle vient d'être préparée, l'eau distillée ainsi obtenue n'a pas le goût de feu que les eaux faites avec le plus de soin, mais à feu nu, conservent pendant assez longtemps.

On a cru remarquer qu'on obtient moins d'huile volatile par la distillation à la vapeur ; on l'a attribué un peu légèrement à ce qu'elle était en combinaison plus intime avec l'eau ; mais le fait principal lui-même est douteux et certainement inexact pour quelques plantes ; il a besoin d'être éclairci par des expériences plus positives que celles qui jusqu'à ce jour l'ont fait admettre.

On recommande de distiller les eaux rapidement parce que, dit-on, une partie de l'huile essentielle s'altère ou se détruit par l'action prolongée de la chaleur. Je ne répondrais pas de la vérité de cette assertion ; en suivant ce précepte, on ferait bouillir l'eau de la cucurbite avant d'introduire les fleurs, soit que la distillation soit faite à feu nu, soit qu'on veuille distiller à la vapeur.

La quantité d'eau distillée que fournit un poids donné de matière, varie suivant la nature propre de chaque substance.

On retire un poids d'eau distillée égal à celui de la plante, pour le plus grand nombre des plantes ; savoir :

Feuilles d'Amandier.	Feuilles de Lierre terrestre.
Armoise.	Mélisse.
Bourrache.	Menthe.
Cochléaria.	Plantain.
Cresson.	Pariétaire.
Hysope.	Fleurs de Bleuet.
Laitue.	Coquelicot.
Laurier cerise.	Roses.

On retire 2 parties de produit pour une partie de plantes fraîches, pour :

Feuilles d'Absinthe.	Fleurs de Lavande.
Sauge.	Oranger.
Tanaisie.	Racines de Raifort.
Thym.	Amandes amères.

On retire 4 parties de produit pour une de substance employée pour les matières que l'on emploie à l'état sec.

Feuilles de Lierre terrestre.	Fruits de Fenouil.
Mélilot.	Genièvre.
Origan.	Persil.
Serpolet.	Écorce de Cannelle.
Fleurs de Sureau.	Cascarille.
Tilleul.	Racine de Valériane.
Fruits d'Anis.	Girofles.
Angélique.	

Le premier produit qui passe à la distillation est très suave, le second est chargé d'huile dont la présence se manifeste par la lactescence de la liqueur quand la densité de l'essence est à peu près la même que celle de l'eau, par la séparation de l'huile en gouttelettes qui se déposent ou qui se réunissent à la surface si la densité des deux liquides est différente ; l'odeur de ce second produit est moins agréable. A mesure que la distillation avance, la proportion d'huile diminue, et l'eau, qui souvent était rendue laiteuse par l'huile qui s'y trouvait suspendue, devient transparente. Ce caractère de transparence n'est pas cependant toujours un indice certain de l'absence de l'huile. Ainsi, suivant l'observation de

M. Robiquet, le premier produit qui est fourni par les amandes amères, bien qu'il soit transparent, est plus riche en huile volatile que les produits qui viennent en second lieu, bien que ces derniers soient laiteux.

Enfin, les dernières liqueurs que l'on obtient ont une odeur fade et herbacée désagréable. MM. Henry et Guibourt ont proposé avec raison d'arrêter la distillation au moment où l'eau cesse d'être aromatique, et de compléter la quantité de produit prescrite par une suffisante quantité d'eau distillée.

Au moment où elles viennent d'être obtenues, les eaux distillées sont peu suaves. Quand elles ont été obtenues à feu nu surtout, elles ont contracté une odeur peu agréable qui se mêle à leur odeur aromatique. Cette odeur désagréable se perd à la longue ; mais, suivant l'observation de Geoffroy sur l'eau de fleurs d'oranger, et qui a été étendue par le professeur Nachet à toutes les autres eaux distillées, on peut détruire cette odeur en quelques instants en tenant les eaux distillées plongées dans un bain de glace.

Les eaux distillées entraînent souvent avec elles un excès d'huile volatile qui vient nager à leur surface. Il faut avoir l'attention de les en débarrasser par la filtration. A cet effet, on place un filtre de papier dans un entonnoir, on l'humecte préalablement avec de l'eau, et l'on verse ensuite dessus l'eau distillée. Elle traverse les pores du filtre sans que celui-ci livre passage à l'huile. On conçoit quel effet fâcheux pourrait être produit par ces huiles essentielles, toutes ayant beaucoup d'âcreté, et quelques-unes étant vénéneuses, par exemple : les essences de laurier-cerise, de pêcher, d'amandes amères.

Quelques pharmacopées étrangères, et à leur imitation M. Chereau, font entrer de l'alcool dans la préparation des eaux distillées afin de les rendre moins altérables. On ajoute l'alcool avec l'eau dans la cucurbite avant de faire la distillation ; ou bien on l'ajoute à l'eau distillée obtenue. Des recherches spéciales sur la préparation de ces eaux distillées alcooliques seraient nécessaires pour faire reconnaître les avantages de l'une ou l'autre méthode. La théorie semble favorable à l'addition de l'alcool après la distillation ; car, ajouté dans la cucurbite, il abaisse le point d'ébullition et doit rendre plus difficile le passage de l'essence ; mais l'expérience m'a prouvé qu'avec la cannelle, au moins, il n'en est pas ainsi. Il passe plus d'huile à la distillation quand l'alcool est ajouté dans la cucurbite. Les proportions indiquées par M. Chereau pour la préparation de ces eaux distillées alcooliques, sont de 1 partie d'alcool pour 10 parties de produit.

Les eaux distillées sont généralement des médicaments simples formés par la distillation de l'eau sur une seule substance. On peut faire des eaux distillées avec plusieurs substances à la fois ; mais ce genre de médicament est à peine employé.

Les eaux distillées s'altèrent très vite, et il faut les renouveler souvent. Leur décomposition est surtout rapide quand elles sont exposées à la lumière. Elles perdent leur odeur, laissent précipiter des flocons, et passent à la putréfaction. Les eaux distillées des plantes inodores sont principalement sujettes à ce genre d'altération ; elles ne peuvent même pas être conservées quand on les a obtenues par plusieurs cohobations.

Les eaux distillées aromatiques résistent mieux à la décomposition.

Les changements qui se produisent dans les eaux distillées pendant leur décomposition ne sont pas connus ; quelques chimistes pensent que l'huile se transforme en mucilage ; ce qu'il y a de certain, c'est que Banhoff, ayant fait dissoudre dans l'eau distillée des huiles de citron, de valériane, de menthe et de fenouil, et les ayant abandonnées dans des vases bien bouchés, y trouva au bout de quelques semaines un dépôt mucilagineux.

M. Deyeux a observé un pareil changement en matière muqueuse dans l'eau de fleurs d'oranger. Cette transformation est commune à un grand nombre d'eaux : le dépôt qui s'y fait paraît formé de globules organisés, et il est considéré par plusieurs personnes comme une véritable formation organique.

L'un des produits constants de la décomposition des eaux distillées est l'acide acétique. Les distillateurs des provinces méridionales sont dans l'usage de conserver et d'expédier l'eau de fleurs d'oranger dans des estagnons en cuivre. Plusieurs fois l'acide acétique existant naturellement dans cette eau, joint à celui qui s'y développe à la longue, en dissolvant du cuivre, a rendu l'eau de fleurs d'oranger fort insalubre.

Pour parer à la décomposition des eaux distillées, on les conserve dans des vases opaques ou dans des lieux obscurs, et on les place au frais. Il faut les filtrer de temps en temps ; on bouche les bouteilles qui les renferment avec un parchemin ; quand elles sont pleines, on peut sans inconvénient se servir d'un bouchon de liége ; pour plus de sûreté, suivant le conseil de M. Mialhe, on fera bien de recouvrir intérieurement le bouchon avec une feuille d'étain.

M. Guibourt s'est assuré que dans les vases, même en vidange, qui servent au détail de l'officine, les eaux distillées se conservent bien, si ces vases sont des flacons en verre bouchés à l'émeri.

Huiles essentielles.

La manière de procéder à la distillation pour obtenir des huiles essentielles est à peu près la même que celle qui est employée pour la préparation des eaux distillées. On peut avoir recours à la distillation à la vapeur ; cependant on a mal déterminé encore les avantages et les inconvénients de cette manipulation appliquée à la préparation des huiles essentielles. Je tiens de M. Méro. qu'il s'en est servi avec avantage pour la préparation de plusieurs essences à Grasse. Cependant, M. Cadet de Gassicourt a observé que l'huile de menthe obtenue ainsi, était inférieure à l'huile de menthe préparée par l'ébullition de la plante. M. Méro a obtenu un résultat contraire. L'emploi de la vapeur comme procédé pour la préparation des huiles essentielles, est une question qui reste à étudier.

On remarque que les huiles volatiles contenues dans les plantes éprouvent à passer à la distillation plus de difficulté que leur volatilité ne devrait le faire penser. C'est qu'elles sont souvent engagées dans une sorte de combinaison avec d'autres matières. C'est une sorte d'huile grasse dans les racines des ombellifères, une sorte de cire dans le girofle, de la résine dans beaucoup d'autres substances.

Les plantes qui croissent dans le Midi sont plus chargées d'huiles volatiles ; mais celles qu'elles fournissent ne sont pas toujours de meilleure qualité. Ainsi, suivant M. Raybaud, bon juge en cette matière, les huiles de thym, de feuilles de myrte, de fleurs d'oranger et de romarin, obtenues avec des plantes récoltées à Paris, sont plus suaves que les essences des mêmes plantes venues de Provence. Les huiles d'hysope, de tanaisie, de fenouil, de lavande du Nord, ne sont pas inférieures aux mêmes essences venues du Midi,

Toute époque n'est pas indifférente pour la récolte des plantes destinées à la fabrication des huiles essentielles. Les feuilles de myrte donnent plus d'huile essentielle quand on les récolte avant la floraison ; c'est au moment où les fleurs s'épanouissent que l'on récolte les labiées. Après la floraison, ces plantes donnent plus de produits, mais ils sont moins suaves.

Les huiles volatiles sont tantôt plus légères, et tantôt plus pesantes que l'eau. On remarque que leur volatilité est en raison inverse de leur pesanteur ; de telle sorte que les plus denses sont les moins volatiles. Les huiles denses sont ordinairement celles des plantes venues dans des climats très chauds ; les essences indigènes sont en général plus légères que l'eau Certaines, cependant, sont plus pesantes, par exemple, les huiles de moutarde, d'ail, de ciguë aquatique, de seseli, etc.

Ces différences dans la volatilité et dans la pesanteur des huiles exigent des changements dans le mode de distillation et dans la nature du récipient. Examinons séparément chaque manière de distiller.

PRÉPARATION DES HUILES VOLATILES LÉGÈRES.

On distille à la manière ordinaire. Le récipient dont on se sert est un vase en forme de carafe dont le col va en se rétrécissant vers le sommet ; à la base se trouve un bec, qui s'élève le long du corps principal du récipient, mais qui ne monte pas aussi haut que son col. Par cette construction, l'huile plus légère que l'eau se rassemble dans le col, et l'eau sort par l'extrémité du bec, à mesure que la distillation avance. On appelle ce récipient, *Récipient florentin*.

M. Amblard a fait connaître un récipient qui est d'un usage extrêmement commode, surtout lorsque l'on ne reçoit que de petites quantités d'huile essentielle, comme cela a lieu ordinairement dans la préparation des eaux distillées. C'est un tube d'un demi-pouce de diamètre, effilé à l'une des extrémités. Il s'adapte au moyen d'un bouchon dans le col du récipient florentin. Le bout du tube qui a toute sa largeur d'ouverture s'élève au-dessus du serpentin ; l'extrémité effilée plonge presque jusqu'au fond. C'est dans ce tube que l'on fait tomber les produits. L'huile volatile reste dans ce tube tandis que l'eau s'écoule par le bec inférieur et se répand dans la capacité du récipient. Quand l'opération est terminée, on enlève le tube qui est alors une véritable pipette, ce qui donne le moyen de retirer jusqu'à la dernière parcelle d'essence.

Il est avantageux de se servir pour distiller, d'une eau déjà saturée d'huile essentielle par une première opération ; elle ne dissout plus aucune portion de l'huile fournie par la plante, et qui passe en même temps qu'elle dans le récipient ; celle-ci se sépare tout entière, et vient nager à la surface de l'eau.

Cependant les huiles sont plus suaves quand elles ont été distillées sans avoir recours aux anciens produits.

Quand on distille une substance dans l'intention d'en obtenir l'huile volatile, il faut retirer celle-ci aussitôt que l'eau cesse d'être laiteuse ; car du moment que la liqueur distillée ne passe plus saturée d'huile, elle dissout une portion de celle qui s'était d'abord déposée.

Observons que, lorsque les huiles volatiles sont solides, à la température ordinaire de l'atmosphère, comme celles d'anis et de roses, etc., il faut tenir le serpentin tiède, pendant tout le temps que dure la distillation, afin qu'elles ne se solidifient pas, et qu'elles ne restent pas adhérentes à ses parois internes.

Les huiles volatiles de moutarde et d'amandes amères s'obtiennent par un procédé particulier ; après avoir réduit en poudre le tourteau d'amandes ou la moutarde, on les mélange avec de l'eau froide dans une cucurbite, et l'on fait arriver dans le mélange de la vapeur d'eau qui l'échauffe, le porte à l'ébullition et le traverse alors entraînant avec elle l'huile essentielle. Cette manipulation est nécessaire, parce que la bouillie qui résulte du mélange de la poudre d'amandes ou de moutarde brûle facilement, et que le feu serait fort difficile à conduire. Voyez, pour plus de détails, Huiles d'amandes amères et de moutarde.

PRÉPARATION DES HUILES VOLATILES PESANTES.

Prenez, par exemple, cannelle concassée, 10 parties ; sel marin, 2 parties ; eau commune, 20 parties. Faites macérer pendant deux jours, et distillez jusqu'à ce que le produit ne soit plus laiteux, ce qui annonce qu'il ne passe plus que très peu d'huile; laissez déposer l'huile essentielle, et reversez dans l'alambic l'eau qui surnage; redistillez de nouveau, comme ci-dessus. La même manipulation doit être réitérée trois ou quatre fois, et même plus, jusqu'à ce qu'il ne passe plus d'huile volatile. C'est par ce procédé que l'on se procure les essences de cannelle de Chine, de cannelle de Ceylan, de girofles, de sassafras, etc.

On reçoit ces huiles pesantes dans le récipient florentin; mais, au lieu de nager à la surface du liquide, elles se précipitent au fond.

Si l'on fractionne, de manière à obtenir à part l'huile essentielle de chaque opération, ou trouve qu'elle est toujours moins suave à chaque nouvelle opération, et que dans chaque distillation la première huile qui distille est la plus suave. Au reste, il en est de même dans la distillation des huiles légères.

Le sel que l'on ajoute a pour objet de retarder le terme d'ébullition de l'eau, de manière à ce que la liqueur, dans l'alambic, n'entre en ébullition qu'au-dessus de 100 degrés; mais la proportion de sel n'est pas assez forte. Pour porter l'eau salée à son maximum de température (107°), il faudrait 35 parties de sel pour 100 parties d'eau.

Quand on distille un mélange d'eau salée et d'huile volatile, l'expérience confirme ce que la théorie fait prévoir, savoir, que l'essence passe proportionnellement en plus grande quantité que si la distillation eût été faite avec de l'eau; mais, ayant reconnu que cette proportion d'essence diminue singulièrement du moment où elle n'est plus en assez grande quantité pour recouvrir d'une couche uniforme la surface de l'eau salée, j'ai été amené à douter qu'il y eût réellement grand avantage à se servir du sel marin dans l'extraction des huiles essentielles. Dans une expérience où j'ai opéré sur 2500 grammes de cannelle de Chine, j'ai obtenu avec l'eau simple, par une première distillation, 10,3 d'essence, et avec l'eau salée 11,3; la totalité de l'essence, avec l'eau simple, a été obtenue en retirant à la distillation 6 litres de liqueur; le même résultat a été obtenu avec de l'eau salée en retirant 4 litres ½ seulement. Il y a donc eu avantage à se servir du sel marin, mais cet avantage est faible et ne paraît pas être compensé par la dépense qu'occasionne l'emploi du sel; il eût été tout à fait nul, si, au lieu de saturer l'eau de chlorure de sodium, je n'en eusse ajouté que le dixième de son poids, comme le prescrivent les Formulaires.

Un autre résultat fort remarquable a été présenté par le cubèbes, c'est que le sel a nui positivement à l'extraction de l'essence ; ces expériences montrent que la fabrication des huiles essentielles mérite une étude toute nouvelle.

HUILES VOLATILES PAR EXPRESSION.

Ce procédé ne s'emploie que pour extraire les huiles contenues dans le zeste des hespéridées. On râpe toute la partie jaune superficielle des fruits et on la soumet à la presse dans un sac de crin. Le suc s'écoule, et on l'abandonne à lui-même ; il se sépare en deux couches, l'une aqueuse inférieure, l'autre supérieure, composée presque entièrement d'huile volatile ; elle laisse déposer, par le repos, les fèces qui troublaient sa transparence.

Ainsi obtenue, l'huile est bien plus suave que celle préparée par la distillation, mais elle est moins pure ; elle est mélangée avec d'autres principes immédiats, entre autres du mucilage et de la matière colorante ; aussi, elle fait tache sur la soie, et ne se dissout qu'imparfaitement dans l'alcool.

Les huiles volatiles sont le plus ordinairement achetées par le pharmacien dans le commerce, parce que toutes les localités, comme nous l'avons dit, ne sont pas également propres à fournir des produits de première qualité ; mais ces essences du commerce ont souvent besoin d'une rectification. On y procède par deux méthodes différentes :

1° On met l'huile volatile dans une cornue de verre et l'on distille au bain de sable tant que l'huile passe incolore. Il reste dans la cornue une proportion plus ou moins considérable d'une matière résineuse.

2° On met une partie d'essence avec de l'eau dans une cornue et l'on distille. On sépare par décantation l'essence de l'eau. Ce procédé est plus économique que le premier parce qu'il y a moins de perte. Toutes les huiles soumises à cette rectification passent incolores.

Les huiles essentielles du commerce sont souvent falsifiées. Les falsifications les plus ordinaires sont l'addition d'une huile fixe, celle de l'alcool, le mélange avec d'autres huiles volatiles. Quand une essence est mélangée avec une huile fixe, il suffit d'en verser un peu sur du papier et de chauffer. L'huile altérée laisse une tache grasse.

On peut encore mêler l'essence avec huit fois son volume d'alcool à 40°; si elle est pure, elle se dissout entièrement. Une essence falsifiée avec l'huile de ricin se dissoudrait également; mais la fraude serait facilement dévoilée par l'épreuve au moyen de la chaleur.

On falsifie les essences des hespéridées en les mêlant avec de l'alcool. On reconnaît cette fraude en agitant les huiles dans un tube avec de l'eau. Si la proportion d'alcool est un peu forte, l'eau prend une apparence laiteuse et l'essence diminue de volume.

On falsifie les essences en les mélangeant les unes avec les autres. Les essences des hespéridées sont mélangées entre elles. C'est ordinairement de l'essence de térébenthine que l'on se sert pour falsifier les essences des labiées, et pour que la fraude soit plus difficile à reconnaître, on distille les deux essences ensemble en y ajoutant encore un peu d'huile volatile de lavande pour mieux masquer l'odeur de térébenthine. Souvent on ajoute l'essence de térébenthine au moment même de la distillation des plantes.

Quand la proportion d'huile de térébenthine est un peu forte, on la reconnaît en trempant un papier dans l'essence soupçonnée et en l'exposant à l'air. L'odeur de lavande et de térébenthine qui est plus tenace reste la dernière; mais quand on a mélangé des essences d'odeur analogue, il faut la plus grande habitude pour découvrir la fraude.

Les huiles volatiles doivent être conservées dans des vases bien bouchés; au bout de quelque temps, elles absorbent l'oxigène de l'air et se rapprochent de l'état de résine; il est même dangereux de conserver dans un endroit peu aéré des quantités considérables d'huiles volatiles. Quand les vases qui les renferment ne bouchent pas parfaitement, l'oxigène est absorbé, et l'air est vicié, au point de devenir dangereux. L'on a des exemples d'asphyxies instantanées produites par une pareille atmosphère. Il ne paraît pas cependant que le manque d'oxigène ait été la cause de la mort des individus, car l'analyse a fait retrouver, dans cet air, plus d'oxigène qu'il n'en faut pour qu'il reste propre à la respiration.

Quand une huile a été ainsi altérée, on peut, par la distillation, séparer la matière résinifiée de celle qui n'a pas éprouvé d'altération, et pour lui rendre l'arôme qu'elle a perdu, on peut la redistiller sur des plantes fraîches.

La lumière concourt aussi à l'altération des huiles volatiles ; elle hâte leur épaississément, et souvent elle change leur couleur. Aussi faut-il garder les essences dans des lieux obscurs, et dans des flacons couverts de papier noir.

Tableau des quantités d'huiles essentielles fournies par plusieurs plantes, d'après M. Raybaud.

100 LIVRES DE	LOCALITÉ.	ÉPOQUE de distillation.	QUANTITÉ d'huile.	COULEUR.
Absinthe grande.	Grasse.	Septembre.	1o 1 gros.	vert foncé.
	Paris.	Idem.	2o	idem.
Absinthe petite.	Paris.	Septembre.	5 gros.	verte.
Amandes amères (tourteau)	»	»	3o	ambrée.
Angélique, (racine). . . .	»	»	4o 4 gros.	dorée.
—————— plante fraîche.	»	Août.	7 gros.	jaune.
Anis.	»	»	19o	blanche.
Badiane.	»	»	18o	ambrée.
Menthe coq. sèche. . . .	»	»	1o 6 gros.	»
Camomille romaine (sèche).	»	»	1o 3 gros.	bleuâtre.
—————— (fraîche.)	Grasse.	»	6 gros.	bleue.
Cannelle de Ceylan. . . .	»	»	12o	jaunâtre.
—————— Chine.	»	»	12o	jaunâtre.
Cerfeuil.	Paris.	Juin.	3 gros 1/2.	jaune verdâtre.
Cochléaria.	Paris.	Avril.	4 gros.	jaune brun.
Coriandre (semence). . .	»	»	2o 2 gros.	jaunâtre.
Cubèbes.	»	»	19o 4 gros.	ambrée.
Estragon.	Paris.	Juillet.	6o 4 gros.	»
Genévrier, (baies mûres). .	Paris.	Décembre.	7o 6 gros.	citrine.
—————— (vertes). .	Paris.	Septembre.	3o 7 gros.	blanche.
Laurier (feuilles récentes).	Paris.	Janvier.	5o 2 gros.	verdâtre.
Laurier-cerise.	Paris.	Novembre.	2o 1 gros.	jaune.
Macis.	»	»	2o	presque blanche.
Matricaire.	Paris.	Août.	1o	paille.
Muscades.	»	»	16o 4 gros.	jaunâtre.
Fleurs d'oranger. . . .	Provence.	Mai.	5o	jaunâtre.
—————— (bigarradier.)	Paris.	Juillet.	7 gros.	paillée.
Piment de la Jamaïque. .	»	»	12o 3 gros.	ambrée.
Poivre noir.	»	»	18o	ambrée.
—————— blanc.	»	»	17o	ambrée.
—————— long (capsicum). .	»	»	1/2 gros.	paillée.
(fruits frais). . .			2 gros.	ambrée.
Roses.	Grasse.	Avril.		ambrée.
Idem.	Paris.	Juin.	1/2 gros.	jaunâtre.
Rue.	Provence.	Juillet.	4o 1 gros.	ambrée.
Idem.	Paris.	Juillet.	5 gros.	jaunâtre.
Sabine.	Grasse.	Mars.	19o	jaunâtre.
Idem.	Paris.	Octobre.	14o 2 gros.	ambrée.
Sassafras.		»	1o 1/3 gros.	
Tanaisie.	Provence.	Juillet.	1o 2 gros.	jaune.
Idem.	Paris.	Juillet.	5o	jaune.

J'ajoute ici la note que M. Schoëdler a insérée dans l'édition allemande de mon Traité de Pharmacie.

Les données que l'on possède sur les proportions d'huile essentielle contenues dans les différentes substances végétales, sont néanmoins très différentes, à ce point qu'elles ne peuvent pas servir de règles pour le calcul d'une fabrication. Malheureusement la majeure partie des renseignements donnés sur ce sujet, sont en quelque sorte défectueux, vu que l'on n'a pas indiqué si la substance était fraîche ou sèche, ni en quel endroit on l'avait recueillie, ni dans quelle saison de l'année on avait opéré; il y a aussi presque partout absence d'indication sur le mode de préparation. Il est cependant prouvé que le climat sous lequel la plante se développe, puis sa période de développement et son état frais ou sec, et enfin le procédé de préparation, exercent une grande influence sur le produit en huile essentielle. Les observations faites par Duflon, qui a retiré d'un quintal d'amandes amères 3, 5, 7, 13 et jusqu'à 17 onces d'huile essentielle, démontrent quelle énorme différence peuvent présenter les résultats.

Néanmoins nous allons comparer avec les résultats précédents de Raybaud, ceux que l'on peut emprunter aux meilleures sources de la littérature pharmaceutique.

100 livres (de 12 onces) des substances suivantes ont donné en huile essentielle

100 LIVRES DE	LIVRES.	ONCES.	DRACHMES.
Amandes amères............	1	3	»
Baies de genièvre sèches...........	1	2	»
— de laurier sèches............	9	3	»
Girofles....................	1	4	4
Écorces d'angusture............	»	4	6
— de cascarille............	1	3	3
— de cannelle de Chine.......	»	10	»
— — de Ceylan......	»	8	6
— de sassafras...........	»	»	3 1/3
Cubèbes.................	10	5	»
Fleurs de camomille vulgaire sèches.	»	»	7
— romaine sèches.	»	4	4
Citronelle récente................	»	3	6
Absinthe sèche................	»	7	4
Basilic récent................	2	1	»
Mélisse sèche................	»	2	4
Menthe crépue récente............	3	1	2
— poivrée récente...........	1	»	4
Millefeuille récente avec les fleurs....	»	2	6

100 LIVRES DE	LIVRES.	ONCES.	DRACHMES.
Origan de Crète séché	»	»	6
— vulgaire séché	2	1	2
Romarin récent	»	3	6
Sabine id	»	»	7 1/5
Serpolet id	»	1	2
Tanaisie id. avec les fleurs	»	7	4
Thym récent	3	1	4
Noix muscades	»	10	4
Racine d'angélique sèche	»	11	4
— de calamus aromaticus récente	»	4	»
— de carline id	»	6	2
— d'impératoire sèche	»	»	6 1/2
— de valériane récente	1	10	»
— de zédoaire sèche	»	»	6 1/2
— de gingembre id	»	8	2
Semence d'amomum sèche	1	3	2
— d'aneth id	2	5	6
— d'anis ordinaire id	2	6	»
— étoilé id	»	5	4
— de carvi id	4	9	»
— de fenouil id	3	4	»
— de phellandrium id	»	9	4
— de moutarde id	»	2	4

DES ALCOOLATS.

On nomme Alcoolat de l'alcool qui a été chargé, au moyen de la distillation, des parties aromatiques des végétaux. Les alcoolats étaient désignés autrefois sous une foule de dénominations. On les appelait esprits, gouttes, baumes, eaux, etc. Plus tard on substitua à ces noms le mot alcool que l'on fit suivre du nom de la plante qui lui fournissait ses principes médicamenteux. Le Codex nomme toutes ces préparations alcoolats.

Les matières propres à fournir des alcoolats sont celles qui contiennent des parties volatiles qui peuvent passer avec l'alcool à la distillation, et rester en dissolution dans ce véhicule. L'huile essentielle est le principe immédiat qui s'y trouve le plus fréquemment. Quand sa proportion est considérable, comme, par exemple, dans l'eau de Cologne, l'esprit de citrons, l'alcoolat blanchit lors de son mélange avec l'eau par la précipitation de l'huile volatile. La liqueur conserve sa transparence si l'huile volatile n'y existe qu'en très petite quantité, parce qu'alors elle reste en dissolution.

La composition des alcoolats a beaucoup d'analogie avec celle des eaux distillées ; c'est encore un liquide qui tient en dissolution les parties d'huile essentielle qui l'ont accompagné à la distillation ; mais, comme l'alcool entre en ébullition à une température moins élevée que l'eau, les alcoolats sont peu chargés ; aussi la plupart d'entre eux n'ont guère que les propriétés médicinales qui appartiennent à l'alcool. Il faut en excepter toutefois quelques-uns d'entre eux qui sont plus chargés d'huiles volatiles, comme l'alcoolat vulnéraire, l'alcoolat de cochléaria, l'eau de Cologne, le baume de Fioraventi.

Les alcoolats sont simples ou composés ; simples, quand il n'entre qu'une seule substance dans leur préparation ; composés, quand on a distillé l'alcool sur plusieurs substances.

On emploie à la préparation des alcoolats, tantôt des matières fraîches, et tantôt des substances sèches. Ces dernières doivent macérer quelque temps dans l'alcool, avant que l'on ne procède à la distillation ; il est même convenable de ne pas distiller de suite quand on se sert de substances fraîches. La macération facilite la dissolution des matières huileuses dans l'alcool ; elles passent ensuite plus facilement à la distillation.

Les matières qui doivent servir à la préparation des alcoolats ont besoin d'être divisées convenablement pour que l'alcool les pénètre plus aisément et plus complétement. Quelquefois cette division des substances serait nuisible, par exemple, pour les fruits charnus, qui donneraient un produit moins suave.

Comme l'alcool est très volatil, on fait la distillation au bain-marie ; on évite ainsi de communiquer au produit une odeur empyreumatique. Il n'a cependant jamais, au moment où il vient d'être distillé, toute la suavité qu'il est susceptible d'acquérir plus tard. Il semble qu'avec le temps l'alcool et les principes aromatiques éprouvent, en quelque sorte, une combinaison plus intime. On peut produire cet effet, presque instantanément, en plongeant les alcoolats, pendant quelques heures, dans un bain de glace.

Dans la préparation des alcoolats, on ne se sert pas toujours d'alcool au même degré. Le Codex prescrit, pour tous les alcoolats simples, de prendre de l'alcool à 80ᶜ (31 Cartier), et de retirer, par la distillation, à peu près autant de produit que l'on a employé d'alcool; en outre, on a l'attention d'ajouter un peu d'eau dans le bain-marie, de manière à ce que, au moment où l'on cesse le feu, les matières soient encore humectées.

Pour la préparation des alcoolats composés, le degré de l'alcool varie davantage. On se sert d'alcool à 56ᶜ (21 Cartier), pour l'eau vulnéraire; d'alcool à 80ᶜ (31 Cartier), pour l'esprit de cochléaria et le baume de Fioraventi; d'alcool à 88ᶜ (34 Cartier), pour l'eau de Cologne.

Quelquefois on ajoute aux matières à distiller une eau aromatique : c'est l'eau de cannelle, dans l'alcoolat carminatif de Sylvius; c'est l'eau de fleurs d'oranger, dans l'alcoolat pour l'élixir de Garus.

D'autres fois on emploie des plantes fraîches dont l'eau de végétation remplit le même effet qu'une addition d'eau distillée; par exemple, pour l'esprit de cochléaria.

Enfin, dans un grand nombre de cas, on ne retire pas, à la distillation, tout l'alcool que l'on a mis dans le vase distillatoire. C'est ce que l'on fait pour l'alcoolat de Garus, l'eau de mélisse spiritueuse, l'eau vulnéraire, le baume de Fioraventi. Toutes ces diverses pratiques ont toujours pour effet de ne pas laisser à sec les matières dans la cucurbite, afin d'obtenir des produits plus suaves.

En outre, une des conditions les plus importantes à remplir, c'est de se servir d'alcool de bon goût, qui aura été purifié par la rectification. Il ne sera même que mieux de mettre à part les premiers produits, que l'on réservera pour la préparation des alcoolats.

Il est des fleurs, telles que le jasmin, la tubéreuse, dont l'odeur fugace ne pourrait être communiquée à l'alcool par le procédé ordinaire. On place ces fleurs, couches par couches, que l'on sépare les unes des autres avec des morceaux d'étoffe de laine imprégnés d'huile d'olives ou de Ben, et l'on comprime légèrement le tout. Toutes les vingt-quatre heures, on renouvelle les fleurs, jusqu'à ce que l'huile fixe soit suffisamment chargée de l'arôme des fleurs; alors on lave l'étoffe de laine dans l'alcool, et l'on procède à la distillation par les procédés ordinaires.

DES MÉDICAMENTS PRÉPARÉS PAR L'ÉVAPORATION.

DES EXTRAITS.

Après avoir obtenu en dissolution dans un liquide vaporisable les parties solubles d'une substance végétale ou animale, si l'on soustrait par l'évaporation le liquide dissolvant, il ne reste plus que les matières qu'il tenait en dissolution. Elles constituent ce que l'on nomme un extrait. L'opération a donc pour objet d'extraire les parties solubles d'une substance composée ; on conçoit qu'elle serait sans objet si cette matière était complétement soluble.

Le but général que l'on se propose dans la préparation des extraits, c'est d'obtenir sous un petit volume les principes médicamenteux des plantes ou des animaux, sans leur faire éprouver aucun changement dans leur nature ; et plus on se rapproche de ce résultat, plus on est près de la perfection.

Il est un certain nombre d'extraits dans lesquels la matière active n'a pas éprouvé d'altération, et qui représentent exactement, sous un petit volume, les propriétés du médicament primitif ; tels sont la plupart des extraits fournis par les substances qui contiennent des alcalis végétaux ; quant à ceux qui sont formés par ce qu'on appelle la matière extractive, il est presque impossible d'éviter qu'une partie des principes médicamenteux n'éprouve une altération, pendant que l'opération se fait ; mais, quand les soins convenables y ont été apportés, cette perte est peu de chose et ne saurait détruire l'avantage que le praticien trouve dans l'emploi médical des extraits.

Les extraits sont fournis par les substances végétales ou animales. Leur consistance varie depuis celle du miel jusqu'à l'état de siccité parfaite. Dans ce dernier cas, on les connaissait fort mal à propos sous la dénomination de sels essentiels.

Quelques extraits ont reçu des noms particuliers. On désigne sous le nom de *Robs*, tous les extraits faits avec des sucs de fruits, quoique souvent encore on les nomme simplement extraits. Les anciens appelaient *sapa* le rob de raisin, et *myva* le suc du raisin réduit, par évaporation, au tiers de son volume.

La composition des extraits est extrêmement compliquée. Ils peuvent contenir tous les principes solubles que renferme le suc de la plante, tous ceux qui peuvent se former pendant l'évaporation, ou bien qui proviennent de la réaction de certaines matières les unes sur les autres. Enfin, il arrive que certaines substances insolubles par elles-mêmes sont entraînées à la faveur de certaines autres, et qu'elles deviennent parties constituantes des extraits.

Les matériaux qui constituent les extraits sont principalement ceux qui suivent :

1° La gomme, et le mucilage, qui n'en est qu'une modification. Leurs caractères pharmaceutico-chimiques sont d'être incristallisables, très solubles dans l'eau qu'ils épaississent, et d'être insolubles dans l'alcool ;

2° Le sucre, et ses différentes variétés, caractérisées par leur saveur douce, leur solubilité dans l'alcool et surtout dans l'eau, et la propriété de produire par leur mélange avec le ferment, de l'alcool et de l'acide carbonique ;

3° Les gommes-résines, qui sont une combinaison ou plutôt un mélange de résine et d'autres matériaux, au nombre desquels la gomme se trouve ordinairement ;

4° Les matières colorantes, dont la nature est très variée ;

5° Le tannin, qui est presque toujours accompagné par l'acide gallique, et qui se fait reconnaître à sa saveur astringente et à la propriété de précipiter le fer en noir ou en vert, et la gélatine en un composé élastique ;

6° L'arôme, qui est dû probablement à des huiles volatiles, et qui cependant résiste souvent à l'action de la chaleur ;

7° Les huiles fixes, qui ne se trouvent dans les extraits préparés par l'eau, que parce qu'elles sont entraînées par d'autres principes ;

8° La fécule, reconnaissable à son insolubilité dans l'eau froide et l'alcool, à la propriété qu'elle possède de rendre l'eau bouillante gélatineuse, et à la faculté de bleuir par la teinture d'iode ;

9° Les sels, et particulièrement les acétates de potasse et de chaux, le nitrate de potasse, etc. ;

10° L'extractif, dont nous avons déjà parlé comme d'un mélange de diverses matières, mais qui se retrouve toujours avec certains caractères, savoir : une saveur prononcée, la solubilité dans l'eau, la solubilité dans l'alcool aqueux, l'insolubilité dans l'alcool concentré et dans l'éther, la propriété d'être entraîné en combinaison insoluble par l'albumine qui se coagule. Ces propriétés peuvent appartenir à des corps, d'ailleurs, très différents : aussi, l'existence de l'extractif, comme principe immédiat particulier des végétaux, est-elle bien douteuse. Nous emploierons ce mot sans y attacher aucune importance, pour l'explication de certains phénomènes que nous présente la préparation des extraits.

Il y a beaucoup d'autres substances que l'on rencontre dans les extraits, à la vérité plus rarement : il en résulte que ce sont des médicaments très compliqués. On a cherché à les classer d'après leur nature chimique. Rouelle a donné une division méthodique qui a longtemps été adoptée par les pharmacologistes. Il divisait les extraits en extraits gommeux, extraits gommo-résineux, extraits résineux : les derniers sont des résines proprement dites. Les premiers sont remarquables ; ils ressemblent à la colle, à la gelée ou à la gomme : ce sont des mucilages, des gelées ou des gélatines animales. Les extraits savonneux sont solubles dans l'eau et dans l'alcool, pourvu qu'il ne soit pas trop concentré ; ils sont presque entièrement formés de ce que l'on a appelé l'extractif. Enfin, les extraits gommo-résineux sont composés de matières extractives ou gommeuses unies à de la résine, que l'on peut en séparer par l'eau.

Quelques auteurs ont fait des classifications différentes, mais qui sont loin d'être satisfaisantes ; nous connaissons trop imparfaitement la nature chimique des extraits, et elle est d'ailleurs trop complexe, pour qu'il soit possible d'établir une classification basée sur leur nature chimique. Il est préférable de la former d'après le procédé qui sert à leur préparation, ainsi que nous le ferons par la suite.

La préparation des extraits se compose de deux opérations successives : 1° la préparation d'une dissolution qui contienne les principes solubles des plantes ; 2° l'évaporation ou la soustraction du liquide.

Les matières qui doivent constituer l'extrait peuvent être naturellement en dissolution (les sucs de plantes), ou elles doivent être dissoutes préalablement par un véhicule approprié; ce sera toujours un liquide volatil : sous le point de vue opératoire il en résulte les séries suivantes :

Extraits préparés avec des sucs :
— au moyen de l'eau,
— de l'alcool,
— du vin,
— du vinaigre,
— de l'éther.

Quant à l'évaporation, on devra recourir aux moyens qui permettront de l'exécuter dans le plus petit espace de temps et à la température la plus basse.

Mais, avant d'étudier ces divers modes de préparation, nous allons examiner les phénomènes de l'évaporation des extraits, parce qu'ils sont communs à peu près à toutes ces préparations.

Pendant l'évaporation des liqueurs extractives, la matière extractive est altérée. Suivant M. de Saussure, elle absorbe l'oxigène de l'air et il se forme du gaz acide carbonique à ses dépens. Cependant la proportion du carbone augmente dans la matière extractive, par la soustraction d'une partie de son oxigène et de son hydrogène, qui se combinent pour former de l'eau. La quantité de carbone qui est enlevée par l'oxigène de l'air, est proportionnellement moins grande que la soustraction d'oxigène et d'hydrogène transformés en eau.

L'altération de la matière extractive se fait surtout à l'ébullition, et elle s'étend à une plus grande quantité quand les liqueurs restent longtemps sur le feu. Il y a cependant avantage à ne pas faire l'évaporation à l'ébullition ; car, bien que l'opération exige alors plus de temps, la matière extractive éprouve cependant moins de changements que par une évaporation plus rapide, mais faite à une température de $+100°$.

Cette altération de la matière extractive, lui ôte de sa solubilité, et elle se précipite sous la forme d'un dépôt que l'on a nommé extractif oxigéné, et auquel M. Berzélius a appliqué le nom spécial d'apothème ; mais on se tromperait bien si on le croyait toujours de la même nature; dans l'opium, c'est une combinaison de narcotine, de résine, d'huile acide et de matières colorantes; dans le quinquina, c'est un mélange d'une combinaison de tannin et d'amidon, avec du rouge cinchonique pur et combiné à des alcalis organiques; dans la valériane, dans le gayac, il contient beaucoup de résine; dans la rhubarbe, c'est une sorte de rhabarbarin plus riche en parties résineuses, etc. Pour un grand nombre d'extraits, ces dépôts n'ont pas été étudiés et l'on peut leur conserver le nom général d'apothèmes.

L'évaporation a encore pour effet de dissiper les principes volatils; aussi ce genre de préparation est-il mal appliqué aux plantes ou aux parties des plantes qui doivent leurs propriétés médicales à des matières faciles à volatiliser. Cependant l'élimination de ces principes n'est pas absolue, parce qu'il se trouve souvent dans les plantes d'autres corps qui rendent leur dissipation plus difficile. C'est ainsi que l'on retrouve dans les extraits, de l'huile volatile qui a été retenue dans une sorte de combinaison; dans la valériane, c'est à la faveur de la résine; dans les racines des ombellifères aromatiques, de même obstacle est opposé par une huile grasse et résineuse. La même circonstance que nous avons vue défavorable à l'extraction de l'huile essentielle, devient avantageuse dans la préparation de l'extrait. Toutefois, en thèse générale, la forme d'extrait n'est pas avantageuse à la conservation des principes volatils, et toujours il y en a une grande partie de dissipée.

En règle générale, il faut, pour éviter autant que possible l'altération des liqueurs qui doivent fournir des extraits, des obtenir dans un grand état de concentration, les évaporer à une basse température, et hâter d'ailleurs l'évaporation par tous les moyens possibles.

1° *Évaporation dans le vide.* On a proposé d'évaporer les extraits sous le récipient de la machine pneumatique en faisant le vide, et en absorbant à mesure la vapeur par un corps avide d'eau, comme l'acide sulfurique, le chlorure de calcium ou la chaux. Ce procédé est fort bon, en ce que l'évaporation a lieu à une basse température et à l'abri du contact de l'air; mais il n'est pas praticable en grand, et il est réservé pour l'évaporation des liqueurs destinées à l'analyse.

Le docteur Ure a donné la description d'un appareil de l'invention de Barry, au moyen duquel on peut évaporer à une chaleur plus élevée et à l'abri de l'air. La bassine à évaporer est une capsule hémisphérique, munie d'un couvercle plat fermant hermétiquement. Du centre de ce couvercle s'élève un tube qui se recourbe et qui vient aboutir dans une sphère de cuivre d'une capacité trois ou quatre fois plus grande que la bassine. Ce tube porte un robinet qui peut à volonté établir ou intercepter la communication entre la chaudière et la sphère. Il porte en outre un autre bout de tube, armé d'un robinet et qui communique avec un générateur de vapeurs.

La liqueur à évaporer est introduite dans la bassine, que l'on ferme hermétiquement et que l'on plonge dans l'eau. On tient aussi fermé le robinet qui la met en communication avec la sphère. On fait arriver par la branche du tube principal un courant de vapeur d'eau, jusqu'à ce que tout l'air de la sphère ait été chassé, ce qui a lieu au bout de quelques minutes, et l'on s'aperçoit que cet effet est produit, quand la vapeur d'eau s'échappe par le robinet de la sphère sans avoir été condensée. A ce moment, on ferme et le robinet de la sphère et celui qui communique avec la chaudière à vapeur, et l'on fait tomber sur la surface extérieure de la sphère une nappe d'eau froide. Le vide est produit par la condensation de la vapeur d'eau ; on établit alors la communication avec la chaudière ; l'air de celle-ci se répand uniformément dans tout l'appareil ; et comme la capacité de la sphère est quatre fois aussi grande que celle de la chaudière, celle-ci ne contient plus que $1/5$ de l'air qu'elle contenait d'abord. On recommence cinq à six fois cette manœuvre et le vide est fait d'une manière suffisante. On échauffe alors le bain-marie dans lequel la chaudière est plongée, jusqu'à ce que le liquide intérieur entre en ébullition, ce qu'on aperçoit par une petite fenêtre pratiquée à l'appareil, et en même temps on refroidit continuellement la sphère. On continue ainsi jusqu'à ce que la liqueur soit épaissie au degré convenable. L'évaporation se fait à une température d'environ 38°, et sous une pression de 4,75 centimètres ou seize fois plus faible que celle de l'air.

M. Berzélius indique de faire l'évaporation à la chaleur de l'ébullition dans la chaudière d'un alambic ; la matière est mise à l'abri de l'air par la vapeur qui remplit constamment l'appareil. Mais ce procédé est peu avantageux, parce que l'ébullition seule altère un grand nombre de liquides ; mais surtout, parce qu'une portion de matière peut s'altérer sur les parois latérales des vases exposées à sec à l'action du foyer.

2° *Évaporation au contact de l'air.* C'est le système le plus employé. Il s'applique de différentes manières.

A. On met dans des assiettes une couche mince de liquide et l'on place ces assiettes dans une étuve chauffée de 36 à 40 degrés.

Il est important 1° que l'air de l'étuve se renouvelle assez promptement; 2° que le courant soit bien établi dans la partie de l'étuve où l'on met les assiettes; 3° que la couche de liquide soit assez mince pour être évaporée dans vingt-quatre à trente-six heures au plus. On a reproché au procédé d'entraîner l'altération des liquides, et aux extraits obtenus de s'altérer promptement. Le premier inconvénient ne se présente qu'autant que les liqueurs sont en couches épaisses et qu'elles exigent un séjour prolongé à l'étuve. Quant au second reproche, l'expérience de plusieurs années m'a prouvé qu'il n'est pas à redouter, pourvu que l'on renferme les extraits dans des vases bien bouchés.

Ce procédé d'évaporation est appliqué surtout à la préparation des sucs de plantes non dépurés, et à celle des extraits secs. Pour les premiers, l'évaporation doit être menée presque à siccité; on sort les assiettes de l'étuve, et bientôt l'extrait a repris à l'air assez de mollesse pour être détaché. Quant aux seconds, après avoir évaporé les liqueurs par les méthodes ordinaires en consistance sirupeuse, on étend la matière en couches minces et uniformes sur des assiettes de faïence, et on achève la dessiccation à l'étuve; puis dans l'étuve même, ou au moins dans un endroit bien sec, on détache l'extrait sous forme d'écailles, au moyen d'un couteau plat et tranchant à son extrémité, et en frappant à petits coups secs. Les écailles sautent souvent au loin et l'on doit avoir la précaution de placer tout autour de soi du papier où l'on puisse les recueillir. On les enferme dans de petits bocaux bien secs.

B. On met dans une bassine sur un feu doux le liquide que l'on veut évaporer, et on le remue continuellement avec une spatule de bois. Ce procédé ne demande aucun appareil spécial, mais il exige le plus grand soin dans l'exécution; le feu doit être conduit de manière que la liqueur reste assez éloignée du terme de l'ébullition. La difficulté est de conduire le feu de manière à ce que la liqueur n'arrive pas à l'ébullition, et que l'extrait ne puisse brûler au fond des vases. On y arrive assez facilement par un artifice fort simple, qui consiste à se servir d'un fourneau très petit comparativement à la grandeur de la bassine.

C. M. Henry avait fait établir à la Pharmacie centrale des hôpitaux, un appareil composé de plusieurs vases, échauffés par la vapeur d'eau ; c'est une série de vases communiquant les uns avec les autres au moyen de tuyaux de cuivre.

Le premier vase est une chaudière destinée à fournir de la vapeur d'eau bouillante ; les autres vases sont des portions de sphère en

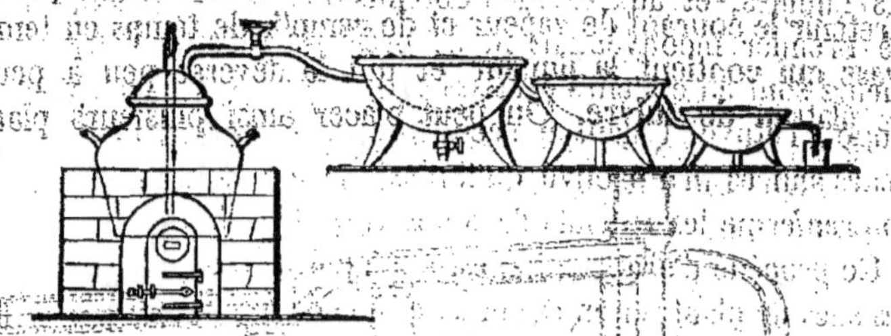

cuivre qui ont un double fond intérieur en étain, de manière que la vapeur d'eau puisse circuler librement entre les deux fonds, et servir à l'évaporation des extraits. A la partie inférieure de chacun de ces vases se trouve un robinet destiné à livrer, de temps en temps, passage à l'eau qui s'est condensée. L'appareil est terminé par un tube qui plonge dans un vase qui contient de l'eau : c'est afin de gêner la libre sortie de la vapeur, et de prolonger son contact avec les vases évaporatoires.

J'ai renoncé à cet appareil, parce qu'il exige constamment la présence d'une personne qui remue les liqueurs pour renouveler les surfaces et activer l'évaporation.

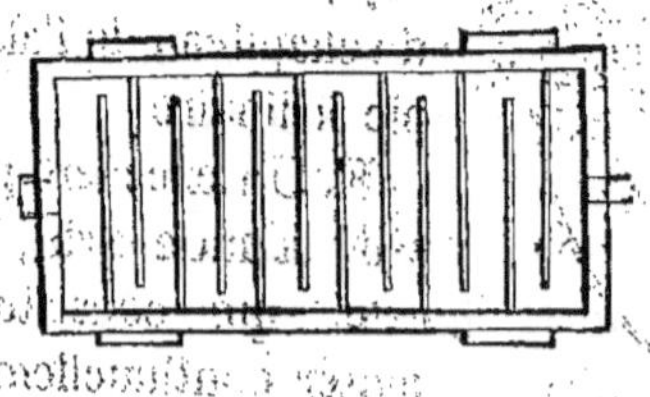

D. M. Bernard Desrones a fait connaître un appareil qui est préférable. Il consiste en un plateau de cuivre étamé, à rebords, qui est divisé en plusieurs compartiments incomplets par des lames de cuivre étamé saillantes. Il a un double fond dans lequel on fait passer de la vapeur d'eau afin de faciliter l'évaporation. Le liquide est versé sur le coin supérieur, et par suite de la pente légère que l'on a donnée au plateau, il s'écoule jusqu'à l'extrémité opposée en suivant la route tortueuse que les lames de cuivre lui ont faite ; il reste par conséquent longtemps à la parcourir ; pendant ce temps il est échauffé, et présente beaucoup de surface ; il est continuellement en mouvement, et si l'on ajoute que l'appareil est placé dans un courant d'air, on verra que les circonstances favorables pour hâter l'évaporation sont réunies ; aussi l'opération marche-t-elle avec rapidité. Le liquide est mis en mouvement par le seul effet de la pente, et l'on n'a d'autre soin à prendre que d'entretenir le courant de vapeur et de remplir de temps en temps le vase qui contient la liqueur et qui la déverse peu à peu sur le plateau de cuivre. On peut placer ainsi plusieurs plateaux

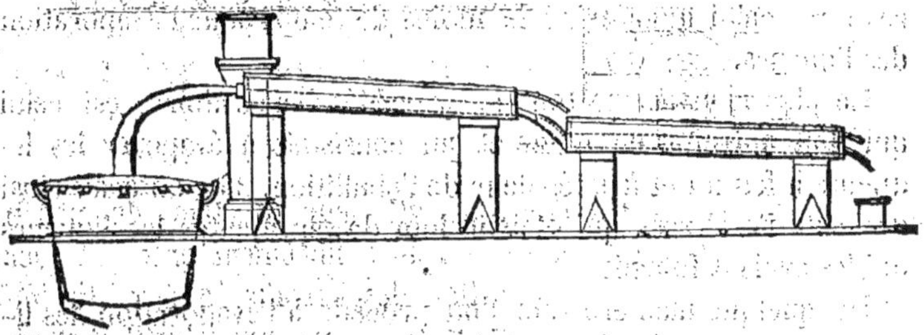

à la suite les uns des autres ; on continue l'évaporation jusqu'à ce que les liqueurs soient assez concentrées pour ne plus couler que difficilement ; alors on achève l'évaporation au bain-marie dans une bassine ordinaire et en agitant continuellement.

Les plateaux, dans l'appareil de M. Desrones, sont contenus dans un plateau en bois qui préserve la surface extérieure du refroidissement. La vapeur est fournie soit par une chaudière à

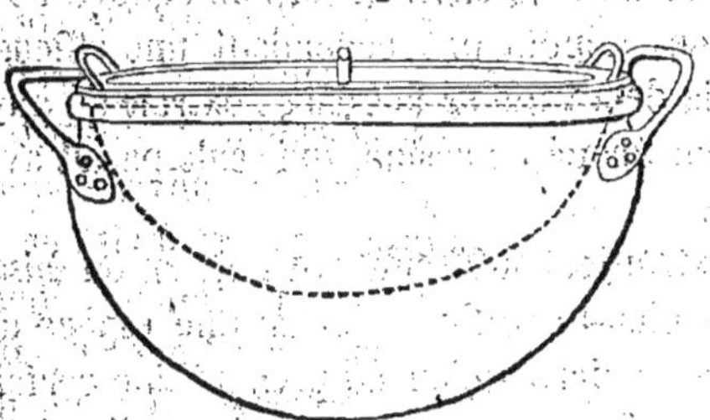

vapeur, soit par le bec du chapiteau de l'alambic ordinaire.

E. Un excellent procédé à mon avis, est celui qui consiste à agiter continuellement les liqueurs chauffées au bain-marie ; un appareil fort simple se compose d'une bassine en cuivre, dans laquelle entre exactement une autre bassine en étain ou en cuivre étamé. La première bassine contient de l'eau; la deuxième reçoit le liquide à évaporer. Elle porte sur le côté une petite ouverture qui livre passage à la vapeur d'eau. On porte l'eau à l'ébullition; la liqueur à évaporer s'échauffe, et l'on remue continuellement l'extrait pour hâter sa concentration.

Ce procédé accélère la concentration des liqueurs, en ménageant toutes les chances d'une bonne conservation; il a contre lui l'ennui que cause à l'opérateur l'obligation d'agiter une liqueur pendant plusieurs heures; je l'ai évité, à la Pharmacie centrale, en faisant tourner dans le liquide des palettes de bois qui le tiennent dans un état d'agitation continuel, et qui empruntent leur mouvement soit à un manége, soit à une petite machine qu'un ressort fait marcher; c'est de tous les procédés auxquels j'ai eu recours, celui qui a exigé le moins de temps pour l'évaporation des liqueurs.

Le plus mauvais de tous les procédés évaporatoires est celui qui était autrefois en usage et qui consistait à évaporer les liqueurs à feu nu et à la chaleur de l'ébullition. On obtenait ainsi des extraits altérés qui étaient loin de représenter les liqueurs qui les avaient fournis.

De quelque manière que l'on procède à l'évaporation des liqueurs, on ne peut empêcher qu'il s'y forme un dépôt. Il est souvent, d'ailleurs, le résultat, non d'une altération des liqueurs, mais de la soustraction du liquide; elle oblige certaines matières à se déposer, parce qu'elles ne trouvent plus assez de liquide pour rester en dissolution, et elle rapproche et augmente la cohésion d'autres principes qui n'étaient en quelque sorte que suspendus. On est dans l'habitude de séparer ces dépôts quand les liqueurs sont concentrées aux $^3/_4$ environ, et l'on achève l'évaporation. Certains de ces dépôts ont cependant une efficacité bien prononcée; ainsi, le dépôt qui se fait dans l'extrait de gayac est presque complétement formé de résine, qui seule paraît avoir quelque action médicale.

On reconnaît qu'un extrait est suffisamment cuit en en faisant refroidir une partie, ou bien lorsqu'il se forme une espèce d'épiderme à sa surface; de manière qu'en en prenant une certaine quantité sur la spatule, et frappant avec la main, celle-ci n'y adhère pas; ou bien encore lorsque, posé sur un papier non collé, il ne le traverse pas. Il est cependant quelques extraits que l'on cuit moins, comme l'extrait de genièvre ; d'autres, auxquels on donne la consistance pilulaire : l'extrait d'opium. Il en est que l'on dessèche tout à fait.

Quelquefois les extraits contiennent des sels ou des matières résineuses qui leur donnent un aspect grumelé, quoique cependant ils aient été bien préparés. Les sels appartiennent à la nature même des extraits, et il est bien difficile de les diviser davantage.

Pour en diminuer autant que possible la quantité, ou, pour mieux dire, pour ne pas l'augmenter par l'addition de sels étrangers, on se sert de préférence d'eau distillée ou de pluie pour préparer les extraits.

Le grumelage peut être le résultat de la séparation des parties résineuses. Parmentier conseille avec raison, pour diminuer cette séparation des résines, d'ajouter quelques cuillerées d'alcool à 56° à l'extrait, quand il est sur le point d'être achevé. Il en devient plus homogène, et il se conserve mieux.

Les extraits attirent, pour la plupart, l'humidité de l'air, soit parce que la matière végétale jouit elle-même de cette propriété, soit parce qu'ils contiennent des sels déliquescents : il faut les conserver dans un endroit parfaitement sec. On les visite souvent pour s'assurer qu'ils ne s'altèrent pas.

Les extraits divisés par rapport à leur mode de préparation peuvent former sept classes :

1° Les extraits préparés avec les sucs de fruits ;

2° Les extraits préparés avec des sucs de plantes ;

3° Les extraits dont le véhicule d'extraction est l'eau ;

4° Les extraits préparés avec le vin ;

5° Les extraits préparés avec le vinaigre ;

6° Les extraits préparés avec l'alcool ;

7° Les extraits préparés avec l'éther ;

8° Les extraits préparés avec des matières animales.

Une substance étant donnée, que l'on veuille faire servir à la préparation d'un extrait, quel est le procédé qu'il faudra préférer ? Si c'est une plante, faudra-t-il se servir du suc ou le traiter par l'eau, l'alcool, l'éther, etc. ? Pour toute autre substance quel choix devra-t-on faire également ? Ce choix ne peut être arbitraire, mais il doit être déterminé par la connaissance de la composition de la matière sur laquelle on agit, et sur les produits que l'on veut en extraire. C'est en ce sens qu'il nous faut examiner cette question.

EXTRAITS PRÉPARÉS AVEC DES SUCS DE FRUITS.

Les extraits préparés avec des sucs de fruits, prennent assez souvent le nom de robs.

On prépare les extraits des fruits succulents de préférence avec le suc, parce que ce suc présente plus commodément une dissolution toute prête, parce que, à cause de leur succulence, ces fruits exigeraient, pour leur dessiccation, une opération longue et difficile; parce que cette dessiccation emporterait avec elle des chances d'altération; et enfin parce qu'on ne gagnerait rien à l'effectuer. Pour ceux de ces fruits qui doivent subir une fermentation, comme le nerprun, on serait, pour la produire, dans des circonstance plus défavorables, si les fruits avaient été desséchés.

Pour obtenir les robs, souvent on se contente d'extraire les sucs, de les passer à travers un linge, et d'évaporer en consistance de miel épais; c'est ainsi que se préparent les robs de groseilles, de belladone, d'élatérium, de raisins, de sureau, de brou de noix. Après avoir concentré le suc du raisin, il est avantageux de l'abandonner à lui-même pour séparer, par cristallisation, la majeure partie du tartre dont la saveur aigre nuit à la qualité de l'extrait.

D'autres fois on laisse fermenter le suc du fruit avec ses enveloppes avant de l'extraire. C'est ce qu'on fait pour le nerprun (*Voyez* extraction des sucs). Quand le suc est fermenté, on exprime, on le décante, et on l'évapore en extrait.

Plusieurs pharmacopées font ajouter du sucre à ces extraits de fruits; en France ce n'est pas l'usage, à moins que ces robs, comme ceux de groseilles, de berberis ou de raisins, ne soient destinés à servir d'aliment.

EXTRAITS PRÉPARÉS AVEC DES SUCS DE PLANTES.

Les extraits préparés avec les sucs des feuilles ou des tiges, sont à juste titre très recommandés; l'extraction des sucs par des moyens mécaniques ne cause aucun changement dans leur composition, et quand l'évaporation a été bien ménagée, ces extraits nous représentent avec exactitude les sucs mêmes des plantes dans un état assez grand de concentration.

Ce procédé s'applique aux plantes qui sont assez succulentes pour que l'on puisse facilement en extraire le suc.

La méthode la plus simple de préparation, et qui nous a été donnée par M. Henry, consiste à extraire les sucs par la contusion et l'expression, à les passer à travers un linge, pour séparer des portions grossières du tissu végétal qui y sont mêlées, à les diviser en couches peu épaisses sur des assiettes et à les évaporer à l'étuve à une chaleur de 36 à 40 degrés. On obtient ainsi des extraits qui ont conservé l'odeur de la plante qui les a fournis, et qui contiennent tous les principes des sucs, tels qu'ils existaient avant l'évaporation. J'ai déjà dit que ces extraits se conservent bien si on les renferme dans des flacons à large ouverture, bien bouchés.

On prépare ainsi les extraits de :

Ciguë,	Laitue ordinaire (thrydace),
Belladone,	Aconit,
Jusquiame,	Anémone,
Stramonium,	Rhus radicans.
Laitue vireuse,	

Pour cette dernière plante, en particulier, qui doit toute son action à un principe fugace, ce procédé est le seul qui puisse faire espérer d'en conserver quelques parties. Il est également avantageux pour l'aconit et l'anémone, qui contiennent aussi un principe âcre, volatil, qu'il paraît bon de conserver dans l'extrait.

Storck, qui a mis en vogue ces extraits de sucs non dépurés pour un assez grand nombre de plantes âcres ou narcotiques, faisait faire l'évaporation à feu nu, à une chaleur douce et en agitant continuellement. Le résultat est le même que par l'évaporation à l'étuve, si la chaleur est bien ménagée, de manière à ne pas coaguler l'albumine du suc; mais le procédé est d'une plus difficile exécution.

Un autre procédé pour la préparation des extraits avec des sucs non dépurés, prescrit d'extraire le suc, de le passer à travers une toile, de le porter à l'ébullition, de le passer de nouveau au travers d'une chausse de laine, et de conserver la matière féculente verte qui reste sur le filtre.

On évapore le suc ainsi clarifié jusqu'en consistance de miel, on y ajoute la fécule verte humide, et l'on achève l'évaporation en consistance pilulaire. Parmentier avait conseillé de sécher cette fécule, et de la mêler à l'extrait quand il avait acquis une consistance sirupeuse.

Les extraits ainsi préparés ne représentent pas le suc des plantes. Il a subi par la chaleur une modification qui a pu changer ses propriétés. Les extraits n'ont rien pu gagner à la coagulation, et il paraît à peu près démontré, au contraire, qu'ils ont perdu de leur activité.

On prépare des extraits de sucs de plantes, en clarifiant le suc par la chaleur et en l'évaporant en consistance d'extrait. Ces préparations, que l'on désigne sous les noms d'extraits sans fécule ou d'extraits avec le suc dépuré, ne contiennent pas la chlorophylle; mais elle est inerte et l'on ne peut regretter son absence; ils ne contiennent pas l'albumine qui est aussi un principe à peu près inactif; ce que la clarification a de défavorable, c'est qu'en coagulant l'albumine, elle entraîne la séparation d'une partie des matières extractives dissoutes dans le suc. Quand on doit employer les plantes à l'état de suc, il y a là un désavantage réel; mais quand les sucs doivent être évaporés en extraits, il n'est pas aussi certain qu'il en soit ainsi; il s'agit d'établir quel est l'extrait le plus actif, de celui qui provient de l'évaporation d'un suc clarifié et qui ne contient par conséquent pas les matières que l'albumine a entraînées en combinaison insoluble, ou de celui qui n'a rien perdu, mais dont la masse est augmentée de la chlorophylle et de l'albumine végétale, matières inertes qui augmentent le poids de l'extrait sans ajouter à ses propriétés.

Pour les plantes qui doivent évidemment leurs propriétés médicales à quelque substance extractive, amère ou autre, nul doute qu'il n'y ait avantage à la clarification. Aussi ce procédé est-il employé avec avantage pour obtenir les extraits de

Chicorée,	Ortie,
Pissenlit,	Cochléaria,
Fumeterre,	Cresson,
Trèfle d'eau,	Cerfeuil,

et peut être appliqué à toutes les plantes succulentes qui sont dans le même cas.

Il n'est pas aussi bien démontré qu'on y trouve le même avantage pour la série de plantes narcotico-âcres que nous avons citées. M. Martin Solon a reconnu, par quelques expériences, que la fécule verte que l'on sépare par la filtration du suc froid, que celle que l'on obtient par la coagulation du suc à chaud, quand on opère sur la ciguë, la jusquiame, le stramonium, n'ont pas les propriétés de ces plantes, et par conséquent il y aurait avantage à les séparer; mais ses expériences n'ont pas été assez multipliées; elles n'ont pas d'ailleurs été appliquées à toutes les plantes âcres, et il ne faut pas se presser de conclure. Ce qu'il faut établir cependant, c'est que ces extraits sont différents de ceux préparés avec le suc dépuré, et pour cette raison on ne doit pas les donner l'un pour l'autre. Le Codex admet comme extrait légal, l'extrait fait avec le suc dépuré de ces végétaux actifs; les extraits obtenus par le suc dépuré, par l'eau ou par l'alcool, ne doivent être délivrés que sur une prescription spéciale. Cette règle ne s'applique pas cependant à l'extrait de rhus radicans et à celui d'aconit pour la préparation desquels le Codex ne donne qu'un procédé, évaporation à l'étuve du suc non dépuré.

EXTRAITS DONT LE VÉHICULE D'EXTRACTION EST L'EAU.

Nous avons vu tout à l'heure que l'emploi du suc des plantes est préféré au traitement des plantes sèches par l'eau quand les plantes sont succulentes. En est-il de même pour les autres?

Une plante séchée mise en contact avec l'eau donne-t-elle une dissolution qui reproduise exactement le suc naturel; ou en d'autres termes la dessiccation change-t-elle quelque chose à la nature des sucs que les plantes contiennent? Cette question a besoin d'être étudiée encore; cependant nous savons : 1° que la dessiccation dissipe une partie des principes volatils, ce qui est sans intérêt pour la préparation des extraits, puisque le même effet est produit pendant l'évaporation; 2° que l'albumine végé-tale est en partie coagulée; et en effet, la liqueur que l'on obtient par l'action de l'eau froide sur une plante desséchée, ne donne jamais un coagulum aussi abondant que celui du suc, même après que celui-ci a été filtré; 3° que le mucilage diminue; ceci ne me paraît pas bien démontré; on admet généralement que les plantes mucilagineuses donnent par l'eau, quand elles ont été desséchées, des extraits moins muqueux ; ex. : bourrache, pensée sauvage ; 4° que le tannin et la matière extractive éprouvent pendant la dessiccation le même genre d'altération que produit le contact de l'air pendant l'évaporation ; et l'on voit en général que les liqueurs fournies par l'eau et les plantes sèches sont plus foncées en couleur que les sucs des mêmes plantes obtenus par expression. Ce genre d'altération est surtout fort remarquable dans le rhus radicans, dont le suc se noircit à l'air par oxidation, tandis que ce caractère ne se rencontre plus dans la liqueur aqueuse obtenue des feuilles sèches.

Au reste, l'étude des changements que les diverses parties des plantes peuvent éprouver pendant leur dessiccation est à peine ébauchée. Elle ne pourra être résolue que par un examen spécial sur un grand nombre de plantes. Elle intéresse hautement l'histoire des extraits, et elle appelle toute l'attention des pharmaciens.

Il est bien certain que, lorsqu'une matière ne nous est livrée que séchée par le commerce, c'est nécessairement en cet état qu'il faut s'en servir ; il est bien certain encore que pour un grand nombre de plantes qui sont peu succulentes, l'extraction du suc présente peu d'avantages, et que pour la plupart aussi, la dessiccation n'a pu changer leurs propriétés. En ces divers cas, on a recours aux matières sèches pour en préparer les extraits.

Les extraits préparés par l'intermède de l'eau s'obtiennent par l'eau froide, par infusion ou par décoction. En tous cas, il faut obtenir des dissolutions aussi concentrées que possible, pour diminuer les chances d'altération pendant l'évaporation des liqueurs.

Quand on opère avec l'eau froide, on a recours à la lixiviation ou à la méthode de Cadet. Dans l'un et l'autre procédés, il faut s'arrêter aussitôt que les liqueurs cessent de couler concentrées ; il vaut mieux ici sacrifier une partie de la matière et assurer la bonne qualité du produit. La lixiviation s'applique au plus grand nombre de matières ; mais la nature muqueuse de quelques substances ou quelque circonstance de leur texture, fait recourir pour elles à la macération. Pour ces causes, la scille, la rhubarbe, les baies de genièvre, l'opium, l'aloès, la casse, sont traités par macération.

On traite les matières par l'eau froide, ou mieux, à une température de 20 degrés ; quand elles contiennent des principes facilement solubles dont l'eau s'empare avec facilité, ou quand on a intérêt à séparer quelque matière qui se dissoudrait par l'effet d'une température plus élevée. Dans le premier cas, quand les matières ont été bien divisées, l'eau en sépare aisément les parties que l'on y recherche, et l'on obtient généralement plus de produit, parce qu'à cette température, la fibre végétale ne se combine pas à la matière extractive. On chauffe la liqueur, on passe à la chausse pour séparer un coagulum albumineux et l'on évapore. Pour cette raison on prépare avec l'eau froide les extraits des matières suivantes :

Feuilles d'absinthe,		Feuilles de	pensée sauvage,
—	aconit,	—	stramonium,
—	anémone,	Fleurs de	petite centaurée,
—	armoise,	—	camomille,
—	bourrache,	Racines de	quassia,
—	buglosse,	—	saponaire,
—	chamœdris,	—	gentiane,
—	chardon bénit,	Tiges de	douce-amère,
—	ciguë,	Écorce de	saule,
—	belladone,	—	chêne,
—	digitale,	—	racines de grenadier,
—	jusquiame,	Casse.	

Dans cette série on remarquera la bourrache, la buglosse, la pensée sauvage, dont les sucs sont très visqueux, et qui fournissent après leur dessiccation des dissolutions moins visqueuses; ce qui fait préférer l'emploi de ces plantes sèches. Quant aux plantes âcres, la digitale, la ciguë, la belladone, etc., elles fournissent ainsi des extraits dépourvus d'albumine et de chlorophylle; mais il est difficile de décider s'ils présentent quelques différences avec les extraits correspondants faits avec des sucs dépurés; dans le doute, il ne faut pas les substituer les uns aux autres.

On traite par l'eau froide et dans l'intention de ne pas introduire dans l'extrait quelques principes qui se dissoudraient à chaud, les substances suivantes :

Racines de bistorte,		Racines de	pareira brava,
—	chiendent,	—	bardane,
—	patience,	—	aunée,
—	persil,	—	rhubarbe,

Racines de réglisse,	Agaric blanc,
— ratanhia,	Opium,
Écorce de quinquina gris,	Suc de réglisse,
Feuilles de séné,	Aloës.
Baies de genièvre,	

EXTRAITS PRÉPARÉS PAR L'ALCOOL.

Quand on veut obtenir un extrait au moyen de l'alcool, on réduit en poudre la matière qui doit le fournir et on la traite par l'alcool au moyen de la méthode de déplacement, ou par simple macération ou digestion, suivant les circonstances de sa texture. Aussi, on préfère le dernier procédé pour la scille, le safran qui sont visqueux ; pour la noix vomique, les semences de jusquiame, de belladone, de stramonium. On opère avec les autres substances par lixiviation : après avoir humecté la substance en poudre avec la moitié de son poids d'alcool, on l'introduit dans le cylindre à lixiviation, que l'on tient fermé jusqu'au lendemain ; on lessive alors en ajoutant deux, trois ou quatre fois au plus son poids de nouvel alcool ; quand celui-ci a pénétré dans la poudre, on le chasse par l'eau, avec la précaution de retirer moins de liquide que la totalité de la liqueur alcoolique dont on s'est servi, car les derniers produits sont mélangés d'eau. Ordinairement, une assez bonne indication du moment où il faut s'arrêter est fournie par cette circonstance, que les liqueurs qui s'écoulent troublent les premières teintures dans lesquelles elles viennent à tomber. On distille les liqueurs au bain-marie pour en retirer tout le liquide spiritueux et on achève l'évaporation à la manière ordinaire.

L'emploi de l'alcool présente toujours cet avantage que la plus grande partie de l'évaporation se fait en vases clos, à une température qui n'atteint pas celle de l'ébullition de l'eau, et qu'il ne reste qu'une petite quantité de liquide, dont l'évaporation doive être achevée à l'air libre : toutes circonstances qui diminuent les chances d'altération de la matière extractive des plantes.

Le traitement alcoolique est employé spécialement à la préparation des extraits : 1° pour certaines matières dont les parties actives sont insolubles dans l'eau ; 2° pour dissoudre en même temps des principes solubles dans l'eau et des principes solubles dans l'alcool ; 3° pour éviter d'introduire dans l'extrait certaines matières que l'eau aurait dissoutes.

1° Quand une matière doit ses propriétés principales à des principes qui ne sont pas solubles dans l'eau, l'alcool donne le moyen de faire entrer ces principes dans l'extrait. Par ces motifs, on fait avec de l'alcool fort, les extraits de fougère mâle, de cubèbes.

2° Quand une matière contient en même temps des principes solubles dans l'eau et des principes solubles dans l'alcool, et qui doivent tous faire partie de l'extrait, on emploie de l'alcool aqueux (56° 21° Cartier). Cette méthode convient pour les substances qui sont formées en même temps de matières extractives et de parties résineuses et d'huile essentielle. Telles sont la valériane, le jalap, le gayac, le quinquina, la serpentaire, la rhubarbe, la patience, l'ellébore noir ; mais il faut remarquer que ces extraits alcooliques sont généralement plus actifs que ceux que l'on obtient des mêmes substances par l'eau ; et bien que ce mode de préparation soit préférable, il ne faut pas substituer les extraits alcooliques aux autres sans une prescription spéciale. Le Codex prescrit de préparer avec l'alcool les extraits appartenant à cette série, qui sont fournis par les substances suivantes :

Arnica,	Racines d'ellébore noir,
Houblon,	— jalap,
Écorces de buis,	— salseparéille,
— quinquina,	— serpentaire,
Bois de gayac,	— valériane.
Myrrhe,	(Voir l'histoire particulière de chacune de ces substances).

On peut jusqu'à un certain point rapporter à cette série d'extraits la purification que l'on fait subir à beaucoup de gommes-résines quand on n'a pu se les procurer en larmes bien pures. On les concasse, on les traite au bain-marie par de l'alcool à 56°. On passe chaud à travers un linge ; on ajoute de nouvel alcool sur la partie non dissoute ; on passe encore avec expression et on rend aux gommes-résines par évaporation leur consistance première.

3° On a recours à l'alcool à 56° quand les parties actives d'une substance sont solubles dans l'alcool, bien qu'elles soient également solubles dans l'eau, quand elles sont accompagnées d'une abondante quantité de matières inertes, que l'eau dissoudrait également, mais sur lesquelles l'alcool n'a pas d'action. C'est un moyen de concentrer la matière active sous un plus petit volume. C'est pour ces motifs que l'on prépare avec l'alcool les extraits de

Cantharides,	Safran,
Pavots,	Semences de belladone,
Noix vomique,	— jusquiame,
Scille,	— stramonium.

On prépare aussi avec l'alcool les extraits suivants :

Racines de caïnça,	Feuilles de digitale,
— colchique,	— aconit,
— columbo ,	— ciguë,
— ipécacuanha,	— belladone,
— polygala,	— jusquiame,
Écorce de R. de grenadier,	— stramonium.
Fleurs de narcisse,	

Il est plus difficile de dire pourquoi l'alcool est employé à la préparation de ces extraits, parce que nos connaissances ne sont pas assez avancées ; pour la plupart, c'est que l'usage a consacré cet emploi. Ex : caïnça, colchique, columbo, narcisse. Avec le polygala qui est visqueux, l'opération est plus facile ; avec l'ipécacuanha la partie vomitive est, pense-t-on, plus complétement dissoute. Quant aux plantes narcotico-âcres de la famille des solanées, l'expérience a montré qu'elles donnaient par l'alcool des extraits actifs, d'une belle couleur verte. L'alcool précipite la matière albumineuse de la plante et sans doute aussi une partie de la matière extractive. Il dissout la plus grande partie de cette matière extractive, des parties gommeuses et la chlorophylle. Ces extraits ont gagné par la séparation de l'albumine, matière inerte comme médicament ; ils ont perdu par l'introduction de la chlorophylle ; l'expérience médicale doit prononcer lesquels, de ces extraits alcooliques, ou des extraits obtenus par l'eau, ou des extraits par le suc des plantes méritent la préférence ; on sait déjà que les extraits alcooliques sont très actifs ; et comme, en outre, ces plantes donnent généralement moins d'extrait par l'alcool que par l'eau, il est probable que le principe médicamenteux y est dans un plus grand état de concentration. Du reste, comme tous ces extraits obtenus d'une même plante, par des procédés différents, ne sont pas identiques, on ne doit pas, dans la pratique, les substituer les uns aux autres.

Nous devons rapporter aux extraits alcooliques deux modes opératoires encore peu usités, mais qui pourront le devenir davantage :

Le premier consiste à faire un extrait alcoolique, à la manière ordinaire, à le dissoudre dans une petite quantité d'eau, à filtrer et à évaporer de nouveau jusqu'en consistance d'extrait. Le premier traitement alcoolique a pour effet de séparer des matières insolubles dans l'alcool ; le traitement par l'eau a pour effet de n'admettre dans l'extrait parmi les matériaux solubles dans l'alcool, que ceux qui sont également solubles dans l'eau.

Ce procédé est appliqué à la préparation de l'émétine brune qui se trouve débarrassée ainsi des matières gommeuses et amylacées de l'ipécacuanha, et plus tard de sa matière grasse.

La seconde méthode consiste à reprendre par l'alcool les extraits obtenus par l'eau pour ne conserver que les corps qui sont également solubles dans les deux menstrues. M. Dublanc a conseillé d'appliquer ce procédé à l'extrait du suc de laitue, dont la propriété hypnotique augmente alors dans le rapport de 2 à 1. Il a été proposé par M. Lombard pour l'extrait d'aconit, et MM. Georges et Hespe ont conseillé de l'appliquer aux extraits aqueux de jusquiame et des autres solanées obtenus avec la plante sèche.

Résines. Les résines que l'on obtient dans les laboratoires des pharmaciens sont de véritables extraits alcooliques qui ont été séparés par des lavages à l'eau des matières solubles dans ce véhicule.

Voici par quel procédé on les extrait : après avoir épuisé les substances par de l'alcool à 56°, on distille aux trois quarts ; on mêle au résidu un volume égal au sien d'eau distillée ; on recueille le dépôt résineux qui se forme ; on le lave dans l'eau chaude ; on le met dans des assiettes et on le laisse à l'étuve jusqu'à ce qu'il soit devenu sec et cassant.

On peut, au lieu d'alcool faible, se servir d'alcool à 80° qui dissout moins de parties gommeuses et extractives ; mais le résultat est le même, puisqu'il faut toujours avoir recours à un lavage à l'eau chaude qui enlève ce qui a pu en rester mêlé à la résine. C'est ainsi que l'on obtient les résines de scammonée, de jalap, de quinquina, etc.

Quant aux résines qui peuvent être retirées des térébenthines du commerce, on les obtient en chassant l'huile volatile au moyen de la chaleur. Afin que la matière résineuse n'éprouve pas d'altération, on la tient dans l'eau en ébullition, jusqu'à ce qu'elle ait perdu la presque totalité de son huile volatile, et que le résidu ait une consistance assez ferme pour devenir cassant à la température ordinaire. Quand on opère sur la térébenthine ordinaire, l'opération se fait dans une bassine et on laisse l'huile volatile se dissiper ; si l'huile volatile est plus précieuse, on peut opérer dans un alambic ; par exemple, pour le baume de copahu.

Il est à remarquer qu'il faut beaucoup de temps pour chasser l'huile volatile ; la résine la retient obstinément et retarde surtout beaucoup la volatilisation de ses dernières portions.

EXTRAITS PRÉPARÉS AVEC LE VINAIGRE.

C'est le vinaigre distillé qui est employé à la préparation de ces extraits quand on les obtient par solution. L'extrait acéteux d'opium de Lalouette est peut-être le seul dont on fasse encore quelquefois usage.

M. Caventou a décrit un mode de préparation dont nous devons parler. Il consiste à mettre les plantes fraîches sur un diaphragme (le bain-marie percé d'un alambic convient très bien pour cet usage), et à les faire traverser par de la vapeur d'eau rendue acétique par un peu de vinaigre, jusqu'à ce que l'odeur de la plante soit entièrement dissipée ; on retire alors la plante toute ramollie de dessus le diaphragme ; on l'exprime fortement, et l'on évapore les liqueurs en extrait.

M. Caventou a appliqué ce procédé aux extraits de ciguë, de belladone, de jusquiame, d'aconit, de phellandrium, de douce-amère, de chicorée, etc., et ces extraits ont été employés avec quelques succès par M. Récamier. Ils sont à peu près complétement inusités.

EXTRAITS OBTENUS AU MOYEN DE L'ÉTHER.

Les extraits pharmaceutiques obtenus au moyen de l'éther sont peu nombreux ; les seuls usités peut-être sont l'extrait éthéré de fougère mâle, celui de digitale pourprée et celui de cantharides. On épuise ces substances par l'éther dans l'appareil à déplacement, et l'on distille la teinture pour en retirer l'éther.

EXTRAITS OBTENUS AU MOYEN DU VIN.

Un seul de ces extraits est employé, c'est l'extrait d'opium au vin. Il est à remarquer que tout extrait préparé avec le vin contient en outre des matériaux de la plante, les principes fixes qui font partie de la composition du vin.

On peut encore rapporter à cette série d'extraits, l'extrait d'ellébore noir de Bacher, mais il entre dans sa préparation du carbonate de potasse; c'est un médicament plus composé.

EXTRAITS PRÉPARÉS AVEC DES MATIÈRES ANIMALES.

Ces extraits sont peu nombreux. Je citerai comme exemples l'extrait de cantharides que l'on obtient au moyen de l'alcool, celui de fiel de bœuf qui résulte de l'évaporation de la bile de bœuf.

DES MÉDICAMENTS TRÈS CHARGÉS DE SUCRE.

DES SACCHAROLÉS.

Sous le nom général de saccharolés, il faut comprendre une série de médicaments qui ont pour caractère commun de contenir une forte proportion de sucre; celui-ci leur donne une saveur agréable, qui en facilite l'emploi; dans plusieurs de ces prépara- tions, il agit en même temps comme condiment et il permet de conserver certaines matières que l'on ne peut se procurer toute l'année en bon état. Les saccharolés sont liquides, mous ou solides. Ils constituent différentes formes médicamenteuses, sa- voir :

Les sirops,   Les conserves,
Les mellites,   Les gelées,

Les pâtes,	Les tablettes,
Les élæo-saccharum ,	Les pastilles.
Les saccharures ,	

DES SIROPS.

On nomme sirops des médicaments liquides amenés, au moyen du sucre, à une consistance telle qu'ils coulent lentement. Le véhicule qu'ils contiennent peut être de nature très différente; c'est l'eau, le vin, des sucs ou différentes solutions.

L'avantage que l'on trouve dans l'emploi des sirops est : 1° d'offrir la matière médicinale avec une saveur agréable ou moins désagréable; 2° de présenter toute l'année, dans un bon état de conservation, des matières qui ne sont pas susceptibles de se conserver seules, par exemple les sucs des plantes; 3° de fournir au médecin des dissolutions toutes prêtes et dans un état de concentration constant. C'est pour cette raison que les sirops sont si souvent employés pour la préparation des potions et des tisanes.

La condition essentielle des véhicules, c'est qu'ils puissent dissoudre le sucre; aussi les liqueurs éthérées ou huileuses ne peuvent devenir la base des sirops. Les teintures alcooliques faites avec l'alcool faible, sont bien susceptibles de dissoudre le sucre; mais il en résulte des préparations ordinairement moins chargées de sucre que les sirops, qui sont plutôt d'agrément que médicamenteuses, et que l'on appelle ratafias et liqueurs.

Un sirop doit être limpide (quelques-uns font exception à cette règle) : la transparence d'un sirop est un indice de sa bonne préparation; il ne contient alors en suspension aucune matière étrangère; il est moins sujet à fermenter. Quelquefois les principes médicamenteux y étant très abondants, il est difficile, quand on regarde le sirop en masse, de s'assurer s'il a été bien clarifié; le meilleur moyen de s'en assurer est de le délayer dans de l'eau très limpide; la solution est transparente si le sirop a été bien clarifié.

La qualité du sucre influe beaucoup sur celle des sirops; on emploie le sucre blanc à la préparation des sirops par simple solution; mais lorsque l'on fait des sirops par coction, on se sert de cassonade ou de sucres moins raffinés.

La préparation des sirops médicamenteux se fait par des procédés différents; avant de nous en occuper, nous allons traiter de la préparation du sirop de sucre simple, qui souvent sert de base aux sirops composés.

SIROP DE SUCRE OU SIROP SIMPLE.

1º Sirop par solution.

Pr.: Sucre royal. .... 2 parties.
     Eau pure........................ 1

On casse le sucre par morceaux, on le fait fondre à froid dans l'eau et l'on filtre le sirop au papier.

Si l'on ne se sert pas de sucre du premier blanc, on ajoute le 15ᵉ ou le 20ᵉ du poids du sucre en charbon animal lavé à l'acide hydrochlorique et en poudre fine. Après 24 heures de contact, on filtre au papier.

Le lavage du charbon à l'acide est nécessaire, car celui du commerce contient des sulfures de calcium et de fer, et une matière animale qui fait que le sirop se clarifie mal, et acquiert même une saveur désagréable. Le charbon purifié par l'acide hydrochlorique n'est pas exempt de ces défauts, à moins qu'on ne l'ait lavé à l'eau chaude. On prendra, suivant M. Blondeau, huit parties de charbon animal; on en fera une pâte avec de l'eau, et l'on y ajoutera une partie d'acide hydrochlorique. Il y aura dégagement de calorique et élimination de gaz carbonique et hydrosulfurique. Au bout d'une heure, on versera de l'eau bouillante sur la masse; on laissera déposer, on décantera, on lavera de nouveau, de la même manière, à quatre à cinq reprises, et l'on fera sécher.

2º Sirop par coction et clarification.

Ce genre de préparation s'exécute avec des sucres de qualités et de nuances très variables. Il ne s'applique qu'à la préparation des sirops qui peuvent être colorés, ou qui du moins n'ont pas besoin d'être d'un blanc parfait. On commence par battre des blancs d'œufs avec une petite quantité de liqueur. Le but qu'on se propose est de briser les cellules qui renferment la liqueur albumineuse pour obtenir le mélange de celle-ci avec l'eau. On y mêle la cassonade ou le sucre, puis on ajoute le reste du liquide. Cela fait, on chauffe, en ayant soin de modérer le feu, pour que la liqueur n'arrive que lentement à l'ébullition. On y trouve l'avantage que les matières étrangères ont le temps de se séparer du sucre avant que l'albumine se concrète. Celle-ci les enveloppe plus complétement, et la clarification est plus certaine.

La proportion d'eau que l'on ajoute au sucre n'a pas besoin d'être réglée d'une manière rigoureuse ; toutefois il est toujours avantageux de ne pas la forcer, parce qu'une longue ébullition altère le sucre, le colore et le change en sucre incristallisable.

Lorsque le liquide entre en ébullition, l'écume se forme en abondance à la surface. On attend, pour l'enlever, qu'elle ait acquis une certaine densité. On modère d'ailleurs l'ébullition, en versant de temps à autre un peu d'eau froide, ou mieux, d'eau albumineuse, pour faciliter la séparation des écumes. L'affusion doit en être renouvelée chaque fois que l'on veut écumer.

L'écume ne doit pas être laissée trop longtemps à la surface du sirop. Bientôt le mouvement produit par l'ébullition la diviserait ; elle se mêlerait dans la masse, et ne se séparerait ensuite que très difficilement.

Quelquefois, au lieu de clarifier le sirop ainsi que nous venons de le dire, on n'y met pas d'abord les blancs d'œufs, mais on les projette dissous dans l'eau, lorsque le sirop entre en ébullition. La clarification se fait très bien par ce procédé quand le sucre n'est pas trop coloré ou trop impur. Dans le cas contraire, le premier procédé est préférable ; en ce que la coagulation n'étant pas subite, l'albumine enveloppe plus parfaitement les matières étrangères.

La manière dont agit l'albumine, comme agent de clarification, est purement mécanique. Cette substance, dans l'état sous lequel elle existe dans les œufs, est soluble dans l'eau, et peut être mêlée intimement à la masse du liquide. A la chaleur de l'ébullition, ses parties se contractent sur elles-mêmes, et perdent leur solubilité. Dans cet état de solidification, l'albumine est spongieuse et plus légère que l'eau, et vient à la surface ; mais en même temps, elle entraîne tous les corps qui n'étaient que suspendus dans la liqueur, et qui lui ôtaient sa transparence.

Quelle que soit la manière dont on ait clarifié le sirop, il faut, après l'avoir écumé, le passer pour en séparer tout ce qui reste en suspension. On se sert, à cet usage, d'un morceau d'étoffe de laine que l'on attache par les quatre coins sur un carré en bois. Les premières portions de sirop qui traversent le tissu du filtre sont troubles. On change le récipient quand la liqueur qui passe a le degré de transparence convenable ; et l'on reverse sur l'étamine ce qui a passé en premier. Quand on opère sur des masses considérables, quand on doit filtrer de grandes masses, on donne au filtre la forme d'un cône. Il portait autrefois le nom de *chausse d'Hippocrate*. Au fond intérieur est un anneau de ruban auquel une ficelle est attachée. Ce filtre est suspendu et tenu ouvert par sa partie supérieure. Quand la filtration languit, on soulève avec lenteur, au moyen de la ficelle, la partie basse de ce filtre, de manière à ramener le liquide vers les parties les plus hautes dont les parois n'ont pas été obstruées par le dépôt de particules étrangères. On se sert encore de grands sacs de molleton, et pour conserver la chaleur, on les enferme dans des paniers recouverts d'étoffe. Par ce moyen, le sirop conserve plus longtemps sa chaleur et sa fluidité, et il traverse plus aisément les pores du filtre.

On peut encore avoir recours au filtre de Taylor. Il offre le moyen de multiplier les surfaces filtrantes dans un espace resserré. Il se compose d'un sac fait en étoffe de coton duveteuse, qui a environ six pieds de long et un pied de large. Il est fermé à l'un de ses bouts, et il porte à son extrémité intérieure un cordon plus long que le sac. On introduit ce sac dans un petit panier d'environ deux pieds et demi à trois pieds de longueur, ou dans un étui en toile ferme de même dimension, et on le replie en deux sur lui-même en tirant le cordon et forçant ainsi le fond du sac à remonter jusqu'à l'ouverture supérieure. On introduit ce système de filtre dans un tuyau en cuivre qui est destiné à rendre l'évaporation impossible et le refroidissement plus lent. Du reste, le sac filtrant est attaché à la partie supérieure du cylindre de cuivre, qui est d'ailleurs fermé par un couvercle en forme d'entonnoir. La filtration marche avec une grande rapidité, parce que le filtre présente une très grande surface, parce que le dépôt qui peut gêner la filtration est répandu sur une plus grande étendue et forme nécessairement une couche plus mince ; parce que la colonne du liquide étant assez haute, sa propre pression rend l'écoulement plus rapide ; enfin parce que l'enveloppe métallique conserve la chaleur, et s'oppose par là à l'augmentation de viscosité qui résulte du refroidissement.

On passe le sirop quand il est suffisamment cuit; cependant, si l'on veut le porter à un point de cuite plus haut que l'ordinaire, on le passe aussitôt qu'il est clarifié et on le remet sur le feu pour achever de le cuire.

3° Sirop de sucre par coction et clarification au charbon.

Quand on se sert de sucre moins beau, et que l'on veut avoir un sirop blanc, on le prépare par coction, et on décolore au moyen du charbon animal purifié par l'acide hydrochlorique et par le lavage à l'eau bouillante. Il faut se servir de cassonades neuves; elles blanchissent bien plus facilement que les vergeoises ou les sucres lumps, souvent plus blancs en apparence, mais qui proviennent des dernières cristallisations, et qui retiennent leur matière colorante avec une telle ténacité qu'il est impossible de les blanchir complétement. M. Blondeau a conseillé la manipulation suivante qui réussit très bien.

On forme une pâte avec 60 livres de sucre, 60 onces de charbon et l'eau albumineuse provenant de six blancs d'œufs, dont on a conservé deux pintes; on porte à l'ébullition et l'on verse deux ou trois fois de l'eau albumineuse; on retire du feu; on laisse déposer pendant quelques instants; on écume, et on passe.

Le sirop qui coule d'abord contient du charbon. Dès qu'il est clair, on change de récipient, et l'on reverse ce qui a passé sur la chausse; on enveloppe celle-ci de toile pour concentrer la chaleur. En peu d'heures, tout est passé.

On substitue avec avantage à cette méthode le blanchiment du sirop au moyen du filtre Dumont, tel qu'il est usité dans les arts. Ce filtre est une caisse en bois qui a la forme d'une pyramide quadrangulaire tronquée, doublée intérieurement de cuivre étamé, qui peut être fermée par un couvercle également doublé en cuivre étamé, et qui porte un robinet à sa paroi latérale, au niveau même du fond. Le filtre comprend encore deux autres pièces, savoir un petit diaphragme percé de trous et recouvert d'une toile claire; il a quatre pieds qui le soutiennent à quelques pouces du fond du filtre; puis un second diaphragme beaucoup plus grand, mais également percé. Le long de la caisse s'élève un petit tuyau en cuivre qui part du fond et arrive jusqu'à la partie supérieure. Il est destiné à permettre à l'air de s'écouler aisément, de peur qu'il ne fasse obstacle à la descente du liquide.

Quand on veut procéder à la filtration d'un sirop, on place le petit diaphragme au fond de la caisse, et on dispose au-dessus du charbon animal en grain qui a été humecté préalablement avec un sixième de son poids d'eau ; on en garnit tout l'intérieur du filtre et l'on aplanit la surface, que l'on recouvre du second diaphragme. On verse alors le sirop à la partie supérieure. Il pénètre successivement et chasse devant lui l'eau qui humecte la surface du charbon, en se mêlant cependant avec elle dans une certaine proportion ; quand on s'aperçoit que le sirop passe pur, on entretient l'écoulement en un filet non interrompu, en versant à la surface de nouvelles doses de sirop.

Si l'on humecte d'abord le charbon, c'est que le sirop aurait autrement beaucoup de peine à l'imbiber également.

Le filtre de M. Dumont est avantageux parce qu'il décolore parfaitement les sirops sans leur donner le goût désagréable que prennent presque toujours les sirops qui ont été chauffés au contact du noir. On conçoit très bien, du reste, que le sirop, à mesure qu'il descend dans le filtre, se trouve constamment en contact avec du charbon qui conserve à un plus haut degré sa propriété décolorante ; la décoloration commence dans les couches supérieures, elle s'avance davantage à mesure que le sirop s'enfonce dans des couches plus profondes, et elle s'achève quand il arrive au contact du charbon vierge. Quand le filtre cesse de fournir du sirop blanc, on peut encore y faire passer de nouveau sirop qu'il ne décolore qu'en partie ; enfin, à la fin de l'opération, en versant de l'eau à la surface du filtre, on chasse aisément les dernières portions de sirop qui y étaient retenues.

Un des avantages de cet appareil est de débiter beaucoup : en effet, le charbon en grain forme une couche très perméable que le sirop traverse avec la plus grande facilité.

DE LA CUITE DU SUCRE.

Un sirop ne peut se conserver qu'autant qu'il a le degré de concentration exactement convenable ; si le sirop n'est pas assez cuit, bientôt la fermentation s'établit dans la liqueur : elle se couvre de moisissure et prend un goût acide. Lorsqu'un sirop a été trop rapproché, le sucre, au bout de quelque temps, se dépose en cristaux dans le fond des bouteilles. S'il ne se séparait que l'excès du sucre, il n'y aurait aucun inconvénient à porter un peu plus haut le degré de cuite ; mais une fois qu'une certaine quantité de cristaux se sont formés, ils réagissent sur la dissolution, et déterminent le dépôt d'une nouvelle quantité de sucre ; mais ce dépôt de sucre ne s'arrête pas au point de saturation du sirop, de sorte que celui-ci se trouve bientôt dans les mêmes circonstances que s'il n'avait pas été assez cuit, et il éprouve le même genre d'altération.

La cuite du sirop se reconnaît par le thermomètre, l'aréomètre ou la recherche de la pesanteur spécifique.

La densité d'un sirop doit être exprimée par 1261, celle de l'eau étant considérée comme 1000. La recherche de la densité est un moyen peu praticable en ce qu'il exige des essais nombreux et assez incommodes. On lui préfère, à juste titre, l'usage de l'aréomètre et du thermomètre.

On sait que, lorsqu'un liquide tient en dissolution un corps pour lequel il a de l'affinité, il n'entre plus en ébullition au même degré de température : ce terme est changé par l'action chimique qu'exerce le corps dissous sur les particules du liquide. Par là se trouve diminuée la faculté de volatilisation de ce liquide ; d'où il résulte que sa vapeur ne fait plus équilibre à celle de l'atmosphère qu'à un degré de chaleur supérieur à celui où cet effet est ordinairement produit pour elle ; ou, en d'autres termes, le degré d'ébullition du liquide est retardé ; de sorte qu'il faut compenser, par l'élévation de température, la perte qu'a éprouvée la tension élastique de la vapeur. Or, le retard de l'ébullition est d'autant plus considérable, que l'affinité du liquide pour le corps dissous l'est elle-même davantage. Cet effet varie avec le même corps dans les limites qui sont contenues entre le point d'ébullition du liquide saturé et le point d'ébullition du liquide pur. L'expérience a prouvé que la solution du sucre dans l'eau était en proportion convenable pour donner un sirop bien cuit, lorsque l'ébullition avait lieu à la température de 105° centig. ; de sorte qu'en plongeant un thermomètre dans une solution aqueuse de sucre, on est assuré que l'évaporation est assez avancée aussitôt que le liquide bouillant marque 105° au thermomètre centig. On conçoit d'ailleurs que les matières autres que le sucre qui pourraient être tenues en dissolution en même temps que lui doivent influer également sur le résultat.

Le thermomètre est peu employé, parce qu'à moins de donner à sa tige une grande longueur qui rend l'instrument fragile, il est peu facile de saisir exactement le terme de la cuisson, d'autant plus que les vapeurs rendent difficile de lire sur l'échelle de l'instrument.

L'usage de l'aréomètre est bien plus répandu que celui du thermomètre. Sans entrer ici dans des détails étrangers au sujet qui nous occupe, contentons-nous d'indiquer sur quel principe son emploi est fondé. Quand on plonge dans un liquide un corps dont la densité est moins grande que celle du liquide, la partie enfoncée déplace un volume de ce liquide, dont le poids est égal à celui de tout le corps. Ainsi, si le corps immergé pèse 100 grammes, la quantité de liquide dont la partie plongée tient la place pèse également 100 grammes. De là résulte que l'instrument s'enfoncera d'autant plus que le liquide sera moins dense, puisque l'aréomètre ayant toujours le même poids, et déplaçant constamment un volume de liquide dont le poids est égal au sien propre, ce volume devra être d'autant plus petit, et, par conséquent, l'aréomètre devra s'enfoncer d'autant moins que le liquide aura plus de densité. C'est lorsque, à la température de l'ébullition, la densité du sirop sera telle, que l'instrument y plonge jusqu'au trentième degré, qu'il sera suffisamment rapproché. La densité du sirop augmentant par le refroidissement, qui laisse rapprocher les molécules que la chaleur tenait écartées, l'aréomètre devra s'enfoncer moins dans le sirop froid. Il y marque 35°.

En été on donne habituellement au sirop 30° $\frac{1}{2}$ bouillant au lieu de 30°. Il est bon de remarquer que, pour reconnaître le degré de l'aréomètre, il faut lire non pas au sommet de la courbe que forme le liquide contre la paroi de l'instrument; mais au dessous, au niveau réel du liquide.

Pour déterminer la cuite d'un sirop, il y a des indices plus ou moins certains, fondés sur une grande habitude de préparation de ces médicaments; ils suffisent souvent au pharmacien. On a donné, à ces différents degrés de cuisson des sirops, des noms particuliers basés sur quelque apparence physique.

La perle. On dit que le sucre est cuit au perlé ou qu'il fait la perle, quand, en en ramassant dans une cuillère, l'y balançant un moment, puis le versant, les dernières gouttes ne tombent que lentement en formant une petite queue par le haut et prenant une forme arrondie par le bas.

La pellicule. Le sirop fait la pellicule lorsque, pris dans une cuillère, à même la bassine, il se fait une pellicule légère à la surface, quand on vient à souffler dessus presque horizontalement. La pellicule doit disparaître aussitôt que l'on cesse de souffler.

Le lissé. Le sirop est au lissé, quand en en prenant un peu entre l'index et le pouce et les séparant l'un de l'autre, il en résulte un fil de deux à trois lignes de long, qui se casse de suite en formant sur le doigt une gouttelette presque imperceptible.

La nappe. Le sirop fait la nappe, quand, en le prenant sur l'écumoire, et balançant celle-ci à plusieurs fois, on laisse ensuite retomber le sirop : par suite de la concentration qu'il a éprouvée sur l'instrument, il tombe en forme de nappe.

Tous les caractères précédents s'appliquent au sirop qui marque 30° degrés bouillant à l'aréomètre; mais chacun d'eux est plus ou moins prononcé, suivant l'état de concentration du sirop; et ce n'est qu'une grande habitude qui peut apprendre à saisir avec précision le point convenable.

Le soufflé ou la plume. On dit que le sirop est au petit soufflé ou à la petite plume, quand, en soufflant sur une des surfaces de l'écumoire pleine de sirop, il en résulte des bulles qui s'échappent dans l'air. Si les bulles sont peu nombreuses, le sirop est dit au petit soufflé. Si, au contraire, le nombre des bulles est considérable, le sirop est au moyen soufflé. Si, enfin, les bulles très grosses reviennent sur elles-mêmes, attachées, en quelque sorte, à un fil de sucre, le sirop est au grand soufflé ou à la grande plume.

Le petit soufflé correspond au 37ᵉ degré bouillant à l'aréomètre, et le grand soufflé au 38ᵉ.

Le boulé. Le petit boulé se reconnaît en ce que le sirop projeté dans l'eau y forme une pâte molle : si elle a plus de consistance, le sucre est au grand boulé. Ces différents degrés correspondent aux divers soufflés.

Le cassé. Le sucre est cuit au grand cassé, quand, en versant du sirop dans l'eau, il en résulte une masse cassante qui n'adhère pas aux dents. Si elle est un peu moins cassante, et qu'elle adhère aux dents, on dit que le sucre est au petit cassé.

On reconnaît encore ces caractères de la manière suivante: on mouille ses doigts, on les plonge dans le sirop et on les reporte vivement dans l'eau froide. Si le sucre est cassant et qu'il résiste à la dent, c'est le petit cassé; s'il casse avec bruit et qu'il n'adhère pas aux dents , c'est le grand cassé. A cet état le sucre est à peu près dépouillé d'eau. Si on le chauffe encore il se colore et finit par se changer en caramel.

Quand on veut porter des masses de sucre à ces forts degrés de cuisson , il faut avoir par devers soi un peu de beurre , et si le sirop venait à monter trop fort et qu'on ne pût se rendre maître du bouillon en agitant avec l'écumoire, on ferait instantanément crever les bulbes et retomber le sirop en jetant à la surface un petit morceau de beurre.

Sucre sablé. On fait cuire le sucre au grand soufflé , on le coule dans une bassine arrondie, légèrement chauffée , puis on l'agite continuellement avec une spatule en bois ou un bistortier jusqu'à ce qu'il soit réduit en grains pulvérulents.

Pendant que l'on tient le sirop agité , il s'en dégage des vapeurs et il se concentre ; au moment où le sucre vient à se solidifier, il y a une abondante quantité de vapeurs qui se produit ; elle provient de ce que la température s'élève beaucoup par le passage du sucre de l'état liquide à l'état solide. C'est à ce moment surtout qu'il faut agiter vivement , pour empêcher les particules de sucre de se réunir en masses compactes.

Sucre massé. C'est du sucre qui a été cuit au grand soufflé, qui a été coulé en cet état et que l'on a laissé refroidir tranquillement.

Sucre d'orge. C'est du sucre coloré que l'on a fait cuire au petit cassé en y ajoutant un peu de vinaigre ; on le coule sur un marbre huilé , et quand il est en partie refroidi , on le divise et on le roule en petits cylindres. Plusieurs personnes sont en même temps occupées à cette fabrication. Elles se repassent les cylindres les unes aux autres ; ils doivent être roulés jusqu'à ce qu'ils soient tout à fait refroidis.

Sans l'addition du vinaigre, le sucre d'orge ne garderait pas sa transparence ; d'ailleurs il serait trop cassant et il se réduirait en fragments à mesure qu'il refroidirait ; on ne pourrait le travailler.

Sucre de pommes. Il est préparé comme le sucre d'orge, mais avec du sucre blanc ; on le roule en cylindres ou bien on l'étale en nappe que l'on coupe avec des ciseaux. L'addition du vinaigre ou d'un peu de gelée de pommes est aussi indispensable que pour le sucre d'orge ; on l'aromatise à la fleur d'oranger ou au citron.

Sucre rosat. C'est du sucre de pommes qui a été coloré par de la cochenille.

Sucre retors ou pénide. C'est le sucre d'orge dont on détruit la transparence en le prenant dans les mains et l'étendant vivement et à plusieurs reprises. Dès que le sucre commence à se refroidir, on l'étend de plus en plus sur lui-même jusqu'à ce qu'il soit blanc et argenté ; du moment où il ne se mêle plus en une seule masse, quand on rapproche les deux extrémités l'une de l'autre, on le roule pour le tresser et on le dépose sur des ardoises. Il faut être deux pour bien réussir ; l'un continue à filer, l'autre à couper et à tordre avec le plus de diligence possible, avant que le sucre ne soit entièrement refroidi.

Sucre candi. On prépare un sirop de sucre que l'on clarifie et que l'on cuit de manière à ce qu'il présente une sorte de pellicule à la surface, ou jusqu'à ce qu'en trempant l'écumoire dans le sirop, et soufflant sur l'une de ses faces, il s'en échappe des bulles nombreuses (37° bouillant). On verse alors le sirop dans des jattes en cuivre qui ont été chauffées, et que l'on place dans une étuve chauffée à 45 degrés centigrades. Il se forme de beaux cristaux en prismes tétraèdres terminés par des sommets dièdres.

Les cristallisoirs dont on se sert sont des jattes en cuivre poli, percées sur les côtés de quelques trous, à travers lesquels on fait passer des fils. On bouche ces trous avec une bande de papier collé.

La température à laquelle on entretient le sirop a l'avantage de ne pas le laisser exposé à un air humide, qui céderait de l'eau au sucre, et le décuirait. Cet effet serait d'autant plus prononcé, que la cristallisation ne se fait qu'avec beaucoup de lenteur, en raison du peu de différence qui existe entre la solubilité du sucre à froid et à chaud. Mais le principal objet que l'on se propose de remplir est de tenir le sirop dans un état de liquidité qui permette aux particules du sucre de se déposer librement et régulièrement les unes sur les autres.

Il est de la plus grande importance que l'étuve soit constamment entretenue au même degré de chaleur. Si sa température n'est pas toujours égale, de nouveaux cristaux viennent se former à la surface des premiers. Le sucre se frise, comme disent les confiseurs, et la cristallisation n'est pas belle.

Dans l'étuve au candi on n'établit pas de courant d'air, parce qu'on ne veut pas évaporer les liqueurs, mais seulement les entretenir à une température chaude.

Cinq à six jours sont ordinairement nécessaires pour achever l'opération. On fait égoutter, et on détache le candi en plongeant l'extérieur du cristallisoir pendant quelques instants dans l'eau bouillante. Quand on veut avoir des cristaux brillants, on les lave à deux reprises avec un peu d'eau et l'on remet à l'étuve.

On fait trois sortes de candi : le roux, le paille et le blanc.

Le candi roux se fait avec le sucre brut deuxième qualité moyenne. On cuit au soufflé bien prononcé.

Le candi paille se fait avec parties égales de sucre terré Havane et de sucre de l'Inde. On cuit au soufflé peu prononcé.

Le candi blanc se fait avec le sucre en pain ; on clarifie le sirop avec 3 ou 5 0/0 de charbon fin ; pas davantage pour ne pas trop augmenter la faculté de cristalliser. On ne cuit qu'au petit soufflé, pour que la cristallisation ne soit pas trop rapide ; mais quelque soin que l'on prenne, elle est toujours un peu confuse ; aussi remarque-t-on que le candi blanc est bien plus sujet à se friser.

Dans la préparation du candi blanc, il est important que le sucre ne cuise pas trop et ne se colore pas contre les parois supérieures de la bassine ; on a le soin de les rafraîchir de temps en temps avec une éponge mouillée.

Bonbons. Toutes ces sucreries, quelle que soit leur forme, se font dans des moules. On cuit le sucre, au cassé, on l'aromatise et on le colore de diverses manières.

Caramel. C'est le sucre en grande partie décomposé par le feu et divisé dans une suffisante quantité d'eau. On ne fait pas le caramel avec du sucre, mais avec de la mélasse ou des miels de qualité inférieure. On chauffe ces matières dans une bassine de cuivre jusqu'à ce qu'elles aient acquis une couleur brun-noir foncé ; alors on y projette brusquement de l'eau bouillante et l'on agite pour faire le mélange. Si l'on mettait de l'eau froide ou que l'on attendît que le caramel fût refroidi, on aurait beaucoup de peine à le redissoudre.

SIROPS MÉDICAMENTEUX.

Il y a plusieurs procédés généraux employés à la préparation des sirops médicamenteux : la solution simple ; la solution avec évaporation ; la solution avec clarification au blanc d'œufs ; le mélange avec du sirop de sucre et l'évaporation ; le mélange avec le sirop de sucre sans évaporation; la solution avec clarification par le papier.

Sirops par simple solution. Cette opération se pratique quand la quantité de véhicule est précisément dans les proportions convenables pour transformer le sucre en sirop. Elle exige du sucre d'assez belle qualité; aussi l'emploie-t-on le plus ordinairement pour des sirops agréables. On prépare par simple solution :

1° Sirops avec des eaux distillées : Fleurs d'Oranger, Menthe, Rose, etc.

2°   ——   sucs acides : Limons, Oranges, Groseilles, Grenades, etc.

3°   ——   sucs de plantes : Asperge, Cresson, Cochléaria, fleurs de Pêcher.

4°   ——   avec des infusions aromatiques ou altérables : Violette, Coquelicot, OEillet, Narcisse des prés, Absinthe, écorces d'Oranges, Tolu, Baume de Digitale.

5° Sirops avec des liqueurs vineuses : Quinquina, Safran.

Ces sirops se préparent à froid, quand on tient à les avoir fort blancs : autrement on a recours à la chaleur du bain-marie. Le manuel de l'opération est absolument celui que nous avons décrit pour le sirop de sucre.

Sirops par simple solution et évaporation. On mêle le sucre par morceaux à la liqueur et on évapore en consistance de sirop. Ce procédé est donné par le Codex pour la préparation du sirop de quinquina : une partie des principes actifs du quinquina sont tenus en suspension dans l'eau; le sucre finit par les dissoudre; ils seraient éliminés par la clarification.

Ce procédé s'applique encore à la préparation des sirops avec des sucs dépurés qui doivent subir une concentration.

Ex. : Sirop de Nerprun,   Sirop de Fumeterre.
  —   Ortie,

Sirops par clarification au moyen de l'albumine. L'opération s'exécute absolument comme nous l'avons décrite pour le sirop de sucre, seulement on remplace l'eau pure par une solution aqueuse. On voit de suite que les sirops aromatiques ne peuvent être préparés par cette méthode; elle était appliquée autrefois à la presque totalité des sirops; mais elle est réservée maintenant à un petit nombre d'entre eux. On l'évite pour toutes les liqueurs

qui peuvent perdre quelque chose à la clarification par l'albumine ;
on la conserve pour celles dont les parties actives n'étant pas de
nature extractive, ne sont pas enlevées par l'albumine au moment
de la coagulation. On prépare encore par coction et clarification
les sirops suivants :

Sirops de Guimauve,   Sirops de Navets,
Limaçons,   Oignons.

Il faut rapporter à cette méthode de préparation, la clarification des sirops *per descensum* proposée par **M.** Salles et que l'on
applique avec avantage aux liqueurs troubles et très chargées.
Elle consiste à faire déposer au fond du liquide toutes les impuretés unies à l'albumine coagulée, absolument comme dans l'o-
pération que l'on nomme collage des vins.

Après avoir fait macérer, infuser ou bouillir les matières, on
passe les liqueurs à travers un tamis de crin très lâche et on soumet le marc à une forte pression. S'il est besoin de concentrer
les liqueurs, on les met toutes troubles dans une grande bassine,
sans les décanter ; on délaie dans les liqueurs froides un blanc
d'œuf pour cinq à six livres de sucre, sans le faire mousser, puis,
après avoir ajouté le sucre ou le miel, on fait bouillir jusqu'à ce
qu'une portion du sirop mise à refroidir dans une cuillère, présente l'albumine coagulée en petits flocons, nageant dans un milieu bien transparent. On a soin d'agiter sans cesse jusqu'à ce
moment, de manière à enfoncer l'écume dans le sirop, et à l'empêcher de monter à la surface.

On laisse refroidir le sirop dans la bassine même ou mieux
dans le bain-marie d'un alambic, afin que l'albumine se rassemble
mieux. Enfin, on peut avec grand avantage faire usage d'un tonneau défoncé par un bout, portant un robinet latéral placé à six ou
huit pouces au-dessus du fond. Lorsque le sirop est froid, toute
l'albumine coagulée, entraînant avec elle toutes les impuretés du
sirop, s'est rassemblée au fond du vase en une couche de quatre
à cinq pouces d'épaisseur, et le sirop est aussi transparent que
s'il eût été filtré au papier.

Quand le dépôt est bien formé, on décante la partie liquide,
que l'on passe, pour plus de précautions, à travers une chausse ; on
verse enfin sur la chausse le dépôt qui finit par s'épuiser complétement de sirop, si l'on a la précaution de relever peu à peu le

fond de la chausse au moyen de la corde qui y est attachée ; on porte alors le sirop sur le feu et on le fait rapprocher jusqu'en consistance convenable.

L'avantage de la clarification *per descensum*, c'est qu'elle évite la perte des liqueurs destinées à la préparation du sirop, puisqu'on n'est pas obligé de les décanter ni de les passer, et qu'elles n'ont pas non plus le temps de s'altérer ; elle évite complétement toute perte de sirop, dont il ne reste aucune portion dans le dépôt albumineux ; enfin elle exige moins de blancs d'œufs que le procédé de clarification ordinaire ; mais le procédé ne peut réussir que quand les sirops sont assez chargés de matières étrangères pour rendre l'albumine compacte et pesante ; c'est pour cela qu'on ne passe pas les liqueurs, et qu'on évite de faire mousser les œufs.

Sirops par mélange avec le sirop de sucre et évaporation. On prend du sirop de sucre cuit au degré ordinaire, on le met sur le feu, on y ajoute la solution et l'on continue de faire évaporer jusqu'à ce que le sirop ait repris le degré convenable.

Ce procédé a sur la solution simple l'avantage de ne pas exiger des sucres raffinés ; aussi s'applique-t-il à des sirops pour lesquels une grande blancheur n'est pas nécessaire ou n'est pas possible ; il a sur le procédé de coction et clarification l'avantage de ne pas dépouiller les solutions végétales des principes qu'elles peuvent contenir. Sous ce rapport il est fort avantageux pour tous les sirops qui contiennent des liqueurs extractives. On emploie le sirop bien clarifié, les solutions bien limpides, et l'on a un produit fort beau. On ne doit appliquer ce mode opératoire aux liqueurs qui sont aromatiques qu'autant que l'abondance des liqueurs fera absolument recourir à l'évaporation. On évite également de s'en servir pour les liqueurs que la chaleur pourrait altérer ; par exemple, les infusions colorées de fleurs, les sucs acides, etc., etc.

La préparation des sirops par évaporation des solutions végétales avec le sirop simple s'emploie quand la proportion de la base médicamenteuse est telle qu'il est impossible de l'épuiser avec une petite quantité de liquide. Toutes les fois que l'on peut arriver à préparer sans concentration une liqueur qui suffise à la simple solution de sucre, il vaut mieux le faire, car l'évaporation des liqueurs qui contiennent des principes végétaux ne se fait jamais sans que ces principes éprouvent quelque altération. Dans le cas même où cette concentration est nécessaire, il est bon de préparer des solutions aussi concentrées que possible.

Le mode de préparation qui nous occupe, convient donc surtout pour des liqueurs abondantes, peu altérables et non aromatiques. On emploie les liqueurs claires et le sirop clarifié. C'est ainsi que l'on prépare

Le sirop de Gomme,   Le sirop de Consoude.
  — Guimauve,

Si les liqueurs sont aromatiques ou extractives, je trouve avantageux d'épuiser les substances successivement de manière à obtenir une première liqueur concentrée et une seconde plus faible. On évapore cette dernière avec le sirop et l'on n'ajoute l'autre qu'en dernier; et même si l'on a pu l'obtenir en assez petite quantité, on ne la mêle au sirop que lorsque celui-ci a dépassé le point de cuisson, de manière à le ramener sans une nouvelle évaporation au degré de concentration convenable.

Je citerai comme exemples :

Le sirop de Douce-amère,   Le sirop des Cinq racines,
  — Pensée sauvage,   — Mousse de Corse.

Sirops par mélange avec le sirop de sucre sans évaporation. Cette méthode s'applique avantageusement toutes les fois que l'on ne doit introduire dans le sirop que de petites quantités de liqueur. Il y a deux manières d'opérer :

1° Si le sirop peut sans inconvénient être un peu moins cuit que le sirop de sucre ordinaire, et que la quantité de liqueur soit très petite, on mélange la liqueur au sirop froid. Ex. :

Sirop d'Acétate de morphine,   Sirop de Sulfate de morphine,
 — — fer,   — Foie de soufre.
— de Sulfate de quinine,

2° Si la liqueur plus abondante peut décuire le sirop d'une quantité trop forte, on concentre le sirop de sucre, et tandis qu'il est encore chaud, on y ajoute la solution. La perte que le sirop a éprouvée par l'évaporation, doit être compensée par la quantité d'eau que la solution contient. On prépare ainsi :

Sirop d'Acide citrique,   Sirop d'extrait de Pavot,
  — tartrique,   — Ipécacuanha,
— d'extrait d'Opium,   — Ratanhia, etc.

3° On emploie encore ce procédé pour des solutions végétales obtenues directement, et plus abondantes, pourvu toutefois qu'elles ne dépassent pas le poids de l'eau que l'on peut enlever au sirop par l'évaporation. Il est très applicable aux liqueurs extractives et même aromatiques, parce que la matière ne restant que quelques instants exposée à la chaleur, elle n'a pas le temps de se dépouiller de ses parties volatiles. Cette méthode n'est du reste applicable qu'à des sirops colorés, parce que la cuisson colore toujours plus ou moins le sucre. Elle est économique ; sous tout autre rapport elle peut être remplacée toujours avec avantage par le procédé de simple solution.

On n'emploie pas indifféremment ce procédé de préparation ou celui qui consiste à évaporer les liqueurs mêlées au sirop. Toutes les fois que de prime abord il est possible d'obtenir une solution assez concentrée pour que son mélange avec le sirop ne le ramène qu'au degré de cuisson ordinaire, il faut le faire, parce qu'ainsi on évite toutes les altérations qui peuvent survenir par l'action de la chaleur ; mais quand on a des dissolutions étendues qui ont besoin d'une concentration, il vaut mieux les mêler au sirop et évaporer le tout ensemble que de concentrer d'abord la dissolution pour en décuire plus tard le sirop concentré.

Voici les données sur lesquelles on peut s'appuyer pour cette manipulation : quand 1000 grammes de sirop de sucre ont perdu 250 grammes d'eau, le sirop est cuit au petit boulé ; quand ils ont perdu 260 grammes, il est au grand boulé ; quand ils ont perdu 280, il est au petit cassé, et quand ils ont perdu 300 grammes, il est au grand cassé. A ce moment il se mêle encore bien aux liqueurs aqueuses ; si l'on attendait davantage, il se séparerait du sucre solide au moment du mélange, et l'on serait forcé de laisser la liqueur sur le feu pour en produire la dissolution ; s'il est possible de ne pas pousser aussi loin la concentration du sirop, il y a avantage.

On prend une bassine, on y met le sirop et l'on porte sur le feu ; d'autre part on pèse la solution végétale ; on pousse l'évaporation du sirop jusqu'à ce qu'il ait perdu exactement un poids d'eau égal à celui de cette solution, ce que l'on reconnaît par la balance ; on mélange rapidement la solution au sirop et l'on passe à travers un blanchet.

Sirops avec clarification au papier. Cette méthode est de

M. Desmarets. On prend une certaine quantité de papier blanc non collé, on le met dans un pot avec de l'eau chaude, et on le bat fortement pour le diviser en se servant d'un fouet d'osier que l'on fait tourner entre les mains. Quand le papier ne forme plus qu'une bouillie bien homogène, on le jette sur un tamis et on le lave jusqu'à ce que l'eau sorte claire. On tasse légèrement la pâte entre les mains et on la délaie dans le sirop que l'on veut clarifier ; après quoi on verse celui-ci sur une chausse ou sur un blanchet. Le papier qui se dépose à la surface du tissu y forme un véritable filtre. La quantité de papier doit être suffisante pour couvrir la surface du tissu qu'on présume devoir être mouillée par le sirop.

Ce procédé de clarification s'applique avec avantage à la préparation des sirops avec des liqueurs extractives que le blanc d'œuf affaiblirait. Il est surtout utile pour les liqueurs qui contiennent du tannin. Leur mélange avec le sirop de sucre ordinaire clarifié, donne lieu à un précipité, parce qu'une partie du tannin est séparée en une combinaison insoluble par la portion de matière animale que l'albumine laisse dans la liqueur au moment de sa coagulation. Hors ce cas, il faut préférer le mélange des liqueurs au sirop très cuit, quand il est possible d'ailleurs d'avoir des liqueurs assez concentrées.

Sirops préparés par une méthode mixte. J'entends parler ici de la préparation des sirops qui ont pour base des matières aromatiques, mais qui doivent fournir aussi des principes médicamenteux fixes. On soumet ces matières à la distillation, et l'on fait avec la liqueur distillée et le double de son poids de sucre, un sirop par solution en vases clos. Le résidu de la distillation est passé ; on y ajoute le sucre et on fait un nouveau sirop ; quand celui-ci est en partie refroidi, on y mélange le sirop aromatique.

On peut aussi cuire plus qu'il n'est nécessaire le sirop préparé par coction et le ramener au degré nécessaire en y ajoutant la liqueur obtenue par distillation ; ou bien encore, on peut se servir de la méthode de M. Salles, qui fait cuire au grand boulé un poids de sucre double de la liqueur distillée ; il le mêle au sirop par coction, et ajoute ensuite la liqueur aromatique. C'est un moyen de dépasser exactement de la quantité voulue la cuisson du sirop par coction, pour qu'il revienne exactement au degré nécessaire.

On donne généralement aux sirops médicamenteux le même degré de concentration qu'au sirop de sucre; mais tous ne doivent pas être également cuits. Quand un sirop est fait avec des eaux distillées, des liqueurs acides ou vineuses, il lui faut moins de sucre pour empêcher son altération, parce qu'alors le sucre est, pour ainsi dire, le seul principe qui ait de la tendance à fermenter. Si, au contraire, le sirop est chargé de beaucoup de matières extractives ou muqueuses qui passent aisément à la fermentation, on doit lui donner un degré plus fort de cuisson. L'on n'a pas à craindre d'ailleurs que le sucre se dépose aussi facilement : enveloppées de toutes parts par des substances incristallisables, ses molécules ne pourraient se réunir qu'avec peine.

Quand un sirop a fermenté, on le raccommode en le faisant chauffer pour le ramener à l'état de cuisson convenable. On y ajoute un peu d'eau, parce qu'il est nécessaire qu'il reste assez longtemps sur le feu, pour que tout le gaz acide carbonique ait le temps de se dégager. Quand un sirop a été ainsi réparé un grand nombre de fois, il a peu de disposition à fermenter de nouveau, mais aussi une partie des principes qu'il contenait a été altérée.

On doit conserver les sirops dans des bouteilles pleines, que l'on bouche avec soin. Il est important que les bouteilles qui doivent les recevoir soient bien sèches, autrement l'eau qui les mouille monterait à la surface et ferait moisir le sirop.

Quelques sirops fermentent avec une grande facilité; il est bon de les traiter par le procédé d'Appert, ou plutôt d'adopter la modification plus simple de ce procédé, proposée par M. Mialhe et qui consiste à introduire le sirop bouillant dans des bouteilles que l'on a chauffées à l'avance. On bouche de suite, et quand le sirop est refroidi, on remue bien les bouteilles pour mêler à la masse la petite quantité d'eau qui s'est déposée à la surface, et qui provient de la condensation des vapeurs formées.

Les véhicules qui servent à faire les sirops sont très nombreux; ils nous serviront de base pour diviser ces médicaments. Nous aurons la série suivante :

1° Sirops simples,

    a avec des eaux distillées,
    b avec des solutés,
    c avec des macérés,

d avec des digestés,
e avec des infusés,
f avec des décoctés,
g avec des liqueurs vineuses,
h avec des sucs,
i avec des liqueurs émulsives;

2° Sirops composés,

a au moyen de la distillation,
b au moyen de la décoction,
c au moyen de la décoction et de l'infusion.

SIROPS AVEC DES EAUX DISTILLÉES.

Il y a deux méthodes générales de préparation pour les sirops faits avec les eaux distillées; pour toutes deux, la simple solution du sucre à vase clos est seule applicable, car l'on a affaire à des liqueurs aromatiques et altérables qui ne supporteraient pas l'évaporation.

1° On ajoute à 1 partie d'eau distillée le double de son poids de sucre très blanc cassé par morceaux; on laisse fondre à froid et l'on filtre. C'est ainsi que l'on obtient :

Le sirop de Cannelle,   Le sirop de Menthe, et des eaux
—   Roses,   distillées des plantes inodores.
—   Fleurs d'Oranger.

C'est la seule méthode par laquelle on puisse appliquer à la médecine les eaux distillées très chargées obtenues des plantes inodores, qui seules ne se conservent pas.

2° On prend 1200 parties de l'eau distillée aromatique d'une plante; on y ajoute 32 parties de la même plante et l'on fait digérer au bain-marie fermé pendant deux heures; on passe la liqueur refroidie et on y fait fondre deux fois son poids de sucre blanc.

Ce procédé est appliqué par le Codex à la préparation des sirops suivants :

Le sirop d'Ache,   Le sirop de Stœchas,
—   Hysope,   —   Menthe crépue,
—   Marrube,   —   Dictame de Crète,

Le sirop de Lierre terrestre,   Le sirop de Scordium.
— Myrte,

Il a pour objet de réunir dans le sirop les parties aromatiques et extractives de ces plantes. Peut-être aurait-on dû porter un peu plus haut la dose de plante sèche pour augmenter la proportion de la matière extractive.

Pour plusieurs de ces sirops, MM. Henry et Guibourt ont remplacé la méthode du Codex par l'emploi d'une infusion, qu'ils ajoutent au sirop de sucre. Ils aromatisent avec une petite quantité de l'eau distillée de la même plante; mais le procédé du Codex est préférable. Il donne un sirop plus aromatique.

SIROPS AVEC DES SOLUTÉS.

Nous comprenons dans cette série tous les sirops qui résultent du mélange d'une solution avec un sirop. Ils offrent deux modes différents de préparation.

Le premier consiste à faire un sirop avec le sucre à la manière ordinaire. Quand il est cuit et bouillant, on y mêle la solution préparée à part; on fait jeter quelques bouillons et l'on passe. C'est ainsi que se préparent :

Le sirop de Gomme,   Le sirop d'Acide citrique.
— Acide tartrique,

D'autrefois on mélange la liqueur au sirop froid; par exemple :

Le sirop d'Acide hydrocyanique, Le sirop de Sulfate de quinine.
— Éther,   — Sulfure de potasse,
— Acétate de morphine,   — Acétate de fer.

Ce procédé était le seul que l'on pût employer pour des corps fugaces ou éminemment altérables; il est aussi le plus commode pour des matières qui n'entrent dans le sirop que pour une très petite proportion.

SIROPS AVEC DES SUCS ACIDES.

Les sirops avec des sucs acides sont préparés par simple solution; la concentration de ces sucs augmenterait leur sapidité, et le sirop serait peu agréable. On doit avoir l'attention d'opérer dans des vases de verre ou au moins dans des vases inattaquables par les acides faibles. On prépare ainsi :

Le sirop de Suc de Berberis,	Le sirop de Suc de Groseilles,
— Cerises,	— Mûres,
— Citrons,	— Oranges,
— Coings,	— Pommes,
— Framboises,	— Vinaigre,
— Grenades,	— Vinaigre framboisé.

Ces sirops n'ont pas besoin, pour se conserver, d'une forte proportion de sucre. On emploie pour chaque livre de suc clarifié 30 onces de sucre en pain; on chauffe dans un matras ou dans une bassine d'argent jusqu'à ce que le sucre soit fondu.

Il arrive qu'après un temps plus ou moins long, il se dépose dans les bouteilles où l'on conserve les sirops acides une cristallisation volumineuse qui envahit une grande partie de leur capacité. La matière qui s'est ainsi déposée est du sucre de raisin qui s'est formé aux dépens du sucre de cannes, sous l'influence de l'acide végétal. L'acide ne contracte dans cette circonstance aucune combinaison avec le sucre; sous son influence, une partie des éléments de l'eau se fixe sur le sucre de cannes, et le transforme en un nouveau corps proportionnellement moins carboné, savoir, le sucre de raisin. Il résulte des expériences faites à ce sujet par M. Thinus, que la transformation commence un peu au-dessus de 60 degrés et qu'elle augmente graduellement jusqu'à ce que le sirop ait acquis une température de 90° où elle est complète. Les sirops acides faits à une basse température contiennent le sucre de cannes, et on voit quelquefois celui-ci y cristalliser; mais sa transformation commence bientôt; elle marche il est vrai avec plus de lenteur; mais enfin elle finit par être complète et assez abondante pour former un dépôt cristallin de sucre de raisin. M. Germain assure que les sirops acides ne laissent plus cristalliser de sucre de raisin quand on leur a fait jeter quelques bouillons au moment de leur préparation. Le fait me paraît avoir besoin d'être confirmé.

Le sirop de nerprun fait exception aux autres sirops acides par la proportion de sucre. Le Codex prescrit d'employer parties égales de sucre et de suc dépuré de nerprun et de faire cuire en consistance de sirop.

Il est encore un autre procédé de préparation pour les sirops faits avec des sucs de fruits. On s'en sert quand les fruits ont un diamètre peu considérable, ou que leurs parties succulentes sont placées à l'extérieur, et que le suc a beaucoup de viscosité : telles sont les mûres et les framboises; on met ces fruits avec leur poids de sucre dans une bassine, et l'on chauffe à un feu doux. Le suc, dilaté par la chaleur, brise ses enveloppes, s'écoule et dissout le sucre; on fait bouillir légèrement, et on passe à travers un tamis de crin.

Les sirops que l'on obtient par cette méthode sont toujours visqueux; ils contiennent une forte proportion de la pectine du fruit, et ils sont sujets à former plus tard un dépôt dans les bouteilles. En prenant les fruits avant leur entière maturité, le sirop est moins visqueux et se conserve mieux. On préfère maintenant se servir pour ces sirops, comme pour les autres, du suc fermenté :

SIROPS AVEC DES SUCS DE PLANTES.

On se sert de ces sucs pour la préparation des sirops qui ont pour base une plante succulente, dont le suc peut être extrait avec facilité.

Si les sucs contiennent quelques parties aromatiques, il faut faire le sirop par simple solution en vase clos; on emploie le même procédé si les sucs sont suffisamment concentrés pour l'effet médical.

On prépare par simple solution :

Le sirop de Suc de	Bourrache,	Le sirop de Suc de Fleurs de Pêcher ,
—	Chou rouge,	— Cerfeuil ,
—	Cresson,	— Pointes d'Asperge s.
—	Cochléaria,	

On emploie les sucs dépurés par la chaleur, et l'on y fait fondre à la chaleur du bain-marie le double de leur poids de sucre. Quand le suc contient des parties volatiles, on opère au bainmarie clos et l'on ne passe le sirop que lorsqu'il est en grande partie refroidi. Au lieu de se servir de sucs dépurés on peut les prendre passés seulement à travers un linge; alors l'albumine végétale qu'ils contiennent contribue en se coagulant à la clarification du sirop ; mais aussi on perd une portion de sirop qui reste mêlée au coagulum.

Quand les sucs ne sont pas assez concentrés et qu'ils ne donneraient pas par simple solution un sirop aussi actif qu'on le désire, on a recours à l'évaporation. Le Codex prescrit d'employer parties égales de sucre et de suc dépuré par la chaleur pour :

Le sirop de Suc de Trèfle d'eau,	Le sirop de Suc de Fumeterre, et autres
— Ortie,	herbes.

On ajoute le suc au sucre, et l'on cuit en consistance de sirop. On peut aussi ajouter le sucre au suc non dépuré, l'albumine de celui-ci concourt à clarifier le sirop ; MM. Henry et Guibourt font ajouter le suc clarifié à du sirop et font évaporer. L'évaporation est alors plus longue et les chances d'altération sont augmentées. Ils ont aussi, mais à tort, diminué de moitié la dose de suc, ce qui diminue l'activité médicale du sirop.

SIROPS AVEC DES EXTRAITS.

On emploie des extraits à la préparation des sirops, lorsque sous cette forme la matière médicamenteuse a une action mieux appréciée ou plus constante. Ex. : belladone, jusquiame, opium ; lorsque l'extrait donne une solution plus active qu'on ne l'obteindrait par l'action directe de l'eau. Ex. : pavot, salsepareille, et peut-être ipécacuanha ; enfin, lorsque les matières contenant des quantités variables de principes solubles, le dosage en est plus exact quand il est fait avec l'extrait. Ex. : ratanhia.

Le procédé ordinaire consiste à dissoudre l'extrait dans le moins d'eau possible, à filtrer la dissolution et à l'ajouter au sirop auquel on a fait dépasser le point de cuite ordinaire. On passe à travers un blanchet. Le sirop de salsepareille fait exception ; on le prépare par solution du sucre, à cause de la forte proportion d'extrait que l'on fait entrer dans sa préparation.

On prépare avec des extraits :

Le sirop de Belladone,	Le sirop de Pavot,
— Cachou,	— Opium,
— Caïnça,	— Ratanhia,
— Eméline,	— Stramonium,
— Ipécacuanha,	— Salsepareille.
— Jusquiame,	

SIROPS AVEC DES DÉCOCTÉS.

On emploie des décoctés à la préparation des sirops dont la base médicamenteuse contient des principes actifs qui ne se dissolvent bien que par l'action prolongée de l'eau bouillante, ou qui, étant peu solubles par eux-mêmes, ne peuvent se trouver dans les liqueurs que par l'aide d'une décoction.

On prépare avec les décoctés :

Le sirop de Gayac,	Le sirop de Navets,
— Lichen,	— Oignons,
— Limaçons,	— Quinquina.

Pour les sirops de navets, d'oignons et de limaçons, on opère par coction et clarification.

Pour le sirop de lichen on ajoute la décoction de la plante à du sirop de sucre, et l'on cuit jusqu'à consistance convenable.

Le sirop de quinquina, suivant le Codex, s'obtient en ajoutant du sucre à la décoction de quinquina et amenant par évaporation à consistance sirupeuse.

SIROPS AVEC DES MACÉRÉS.

Cette méthode est applicable à tous les sirops dont la base est une racine amylacée. Elle s'appliquerait également à toutes les substances qui contiennent quelque principe soluble à chaud, insoluble à froid, que l'on aurait intérêt à ne pas dissoudre ; cette méthode est bonne encore pour toutes les substances dont les principes sont facilement solubles dans l'eau, pourvu que l'on ait le soin de les diviser assez pour que l'eau froide les pénètre avec facilité.

Les sirops faits avec des macérés sont ordinairement chargés de matières extractives que l'albumine entraînerait en partie. On les fait par la clarification au papier, ou en ajoutant les liqueurs claires au sirop de sucre clarifié. Quand on peut obtenir un assez petit volume de liqueur pour qu'on puisse éviter de la soumettre à l'évaporation, on concentre le sirop simple et on le décuit avec la solution végétale.

On prépare avec des macérés :

Le sirop de Guimauve,	Le sirop de Rhubarbe,
— Cynoglosse,	— Patience.
— Consoude,	

SIROPS AVEC DES INFUSÉS.

On prépare avec des infusés les sirops de la plupart des fleurs et des herbes. Cette méthode est préférable à l'emploi des macérés, pour les sirops dont la base est une fleur fraîche, que l'eau ne pénétrerait pas, ou pour les herbes aromatiques qui donnent par infusion une liqueur plus chargée.

On prépare avec les fleurs fraîches :

Le sirop de Camomille,	Le sirop de Nymphæa,
— Chèvre-feuille,	— OEillet,
— Coquelicot,	— Tussilage,
— Narcisse des prés,	— Violette.

On prépare avec des matières sèches :

Le sirop d'Absinthe,	Le sirop d'Écorces de Citrons,
— Armoise,	— Racine de Gentiane,
— Capillaire,	— — Gingembre,
— Digitale,	— — Pivoine,
— Douce-amère,	— Fleurs de Roses rouges.
— Écorces d'Oranges,	

Tous ces sirops se préparent très bien par simple solution, en réglant la quantité d'eau qui sert à faire l'infusion sur la quantité de sucre.

Cette manipulation est de rigueur, quand les liqueurs sont facilement altérables. On peut remplacer le sucre par le sirop de sucre pour les liqueurs moins altérables ou qui doivent donner des sirops colorés. On peut ajouter l'infusion au sirop et achever la concentration ; ou bien cuire le sirop au-delà du terme ordinaire et le ramener au degré de cuisson convenable avec l'infusion, en se conformant aux principes que nous avons établis pour ces diverses manipulations.

Il est vrai de dire toutefois que la préparation de tous ces sirops par simple solution doit être préférée, malgré le reproche qu'on lui fait d'être moins économique.

SIROPS AVEC DES DIGÉRÉS.

Ce procédé est applicable à un petit nombre de sirops. Il est surtout applicable aux sirops de baume de Tolu et de salsepareille. Toutefois, le Codex fait préparer ce dernier avec une dissolution d'extrait alcoolique de salsepareille.

SIROPS AVEC LES LIQUEURS OBTENUES PAR LIXIVIATION.

La lixiviation donne le moyen d'obtenir des dissolutions concentrées ; elle est fort avantageuse quand il s'agit bien plus d'obtenir les matières solubles sous un petit volume que de les retirer tout entières et de les doser. Mais si l'on a besoin d'épuiser complétement une substance, la quantité de véhicule que l'on est forcé d'employer par la méthode de lixiviation, pour atteindre ce résultat, devient un grave inconvénient : on se trouve dans l'alternative d'avoir des liqueurs trop abondantes, ou de laisser dans les résidus une bonne portion de matière médicamenteuse. Or, quand une matière a été épuisée imparfaitement et inégalement par la lixiviation, il en résulte, comme conséquence, que le sirop préparé avec les liqueurs obtenues ne contient pas toute la quantité, et, ce qui est plus grave, contient des quantités variables du principe médicamenteux. On n'a pas à le craindre, si, laissant de côté la lixiviation, on emploie, suivant le cas, la macération ou l'infusion dans une quantité d'eau déterminée. Une portion de liqueur reste qui mouille les résidus et qui est perdue pour l'opération ; mais la liqueur séparée n'en a pas moins une concentration constante. Il ne s'agit plus que de doser sur cette liqueur la quantité de sucre ou de sirop de sucre qui devra être employée

On peut cependant avoir recours à la lixiviation, lorsque nécessairement on doit, quelque procédé auquel on ait recours, obtenir des liqueurs abondantes qu'il faut soumettre à l'évaporation ; alors on recueille à part les premiers produits, les plus concentrés, on évapore avec le sirop les liqueurs les plus faibles et l'on pousse l'évaporation jusqu'à ce que le sirop se soit évaporé d'un poids égal à celui de la première liqueur concentrée ; on y mêle brusquement cette liqueur pour la ramener au degré de cuite convenable. Par là on soustrait la plus grande partie de la solution végétale aux altérations qu'elle éprouve pendant l'évaporation. Je citerai, comme se préparant avantageusement par ce procédé, les sirops de douce-amère, de pensée sauvage.

SIROPS AVEC DES LIQUEURS VINEUSES.

Les sirops préparés avec des liqueurs vineuses se conservent très bien, et il n'est pas nécessaire d'y mettre beaucoup de sucre.

Rien n'est plus simple que leur préparation ; il suffit de faire dissoudre le sucre à froid ou à une très douce chaleur, dans un vin médicinal préparé suivant les règles ordinaires. La solution du sucre en vases clos, sans évaporation, est commandée ici par la nature du véhicule alcoolique dont on se sert. On fait ainsi :

Le sirop vineux de Safran,	Le sirop vineux de Muscades,
— Cascarille,	— Quinquina, etc.

Le safran est traité par le vin d'Espagne ; on se sert de vin rouge pour les autres matières. Toutefois, le Codex prescrit de dissoudre de l'extrait de quinquina dans du vin généreux, et de faire le sirop par solution.

SIROPS AVEC DES LIQUEURS ÉMULSIVES.

On ne prépare qu'un seul sirop avec les liqueurs émulsives. C'est le sirop d'amandes ou d'orgeat. Il en sera traité spécialement à l'article Amandes.

SIROPS COMPOSÉS.

Dans la préparation des sirops composés, il faut se conformer à toutes les règles que nous avons prescrites pour les sirops simples, en appliquant à chaque substance le procédé qui lui convient le mieux.

Le nombre des sirops composés dont les médecins font usage est assez restreint. Un petit nombre seulement ont été conservés dans le nouveau Codex.

Tous ces sirops composés sont faits :

1° A l'aide de la distillation ; Ex. : sirop antiscorbutique.
2° Par décoction ; Ex. : sirop de salsepareille.
3° Par infusion ; Ex. : sirop des cinq racines.
4° Par infusion et macération ; Ex. : sirop de chicorée composé.
5° Par digestion ; Ex. : sirop de mou de veau.

Les sirops préparés avec le secours de la distillation sont ceux de stœchas, d'armoise et de raifort composés. La manipulation est à peu près la même pour chacun d'eux. Elle consiste à distiller les matières qui entrent dans la composition du sirop à la chaleur du bain-marie, pour retirer une certaine quantité de liqueur aromatique. On fait, avec celle-ci et suffisante quantité de sucre blanc, un premier sirop par solution.

On passe le résidu de la distillation, et l'on s'en sert pour préparer un sirop par coction à la manière ordinaire. Quand ce deuxième sirop est refroidi, on le mêle au premier.

Quelques praticiens font cuire fortement le second sirop, et quand il est en grande partie refroidi, le ramènent au point convenable par l'addition du liquide distillé.

M. Salles conseille de cuire le sirop au degré ordinaire, mais de prendre à part un poids de sucre double du poids de la liqueur distillée, de le cuire au boulé et de le mélanger au premier sirop. Il ajoute à ce mélange la liqueur aromatique. Ces moyens opératoires sont à peu près également bons.

DES MELLITES.

Les mellites sont des sirops dans lesquels le sucre est remplacé par le miel.

Le miel qui entre dans a composition des mellites est un mélange, en des proportions très variables, de deux sucres très différents : l'un est solide, cristallisable et tout à fait pareil au sucre de raisin ; l'autre est liquide, incristallisable et mal connu dans sa nature. Les miels contiennent, en outre de la matière sucrée, de petites quantités d'un acide végétal, des principes odorants et colorants qui ont une grande influence sur leurs qualités. Souvent ils retiennent de la cire. Ils sont d'autant plus convenables pour la préparation des sirops qu'ils en contiennent moins ; quelques miels sont mêlés de couvin qui les rend susceptibles de s'altérer plus promptement ; il ne faut pas s'en servir. On trouve aussi quelquefois dans le commerce des miels qui ont été falsifiés par l'amidon. Il faut se garder d'en faire usage. On les reconnaît en les dissolvant dans l'eau froide ; l'amidon se dépose ; on le met en contact avec l'iode qui lui fait prendre une couleur bleue. Aujourd'hui, on falsifie les miels avec le sucre de fécule ; en outre de la saveur peu agréable et de l'aspect particulier qu'ils présentent, ces miels se reconnaissent encore, en ce que leur solution dans l'eau précipite abondamment par l'oxalate d'ammoniaque et les sels de baryte, à cause du sulfate de chaux, toujours contenu dans le sucre de fécule.

Le miel donne des sirops qui se conservent moins bien que ceux que l'on fait avec le sucre, aussi sont-ils généralement moins employés; ils participent plus ou moins à la propriété laxative qui appartient au miel donné à haute dose.

On peut appliquer à la préparation des mellites les règles que nous avons posées pour la préparation des sirops. On donne à ces médicaments le même degré de cuite.

Le miel se clarifie de lui-même par l'ébullition; aussi est-il presque toujours inutile d'employer l'intermède de l'albumine. On ne s'en sert qu'autant que l'on a affaire à des liqueurs fort troubles et très chargées. On n'enlève que les premières écumes qui se forment; puis l'on écume encore une fois au moment de passer; si on enlevait les écumes à mesure qu'elles se forment, on finirait par séparer sous cette forme la majeure partie du miel : on peut avec avantage appliquer à la préparation des mellites la clarification au papier, suivant la méthode de M. Desmarest.

MELLITE SIMPLE.

(Sirop de miel.)

Pr.: Miel de bonne qualité........................ 3
Eau............ 1

On porte à l'ébullition, on écume et l'on fait cuire en consistance de sirop.

Quand le sirop de miel n'a pas été fait avec des miels de première qualité, il n'a jamais une transparence parfaite; ce qu'il faut attribuer à la cire qui reste en suspension.

Il y a deux procédés pour clarifier les miels mêlés de cire : l'un a été employé par M. Thierry; l'autre par M. Savin. Suivant le procédé de M. Thierry, on met dans une bassine 6 kilogrammes de miel avec 72 grammes de craie, et un litre et demi d'eau; on fait bouillir pendant quelques minutes, et l'on ajoute un demi-litre d'eau dans lequel on a battu 3 blancs d'œufs; on laisse bouillir encore quelques instants et l'on verse dans un vase où la craie se dépose; on tire les liqueurs à clair, et on les remet sur le feu jusqu'à ce qu'elles aient acquis le degré de concentration nécessaire. M. Savin conseille de remplacer le carbonate de chaux par la magnésie blanche. On emploie 8 grammes de magnésie par kilogramme de miel. Dans le procédé de M. Savin, le composé magnésien vient en grande partie à la surface du sirop, de sorte qu'on peut l'enlever avec une écumoire, sans être obligé d'attendre qu'il ait eu le temps de se précipiter ; mais la magnésie, sans doute parce qu'elle est moins parfaitement saturée que la craie, fonce toujours la couleur du sirop, suivant l'observation de M. Thierry.

Quand le sucre était fort cher, on enlevait au sirop de miel sa saveur et son odeur particulières, pour le faire servir de matière sucrante. Voici la manière d'opérer :

```
Pr.: Miel , douze livres.....................  6,000 grammes.
     Eau , trois livres. .....................  1,600
     Craie, six onces.. .....................    192
     Charbon animal, quatre onces. .........    125
     Blancs d'œuf. .....................      No 4.
```

On met le miel, l'eau et la craie dans une bassine ; on fait bouillir trois à quatre minutes ; on ajoute le charbon , puis les blancs d'œufs battus avec quatre livres d'eau ; on fait cuire en consistance de sirop ; on laisse déposer et l'on passe à l'étamine.

Les liqueurs que l'on emploie à la préparation des mellites sont les mêmes que celles qui servent à la préparation des sirops ; on les obtient par les procédés qui ont déjà été décrits.

Les mellites les plus employés sont les suivants :

Mellite simple ou sirop de Miel,　　　Oximel simple,
　—— de Scille,　　　　　　　　　—— Scillitique,
　—— de Mercuriale,　　　　　　　—— Colchique.
　—— de Roses rouges,

DES CONSERVES.

On donne le nom de conserves à des médicaments d'une consistance de pâte molle ou rarement solides , formés d'une substance médicamenteuse unie au sucre qui lui sert de condiment. Le but de ceux qui les inventèrent fut de conserver, à l'aide du sucre, des matières facilement altérables. C'est donc à tort que quelques pharmacologistes confondent, sous la dénomination de conserves , les pâtes , les pastilles et les tablettes. Dans ces divers composés, le sucre a pour objet de rendre le médicament plus agréable , et non de le conserver ; car les matériaux qui les composent sont peu altérables, et se gardent mieux quand ils sont seuls. On a quelquefois aussi appliqué le nom de conserves aux électuaires. Quelques-uns, tout au plus, mériteraient cette dénomination : ce sont ceux qui sont peu altérables. Encore, bientôt ils entrent en fermentation, et les substances qui les constituent subissent des altérations chimiques. Ce n'est pas, d'ailleurs, dans le dessein de conserver les ingrédients qui entrent dans les électuaires, que ces sortes de médicaments ont été inventés, comme nous le verrons plus tard.

L'intention, au contraire, de ceux qui inventèrent les conserves, fut de garantir de la décomposition spécialement les matières pulpeuses, par le moyen du sucre. On est souvent bien éloigné d'obtenir ce résultat.

Nous désignerons sous le nom de conserves, des médicaments dans lesquels il n'entre du sucre que comme condiment et une seule substance médicamenteuse, et qui ont une consistance de miel. Il y a cependant quelques conserves qui sont cassantes.

Il y a quatre moyens de préparer les conserves :

1° Avec les plantes fraîches ;
2° Avec les plantes sèches, par coction ;
3° Avec les plantes sèches réduites en poudre ;
4° Par coction des plantes dans le sucre.

Examinons successivement ces quatre modes opératoires.

1° Conserves avec des plantes fraîches.

Quand on veut obtenir une conserve avec une plante fraîche, on choisit ses parties herbacées ou charnues, et on les pile avec deux à trois parties de sucre ; on passe à travers un tamis de crin à l'aide d'un pulpoir ; quand les plantes ne contiennent pas de parties volatiles, on peut chauffer la conserve au bain-marie pendant quelques instants pour faciliter la dissolution du sucre.

Ces médicaments sont peu employés, parce qu'ils sont de mauvaise conservation. La conserve de roses rouges, qui est la moins altérable de toutes, ne peut cependant passer l'année sans entrer en fermentation. Il est bon de réserver ce mode de préparation pour les substances qui perdent leur vertu par la dessiccation, comme les plantes antiscorbutiques : encore les conserves de ces plantes ne doivent-elles être préparées qu'à mesure du besoin. On doit les faire avec le sucre en poudre, car la chaleur dissiperait une partie de leurs principes actifs.

La conserve de cynorrhodons et la conserve de casse rentrent dans la série des conserves préparées à froid.

2º Conserves avec des plantes sèches, par coction.

Veut-on préparer par coction les conserves des racines, on fait cuire celles-ci et on les pulpe; on fait cuire ensuite du sucre à la grande plume, dans le décocté de la racine, et on le mêle avec la pulpe.

Donnons comme exemple la préparation de la conserve d'aunée.

Pr.: Pulpe de racine d'aunée préparée par coction. 1
Sucre.................................. 4

Faites cuire le sucre en consistance d'électuaire dans le décocté de racine d'aunée, et mélangez à la pulpe.

Ce procédé est répréhensible et il a été justement abandonné. L'ébullition volatilise la majeure partie du principe aromatique. En outre, comme Baumé l'a judicieusement fait remarquer, l'amidon et les matières parenchymateuses, gonflés par la chaleur, ne tardent pas à déterminer la fermentation dans la masse : aussi, quelque bien cuites que soient ces conserves, elles ne tardent pas à se gonfler, à tourner à l'aigre, à perdre leur saveur et leur odeur, et à changer totalement de nature. Elles sont gonflées par l'interposition de bulles nombreuses d'acide carbonique. Plus tard, elles s'affaissent ; la fermentation s'arrête, mais elle laisse un médicament détérioré.

3º Conserves avec des substances fraîches par coction.

En mélangeant la chair des fruits succulents avec du sucre, et en faisant cuire en consistance de miel épais, on obtient de véritables conserves plus connues sous le nom de marmelades.

Elles contiennent en effet toute la partie pulpeuse des fruits unie au sucre, et celui-ci agit comme conservateur. On sait qu'on les obtient en séparant les fruits (abricots, prunes, pêches) de leurs noyaux, les coupant par tranches et les mêlant dans une terrine avec la moitié ou les deux tiers de leur poids de sucre grossièrement pulvérisé. Après 24 heures, pendant lesquelles on a le soin d'agiter de temps en temps, on fait cuire en remuant continuellement jusqu'à ce que la matière puisse prendre une consistance ferme par le refroidissement.

Quelquefois on fait évaporer encore la conserve à l'étuve, en plaques plus ou moins épaisses; le produit prend alors le nom fort impropre de pâte : pâte d'abricots, de coings.

On transforme les fruits entiers en conserves.

Les conserves sèches de fruits entiers, spécialement des fruits pulpeux, demandent plus de temps et de manipulation pour être terminées. On fait bouillir pendant huit à dix minutes du sirop de sucre ordinaire, on le verse sur les fruits et on laisse refroidir le tout jusqu'au lendemain; on fait pendant quatre jours la même opération avec de nouveau sucre, en donnant chaque fois un degré de cuite de plus au sirop; après la dernière opération, on met les fruits à l'étuve jusqu'à ce qu'ils soient suffisamment ressuyés.

Enfin, on prépare des conserves tout à fait sèches, qui portent le nom de condits. Donnons pour exemple la préparation de la conserve d'angélique.

On fait un choix dans les plus tendres comme dans les plus belles tiges d'angélique, on les coupe sur une longueur de six à huit pouces; après les avoir mises dans de l'eau sur le feu, lorsqu'on s'aperçoit qu'elle va bouillir, on les retire, et on les y laisse en infusion pendant une ou deux heures; l'angélique est alors suffisamment attendrie pour qu'on puisse la dépouiller de l'écorce demi-ligneuse qui la recouvre, ainsi que des filaments qui la pénètrent; on la jette dans l'eau froide, que l'on met sur le feu pour faire bouillir jusqu'à ce que l'angélique soit blanchie de manière à être facilement traversée par une tête d'épingle : on retire la décoction pour laisser refroidir l'angélique; on la fait égoutter; on fait ensuite cuire au petit lissé suffisante quantité de sucre, on y jette l'angélique et l'on donne quelques bouillons. Le lendemain, on sépare le sucre, on le fait cuire à la nappe, on remet l'angélique, on fait bouillir quelques minutes, et l'on répète cette manœuvre pendant deux jours de suite, en remettant à chaque fois un peu de sucre clarifié; alors, on fait cuire le sucre au grand perlé; on y laisse bouillir l'angélique pendant quelques minutes, et on l'y tient plongée pendant toute la journée; on la retire du sucre, on la fait égoutter et on la place sur des tamis, des plaques ou des ardoises, pour faire sécher à l'étuve; après l'avoir retournée à plusieurs reprises, et lorsqu'elle est parfaitement desséchée, on l'enferme dans des boîtes à l'abri de l'humidité.

On prépare de même les conserves d'ache et de citron. Seulement, on est dans l'habitude de laisser les tiges d'ache et les écorces de citron entières.

4° **Conserves préparées avec les plantes sèches réduites en poudre.**

Le quatrième mode de préparation des conserves consiste à humecter la substance médicamenteuse pulvérisée avec de l'eau, ou mieux avec son eau distillée quand elle est aromatique; à laisser en contact pendant quelques heures, pour que son tissu s'imprègne d'humidité, et à y mêler, par trituration, du sucre réduit en poudre. On fait réellement une sorte de pulpe à froid que l'on associe au sucre; manipulation qui rentre dans le premier procédé. Ce procédé a le grand avantage de permettre de préparer les conserves en tout temps, au moment même de s'en servir. D'ailleurs, le produit se détériore plus difficilement : le mucilage y est moins développé, et l'amidon n'y est pas dissous; en outre la dessiccation ne fait pas perdre aux substances aromatiques autant que la coction. On remplace, d'ailleurs, une partie des principes qui ont pu se volatiliser, par l'emploi de l'eau distillée aromatique. C'est ainsi que devraient être préparées toutes les conserves, à l'exception de la conserve de cynorrhodons et de la conserve de casse, et de celles des végétaux antiscorbutiques qui perdent leur partie active par la dessiccation.

DES GELÉES.

Les gelées sont des médicaments le plus ordinairement sucrés qui peuvent avoir pour base une matière végétale ou animale, et qui sont caractérisées parce qu'elles ont, quand elles sont refroidies, une consistance tremblante.

On divise les gelées en végétales et animales.

Les gelées animales ont pour base la gélatine. C'est une matière animalisée qui n'existe pas toute formée dans les animaux, mais qui se forme par l'action prolongée de l'eau sur plusieurs tissus et en particulier sur la peau, les membranes séreuses, la partie animalisée des os, du bois de cerf, les tendons, les ligaments, etc.

La gélatine pure est une matière incolore, inodore et insipide. Elle a la propriété collante à un très haut degré. Elle se ramollit dans l'eau froide et s'y gonfle beaucoup ; à l'aide d'une douce chaleur elle se dissout, et si la liqueur est assez concentrée, elle se prend en une gelée transparente ; mais elle perd cette propriété par une ébullition très prolongée.

L'alcool ne dissout pas la gélatine. Il rend la dissolution laiteuse ; mais le dépôt se redissout par l'agitation, à moins que la dissolution de colle ne soit très concentrée ou que l'alcool ne soit en proportions considérables.

La gélatine n'est pas précipitée par les acides. Le tannin forme avec elle une combinaison insoluble.

La dissolution de gélatine, abandonnée à elle-même, s'aigrit d'abord, puis bientôt elle passe à la fermentation putride.

La gélatine s'extrait des corps qui peuvent la fournir, par une longue ébullition dans l'eau : ordinairement, pour l'usage médical, on la retire de la corne de cerf, substance que l'on préfère à beaucoup d'autres, parce que, ne contenant pas de matières grasses, elle n'est pas sujette à prendre un goût de rance à mesure qu'elle vieillit.

La gélatine de corne de cerf, qui était autrefois la base de la plupart des gelées animales médicamenteuses, est souvent remplacée maintenant par la colle de poisson ou la gélatine blanche (grénétine) qui se transforme plus facilement en gelée.

Quand on veut se servir de la colle de poisson, on la bat, on la coupe en petits morceaux avec des ciseaux, on la met dans une quantité d'eau convenable, et on lui fait jeter quelques bouillons ; par une ébullition prolongée, la liqueur contracterait une saveur animalisée désagréable et se prendrait plus difficilement en gelée. Il faut 20 grains de colle de poisson pour donner à 1 once d'eau une bonne consistance.

La colle de poisson ne contient pas la gélatine toute formée ; mais la grénétine est une gélatine pure toute préparée qui se dissout dans l'eau avec la plus grande facilité, sans lui donner ni couleur ni saveur. La dose nécessaire est de 24 grains pour chaque once de gelée.

On fait entrer dans les gelées animales le sel ou le sucre comme condiment. Le sel est bien plutôt employé pour les gelées de viandes alimentaires ; le sucre est réservé pour les gelées médicinales ou les gelées de friandise. Ces deux substances ne peuvent préserver longtemps les gelées animales de la décomposition. Au bout de quelques jours, elles s'aigrissent et bientôt elles passent à la putréfaction.

GELÉE DE TABLE A L'ORANGE.

Pr.: Colle de poisson, six gros. . . . . 24 grammes.
Eau de fontaine, une livre huit onces. 750
Sucre, douze onces. 375
Acide citrique, demi-gros. 2
Teinture de zestes frais d'oranges, trois onces.

F. S. A.

On prépare de même la gelée au citron, en remplaçant la teinture d'oranges par celle de citrons.

GELÉE DE TABLE A LA GRÉNÉTINE.

Pr.: Grénétine, une once. . . . . 32 grammes.
Eau, vingt-quatre onces. 750
Sucre, seize onces. 500
Acide citrique, demi-gros. 2

On fait dissoudre d'abord la grénétine, puis le sucre et l'acide; on ajoute un blanc d'œuf battu avec un peu d'eau; on fait bouillir; on écume et on passe à travers un molleton plucheux; on aromatise avec la teinture d'écorces fraîches d'oranges ou de citrons.

GELÉE DE TABLE ALCOOLIQUE.

On prépare les gelées alcooliques suivant les deux formules précédentes; seulement, quand la gelée est passée et avant de la couler, on y mêle six onces d'un alcool agréable, soit rhum, marasquin, kirschwasser ou tout autre.

GELÉES VÉGÉTALES.

La nature des gelées végétales est infiniment plus variée que celle des gelées animales. Tantôt, ce sont de véritables mucilages épaissis, comme la gelée de fécule et celle de lichen d'Islande; d'autres fois, elles doivent leur consistance à la pectine ou bien à l'acide pectique, comme toutes les gelées de fruits. Les unes sont magistrales : telles sont toutes les gelées mucilagineuses; les autres peuvent se conserver. En général, elles sont d'une conservation plus facile que les gelées animales; leur mode de préparation est beaucoup plus varié.

Quand on veut préparer une gelée avec un amidon isolé, comme la fécule de pommes de terre, ou tout autre, le meilleur procédé consiste à délayer la fécule avec un peu d'eau froide, et à la jeter dans le reste du liquide porté à l'ébullition ; on évite ainsi de remuer continuellement, et l'on est plus certain de n'avoir pas de grumeaux. On fait jeter quelques bouillons pour achever de convertir l'amidon en hydrate, et l'on coule dans des vases appropriés.

La dose est une once de fécule pour une livre d'eau, et quatre onces de sucre.

Quand on veut préparer de la gelée avec la matière gélatineuse du lichen d'Islande, ou de la mousse de Corse, qui ne se dissout qu'à la faveur d'une ébullition prolongée, on fait bouillir ces matières dans l'eau pendant longtemps ; on passe avec expression ; on ajoute le sucre en remuant continuellement, jusqu'à ce que la matière entre en ébullition. Alors on cesse de remuer, et l'on entretient la liqueur bouillante jusqu'à ce qu'elle soit suffisamment concentrée. De cette manière, il est inutile de se servir de blancs d'œufs : la gelée se clarifie parfaitement par le seul effet de l'ébullition ; il se fait à la surface une écume assez dense, que l'on enlève quand la gelée est cuite. On la coule dans des pots, que l'on porte dans un lieu frais.

On ajoute souvent à ces gelées, pour leur donner une consistance plus ferme, un peu de colle de poisson que l'on a d'abord fait dissoudre dans l'eau. Cette addition n'est pas absolument nécessaire pour la gelée de lichen, qui prend sans cela une bonne consistance ; mais elle est indispensable pour la mousse de Corse qui ne fournit sans elle qu'une espèce de sirop épais.

M. Béral a donné pour la préparation de la gelée de mousse de Corse un procédé qui serait fort bon pour préparer des gelées avec une foule de substances, bien qu'elles ne contiennent aucun principe gélatineux. Il consiste à faire une gelée sirupeuse avec la colle de poisson, et à y ajouter une solution médicamenteuse. On peut obtenir par là des médicaments agréables et utiles.

M. Béral fait préparer une gelée alcoolique de la manière suivante :

> Pr.: Eau distillée, douze onces. . . . . 375 grammes.
> Colle de poisson, trente-deux scrupules. 43

Chauffez légèrement pour dissoudre ; passez et ajoutez :

> Alcool à 80° (31° Cartier), quatre onces. . . . . 125 grammes.

Cette gelée se solidifie au bout de quelques heures et on peut la garder indéfiniment. Elle contient 48 grains de colle de poisson par once. On s'en sert pour donner de la consistance aux gelées végétales ; elle évite la peine de faire à chaque fois une nouvelle dissolution de gélatine.

Veut-on faire usage de cette gelée alcoolique, on en ajoute une quantité convenable dans la gelée à laquelle on veut donner de la consistance ; on fait jeter quelques bouillons pour chasser l'alcool, et l'on passe. Veut-on faire une gelée au moyen d'une solution végétale quelconque ; on y mêle la gelée alcoolique, on fait bouillir quelques instants, et l'on coule dans des pots.

Les gelées de fruits doivent leur consistance tantôt à l'acide pectique et tantôt à la pectine. La pectine est une matière dont nous avons déjà eu l'occasion de parler, que M. Braconnot a obtenue le premier à l'état de pureté. Elle a été longtemps désignée sous le nom de gelée végétale. On la sépare des fruits en mélangeant leur suc avec de l'alcool, qui précipite la pectine sous forme de gelée.

La pectine desséchée se présente en fragments transparents. Mêlée à 100 parties d'eau, elle s'y gonfle beaucoup et finit par se dissoudre en donnant une gelée de consistance ferme. Si la proportion d'eau est plus grande, l'eau prend la consistance d'un mucus épais.

La pectine ne se dissout pas dans l'alcool froid ; elle est insipide et sans action sur le tournesol. Les acides et l'ammoniaque sont sans action sur elle ; mais la plus petite quantité d'alcali ou de terre alcaline la change en acide pectique. Nous avons vu que cette même transformation a lieu pendant la clarification des sucs sucrés par la fermentation.

Pour préparer les gelées avec les fruits qui contiennent de la pectine, on extrait les sucs par expression à froid ou par la chaleur ; on y ajoute du sucre et l'on fait cuire en consistance telle que la liqueur se prenne en gelée par le refroidissement ; exemple : gelées de groseilles, de framboises.

Dans la préparation des gelées de fruits, on les laisse sur le feu le moins longtemps possible ; car le principe gélatineux s'altère et perd la propriété de se prendre par le refroidissement en une masse tremblante. A cet effet, on se sert de bassines évasées pour que l'évaporation soit plus prompte.

Le deuxième principe gélatineux que l'on trouve dans ces fruits, est l'acide pectique. Nous avons dit qu'il se forme par l'action des alcalis sur la pectine ; mais il existe tout formé dans quelques fruits et un grand nombre d'autres parties des plantes, dans les bois, et surtout dans les écorces des arbres, et dans les racines charnues.

L'acide pectique sec est en feuillets transparents, incolores et inodores.

A l'état de gelée, il rougit légèrement le tournesol ; l'eau froide n'en dissout presque pas, l'eau bouillante en dissout un peu plus. Toutes les dissolutions métalliques, l'alcool, l'eau de chaux, la baryte, les acides, le muriate et le phosphate de soude, forment dans sa dissolution une gelée transparente comme de la glace ; le sucre même le précipite en grande partie, tant est faible l'affinité de cet acide pour l'eau.

Il se combine aux bases. Les pectates de potasse, de soude et d'ammoniaque sont solubles ; tous les autres sont insolubles.

Les dissolutions des pectates sont précipitées par les acides minéraux qui séparent l'acide pectique sous forme de gelée ; la plupart des acides végétaux ne les décomposent pas quand ils sont purs ; mais une petite quantité d'eau de chaux, d'un sel terreux ou d'un acide minéral ajouté au mélange, coagule la liqueur en une gelée transparente.

Quand on veut préparer une gelée avec un fruit qui contient l'acide pectique, on le coupe par tranches en ayant soin de rejeter les loges et les semences, et on le fait bouillir avec de l'eau jusqu'à ce qu'il soit bien pénétré. Alors on mêle la liqueur à du sucre, l'on évapore et l'on passe. C'est ainsi que l'on prépare les gelées de pommes et de coings.

M. Braconnot a proposé de préparer les gelées avec l'acide pectique et les pectates isolés. A cet effet, pour obtenir l'acide pectique, on prend des carottes de Flandres, et après les avoir râpées et exprimées, on lave le marc avec de l'eau ordinaire jusqu'à ce qu'elle sorte limpide. On fait ensuite une bouillie claire avec le marc et de l'eau contenant du bicarbonate de potasse (5 parties de sel pour 100 de marc exprimé) ; on soumet à l'ébullition pendant un quart d'heure ; en passe avec expression et on précipite par le muriate de chaux pour faire un pectate insoluble ; on le lave sur une toile avec de l'eau ; on le fait bouillir ensuite avec de l'eau aiguisée d'acide hydrochlorique ; on jette le tout sur un filtre et on lave l'acide pectique à l'eau pure. On obtient ainsi de l'acide pectique beaucoup plus blanc que lorsqu'on emploie la potasse caustique à sa préparation.

On peut également se servir de carbonate de soude octaédrique, ne l'employer que par fractions, et faire ainsi bouillir à plusieurs reprises la racine de carottes avec une nouvelle quantité d'alcali, toujours très étendu.

M. Simonin a conseillé d'extraire l'acide pectique du précipité gélatineux qui se dépose dans le suc de groseilles. Il le lave avec de l'eau, puis il le fait bouillir avec une faible solution de potasse caustique. Il passe à travers une toile et il verse dans la liqueur du chlorure de chaux qui précipite du pectate de chaux et qui détruit la matière colorante. Le pectate de chaux bien lavé est ensuite traité à la manière ordinaire.

Je préfère laisser macérer le marc de groseilles pendant quelques heures avec de l'eau aiguisée d'acide hydrochlorique ; en même temps qu'il détruit les pectates calcaires qui font partie du dépôt, il facilite la dissolution de la matière colorante ; on lave d'abord par décantation, puis sur une toile avec de l'eau de pluie ou de l'eau distillée ; on met ensuite en contact à froid avec de l'eau assez ammoniacale pour qu'il reste un petit excès d'ammoniaque non saturé. On passe et l'on décompose la solution de pectate d'ammoniaque par l'acide hydrochlorique. L'acide pectique se précipite à peu près pur. On le purifie, s'il est nécessaire. J'ai cru remarquer que le chlorure de chaux, en même temps qu'il détruit la matière colorante, fait disparaître une grande partie de l'acide pectique.

Quand on destine l'acide pectique à être conservé pour la préparation des gelées, il vaut mieux le transformer en pectate. Pour obtenir le pectate de potasse ou de soude, on sature une dissolution d'hydrate de potasse ou de soude par l'acide pectique ; et, pour être sûr qu'il ne reste pas un excès d'alcali, on précipite la liqueur par l'alcool qui retient la potasse en dissolution, et qui précipite le pectate.

On préfère le pectate d'ammoniaque aux précédents, parce qu'on l'obtient plus facilement. On verse quelques gouttes d'ammoniaque sur de l'acide pectique en gelée. Il se liquéfie aussitôt. On l'évapore sur des assiettes à l'étuve ou au soleil. La combinaison est avec excès d'acide.

Veut-on préparer une gelée au citron, par exemple, on prend une partie d'acide pectique bien égoutté et trois parties d'eau distillée; on délaie l'acide, et on y ajoute une dissolution de potasse ou de soude très étendue en petite quantité, jusqu'à ce que l'acide soit dissous et saturé, ce qu'indique le papier rougé du tournesol. On chauffe et l'on fait fondre trois parties de sucre avec de l'elæo-saccharum de citron; on ajoute un peu d'acide sulfurique ou muriatique étendu ayant la force du vinaigre (celui-ci coagule moins bien). On agite le mélange, qui se prend en gelée quelque temps après.

On pourrait aromatiser de même à la vanille, à la fleur d'orange, à la rose, etc.

Les pectates sont préférables à l'acide pectique pour la préparation des gelées. On dissout un peu de ces sels dans l'eau, et on ajoute du sucre; la coagulation est plus certaine si on emploie quelques gouttes d'acide hydrochlorique étendu.

Si l'on voulait à l'aide des pectates obtenir des gelées alcooliques, on ferait fondre du sucre dans leur dissolution aqueuse, et on verserait ensuite dans la liqueur, en agitant, de l'alcool aromatisé. On obtiendrait ainsi des gelées alcooliques homogènes, tremblantes, qui prendraient de la consistance avec le temps.

DES PATES.

Les pâtes sont des médicaments composés essentiellement de sucre et de gomme, qui ont la mollesse de la pâte des boulangers, mais dont la consistance est cependant assez ferme pour qu'elles n'adhèrent pas aux doigts.

Les pâtes ne sont souvent formées que de sucre et de gomme avec la quantité d'eau nécessaire; elles contiennent souvent aussi d'autres principes médicamenteux auxquels elles doivent leur dénomination spéciale. C'est ainsi que l'on dit pâte de réglisse, de guimauve, etc. Mais il est de fait que toutes ces préparations ont des propriétés pareilles, et il est le plus souvent douteux que les matières que l'on y introduit, ajoutent beaucoup à l'action du mélange de sucre et de gomme.

La gomme qui est destinée à la préparation des pâtes doit être lavée avec de l'eau froide à plusieurs reprises pour la débarrasser d'une matière amère qui réside à sa surface. On la fait dissoudre à froid de préférence. Il est important de ménager la quantité d'eau de manière à ne pas rendre les évaporations trop longues. On emploie au plus une partie d'eau pour une partie de gomme; on passe la dissolution en s'aidant de l'expression.

Quand il entre dans la préparation d'une pâte quelque solution végétale (infusion de guimauve, de réglisse, décoction de jujubes, de dattes, etc.), on s'en sert pour fondre la gomme, puis on ajoute le sucre cassé par morceaux (ou mieux encore pour assurer la transparence de la pâte, on transforme le sucre en sirop), et l'on procède à l'évaporation. Quand la pâte doit être transparente, l'on porte à ébullition, en agitant continuellement; dès que la liqueur bout, on cesse de la remuer, et on l'entretient bouillante sur un feu doux. Par ce moyen, l'évaporation se fait, et la pâte se concentre sans que l'on ait à craindre que la gomme ne brûle au fond de la bassine. Quand la pâte est arrivée à la consistance d'extrait mou, on l'aromatise à volonté; on place la bassine dans une autre bassine qui contient de l'eau bouillante; après quelques heures de repos on enlève l'écume qui s'est formée à la surface, on coule dans des moules de fer-blanc huilés légèrement, et l'on sèche à l'étuve. On retourne la pâte dans les moules, avant qu'elle soit tout à fait sèche.

L'emploi de l'huile a quelque inconvénient. Elle laisse souvent aux pâtes une saveur rance désagréable. On la remplace avec avantage par la méthode de M. Chauffard. On étend sur les moules une légère couche de mercure; on les essuie avec un linge fin et l'on y coule la pâte à la manière ordinaire.

On prépare ainsi qu'il vient d'être dit la pâte de jujubes et celle de réglisse.

Quand les pâtes ne doivent pas être transparentes, on les évapore en agitant continuellement : vers la fin on ajoute les aromates, et, quand la matière a la consistance nécessaire, on la coule sur un marbre huilé, ou mieux encore, sur une table saupoudrée d'amidon. C'est ainsi que l'on prépare les pâtes de lichen et de dattes.

On cherche à donner beaucoup de blancheur et de légèreté à certaines pâtes en y incorporant des blancs d'œufs et en les battant vivement. On introduit les blancs d'œufs par petites parties, souvent après les avoir fouettés pour les réduire en mousse blanche et légère, et, à chaque fois, on agite violemment; on continue l'évaporation jusqu'à ce que la pâte soit cuite; ce que l'on reconnaît à ce que, prise sur la spatule et frappée légèrement sur le dos de la main, elle n'y adhère pas. Alors on la coule sur de l'amidon.

Ce mode opératoire s'applique à la pâte de guimauve et à celle de réglisse blanche.

DES ELÆO-SACCHARUM.

On donne le nom d'*Elæo-saccharum* à un mélange, peut-être à une combinaison, de sucre et d'huile volatile. Par l'intermède du sucre, l'huile volatile devient miscible à l'eau.

On obtient presque toujours les elæo-saccharum en triturant l'huile essentielle avec le sucre. La dose ordinaire est d'une goutte d'essence pour chaque gros de sucre.

Quand on veut avoir ceux des écorces des fruits des hespéridées, on frotte la partie jaune superficielle avec du sucre en morceaux : celui-ci s'imprègne d'huile volatile; on le pulvérise pour rendre le mélange homogène dans toutes ses parties. Ainsi préparés, ces médicaments ont une odeur plus suave que lorsqu'ils ont été faits avec l'huile essentielle isolée.

SACCHARURES.

Les saccharures sont des médicaments de forme pulvérulente, composés de sucre auquel on a mêlé des matières médicamenteuses; celles-ci ont été tenues d'abord en dissolution dans un véhicule, dont on les a débarrassées par évaporation, après leur mélange avec le sucre.

Le procédé général de préparation consiste à mêler le sucre avec la solution, à faire sécher et à pulvériser de nouveau la matière; on obtient ainsi une poudre dans laquelle la matière médicamenteuse est parfaitement divisée au milieu du sucre.

Les liqueurs que l'on emploie peuvent être des teintures éthérées ou des teintures alcooliques; on les verse peu à peu sur le sucre; on laisse sécher à l'air libre pendant 24 heures, on pulvérise grossièrement le sucre s'il est nécessaire, on achève la dessiccation à l'étuve et l'on pulvérise de nouveau. C'est ainsi que l'on prépare les saccharures de

Belladone,	Digitale,
Castoreum,	Ipécacuanha,
Ciguë,	Scille.

Les saccharures sont une forme commode pour administrer les principes solubles qui existent dans les teintures dans un état de division qui favorise l'effet médical, et sans le véhicule alcoolique, qui peut avoir une action propre trop marquée.

M. Béral, à qui l'on doit le premier emploi de cette sorte de médicament, distingue les saccharures, suivant qu'ils ont été préparés avec une teinture alcoolique ou une teinture éthérée.

On prépare aussi des saccharures avec des solutions aqueuses ; alors on a recours à l'évaporation dans une bassine sur un feu doux, en agitant continuellement. On peut à volonté achever l'évaporation sur un feu doux ou à l'étuve. C'est ainsi que l'on prépare les saccharures de lichen et de mousse de Corse.

DES TABLETTES ET PASTILLES.

On nomme tablettes et pastilles des médicaments secs, fragiles, composés de sucre uni à des poudres ou à des aromates, auxquels on donne d'abord une consistance de pâte, au moyen d'un mucilage ou du sucre cuit, que l'on divise par petites parties, et que l'on fait ensuite sécher.

On désignait encore autrefois les tablettes sous les dénominations de rotules, morsulis ; mais ces expressions sont tout à fait abandonnées. On se sert assez indistinctement des mots pastilles et tablettes. Cependant on applique plus généralement la première dénomination à ceux de ces médicaments qui sont préparés par la cuite du sucre, et qui ne contiennent que du sucre et des aromates.

Les tablettes sont ordinairement des médicaments rendus agréables par la proportion considérable de sucre que l'on y introduit. C'est à tort qu'on a donné cette forme à des mélanges de saveur ou d'odeur repoussantes, que leur transformation en tablettes oblige le malade de mâcher longtemps, à son grand dégoût.

Pour préparer les tablettes sans feu ou avec un mucilage, on réduit en une poudre bien fine toutes les substances qui doivent en faire partie, et on les mêle au sucre. D'autre part, on prépare un mucilage, auquel on mélange d'abord dans le mortier une partie du sucre, puis on porte cette matière molle sur une table de marbre et l'on y incorpore par *malaxation* le reste de la poudre sucrée ; on étend cette masse en couche uniforme au moyen d'un rouleau, après avoir saupoudré la table avec un peu d'amidon ; on étale encore une légère couche d'amidon à la surface de la pâte et on la divise en pastilles au moyen d'un couteau ou d'un emporte-pièce. Afin que les pastilles aient toutes une même épaisseur ; on place sur le marbre un cadre en bois ou en fer ayant l'épaisseur que l'on veut donner aux pastilles ; on fait agir le rouleau jusqu'à ce que, sur tous les points, il appuie sur le cadre, ce qui ne peut arriver que lorsque la masse a été suffisamment affaissée.

Quand on prépare des tablettes avec une poudre végétale qui contient des matières extractives, il faut alors surtout se contenter de pétrir la masse avec la main, et se servir d'un mucilage épais. L'emploi d'un mucilage clair et le battage dans un mortier faciliteraient la dissolution des matières extractives dans le véhicule, et les tablettes auraient moins de blancheur.

Le mucilage que l'on destine à la préparation des tablettes est presque toujours préparé avec la gomme adragante ; on monde cette gomme avec un canif de toutes les impuretés qui peuvent s'être attachées à sa surface, puis on la met dans un pot sur les cendres chaudes avec 8 à 12 fois son poids d'eau. Au bout de 24 à 36 heures on passe le mélange avec expression, à travers un linge serré, et on bat le mucilage dans un mortier. Il est beaucoup plus tenace que quand il est préparé avec la gomme en poudre.

Quelques praticiens ajoutent au mucilage de gomme adragante un peu de blanc d'œufs ou de la gomme arabique qui donnent aux pastilles un aspect translucide qui est recherché. On arrive plus sûrement encore à ce résultat en préparant le mucilage avec la gomme arabique seule. Les doses sont de 1 partie de gomme et 3 parties d'eau simple ou aromatique ; on compte habituellement sur un gros de ce mucilage par once de sucre ; mais l'emploi de la gomme adragante est toujours plus avantageux.

L'emploi de la gomme adragante ne conduit pas toujours à des résultats semblables ; dans ce cas, c'est l'influence de la consistance du mucilage qu'il faut considérer ; les tablettes sont d'autant plus belles que le mucilage est plus épais. Le mucilage, fait avec 1 partie de gomme et 8 d'eau, m'a paru le plus convenable.

Voici les résultats que j'ai obtenus, en employant le mucilage

contenant ¹/₉ de gomme adragante préparé avec la gomme entière, et en opérant sur une livre de poudre.

Tablettes de		
Sucre, Baume de Tolu, Menthe anglaise, Mercure doux, Vichy, Kunkel,	}	1 once 1/2 de mucilage ou 1 gros 24 grains de gomme.
Ipécacuanha, Rhubarbe, Soufre,	}	1 once 4 gros 1/2 de mucilage ou 1 gros 27 grains de gomme.
pour la soif,	}	1 once 5 gros de mucilage ou 1 gros 30 grains de gomme.
Éponges calcinées, Fer, Magnésie, Quinquina,	}	1 once 7 gros de mucilage ou 1 gros 48 grains de gomme.
Guimauve,	}	2 onces de mucilage ou 1 gros 56 grains de gomme.
Charbon,	}	4 onces 3 gros de mucilage ou 3 gros 63 grains de gomme.

On conçoit que ces nombres ne se retrouveront pas toujours
avec une exactitude absolue, parce que la gomme adragante n'est
pas toujours rigoureusement la même, parce que le sucre plus
ou moins blanc, plus ou moins sec, de cristallisation plus dense
ou plus lâche, réduit en poudre plus fine ou plus grossière, n'ab-
sorbera pas toujours une quantité exactement égale de mucilage,
et en outre parce que la consistance de la masse ne peut non
plus être appréciée avec une telle précision, qu'elle ne puisse
encore être très plastique, avec un peu plus ou un peu moins de
consistance. Les données précédentes n'en sont pas moins utiles
comme renseignements pratiques. Elles mettent le praticien à
même de préparer, pour chaque dose de tablettes, exactement la
quantité de mucilage qu'il aura besoin d'employer.

Souvent on fait un mucilage aromatique en se servant d'une
eau distillée odorante. On emploie l'eau de roses pour les pastilles de soufre; l'eau de cannelle pour les tablettes de fer, etc.

Les pastilles avec des mucilages sont simples ou composées:
simples quand on n'y fait entrer qu'une seule substance médicamenteuse; composées, quand elles sont formées de plusieurs sub-

stances. Ce que nous avons dit doit suffire pour diriger dans leur préparation.

Les tablettes par la cuite du sucre sont simples ou composées. Les premières ne sont ordinairement formées que de sucre que l'on a fait cuire avec une eau distillée, et que l'on a aromatisée avec une huile essentielle. Les plus employées sont les pastilles de menthe, de citron, de fleurs d'oranger, de rose, etc. Prenons pour exemple les pastilles de menthe.

On prend du sucre blanc en pains, on le pile dans un mortier de marbre et on le passe au tamis de crin. Quand le sucre est entièrement pulvérisé, on le passe de nouveau, mais cette fois dans un tamis de soie. La partie fine est conservée pour un autre usage; ce qui reste sur le tamis sert à la préparation des pastilles. Il est vrai de dire cependant que toute cette manipulation n'est pas indispensable, et qu'on peut se contenter de passer le sucre au tamis de crin.

On se sert d'un petit poëlon à bec, dont le bec est tourné à gauche, et l'on y met une portion de sucre granulé avec un peu d'eau aromatique pour faire une pâte. On fait chauffer, et dès que la matière se soulève par une légère ébullition, on y ajoute une nouvelle quantité de sucre pour lui donner la consistance convenable, et en même temps un peu d'essence de menthe poivrée (6 grains par once de sucre) : on saisit le poëlon par son manche de la main gauche, on le tourne de manière à ce que le bec soit placé en avant du corps; on verse de suite par gouttes sur une table de marbre ou une plaque de fer-blanc, en facilitant l'écoulement avec un fil de métal. Chaque goutte se fige en une hémisphère; on réunit les pastilles sur un tamis et l'on achève de les sécher à l'étuve. On réussit encore très bien en opérant de la manière suivante : on mélange l'essence au sucre et l'on ajoute par livre de sucre deux onces d'eau aromatique. Il en résulte une pâte ferme que l'on tient tassée. On prend une petite quantité de cette pâte, quatre onces environ, que l'on fait chauffer dans le poëlon à bec en agitant continuellement, et, quand elle est assez ramollie, on la coule en pastilles. En hiver surtout, la pâte est un peu ferme et l'on y instille, en la chauffant, une petite quantité d'eau.

Si l'on cuisait le sucre à la plume, comme il est dit dans la plupart des ouvrages, il se fondrait en trop grande quantité; il se graisserait, comme disent les confiseurs, et les pastilles sècheraient mal et seraient moins blanches. Il ne faut fondre que la quantité de sucre nécessaire pour donner à la matière le liant indispensable.

Quand on fait entrer des acides dans des pastilles faites par la cuite du sucre, il ne faut pas les mêler de suite au sucre pour faire la masse en une seule fois. On opère par petites parties, sans quoi le mélange ne pourrait pas prendre une consistance assez solide : c'est parce que les acides, surtout par l'intermède de la chaleur, agissent sur le sucre, et modifient ses propriétés chimiques et physiques.

Pour préparer les pastilles composées par la cuite du sucre, on fait cuire celui-ci à trente-six degrés bouillant, et, quand il est à demi-refroidi, on y incorpore les poudres par l'agitation; on coule la masse sur un marbre huilé; on l'aplatit avec un rouleau, et, tandis qu'elle est encore chaude, on la divise avec un couteau en tablettes carrées ou en losanges.

On ne doit incorporer au plus au sucre que le tiers de son poids de poudre. Autrement la masse serait trop tôt refroidie, et l'on n'aurait pas le temps de la travailler.

Quand on incorpore des poudres résineuses, il faut prendre garde que la chaleur ne les fasse grumeler. Le sucre doit être très peu chaud; encore souvent ne peut-on éviter l'agglomération des particules résineuses. Cet inconvénient et la propriété hygrométrique que possèdent à un haut degré les tablettes préparées par la chaleur, ont fait renoncer à ce procédé : on ne prépare plus de cette manière que des pastilles simples.

DES MÉDICAMENTS COMPOSÉS ANOMAUX.

DES ESPÈCES.

On donne le nom d'espèces au mélange de plusieurs plantes ou parties de plantes.

Il faut, dans la préparation de ces médicaments, avoir soin de ne jamais mêler des matières d'une texture très différente ; comme, par exemple, des racines et des fleurs, des racines et des feuilles, etc. D'abord, il serait impossible d'obtenir un mélange exact, et, en outre, lorsque l'on viendrait à le soumettre à l'action dissolvante d'un véhicule, la chaleur serait trop forte pour certaines substances et trop faible pour les autres. On ne doit mélanger que des matières qui cèdent avec la même facilité leurs parties médicamenteuses.

Lorsque les substances que l'on veut unir occupent naturellement un grand volume, on les divise pour que le mélange puisse en être plus exact. On coupe les racines en morceaux courts ou en tranches minces ; on concasse grossièrement les écorces ; on incise les feuilles, etc.

Dans toutes les espèces officinales, le mélange se fait à parties égales. Ce n'est que sur la prescription particulière du médecin qu'il devra être fait en d'autres proportions.

DES POUDRES COMPOSÉES.

Les poudres composées sont des mélanges d'un plus ou moins grand nombre de substances réduites en poudre.

Ce genre de préparation fournit un grand nombre d'espèces aux Formulaires ; et cependant, si l'on en excepte les poudres composées qui ne peuvent être préparées instantanément par simple mélange et celles chez lesquelles il se produit à la longue quelques changements chimiques, il serait préférable que le médecin associât au moment même les poudres simples dont il veut réunir les effets, plutôt que d'avoir recours à une formule toute faite, dont il est bien difficile qu'il se rappelle les éléments et surtout la proportion de chacun d'eux.

Les règles générales applicables à leur préparation sont les suivantes :

1° Réduire séparément chaque substance en poudre. En effet, nous avons vu, en traitant de la pulvérisation, qu'il est des corps qui doivent être pulvérisés en entier. Ce sont ceux qui fournissent une substance homogène à toutes les époques de la pulvérisation. Il en est d'autres dont on doit séparer la première poudre ; il en est enfin, et en grand nombre, dont les derniers produits doivent être rejetés. On ne pourrait donc obtenir une poudre composée de bonne qualité, si on pulvérisait ensemble différentes matières de ce genre.

2° Chaque poudre doit avoir le plus grand degré de ténuité possible. Sans cette condition, on obtiendrait difficilement un mélange exact. Exceptons, toutefois, les poudres sternutatoires, qui doivent être grossières.

3° Les matières minérales seront porphyrisées; sans quoi leurs particules, plus pesantes que celles des matières organiques, ne se mélangeraient qu'imparfaitement, et se sépareraient pour gagner le fond du vase, avec la plus grande promptitude.

4° Lorsque, dans la composition d'une poudre composée, on fait entrer des matières molles, on les pulvérise, en les triturant avec les autres substances : c'est ainsi que l'on fait pour la muscade, le macis, la vanille. Quelques pharmacologistes recommandent de réduire ces matières en pâte ; mais il est préférable de se servir de l'intermède des autres éléments de la poudre composée. C'est encore ainsi que doivent être mélangées les semences émulsives, après, d'ailleurs, qu'on les aura mondées de leurs enveloppes, et qu'on les aura séchées à la chaleur douce d'une étuve. Comme elles rancissent très facilement, elles communiquent à la poudre une odeur désagréable, et un goût âcre : aussi, vaut-il mieux ne les mêler qu'à mesure du besoin.

5° Il faut éviter de faire entrer, dans les poudres composées, des matières qui attirent l'humidité de l'air ; bientôt la poudre se détériorerait ; c'est ce qui, par exemple, arrive au savon végétal, qui est un mélange de gomme arabique et de carbonate de potasse ; aussi, cette poudre ne doit être préparée qu'à mesure du besoin.

6° Toutes les substances réduites en poudre doivent être mêlées avec le plus grand soin. Après les avoir triturées ensemble, dans un mortier, ou les avoir retournées ensemble dans le fond d'un tamis, on passe le mélange à travers un tamis dont le tissu est peu serré.

7° Comme, au bout de quelque temps, les matières les plus pesantes gagnent le fond du vase, l'on doit, de temps en temps, renouveler le mélange.

DES ÉLECTUAIRES.

On désigne sous les dénominations communes d'électuaires, confections, opiats, des médicaments d'une consistance de pâte molle, composés de poudres délayées dans un sirop simple ou composé, préparé soit avec le sucre, soit avec le miel. On y fait entrer aussi des pulpes, des extraits, des sels, etc.

Le principal avantage des électuaires est de rendre moins pénible l'administration des poudres, en les unissant à un excipient qui en rapproche les particules en en formant un tout moins volumineux et plus cohérent.

Ces compositions, que l'on qualifie tous les jours d'indigestes et de chaos, n'étaient pas, comme on se l'imagine généralement, le produit d'un mélange arbitraire; elles exigeaient de celui qui les inventait un travail attentif et une connaissance exacte de la thérapeutique de l'époque. Les anciens étaient persuadés que les substances médicinales jouissaient chacune de propriétés curatives absolues; l'action qu'exercent ces corps sur nos organes, n'était considérée par eux que comme un accessoire jamais utile et presque toujours nuisible. D'après cette idée, après avoir fait entrer dans un électuaire une matière médicamenteuse, il fallait, par une ou plusieurs autres, détruire l'effet que la première produisait, indépendamment de sa propriété curative; de sorte qu'à mesure que les bases d'un électuaire étaient plus nombreuses, les correctifs se multipliaient à leur tour, et leur nombre s'accroissait d'autant plus que l'on s'attendait à voir sortir de ce mélange de médicaments simples, jouissant tous de la faculté de guérir une ou plusieurs maladies, quelque propriété nouvelle qu'aucun médicament simple ne pouvait posséder.

Certains médicaments, administrés seuls, manquaient de l'énergie nécessaire pour atteindre le but que se proposait le médecin. On aidait à leur action par quelque autre corps qui pût la faciliter. Ainsi le polypode était l'auxiliaire de la scammonée; il incisait les viscosités, que la scammonée expulsait ensuite. On ajoutait aux drastiques des médicaments âcres qui attiraient les humeurs des parties éloignées du corps, et les livraient à l'action expulsante des purgatifs, etc.

Telles étaient les causes de la haute opinion que les anciens avaient des électuaires. Les noms dont on les décorait annonçaient assez la valeur qui leur était accordée. Ainsi, l'on avait des électuaires sacrés, un orviétan præstantius, un électuaire universel, une électuaire bénit. La thériaque reçut son nom par antiphrase (Θησίον, bête venimeuse), pour témoigner de son excellence contre tous les venins.

La plupart de ces médicaments ont été rejetés de la matière médicale. Quelques-uns ont survécu, parce qu'ils sont doués de propriétés énergiques bien éprouvées que l'on retrouverait difficilement dans les médicaments simples.

Les dénominations d'électuaires, confections, opiats, sont presque toujours employées indistinctement. Les anciens réservaient le nom d'opiats à ceux de ces médicaments dans lesquels ils faisaient entrer de l'opium.

Aujourd'hui, la dénomination d'opiat est réservée pour les électuaires magistraux que l'on obtient en mélangeant au moment du besoin, une ou plusieurs poudres, avec assez de sirop pour obtenir une masse pâteuse. De pareilles préparations se distinguent à peine des conserves préparées avec des poudres, de l'eau et du sucre. Mais le nom de conserve a été continué à celles de ces préparations qui méritaient autrefois ce nom, étant préparées à l'époque favorable avec la pulpe de plantes fraîches.

On a divisé les électuaires en mous et solides. Les premiers sont des tablettes composées, et n'appartiennent pas au genre de médicaments qui nous occupe en ce moment.

Il est des règles générales auxquelles on doit s'astreindre dans la préparation des électuaires, si l'on veut obtenir ces médicaments dans un état convenable :

1° Il faut faire une poudre composée de toutes les matières qui doivent être pulvérisées. On se conforme aux règles que nous avons données en parlant de la préparation des poudres composées ;

2° Quand il entre dans un électuaire des gommes-résines mollasses, et qu'en même temps il s'y trouve un excipient propre à les dissoudre, cette dissolution doit être faite. Dans le cas contraire, on divise ces matières à la faveur des autres poudres. La méthode de dissolution devrait toujours être employée : en s'y conformant, l'on est certain d'avoir les matières dans un état de division convenable ;

3° Les extraits doivent être ramollis. On dissout dans l'eau ceux qui sont secs, et l'on concentre la dissolution ;

4° Suivant la remarque judicieuse de M. Deyeux, on doit employer à la préparation des électuaires des miels lisses et des cassonades grasses. Il faut éviter les miels grenus et les sucres bien cristallins ; ils sont tous deux trop sujets à cristalliser, et par cela même, ils défendent moins bien l'électuaire de toute décomposition. Les Arabes, qui accordaient une grande confiance à ces sortes de médicaments, avaient la sage précaution d'employer le sucre, quand les électuaires contenaient des pulpes ; ils diminuaient d'autant la tendance à la fermentation ; ils réservaient le miel pour les électuaires formés de poudres qui, par leur nature même, sont moins altérables ;

5° Les sirops simples ou composés qui entrent dans les électuaires doivent être portés au-delà de la consistance ordinaire : on suivra, pour leur préparation, toutes les règles que nécessitent les matières qui entrent dans leur composition, et qui ont déjà été exposées en traitant des sirops ;

6° Toutes les matières étant disposées, il ne s'agit plus que d'en faire le mélange. Les solutions d'extraits et de gommes-résines sont d'abord mêlées ensemble. On incorpore le tout au miel ou au sirop, si l'un d'eux seulement sert d'excipient, et à leur mélange, s'ils entrent tous deux dans la composition de l'électuaire. Le sirop doit être encore chaud ; mais il ne doit pas l'être assez pour ramollir et grumeler les substances résineuses. Les poudres sont ajoutées à la fin et peu à peu, en les faisant tomber à travers un tamis à tissu peu serré, et en agitant à mesure jusqu'à ce que leur incorporation soit complète.

On ajoute les huiles essentielles réduites en elœo-saccharum tout à fait à la fin.

Ainsi préparé, un électuaire doit être homogène, et sa consistance être celle d'une térébenthine ; il prend peu à peu plus de consistance à mesure que les poudres se gonflent.

Les terres inertes ne sont pas tout à fait inutiles ; elles servent à tenir divisées les autres substances ; elles s'opposent à l'agglomération de certaines parties qui ont de la tendance à se réunir, et qui, par là, détruiraient l'uniformité de la masse.

Toutes les poudres n'absorbent pas la même quantité de sirop pour prendre une consistance convenable ; celle des plantes entières, des bois, des écorces, des fleurs, absorbent trois parties de sirop pour se réduire en opiat. Immédiatement après le mélange, la pâte paraît trop liquide ; mais bientôt les poudres se gonflent, absorbent le sirop, et l'électuaire a la consistance requise.

Les gommes-résines demandent, à peu de choses près, leur poids de sirop : il en faut un peu moins pour les résines sèches. Les matières minérales, comme la pierre hématite, le sulfure d'antimoine, la limaille de fer, etc., absorbent la moitié de leur poids de sirop. La plupart des sels neutres en exigent autant ; les sels déliquescents n'en prennent presque pas.

Ces observations trouvent une application avantageuse dans la prescription des opiats où l'on fait entrer des matières qui sont sans action chimique les unes sur les autres. Dans le cas contraire, elles ne présenteraient souvent que de fausses indications. Ainsi, dans l'opiat mésentérique, le fer s'oxide, et durcit considérablement le composé, par plusieurs causes ; d'abord, parce qu'une partie d'eau est décomposée, et sert à l'oxidation du fer ; ensuite, parce qu'une autre portion d'eau reste en combinaison avec l'oxide formé ; et enfin, parce que cet oxide, formant une poudre beaucoup plus ténue que le métal qui lui a donné naissance, exige, par cela même, une plus grande quantité de liquide pour prendre la consistance d'électuaire.

Tous les électuaires éprouvent de l'altération peu de temps après qu'ils ont été préparés. La décomposition n'est pas simultanée dans tous les éléments qui y sont réunis. Les matières sucrées et mucilagineuses, les pulpes, fermentent plus tôt que les matières extractives ; il se forme certainement pendant cette réaction spontanée des composés nouveaux. L'analyse chimique a porté peu de lumières sur les phénomènes qui accompagnent ces altérations, et sur les produits qui en résultent. La composition des électuaires est trop compliquée, pour que de longtemps on puisse espérer connaître d'une manière précise ce qui se passe pendant ces fermentations. Il est cependant quelques résultats que l'on peut prévoir. Ainsi, dans la thériaque, le colcothar et la terre sigillée précipitent en noir le tannin des végétaux ; ce tannin rend les substances animales imputrescibles. Les principes sucrés dégagent de l'acide carbonique qui boursouffle la masse.

Suivant M. Guilbert, la thériaque très ancienne contiendrait la même proportion de miel que la thériaque faite depuis un à deux mois ; il paraît extraordinaire que la fermentation n'ait pas porté son action sur le miel, substance éminemment fermentescible. D'un autre côté, la proportion de matière sucrée aurait-elle été augmentée par la transformation des matières amylacées en sucre de raisin.

Les électuaires qui renferment beaucoup de matières mucilagineuses et pulpeuses se détruisent complétement dans l'espace

de quelques années : tels sont le lénitif, le diaprun, le diaphœnix.
Le catholicon, quoique très chargé de pulpe, se conserve pendant un temps fort long ; il paraîtrait que cela tient, en grande partie, à une circonstance particulière de sa composition : les semences froides, qui font partie de cet électuaire, sont réduites en pulpe très fine ; une partie de l'huile se sépare, et forme, à la surface, une sorte de vernis qui garantit le reste de la masse du contact de l'air.

Quand il entre dans un électuaire beaucoup de substances aromatiques, salines, résineuses ou extractives, il est beaucoup plus durable : tels sont la thériaque, la confection d'hyacinthe.

DES PILULES ET BOLS.

On nomme pilules, de *pilula*, petite balle, des médicaments d'une consistance de pâte ferme, telle qu'elle n'adhère pas aux mains, et qu'elle ne s'aplatit pas après qu'on lui a donné la forme d'une petite boule.

L'usage des pilules est très ancien : le principal motif de leur invention a été, sans contredit, de faire avaler plus facilement aux malades des médicaments d'une saveur désagréable, ou qu'il était utile de ne pas laisser séjourner dans la bouche, soit à cause de leur ténacité, soit parce qu'ils auraient pu agir sur ses parties intérieures.

La composition des pilules est extrêmement variée : souvent ce sont des médicaments très compliqués. On y fait entrer des pulpes, des extraits, des résines, des gommes-résines, des matières minérales, des poudres, etc.

Il est des matières qui ont naturellement la consistance nécessaire pour être roulées en pilules et conserver cette forme ; et quand ces matières sont très solubles et que par conséquent elles peuvent se diviser facilement dans l'estomac, on peut les employer sans aucune addition ; mais il en est beaucoup d'autres qui sont trop fermes ou trop molles, et qui ont besoin d'être ramenées au degré de consistance convenable.

Il en est d'autres qui, bien qu'ayant naturellement la consistance requise, ont besoin de recevoir une matière qui les divise, de peur qu'en raison de leur insolubilité, elles ne traversent le canal intestinal sans se diviser, ou que, par leur âcreté, elles ne viennent à agir trop activement sur quelque point limité de l'estomac ; telles sont les résines que la contusion ou quelques gouttes d'alcool ramolliraient suffisamment pour qu'elles puissent prendre la consistance pilulaire, mais qui sous cet état ne présenteraient pas les garanties nécessaires d'action ou d'innocuité.

On corrige ces états particuliers des corps au moyen de substances d'ailleurs fort différentes, qui prennent le nom d'excipients, et dont la nature dépend de celle des autres matières qui entrent dans la composition des pilules. L'huile est l'excipient des pilules de savon ; c'est le vinaigre dans celles de Bontius, le baume de soufre anisé dans les pilules de Morton ; l'oximel scillitique dans les pilules de scille, un sirop dans les pilules de cynoglosse, les pilules bénites de Fuller, et les pilules antecibum : on se sert aussi de mie de pain, d'extraits, de mucilages, de poudres inertes, etc.; mais toutes ces matières ne sont pas également appropriées à la confection des pilules.

Les mucilages ont le grand inconvénient de durcir beaucoup la masse en se desséchant, de sorte qu'elle devient tout à fait sèche et cassante. Il peut en résulter de graves inconvénients ; le premier, que les pilules traversent les voies digestives sans être attaquées ; le deuxième, qu'elles peuvent séjourner trop longtemps contre quelque partie de l'estomac et des intestins, et y déterminer une irritation, si elles contiennent une matière âcre.

Les huiles volatiles ne lient bien les masses qu'autant qu'elles sont riches en parties résineuses ; autrement, les pilules que l'on a préparées avec leur aide se dessèchent et se désunissent au bout de quelque temps.

Quelques gouttes d'alcool ramollissent les résines et les gommes résines, et leur donnent la consistance convenable.

Enfin, l'on ne doit pas perdre de vue que l'excipient doit être approprié à la nature des matières qui entrent dans la composition d'une masse pilulaire.

En général, on doit employer à la préparation des pilules, des excipients qui se délaient facilement, à moins que celles-ci ne soient elles-mêmes formées de substances très solubles : le miel, le savon, remplissent toutes les conditions désirables. Si au bout de quelque temps les pilules se sont desséchées, on les ramollit en les battant avec une quantité convenable d'excipient.

Quelquefois l'excipient est inutile, par exemple, pour les matières résineuses que la chaleur ramollit facilement, et qui reprennent leur consistance par le refroidissement : telles sont les pilules de térébenthine cuite. Les excipients sont encore inutiles quand les principes constituants des pilules ont naturellement la consistance requise.

Il peut arriver que l'excipient soit solide : c'est toutes les fois que le mélange des matériaux donne une masse dont la consistance est trop molle. On la ramène au point convenable en y ajoutant une poudre inerte qui absorbe l'humidité surabondante, sans rien ajouter aux propriétés des pilules.

En général, on peut dire que, pour qu'un excipient soit propre à former une masse pilulaire, il faut qu'il puisse en lier toutes les parties, ce qui n'aura lieu pour les excipients liquides qu'autant qu'ils seront capables de dissoudre tout ou partie de la masse, ou qu'ils auront eux-mêmes une viscosité propre à souder les particules entre elles. Quant aux excipients solides, ils rempliront d'autant mieux le but qu'on se propose, qu'ils seront susceptibles d'absorber plus parfaitement les liquides surabondants.

Les sirops, les extraits, le miel sont principalement convenables pour lier les poudres et leur donner la consistance pilulaire.

Les poudres inertes de la réglisse, de la guimauve et l'amidon servent, le plus souvent, à donner aux extraits et aux matières molles la consistance requise.

Les poudres résineuses, comme la térébenthine cuite en poudre, peuvent être employées avec avantage à épaissir les térébenthines : la magnésie réussit encore mieux ; on se sert aussi d'un mucilage pour les diviser, et d'une poudre inerte pour leur donner de la consistance.

Le savon lie très bien les matières grasses ; il augmente beaucoup la solidité de l'onguent mercuriel. L'action du phosphate de chaux sur celui-ci est encore plus remarquable.

Pour former une masse de pilules, on met les extraits dans un mortier de fer que l'on a échauffé avec de l'eau bouillante. On ajoute les baumes, les résines, le savon ; on mêle bien toutes ces matières ; on y ajoute une quantité convenable d'excipient, puis enfin, les poudres, qui doivent avoir beaucoup de ténuité, et que l'on a mélangées d'avance. On pile longtemps la masse pour en bien unir et lier toutes les parties, et quand, en examinant son intérieur, on voit qu'elle est homogène, l'opération est terminée.

On reconnaît qu'une masse pilulaire a acquis la consistance convenable, à ce qu'elle cesse d'adhérer au fond du mortier, à ce qu'elle s'attache peu aux doigts, enfin, à ce que les pilules se font aisément et ne s'aplatissent pas.

Il est des matières qui se ramollissent quand on vient à les mêler ensemble. Il faut y faire attention dans la composition des formules. On observe un semblable phénomène, quand on mêle des extraits, et en particulier l'extrait de fiel de bœuf avec des matières alcalines.

On conserve les pilules en masses, et on ne les roule qu'au besoin; de cette manière elles se dessèchent moins. On les met dans des pots, ou bien on les roule dans du parchemin.

Au moment de livrer les pilules, on divise les masses à l'aide d'un instrument particulier, que l'on nomme pilulier. Pour qu'elles n'adhèrent pas entre elles, on les recouvre d'une poudre. C'est l'iris, l'amidon, la racine de réglisse; celle qui mérite à juste titre la préférence, est la poudre de lycopode, d'abord, à raison de sa ténuité; mais ensuite, comme elle est mouillée difficilement par l'eau, elle garantit les pilules du contact de l'air, et ne forme pas d'ailleurs une croûte à leur surface, en s'imprégnant de leur humidité.

Quelquefois, au lieu de rouler les pilules dans une poudre, on les revêt d'une feuille d'or ou d'une feuille d'argent : on se sert, à cet effet, d'une boîte sphérique; on y met les pilules avec les feuilles métalliques, et on imprime à la boîte un mouvement circulaire. Pour que le métal s'attache bien aux pilules, il faut qu'elles ne soient ni trop molles ni trop dures. Dans le premier cas, elles prennent une grande quantité de feuilles métalliques, et n'ont pas de brillant; dans le second, le métal ne s'y attache que par plaques ou pas du tout, et l'on est obligé de les rouler préalablement dans les doigts légèrement empreints de sirop.

Il faut avoir soin de ne pas mettre plus de feuilles de métal qu'il n'est nécessaire; car la beauté des pilules réside dans la netteté de l'application et le brillant de leur surface.

Il est des pilules qu'il est impossible de dorer ou d'argenter : ce sont celles dans la composition desquelles il se trouve quelque matière capable de s'unir au métal. Telles sont les préparations mercurielles et les préparations sulfureuses.

Depuis quelques années, s'est introduit l'usage d'envelopper les pilules dans une petite capsule gélatineuse ; quand les matières sont à l'état liquide ou molles, l'emploi d'une capsule faite à l'avance est indispensable ; mais, quand on opère sur une masse de consistance pilulaire, on a recours au procédé fort ingénieux que nous devons à M. Garot.

Après avoir fait les pilules de la grosseur indiquée, on les met à la pointe d'une épingle ; on se sert à cet effet d'épingles noires, longues et très minces. D'autre part, on fait fondre de la gélatine purifiée (grénetine) à une douce chaleur, en ayant soin d'ajouter un peu d'eau, de manière que par le refroidissement elle se prenne en une gelée très consistante ; sur une once de gélatine deux ou trois gros d'eau suffisent ordinairement. Lorsque la gélatine est fondue, on la maintient en cet état au bain-marie, parce qu'autrement il se formerait à la surface une pellicule qui gênerait l'opération. Les choses étant ainsi disposées, on trempe chaque pilule dans la gélatine fondue jusqu'à l'endroit où elle se trouve piquée par l'épingle, on l'en retire aussitôt en lui faisant subir un mouvement de rotation sur elle-même ; puis on fiche l'épingle, soit dans une pâte, soit dans une pelotte, afin de tenir la pilule en l'air (de la même manière que l'on opère pour les allumettes oxigénées). Lorsque l'on a enduit une cinquantaine de pilules on procède à l'obstruction du trou formé par l'épingle. A cet effet on prend une des épingles avec la pilule à son extrémité, et on la présente horizontalement, en tenant la pilule de l'autre main, à la flamme d'une bougie. La chaleur se communique instantanément à l'extrémité de l'épingle engagée dans la pilule, de sorte qu'en prenant cette épingle avec précaution, cette chaleur suffit pour liquéfier les bords du trou et les souder ensemble : de cette manière, on obtient une pilule parfaitement ronde, brillante, dont la soudure est à peine visible et qui conserve la couleur propre de la masse. Il faut avoir soin de ne pas laisser trop sécher, car lors de l'obstruction, la gélatine au lieu de se fondre, se raccornirait par la chaleur.

Pour les pilules ordinaires, une seule couche de gélatine suffit pour intercepter toute odeur ; mais pour certaines substances à odeur très pénétrante, telles que le baume de copahu, l'huile animale, les huiles volatiles, etc., il est nécessaire de tremper une seconde fois dans la gélatine.

On désigne sous le nom de bols des médicaments qui ne diffèrent des pilules que par leur volume plus considérable. Souvent on leur donne la forme d'une olive pour que les malades puissent les avaler plus facilement.

Leur préparation est assujettie aux mêmes règles que celle des pilules ; seulement on les fait plus mous.

DES POTIONS.

Une potion est un médicament liquide, toujours composé, qui peut contenir les substances les plus diverses et qui est destiné à être pris par cuillerées.

Il entre ordinairement dans la composition des potions un sirop à la dose de 1 à 2 onces, des eaux distillées, des infusions végétales à la dose de 2 à 4 onces. Ce mélange est quelquefois la base médicamenteuse de la potion, d'autrefois il n'est qu'un véhicule propre à recevoir quelque substance plus active, qui seule a quelque efficacité et qui n'est que délayée par le liquide.

On distingue 3 genres de potions, les juleps, les loochs et les potions proprement dites.

Un julep est une potion ordinairement composée de sirop et d'eaux distillées. On y fait entrer quelquefois des mucilages, des acides, mais jamais de poudres ou de substances huileuses qui puissent troubler sa transparence.

Les loochs sont des potions dont la consistance est plus épaisse que celle des sirops ; leur base est presque toujours un mucilage, souvent on y fait entrer des huiles ou des médicaments plus actifs.

Nous désignerons sous le nom spécial de potions toutes celles qui ne sont ni des loochs, ni des juleps. Nous les diviserons en deux séries : la première comprendra les potions qui ne contiennent que des matières solubles qui ne peuvent en troubler la transparence ; dans la seconde, seront les potions dans lesquelles on fait entrer des corps qui ne peuvent se dissoudre, et qui restent en suspension.

Nous n'avons presque rien à dire sur le mode de préparation des potions de la première série. Elles consistent, pour ainsi dire, en de simples solutions ; nous ferons observer seulement que lorsqu'au nombre de leurs composants se trouvent des corps volatils, il faut avoir soin de ne les ajouter qu'en dernier, afin d'éviter autant que possible leur déperdition.

Les substances qui, introduites dans une potion, peuvent en troubler la transparence, sont : les résines, les gommes-résines, les huiles fixes et volatiles, les teintures alcooliques ou éthérées, les poudres, les extraits, les électuaires.

Ce que nous avons dit sur la préparation des émulsions artificielles, se rapporte également bien au mélange des résines, gommes-résines, huiles et teintures alcooliques qui entrent dans les potions (*voyez* page 138).

Les poudres que l'on fait entrer dans les potions doivent avoir un grand degré de ténuité. On les délaie préalablement dans le sirop pour les avoir plus divisées ; on ajoute ensuite le reste du liquide.

On délaie les électuaires par simple trituration.

Les extraits doivent être triturés dans un mortier jusqu'à ce qu'ils soient divisés. Ce procédé est préférable à celui qui consiste dans leur dissolution à chaud ; ils seraient infiniment moins divisés. Les parties extractives qui ont perdu leur solubilité par l'action du feu, ou les parties insolubles dans l'eau qui ne s'étaient dissoutes qu'à la faveur d'autres corps, et qui se sont séparées lors de la concentration des liqueurs, formeraient des parties grossières en suspension ; on pourrait les séparer par la filtration ; mais, comme dans un grand nombre de cas elles ont des vertus médicamenteuses prononcées , il vaut beaucoup mieux les laisser dans la potion, en ayant soin de les atténuer le plus possible.

DES MÉDICAMENTS GRAS OU RÉSINEUX

POUR L'USAGE EXTERNE.

DES CÉRATS, POMMADES ET ONGUENTS.

Les cérats, les pommades et les onguents, sont des médicaments destinés à l'usage externe, dont la base est une matière grasse ou résineuse, et dont la composition est, du reste, très variable. Le Codex les a divisés en trois sections.

La première comprend les cérats ou Élæocérolés qui sont formés d'huile et de cire, et qui contiennent bien rarement d'autres matières grasses.

Les pommades, appelées aussi graisses médicamenteuses et liparolés, forment la seconde série. Elles sont généralement composées de graisses animales unies à différents principes; on ne fait pas entrer de substances résineuses dans leur composition, ou elles y sont en faible quantité.

Les onguents ou rétinolés qui constituent la troisième série sont caractérisés par leur consistance ordinairement plus ferme, par la forte quantité de résines que l'on y fait entrer, et parce qu'ils ne contiennent jamais en combinaison des substances métalliques. Toutes ces distinctions sont plutôt conventionnelles que rigoureuses. Il serait souvent difficile, en les prenant à la lettre, de décider à laquelle de ces définitions doivent être rapportés certains de ces composés. Heureusement toutes ces distinctions sont de fort peu d'importance.

DES CÉRATS.

(Elæocérolés.)

Les cérats sont des médicaments externes formés d'huile et de cire, et quelquefois de blanc de baleine, dont la consistance, toujours molle, varie suivant les proportions dans lesquelles on unit les corps gras précédents. Ils admettent souvent, dans leur composition, des liquides, des extraits, des sels, des poudres, etc.

Comme une des conditions à remplir dans la confection d'un grand nombre d'entre eux est de les obtenir blancs, il ne faut négliger aucune précaution pour y parvenir. Voici les règles générales pour leur préparation :

On n'emploiera que des vases très propres ;

L'huile et la cire devront être récentes ;

On donnera la préférence sur les autres huiles à l'huile d'amandes douces et à celle d'olives ;

On fera fondre les matières grasses à une très douce chaleur, même au bain-marie ; car, par une élévation un peu forte de température, les matières grasses s'altéreraient et le produit aurait moins de blancheur ;

Pour que les matières restent moins longtemps sur le feu, on aura le soin de diviser, en fragments peu volumineux, la cire et le blanc de baleine.

Quand les matières grasses auront été fondues ensemble, on les versera dans un mortier, et on les agitera jusqu'à parfait refroidissement, en ayant le soin de faire retomber continuellement dans le mortier les portions de matière qui s'attachent contre ses parois. Elles y prendraient une consistance plus grande que celle de la masse, et l'on aurait beaucoup de peine à les diviser de nouveau.

Quand on opérera sur de grandes quantités, on devra échauffer préalablement le mortier avec de l'eau bouillante pour que le refroidissement se fasse plus lentement, que la portion de matières qui s'attache sur les parois n'y devienne pas trop promptement solide, et que l'on ait le temps de la faire retomber et de la mélanger au reste de la masse avant qu'elle n'ait pris assez de consistance pour ne plus pouvoir s'y mêler. A la Pharmacie centrale des hôpitaux, où l'on fabrique pour chaque dose environ 100 livres de cérat, on se sert d'une espèce de grande bassine en tôle, bien étamée à l'intérieur. Elle est placée sur un trépied en fer qui lui donne de l'aplomb, et la matière est agitée au moyen d'un long bistortier élargi à sa base, et qui est terminé par un long manche en fer. Celui-ci est passé dans un anneau qui termine une barre de fer fixée dans le mur, et qui se trouve placée à une hauteur convenable au-dessus du centre de la bassine. Une fois que la tige du bistortier a été passée dans cet anneau, l'opérateur n'a plus qu'à s'occuper de lui imprimer un mouvement dans divers sens sans avoir besoin de le supporter. Ce système est fort avantageux dans la préparation des diverses compositions onguentaires ou emplastiques. L'emploi d'un vase métallique a également ici un avantage bien réel : les pharmaciens savent que ce n'est que par de grands soins que l'on parvient à avoir du cérat sans grumeaux, et il peut paraître impossible d'y parvenir en opérant à la fois sur un quintal de matière.

Cela est pourtant facile quand on se sert d'un vase métallique. Tant que le mélange de cire et d'huile est chaud, le vase qui est conducteur du calorique conserve de la chaleur dans toutes ses parties ; de sorte que lorsque le refroidissement commence à se faire sur les parois latérales, celles-ci ont encore une température moyenne, qui empêche les matières qui y adhèrent de prendre beaucoup de consistance, et qui leur permet alors de se mélanger facilement au reste de la masse.

Quelquefois, au lieu d'opérer ainsi qu'il vient d'être dit, on laisse refroidir tranquillement les matières ; et quand elles sont solidifiées, on les râcle par couches minces que l'on triture ensuite dans un mortier jusqu'à ce qu'il ne reste plus de grumeaux. Cette pratique demande beaucoup de temps, parce que la cire qui a cristallisé dans le mélange par le refroidissement lent, ne peut plus être divisée que par une trituration longtemps prolongée.

Les matières salines, les poudres, les extraits ne doivent être ajoutés au cérat que lorsqu'il est parfaitement uni.

Les poudres seront très fines, les sels bien divisés, et les extraits dissous dans une petite quantité de liquide.

La manière d'incorporer les eaux distillées ou les solutions d'autres principes médicamenteux, n'est pas toujours la même : le plus communément, quand le cérat est fini, on y ajoute le liquide petit à petit en agitant vivement. On observe que le mélange blanchit par l'interposition de l'eau et de l'air entre ses parties.

Je rapporte comme exemple de ce genre de préparation, la formule du cérat simple, de la pommade pour les lèvres et du cérat de Galien.

Cérat simple.

Pr.: Huile d'amandes douces. 3
    Cire blanche. 1

Faites fondre à une douce chaleur ; versez dans un mortier, et triturez jusqu'à ce que le tout soit bien divisé.

Ce cérat est destiné à devenir, par incorporation , la base de plusieurs cérats ou pommades composés.

Pommade pour les lèvres.

Pr.: Huile d'amandes douces. 2
    Cire blanche. 1
    Racines d'orcanette. 1/8

On fait chauffer ces matières au bain-marie , jusqu'à ce que le corps gras ait pris une couleur rouge assez vive. On passe avec expression à travers un linge et on ajoute par once de pommade 2 à 3 gouttes d'essence de roses ; on agite jusqu'à ce que la liqueur commence à se refroidir et on la coule dans de petites boîtes en bois.

Cérat de Galien.

Pr.: Cire blanche. 1
    Huile d'amandes douces. 4
    Eau de roses. 3

F. S. A. ainsi qu'il a été dit plus haut.

Quelques praticiens font fondre les matières grasses au bain-marie, dans l'eau qui doit faire partie du cérat ; ils versent le mélange dans un mortier, et l'agitent continuellement jusqu'à ce qu'il soit refroidi.

Quel que soit le procédé dont on se soit servi, le cérat est également bon, s'il est parfaitement uni, et si le liquide ne s'en sépare pas.

On recommandait autrefois d'ajouter quelques gouttes d'huile de tartre au cérat, pour le blanchir. Cette addition a l'inconvénient grave de lui donner de l'âcreté. Si on en ajoute en excès, le cérat est détruit, et converti en une eau blanche savonneuse.

Dans les hôpitaux on substitue la cire jaune à la cire blanche.

On obtient ainsi un cérat d'une couleur jaune, que quelques médecins croient doué de propriétés particulières utiles.

DES POMMADES.

(Liparolés.)

Le mot Pommade, dans son origine, n'a été donné qu'à des médicaments de bonne odeur destinés à la toilette, et dans lesquels on faisait souvent entrer des pommes. On l'applique maintenant à des composés de matières grasses, d'une consistance molle et chargés de différents principes aromatiques et médicamenteux. Les pommades diffèrent essentiellement des onguents en ce qu'elles ne contiennent pas de matières résineuses, ou qu'elles n'en contiennent que fort peu.

On peut les diviser, quant à leur nature, en trois séries :

1° *Les pommades par simple mélange;* elles sont formées d'un excipient graisseux mêlé à diverses matières, qui lui sont mécaniquement mélangées;

2° *Les pommades par solution;* elles sont obtenues par solution dans l'excipient graisseux de différents principes, le plus souvent fournis par les végétaux;

3° *Les pommades par combinaison chimique;* ce sont celles qui résultent d'une action chimique bien manifeste, entre les corps gras et les composés ordinairement de nature minérale qu'on leur adjoint.

La seconde classe de pommades a déjà été étudiée quand il s'est agi des solutions obtenues au moyen des corps gras (*voy.* p. 165).

POMMADES PAR SIMPLE MÉLANGE.

Leur excipient est souvent l'axonge, auquel on ajoute quelquefois un peu de cire pour lui donner une consistance plus ferme. On lui substitue le beurre, un mélange d'huile et de cire, une des graisses médicamenteuses et odorantes appartenant à la série suivante, et souvent un mélange de plusieurs de ces excipients.

On y incorpore, par simple mélange, les substances médicamenteuses, et, s'il se produit des phénomènes chimiques, ce n'est qu'au bout d'un temps plus ou moins considérable; et alors le médicament altéré perd des qualités qu'on y recherchait.

Le mélange des matières médicamenteuses à l'excipient graisseux se fait dans un mortier ou sur un porphyre. Il est important que ces corps soient parfaitement divisés : aussi a-t-on l'attention de porphyriser préalablement les substances minérales, et même de porphyriser la pommade après le mélange, dans les cas où une extrême ténuité est indispensable, par exemple, pour les pommades ophthalmiques.

Quelquefois on fait le mélange à froid, et cette manipulation suffit quand on ne prépare qu'une petite quantité de pommade ; mais quand on opère sur de fortes proportions, il faut faire fondre le corps gras, et y incorporer les poudres quand il est en partie refroidi : on obtient, par ce procédé, avec moins de temps et de peine, un mélange plus exact.

Il est quelques pommades que l'on fait par des procédés particuliers : telle est la pommade mercurielle.

Parmi les pommades par simple mélange se trouvent :

L'onguent de tuthie ;
La pommade épispastique verte ;
La pommade de cyrillo ;
La pommade mercurielle ;
La pommade hydriodatée, etc.

Je rapporte comme exemple la préparation du baume Nerval :

Baume Nerval.

Pr.: Moelle de bœuf........................	32
Huile de muscade par expression...........	32
Essence de romarin.......................	2
— de girofles......................	1
Camphre...............................	1
Baume de Tolu..........................	2
Alcool à 88ᶜ (34° Cart.).................	4

On fait liquéfier ensemble la moelle de bœuf et l'huile de muscade ; on verse le mélange dans une bouteille à large ouverture ; on y ajoute les essences, le camphre en poudre, et le baume de Tolu dissous dans l'alcool : on fait fondre le tout au bain-marie ; on le mélange exactement, et l'on conserve dans des vases bien bouchés.

Cette pommade est employée en frictions excitantes contre la paralysie, les douleurs rhumatismales, etc.

POMMADES PAR COMBINAISON CHIMIQUE.

Les compositions de ce genre les plus employées sont : la pommade oxigénée, ou onguent nitrique, la pommade citrine, ou pommade au nitrate de mercure, et l'onguent nutritum.

Je donne comme exemple la préparation de la pommade nitrique.

POMMADE OXIGÉNÉE.

(Pommade ou onguent nitrique.)

Pr.: Axonge.. 8
Acide nitrique à 32 degrés..................... 1

Faites liquéfier l'axonge à un feu doux dans une terrine vernissée ; ajoutez l'acide petit à petit, et remuez, en laissant sur le feu jusqu'à ce que le mélange commence à bouillir ; retirez du feu et continuez à agiter jusqu'à ce que la matière soit en grande partie refroidie ; coulez-la dans des moules de papier.

Dans cette opération l'acide nitrique est décomposé. Son oxigène agit sur une partie du carbone et de l'hydrogène de la graisse, d'où résulte de l'eau et de l'acide carbonique qui se dégagent en même temps que le deutoxide d'azote provenant de la désoxigénation de l'acide.

L'acide nitreux, formé en même temps, réagit sur l'axonge par un mode d'action encore inconnu, et la transforme en un nouveau corps gras, qui fond à 36° et qui est soluble en toutes proportions dans l'éther. C'est l'élaïdine qui a été étudiée par M. Boudet, et qui, ayant plus de solidité que la graisse, communique au produit une consistance plus grande que celle que la graisse avait d'abord. Nous ne savons pas non plus quelle est la nature des corps qui se forment par la décomposition de la graisse par l'acide nitrique, ou par l'action secondaire de cet acide sur l'élaïdine. MM. Bussy et Lecanu ont trouvé que, parmi les produits de la réaction, se trouvait de l'acide oléïque et de l'acide margarique. Ne se fait-il pas plutôt l'acide élaïdique de M. Boudet (fusible à 44), qui est le résultat ordinaire de la saponification et de la distillation de l'élaïdine. Il se fait aussi une matière jaune que l'on peut séparer par l'alcool froid, mais elle est en très petite quantité.

La pommade oxigénée contient de l'acide nitrique qui continue à agir sur la graisse en augmentant toujours de plus en plus sa consistance; en même temps, la couleur jaune que la pommade avait d'abord, se détruit peu à peu. Aussi, il est nécessaire de n'en préparer qu'une petite quantité à la fois.

La pommade oxigénée est employée contre la gale et les dartres.

DES ONGUENTS.

(Rétinolés.)

On nomme onguents des pommades composées d'un corps gras et résineux, dans lesquelles on ne fait pas entrer de substances métalliques en combinaison.

Les onguents sont des excitants dont on fait usage contre les ulcères atoniques, afin d'en modifier la surface et d'en hâter la cicatrisation ; on les emploie encore pour hâter la suppuration dans les tumeurs où il n'existe pas d'inflammation.

On emploie souvent indifféremment les expressions de *Baumes* et *Onguents*. Cette dernière, dans sa véritable acception, devrait être réservée pour les médicaments destinés à oindre la peau. Le mot baume serait réservé pour les pommades résineuses destinées à être appliquées sur des parties entamées ou près de l'être.

Ordinairement, pour préparer un onguent, on fait fondre ensemble les matières grasses et les matières résineuses ; on passe à travers un linge, pour séparer les impuretés, et l'on agite, au moyen d'un bistortier, jusqu'à parfait refroidissement. On obtient, par cette manipulation, des onguents moins tenaces, et dans lesquels la résine est bien divisée.

Quelquefois on fait fondre certaines matières à part. C'est lorsqu'elles se liquéfient plus difficilement que les autres. Cette pratique trouve son application dans la préparation de l'onguent basilicum et de l'onguent de styrax.

Quand il entre dans la composition d'un onguent des substances odorantes ou volatiles, on ne les ajoute qu'à la fin. C'est ce que l'on doit surtout avoir soin de faire pour la térébenthine, le camphre et les huiles essentielles.

Quand on devra incorporer à un onguent quelque matière pulvérisée, on la prendra très fine.

La préparation de l'onguent basilicum nous servira d'exemple.

ONGUENT BASILICUM.

(Onguent de poix et de cire).

Pr.: Poix noire............................... 1
     Cire jaune............................. 1
     Colophane............................. 1
     Huile d'olives......................... 4

Faites liquéfier ensemble la poix et la colophane ; ajoutez la cire et l'huile : quand le tout sera fondu, passez au-dessus d'un mortier ou d'une terrine à fond convexe ; agitez avec un bistortier jusqu'à ce que l'onguent soit simplement tiède ; versez-le dans des vaisseaux convenables.

On mettait autrefois dans cet onguent de la poix-résine ; on lui a substitué la colophane. Elle n'a pas, comme la poix-résine, l'inconvénient de se tuméfier et de rendre la liquéfaction des autres matières plus difficile.

On préparait autrefois cet onguent en liquéfiant ensemble toutes les matières. M. Gay a conseillé, avec juste raison, de commencer par fondre d'abord la poix : il s'en dissout davantage. Quand on passe le produit, il reste, sur les parois de la bassine, une grande quantité de matière noire, qui est peu soluble dans l'huile, et qui paraît être formée de résine altérée et de charbon.

Cet onguent, comme presque toutes les préparations de ce genre, est employé comme excitant, pour hâter la cicatrisation des ulcères indolents.

DES EMPLÂTRES.

Les emplâtres, par leur composition, se rapprochent beaucoup des onguents ; ils en diffèrent essentiellement par leur consistance ; ils deviennent moins fluides par la chaleur, de telle sorte, que la température du corps les ramollit sans les faire couler, et qu'ils conservent la forme qu'on leur a donnée.

Les emplâtres appliqués sur la peau y produisent une excitation locale, d'un effet lent, mais qui peut se propager assez profondément ; il arrive souvent aussi qu'une partie des éléments qui les composent sont absorbés et pénètrent dans la circulation ; quand on attend d'eux un pareil effet, il faut, autant que faire se peut, mettre la matière active à la surface de l'emplâtre ; car si la masse résineuse qui l'enveloppe est favorable par l'excitation légère qu'elle produit elle-même; d'un autre côté, en enveloppant les substances actives, elle s'oppose à leur contact intime avec la peau.

Relativement à leur composition, on divise les emplâtres en deux classes : ceux de la première ont une composition entièrement semblable à celle des onguents, dont ils ne diffèrent que par la plus forte proportion des matières solides. On les désigne sous la dénomination d'onguents solides et d'onguents emplâtres.

La deuxième série des emplâtres comprend tous ceux dont la base est un savon de plomb. Il est beaucoup de pharmacologistes qui n'appliquent qu'à ces derniers composés la dénomination d'emplâtres.

ONGUENTS EMPLATRES.

(Rétinolés.)

La manière de préparer les emplâtres de cette série diffère à peine, et souvent même ne diffère en rien de celle mise en usage dans la fabrication des onguents.

Le plus souvent on fait fondre ensemble toutes les matières : l'emplâtre de cire, celui de blanc de baleine en sont des exemples.

Quand il entre dans la composition des emplâtres de la térébenthine, on ne l'ajoute qu'à la fin, pour ne pas dissiper par la chaleur une partie de l'huile essentielle. Le principal inconvénient qui en résulterait serait d'avoir une masse emplastique d'une consistance trop ferme.

Après avoir liquéfié les matières grasses et résineuses, on y incorpore souvent différentes autres substances : celles-ci doivent toujours être parfaitement disposées au mélange : ainsi, les poudres auront la plus grande finesse, les extraits seront ramollis; le mercure sera éteint; le camphre sera dissous dans un peu d'huile; toutes ces matières devront être mêlées peu à peu. On fera tomber les poudres à travers le tissu d'un tamis très lâche, et l'on agitera à mesure, afin de les diviser parfaitement dans la masse, et qu'elles n'y forment pas de grumeaux : leur quantité ne devra pas dépasser le huitième de la masse, sans quoi l'emplâtre n'aurait plus de liant, et il serait difficile de le malaxer.

Autrefois, on ajoutait les gommes-résines aux emplâtres, après les avoir réduites en poudre. Il faut, si l'on veut conserver ce procédé, que l'emplâtre ne soit pas trop chaud, et faire tomber les gommes-résines en poussière au moyen d'un tamis, de manière à ce qu'elles restent très divisées, et ne se grumèlent pas. Elles donnent presque toujours à l'emplâtre un aspect désagréable et une texture peu lisse, en y formant une grande quantité de petits points colorés : aussi est-il préférable de les ajouter après les avoir dissoutes, et avoir après concentré la solution. Le vinaigre a été proposé comme dissolvant ; mais ses propriétés comme tel ne sont pas très efficaces, et on lui a substitué avec avantage l'alcool faible. On concasse les gommes-résines, on les fait dissoudre dans l'alcool à 22° à la chaleur du bain-marie ; on passe la dissolution avec expression au travers d'un linge, et on l'évapore en consistance d'extrait mou. C'est en cet état qu'on incorpore les gommes-résines à l'emplâtre.

On peut remplacer l'alcool faible par un mélange d'eau et d'essence de térébenthine, ou même se contenter de diviser les gommes-résines par l'eau, en réalisant la condition d'évaporer jusqu'en consistance d'extrait mou ; on peut encore faire liquéfier les gommes-résines dans la térébenthine en ajoutant une petite quantité d'eau, ou avec les autres matières résineuses ; tous ces procédés réussissent ; mais les deux derniers sont d'une exécution difficile quand on opère sur des masses un peu considérables de matières.

Le mélange de graisses, de résines et de cire qui constitue les onguents emplâtres peut présenter de grandes variations, mais elles ne sont pas toujours importantes. Il est tel emplâtre où ce mélange n'est qu'un excipient propre à recevoir la matière active et à la fixer sur un point quelconque du corps, par exemple, dans l'emplâtre vésicatoire, dans celui d'acétate de cuivre, et alors tout mélange, quelle que soit sa nature, pourvu qu'il ait une consistance convenable, serait également propre à être employé.

D'autres fois la nature de l'excipient n'est pas une chose indifférente : c'est quand il a par lui-même une action propre, comme dans l'emplâtre agglutinatif ou dans l'emplâtre fétide.

Toutes les matières qui font partie de l'excipient ne concourent pas également à lui donner de la solidité. Les résines sèches qui se ramollissent par la seule chaleur de la main, donnent peu de consistance ; les résines ou les gommes-résines qui contiennent de l'huile volatile, ramollissent plutôt qu'elles ne solidifient la composition; mais l'huile essentielle sert de liant aux différents principes résineux et rend la masse plus agglutinative. La cire contribue à donner beaucoup de consistance aux mélanges emplastiques.

Toutes les matières qui entrent dans un emplâtre étant mélangées, on le laisse refroidir en grande partie, puis on le malaxe avec les mains mouillées, sur une table également mouillée, pour perfectionner le mélange et lisser le produit; on le divise ensuite en cylindres plus ou moins gros, que l'on nomme magdaléons.

Quand un emplâtre contient beaucoup de matières solubles dans l'eau, soit extractives, soit salines, on a la précaution de le malaxer moins longtemps, et en faisant usage de la moindre quantité d'eau possible.

L'emplâtre de mucilage nous servira d'exemple pour ce genre de préparations.

EMPLATRE DE MUCILAGE.

```
Pr.: Huile de mucilage.........................    8
     Résine de pin.............................    3
     Térébenthine.............................     1
     Cire jaune...............................    32
     Gomme ammoniaque.........................     1
     Opopanax.................................      1
     Safran en poudre.........................   1/3
```

On fait liquéfier sur un feu doux l'huile et les résines; on passe; on ajoute la cire que l'on fait fondre à son tour; on incorpore les gommes-résines, dissoutes à la manière ordinaire, et amenées en consistance d'extrait, et à la fin on ajoute le safran.

Je ne dois pas négliger de rapporter ici l'heureuse amélioration que M. Planche a apportée dans la formule générale de certains emplâtres et qui consiste dans l'union de l'extrait alcoolique des plantes actives avec une petite proportion de masse céro-résineuse. Ces nouvelles préparations sont bien préférables aux compositions anciennes du même genre que l'on trouve dans les anciens formulaires, et dans lesquelles la matière médicamenteuse était noyée au milieu d'une grande masse d'emplâtre qui en masquait presque totalement les effets. Dans les formules de M. Planche, les matières étrangères ne forment que le tiers du produit, et ne sont exactement que dans la proportion nécessaire pour communiquer au mélange les propriétés d'une masse emplastique. En voici un exemple :

EMPLÂTRE DE BELLADONE.

Pr.: Extrait alcoolique de belladone.............. 9
Résine élémi.......................... 2
Cire blanche........................ 1

On fait liquéfier la résine élémi et la cire, et l'on ajoute l'extrait qui s'incorpore facilement.

DES EMPLÂTRES PROPREMENT DITS.

(Stéaratés).

Cette série d'emplâtres a pour base la combinaison du plomb avec les acides oléique, stéarique et margarique. On les divise en deux séries ; la première comprend les emplâtres préparés avec l'intermède de l'eau ; et la seconde, les emplâtres préparés sans eau, que l'on désigne aussi par l'épithète d'emplâtres brûlés.

Indiquons d'abord le mode de préparation des emplâtres non brûlés ; nous donnerons ensuite la théorie de leur préparation.

Toutes les huiles ne sont pas également propres à la fabrication des emplâtres. Les huiles naturellement mucilagineuses, ou celles que l'on a rendues telles artificiellement, donnent des emplâtres peu consistants.

M. Henry s'est assuré que l'huile d'olives mérite la préférence sur toutes les autres : elle donne avec facilité un emplâtre peu coloré et d'une bonne consistance ; mais pour obtenir ce résultat, il faut s'assurer de sa pureté par les procédés que nous avons déjà donnés (*voyez* page 162).

L'huile blanche se combine assez bien, mais le produit qu'elle donne est moins blanc et plus mou. Il se dessèche à la surface, et se couvre d'une croûte cassante.

L'huile de ricins donne un emplâtre solide, mais moins blanc. Avec la graisse de porc, l'emplâtre ne paraît pas différer beaucoup de celui que forme l'huile d'olives.

La nature de l'oxide influe puissamment aussi sur la combinaison. M. Chevreul a fait voir que la plupart des oxides métalliques peuvent former des savons avec les corps gras ; mais presque **toutes** ces combinaisons ne s'obtiennent bien que par doubles décompositions, et doivent trouver leur place parmi les savons.

La litharge est, de tous les oxides de plomb, le plus convenable pour la préparation des emplâtres. Cependant il n'est pas indifférent de prendre telle ou telle litharge du commerce. La litharge anglaise donne un emplâtre qui a la blancheur, la consistance et le liant que l'on recherche. La litharge de Hambourg donne un emplâtre grenu, coloré et dépourvu du liant et de la consistance du précédent (Henry).

Ces différences sont dues aux divers degrés de pureté des litharges du commerce. Celles qui ne contiennent que de faibles proportions d'oxide de cuivre et d'oxide de fer, fournissent un emplâtre blanc et d'une bonne consistance; les autres donnent des emplâtres grenus et colorés, parce que l'oxide de fer et celui de cuivre se combinent mal et restent interposés au milieu de la masse.

La litharge que l'on destine à la fabrication des emplâtres doit être essayée, et le procédé le plus simple et le meilleur est de la faire servir à la préparation d'une petite dose d'emplâtre; si celui-ci est blanc et de bonne consistance, la litharge peut être considérée comme suffisamment pure.

La propriété que possède la litharge de donner une bonne masse emplastique, lui fait donner la préférence sur tous les autres oxides de plomb. L'on a abandonné presque complétement les préparations faites avec le minium ou le massicot, qui ne donnent un résultat pareil qu'avec plus de difficulté.

M. Henry avait trouvé que le massicot, qui ne diffère de la litharge que par son mode d'agrégation, ne pouvait donner qu'une masse emplastique sans consistance. J'ai reconnu depuis qu'il demande seulement plus de temps, et que cette condition de temps étant remplie, on obtient aussi un bon produit, pourvu toutefois que l'on se serve d'un massicot exempt de substances étrangères.

Le minium donne des résultats analogues, mais avec cette circonstance particulière d'exiger pour être terminée beaucoup plus de temps que n'en demande le massicot lui-même. En opérant sur 100 grammes de minium, il ne m'a pas fallu moins de sept heures pour mener l'opération à son terme. Bien entendu qu'il est

question ici du minium pur; en se servant du minium du commerce qui contient, suivant M. Dumas, jusqu'à 50 p. 100 de protoxide de plomb hors de combinaison, la combinaison est accélérée. Cependant la patience a manqué aux opérateurs pour mener
l'opération à fin. Ils ont obtenu une masse trop molle; aussi
voit-on une forte proportion de cire figurer dans les formules
qui ont pour base l'emplâtre de minium.

Dans l'action des graisses sur le minium, il faut que le peroxide
de plomb perde son oxigène. On ne sait rien encore sur les
corps qui peuvent résulter de cette réaction.

La céruse ou carbonate de plomb saponifie facilement les
graisses, en même temps qu'elle perd son acide carbonique; toutefois, l'on ne peut espérer de succès qu'autant que la céruse est
pure, ou en d'autres termes, formée entièrement de carbonate de
plomb. La céruse du commerce est sujette à être falsifiée par du
sulfate de baryte, du sulfate de plomb ou du carbonate de chaux :
alors l'oxide de plomb se trouve en proportion trop faible par
rapport au corps gras, et l'emplâtre ne prend pas assez de consistance. Pour essayer la céruse, il faut la dissoudre dans de l'acide
nitrique très étendu, qui ne dissout ni le sulfate de plomb ni le
sulfate de baryte. On étend la dissolution d'eau et on la précipite
par un courant d'hydrogène sulfuré qui précipite tout le plomb;
si la céruse contenait de la craie, la liqueur privée de plomb précipiterait abondamment par le carbonate de potasse ou l'oxalate
d'ammoniaque.

Le choix des corps gras et de l'oxide étant fait, on liquéfie
les premiers, s'ils sont solides; on y mélange l'oxide, puis on
ajoute un peu d'eau. On chauffe de manière à entretenir la matière bouillante en l'agitant continuellement jusqu'à ce qu'elle ait
acquis une consistance convenable, ce que l'on reconnaît en malaxant une petite parcelle d'emplâtre dans de l'eau froide : elle ne
doit pas s'attacher aux doigts. On s'aperçoit que ce moment approche, à ce que l'emplâtre a perdu sa couleur et à ce qu'il s'élève
de sa masse, tandis qu'on l'agite, des bulles légères qui sont enlevées par le courant d'air chaud : elles sont formées par de l'air
retenu captif au milieu d'une pellicule très mince d'emplâtre.

Pendant tout le temps que dure la cuisson de l'emplâtre, on
ajoute de l'eau chaude de temps en temps, de manière à ce qu'elle
serve de bain-marie, et que la température ne puisse pas s'élever

au-dessus de cent degrés et que l'emplâtre ne puisse brûler. Il faut remettre de l'eau de temps en temps pour remplacer celle qui s'évapore. Si, toute l'eau étant vaporisée, on voulait en ajouter de nouvelle, on devrait préalablement laisser refroidir l'emplâtre ; sa température s'étant élevée au-dessus de cent degrés, au moment où l'eau serait en contact avec lui, elle serait instantanément réduite en vapeurs : celle-ci, en se dégageant avec violence, enlèverait la matière et la projetterait au-dehors, non sans danger pour l'opérateur.

Examinons les phénomènes qui se manifestent pendant l'opération, et cherchons à en déterminer la cause.

Le mélange, de rougeâtre qu'il est d'abord, change successivement de couleur ; il est incolore après la cuisson. Au commencement de l'action du feu, il se manifeste une effervescence qui boursoufle la matière. Bientôt elle s'apaise, mais l'emplâtre n'en occupe pas moins un volume considérable pendant tout le cours de l'opération, à cause de la vapeur d'eau qui le soulève en se dégageant. Ces circonstances nécessitent l'emploi d'une bassine dont la capacité soit bien plus grande que ne semble le demander le volume primitif des composants.

Au moment où l'on chauffe le mélange d'huile et d'oxide, il s'établit une réaction, dont le premier effet visible est le dégagement de l'acide carbonique de la litharge. Les éléments des corps gras, oléine, stéarine et margarine, réagissent les uns sur les autres, et se transforment en acide oléique, stéarique et margarique, et en principe doux ou glycérine. Les acides se combinent à l'oxide de plomb, et le principe doux reste dans l'eau ; il est rejeté avec elle. Pendant ces réactions, suivant M. Chevreul, la plus grande partie du carbone et de l'hydrogène des corps gras, en proportion très rapprochée de celles où ils sont dans l'hydrogène percarboné, retient une partie d'oxigène pour constituer les acides margarique et oléique, tandis que le reste de l'hydrogène et du carbone, avec une portion d'oxigène, forme le principe doux, en fixant une certaine quantité des éléments de l'eau. Il est de fait qu'il y a de l'eau fixée dans l'opération, car la somme des poids de la graisse saponifiée et du principe doux est plus forte que le poids de la graisse employée ; ce qui prouve que, par suite des réactions, une portion d'eau, ou du moins de ses éléments, est entrée dans les nouvelles combinaisons.

Je rapporte, d'après M. Chevreul, un exemple de saponification:
100 parties de graisse de mouton sont formées de :

Oxigène.	9,304
Carbone.	78,996
Hydrogène.	11,700
	100

Ces 100 parties donnent à la saponification :

Acides gras secs.	92,978
Glycérine.	8
	100,978

	Oxigène.	Hydrogène.	Carbone.
Les 92,978 d'acides contiennent.	7,001	11,162	74,815
Les 8 de glycérine contiennent.	4,080	0,714	3,206
	11,081	11,876	78,021
Différence.	+ 1,777	+ 0,176	— 0,975

Cette expérience donne donc dans les produits de la saponification 0,176 hydrogène et 1,777 d'oxigène en plus que dans
la graisse non saponifiée, et l'augmentation serait évidemment
plus grande, sans les pertes qui accompagnent nécessairement
les opérations de ce genre, et qui nous sont dénotées du reste
par la déperdition de 0,975 de carbone, bien que tout celui de
la graisse entre dans la composition des acides gras et de la
glycérine.

Quant à la cause qui détermine la transformation des corps
gras en glycérine et en matières acides, on peut la voir dans la
mobilité générale aux matières d'origine organique et dans l'influence exercée par les matières alcalines pour produire des corps
acides qui puissent les saturer ; aussi la saponification est-elle
plus facile à mesure que l'on fait agir sur les graisses des alcalis
plus puissants.

Dans cette théorie, la matière grasse serait un principe immédiat ternaire dont le mode de constitution serait changé sous
l'influence de l'alcali, et qui serait transformé en deux corps nouveaux, savoir : les acides gras et la glycérine. C'était la théorie
généralement admise ; mais une analyse exacte de la stéarine,
faite par MM. Liebig et Pelouze, donne beaucoup plus de vrai-

semblance à la théorie suivante qui avait été proposée aussi par M. Chevreul. La matière grasse contiendrait les acides gras, et la glycérine toute formée ; elle serait un oléostéarate de glycérine, et l'alcali aurait pour effet de détruire cette combinaison saline en substituant une base plus puissante, l'oxide métallique, à une base plus faible, la glycérine.

La stéarine est représentée par :

Carbone.	Hydrog.	Oxigène.			
70 pp.	67	5 = Acide stéarique	= { stéarate de		
6	7	5 = Glycérine anhydre	glycérine }	stéarine.
70	67	5 = Acide stéarique	= { stéarate		
	2	2 = Eau	hydrique }	
146	143	17			

On voit de suite comment une base puissante, déplaçant la glycérine, met celle-ci en liberté. Si les acides gras et la glycérine pèsent plus que la matière grasse employée, c'est que la glycérine qui est anhydre dans le corps gras, se combine avec une proportion d'eau au moment où elle est séparée, de même qu'un oxide précipité d'un sel par la voie humide, se sépare à l'état d'hydrate. L'augmentation de poids provient aussi de ce que l'acide stéarique est pesé à l'état d'hydrate, tandis que l'une des deux proportions était à l'état anhydre dans la stéarine.

La même réaction a lieu certainement pour la margarine et l'oléine ; mais on n'a pu établir aussi nettement la réaction sur des nombres précis.

Veut-on préparer l'emplâtre simple, on prend :

Pr.: Litharge en poudre...................... 1
Axonge. 1
Huile d'olives. 1
Eau commune...................... S. Q.

On opère comme il vient d'être dit ; quand l'emplâtre est terminé et refroidi en grande partie, on le malaxe avec les mains mouillées pour en séparer l'eau, et par suite le principe doux, et on le roule en magdaléons. L'emplâtre simple sert comme base dans la préparation de presque tous les emplâtres. On faisait autrefois de nouvelles combinaisons pour chaque sorte d'emplâtre en particulier ; mais, comme la nature du produit est toujours la même, il convient mieux de se servir toujours d'emplâtre simple.

On se conforme d'ailleurs, pour l'addition des autres substances, aux règles que nous avons données, en traitant des emplâtres de la première série.

Si l'emplâtre simple est un savon de plomb, il doit être possible de le préparer par double décomposition ; c'est une idée qui s'est présentée tout naturellement à bien des personnes, mais qui a été soumise à l'expérience par M. Gélis. On opère de la manière suivante :

Pr.: Savon blanc de Marseille. 2

Eau. 4

Acétate de plomb cristallisé. 1

Faites dissoudre le savon à chaud dans l'eau, ajoutez l'acétate de plomb et agitez jusqu'à ce que le liqueur aqueuse ait repris sa transparence. Décantez, remplacez à plusieurs reprises l'eau par de nouvelle eau chaude pour laver l'emplâtre et roulez-le en magdaléons.

Cet emplâtre est fort beau, mais il est trop sec ; si l'on veut le faire entrer dans d'autres compositions, on peut s'en servir en cet état en augmentant un peu les proportions de cire et d'huile ; mais s'il doit servir comme emplâtre simple, il faut le ramollir avec un peu d'huile, ou, suivant M. Gélis, avec un peu d'acide gras.

J'ai fait quelques recherches pour savoir à quelle cause il fallait rapporter la différence de consistance de l'emplâtre obtenu par le procédé ordinaire ou par double décomposition. Ces deux emplâtres ont une composition différente ; le dernier est un sel neutre ; le premier contient une quantité d'oxide de plomb de $\frac{1}{4}$ plus forte qu'il n'est nécessaire pour la saturation ; mais ce n'est pas là la cause de la différence, car en faisant dissoudre dans l'acétate de plomb le $\frac{1}{4}$ d'autant d'oxide de plomb qu'il en contenait déjà, le produit de sa décomposition par le savon n'a pas eu plus de malléabilité.

Deux causes concourent en même temps à changer la nature du produit. La plus influente c'est la saponification imparfaite du corps gras ; quand il a acquis la consistance requise, il contient encore une portion d'oléine non saponifiée. C'est de l'oléine et non de la graisse, parce que les matières grasses solides sont les plus promptes à se saponifier. Cette oléine joue ici le même rôle que l'huile d'olives que l'on ajoute après coup à l'emplâtre fait par double décomposition. Dans la préparation de l'emplâtre simple, il faut concevoir que quand il y a une portion de stéaro-margarate neutre de plomb formé, il dissout de la litharge et se change en un sel basique. Les dernières portions de matières grasses ne se saponifient qu'aux dépens de l'oxide de plomb qui fait ainsi partie du sel basique; voilà pourquoi l'emplâtre est blanc avant d'être cuit : arrivé au degré de consistance convenable, il consiste en un mélange de stéarate neutre et de stéarate basique de plomb avec une petite proportion d'oléine.

La présence de l'axonge a bien aussi quelque influence sur les qualités de l'emplâtre. L'axonge seule donne une masse de consistance assez ferme, mais elle a un caractère de viscosité particulier; on ne peut la malaxer entre les mains sans qu'elle s'y attache. Le savon d'huile d'olives corrige avantageusement ce défaut, et le mélange des deux emplâtres a une consistance plus convenable que celle qu'aurait chacun d'eux séparément.

L'emplâtre simple obtenu directement, est plus facile à malaxer que celui fourni par la double décomposition. Aussi je trouve le premier procédé préférable, toutes les fois qu'on peut se procurer facilement les éléments nécessaires.

EMPLÂTRES BRULÉS.

Une seule espèce d'emplâtre brûlé est encore usitée : c'est l'onguent de la mère.

ONGUENT DE LA MÈRE.

Pr. : Huile d'olives.	8
Axonge.	4
Beurre.	4
Suif.	4
Litharge.	4
Cire jaune.	4
Poix noire.	1

On fait chauffer des corps gras dans une grande bassine de cuivre. Quand ils fument, ce qui annonce un commencement d'altération, on y fait tomber à l'aide d'un tamis la litharge pulvérisée. Il s'opère une tuméfaction et un bouillonnement considérables, dus principalement au dégagement de l'acide carbonique de la litharge. On continue à chauffer jusqu'à ce que la matière ait acquis une couleur brune foncée ; on ajoute alors la cire jaune et la poix noire ; on les fait fondre ; on laisse refroidir l'emplâtre en partie et on le coule dans des moules.

Les observations intéressantes de MM. Bussy et Lecanu ont singulièrement éclairé les phénomènes qui se produisent pendant la préparation de l'onguent de la mère. Ces chimistes ont vu que, lorsque l'on chauffe un corps gras composé d'oléine et de stéarine, il éprouve la même transformation que par l'action des alcalis, de sorte que le chauffage des corps gras, dans l'onguent de la mère, doit les transformer en acides oléique, stéarique et margarique. Il s'ensuit que la combinaison avec l'oxide de plomb doit s'effectuer plus aisément, puisque deux causes concourent en même temps à la formation de l'oléo-margarate métallique. Mais, en même temps que ce sel se produit, les corps gras sont altérés, et donnent tous les produits ordinaires de cette décomposition : les graisses, déjà roussies par la chaleur, deviennent grises au moment du mélange de l'oxide ; ensuite elles se colorent et dégagent de la vapeur d'eau, de l'acide carbonique, de l'acide acétique, de l'acide sébacique, de l'huile empyreumatique, du gaz hydrogène carboné, de l'oxide de carbone, et sans doute de l'acide oléique et de l'acide margarique : cette décomposition provient de l'action du feu sur les matières grasses, et aussi de celle qu'il exerce sur les premiers produits de leur décomposition, savoir : les acides gras et le principe doux ; le savon lui-même doit se décomposer et former les graisses volatiles que M. Bussy a étudiées plus récemment, savoir : la stéarone, la margarone et l'oléone.

Si l'on ajoutait l'oxide de plomb trop tôt, il serait revivifié par les éléments combustibles des graisses, et la combinaison serait imparfaite.

Il faut se servir d'une grande bassine, pour que la matière, qui se tuméfie beaucoup, ne passe pas par-dessus les bords.

La préparation de l'onguent de la mère doit être faite pendant le jour ; si l'on approchait un corps enflammé de la bassine, les vapeurs et les gaz inflammables, se trouvant en contact avec l'air à une température élevée, prendraient feu ; il se communiquerait à toute la masse.

Une partie de l'acide acétique, provenant de la réaction du feu sur les corps gras, se combine avec l'oxide de plomb. C'est à la

présence de l'acétate qui en résulte que l'on attribue la formation
d'une couche blanche à la surface de l'onguent, peu de temps
après sa préparation ; on l'évite en suivant exactement le procédé
que nous avons décrit. Si l'on mettait la poix noire en même
temps que les autres substances, l'emplâtre blanchirait.

L'onguent de la mère Thècle, ainsi nommé d'une religieuse de
l'Hôtel-Dieu qui l'a inventé, est employé comme suppuratif.

DES MÉDICAMENTS EXTERNES

PLUS SPÉCIALEMENT MAGISTRAUX.

SPARADRAPS.

On donne le nom de sparadraps à des tissus ou à des papiers
qui ont été enduits d'une composition emplastique.

Les caractères indispensables dans une toile médicamenteuse
bien faite sont : qu'elle soit parfaitement lisse, que la matière
emplastique y soit étendue également, de manière à avoir partout la même épaisseur, et que sa consistance soit telle que le
tissu reste maniable, sans que la couche qui le recouvre puisse
s'en détacher.

La toile médicamenteuse la plus employée se fait en étendant
de l'emplâtre diachylon gommé liquéfié sur une toile. Ordinairement on ne la recouvre que d'un côté. Le moyen le plus simple et
le plus commode pour l'étendre, consiste à étendre le sparadrap
au moyen d'un couteau à lame droite.

On prend des bandes d'une toile bien lisse, à fil plat, que l'on
repasse pour n'y laisser aucun pli. On les attache par chaque
extrémité à des espèces de peignes à dents que l'on fait tenir par

deux aides ou que l'on fixe sur deux supports portés sur une table :

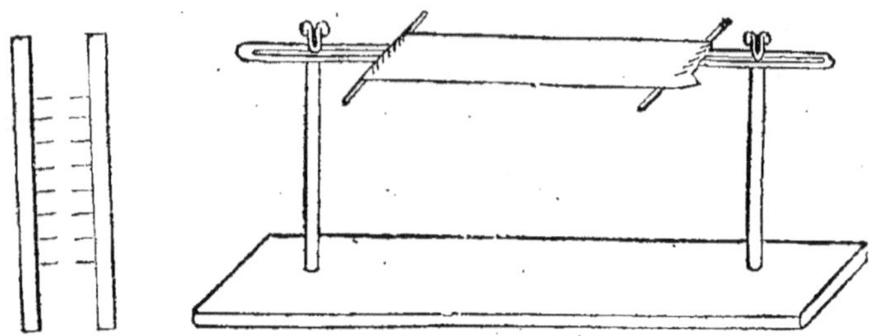

La toile étant bien tendue, on verse l'emplâtre tiède sur l'une de ses extrémités, et on l'étale sur toute la bande au moyen d'un couteau légèrement chauffé ; on repasse à plusieurs reprises jusqu'à ce que la couche d'emplâtre ait acquis le degré d'épaisseur convenable. On peut encore recouvrir la toile au moyen du sparadrapier suivant :

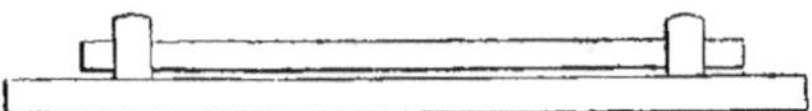

C'est une planche épaisse en chêne, portant une plaque de fonte polie ou de fer à son centre, et vers les côtés deux jambages en fer, dans lesquels entre un couteau en fer pesant, taillé en biseau sur ses bords. On fait passer un bout de la toile sous le couteau, et l'on tient celui-ci soulevé d'une quantité proportionnée à l'épaisseur que l'on veut donner au sparadrap ; ce qui est facile au moyen d'un ou plusieurs morceaux de carte posés entre la planche et le couteau. Un aide tient la toile par l'autre extrémité ; on verse l'emplâtre sur la toile et on la tire en la tenant tendue jusqu'à ce qu'elle ait passé tout entière.

Après quelques heures d'exposition à l'air, on coupe les deux extrémités et les bords de la toile, et on la roule sur elle-même sans la comprimer.

C'est ainsi que l'on prépare le sparadrap ordinaire avec l'emplâtre diachylon gommé. C'est celui que l'on emploie dans les grands hôpitaux de Paris ; en hiver, on y ajoute un peu d'huile et de térébenthine pour le rendre plus agglutinatif. Il diffère surtout du sparadrap des pharmacies en ce que la couche emplastique est plus épaisse. Il adhère plus facilement à la peau, et pour cette raison, il est préféré pour les pansements après les grandes opérations de chirurgie.

M. Sévin a donné pour le sparadrap une fort bonne formule que voici :

Pr. : Résine élémi	4
Térébentine	4
Cire blanche	1
— jaune	1
Emplâtre simple	5

C'est par la même méthode que l'on prépare les sparadraps de Nuremberg, mercuriel et de poix de Bourgogne : on peut préparer de même les taffetas vésicants et les papiers épispastiques, en remplaçant la toile par du taffetas ou du papier.

Le papier à cautères est préparé de la même manière :

PAPIER A CAUTÈRE.

Pr. : Cire blanche	10
Blanc de baleine	5
Résine élémi	5
Térébenthine	6

On fait liquéfier toutes ces matières sur un feu doux et l'on passe.

On peut étendre ce mélange au couteau sur des feuilles de papier lissé ; mais il faut plus d'habitude pour réussir dans cette opération que pour le sparadrap ordinaire ; on économise d'ailleurs du temps en se servant du sparadrapier ordinaire.

On pose sur la planche du sparadrapier un paquet de beau papier coupé en bandes et bien ébarbé, et l'on place le couteau qui pèse sur le papier par son propre poids ; on verse alors un peu de mélange près du couteau, et l'on tire rapidement et successivement chaque feuille de papier, en ayant soin de verser de temps en temps une nouvelle quantité d'emplâtre ; on coupe ensuite le papier en rectangle et on le met dans des boîtes.

C'est par le même procédé que l'on recouvre le papier de différents mélanges épispastiques.

Il est certains sparadraps que l'on enduit des deux côtés, par exemple, la toile de mai.

TOILE DE MAI.

    Pr. : Cire blanche. 8
          Huile d'olives. 4
          Térébenthine. 1

Après avoir fondu le mélange emplastique, on y plonge entièrement des bandes de toile fine ; on les saisit par les deux coins d'un même bout, tandis qu'un aide presse légèrement la toile entre deux règles de bois ; en tirant l'étoffe elle glisse entre les deux règles, et elle se débarrasse de l'excès d'emplâtre qu'elle avait entraîné.

Cette composition étendue sur des bandes de papier, donne un excellent papier à cautère ; il n'a pas l'âcreté du papier à cautère ordinaire.

Quelquefois, pour enduire l'étoffe des deux côtés avec une composition emplastique, après avoir étalé la composition sur une seule surface, on approche le sparadrap du feu ; il ramollit la matière emplastique et la fait pénétrer à travers le papier. Ce procédé est appliqué par M. Béral à la préparation des taffetas destinés aux pansements des vésicatoires.

On enduit quelquefois l'étoffe au moyen d'un pinceau. C'est ainsi que pour la préparation du taffetas d'Angleterre, on applique sur des bandes de taffetas tendues des couches successives de colle de poisson et de teinture résineuse de baume du Pérou. On se sert d'une brosse pour étaler la dissolution destinée au sparadrap de gélatine (*voyez* Colle de poisson).

DES ÉCUSSONS.

On appelle écusson ou plus ordinairement emplâtre, un médicament destiné à ête appliqué sur quelque partie du corps, et qui se compose d'une couche plus ou moins épaisse de matière médicamenteuse, appliquée sur un morceau de peau blanche, de taffetas, de toile ou de papier.

Les matières qui forment les écussons sont très variables : ce sont des compositions emplastiques, des onguents, des électuaires, des extraits, des résines, etc.

Quand leur consistance est ferme, on les malaxe dans les mains et on les étale avec le pouce. Quand, au contraire, les matières sont de consistance molle, on les étale avec une spatule ; mais comme alors il serait difficile de le faire avec régularité, on recouvre la toile d'un morceau de papier, de carton ou de fer-blanc, percé d'une ouverture ayant la grandeur que l'on veut donner à l'écusson ; on étale la matière de manière à garnir entièrement le vide laissé par le moule, et l'on enlève celui-ci.

Quelquefois on étend autour de l'écusson une bande de diachylon gommé, qui a pour effet de l'empêcher de changer de place, et qui s'oppose, si la matière est molle, à ce qu'elle puisse s'étendre au-delà de la limite qui lui a été tracée.

Les écussons sont faits souvent avec des morceaux de sparadraps que l'on taille de la grandeur et de la forme voulues.

DES BOUGIES.

On nomme bougies des médicaments destinés à être introduits dans l'urètre. Le nom de bougies leur a été donné à cause de la ressemblance de leur forme avec celle des bougies à brûler. Plus minces à un bout qu'à l'autre, leur grosseur ne dépasse guère celle d'un tuyau de plume. Elles doivent avoir de la flexibilité, être bien égales, et surtout leur surface doit être parfaitement lisse.

Tantôt elles sont faites avec une composition emplastique, par exemple, les bougies de Daran. On les prépare en trempant une mèche conique de coton, de filasse ou de toile dans un emplâtre liquéfié. On roule cette mèche en cylindre, et on la polit avec un instrument particulier.

Les bougies faites avec des mélanges emplastiques ont l'inconvénient de se briser facilement. On les a à peu près complétement abandonnées pour les bougies élastiques.

Celles-ci se font avec de l'huile de lin cuite, rendue siccative par la litharge, et à laquelle on ajoute $\frac{1}{5}$ de succin, $\frac{1}{5}$ d'essence de térébenthine et $\frac{1}{20}$ de caoutchouc. On y plonge des fils ou des bandelettes de tissu de soie, et quand la première couche est sèche, on en met une seconde, une troisième, etc., etc.

On prépare encore des bougies en caoutchouc.

DES SUPPOSITOIRES.

Les suppositoires sont des médicaments de forme conique destinés à être introduits dans l'anus. Ils ont la consistance du suif. Leur grosseur varie depuis celle d'une plume jusqu'à celle du petit doigt.

Les substances le plus communément employées à la préparation des suppositoires, sont : le beurre de cacao, le suif, le savon, le miel suffisamment rapproché. Avant de les introduire dans l'anus, on les trempe ordinairement dans un liquide approprié à la maladie.

On donne au savon la forme requise en le coupant avec un couteau.

On fait liquéfier le suif et le beurre de cacao, et on les coule dans des moules coniques en carte.

Pour faire un suppositoire avec le miel, on le fait cuire rapidement jusqu'au cassé en remuant continuellement ; c'est-à-dire jusqu'à ce qu'en le faisant tomber sur un corps froid il devienne assez dur pour se briser. On le coule alors dans des cônes de papier huilé.

DES PESSAIRES.

Ce sont des médicaments solides destinés à être introduits dans le vagin. On leur donne des formes très variées. Ils sont en toile fine ou en soie, et on les remplit de poudres ou d'autres matières. On en fait également en gomme élastique, en huile de lin épaissie, en cuir bouilli, en ivoire, en bois, etc.

DES CATAPLASMES.

Les cataplasmes sont des médicaments composés externes, d'une consistance de bouillie épaisse, destinés à être appliqués sur quelque partie du corps. Ils sont composés de pulpes, de poudres, de farines et de différents liquides : on y ajoute des poudres, des sels, des huiles, des onguents, etc.

Dans quelques cas on leur a donné des noms particuliers : on appelle *sinapismes* ceux qui sont faits avec de la moutarde ; *épicarpes*, ceux que l'on destine à être appliqués sur les poignets, et *suppédanes*, les cataplasmes pour la plante des pieds : ces deux dernières dénominations ne sont plus d'usage.

Il y a des cataplasmes crus ; il y en a de cuits. Dans le premier cas, sont ceux faits avec la farine de moutarde ; ils perdraient par la chaleur toutes leurs propriétés : tels sont encore les cataplasmes faits avec des pulpes de plantes préparées sans feu.

Tout ce que nous avons dit, en parlant des pulpes faites à froid, est applicable à la préparation des cataplasmes préparés sans coction avec des plantes fraîches, ou des parties de plantes fraîches. Les cataplasmes de moutarde portent, comme nous l'avons dit, le nom de *sinapismes*.

Les cataplasmes préparés à chaud sont plus nombreux. Quand ils sont faits avec des pulpes de plantes, ils sont plus liés, et l'eau s'en sépare plus difficilement : on se conforme, d'ailleurs, pour leur préparation, à tout ce que nous avons dit en traitant des pulpes.

Les cataplasmes faits avec des farines sont d'autant meilleurs, que celles-ci conservent plus longtemps l'eau qu'elles ont absorbée. D'après quelques expériences de M. Duportal, la farine du phalaris canariensis posséderait cette propriété à un degré plus éminent que toutes les autres; le liquide, retenu par la viscosité de la pâte, forme à la surface de la peau un bain continuel, et l'effet du remède est d'autant plus efficace, que cet état d'humidité se conserve plus longtemps, ou, en d'autres termes, que le cataplasme se dessèche moins vite.

Au reste, rien n'est plus simple que la préparation de ces sortes de médicaments : on délaie la farine dans l'eau froide de manière à former une pâte un peu claire et bien homogène, et l'on fait cuire en remuant continuellement. Par là, on facilite la combinaison de l'amidon ou du mucilage avec l'eau, en même temps que l'agitation conserve à la pâte son homogénéité, et l'empêche de brûler au fond de la chaudière.

Lorsque l'on fait un cataplasme avec des plantes odorantes, il est préférable de les employer en poudre, car toutes ces matières perdent moins par la dessiccation que par la chaleur. On donne à leur poudre la consistance requise avec un liquide approprié. Il serait avantageux de se servir d'une décoction très chargée de la plante ; on réunirait ainsi dans le cataplasme tous les principes médicamenteux qu'elle contenait. Si l'on jugeait que la chaleur fût nécessaire, on ferait digérer le véhicule et la poudre à la chaleur modérée du bain-marie.

La masse plastique, qui constitue les cataplasmes, est tantôt employée seule, et tantôt elle sert d'excipient à quelque corps plus énergique. Ainsi, on y ajoute des poudres, du camphre, des sels, des huiles, des onguents, des teintures alcooliques, du savon,

Toutes ces matières demandent, suivant leur nature particulière, à être incorporées aux cataplasmes d'une manière différente.

Les substances énergiques qui perdraient par l'action du feu une partie de leur vertu, sont incorporées au cataplasme froid. Tels sont la poudre de ciguë, le safran, le camphre, l'acétate de plomb ; tantôt on mêle ces matières à la masse ; d'autres fois, on se contente d'en recouvrir la surface. Cette dernière méthode mérite d'être préférée, en ce que la portion de matière engagée dans la substance même du cataplasme est à peu près inutile. Toute l'action est exercée par celle qui touche la partie malade.

Le savon, les extraits, doivent être dissous dans une petite quantité d'eau.

Quand on veut incorporer des onguents, on les délaie d'abord dans un peu d'huile ; le mélange s'en fait plus exactement, et ils restent unis plus intimement au cataplasme.

On applique les cataplasmes froids, plus souvent tièdes, quelquefois très chauds. Quand on les destine à ramollir une partie, il est avantageux d'y mêler un corps gras. Il enduit la superficie de la peau, et le malade se trouve moins contrarié, quand on les enlève, par les effets du refroidissement que cause l'évaporation.

DES FOMENTATIONS, LOTIONS.

On donne ce nom aux médicaments liquides destinés à fomenter, à humecter ou à laver les parties extérieures du corps, lorsqu'elles sont elles-mêmes affectées de maladies, ou qu'elles recouvrent des parties malades plus profondément situées.

Ou applique les fomentations au moyen de flanelle, de linges, de coton ou d'éponges imbibées de divers liquides ; tantôt on les applique froides, quelquefois tièdes ; d'autres fois très chaudes, suivant l'indication donnée par la maladie.

Les liqueurs que l'on emploie pour fomentations ou lotions sont des décoctés, des infusés aqueux, des liqueurs vineuses. On y ajoute des sels, des liquides alcooliques, etc.

DES COLLYRES:

Les collyres sont des médicaments destinés pour les yeux ; ils sont secs, mous, liquides, ou à l'état de vapeurs. Les collyres secs sont toujours des poudres très fines que l'on souffle dans l'œil, en les introduisant d'abord dans un tuyau de plume percé d'un petit trou à l'une de ses extrémités. C'est par cette ouverture que l'on fait sortir la poudre en soufflant par l'autre. L'alun, le sucre, le sulfate de zinc, les os de sèche, sont les collyres secs les plus usités. Toutes ces matières doivent toujours avoir été réduites, par la porphyrisation, en une poudre impalpable.

Les collyres mous sont presque toujours des onguents ; on les destine surtout aux maladies des paupières. La nature des collyres liquides est infiniment plus variée : ce sont des décoctions, des eaux distillées, souvent avivées par des matières salines ou des liqueurs alcooliques.

Les collyres en vapeurs sont des gaz ou des vapeurs, à l'action desquels on expose les yeux. Les collyres en vapeurs dont on fait le plus communément usage sont l'ammoniaque liquide et le baume de Fioraventi ; on en verse un peu sur la paume de la main ; on l'étend sur les deux mains, et on les approche des yeux, de manière à les couvrir sans les toucher.

DES GARGARISMES.

Ce sont des médicaments destinés pour la gorge. Ils sont toujours liquides et ils ont ordinairement l'eau pour excipient. On s'en lave la gorge sans les avaler. Leur composition est très variable.

On donne plus spécialement le nom de collutoires à des médicaments d'une consistance de miel, et que l'on applique avec un pinceau ou avec une éponge, pour combattre quelques affections des gencives et de la bouche.

DES INJECTIONS.

Les injections sont des sortes de lotions internes que l'on introduit avec une seringue dans diverses cavités naturelles ou maladives du corps. Elles ont presque toujours pour base un véhicule aqueux.

DES DENTIFRICES.

Les dentifrices sont des substances propres à nettoyer les dents. Ce sont presque toujours des poudres. Elles doivent avoir un grand degré de ténuité : il est surtout essentiel que les poudres végétales aient été passées à un tamis très fin, afin qu'il n'y reste pas de parties fibreuses qui entreraient dans les gencives et y produiraient une irritation ; les poudres minérales doivent être soumises à une longue porphyrisation.

DES LINIMENTS.

Ce sont des médicaments destinés à oindre la peau ; ils sont destinés à combattre une affection morbifique qui réside à la surface ou dans des parties situées au-dessous d'elle plus profondément ; car leur action s'étend par absorption à des parties très éloignées.

Le plus souvent les liniments sont composés de matières grasses. Quand on y ajoute d'autres corps, on les dissout ordinairement dans l'huile pour les rendre plus propres à l'onction ; souvent on emploie le savon comme intermède. Au reste, leur composition est si variable qu'il est impossible de les définir d'une manière exacte, et de donner des règles générales relatives à leur préparation : on doit se baser sur la nature même des corps qui entrent dans leur composition.

DES BAINS.

Ce sont des liquides dans lesquels on fait tremper plus ou moins de temps une partie du corps ou tout le corps. Leur nature est très variée. On emploie l'eau pure, des eaux minérales, des dissolutions salines, acides, sulfureuses et gélatineuses.

DES DOUCHES.

Les douches sont des liquides que l'on fait arriver d'une certaine distance sur quelques parties du corps. Tantôt le liquide est réuni en une seule colonne, et tantôt il se divise en pluie. On nomme douches descendantes celles qui tombent d'une hauteur plus ou moins grande ; douches ascendantes celles qui, partant d'un point peu élevé, s'élèvent en colonne jusqu'à la partie qui doit être soumise à leur action. Enfin, quelquefois on les promène, à l'aide de tuyaux flexibles, sur une surface étendue.

Les liquides qui servent à la préparation des douches peuvent être de natures très différentes.

DES FUMIGATIONS.

Les fumigations sont des expansions de gaz ou de vapeurs destinées à opérer un effet médicinal ; quant à leur usage, elles sont de deux sortes ; les unes sont destinées à agir sur l'air pour corriger ou masquer quelque propriété ; les autres sont destinées à produire un effet médicamenteux sur le corps ou sur quelque partie malade.

Quand les fumigations agissent sur l'air, c'est tantôt pour détruire des miasmes organiques qui lui donnent des propriétés délétères : telle est l'action des fumigations de chlore ou d'acide nitreux (*voyez* ces mots) ; tantôt elles sont employées seulement à masquer quelque mauvaise odeur. Celles que l'on emploie le plus ordinairement pour produire ce dernier effet, sont produites par la combustion du sucre, des résines, du café, du succin, des baies de genièvre, etc. Les vapeurs qui résultent de la décomposition de ces substances se répandent dans l'atmosphère, et masquent par leur odeur plus forte l'odeur plus faible qui s'y trouvait répandue. En même temps elles le chargent de nouveaux principes qui altèrent sa pureté, bien loin de le rendre plus propre à être respiré.

La nature des fumigations médicinales est variable ; elles sont constituées par des gaz ou par des vapeurs.

Les gaz sont le chlore, l'acide sulfureux, l'ammoniaque ; les vapeurs sont sèches, aqueuses, alcooliques ou éthérées.

Parmi les fumigations sèches, nous citerons celles qui résultent de la décomposition par le feu des résines, du benjoin, des baies de genièvre. On peut encore rapporter à cette classe le mélange d'acide sulfureux, de sulfure de mercure, et de mercure, que l'on obtient en exposant le cinabre à l'action décomposante d'une plaque de fer chauffée et au contact de l'air.

Les vapeurs aqueuses sont constituées par la vapeur d'eau employée seule à une température plus ou moins élevée, ou par le mélange de la vapeur d'eau avec des matières volatiles : telles sont les fumigations que fournissent les plantes aromatiques.

L'alcool seul ou chargé de parties volatiles est aussi employé en fumigations ; on fait plus rarement usage de fumigations éthérées.

Quand toute la surface du corps doit être soumise à l'effet de la fumigation, on place le malade dans une chambre où l'on fait arriver la vapeur, à moins que celle-ci ne soit dangereuse à respirer, auquel cas le malade doit être placé dans un appareil clos disposé de manière à ce que la tête reste au dehors. On sait que l'on fait des fumigations de ce genre, mais moins parfaites, en mettant dans une bassinoire les matières qui doivent produire les vapeurs et en promenant cette bassinoire dans le lit du malade.

Les fumigations partielles sont plus faciles à faire ; il suffit d'exposer la partie malade au-dessus du vase où les vapeurs se produisent.

Les fumigations destinées à l'organe pulmonaire sont d'une haute importance pour la médecine ; l'eau en est toujours la base, mais on y associe divers corps susceptibles de se vaporiser et qui se mêlent en proportion plus ou moins grande à la vapeur aqueuse. On fait des fumigations de cette sorte avec le lait, des teintures alcooliques ou éthérées, le chlore, des infusions végétales, etc.

Un appareil simple et très convenable est celui-ci : on prend un flacon à 2 tubulures ; on introduit dans l'une d'elles un tube courbé à angle droit dont la branche la plus courte est adaptée dans la tubulure du flacon au moyen d'un bouchon, et dont l'autre branche horizontale plus longue, est légèrement aplatie à son extrémité, de manière à donner au tube une forme oblongue qu'il soit plus commode de tenir pressée entre les lèvres ; la seconde tubulure du flacon porte un tube droit qui entre à frottement au moyen d'un bouchon, et qui pénètre jusque près du fond du flacon : on met dans celui-ci le liquide destiné à fournir les vapeurs ; il doit former une couche assez épaisse pour recouvrir au moins l'extrémité inférieure du tube droit ; on adapte celui-ci et l'on fait aspirer le malade par l'extrémité aplatie du tube recourbé ; l'expiration doit se faire par le nez.

Le mécanisme de ce procédé fumigatoire est très simple ; à mesure que le malade aspire, il diminue la pression intérieure ; l'air refoule alors le liquide dans le tube droit et pénètre dans l'intérieur du flacon en traversant le liquide et en se chargeant par conséquent de vapeur d'eau, mêlée à la vapeur médicamenteuse.

La température du liquide ne peut être indiquée d'une manière absolue ; elle doit être réglée suivant la susceptibilité du malade ; on commence à 30 degrés ; on élève la chaleur successivement à 50 degrés et plus ; l'air est chargé d'une proportion d'autant plus grande de vapeurs aqueuse et médicinale que la chaleur du liquide est plus forte. On entretient la température à peu près constante en tenant le flacon dans un vase plein d'eau chaude ; on peut même, au moyen d'une petite lampe, élever à volonté la chaleur pendant la fumigation même ; mais dans ce cas, l'opération doit marcher sur les indications d'un thermomètre, pour ne pas dépasser le terme convenable.

DES ESCHAROTIQUES.

On nomme escharotiques, et si leur action est plus faible, cathérétiques, des médicaments destinés à brûler la peau ou à ronger des chairs baveuses, quelquefois en formant une eschare.

Des sels, des acides, des oxides métalliques, servent comme escharotiques. Ces médicaments sont solides, mous ou liquides. On leur donne une forme qui varie suivant la manière dont on les emploie.

L'alun calciné, le nitrate de mercure, le nitrate d'argent, l'oxide rouge de mercure, le beurre d'antimoine, sont les escharotiques les plus usités.

L'alun est employé en poudre. On en saupoudre les chairs baveuses que l'on veut détruire. L'oxide rouge de mercure est aussi employé en poudre ; souvent on l'incorpore à un excipient graisseux ou onguentiforme. On forme avec le nitrate d'argent fondu de petits cylindres qui étaient connus sous le nom de pierre infernale. Le nitrate de mercure, le beurre d'antimoine, sont employés à l'état liquide ; on touche avec une plume ou un pinceau trempé dans leur solution, les parties que l'on veut détruire.

Il est quelques escharotiques plus composés dont la pratique médicale tire journellement parti. Tels sont les trochisques escharotiques avec le sublimé corrosif, la poudre arsenicale du frère Cosme, le collyre de Lanfranc, le baume vert de Metz.

DES MOXAS.

Les moxas sont formés par des matières combustibles que l'on applique sur la peau, que l'on enflamme et qu'on y laisse brûler. Toute matière susceptible de brûler est propre à servir de moxa ; car c'est la chaleur et son action, plus ou moins profonde, qui produit les effets cherchés. On s'efforce à rendre cette application graduelle ; la sensation du feu ne doit arriver que progressivement : c'est d'abord une chaleur douce qui augmente à chaque instant d'intensité, qui se change enfin en une vive douleur et qui produit une ustion plus ou moins profonde.

Ce qu'on recherche dans les matières propres à la fabrication des moxas, c'est la facilité, l'égalité et la continuité de la combustion. L'intensité de celle-ci doit varier suivant les effets que l'on veut produire.

Les moxas d'armoise ou d'absinthe sont les plus anciennement connus. On les fait avec l'espèce de bourre cotonneuse qui forme le résidu de la pulvérisation des feuilles de ces plantes; on en fait un petit trochisque en forme de cylindre ou de cône, en le serrant entre les doigts, ou bien on l'enveloppe dans un peu de papier. Ces moxas brûlent seuls une fois qu'ils ont été appliqués et allumés par le bout. On les préfère généralement quand il s'agit de produire une action superficielle.

On fait des moxas avec une bandelette de toile roulée en cône ou en cylindre; on en fait avec du lin ou du coton, enfermés dans une petite bandelette de toile ou de papier. Pour appliquer les moxas, on les tient avec des pinces, et après les avoir allumés par leur partie supérieure, on entretient la combustion en soufflant. Ce soufflage est lui-même un assez grand inconvénient : il est fatigant pour l'opérateur, et la combustion ne se fait jamais d'une manière très égale.

M. Percy a introduit l'usage des moxas nitrés, qui brûlent sans avoir besoin d'être excités et qui sont d'un emploi plus commode. M. Percy faisait digérer du lin, du chanvre, ou de préférence du coton, dans une eau contenant 2 onces de nitre par livre de duvet; il continuait la digestion jusqu'à ce que l'eau fût entièrement évaporée; il préparait de la même manière de la toile nitrée.

Le coton nitré peut être appliqué sur la peau à la manière du moxa d'armoise, si l'on veut produire une ustion peu profonde; on en forme des moxas en cylindre, si l'on veut produire plus d'effet. Enfin M. Percy, faisait construire des *poupées de feu;* à cet effet, de la toile nitrée est roulée sur un mandrin de manière à former un cône de près d'un pouce d'élévation; on enveloppe ce cône d'un peu de coton nitré et on l'entoure d'une toile dont on colle les bords pour assujettir le tout; alors on retire le mandrin qui laisse au centre de la poupée une petite cheminée qui facilite la combustion.

M. Percy a préconisé beaucoup les moxas faits avec la tige du grand soleil, qu'il appelait Moxas de velours, à cause de l'extrême égalité de leur combustion et de la transmission lente et graduée de la chaleur. On sait que les tiges de cette plante sont remplies d'une moelle spongieuse qui contient du nitre. M. Percy se contentait de faire couper les tiges arrivées à maturité par petits tronçons. L'enveloppe ligneuse extérieure donnait le moyen de les manœuvrer facilement avec les mains, sans le secours d'aucun instrument.

M. Robinet ayant remarqué que, suivant l'état de maturité auquel elles avaient été recueillies, les tiges de grand soleil ne remplissaient pas toujours également bien les indications cherchées, a modifié de la manière suivante la fabrication des moxas.

Un petit cylindre de moelle de sureau d'un demi-pouce de hauteur est placé au centre ; il brûle toujours également à cause de son petit diamètre ; il forme un mandrin sur lequel on construit un cylindre plus gros avec du coton nitré que l'on soutient au moyen d'une petite bandelette de mousseline nitrée également, et que l'on colle sur ses bords.

M. Graëfe de Berlin a conseillé de se servir comme moxas de pains à cacheter, trempés dans un mélange de 3 parties d'essence de térébenthine et de 1 partie d'éther. On les essuie et on les brûle. Il est bon d'y faire quelques trous pour rendre la combustion plus égale. Ces moxas, qui sont fort commodes, ne doivent pas cependant être propres à produire cette action graduée que l'on recherche souvent dans l'application.

LIVRE II.

DES MÉDICAMENTS FOURNIS PAR LES VÉGÉTAUX.

DES RENONCULACÉES.

Les plantes de la famille des renonculacées ont plus ou moins d'âcreté. Cette propriété est assez développée dans quelques espèces pour qu'elles deviennent des poisons violents ou qu'elles puissent produire une vésication sur la peau : aussi, dans divers pays, quelques espèces servent-elles à former des vésicatoires ; le *ranonculus acris*, en Islande ; l'*anemone sibirica et mauritiana;* l'*adonis capensis*, et dans d'autres parties de l'Afrique, l'*adonis gracilis;* l'*anemone patens* de l'Ukraine ; la *clematis vitalba,* dans nos climats ; plusieurs espèces de renoncules ont été aussi employées avec succès pour combattre des douleurs rhumatismales, par la rubéfaction qu'elles peuvent produire sur la peau. Leur action à l'intérieur est des plus puissantes et remarquable surtout dans les aconits, et surtout dans l'*aconitum ferox* de l'Hymalaya.

Il est d'autres espèces qui paraissent au contraire être peu âcres ou même inertes, comme l'hépatique H. *triloba*, le pied d'alouette, l'*actœa spicata*, etc. ; mais en général il est prudent de se méfier des plantes de cette famille : l'activité paraît y résider surtout dans les racines : celles du *caltha coduà* de l'Inde ou Cadoya sert à empoisonner les flèches. L'on pense que c'est aussi à des racines de renonculacées que les anciens Gaulois empruntaient le poison dont ils imprégnaient les leurs. Les racines des ellébores, des adonis, des thalictrum, de l'actœa spicata sont fort âcres, et l'on emploie comme drastiques celles de différents ellébores, du *thalictrum sinense* et de l'*actœa spicata*.

Le principe actif des renonculacées offre ceci de particulier, qu'il est très volatil. La coction des plantes, souvent leur dessiccation suffit pour le dissiper; aussi des espèces qui seraient dangereuses pour les bestiaux dans leur état de fraîcheur, deviennent-elles un bon fourrage étant desséchées. Les expériences les plus propres à nous éclairer sur la nature du principe actif des renonculacées sont celles de M. Braconnot. En examinant un grand nombre de ces plantes, il a vu que leurs propriétés se retrouvaient tout entières dans leur eau distillée. Celle-ci est remarquable par son âcreté et la rubéfaction légère qu'elle détermine sur la peau. Si on la laisse exposée à l'air, la matière âcre disparaît et il ne reste plus qu'une liqueur insipide. M. Braconnot s'est d'ailleurs assuré qu'en agitant cette eau distillée avec de l'huile, celle-ci se charge de tout le principe actif.

A ces observations viennent s'en rapporter d'autres fort importantes. Il y a longtemps que Boulduc s'était assuré que les racines de l'ellébore contiennent un principe volatil qu'elles perdent en grande partie par la dessiccation. Bergius, Storck ont fait des observations à peu près semblables sur l'anémone pulsatille; plus tard M. Robert, examinant l'eau distillée de la même plante, signala l'action pénétrante de ses exhalaisons sur les yeux et les fosses nasales. Il vit s'y déposer une matière grasse, solide, blanche, fusible, volatile, peu soluble dans l'eau, plus soluble dans l'alcool et l'éther. C'est la même matière que Heyer avait nommée camphre d'anémone, et qu'il a retirée indifféremment des *anemone pulsatilla ou pratensis.* Il lui reconnut de plus la propriété d'entrer facilement en fusion et de brûler avec une flamme blanche.

Depuis, M. Bosson, de Mantes, a retiré un produit analogue des fleurs des renoncules, et Swartz de l'anémone pratensis. Ce dernier observateur a reconnu que ce principe était acide, et Hofschaiger a trouvé dans la staphisaigre un acide blanc, cristallin, volatil, et dont une petite quantité suffit pour déterminer des vomissements violents. MM. Lassaigne et Feneulle ont trouvé aussi un acide volatil dans les souches de l'ellébore noir.

Est-ce là le principe âcre et volatil des renonculacées? préexiste-t-il dans les plantes, ou s'est-il quelquefois formé par l'opération elle-même? est-il toujours identique? les différences qu'il peut présenter sont-elles des modifications légères d'un même principe, ou sont-elles assez prononcées pour qu'on y distingue plusieurs espèces différentes de principes immédiats. Il est bien difficile de décider cette question sans de nouvelles expériences; cependant nous pouvons déjà observer des dissemblances assez prononcées. M. Braconnot a reconnu que l'action irritante des aconits est plus tenace que celle des autres renonculacées, en même temps que le principe qui le produit est plus fugace. Vauquelin a observé que dans l'ellébore la matière active avait peu de volatilité. Enfin les observations de M. Orfila ont fait voir que les renonculacées n'agissent pour la plupart que sympathiquement sur le système nerveux, tandis que l'ellébore et les anémones agissent directement.

Les renonculacées exercent sur toute la paroi du canal intestinal une irritation locale qui peut produire une extrême variété de symptômes, depuis une légère chaleur jusqu'aux accidents inflammatoires les plus graves; mais en même temps, on observe une action marquée sur le système nerveux.

La matière âcre et volatile que nous avons signalée n'est pas toujours la seule cause des propriétés médicales des renonculacées; M. Geiger dit avoir retiré des feuilles d'aconit un alcali organique fort efficace; déjà Pallas avait obtenu un résultat pareil de l'analyse de la racine de l'*aconitum lycoctonum*. Ces observations me paraissent mériter d'être confirmées par de nouveaux travaux.

Les fruits des renonculacées sont en général capsulaires et leur action médicale est inconnue. On sait cependant que les baies de l'*actœa spicata* sont un poison violent.

Quant aux semences, elles ont une composition toute particulière et encore mal connue. Dans la graine de staphisaigre, M. Lassaigne a trouvé un alcali fort âcre, la delphine, et Hofschaiger un acide volatil ; les semences des aquilegia ont de l'âcreté; celles des nigella servent de condiment. La graine de la *nigella arvensis* est appelée poivrette; celle de la *N. damascena* est dite aphrodisiaque; en Égypte, on emploie celle de la *N. sativa* comme condiment; dans l'Inde, on fait entrer dans le cari la semence de la *N. indica*.

Les renonculacées, malgré leur énergie médicale, sont peu employées en médecine. La racine de l'ellébore noir, l'aconit, l'anémone et la semence de staphisaigre sont les seules espèces dont on se serve actuellement. Sans doute ces plantes mériteraient que l'on y eût plus souvent recours; mais leur action médicale n'a pas encore été suffisamment étudiée, et leur administration n'a pas été faite de la manière la plus rationnelle. Il ne faut pas oublier dans leur emploi la présence de la matière âcre et volatile.

ELLÉBORE NOIR.

(Helleborus niger.)

La racine d'ellébore noir a donné à l'analyse les résultats suivants :

Huile volatile; Huile grasse; Acide volatil; Matière résineuse; Cire; Principe amer; Muqueux; Ulmine; Gallate de potasse; Gallate acide de chaux; Sel à base d'ammoniaque (Feneulle et Capron);

Huile âcre et caustique; Amidon; Substance végéto-animale; Sucre (des atomes); matière extractive (Vauquelin).

Suivant les auteurs de la première analyse, la matière active de l'ellébore consisterait dans le mélange de l'acide volatil et de la matière grasse, celle-ci étant unie à l'acide par une sorte d'affinité chimique qui rendrait sa dissipation beaucoup plus difficile.

M. Vauquelin attribue au contraire l'action de la racine d'ellébore à l'huile âcre qu'il y a signalée et qui paraît être la même chose que le mélange de corps gras et d'acide volatil de MM. Feneulle et Capron. M. Vauquelin a vu se séparer de cette huile une matière blanche cristalline, mais qu'il n'a pas étudiée.

Ces analyses laissent beaucoup à désirer ; cependant elles paraissent rapprocher la composition de l'ellébore de celle des autres renonculacées.

L'ellébore est employé comme drastique, il paraît avoir une action spéciale sur le cerveau. C'est un médicament qu'il faut manier avec précaution.

CONSERVATION.

La racine d'ellébore noir doit être renouvelée souvent. M. Orfila s'est assuré quelle perd une partie de ses propriétés par la dessiccation, et son efficacité médicale diminue encore à mesure qu'elle vieillit. Cette prompte altération se conçoit aisément, si son action est réellement due à un principe volatil. Du reste, la conservation d'une partie de ce principe fugace dans la racine desséchée, s'expliquerait aussi par l'obstacle que la matière grasse oppose sans cesse à sa dissipation.

POUDRE.

La poudre de la racine d'ellébore doit être faite en petite quantité à la fois et doit être renfermée dans des vases bien bouchés ; car cette racine s'altère sous cette forme plus facilement encore que lorsqu'elle est entière.

Le Codex fait pulvériser la racine sans laisser de résidu. En arrêtant la pulvérisation aux trois quarts, j'ai trouvé qu'à poids égal, le résidu fournissait autant d'extrait sec que la poudre, si on les épuisait l'un et l'autre par l'alcool à 56°.

POMMADE D'ELLÉBORE.

Pr. : Racines d'ellébore pulvérisées............ 1 à 2
      Axonge de porc...................... 8

Mêlez.

Employée contre quelques cas de dartres invétérées.

SOLUTION AQUEUSE.

Ce genre de médicament est presque entièrement inusité : on s'en est servi comme purgatif.

La décoction a été employée contre la teigne et la gale avec succès. Cullen donne la formule suivante, dans laquelle l'action peut, avec autant de raison, être rapportée au sulfure alcalin qu'à l'ellébore.

Pr. : Décoction d'ellébore, une livre........... 500 grammes.
      Sulfure de potasse, un demi-gros......... 2

Mêlez.

TEINTURE D'ELLÉBORE.

Pr. : Ellébore noir........................... 1
      Alcool à 80° (31° Cart.)................. 4

Faites macérer pendant 8 jours; passez avec expression et filtrez.

La teinture de Wendt contre la manie est faite avec la racine d'ellébore vert et 8 parties d'alcool à 88°.

VIN D'ELLÉBORE.

Pr. : Racines d'ellébore sèches................ 1
      Vin d'Espagne......................... 8

Divisez la racine, faites macérer pendant 8 jours dans le vin ; passez avec expression et filtrez.

VINAIGRE D'ELLÉBORE.

Pr. : Racines sèches d'ellébore noir............ 1
     Vinaigre............................ 12

Faites macérer pendant 8 jours ; passez avec expression et filtrez.

EXTRAIT D'ELLÉBORE.

On employait autrefois un extrait d'ellébore aqueux et un extrait alcoolique (alcool à 56°); Boulduc a fait remarquer, il y a longtemps, que ce dernier est plus efficace : c'est celui qui a été conservé par le Codex. Ce résultat peut provenir de plusieurs causes : de ce que l'alcool épuise mieux la racine de son principe actif, de ce qu'il ne dissout pas les parties gommeuses de la racine, de ce que les liqueurs restent moins longtemps exposées à l'air et sont moins sujettes à s'altérer, et peut-être aussi de ce que, l'évaporation étant plus prompte, une moindre proportion de la matière volatile est dissipée.

PILULES TONIQUES DE BACHER.

Pr. : Racines d'ellébore noir.................. 4
     Carbonate de potasse................... 1
     Alcool à 56° (21° Cart.)................ 16
     Vin blanc............................ 16

On met dans un matras la racine d'ellébore concassée avec le carbonate de potasse et l'alcool ; on fait digérer à une douce chaleur pendant 12 heures ; on passe avec expression.

On ajoute le vin blanc sur le marc ; après 24 heures de macération, on fait bouillir et l'on passe avec expression.

On clarifie les deux liqueurs alcoolique et vineuse par le repos ou la filtration ; on les mélange et l'on évapore en consistance d'extrait.

Pr. : Extrait ci-dessus....................... 2
    —— de myrrhe...................... 2
    Poudre de chardon bénit................ 1

On fait une masse pilulaire que l'on divise en pilules d'un

grain ; on les argente et on les tient enfermées dans un bocal bien bouché.

Cette formule, donnée par le Codex, diffère peu de celle de Bacher. La différence réside réellement dans la proportion du véhicule. La formule de Bacher prescrit 6 parties de vin au lieu de 4 parties, ce qui apporte une différence assez notable dans la nature du produit. Les parties fixes du vin s'ajoutent en plus grande quantité à l'extrait d'ellébore, en augmentent le poids et diminuent d'une quantité correspondante les proportions relatives des principes actifs fournis par l'ellébore.

J'ai trouvé dans une expérience que 1 partie d'extrait du Codex représente 1,89 de racine, tandis que dans la formule de Bacher, régularisée par MM. Henry et Guibourt, la même quantité d'extrait ne représente que 1,44 de racine. Le praticien qui prescrit un grain de l'extrait du Codex, donne sensiblement la matière de 2 grains de racine, tandis qu'il n'en donne que les $^3/_4$ si l'on a suivi la formule de MM. Henry et Guibourt.

Voyez, pour plus de détails, *Journal de Pharmacie*, t. XII, p. 52, et t. XX, p. 310.

Pendant la réaction du carbonate de potasse sur la racine d'ellébore, il se manifeste une odeur ammoniacale qui provient de la décomposition mutuelle du sel alcalin et du sel à base d'ammoniaque que contient la racine.

Lors du mélange de la liqueur vineuse avec la teinture alcoolique, il se produit une effervescence qui est due à la décomposition du carbonate de potasse par les acides du vin ; mais ceux-ci sont loin de suffire à la saturation ; aussi, tandis qu'une partie d'acide carbonique se dégage, une autre partie forme du sesquicarbonate alcalin. Les pilules contiennent du carbonate et du sesquicarbonate de potasse, du tartrate et de l'acétate de la même base. Elles sont rendues déliquescentes par l'acétate qu'a formé l'acide acétique du vin, et par l'excès de carbonate alcalin qui n'a pas été saturé. Les pilules toniques de Bacher sont à peu près la seule préparation d'ellébore noir encore usitée aujourd'hui. On les emploie comme purgatives dans l'hydropisie, la manie et la mélancolie, à la dose de 2 à 12 grains.

OXIMEL D'ELLÉBORE.

Pr. : Vinaigre d'ellébore noir. 1
   Miel blanc. 1

Faites cuire en consistance de sirop et passez (Ph. de Wursbourg).

ANÉMONE.

(Anemone pulsatilla.)

Toutes les anémones sont des plantes très âcres. Storck se servait de l'anemone pratensis, qui diffère fort peu de l'anemone pulsatilla.

La matière active des anémones est volatile.

Heyer a reconnu le premier que l'eau distillée d'anémone est chargée de l'âcreté de la plante et qu'elle laisse déposer après quelques semaines une matière blanche, cristalline, presque insipide et inodore, mais qui fond au feu, y acquiert une saveur caustique, et répand une vapeur excessivement âcre. Cette matière est peu soluble dans l'eau froide, plus soluble dans l'eau bouillante, et plus soluble encore dans l'alcool. Heyer a comparé cette matière au camphre. Ses observations ont été confirmées par Stork, puis par Vauquelin, qui considéra la substance obtenue comme une matière grasse; M. Robert, de Rouen, et M. Braconnot ont obtenu des résultats analogues. On a donné à cette matière âcre de l'anémone le nom d'anémonine; Swartz a décrit, sous le nom d'acide anémonique, un produit qui paraît être la même substance que la précédente.

Comme l'anémonine ne se dépose que dans l'eau distillée d'anémone, MM. Blanchet et Sell ont pensé qu'elle pourrait être un produit d'altération du principe âcre volatil lui-même. Celui-ci existerait en dissolution dans l'eau, et peu à peu se combinerait avec une partie de celle-ci pour former un hydrate cristallisé qui serait l'anémonine de Heyer.

On voit que la matière âcre de la pulsatille appelle de nouvelles expériences; mais des observations nombreuses, et en particulier celle de M. Orfila, montrent qu'elle est volatile, même fugace, et qu'elle se dissipe totalement par la seule dessiccation du végétal.

Les préparations d'anémone ont été vantées contre la goutte sereine, les dartres; il ne faut en user qu'avec beaucoup de prudence.

EAU DISTILLÉE D'ANÉMONE.

Pr. : Anémone pulsatille fraîche. 1
Eau. . . . . S. Q.

Retirez quatre parties d'eau distillée.

EXTRAIT D'ANÉMONE.

On extrait le suc de la plante, on le passe à travers une toile, et on l'évapore en couches minces sur des assiettes à l'étuve. Une partie du principe âcre de l'anémone se perd évidemment pendant cette préparation, l'extrait en conserve d'autant plus qu'il a été évaporé à une température plus basse. Stork, qui l'a employé le premier, le préparait suivant sa méthode générale, qui diffère peu de la précédente (*Voyez* p. 221).

On prépare un autre extrait d'anémone, en traitant la plante par l'eau froide ; puis un autre encore en se servant d'alcool à 56°. Ces extraits sont certainement différents de celui que l'on obtient avec le suc, et ne doivent lui être substitués que sur une prescription spéciale.

ACONIT.

(Aconitum napellus.)

Nous connaissons mal encore la composition chimique de l'aconit. Dès 1808, Steinacher attribua les propriétés énergiques de l'aconit à un principe volatil. M. Braconnot, dans son travail général sur les renonculacées, reconnut dans cette plante une matière âcre analogue à celle des autres renonculacées. M. Vauquelin obtint les mêmes résultats, et Bucholz, dans le cours de son travail sur la même plante, fut, à plusieurs reprises, vivement incommodé par les émanations de cette matière. La présence d'un principe âcre volatil dans l'aconit est donc bien constatée, bien que les propriétés de ce principe nous soient encore à peine connues.

Brandes a annoncé dans l'aconit la présence d'un alcali végétal et non volatilisable, et depuis, MM. Geiger et Hesse sont arrivés au même résultat. L'aconitine est suivant eux une base alcaline végétale très vénéneuse. Elle ne cristallise pas, mais elle se présente sous la forme d'une masse incolore et transparente ; elle n'a pas d'odeur ; sa saveur est amère sans âcreté ; elle n'est pas volatile ; elle a peu de solubilité dans l'eau, mais elle se dissout bien dans l'éther et surtout dans l'alcool ; elle forme des sels incristallisables.

Suivant M. Berthemot, on obtient l'aconitine des feuilles sèches d'aconit en faisant un extrait alcoolique, redissolvant cet extrait dans l'eau, filtrant, faisant évaporer les liqueurs en consistance sirupeuse, dissolvant de nouveau cet extrait de consistance sirupeuse dans de l'alcool à 40°, puis distillant cet alcool après l'avoir filtré au charbon. L'extrait alcoolique étant repris par l'eau, on filtre la liqueur, qu'on acidule légèrement par l'acide sulfurique, et que l'on passe au noir, puis on concentre en sirop, et on ajoute du lait de chaux. Il se fait un précipité jaune qui contient l'aconitine ; on sépare la liqueur surnageante. On dessèche le précipité ; on le traite par l'alcool bouillant ; on filtre, on distille, et on obtient au fond du bain-marie un résidu résineux qui, dissous dans l'acide sulfurique étendu, puis filtré sur du charbon animal donne une liqueur jaunâtre d'où l'ammoniaque précipite l'aconitine, qui s'hydrate immédiatement et est de couleur blanche. Mais bientôt après, lorsqu'on veut la recueillir pour la dessécher, elle se dèshydrate et devient brunâtre, cassante, et se réduit facilement en une poudre, qui est d'un blanc légèrement jaunâtre.

De nouvelles recherches sur ce sujet sont nécessaires ; en effet, l'aconitine de Berthemot est différente de celle de Geiger ; cette dernière dilate la pupille, tandis que l'aconitine de Berthemot, comme les préparations d'aconit, la contracte au contraire fortement. L'aconitine de Geiger n'a pas non plus l'âcreté forte et permanente des aconits.

En outre de l'aconitine, l'aconit contient un principe âcre volatil, une matière extractive, de l'albumine, de la cire verte, de la gomme, des acides acétique et malique, quelques sels. Parmi ces derniers figure l'aconitate de chaux, sel fort peu soluble et qui se trouve en telle abondance dans quelques aconits, que la plante peut en fournir plus que d'extrait.

L'aconit est une plante dangereuse dont on ne doit faire usage qu'avec circonspection ; elle est surtout employée contre les affections nerveuses et rhumatismales.

§ I. ACONITINE.

Le docteur Turnbull a employé l'aconitine de Berthemot contre les maladies nerveuses, le tic douloureux, les maladies des yeux et des oreilles, les maux de dents, et presque toujours alternativement avec la vératrine et la delphine. Elle produit sur la peau de la chaleur et un sentiment de frémissement.

LINIMENT D'ACONITINE.

Pr. : Aconitine, dix-huit grains..............   1 gramme.
 Huile d'olives, trente-six grains..........   2
 Axonge, une once.....................   32

En frictions deux ou trois fois par jour contre les maladies nerveuses, la cataracte récente, certaines maladies de l'oreille (D. Turnbull).

EMBROCATION D'ACONITINE.

Pr. : Aconitine, dix-huit grains..............   1 gramme.
 Alcool rectifié , quatre onces. 125

Faites dissoudre et employez en friction. Les gouttes d'aconitine du docteur Turnbull, qu'il introduit dans la cavité de l'oreille, se composent de 5 grains d'aconitine (25 centigr.) et 8 gros (32 grammes) d'alcool.

PILULES D'ACONITINE.

Pr. : Aconitine, un grain..................   0,05 grammes.
 Poudre de réglisse, dix-huit grains. 1,00
 Sirop............................ S. Q.

Faites 14 pilules dont vous donnerez une toutes les trois heures (D. Turnbull).

§ II. PRÉPARATIONS QUI CONTIENNENT TOUTE LA SUBSTANCE DE L'ACONIT.

RÉCOLTE ET DESSICCATION.

On assure que l'aconit des montagnes est plus actif que celui de nos jardins.

Les feuilles d'aconit mondées perdent les $^8/_6$ de leur poids par la dessiccation. La plante sèche est privée du principe volatil âcre commun aux renonculacées ; les expériences manquent pour constater quel changement cette déperdition peut entraîner dans ses propriétés.

POUDRE D'ACONIT.

Le Codex prescrit de pulvériser l'aconit en laissant $^1/_4$ de résidu. J'ai trouvé que si les feuilles d'aconit mondées avec soin sont pulvérisées ainsi, il y a peu de différence entre le résidu et la première poudre. En représentant par 100 l'extrait alcoolique sec fourni par la première poudre, l'extrait fourni par une même quantité de poudre préparée sans résidu est de 97 ; on n'arrive pas à un meilleur résultat par le procédé du Codex, et l'on peut regarder la poudre d'aconit comme représentant, avec une suffisante exactitude, les feuilles d'aconit mondées et séchées.

§ III. PRODUITS PAR L'EAU.

L'eau dissout avec facilité les principes médicamenteux de l'aconit. Le suc clarifié de la plante paraît ressembler beaucoup à la liqueur obtenue par l'action de l'eau sur la plante sèche, sauf, dans cette dernière liqueur, l'absence presque complète de la matière volatile.

EXTRAIT D'ACONIT.

L'extrait du Codex est préparé avec le suc trouble d'aconit que l'on évapore sur des assiettes à l'étuve. Cet extrait conserve une partie du principe âcre et volatil de la plante, mais en des proportions variables que l'on ne peut apprécier avec exactitude.

Si l'on clarifie le suc par la chaleur, alors les propriétés de l'extrait sont dissipées sans que l'on sache par quelle sorte d'altération ou de combinaison nouvelle la matière fixe a pu se trouver annulée dans ses effets.

On prépare encore un extrait d'aconit en humectant la poudre de cette plante avec la moitié de son poids d'eau, la tassant modérément et la lessivant avec de l'eau à 20°.

Les extraits d'aconit préparés par les procédés ci-dessus, ne sont pas identiques, et ne peuvent être donnés indifféremment les uns pour les autres.

L'extrait d'aconit avec le suc non dépuré, est celui qui doit être donné quand le médecin prescrit l'extrait d'aconit sans désignation spéciale.

100 parties de feuilles sèches et mondées d'aconit m'ont fourni, étant épuisées par l'eau distillée, 44 grammes d'extrait d'une consistance ferme ; d'autre part 100 parties d'extrait de suc non dépuré, repris par l'eau, ont donné 69,6 d'extrait ; de sorte que, sauf les différences que ces extraits peuvent présenter dans leur composition, on peut admettre que

1 partie extrait de suc non dépuré représente :	1,58 plante sèche.
	0,7 extrait par l'eau.
1 partie extrait par l'eau représente :	2,27 plante sèche.
	1,42 extrait de suc non dépuré.

L'extrait d'aconit est prescrit surtout contre les affections rhumatismales et nerveuses. On commence par $1/2$ grain à 1 grain, mais on peut bientôt en élever la dose beaucoup plus haut.

SIROP D'ACONIT.

Pr. : Extrait d'aconit (suc non dépuré), deux grains. 0,1 gramme.
Alcool à 56ᶜ (21° Cart.), cinq grains........ 0,25
Sirop simple, une once................... 32

Faites dissoudre l'extrait dans l'alcool, et mélangez la dissolution au sirop.

Cette formule est de M. Mouchon. M. Béral fait mélanger au sirop l'alcoolature d'aconit; j'ai préféré l'extrait, parce que ses propriétés sont mieux connues.

§ IV. PRODUITS PAR L'ALCOOL.

L'alcool est employé avec avantage pour dissoudre les parties actives de l'aconit; si la plante a été employée à l'état de fraîcheur, on trouve dans la dissolution tout le principe âcre volatil.

EXTRAIT ALCOOLIQUE D'ACONIT.

On prépare cet extrait avec les feuilles sèches d'aconit et l'alcool à 56ᶜ (21° Cartier.) On opère par lixiviation à la manière ordinaire.

100 parties de feuilles mondées et séchées d'aconit, m'ont donnée 35 parties d'extrait de consistance ferme. En négligeant les différences de composition que cet extrait peut présenter, il faut admettre que :

1 partie extrait alcoolique représente : 2,85 parties d'aconit sec.
2,85 de poudre.
1,25 extrait par l'eau.
1,75 — avec suc non dépuré.

M. Lombard a donné pour la préparation de l'extrait d'aconit le procédé suivant qui fournit, suivant lui, un médicament très actif. On coagule le suc d'aconit par une légère ébullition, on le passe et on l'évapore au bain-marie jusqu'en consistance d'extrait; on reprend celui-ci par l'alcool et on évapore de nouveau à une basse température.

TEINTURE ALCOOLIQUE D'ACONIT.

Pr. : Feuilles sèches d'aconit...................... 1
Alcool à 56ᶜ (21° Cart.).................... 4

Faites macérer pendant 15 jours, passez avec expression, et filtrez :

1 partie de teinture représente : 0,22 de plante sèche ou de poudre,
0,08 d'extrait alcoolique.

1 gros de teinture représente : 17 grains de plante sèche,
5 grains et demi d'extrait alcoolique.

Le docteur Turnbull fait préparer une teinture avec 1 partie de racines sèches d'aconit, et 2 parties d'alcool rectifié. Il la prescrit en friction dans les mêmes cas que l'aconitine. Il emploie également à l'intérieur, pour remplacer l'aconitine, l'extrait qui résulte de l'évaporation de cette teinture.

ALCOOLATURE D'ACONIT.

Pr. : Feuilles récentes d'aconit................ 1
Alcool à 88ᶜ (34° Cart.)................. 1

Écrasez les feuilles d'aconit, ajoutez l'alcool. Après 8 à 10 jours de macération, passez et filtrez.

L'alcoolature contient, outre les principes fixes de l'aconit, la totalité de la matière âcre volatile. Il est bon de remarquer que ce médicament est tout différent du précédent, et qu'il ne doit être administré que sur l'indication du médecin.

1 gros d'alcoolature représente : 3,8 grains de plante fraîche
6,3 — — sèche.
2,20 — d'extrait alcoolique.

§ V. PRODUITS PAR L'ÉTHER.

TEINTURE ÉTHÉRÉE D'ACONIT.

Pr. : Poudre de feuilles d'aconit................ 1
Éther sulfurique....................... 4

Préparez par la méthode de déplacement.

On n'a fait aucune expérience pour apprécier la composition de la teinture éthérée d'aconit. L'aconitine est-elle en dissolution dans la teinture ?

1 gros de teinture éthérée représente : 16 grains de plante sèche.

STAPHISAIGRE.

(Delphinium staphisagria).

Les semences de staphisaigre ont donné à l'analyse :

Stéarine ; huile grasse , peu soluble dans l'alcool ; huile grasse , très soluble dans l'alcool ; gomme ; amidon ; matière azotée ; albumine végétale soluble ; albumine végétale coagulée; delphine ; acide volatil ; sulfates et phosphates de potasse, chaux et magnésie.

Les propriétés de la semence de staphisaigre paraissent devoir être rapportées tout entières à la delphine et à l'acide volatil. Celui-ci a été aperçu par Hofschaiger. Il est blanc, cristallisé , volatil et irritant. Sans doute il est analogue à la matière âcre commune aux renonculacées. La delphine est une base alcaline végétale qui a été découverte par MM. Lassaigne et Feneulle. Elle existe dans le staphisaigre sous la forme d'une combinaison soluble avec une matière acide encore inexaminée.

DELPHINE.

La delphine , suivant l'analyse de M. Couerbe , est composée de carbone 27 proportions (77,03); azote, 1 pp. (6,61) ; hydrogène, 19 pp. (8,86) ; oxigène 2 pp. (7,50).

La delphine est une poudre blanche dont la texture paraît cristalline tant qu'elle est humide. Elle n'a pas d'odeur, sa saveur est extrêmement âcre et très amère. Elle irrite fortement les membranes nasales , mais sans provoquer d'éternuement.

La delphine entre en fusion à 120°.

L'eau n'en dissout que peu ; l'éther et l'alcool la dissolvent avec facilité.

La dissolution alcoolique verdit le sirop de violettes.

Elle sature les acides ; ses sels sont âcres et amers. Ils cristallisent difficilement, et la delphine en est séparée par les alcalis sous forme d'une gelée blanche.

On obtient la delphine par le procédé suivant, qui est dû à M. Couerbe.

On prend de préférence le staphisaigre d'Allemagne, qui est plus riche en delphine , on l'épuise par l'alcool à 88ᶜ bouillant , et l'on fait un extrait avec les liqueurs alcooliques. On fait bouillir cet extrait avec de l'eau acidulée par l'acide sulfurique à plusieurs reprises, jusqu'à ce qu'elle ne se colore plus sensiblement, ou qu'un alcali minéral n'y fasse plus de précipité ; on précipite la delphine de ces liqueurs par la potasse ou par l'ammoniaque ; on reprend le précipité par l'alcool bouillant ; on passe la liqueur au charbon et on l'évapore. La delphine que l'on obtient est assez pure pour le commerce ; il est bon cependant de la sulfatiser de nouveau et de la précipiter par un alcali ; on l'a en poudre plus blanche et plus légère.

La delphine en cet état est assez pure pour l'usage médical ; mais ce n'est pas encore la delphine pure ; elle contient, suivant les observations de M. Couerbe : 1° une matière résineuse que l'on peut en séparer en précipitant la solution de delphine dans l'acide sulfurique par de l'acide nitrique ; 2° de la delphine pure ; 3° du staphisain. Ce dernier corps est une sorte de matière résineuse âcre, qui n'est pas soluble dans l'éther ; ce qui donne le moyen d'en débarrasser la delphine.

On considère la delphine comme un excitant du système nerveux. On l'a conseillée contre les tumeurs glanduleuses chroniques. Elle est à peine employée. C'est un médicament dangereux qui doit être manié avec précaution. Le docteur Turnbull l'a employée comme la vératrine, pour combattre les affections nerveuses, soit à l'intérieur, soit à l'extérieur. En friction, elle produit sur la peau des picotements et une sensation de frémissement. A l'intérieur, elle ne produit pas de nausées comme la vératrine, ce qui la fait préférer dans les névralgies de la bouche, le mal de dents. Les formules sont tout à fait correspondantes, et pour les doses et pour l'emploi, à celles de la vératrine (*Voyez* vératrine).

POUDRE DE STAPHISAIGRE.

La semence de staphisaigre doit être pulvérisée sans résidu.

LOTION DE STAPHISAIGRE.

Pr. : Poudre de staphisaigre, une demi-once à une once. 16 à 32 gramm.
Eau, deux livres............................. 1000

Faites bouillir et passez.

Cette liqueur a été employée avec succès contre la gale et quelques affections de la peau.

TEINTURE DE STAPHISAIGRE.

> Pr. : Staphysaigre. 1
> Alcool à 80ᶜ (31° Cart.). 2

Employée en frictions par le docteur Turnbull, aux mêmes usages que les préparations de delphine.

POMMADE DE STAPHISAIGRE.

> Pr. : Poudre de staphysaigre. 1
> Axonge.............................. 3

Faites digérer au bain-marie, passez avec expression ; séparez les fèces après le refroidissement de la pommade.

> Pr. : Poudre de staphisaigre................. 1
> Cérat simple ou axonge. 3

Mêlez.

Ces deux formules sont de Swédiaur. On emploie ces pommades pour faire périr les poux.

DES MAGNOLIACÉES.

L'écorce de toutes les magnoliacées a une saveur amère et aromatique. Deux principes différents concourent à lui donner ce caractère : l'un est une substance mal définie sous les noms de matière extractive ou de tannin, dans lequel réside l'amertume ; l'autre est une huile essentielle qui est la cause de l'odeur et de la saveur aromatique. Les propriétés médicales des écorces se modifient avec la proportion de chacun des principes précédents. Les drymis, dans lesquels l'huile essentielle abonde, sont employés comme aromatiques ; tels sont en particulier l'écorce de Winter (*drymis Forsteri, winterana aromatica*), le canelo des Espagnols (*D. magnifolia*) et l'écorce de malambo, attribuée aussi à un Drymis. Dans le tulipier (*liriodendrum tulipifera*), et surtout dans les magnolia, le principe amer domine sur la partie aromatique, et les écorces sont utilisées comme fébrifuges ; le *magnolia glauca* a reçu de cet emploi le nom de quinquina de Virginie.

Ce que nous disons des écorces des magnoliacées peut se dire également de leurs fruits ; celui des illicium est très aromatique, tout en conservant une certaine amertume. Dans les cônes des magnolia, l'amertume seule se retrouve. Aux États-Unis, on emploie comme amer et fébrifuge la teinture alcoolique des fruits du *magnolia acuminata*.

Les semences des magnolia sont amères. On emploie à la Chine, sous le nom de tsin-y, celle du *magnolia precia*.

On ne se sert dans la médecine européenne que de l'écorce de Winter et de l'anis étoilé ou badiane. M. Henry a trouvé dans la première de l'huile volatile, de la résine, un peu de matière extractive, du tannin et quelques sels. C'est un puissant excitant que l'on administre en poudre ou en infusion. On en fait peu d'usage, parce que les médicaments de ce genre abondent dans la matière médicale.

La badiane ou anis étoilé (*illicium anisatum*) a été analysée par Meisner. Il a trouvé dans la capsule de l'huile volatile, une huile grasse verte, de saveur âcre et brûlante, une résine insipide, du tannin, de la matière extractive, de la gomme, de l'acide benzoïque et quelques sels.

C'est à l'huile essentielle et à l'huile âcre que la badiane doit ses propriétés médicales. Son odeur agréable lui mériterait d'être employée davantage. On en fait des liqueurs de table dont on use comme moyen hygiénique dans les lieux bas et humides.

DES MÉNISPERMÉES.

Sous le nom de Pareira brava on emploie la racine et quelquefois la tige de plusieurs espèces appartenant au genre Cissampelos; on cite de préférence les *cissampelos pareira, guyaquilensis, caapeba, mauritiana, microcarpa*. L'*abuta rufescens* de la Guyane, le bois et la racine d'un grand nombre de cocculus et de ménispermum sont usitées, en Amérique et dans l'Inde, comme ayant des propriétés analogues.

Le Pareira brava vanté contre les maladies du foie et comme fébrifuge, a surtout été célèbre comme lithontriptique et employé dans les maladies des voies urinaires ; mais il est presque totalement abandonné. M. Feneulle, qui l'a analysé en 1821, en a retiré un principe amer qui a été mal caractérisé.

La racine de colombo qui est fournie par le *menispermum pal-*

matum ou *cocculus palmatus*, est bien plus amère que le pareira, et son histoire chimique est plus avancée. Wittstock en a retiré la matière amère sous forme cristalline. Nous ignorons quel rapport elle peut avoir avec le principe amer des Cissampelos. La racine du *cocculus peltatus* est analogue à notre Colombo et porte le nom de Colombo du Malabar.

Les fruits des ménispermées sont inusités ; cependant on mange dans l'Inde la pulpe de ceux du *cocculus cebatha*, D. C., qui ont cependant un peu d'âcreté. Au Chili, on mange celle du *Lardizabala biternata*.

On ne connaît, parmi les semences des ménispermées, que la coque du Levant. On croit qu'elle provient de plusieurs espèces du genre cocculus. Cependant Wight a décrit sous le nom d'*anamirta cocculus* l'espèce qui la produit dans l'Inde, dont, suivant lui, le *cocculus suberosus*, auquel on rapporte la coque du Levant, serait l'individu femelle. On ignore si toutes les semences des ménispermées ou même des cocculus ont des propriétés semblables.

La coque du Levant est un poison violent, qui sert dans l'Inde à enivrer les poissons, les oiseaux et les chèvres sauvages. M. Boullay y a découvert une matière fort active qu'il a désignée sous le nom de picrotoxine, et à laquelle il faut rapporter les propriétés vénéneuses de cette semence.

PAREIRA BRAVA.

(Cissampelos pareira.)

M. Feneulle a trouvé dans le pareira brava :

Une résine molle ; un principe jaune amer ; un principe brun ; de la fécule ; une matière animalisée ; quelques sels.

La matière jaune amère paraît être la matière active du pareira. Probablement, c'est un mélange de principes divers.

Wiggers a annoncé qu'il avait obtenu une base alcaline végétale particulière, la cissampeline.

TISANE DE PAREIRA.

Pr. : Racines de pareira, une once. . . . .   32 grammes.
Eau, deux livres.   1000

L'infusion est préférable à la décoction dans le traitement du pareira. Le produit de la première de ces opérations est limpide et d'une saveur amère ; la décoction donne une liqueur trouble dont la saveur est moins prononcée.

Cette infusion a la réputation d'un excellent lithontriptique. C'est un diurétique faible et maintenant peu employé dans la médecine européenne.

EXTRAIT DE PAREIRA.

On prépare un extrait par l'eau ou par l'alcool; avec l'un et l'autre véhicule, le pareira donne le huitième de son poids d'extrait.

TEINTURE ALCOOLIQUE DE PAREIRA.

Pr. : Pareira brava........................... 1
Alcool à 80° (31° Cart.).................. 2

Faites macérer pendant 15 jours ; passez au filtre.
Cette teinture porte le nom d'essence de pareira brava.

RACINE DE COLOMBO.

(Cocculus palmatus.)

M. Planche a trouvé la racine de colombo composée de :

Amidon, ¹/₃ de son poids ; matière animalisée ; matière jaune amère ; un peu d'huile volatile ; quelques sels.

La matière jaune amère de M. Planche est soluble dans l'eau et l'alcool. Wittstock en a retiré une matière colorante et une substance cristalline qu'il a nommée Colombine. Les principaux caractères de la Colombine sont les suivants : Elle est incolore et inodore ; elle cristallise en prismes rhomboïdaux ; sa saveur est très amère ; elle entre en fusion comme la cire ; elle ne contient pas d'azote et appartient à la classe des substances neutres ; à la température ordinaire, elle est peu soluble dans l'eau, l'alcool et l'éther ; l'alcool bouillant de 0,835 D en dissout $\frac{1}{80}$ à $\frac{1}{40}$. L'acide acétique de 1,04 D, est son meilleur dissolvant. Elle est soluble aussi dans les liqueurs alcalines.

POUDRE DE RACINE DE COLOMBO.

Cette racine est friable et doit être pulvérisée sans résidu. La poudre de colombo est employée comme tonique à la dose de quelques grains.

HYDROLÉ DE COLOMBO.

L'eau, en agissant sur la racine de colombo, donne un produit différent, suivant la température à laquelle on opère.

Par la macération, elle extrait le principe odorant, la matière animale et la matière jaune amère. Par l'infusion il se dissout en outre un peu d'amidon ; mais si la racine est soumise à la décoction, l'amidon tout entier se dissout et vient faire partie de la liqueur. Le médecin préférera comme tonique les premières liqueurs qui sont aussi efficaces et moins désagréables pour le malade ; mais dans le cas de dyssenterie, il donnera la préférence à la décoction, dont la partie mucilagineuse enveloppe la matière amère, et rend son impression plus supportable par la membrane des intestins.

Quoique la colombine soit très peu soluble dans l'eau, ce véhicule est cependant très propre à se charger de la matière amère de la racine. C'est que sa dissolution est facilitée par la présence de la matière colorante, et peut-être par la combinaison de celle-ci avec la colombine.

TEINTURE ALCOOLIQUE DE COLOMBO.

Pr. : Racine de colombo...................... 1
Alcool à 56° (21° Cart.)................. 4

Faites macérer pendant 15 jours ; passez avec expression et filtrez.

L'alcool à 56° dissout très bien la partie amère du colombo. Une partie de la matière animalisée se dissout même à la faveur de la matière colorante. 1 partie de teinture représente un peu moins du quart de son poids de racine de colombo.

EXTRAIT DE COLOMBO.

Pr. : Racine de colombo.................. Q. V.
Alcool à 56° (21° Cart.). .... S. Q.

Traitez la racine de colombo pulvérisée par déplacement ; distillez les liqueurs pour retirer l'alcool, et évaporez le résidu à la chaleur du bain-marie.

L'alcool est préférable à l'eau pour la préparation de cet extrait. Il dissout bien les matières colorante et amère, et il laisse l'amidon qui rendrait l'extrait altérable. 100 parties de racine de colombo épuisées par l'alcool m'ont donné 22 p. d'extrait.

COQUE DU LEVANT.

(Anamirta cocculus.)

La coque du Levant, d'après l'analyse la plus récente, qui a été faite par MM. Couerbe et Pelletier, contient dans sa semence :

Picrotoxine ; résine ; gomme ; matière grasse acide ; matière cireuse ; acide malique ; matière analogue au mucus ; amidon ; sels.

La picrotoxine est blanche, cristallisée tantôt en aiguilles aciculaires, tantôt en filaments soyeux, en plaques transparentes ou en cristaux grenus. Sa saveur est horriblement amère ; elle est soluble dans 150 parties d'eau à $+ 14°$, et dans 25 p. d'eau bouillante ; l'alcool de 0,810 D en dissout le tiers de son poids ; l'éther sulfurique en dissout 0,4 ; elle ne se dissout ni dans les huiles fixes, ni dans les huiles volatiles ; elle se dissout dans l'acide acétique ; elle ne se combine pas aux acides, elle peut former des combinaisons avec les alcalis, mais elle est un acide faible.

Elle a donné à l'analyse 12 pp. de carbone (60,96) ; 14 pp. d'hydrogène (5,80), et 5 proportions d'oxigène (33,24) ; sa capacité de saturation est 6,6. Dans ses combinaisons, l'oxigène de la base est à l'oxigène de la picrotoxine, comme 1 : 5.

Pour obtenir la picrotoxine, on épuise la coque du Levant par de l'alcool à 88° bouillant, et l'on distille les liqueurs pour retirer l'alcool et obtenir un extrait ; on fait bouillir cet extrait à plusieurs reprises avec de l'eau ; on filtre les liqueurs ; on y ajoute quelques gouttes d'acide hydrochlorique pour saturer quelques parties calcaires qui nuiraient à la cristallisation ; on concentre et l'on fait cristalliser ; on purifie la picrotoxine par de nouvelles cristallisations. Ce procédé, donné par MM. Couerbe et Pelletier, réussit très bien.

MM. Couerbe et Pelletier ont trouvé dans le péricarpe de la coque du Levant :

Ménispermine, paraménispermine, matière jaune alcaline, acide hypopicrotoxique, cire, amidon, chlorophylle, matière résineuse, gomme, amidon.

La ménispermine est une base alcaline végétale, qui paraît être sans action sur l'économie animale. Elle est cristallisée en prismes à 4 pans, fusible à 120°, insoluble dans l'eau, soluble dans l'alcool et l'éther. Elle se combine aux acides. Elle est formé de 18 proportions de carbone, 24 d'hydrogène, 2 d'oxigène et 1 d'azote.

La paraménispermine est solide, cristallisable en prismes rhomboïdaux, fusible et volatile à 250°, soluble dans l'alcool, insoluble dans l'eau et dans l'éther. Elle ne se combine pas aux acides ; elle est isomérique avec la ménispermine.

La matière jaune alcaline a été peu étudiée. Elle est peut-être un produit d'altération des autres principes. Quant à l'acide hypopicrotoxique, c'est une matière brune incristallisable, insoluble dans l'eau et facilement soluble dans les alcalis.

La coque du Levant est à peine usitée comme médicament. Swédiaur a employé l'extrait aqueux contre l'épilepsie et pour détruire les vers.

La coque du Levant mêlée à la graisse forme une pommade employée pour détruire les poux. Ces médicaments sont dangereux et ne peuvent être employés qu'avec la plus grande circonspection.

DES BERBÉRIDÉES.

Les Berbéridées fournissent peu de médicaments à la médecine ; on sait au reste peu de choses sur leurs propriétés.

L'écorce de l'épine-vinette ainsi que sa racine et surtout l'écorce de celle-ci, ont été employées autrefois contre les maladies du foie, peut-être seulement à cause de leur couleur jaune. Il paraît qu'elles sont astringentes, et qu'à haute dose elles peuvent agir comme purgatives. Les teinturiers en tirent meilleur parti. MM. Buchner sont parvenus dans ces derniers temps à en extraire la matière colorante, qu'ils ont appelée *Berberine*. Elle est assez remarquable par ses propriétés. C'est une poudre légère, formée de petites aiguilles cristallines, soyeuses, d'un jaune clair, inodores, d'une saveur amère persistante ; elle est très peu soluble dans l'alcool froid et surtout dans l'eau froide, mais elle se dissout presque en toutes proportions dans ces liquides bouillants ; elle est insoluble dans l'éther et à peine soluble dans les huiles grasses et essentielles ; elle appartient à la série des matières acides, et elle forme avec les alcalis des combinaisons d'une couleur brune dont les acides séparent facilement la berberine. Suivant MM. Buchner, la berberine dans ces combinaisons contient 12 fois autant d'oxigène que la base, et elle est elle-même composée de 12 pp. oxigène, 1 pp. azote, 18 pp. hydrogène, et 33 pp. carbone. MM. Buchner se sont assurés qu'à la dose de 10 à 12 grains la berbérine est purgative et tonique.

Dans la même famille, la racine du leontice leontopetala est savonneuse, et on l'emploie, dit-on, en Orient, pour dégraisser les schalls de cachemire.

Les baies des berbéridées sont chargées d'un suc acide qui contient les acides citrique et malique ; on fait avec l'épine-vinette ordinaire un sirop rafraîchissant. On emploie au même usage, au Japon, les fruits du *Nandina domestica*, et dans l'Amérique du Nord ceux du *Mahonia fascicularis*.

Les semences de l'épine-vinette sont astringentes, et pour cette raison elles font partie des ingrédients d'un électuaire composé, le Diascordium, qui est encore souvent employé.

ÉPINE-VINETTE.

(Berberis vulgaris.)

Les baies de l'épine-vinette contiennent de l'acide malique et de l'acide citrique.

SUC DE BERBERIS.

On écrase les baies à la main, on sépare le suc au moyen d'un tamis, on exprime le marc et l'on réunit le produit à la première partie de suc obtenue. On met le tout à la cave pendant 2 à 3 jours. On filtre le suc quand il est éclairci.

SIROP DE BERBERIS.

Suc de berberis...................... 16
Sucre blanc.......................... 30

Faites un sirop par solution dans un vase de verre ou d'argent. Ce sirop est employé comme rafraîchissant.

DES NYMPHOEACÉES.

Les nymphœacées ont peu d'importance médicale. La souche charnue du nénuphar (*Nymphœa alba et lutœa*) jouit encore d'une réputation populaire pour amortir les désirs amoureux; réputation qu'elle tient sans doute de son habitation au milieu des eaux et de la blancheur des fleurs du nénuphar blanc. La saveur astringente de cette racine aurait pu détromper sur cette opinion, et l'analyse qu'en a faite M. Morin conduit au même résultat; car, suivant ce chimiste, elle contient du tannin, dont les propriétés toniques sont tout opposées. L'amidon qui s'y trouve aussi la fait employer comme aliment par les peuplades pauvres des climats froids. Les Égyptiens mangent la racine du *N. lotus*.

M. Seitz, de Vienne, a observé que la racine de nénuphar donne avec les sels de fer des couleurs noires très belles, et qu'elle est supérieure à toutes les matières astringentes pour la préparation de quelques gris.

La fève d'Egypte est la semence du *Nelumbium speciosum*. Elle y est employée comme alimentaire. On mange aussi les semences de la *Victoria regina* de la Guyane.

La fleur du nénuphar blanc, *Nymphœa alba*, quoique à peu près sans vertu, est encore employée sous la forme d'eau distillée et de sirop.

EAU DISTILLÉE DE NYMPHŒA.

Pr. : Fleurs récentes de nymphœa blanc. 1
Eau. .... S. Q.

Distillez suivant l'art pour retirer 1 partie de produit.
Cette eau est peu sapide, peu odorante et à peu près inerte.

SIROP DE NYMPHŒA OU DE NÉNUPHAR.

Pr. : Pétales récents et mondés de nymphœa........ 1
Eau. 2
Sucre, S. Q. environ. 4

Faites un sirop par infusion des fleurs, et simple solution du sucre.

Ce sirop est employé comme rafraîchissant et béchique. Il est peu efficace.

DES PAPAVÉRACÉES.

Les papavéracées sont des plantes à suc laiteux dont il faut se méfier. Elles sont âcres, et ce caractère est surtout remarquable dans celles qui ne sont pas narcotiques. Telle est la grande chélidoine (*Chelidonium majus*), dont le suc jaunâtre et purgatif a été vanté contre l'ictère ; le pavot cornu (*Glaucium corniculatum*), dont on fait usage dans la médecine vétérinaire ; le *Bocconia fructescens* des Antilles, dont le suc jaune, âcre et caustique y est employé comme purgatif et vermifuge. Cette même âcreté se retrouve dans les pavots et elle existe également dans la racine du *Sanguinaria canadensis* (blood-root) qui est ordonnée dans les États-Unis contre les maladies du foie.

Dans la famille des papavéracées, l'Opium, par son importance, domine tous les autres produits. Il contient en outre de quelques matières que nous pouvons négliger en ce moment, du méconate de morphine, auquel il doit sa vertu sédative, de la narcotine, de la codéine et une matière volatile inexaminée, mais que l'on sait avoir beaucoup d'âcreté et dont l'action sur l'économie animale est telle que les exhalaisons de l'opium frais excitent, dit-on, des éternuments. L'opium est, comme on le sait, retiré des têtes du pavot somnifère. Recherchons si nous retrouverons les mêmes produits dans les capsules des autres pavots.

Les recherches de plusieurs observateurs ne laissent aucun doute sur la présence de l'acide méconique, de la morphine et de la narcotine dans les pavots indigènes. D'abord M. Vauquelin a reconnu les deux premiers principes dans le suc obtenu par incision des têtes de nos pavots indigènes. M. Ricard-Duprat est arrivé à des résultats semblables ; M. Petit, et ensuite M. Orfila, ont constaté une composition analogue dans le *Papaver orientale*. M. Dublanc a reconnu en outre la narcotine dans le pavot ordinaire. La morphine ne s'y trouve qu'en petite proportion ; la narcotine y est en proportion plus grande. M. Vauquelin paraissait disposé à croire que sous l'influence de la chaleur du climat, les proportions relatives de morphine et de narcotine varient.

Ces faits tendent bien à prouver l'identité de composition des différentes têtes de pavot ; mais par une différence bien remarquable, et qui certainement ne tient pas à une erreur d'observation, M. Pelletier n'a pas retrouvé de narcotine dans un extrait d'opium obtenu par incision dans le département des Landes. Cet habile chimiste a pu y reconnaître, outre la morphine et l'acide méconique, la codéine, la matière huileuse et le caoutchouc, qui se retrouvent dans l'opium exotique. Les espèces plus petites ont été peu examinées ; on sait cependant que l'extrait des capsules du *Papaver dubium* est calmant, et M. Loiseleur-Delonchamps a reconnu la même propriété aux capsules du *Papaver rhœas.*

Les autres parties du pavot, les feuilles, les tiges contiennent les mêmes principes narcotiques que les fruits, seulement ils y sont en proportion moins grande.

Nous venons de voir les proportions de morphine diminuer progressivement dans les pavots, et jusqu'à présent elle n'a pas été trouvée dans les autres plantes de la même famille. Peut-être cependant la différence consiste-t-elle seulement en cela, que le principe narcotique n'étant qu'en proportion très faible, le principe âcre y est devenu l'objet principal de l'attention. M. Godefroi a vu que dans la chélidoine ce principe âcre est volatil, ainsi que l'est celui du pavot. Il a observé aussi que l'ammoniaque forme un précipité cristallin dans le suc de la même plante ; mais il n'a pas suffisamment caractérisé ce produit, et il reste à constater le degré d'analogie qu'il peut avoir avec la morphine ou la narcotine.

Les fleurs des pavots participent des propriétés sédatives du reste de la plante. En Amérique on emploie comme calmant les fleurs du *papaver argemone* et l'on sait que nous nous servons habituellement du coquelicot comme d'un léger calmant et diaphorétique.

Les semences de pavots fournissent à l'expression une huile douce qui sert d'aliment ; ni l'huile ni le tourteau ne conservent des traces de la propriété narcotique qui appartient au reste de la plante. Une autre plante de cette famille, l'*Argemone mexicana,* fournit une huile purgative qui est employée aux États-Unis sous le nom d'huile de chardon ; son action est semblable à celle de l'huile de ricin, mais elle est plus active.

OPIUM.

L'Opium est le suc du *Papaver somniferum*. Il constitue l'un des médicaments les plus importants de la matière médicale. Il a été soumis à l'analyse par un grand nombre de chimistes; mais MM. Seguin, Desrone, Sertuerner, Robiquet, Pelletier et Couerbe sont ceux qui ont le plus avancé son histoire.

L'opium contient :

La Morphine; la Codéine; la Narcotine; l'acide méconique; un acide brun extractif; la résine; l'huile grasse; la thébaïne ou paramorphine; la méconine; la narcéine; la bassorine; la gomme; du caoutchouc; du ligneux; un principe vireux volatil; et sans doute de l'albumine végétale.

La morphine, la codéine et une partie de la narcotine sont à l'état salin dans l'opium, et sous forme d'une combinaison soluble dans l'eau. On admet généralement qu'elles sont combinées à l'acide méconique, et en partie à l'acide sulfurique; peut-être aussi forment-elles d'autres combinaisons. Il est à remarquer que dans l'opium trois substances sont alcalines, savoir : la morphine, la codéine et la narcotine; quatre sont acides, ce sont l'acide méconique, l'acide brun extractif, la résine et la matière huileuse. Toutes les autres sont neutres; nous devons ajouter que la plus grande partie de la narcotine n'est pas à l'état salin, car on peut l'enlever directement en traitant l'opium par l'éther.

M. Pelletier a retiré encore de quelques opiums une autre substance qu'il a désignée sous le nom de pseudo-morphine.

MORPHINE.

La morphine a été découverte par Sertuerner en 1816. Elle est composée de

Carbone.	35 proportions	72,28
Hydrogène.	20	6,74
Oxigène.	6	16,18
Azote.	1	4,80
Le nombre proportionnel de la morphine est.	3702	

La morphine cristallise en pyramides à 4 faces. Elle n'a pas d'odeur, sa saveur est amère; cristallisée, elle contient deux proportions d'eau (5,73 p. 0/0) qu'elle perd à une température de 120°. En même temps elle devient opaque. Une température plus élevée la fond en un liquide jaune.

La morphine est insoluble dans l'eau froide; l'eau bouillante en dissout $\frac{1}{92}$ de son poids, qui cristallise par le refroidissement.

Elle est soluble dans 40 parties d'alcool anhydre froid et dans 30 parties d'alcool ordinaire bouillant; elle est extrêmement peu soluble dans l'éther; elle se dissout dans les huiles grasses et volatiles. Les dissolutions de morphine rougissent le curcuma et verdissent la violette.

La morphine est soluble dans les alcalis caustiques; elle est même un peu soluble dans l'ammoniaque, elle se dissout dans l'acide nitrique qui la colore en rouge de sang.

Quand on la projette en poudre dans une dissolution concentrée et peu acide de sulfate de peroxide de fer, elle se colore en bleu; M. Pelletier a vu que dans cette réaction il se fait du sulfate de morphine, et que le fer, ramené à l'état de protoxide, reste combiné avec un acide provenant de la décomposition d'une autre partie de la morphine (morphite de fer).

L'acide iodique en dissolution est immédiatement décomposé par la morphine. Sérullas, qui a observé ce caractère, conseille de l'employer pour reconnaître la présence de la morphine. On triture le liquide avec un peu de gelée d'amidon, et on ajoute quelques gouttes d'acide iodique ou d'une dissolution étendue de perchlorure d'iode; l'amidon prend une couleur bleue.

La morphine est une des bases alcalines les plus puissantes.

Les sels de morphine sont presque tous cristallisables; ils ont une saveur amère, et ils exercent sur l'économie animale une action sédative et narcotique analogue à celle de la morphine; ils sont précipités par les carbonates alcalins; les alcalis caustiques en excès redissolvent le précipité; il en serait de même de l'ammoniaque en excès; le précipité que fournissent les alcalis est floconneux; il devient spontanément cristallin.

La noix de galle précipite les sels de morphine; l'acide iodique en sépare de l'iode, et les sels neutres de peroxide de fer les colorent en bleu.

CODÉINE.

La codéine a été découverte par M. Robiquet en 1833. Elle est composée de

Carbone.	35 proportions	74,27
Hydrogène.	20	6,93
Oxigène.	5	13,88
Azote.	1	4,92

Elle diffère de la morphine seulement par un pp. d'oxigène en moins.

Le nombre proportionnel de la codéine est 3601,9.

Cristallisée dans l'éther elle ne contient pas d'eau ; si on la fait cristalliser dans l'eau elle en retient deux proportions.

La codéine cristallise en prismes rhomboïdaux droits.

Elle perd par la chaleur son eau de cristallisation. Vers 150°, elle entre en fusion et ne se volatilise pas.

La codéine est soluble dans l'eau ; 100 p. d'eau à $+$ 15° en dissolvent 1,26 p. ; à $+$ 43° 37 p. à $+$ 100° 58,8 p. Quand elle se trouve dans l'eau bouillante en plus grande quantité que l'eau ne peut en dissoudre, la portion qui ne se dissout pas se déshydrate, entre en fusion et forme une sorte de couche huileuse au fond du vase. La codéine est soluble dans l'alcool, plus à chaud qu'à froid ; elle se dissout aussi très bien dans l'éther, caractère qui la distingue de la morphine ; elle s'en distingue encore en ce qu'elle est insoluble dans les alcalis caustiques, en ce qu'elle ne décompose ni l'acide iodique ni les persels de fer. Elle ne se colore pas en rouge par l'acide nitrique.

La codéine sature les acides. Sa capacité de saturation est presque la même que celle de la morphine. Ses sels se distinguent de ceux de morphine en ce que les alcalis ne redissolvent pas le précipité qu'ils y forment et en ce qu'ils sont sans action sur les sels de peroxide de fer et l'acide iodique.

NARCOTINE.

La narcotine a été découverte par M. Desrone. Elle est composée d'après l'analyse de M. Liebig de

Carbone. . . . . 48 proportions 64,99
Hydrogène. 24   5,50
Oxygène. 15   26,60
Azote. 1   3,11
Son nombre proportionnel est. 5645

La narcotine est blanche et inodore. Elle forme des cristaux prismatiques ; elle entre en fusion à 170° et se solidifie à 130°, et elle perd alors 3 à 4 pour 100 de son poids, sans doute parce qu'elle est hydratée. En la refroidissant lentement, il se forme à sa surface plusieurs centres de cristallisation qui peu à peu augmentent de volume.

L'eau froide ne la dissout pas ; l'eau bouillante en dissout environ $\frac{1}{400}$. Il faut environ 100 parties d'alcool pour dissoudre une partie de narcotine à froid ; elle est plus soluble dans l'alcool bouillant ; elle se dissout aussi fort bien dans l'éther, caractère qui la distingue de la morphine. Les huiles fixes et les huiles volatiles la dissolvent également.

La narcotine est sans action sur les sels de fer peroxidés ; elle ne décompose pas l'acide iodique.

L'acide nitrique la colore en rouge ; l'acide hyponitrique, si la quantité de matière est un peu considérable, a une action si vive, qu'au bout de quelques instants il y a inflammation.

La narcotine se combine aux acides minéraux puissants. L'acide hydrochlorique et l'acide sulfurique forment avec elle des combinaisons stables ; l'acide acétique à 7° la dissout en très grande quantité ; mais si l'on chauffe, on voit aussitôt la narcotine se précipiter. Ses sels sont plus amers que ceux de morphine. Ils sont précipités par la noix de galle ; la potasse et la soude les précipitent également ; mais le précipité n'est pas soluble dans un excès d'alcali. Les sels de narcotine ne sont pas colorés en bleu par les sels de fer peroxidés. Le muriate de narcotine a seul été étudié. M. Robiquet a vu que le meilleur moyen de l'obtenir cristallisé consistait à évaporer à siccité la dissolution de narcotine dans l'acide hydrochlorique et à reprendre par l'alcool bouillant. Il se dépose une masse cristallisée qui a souvent une teinte verdâtre.

Pour se procurer la narcotine, on prend le marc d'opium épuisé par l'eau, provenant de la préparation de la morphine ; on le fait bouillir avec de l'acide acétique à 2 ou 3 degrés ;

on passe, on filtre les liqueurs et on les précipite par l'ammoniaque. On purifie la narcotine qui se précipite en la dissolvant à
chaud dans de l'alcool fort auquel on ajoute un peu de charbon
animal; on filtre bouillant et la narcotine cristallise par le refroidissement.

NARCÉINE, MÉCONINE ET THÉBAÏNE.

La narcéine découverte par M. Pelletier, et la méconine découverte par M. Dublanc, mais étudiée surtout par M. Couerbe,
sont deux matières qui se distinguent essentiellement des précédentes, en ce qu'elles ne se combinent pas avec les acides. La
narcéine contient de l'azote, la méconine n'en contient pas. Ces
deux corps, fort remarquables sous le rapport chimique, paraîs-
sent peu importants sous le point de vue médical, car l'un et
l'autre sont sans action sur l'économie animale.

La thébaïne ou paramorphine étudiée par MM. Couerbe et
Pelletier, n'est pas non plus susceptible de former des sels; elle
est azotée; elle a la plus grande analogie de propriétés avec la
narcotine; elle s'en distingue par sa forme cristalline en aiguilles
courtes, en ce qu'elle fond à 130°, en ce qu'elle est beaucoup
plus soluble dans l'alcool, enfin en ce que sa saveur est âcre et
non pas amère.

Le tableau suivant donnera une idée des caractères principaux
qui distinguent les matières cristallines de l'opium.

CARACTÈRES.	Morphine.	Pseudo-morphine.	Codéine.	Narcotine.	Thébaïne.	Méconine.	Narcéine.
Azotée.	+	+	+	+	+	−	+
Vénéneuse.	+	+	?	?	−	−	−
Saveur.	amère.	?	amère.	amère.	âcre métallique.	âcre.	un peu amère.
Fusibilité.	+	?	à 150	170	130	90	92
Eau de cristallisation.	2 pp.	?	2 pp.	4/00	4/00	−	?
Solubilité un peu forte dans l'eau.	−	−	+	−	−		+
Fusibilité dans l'eau bouillante.	−	−	+	−	−	+	+
Solubilité dans l'alcool.	+	−	+	+	+	+	+
— l'éther..	−	−	+	+	+	+	−
— les alcalis caustiques.	+	+	−	−	−	?	?
Couleur bleue par les sels de fer.	+	+	−	−	−	−	−
Décompose acide iodique.	+	−	−	−	−	−	−
Bleuit par l'iode.	−	−	−	−	−	−	+
Précipite par la noix de galle.	+	?	+	+	?	+	?
Donne des sels.	+	−	+	+	?	−	−

L'acide méconique a été découvert par M. Sertuerner, mais il a surtout été étudié par M. Robiquet. Il est sous forme d'écailles blanches, transparentes et micacées. Il est soluble dans l'eau ; à l'ébullition, il est décomposé en acide carbonique et en un nouvel acide (métaméconique) ; à la distillation sèche l'acide méconique donne un autre acide (pyroméconique).

L'acide méconique possède la propriété de donner aux sels ferriques une couleur rouge caractéristique.

ACIDE BRUN ET EXTRACTIF.

Cet acide a été à peine examiné. C'est sans doute un mélange de différentes matières, et peut-être un produit d'altération.

RÉSINE D'OPIUM.

La résine d'opium est azotée. C'est une substance d'une couleur brune, qui est insipide et inodore ; elle se ramollit par la chaleur ; l'eau ne la dissout pas ; elle se dissout bien dans l'alcool ; elle refuse de se dissoudre dans l'éther ; elle est soluble dans les alcalis, même à froid ; c'est une des résines les plus électronégatives.

MATIÈRE HUILEUSE DE L'OPIUM.

Cette matière est sans doute incolore à l'état de pureté. On l'obtient ordinairement avec une couleur jaune et même brune. Elle est acide ; sa solution alcoolique rougit le tournesol ; elle se combine aux alcalis en formant des savons dont les acides séparent la matière grasse toute pareille à ce qu'elle était avant la combinaison.

PRINCIPE ODORANT ET VOLATIL DE L'OPIUM.

On sait seulement que ce principe existe ; mais on ne l'a pas isolé. Il ne paraît pas avoir grande influence sur les effets médicamenteux de l'opium.

PRÉPARATION DE LA MORPHINE ET DE SES SELS.

La première condition de succès pour la préparation de la morphine, consiste dans le choix de l'opium. Bien qu'on puisse dire en général que l'opium mou de Smyrne est le plus riche en morphine, cependant il ne faut jamais accorder aux caractères extérieurs une trop grande valeur. Le mieux est d'essayer l'opium pour reconnaître la proportion de morphine qu'il contient. L'essai le plus exact de l'opium se fait par le procédé ordinaire d'extraction de la morphine. M. Couerbe conseille cependant d'opérer ainsi qu'il suit : après avoir fait les infusions d'opium, on les fait chauffer un instant avec un excès de chaux et l'on passe ; toute la morphine reste en dissolution ; on acidule les liqueurs et l'on précipite par l'ammoniaque. On obtient la morphine à peu près blanche du premier coup et exempte de narcotine. L'essai est fait bien plus rapidement que par la méthode ordinaire.

Pour préparer la morphine, on coupe l'opium par tranches et on le fait macérer dans 7 à 8 fois son poids d'eau froide ; au bout de 24 heures, on le malaxe avec les mains pour le bien diviser, et 24 heures après on passe avec expression. On soumet l'opium à une seconde et à une troisième et même à une quatrième opération pour le priver de tout principe soluble.

Les solutions d'opium sont évaporées en consistance d'extrait et l'extrait est redissous dans l'eau froide. La nouvelle solution est passée et elle est évaporée de nouveau en consistance de sirop clair (7 à 8° aréométriques).

On précipite les liqueurs bouillantes par un excès d'ammoniaque et l'on continue à faire bouillir pendant 8 à 10 minutes pour chasser l'excès d'alcali. La quantité de celui-ci doit être telle que la liqueur refroidie soit encore légèrement ammoniacale.

On jette les liqueurs refroidies sur une toile pour recueillir le précipité et séparer l'eau mère, et on lave la morphine avec un filet d'eau froide. On peut concentrer les eaux mères et les eaux de lavage ; quelquefois elles laissent encore précipiter de la morphine en se refroidissant.

On met la morphine dans un vase convenable avec de l'alcool à 53° (20° Cart.), de manière à la recouvrir de 3 à 4 doigts, et l'on porte à l'ébullition ; on sépare la liqueur alcoolique après le refroidissement et l'on soumet la morphine à un autre traitement pareil.

Alors on met la morphine dans le bain-marie d'un alambic avec de l'alcool à 88° (35° Cart.) et l'on chauffe de manière à porter l'alcool à l'ébullition ; quand celle-ci a été assez longtemps soutenue pour que le 5° ou le 6° de l'alcool ait passé à la distillation, on démonte l'appareil, l'on filtre bouillant et autant que possible en vases clos ; l'on soumet la portion du précipité de morphine qui ne s'est pas dissoute à de nouveaux traitements alcooliques, jusqu'à ce qu'elle soit épuisée.

Ces diverses liqueurs alcooliques laissent déposer de la morphine en se refroidissant ; on la sépare et on redistille les liqueurs mères aux $^9/_{10}$ pour en retirer la morphine qui s'y trouve et que l'on trouve cristallisée après le refroidissement ; on rejette les liqueurs qui la surnagent.

Les diverses portions de morphine obtenues ne sont pas également blanches; mais toutes ont besoin de purification; on les lave avec un peu d'alcool faible à froid; puis on les fait dissoudre dans de l'alcool fort auquel on ajoute du charbon animal pulvérisé; on filtre encore bouillant, et la morphine cristallise. Les eaux mères en retiennent que l'on retire en distillant l'alcool.

L'eau froide, en agissant sur l'opium, dissout les combinaisons salines naturelles de la morphine et de la codéine; une partie de la narcotine, de la méconine, de la narcéine, de la thébaïne, l'acide brun extractif; une partie de la résine et de l'huile grasse acide; l'évaporation en extrait et la redissolution par l'eau a pour effet de déterminer la séparation d'un dépôt qui s'est produit et qui est formé d'huile, de résine, de narcotine et de matière colorante.

On concentre les nouvelles liqueurs avant de les précipiter par l'ammoniaque, pour éviter autant que possible qu'il reste de la morphine dans les liqueurs, en raison de la solubilité, faible à la vérité, de cette base dans l'eau un peu ammoniacale.

L'ammoniaque que l'on ajoute en excès a pour effet de décomposer le sel de morphine et de codéine. Il se fait du méconate et du sulfate d'ammoniaque solubles et un précipité composé de morphine, de matière colorante, d'un peu de narcotine, de codéine, de thébaïne, de résine, d'huile acide de l'opium, et de méconate double de chaux et d'ammoniaque; la codéine qui est soluble reste dans les eaux mères. Si l'on opère à la chaleur de l'ébullition, c'est que la morphine se dépose alors en grains cristallisés qui se lavent avec plus de facilité. On fait bouillir de manière à ce que les liqueurs refroidies ne contiennent qu'un faible excès d'ammoniaque; c'est qu'un excès d'ammoniaque est d'abord nécessaire pour s'assurer d'une décomposition complète; mais à l'ébullition la morphine décompose les sels ammoniacaux pour former des sels doubles d'ammoniaque et de morphine dont un excès d'ammoniaque précipite la morphine après le refroidissement. Du reste, il ne faut pas qu'il reste beaucoup d'ammoniaque dans les liqueurs, car nous avons vu que cette base peut dissoudre une assez forte quantité de morphine; de là l'utilité de concentrer les eaux mères pour rechercher la morphine qui peut y rester. Après cette concentration, ces eaux mères contiennent encore de la morphine, de la narcotine, de la codéine; on y trouve aussi la méconine et la narcéine. M. Pelletier a décrit un procédé de traitement; mais ces eaux mères ne valent la peine d'être traitées qu'autant que l'on en a de grandes quantités.

Le précipité brut de morphine est lavé d'abord avec de l'eau, pour en séparer les portions d'eaux mères qui le salissent. Le lavage à l'alcool faible bouillant, auquel on le soumet ensuite, sépare une partie de matière colorante, d'huile et de résine. Cette solution contient bien aussi un peu de morphine, de narcotine, de codéine et de thébaïne; par l'évaporation spontanée, on en retire de la morphine et de la narcotine; quand il ne s'en sépare plus, on acidule et on fait concentrer; on obtient un hydrochlorate dont on peut extraire les alcalis, mais l'opération ne vaut la peine d'être tentée qu'autant que l'on a réuni une grande masse de ces lavages.

Les traitements par l'alcool fort ont pour effet de dissoudre la morphine et d'en séparer le sel insoluble qui y est mêlé. On remarque que la matière colorante se dissout la première, de sorte que la morphine est d'autant plus blanche qu'elle provient d'un traitement plus avancé.

Du reste, toutes ces morphines ont besoin d'une purification. Celles qui proviennent de la distillation des eaux mères sont plus chargées de narcotine que les autres.

PROCÉDÉ DE GRÉGORY OU DE ROBERTSON.

On épuise l'opium par l'eau froide; on l'évapore en consistance d'extrait; on redissout par l'eau, et on évapore en consistance de sirop (10 D. à l'aréomètre). Alors, tandis que la liqueur est bouillante, on y ajoute, par chaque kilogramme d'opium, environ 4 onces de chlorure de calcium sec; il faut que ce chlorure soit exempt de fer; car celui-ci donnerait avec l'acide méconique un sel coloré en rouge qui rendrait les purifications plus difficiles. On mêle alors la liqueur encore chaude avec de l'eau froide. Il se précipite beaucoup de méconate et de sulfate de chaux, de la matière colorante, de la résine et de l'huile d'opium.

On fait concentrer les liqueurs qui contiennent un excès de muriate de chaux. Il se sépare un nouveau dépôt, formé en grande partie de méconate de chaux; on le sépare, on le lave avec un peu d'eau froide, que l'on ajoute à la solution, et l'on fait évaporer en consistance de sirop. Si la liqueur a été convenablement concentrée, elle est prise en masse cristalline au bout de quelques jours. C'est du muriate de morphine et de codéine cristallisé, et une eau mère noire qui contient du biméconate de chaux, un peu de morphine, la narcéine, la thébaïne, la méconine et la narcotine. On peut en extraire ces diverses matières par un procédé qui a été décrit par M. Couerbe (*Annales de chimie et physique*, t. 59). Ordinairement on rejette ces eaux comme ne valant pas le travail de l'exploitation.

On fait redissoudre le sel dans l'eau ; mais cette fois on acidule légèrement et l'on évapore pour faire cristalliser. L'acide que l'on ajoute a l'avantage de rendre la matière colorante plus soluble ; de sorte qu'il en reste davantage dans les eaux mères et que le sel est plus blanc ; mais cette fois les eaux mères retiennent beaucoup de morphine qu'il faut en retirer.

Le muriate de cette cristallisation est dissous dans l'eau chaude ; on sature par un peu de craie et on ajoute du charbon animal. La quantité d'eau doit être assez grande pour que le sel reste dissous à froid, et la température ne doit pas dépasser 88° c. Au bout de vingt-quatre heures, on filtre et l'on ajoute à la liqueur, qui a une teinte jaunâtre, quelques gouttes d'acide qui la décolorent entièrement ; d'ailleurs la liqueur un peu acide cristallise mieux. Les cristaux obtenus par une nouvelle concentration sont alors très blancs ; on les exprime et on les sèche à l'étuve. Toutes les eaux mères sont soumises à un même genre de traitement.

Le sel que l'on obtient est un muriate double de codéine et de morphine ; il ne contient pas de narcotine, parce que les sels que cette base peut former sont incristallisables et qu'ils restent dans les eaux mères.

Le sel de Grégory est dissous dans l'eau et décomposé à l'ébullition par l'ammoniaque qui en précipite la morphine, que l'on peut faire cristalliser dans l'alcool. On en obtient un peu moins que dans le procédé ordinaire, parce qu'elle est pure. Mais si on tient compte de la quantité de narcotine qui reste mêlée à la morphine obtenue par l'alcool, on trouve que la quantité de morphine pure obtenue par un même opium, par l'un ou l'autre procédé, est absolument la même.

La dissolution du sel de Grégory dont la morphine a été précipitée, retient de la codéine et du muriate d'ammoniaque, et encore un peu de morphine ; on la concentre et on obtient une cristallisation de muriate de codéine et d'ammoniaque ; on fait cristalliser le sel de nouveau et cette fois on obtient un sel en houppes soyeuses, qui est du muriate de codéine mêlé cependant d'un peu de morphine ; on le triture avec une solution de potasse caustique qui dissout la morphine et qui précipite la codéine. Le précipité se réunit au fond du vase sous la forme d'une masse visqueuse qui peu à peu perd de sa transparence, augmente de volume et devient pulvérulente ; on la lave avec une petite quantité d'eau froide ; on la sèche et on la dissout dans l'éther bouillant. La liqueur éthérée, mêlée d'un peu d'eau, donne par évaporation spontanée des cristaux de codéine.

Il est important de ne pas prendre un grand excès de potasse qui dissoudrait de la codéine. Il vaut mieux laisser un peu de morphine dans le dépôt ; l'éther ne la dissout pas, de sorte que l'on obtient plus de codéine et qu'elle est aussi pure.

La morphine est souvent mêlée de narcotine ; on peut les séparer par l'éther qui ne dissout pas la morphine ; le meilleur moyen de s'assurer de la pureté de la morphine, consiste à la faire dissoudre dans l'acide hydrochlorique étendu, et à verser de la potasse caustique ; la morphine se dissout instantanément dans un excès d'alcali ; la narcotine reste indissoute.

La morphine isolée est employée en médecine comme calmante, le plus ordinairement sous forme de pilules ; suivant M. Magendie, elle est moins active que ses sels ; mais son action lui a paru plus persistante.

La narcotine n'est pas employée en médecine. On s'était beaucoup exagéré son action médicale. Toutefois, M. Magendie pense que si elle a peu d'action quand elle est employée dissoute dans l'acide acétique, il en est tout autrement quand elle est dissoute dans l'huile. Cette opinion n'est pas d'accord avec les observations du docteur Bally.

Quant à la codéine, elle procure, dit-on, aux malades un sommeil doux et paisible, qui n'est pas suivi de pesanteur de tête comme cela arrive après l'usage de la morphine. M. Magendie estime qu'un grain de codéine équivaut à un demi-grain de morphine. On l'emploie en pilules ou en dissolution dans un looch ou un julep. L'hydrochlorate paraît être plus actif. Il faut dire que les bons effets de la codéine sont niés complétement par d'autres praticiens.

SIROP DE CODÉINE.

Pr. : Codéine, un gros.	4 grammes.
Eau distillée, douze onces..............	375
Sucre très blanc, vingt-quatre onces....	750

On triture la codéine dans un mortier de verre ou de porcelaine pour la réduire en poudre fine, on la divise peu à peu avec l'eau de manière à tout introduire dans un matras en verre, on recouvre le matras avec un morceau de parchemin que l'on perce de trous, et l'on fait chauffer pour obtenir la dissolution de la codéine; cela fait, on ajoute le sucre cassé par morceaux et on le fait dissoudre à une chaleur très douce, éloignée du point d'ébullition; c'est la condition importante pour que le sirop ne se colore pas. Quand le sirop est refroidi, on le filtre au papier.

Cette formule est de M. Cap. Chaque once de sirop contient deux grains de codéine.

SULFATE DE MORPHINE.

Ce sel cristallise en aiguilles fasciculées ; on l'obtient en faisant dissoudre la morphine dans de l'eau acidulée par l'acide sulfurique, ajoutant un peu de charbon animal à la liqueur, filtrant et faisant concentrer en consistance de sirop clair.

Ce sel est composé d'une proportion de morphine, une proportion d'acide sulfurique, et de 6 proportions d'eau, dont une appartient essentiellement au sel, et les cinq autres sont de l'eau de cristallisation. 100 parties de sulfate de morphine correspondent à 80 parties de morphine cristallisée.

SIROP DE SULFATE DE MORPHINE.

Pr. : Sulfate de morphine, quatre grains. ...	0,22 grammes.
Sirop de sucre, une livre.............	500

On dissout le sulfate dans une très petite quantité d'eau et l'on mêle la dissolution au sirop. Chaque once de sirop contient un quart de grain de sulfate de morphine.

CHLORHYDRATE DE MORPHINE.
(Hydrochlorate de morphine.)

On l'obtient comme le sulfate en remplaçant l'acide sulfurique par l'acide hydrochlorique. Ce sel est soluble dans 16 à 20 parties d'eau froide. Il est formé d'une proportion de morphine, et d'une proportion d'acide; cristallisé il contient 6 proportions d'eau ou 13,98 p. cent. 100 parties d'hydrochlorate de morphine correspondent à 81 parties de morphine cristallisée.

SIROP D'HYDROCHLORATE DE MORPHINE.

Pr. : Hydrochlorate de morphine, quatre grains. .   0,22 grammes.
Sirop de sucre, une livre................. 500

On dissout l'hydrochlorate dans une petite quantité d'eau et l'on mêle la dissolution au sirop.

ACÉTATE DE MORPHINE.

On prépare ce sel en ajoutant de la morphine à de l'acide acétique à 3°, et laissant un excès d'acide. On évapore à siccité à une douce chaleur. L'acétate de morphine pur est fort difficile à obtenir; si l'on abandonne à l'évaporation spontanée dans une étuve une solution de ce sel, il se change en un mélange de morphine, d'acétate neutre et d'acétate acide de morphine; le même effet a lieu par l'évaporation à une chaleur ménagée. Aussi l'acétate de morphine est-il toujours incomplétement soluble dans l'eau; au moment de le dissoudre, on y ajoute quelques gouttes d'acide acétique.

Une dissolution alcoolique d'acétate de morphine, suivant l'observation de M. Dublanc, se partage même peu à peu en morphine qui cristallise et en acétate acide qui reste dissous.

Pendant l'évaporation de l'acétate de morphine, la liqueur se colore beaucoup et le sel a toujours une teinte grisâtre. Cet effet est bien plus marqué si l'on s'est servi de morphine qui retient de la matière colorante. Mais en modifiant le procédé ainsi qu'il suit, j'obtiens l'acétate facilement, tout à fait soluble et très peu coloré.

Pr. : Morphine cristallisée.   2
Acide acétique de bois à 8°.   1

Réduisez la morphine en poudre fine, ajoutez l'acide et triturez. La matière se prendra bientôt en une masse, que vous abandonnerez à elle-même pendant vingt-quatre heures. Réduisez-la en poudre et conservez-la dans un flacon après l'avoir séchée à l'air libre.

L'acétate de morphine contient 1 proportion de morphine, 1 proportion d'acide acétique et 1 proportion d'eau. 100 de ce sel représentent 88 de morphine cristallisée.

SIROP D'ACÉTATE DE MORPHINE.

Pr. : Sirop de sucre blanc, une livre. . . . . 500 grammes.
Acétate de morphine, quatre grains.   0,22

On dissout l'acétate de morphine dans une très petite quantité d'eau acidulée par l'acide acétique ; on mêle la solution au sirop et l'on filtre.

SOLUTION D'ACÉTATE DE MORPHINE.

Pr. : Acétate de morphine, seize grains. . . . . .   0,9 grammes.
Eau distillée, une once. 32
Alcool rectifié, un gros.   4

On dissout l'acétate à la faveur de quelques gouttes d'acide acétique ; cette solution s'emploie par gouttes, pour remplacer le laudanum liquide.

VALEUR COMPARATIVE DES PRÉPARATIONS DE MORPHINE.

Un grain morphine cristallisée équivaut à morphine cristallisée.   1 grain.
sulfate.   0,8
chlorhydrate.   0,81
acétate.   0,88
Une once sirop de sulfate.   0,20
de chlorhydrate.   0,20
d'acétate.   0,22

PRÉPARATIONS PHARMACEUTIQUES DONT L'OPIUM EST LA BASE.

Malgré les nombreux travaux chimiques qui ont été faits sur l'opium, il règne encore une assez grande incertitude sur la composition de ce corps pour qu'on ne puisse, qu'avec beaucoup de discrétion, les faire servir à éclairer les préparations plus spécialement pharmaceutiques dont l'opium est la base. Il est hors de doute que la morphine est l'agent principal des effets médicamenteux de l'opium ; mais nous ne savons pas aussi positivement si la narcotine et la codéine concourent à ces effets ; la méconine, la narcéine, la thébaïne, qui dans l'état d'isolement sont sans action, peut-être en ont une quand elles sont mélangées aux autres principes; on peut douter d'ailleurs que toutes les matières que les chimistes ont retirées de l'opium y existent réellement, et l'on peut se demander si quelques-unes d'entre elles ne se sont pas formées sous l'influence des agents qui ont servi à les extraire.

Cependant il est dans les préparations d'opium quelques faits bien observés dont on peut tirer parti; car s'ils ne servent pas d'une manière absolue à faire connaître les modifications que l'opium a pu subir dans ses propriétés, en revêtant telle ou telle forme pharmaceutique, au moins peuvent-elles jeter quelques lumières sur ce sujet. Ce sont seulement ces observations principales dont nous ferons usage dans ce qui va suivre.

Il est important de remarquer que les opiums qui portent, dans le commerce, les noms d'opium de Smyrne, de Constantinople et d'Alexandrie, contiennent des proportions fort différentes de morphine. La première espèce, l'opium de Smyrne, doit seule être employée pour les préparations pharmaceutiques; elle contient de 8 à 12 gros de morphine par livre.

§ Ier. OPIUM ENTIER.

L'opium entier est fort peu usité ; on le réduit en poudre après l'avoir fait sécher, et cette poudre sert quelquefois à saupoudrer les cataplasmes. On désignait autrefois sous le nom d'*Opium purifié* ou *Laudanum opiatum*, le produit d'une opération qui consistait à le débarrasser des matières qui lui sont toujours mélangées. On le ramollissait dans l'eau chaude ; on passait avec expression et l'on ramenait par l'évaporation en consistance d'extrait.

§ II. PRODUITS PAR L'EAU.

L'opium mis en contact avec l'eau froide, cède à celle-ci tous ses principes solubles ; savoir : les sels naturels de morphine et de codéine, l'extractif et l'acide brun, la gomme : une partie de narcotine, de narcéine, de méconine, de thébaïne, d'huile grasse et de résine sont également entraînées en dissolution à la faveur des matières solubles.

Si l'on a recours à l'eau bouillante, à la faveur de l'élévation de température, il se dissout une plus forte proportion de matières résineuses. Cette infusion d'opium est employée comme médicament externe.

EAU DISTILLÉE D'OPIUM.

Pr.: Opium brut................................. 1
    Eau................................... S. Q.

Retirez 1 partie du produit.

Les proportions de ce produit varient avec chaque auteur. Ce médicament paraît du reste peu efficace et ses propriétés médicales sont contestées. Il ne peut contenir aucun des principes fixes de l'opium.

LOTION OU FOMENTATION NARCOTIQUE OPIACÉE.

Pr.: Opium brut, deux gros............... 8 grammes.
    Eau bouillante, un litre............ 1000

Réduisez l'opium en poudre grossière, versez dessus l'eau bouillante et laissez infuser pendant deux heures, en ayant le soin d'agiter de temps en temps; passez, laissez déposer et décantez (Hôp. Paris).

EXTRAIT D'OPIUM.

De toutes les préparations que l'on peut obtenir par l'action de l'eau sur l'opium, l'extrait est la plus usitée et la mieux connue.

On coupe l'opium par tranches. On le fait macérer dans six fois son poids d'eau. Au bout de douze heures, on malaxe la matière avec les mains de manière à bien diviser l'opium, douze heures après on passe sur une toile et on exprime fortement. La liqueur claire est soumise à l'évaporation. Le marc est soumis à une nouvelle macération encore dans six parties d'eau. On passe encore avec expression. On ajoute la liqueur claire à la première et l'on évapore en consistance d'extrait. On fait redissoudre l'extrait obtenu dans 16 fois son poids d'eau froide. On passe les liqueurs et on les évapore de nouveau jusqu'en consistance d'extrait pilulaire. L'opium donne à peu près la moitié de son poids d'extrait.

Nous avons dit que l'eau en contact avec l'opium, dissout les sels de morphine et de codéine, la narcotine, la gomme, l'extractif, et que de la résine, de l'huile sont aussi entraînées en dissolution; mais par la concentration des liqueurs, ces deux derniers principes se séparent en grande partie avec de la narcotine, en une masse que l'on a comparée à de la résine, qui ne retient pas de la morphine et dans laquelle la narcotine paraît être saturée par la résine et l'huile acide. La quantité de ces matières qui se sépare est considérable, et l'on parviendrait à en débarrasser en grande partie l'extrait d'opium par de nouvelles dissolutions; mais cette séparation complète n'est pas d'usage.

La séparation de la narcotine, de la résine et de l'huile augmentent l'efficacité de l'extrait d'opium, en le débarrassant de matières à peu près inertes et en concentrant par suite les parties actives.

Les quantités d'eau que l'on met en contact avec l'opium brut peuvent avoir de l'influence sur la dissolution des trois matières précédentes; mais les modifications qui peuvent en résulter sont peu connues. Il est bon sous ce rapport d'employer toujours les mêmes quantités d'eau.

L'extrait d'opium est très fréquemment usité; à la dose d'un grain $\frac{1}{2}$, $\frac{1}{4}$ de grain, on l'emploie seul et on le fait entrer dans une foule de préparations magistrales.

EXTRAIT D'OPIUM PRIVÉ DE NARCOTINE.

On délaie l'extrait d'opium dans l'eau de manière à lui donner la consistance d'un sirop; on introduit cette liqueur dans un flacon de verre avec 8 fois son volume d'éther sulfurique; on agite de temps en temps pendant 1 à 2 jours; on décante l'éther, on en ajoute une nouvelle quantité pareille à la première, et on opère de même; on renouvelle à plusieurs reprises l'action de l'éther, jusqu'à ce qu'il ne dissolve plus rien; alors on fait évaporer la dissolution d'extrait en consistance pilulaire.

Ce procédé, qui est de M. Robiquet, a été adopté par le Codex. M. Limousin Lamothe en a donné un autre plus économique. On bat dans un mortier 4 parties d'extrait aqueux d'opium et 1 partie de poix-résine. Quand le mélange est bien intime on le ramollit peu à peu avec de l'eau bouillante pour le liquéfier. On ajoute 16 nouvelles parties d'eau, l'on filtre et l'on fait évaporer.

Ce procédé est fondé sur ce que la narcotine, la résine et l'huile de l'opium forment avec la résine de pin, dont les propriétés sont analogues, une masse insoluble qui se sépare plus facilement de la solution aqueuse que ne pouvaient le faire les mêmes principes quand ils étaient en plus faible proportion.

On ne possède aucune expérience qui prouve que l'opium traité ainsi, soit véritablement dépouillé de toute sa narcotine.

M. Magendie croit que l'extrait d'opium privé de narcotine est plus sédatif, ce qui doit être, puisque la masse de morphine est plus considérable ; mais il le croit moins excitant. Cette opinion contestée ne peut être résolue que par des expériences thérapeutiques.

EXTRAIT D'OPIUM PRIVÉ DE MORPHINE.

M. Magendie emploie sous le nom d'extrait d'opium privé de morphine, le résidu de la préparation de l'extrait d'opium qui ne retient qu'extrêmement peu de cette base. Suivant ce praticien, 4 grains n'équivalent pas à 1 grain d'extrait ordinaire.

COLLYRE OPIACÉ.

Pr.: Eau de roses, quatre onces............. 125 grammes.
Extrait d'opium, quatre grains.......... 0,22

Faites dissoudre (Hôp. Paris).

SIROP D'OPIUM.

Pr.: Extrait d'opium, seize grains........... 0,9 grammes.
Eau, demi-once........................ 16
Sirop de sucre, une livre............. 500

On dissout l'extrait d'opium dans l'eau froide, on filtre la liqueur, on l'ajoute au sirop bouillant ; on tient quelques instants sur le feu pour dissiper l'eau ajoutée, et l'on passe.

Ce sirop contient par once un grain d'extrait d'opium.

SIROP D'OPIUM SUCCINÉ.

(Sirop de Karabé.)

Pr.: Extrait d'opium, seize grains........... 0,9 grammes.
Eau, demi-once........................ 16
Sirop de sucre, une livre............. 500
Esprit de succin, trente-deux grains. ... 1,8

On prépare le sirop d'opium à la manière ordinaire ; quand il est refroidi on y incorpore l'esprit de succin.

Ce sirop contient, comme le sirop d'opium, un grain d'extrait par once.

TEINTURE D'EXTRAIT D'OPIUM.

Pr.: Extrait d'opium aqueux.   1
        Alcool à 22°.   12

Faites dissoudre ; filtrez.

Cette teinture contient par gros six grains d'extrait d'opium.

TABLETTES D'OPIUM.

Pr. : Extrait d'opium..   1
        Sucre.   60
        Mucilage de gomme adragante. .... S. Q.

Faites des tablettes de six grains. Chacune d'elles contient $^1/_{10}$ de grain d'extrait d'opium.

PILULES DE CYNOGLOSSE.

Pr. : Écorce sèche de racine de cynoglosse..........   8
        Semences de jusquiame.   8
        Extrait aqueux d'opium.   8
        Myrrhe.   12
        Oliban.   10
        Safran.   3
        Castoréum.   3
        Sirop d'opium. .... S. Q.

On pulvérise ensemble les semences de jusquiame et la racine de cynoglosse, et séparément chacune des autres substances ; on ramollit l'extrait d'opium avec un peu de sirop, et l'on y incorpore les poudres. La masse contient le huitième de son poids d'extrait d'opium.

On a blâmé la substitution faite par le Codex du sirop d'opium au sirop de cynoglosse, mais elle est insignifiante. Le sirop d'opium ne change pas de $^1/_{1000}$ la proportion d'extrait d'opium de la masse.

§ III. PRODUITS PAR L'ALCOOL.

L'alcool à 56°, que l'on met en contact avec l'opium, dissout une plus grande proportion de matière que l'eau. La narcotine, la résine acide, l'huile entrent en dissolution, de sorte que l'extrait alcoolique se rapproche bien plus par sa composition de l'opium brut que ne le fait l'extrait obtenu par l'eau.

EXTRAIT ALCOOLIQUE D'OPIUM.

On coupe l'opium par tranches ; on le fait macérer avec de

l'alcool à 56ᶜ (21° Cartier), on passe avec expression, on filtre, on épuise l'opium par de nouvelles macérations, on réunit les liqueurs, on les distille et l'on évapore le résidu en consistance d'extrait.

100 parties d'un bon opium de Smyrne, m'ont donné 50 parties d'extrait alcoolique.

TEINTURE D'OPIUM BRUT.

Pr.: Opium brut...................................... 2
Alcool à 56ᶜ (21° Cart.)...................... 28

Faites macérer pendant 8 jours; passez avec expression, filtrez (Béral).

24 parties de teinture correspondent à 2 parties d'opium brut et à une partie d'extrait d'opium.

ÉLIXIR PARÉGORIQUE.

Pr.: Opium pur, deux gros...................... 8 grammes.
Acide benzoïque, trois gros................ 12
Safran, trois gros............................ 12
Huile essentielle d'anis, demi-gros.......... 2
Alcool à 88ᶜ (34 Cart.), onze onces........ 350
Ammoniaque liquide, cinq onces......... 150

Faites macérer pendant 8 jours; filtrez.

Cette formule de la pharmacopée d'Édimbourg, a été adoptée par le Codex français.

Les alcalis de l'opium ne sont pas précipités par l'ammoniaque dans ce médicament, parce qu'ils sont solubles dans le véhicule alcoolique.

ÉLIXIR PARÉGORIQUE.

(Pharmacopée de Dublin.)

Pr.: Extrait sec d'opium par l'alcool, un gros... 4 grammes.
Acide benzoïque, un gros..................... 4
Huile volatile d'anis, un gros................ 4
Camphre, deux scrupules.................... 2,6
Alcool à 56ᶜ (21° Cart.), vingt-huit onces.. 875

Faites macérer pendant huit jours, filtrez.

§ IV. PRODUITS PAR LE VIN.

Le vin dissout tous les principes de l'opium que l'eau peut dissoudre; en outre par l'alcool et les parties acides qu'il contient, le vin est plus propre que l'eau à se charger de la narcotine, de l'huile et de la résine.

EXTRAIT D'OPIUM AU VIN OU LAUDANUM OPIATUM.

On prend 1 partie d'opium, on la coupe par tranches et on la fait macérer dans 4 parties de vin blanc en opérant de la même manière que pour l'extrait aqueux. On passe avec expression ; on ajoute au marc 2 autres parties de vin blanc. Après quelques heures de macération, on passe de nouveau. Les deux liqueurs vineuses passées au filtre ou à la chausse sont évaporées ensemble en consistance d'extrait.

L'extrait d'opium au vin est différent de l'extrait d'opium ordinaire ; parce que le vin, ainsi que nous l'avons dit, a une action dissolvante spéciale ; en outre il contient les matières extractives et salines du vin qui s'ajoutent aux principes de l'opium et augmentent la masse de l'extrait. La proportion de morphine et de codéine à poids égaux est moindre dans l'extrait d'opium au vin que dans l'extrait aqueux.

L'opium fournit par le vin $1/8$ de plus d'extrait que par l'eau. L'extrait d'opium au vin est peu employé.

VIN D'OPIUM.

Pr.: Opium brut.......................... 1
  Vin généreux........................ 10

Ce vin est peu employé, excepté dans la pratique de quelques hôpitaux, parce qu'il est meilleur marché que le laudanum de Sydenham.

VIN D'OPIUM COMPOSÉ.

(Laudanum liquide de Sydenham.)

Pr.: Opium brut, deux onces.............. 64 grammes.
  Safran, une once.................... 32
  Cannelle, un gros.................. 4
  Girofles, un gros.................. 4
  Vin de Malaga, une livre.......... 500

On coupe l'opium par tranches ; on incise le safran ; on concasse la cannelle et les girofles, et l'on fait macérer le tout pendant quinze jours. On passe avec expression, et l'on filtre le liquide à la chausse ou au papier.

On a conseillé successivement plusieurs modifications à cette formule; mais dans l'impossibilité où nous sommes de prévoir les changements qu'une modification dans le mode opératoire peut entraîner dans la nature même des matières dissoutes, il vaut mieux, surtout pour un médicament consacré comme celui-ci par un long usage, s'en tenir à l'ancienne formule.

L'opium cède au vin de la narcotine, le méconate de morphine et de codéine, la résine, l'huile acide, l'arôme, beaucoup de matière colorante. Ces matières se trouvent unies à la matière colorante et aux huiles volatiles de la cannelle, du safran et du girofle.

Au bout de quelque temps, il se fait un dépôt assez abondant dans le laudanum. M. Henry a reconnu qu'il est formé par la matière colorante du safran : elle abandonne l'huile volatile, à laquelle elle était unie ; cette huile reste en dissolution, et comme c'est à elle que le safran doit ses propriétés médicinales, le laudanum ne perd rien de ses vertus, bien qu'il soit en partie décoloré.

Il est possible que la matière tannante contenue dans la cannelle et dans les girofles, agisse sur les alcalis de l'opium et contribue à changer leur état de combinaison. Il est possible aussi que les acides qui dissolvent la narcotine modifient ses propriétés physiologiques.

17 grains de laudanum de Sydenham représentent 2 grains d'opium brut ou 1 grain d'extrait d'opium.

LINIMENT NARCOTIQUE.

Pr.: Baume tranquille, deux onces. .... 64 grammes.
     Laudanum de Sydenham, deux gros. 8

Mêlez (Hôp. Paris).

CÉRAT OPIACÉ.

Pr.: Cérat jaune, une once................. ..... 32 grammes.
     Laudanum liquide de Sydenham , un gros. . 4

Mêlez (Hôp. Paris).

VIN D'OPIUM PAR FERMENTATION.

(Opium ou Laudanum de Rousseau.)

Pr.: Opium brut, quatre onces............... 125 grammes.
Miel blanc, douze onces............... 375
Eau tiède, trois livres douze onces....... 1875
Levure de bière fraîche, deux gros. 8

On délaie le miel dans une partie de l'eau, et l'opium dans l'autre ; on mêle les deux liqueurs, on y divise la levure et on abandonne le tout dans un endroit chaud, jusqu'à ce que la fermentation soit terminée. On passe avec expression ; on filtre et on distille pour retirer 16 onces de liqueur ; par une deuxième et une troisième rectifications au bain-marie, on arrive à n'obtenir que 4 onces $\frac{1}{2}$ d'alcool qui marque de 24 à 25° (64 à 67c).

On évapore la dissolution extractive d'opium au bain-marie -jusqu'à ce qu'il en reste 10 onces (320 grammes). On ajoute l'alcoolat d'opium et l'on filtre de nouveau. Le produit marque 15° à l'aréomètre de Baumé.

La quantité d'alcool que l'on obtient à la distillation peut être un peu différente, par exemple, quand on opère sur des masses plus considérables et que la fermentation marche mieux ; mais cette différence n'a pas d'influence prononcée sur les propriétés du laudanum de Rousseau, pourvu que le rapport de la quantité d'opium à la quantité de produit soit conservée.

Le procédé qui précède est celui de Rousseau, tel toutefois qu'il a été modifié par M. Blondeau, habile pharmacien de Paris. Ainsi préparé, l'opium de Rousseau a une odeur vireuse d'opium qu'on ne retrouve pas dans la même préparation faite suivant l'ancienne formule, où l'alcoolat d'opium était remplacé par de l'alcool ordinaire. Chez quelques malades, cette différence paraît en entraîner une dans les effets.

M. Béral a apporté à cette formule quelques modifications ; d'abord, il augmente de $\frac{1}{18}$ la proportion d'eau qui entre dans le premier mélange ; puis, lorsque la fermentation est terminée, il retire par une seule distillation 8 onces d'alcool ; il évapore le résidu pour le réduire à 8 onces, et il le mélange avec la liqueur alcoolique précédente ; il filtre après quelques jours de contact. Il semble que toute la différence doive consister ici dans le rapport plus simple de l'opium au produit ; mais il en est tout autrement. Deux fois et en employant chaque fois avec 1 kilogr. d'opium de Smyrne, le même miel, la même levure ; en faisant marcher les opérations de concert dans la même place d'une même étuve, j'ai opéré comparativement suivant le procédé du Codex et suivant celui de M. Béral. J'ai vu chaque fois que dans le procédé de M. Béral, lorsqu'on mélange la liqueur d'opium avec l'alcool, il se fait un dépôt qui reste en suspension avec une extrême ténacité ; ce dépôt recueilli, lavé et séché, représente le 40ᵉ du poids de l'opium. Il est noir, cassant et résineux. Le procédé du Codex ne donne qu'un petit dépôt grisâtre qui se sépare avec facilité. L'opium de Rousseau, préparé par le procédé de M. Béral, est donc différent de celui du Codex ; rien ne dit qu'il soit meilleur.

§ V. PRODUITS PAR L'ACIDE ACÉTIQUE.

L'acide acétique et le vinaigre peuvent dissoudre tous les principes de l'opium qui sont également solubles dans l'eau, mais ils sont plus propres à dissoudre la narcotine et les parties résineuses.

EXTRAIT ACÉTIQUE D'OPIUM.

(Extrait d'opium de Lalouette.)

On fait macérer une once d'opium dans 2 livres de vinaigre distillé. On filtre et l'on évapore en extrait.

Le vinaigre dissout mieux les matières résineuses que l'eau ; il se charge très bien de la narcotine. L'extrait de Lalouette doit donc être plus riche en résine et contenir toute la narcotine de l'opium. Sa composition n'a pas d'ailleurs été étudiée d'une manière particulière. Quelques médecins lui attribuent des propriétés spéciales (*Voir* vinaigre d'opium).

En faisant dissoudre 3 grains de cet extrait dans un gros de vin d'Espagne, on a l'opium liquide de Lalouette.

M. Chrestien indique des proportions fort différentes. Suivant lui, l'extrait est préparé avec une once d'opium et une livre de vinaigre, et l'opium liquide avec trois gros ½ d'extrait, 7 onces d'eau et 1 once d'alcool.

VINAIGRE D'OPIUM.

Pr.: Opium brut. 1
Vinaigre blanc très fort..................... 8

On coupe l'opium par tranches, on le fait macérer dans le vinaigre pendant 24 heures ; au bout de ce temps on le malaxe pour le bien diviser ; on continue la macération pendant 5 à 6 jours ; on passe avec expression et l'on filtre.

Le vinaigre dissout de l'opium les sels de morphine et de codéine ; il dissout également la narcotine, les matières huileuses et résineuses, et les matières colorantes.

Les *Pharmacopées* varient presque toutes sur les proportions d'opium qui entrent dans cette préparation, dont notre Codex ne fait pas mention. J'ai adopté une formule qui donne à cette préparation un degré de concentration pareil à celui du laudanum de Sydenham. Le vinaigre doit cependant modifier l'action de l'opium d'une manière différente que le vin.

TEINTURE ACÉTIQUE D'OPIUM.

(Vinaigre d'opium du Codex.)

Pr.: Opium brut. 1

Vinaigre très fort. 6

Alcool à 80c (31° Cart.). 4

On divise bien l'opium dans le vinaigre, on ajoute l'alcool, on laisse macérer pendant 8 à 10 jours ; on passe avec expression et l'on filtre au papier.

Cette formule est celle de la pharmacopée des États-Unis d'Amérique : on l'y emploie pour remplacer une autre préparation, *les gouttes noires*, espèce de remède secret, dont il a été publié plusieurs formules plus ou moins différentes les unes des autres, qui s'accordent presque toutes à faire employer du vinaigre, bien que la formule originale prescrive le verjus ou le suc de pommes sauvages.

Les gouttes noires (Black drop), gouttes de Lancastre ou des quakers, se préparent à peu près de la manière suivante :

Pr.: Opium brut. 12

Vinaigre. 96

Noix muscades concassées. 3

Safran incisé. 1

Sucre. 8

Levure de bière. 2

On laisse toutes ces matières en contact pendant un mois, on expose ensuite à l'air jusqu'à ce que la liqueur ait pris une consistance sirupeuse ; on passe, on filtre et l'on met en bouteilles ; on ajoute à chaque bouteille un peu de sucre.

On aperçoit tout de suite le danger d'une pareille préparation, avec le vague que laisse l'évaporation en consistance de sirop et l'addition d'un peu de sucre au produit, quand il s'agit d'un médicament aussi actif que l'opium ; aussi adoptons-nous volontiers la proposition faite par les docteurs Georges Wood et Franklin Bache, de remplacer les gouttes noires par la teinture acétique d'opium, qui donne un médicament de force constante.

Des médecins croient que les gouttes noires n'ont pas les propriétés excitantes de l'opium, qu'elles ne causent ni nausées, ni vertiges, ni maux de tête.

D'autres acides végétaux paraissent modifier de la même manière que le vinaigre les effets narcotiques de l'opium. Le docteur Porter, de Bristol, a proposé de remplacer les gouttes noires par une liqueur qu'il a appelée *liqueur de citrate de morphine*, et qui a assez d'analogie avec la préparation précédente :

LIQUEUR DU DOCTEUR PORTER.

Pr.: Opium. 2
     Acide citrique. 1
     Eau distillée. 16

On broie l'opium avec l'acide citrique dans un mortier en porcelaine; on ajoute l'eau distillée bouillante ; on laisse en contact pendant 24 heures ; on passe avec expression et l'on filtre.

Le degré de concentration est celui de la liqueur américaine.

On peut tirer quelque utilité du tableau suivant, qui établit le rapport entre différentes préparations d'opium. Il ne faut pas perdre de vue que l'opium est une matière très composée, et que les éléments qui sont associés à une même quantité de morphine dans ces diverses préparations, peuvent singulièrement modifier leurs propriétés médicinales.

	1 grain opium brut vaut :	1 grain extrait opium vaut :
Morphine.	0,07 grains.	0,15 grains.
Opium brut.	1	2
Extrait aqueux.	0,5	1
— privé de narcotine.	0,45	0,9
— au vin.	0,6	1,2

1 grain opium brut vaut :   **1 grain extrait d'opium vaut :**

Extrait par le vinaigre.....	0,6 grains.	1,2 grains.
Teinture d'opium brut.....	12	24
Teinture d'extrait d'opium..	6	12
Vin d'opium simple........	10	20
Laudanum de Sydenham. .	8,5	17
Opium de Rousseau.......	3,6	7
Vinaigre d'opium.	8,5	17
Teinture acétique d'opium.	10	20

PAVOT.

(Papaver somniferum.)

La capsule du pavot paraît contenir les mêmes principes que l'opium, cependant en plus petites quantités; mais les rapports sont assez mal établis, parce que la composition des pavots est variable suivant l'époque à laquelle les capsules ont été récoltées et suivant le climat où la plante est venue, les pavots du Midi étant plus actifs que ceux du Nord.

L'opium retiré par incision des capsules de nos pavots contient plus de morphine que l'opium exotique. Ce fait a été observé d'abord par M. Caventou, puis il a été confirmé par M. Petit, et plus récemment encore par M. Pelletier. Cet habile chimiste a trouvé que cette quantité était d'un tiers plus forte : il a opéré sur de l'opium obtenu par incision dans le département des Landes. M. Pelletier a retrouvé aussi dans cet opium l'acide méconique, mais, chose remarquable, pas la moindre trace de narcotine; on peut s'en rapporter à l'habileté de l'opérateur pour l'exactitude du fait, et cependant la narcotine a été trouvée dans les capsules de nos pavots par M. Vauquelin, par MM. Richard-Duprat, Petit et Dublanc, et même, suivant Vauquelin, elle y est proportionnellement en plus forte quantité que la morphine. M. Pelletier a trouvé aussi dans son analyse d'opium le caoutchouc et la matière huileuse; mais la petite quantité de matière qu'il a eue à sa disposition ne lui a pas permis de s'assurer de la présence des autres principes. Il pense que dans cet opium indigène, la morphine est combinée à l'acide méconique et à l'acide sulfurique.

RÉCOLTE.

Pour jouir de toutes leurs propriétés, les capsules du pavot devraient être récoltées avant la maturité des graines, lorsqu'elles sont encore très succulentes.

Les capsules du commerce sont récoltées trop tard, lorsque les graines ont mûri aux dépens des sucs du péricarpe ; aussi des accidents graves ont été produits par la substitution des fruits verts et succulents du pavot aux capsules sèches du commerce.

HYDROLÉ DE PAVOT.

On emploie quelquefois l'infusion des capsules de pavots comme sédative ; on la fait entrer dans des potions. Plus souvent on s'en sert à l'extérieur en lotions ou fomentations calmantes. La dose est d'une once de capsules sèches, que l'on traite par infusion dans un litre d'eau bouillante. Quand on ordonne le pavot en lavement, il faut en diminuer la dose ; 4 à 5 gros sont la dose la plus ordinaire.

EXTRAIT DE PAVOT.

On sépare les semences du pavot, on coupe menu le péricarpe et l'on prépare un extrait au moyen de l'alcool à 56° (21° Cart.).

Il résulte des expériences faites sur les extraits de pavot par M. Dublanc :

1° que   95 parties d'extrait alcoolique de pavot contiennent = 1 morphine;
2° que   333   —   —   de suc de pavot par expression = 1 morphine;
2° que 1700   —   —   par infusion des capsules sèches = 1 morphine.

Très probablement et les quantités de morphine et le rapport entre ces quantités ne sont pas très exacts, parce qu'il est à peu près impossible de ne pas perdre une partie des produits, et d'autant plus que la masse sur laquelle on opère est plus considérable ; mais la préférence à donner à l'extrait alcoolique sur les autres extraits de pavot n'en est pas moins bien établie par les expériences de M. Dublanc et plus encore par les essais comparatifs faits au lit du malade par M. le professeur Andral.

L'extrait aqueux de pavot laisse un dépôt abondant lorsqu'on le dissout dans l'eau froide. Ce dépôt contient de l'albumine, de la matière colorante, de la résine ; mais je n'ai pu y trouver de narcotine.

100 parties de capsules de pavot, sans les semences, épuisées par l'alcool à 56°, m'ont fourni 17 p. d'extrait presque pilulaire, 1 grain d'extrait représente 6 grains de capsules.

Ce qui est fort remarquable, c'est la petite quantité de morphine qui se trouve dans ces extraits comparés à celui que les capsules donnent par incision. Ceci tient évidemment à deux causes : d'abord à ce que les capsules de pavot du commerce ont été cueillies dans un état de végétation trop avancé, et l'autre à ce que les véhicules de dissolution entraînent des sucs qui ne se mêlent pas à l'opium indigène, quand on se contente d'inciser les capsules.

SIROP DIACODE.

(Sirop de pavot blanc.)

Pr.: Extrait alcoolique de pavot, quatre gros...	16 grammes.
Eau distillée, quatre onces.	125
Sirop simple, trois livres................	1500

On fait dissoudre l'extrait dans l'eau, on filtre la dissolution, on la mêle au sirop bouillant ; on entretient l'ébullition pour achever de cuire le sirop et on le passe.

Chaque once de sirop contient 6 grains d'extrait de pavot.

On préparait autrefois ce sirop avec des capsules de pavots que l'on faisait digérer dans l'eau ; on ajoutait le sucre, et l'on évaporait en consistance de sirop. Cette préparation, longtemps suivie, a donné lieu à quelques observations qu'il est bon de rapporter.

L'emploi de l'eau distillée est nécessaire. Si on emploie des eaux calcaires, pendant la concentration des liqueurs, le carbonate de chaux précipite de la morphine suivant l'observation judicieuse de M. Guéranger.

Le pavot est traité par de l'eau chaude et non pas bouillante, la liqueur en est moins visqueuse et elle filtre mieux, surtout lorsqu'elle a été évaporée à moitié et que la chaleur a coagulé l'albumine végétale.

On ne clarifie pas ce sirop, parce que l'on prétend que l'albumine ferait disparaître les propriétés sédatives du pavot ; le fait me paraît au moins douteux. M. Guéranger a cru que cet effet était dû à la précipitation de la morphine par la soude du blanc d'œuf; mais je me suis assuré que l'infusion de pavot restait encore fort acide, même après que j'y avais mêlé beaucoup plus d'albumine qu'il n'en fallait pour sa clarification.

On a proposé pour la même raison de remplacer le sucre par du sirop clarifié, sans penser que la soude libre restait dans le sirop. Si l'emploi du sirop de sucre est avantageux, c'est qu'il donne un sirop plus clair que celui obtenu par simple solution du sucre.

Le reproche bien fondé que l'on est en droit de faire à ce sirop, c'est qu'il fermente avec une extrême facilité; j'ai essayé, pour diminuer ce défaut, de concentrer beaucoup plus l'infusion de pavot, mais le résultat a été le même. Il faut nécessairement, pour l'éviter, faire évaporer en consistance d'extrait, dissoudre celui-ci dans un peu d'eau froide et l'ajouter au sirop de sucre.

Les expériences cliniques faites par M. Andral, lors de la rédaction du Codex, n'ont pas laissé de doute que le sirop fait avec l'extrait alcoolique est plus actif.

COQUELICOTS.

(Papaver rhœas.)

Les fleurs de coquelicots, suivant l'analyse de MM. Beetz et Luderwig, contiennent :

Albumine végétale, matière colorante rouge, matière astringente, gomme, cérine, résine molle, quelques sels.

L'eau dissout facilement tous les premiers principes.

DESSICCATION.

Les fleurs de coquelicots étant très succulentes, doivent être séchées rapidement dans un grenier très chaud on dans une étuve.

On les crible après leur entière dessiccation pour en séparer les étamines et les œufs d'insectes. Il faut les conserver dans un endroit bien sec.

TISANE DE COQUELICOTS.

Pr.: Fleurs sèches de coquelicots, un gros. ...   4 grammes.
    Eau bouillante, un litre.............. 1000

Faites infuser pendant une heure et passez.

SIROP DE COQUELICOTS.

Pr.: Fleurs récentes de coquelicots.............. 1
    Eau bouillante......................... 2
    Sucre blanc. .... S. Q.

On fait une infusion des fleurs, on la passe avec légère expression ; on la laisse déposer ; on y ajoute le double de son poids de sucre, et on fait un sirop par simple solution au bain-marie. Ce sirop est d'une belle couleur et il se conserve bien.

Plusieurs praticiens préfèrent se servir des pétales secs de coquelicots, parce que le sirop est moins mucilagineux, mais il est d'une couleur moins belle. On prend alors 1 once de fleurs sèches de coquelicots, on les fait infuser dans 10 onces d'eau bouillante ; on passe avec expression et l'on filtre la liqueur ; on pèse d'autre part 1 livre de sirop de sucre ; on le fait concentrer ; on y ajoute l'infusion, et l'on fait cuire en consistance de sirop.

DES FUMARIÉES.

Les fumariées sont des plantes amères dont l'espèce la plus commune, la fumeterre (*Fumaria officinalis*), jouit d'une assez grande réputation contre les maladies de la peau et quelques affections du foie. Les espèces voisines, et même la fumeterre jaune (*Corydalis bulbosa*), jouissent des mêmes propriétés.

M. Peschier, de Genève, a retiré de la fumeterre une base alcaline particulière, de l'extractif, de la résine et un acide cristallisable. La matière alcaline peu étudiée a une saveur amère ; elle est visqueuse, soluble dans l'eau, l'alcool et l'éther.

Wackenroder a étudié avec plus de soin un autre alcali végétal, qu'il a retiré de la racine du corydalis bulbosa, et que M. Peschier dit avoir de l'analogie avec celui de la fumeterre. La corydaline de Wackenroder est presque insipide, parfaitement cristallisable, incolore, fusible à + 100°, peu soluble dans l'eau, très soluble dans l'alcool et l'éther, donnant des dissolutions jaunes ; elle est précipitée par la noix de galles.

La fumeterre est employée sous forme de boisson ; on la traite par infusion. On fait également usage de son suc, qui entre souvent dans la composition des sucs d'herbes.

SUC DE FUMETERRE.

On pile la fumeterre dans un mortier, on exprime le suc, et on le filtre à froid.

TISANE DE FUMETERRE.

Pr.: Fumeterre sèche, une once............ 32 grammes.
Eau bouillante, un litre................ 1000

Faites infuser pendant 1 heure ; passez.

EXTRAIT DE FUMETERRE.

Pr.: Suc de fumeterre dépuré à chaud....... Q. V.

Évaporez au bain-marie. La plante fournit le 40° de son poids d'extrait. La fumeterre sèche traitée par l'eau à + 20°, fournit le 5° de son poids d'extrait.

SIROP DE FUMETERRE.

Pr.: Suc dépuré de fumeterre................. 1
Sucre blanc............................... 1

Faites cuire en consistance de sirop ; passez.

DES CRUCIFÈRES.

La famille des crucifères, si remarquable par l'analogie botanique de toutes les plantes qui la composent, ne l'est pas moins par la similitude des propriétés de ces plantes et de toutes leurs parties. Elle est telle, qu'en tenant compte de leur plus ou moins grande activité, on peut les substituer les unes aux autres pour l'usage médical.

Les crucifères sont riches en azote, et pour cette raison, sans doute, elles végètent surtout avec vigueur dans le voisinage de nos habitations, et elles gagnent plutôt qu'elles ne perdent de leurs propriétés par la culture. Le soufre se retrouve dans toutes, et il est un des principes constituants de l'huile âcre volatile qui se retrouve presque identique dans toutes les espèces, et à laquelle elles doivent leur principale propriété. Dans la moutarde, le soufre a été trouvé encore dans une matière fixe cristallisable, qui a reçu le nom de sinapisine.

Les crucifères sont des végétaux éminemment stimulants. Si le principe actif y est très concentré, comme dans la racine de raifort ou dans celle de l'*Iberis latifolia*, il peut agir comme rubéfiant; plus dilué, il devient à l'intérieur un médicament utile.

Les crucifères produisent un sentiment de chaleur à l'estomac qui a peu de durée. Il en résulte une activité générale, mais dont l'effet n'est que momentané. Bientôt la matière active qui la produisait est éliminée, et se fait reconnaître par son odeur dans les humeurs excrétées de la transpiration, le lait, les urines.

C'est cette action si remarquable des crucifères qui leur a valu une réputation bien méritée dans toutes les maladies où il y a débilité. On y a recours surtout pour combattre le vice scrofuleux ou scorbutique; souvent on leur associe des matières toniques dont l'action plus durable maintient les effets trop passagers des crucifères. Quelques plantes contiennent naturellement cette association de parties âcres et amères. Je citerai le cresson et surtout le cochléaria.

L'action stimulante des crucifères les fait employer avec succès dans les catarrhes chroniques et dans l'œdème du poumon. Ils facilitent la secrétion des mucosités, et en diminuent bientôt la quantité. C'est dans cette intention que l'on emploie les sirops d'érysimum, de cresson, de chou rouge. On peut au besoin leur substituer des antiscorbutiques plus énergiques, en ayant égard pour la dose à cette plus grande activité.

Le principe actif des crucifères est très abondant dans la racine du grand raifort et dans celle de l'*Iberis latifolia*, qui lui est substituée dans quelques parties du midi de la France. Il abonde encore dans le radis noir (*Raphanus niger*), qui sert plutôt comme aliment. C'est comme tels que l'on emploie la rave (*Brassica-napus*), le cresson, le chou; leur matière volatile engagée au milieu d'un tissu charnu et tendre lui sert de condiment. La cuisson à laquelle on soumet les crucifères dissipe plus ou moins le principe volatil et diminue leur saveur, comme dans le chou, le navet. L'étiolement artificiel du chou marin (*Crambe maritima*), l'étiolement naturel du chou pommé, en isolant les feuilles de l'action vivifiante de la lumière, s'opposent au développement du principe volatil et rendent ces aliments d'une saveur plus douce, en même temps qu'ils laissent la fibre dans un état de mollesse plus convenable à l'alimentation.

Les semences des crucifères contiennent les éléments propres à former l'huile volatile, qui s'y développe sous l'influence de l'eau et leur communique des propriétés identiques à celles de ces plantes fraîches. Les différents Sinapis sont surtout remarquables sous ce rapport. Sous le nom de moutarde, on emploie en Europe les *sinapis nigra, arvensis* et *alba*; à la Chine, le *S. sinensis*; dans l'Inde, les *S. dichotoma, racemosa.* Les semences de notre érysimum commun, et celles de la roquette (*Brassica eruca*), ont les mêmes propriétés; on les retrouve encore, quoiqu'à un plus faible degré, dans les semences de colza et de navette, qui servent à faire de l'huile à brûler. Toutes les semences des crucifères peuvent fournir une huile qui est contenue dans la semence même, dont la saveur est douce, et qui acquiert ordinairement une saveur désagréable dans l'opération qui sert à l'extraire, par son mélange avec les autres principes que la graine contient; les moutardes fournissent de l'huile; on la retire plus ordinairement du colza et de la navette. Au Japon, le *Sinapis cernua* est employé au même usage.

Les propriétés des crucifères résidant principalement dans un principe volatil, on devra, dans leur emploi médical, éviter de les soumettre à l'action de la chaleur; la dessiccation seule suffirait pour leur faire perdre toutes leurs propriétés. Aussi ces plantes sont-elles toujours employées à leur état de fraîcheur, et souvent à l'état de suc ; si l'on est obligé de recourir à l'action du feu pour leur donner une forme pharmaceutique convenable, il faut opérer en vase clos, ou avoir recours à la distillation.

§ I. PRÉPARATIONS QUI CONTIENNENT TOUTES LA SUBSTANCE DES PLANTES CRUCIFÈRES.

CONSERVE DE COCHLÉARIA.

Pr.: Feuilles mondées de cochléaria............ 1
Sucre blanc.......................... 3

On pile les feuilles de cochléaria dans un mortier de marbre avec le sucre, jusqu'à ce que tout soit réduit en pulpe ; on passe à travers un tamis de crin.

On prépare de même la conserve de cresson.

§ II. SUC DE LA PLANTE.

Le suc des crucifères contient et la partie amère, et la partie âcre et volatile de ces plantes. Ce suc évaporé fournit un extrait ; mais on n'emploie presque jamais les crucifères sous cette forme, parce que le principe volatil est totalement dissipé pendant l'évaporation. Quelques-uns de ces extraits contiennent cependant des parties extractives et salines qui ne sont pas sans efficacité ; mais on les remplace toujours facilement par d'autres médicaments de mêmes propriétés et plus actifs.

SUC DE CRESSON.

On pile le cresson, on l'exprime et on filtre le suc à froid.

Le suc de cresson possède toutes les propriétés de la plante quand il a été fait sans l'intermède du feu. Quelquefois on est obligé de le chauffer, et ce doit être alors en vases clos, suivant la méthode ordinaire. Il perd ainsi une faible partie de sa saveur piquante, mais il conserve toute son amertume.

On prépare de la même manière le suc de cochléaria.

SUCS ANTISCORBUTIQUES.

Pr.: Feuilles de Cresson..................... 1
Cochléaria..................... 1
Trèfle d'eau.................. 1

Pilez les plantes, exprimez-en le suc, et filtrez-le au papier sans le chauffer.

Cette formule du Codex peut subir un grand nombre de modifications ; on y a allié la matière amère du trèfle d'eau au principe âcre du cresson et du cochléaria.

SIROP DE CRESSON.

Pr.: Suc non dépuré de cresson. 16
    Sucre. 30

Chauffez au bain-marie pour dissoudre le sucre, et passez le sirop refroidi.

On prépare de même le sirop de cochléaria.

SIROP DE CHOU ROUGE.

Pr.: Feuilles de chou rouge, une livre. . . . . 500 grammes.
    Eau, trois onces. 96

On pile les feuilles de chou rouge dans un mortier en marbre ; on ajoute l'eau et l'on passe avec forte expression. On clarifie le suc par la chaleur dans un matras de verre ; on le passe, on y ajoute le double de son poids de sucre, et l'on fait un sirop par simple solution dans un vase de verre, à la chaleur du bain-marie.

Cette formule donnée par MM. Henry et Guibourt, a été adoptée par le Codex ; elle donne un fort bon produit ; le sirop est d'une couleur plus vive et plus pure, d'une saveur plus franche que celui que l'on obtenait autrefois par la coction. Il est à la vérité un peu moins mucilagineux ; mais la différence est trop faible pour qu'on puisse chercher à établir une comparaison.

Le sirop de chou rouge contient une certaine quantité de la matière active des crucifères, qui lui donne une propriété excitante, particulière, qui le fait employer contre quelques catarrhes chroniques.

La couleur du chou rouge est très sensible à l'action des réactifs ; les alcalis le font passer au vert, et les acides au rouge. Il suffit même du contact de l'étain pour le faire virer au violet. Il faut avoir le plus grand soin de laver les linges qui servent à sa préparation, pour les débarrasser de l'alcali qu'ils ont pu conserver.

§ III. PRODUITS PAR L'EAU.

Les plantes crucifères ou leurs différentes parties, doivent être traitées par infusion en vase clos ; on passe la liqueur quand elle est refroidie. Les plantes étant employées fraîches, l'eau bouillante est nécessaire pour en extraire les parties solubles.

On emploie la racine de raifort à la dose de 5 gros par litre ; on prend une once de cresson ou de cochléaria.

APOZÈME ANTISCORBUTIQUE.

Pr.: Racine sèche de bardane, quatre gros.	16 grammes.
— patience, quatre gros.	16
— fraîche de raifort, quatre gros...	16
Feuilles fraîches de cochléaria, quatre gros.	16
— — cresson, quatre gros. .	16
— trèfle d'eau, quatre gros.	16
Eau bouillante, quatre livres...........	2000

On concasse les racines sèches, on incise le raifort et les feuilles, et l'on fait infuser pendant 2 heures en vase clos.

L'apozème antiscorbutique, suivant le Formulaire des hôpitaux de Paris, se prépare de la manière suivante :

Pr.: Espèces amères, deux gros............	8 grammes.
Esprit ardent de cochléaria, quatre gros..	16
Eau, deux livres.	1000

Faites infuser les espèces amères dans l'eau pendant une heure, passez ; et quand la tisane sera refroidie, ajoutez l'esprit de cochléaria.

EAU DISTILLÉE DE COCHLÉARIA.

Pr.: Feuilles incidées de cochléaria............	1
Eau...............................	S. Q.

Distillez à feu nu pour retirer 1 partie d'eau distillée.

On prépare de même l'eau de cresson.

L'eau distillée sur les crucifères se charge de leur partie volatile. Je me suis aperçu que la distillation faite par la méthode ancienne, en tenant la plante plongée dans le liquide à l'ébullition, donne un produit supérieur par son odeur et sa sapidité. Ce fait est surtout remarquable pour l'eau distillée de cochléaria, qui est sans contredit plus chargée que l'eau de cresson.

En outre de l'huile âcre qui préexiste dans la plante fraîche, s'en ferait-il une nouvelle quantité quand celle-ci est contusée et mise dans l'eau froide ? La chaleur empêcherait-elle cette formation quand la plante reçoit de suite l'impression de la vapeur à 100 degrés.

EAU DISTILLÉE DE RAIFORT.

Pr.: Racines de raifort incisées. 1
　　Eau. 5

Après un jour de macération, distillez à feu nu pour retirer 2 parties de produit.

La première moitié de liqueur distillée que l'on obtient est trouble et d'une saveur très forte ; la seconde moitié est très faible. Leur mélange constitue un médicament énergique qui paraît avoir un degré de concentration convenable.

La distillation à feu nu est préférable à la distillation à la vapeur. En ayant recours à celle-ci, j'ai vu que le premier produit était transparent et plus faible que celui obtenu par la distillation ordinaire. Le deuxième produit était plus faible que le premier, mais il était plus chargé que la seconde moitié obtenue à feu nu. Le mélange des liqueurs obtenues par la distillation à la vapeur a donné en définitive une eau distillée moins chargée que celle préparée à feu nu.

SIROP ANTISCORBUTIQUE.

(Sirop de raifort composé.)

Pr. : Feuilles de cochléaria, une livre. . . . .　500 grammes.
　　—　　　cresson, une livre. . . . .　500
　　—　　　ménianthe, une livre. . . . .　500
　　Racines de raifort, une livre. . . . .　500
　　Oranges amères, une livre. . . . .　500
　　Cannelle, demi-once. . . . .　16
　　Vin blanc, quatre livres. . . . .　2000
　　Sucre, quatre livres. . . . .　2000

On contuse les feuilles, on incise les racines de raifort, on coupe les oranges amères par tranches, on concasse la cannelle et l'on place le tout dans un bain-marie d'étain pendant 24 heures ; on distille alors au bain-marie pour retirer 1 livre (500 grammes) de produit. On fait avec cette liqueur et 30 onces de sucre un sirop par simple solution et en vases fermés.

D'autre part on passe avec une légère expression la matière restée dans l'alambic, et avec le restant du sucre on la convertit, par coction et clarification, en un sirop un peu cuit, auquel on mélange, quand il est en grande partie refroidi, le premier sirop.

Quelques personnes ne font qu'un seul sirop avec le résidu de la distillation ; elles le cuisent à 35° bouillant, et quand il est en partie refroidi, elles y ajoutent la liqueur distillée. Ces deux pratiques sont également bonnes.

Dans la distillation qui précède la préparation du sirop, l'huile volatile des crucifères passe dans le récipient. Elle est en grande partie dissoute par le liquide alcoolique dont le vin blanc a fourni la partie spiritueuse. La portion qui n'est que suspendue achève de se dissoudre lors de l'addition du sucre.

On remarque que les chapiteaux des alambics qui servent à cette préparation noircissent. Cet effet est dû à la formation du sulfure de plomb par la décomposition d'une partie de l'huile volatile, et par la combinaison du soufre qui est l'un de ses éléments, avec le plomb qui est allié à l'étain du commerce.

SIROP D'ERYSIMUM COMPOSÉ.

(Sirop de Chantres, de Vélar, de Tortelle.)

Pr.: Orge mondé, deux onces..................	64 grammes.
Raisins secs, deux onces...................	64
Réglisse, deux onces.....................	64
Bourrache, trois onces...................	96
Chicorée, trois onces.	96

Faites bouillir dans :

Eau, douze livres........................	6000 grammes,

jusqu'à réduction d'un quart ; passez, et versez bouillant sur :

Érysimum frais, trois livres.	1500 grammes.
Racine d'aunée, quatre onces..	125
Capillaire du Canada, une once............	32
Romarin, demi-once.....................	16
Stœchas, demi-once.	16
Anis, six gros...........................	24

Après vingt-quatre heures de macération, distillez, pour obtenir 8 onces (250 grammes) de liqueur qui servira à préparer un sirop par solution avec :

> Sucre, une livre........................ 500 grammes.

On ajoute au liquide de la cucurbite, après l'avoir passé,

> Sucre, trois livres. .... 1500 grammes,
> Miel, une livre......................... 500

et l'on fait selon l'art un sirop que l'on mêle au premier.

Le sirop d'érysimum composé facilite l'expectoration dans les catarrhes chroniques ou à la fin des rhumes. Il dissipe les enrouements, de là le nom de sirop de Chantres qu'il a porté.

SIROP DE NAVETS.

> Pr. : Navets récents........................... 1
> Eau. 4
> Sucre. 2

On enlève la peau des navets, on les coupe par tranches et on les fait cuire à une douce chaleur. On passe sans exprimer, on ajoute le sucre et l'on fait un sirop par coction et clarification.

Ce sirop est fait par ébullition, parce que le but qu'on se propose est de conserver les parties sucrées et mucilagineuses du navet et non le principe volatil.

§ IV. PRODUITS PAR L'ALCOOL.

Les produits par l'alcool sont de deux sortes : ceux que l'on obtient par la distillation et qui ne contiennent que le principe âcre volatil ; ceux que l'on obtient par macération et qui contiennent en même temps les principes fixes.

ALCOOLAT DE COCHLÉARIA.

> Pr. : Feuilles de cochléaria.................... 9
> Alcool à 80° (31° Cart.). 6

Retirez par la distillation 5 parties de produit.

On prépare de même l'alcoolat de cresson. Ce sont de bons médicaments, qui mettent toute l'année à la disposition du praticien le principe âcre et volatil des crucifères.

ALCOOLAT DE COCHLÉARIA COMPOSÉ.

(Esprit ardent de cochléaria.)

Pr.: Feuilles de cochléaria contusées, cinq livres.	2500
Racines de raifort coupées menues, dix onces.	320
Alcool à 80° (31° Cart.) six livres.........	3000

Distillez au bain-marie pour retirer 5 livres (2500 grammes) d'alcoolat.

GARGARISME ANTISCORBUTIQUE.

Pr.: Espèces amères, demi-gros..............	2 grammes.
Eau bouillante, huit onces...............	250
Sirop de miel, une once.................	32
Alcoolat de cochléaria composé, demi-once..	16

Faites infuser les espèces amères dans l'eau pendant une heure, passez et ajoutez le sirop de miel et l'esprit de cochléaria (Hôp. de Paris).

EAU DE LA VRILLÈRE.

Pr. : Feuilles de cochléaria , quatre onces.......	125 grammes.
— cresson, quatre onces.	125
Cannelle , une once....................	32
Écorces récentes de citron, trois gros......	12
Roses rouges, quatre gros..............	16
Girofles, trois gros.	12
Alcool à 80° (31° Cart.), vingt-quatre onces.	750

Après 4 jours de macération, retirez par distillation tout l'alcool employé.

Employée comme dentifrice, on la mêle avec de l'eau et l'on s'en rince la bouche pour fortifier les gencives.

TEINTURE ALCOOLIQUE.

Les teintures alcooliques simples des plantes crucifères ne sont pas employées. Ce seraient de bons médicaments, propres à présenter toute l'année au praticien les différents principes de ces plantes. De même que les alcoolats, les teintures contiennent la partie volatile ; mais il s'y trouve en outre toute la partie fixe amère qui est contenue dans plusieurs de ces plantes .

TEINTURE ANTISCORBUTIQUE.

(Teinture de Raifort composée.)

Pr.: Racines de raifort. 4
Semences de moutarde noire concassée. 2
Sel ammoniac. 1
Alcool à 56c (21° Cart.). 8
Alcoolat de cochléaria composé. . . . . 8.

Faites macérez pendant 8 jours, passez avec expression et filtrez.

§ V. PRODUITS PAR LE VIN.

VIN ANTISCORBUTIQUE.

Pr. : Racines de raifort, une once. . . . . 32 grammes.
Feuilles récentes de cochléaria, demi-once. . . . 16
— cresson, demi-once. 16
— ménianthe, demi-once. . . 16
Semences de moutarde concassées, demi-once. 16
Sel ammoniac, deux gros. 8
Vin blanc généreux, deux livres. 1000
Esprit de cochléaria composé, demi-once. . . . 16

Après 8 jours de macération l'on passe et l'on filtre.

Dans la préparation du vin antiscorbutique, on s'écarte de la règle générale qui prescrit de ne mettre que des plantes sèches en contact avec le vin ; ici il y a nécessité de se servir de végétaux frais : la matière âcre volatile de ces plantes sert d'ailleurs de condiment et s'oppose à la fermentation du vin.

Le vin antiscorbutique est employé à la dose de 1 à 4 onces dans les affections scorbutiques, et celles qui proviennent d'une atonie générale.

BIÈRE ANTISCORBUTIQUE.

(Sapinette.)

Pr. : Feuilles fraîches de cochléaria, une once.. 32 grammes.
Racines fraîches de raifort, deux onces. . . . 64
Bourgeons secs de sapin, une once. 32
Bière, quatre livres. 2000

Faites macérer pendant 2 jours, et passez.

MOUTARDE NOIRE.

(Sinapis nigra.)

La semence de moutarde noire est composée de :

Huile fixe douce; albumine végétale; sucre; matière gommeuse; matière colorante; matière nacrée; acide libre; sinapisine; matière verte particulière; quelques sels.

L'ensemble de cette composition est celle des semences émulsives. L'huile fixe y entre pour 28 centièmes environ ; mais la moutarde contient des principes particuliers qui sont précisément les parties intéressantes dans l'emploi médical de cette semence.

La sinapisine, suivant les observations de M. Simon, est en cristaux blancs, brillants, micacés, volatils ; elle est soluble dans l'alcool, l'éther, les huiles; insoluble dans les acides et les alcalis ; elle donne de l'huile de moutarde par son mélange avec l'albumine de la semence.

La matière nacrée est de nature grasse et présente peu d'intérêt. Quant à la matière verte, elle a été à peine examinée.

Il est à remarquer qu'aucun des produits contenus dans la semence de moutarde ne possède l'âcreté qui la fait précisément rechercher. C'est que la saveur âcre de la moutarde ne préexiste pas, mais qu'elle est le produit de la réaction qu'exercent les uns sur les autres les éléments qui y sont contenus. MM. Robiquet et Boutron ont traité par l'alcool la semence de moutarde, et ni la liqueur ni le résidu n'avaient d'âcreté ; de même en exposant à la chaleur du bain-marie de la moutarde en poudre, il ne se manifeste aucune odeur. C'est la présence de l'eau qui est la condition indispensable à la formation de l'huile volatile. Il s'établit une réaction entre les éléments de l'eau et quelques-uns des principes de la graine, dont le résultat principal est la formation de l'huile volatile de moutarde. La température de l'eau a une influence marquée sur la formation de cette huile. M. Fauré et M. Hesse ont remarqué qu'elle ne se forme pas dans l'eau bouillante. Suivant M. Fauré, passé 60 degrés la quantité d'huile diminue et elle cesse même de se faire à 75 degrés.

L'acide sulfurique faible et en général les acides minéraux s'opposent à la formation de l'huile volatile. Le carbonate de potasse produit le même effet. Les acides végétaux ne produisent cet effet qu'autant qu'ils marquent au moins 3 degrés à l'aréomètre. Une fois que l'huile est formée, les acides n'ont plus aucune influence pour empêcher ses effets. Les sels neutres terreux et alcalins sont en général sans action sur la production de l'huile de moutarde. Quelques sels métalliques, comme ceux de mercure, de cuivre, s'opposent à sa formation.

(Voyez pour plus de détails le mémoire de MM. Robiquet et Boutron, et celui de M. Fauré.)

L'huile volatile de moutarde est blanche ou d'une couleur citrine. Elle est excessivement âcre. Elle excite vivement le larmoiement. Elle bout à 143°. Elle est un peu soluble dans l'eau. Elle se sépare assez difficilement de ce liquide, parce que sa pesanteur spécifique en est peu différente. Elle se dissout bien dans l'alcool et l'éther. Elle forme avec l'ammoniaque une combinaison dans laquelle l'huile de moutarde a été détruite. Elle est remarquable par sa composition. MM. Dumas et Pelouze y ont trouvé pour 100 p. 49,84 carbone, 5,09 hydrogène, 14,41 azote, 10,18 soufre, 20,48 oxigène. Les huiles volatiles que l'on retire des autres crucifères paraissent avoir avec l'huile de moutarde la plus grande analogie.

POUDRE DE MOUTARDE.

(Farine.)

On pulvérise la moutarde dans un mortier ou au moyen d'un moulin. Quand on opère dans un mortier, il faut se servir d'un pilon qui ait une tête peu large; alors l'huile est peu exprimée et la farine est plus belle.

La semence de moutarde nouvelle donne une farine moins active; on augmente singulièrement sa puissance, si l'on fait sécher la graine à l'étuve avant de la pulvériser.

On ne saurait trop recommander aux pharmaciens de pulvériser eux-mêmes la moutarde. Sa farine est un de ces médicaments énergiques sur lesquels le médecin doit pouvoir tout à fait compter. La vie du malade dépend souvent de la rapidité de son action; cependant la farine de moutarde du commerce est souvent falsifiée.

M. Robinet a conseillé de séparer par expression l'huile de la farine de moutarde destinée aux sinapismes. On y trouve l'avantage que la farine est moins sujette à rancir et que sa puissance d'action est augmentée. Mais par cette dernière raison la moutarde privée de son huile fixe ne doit être délivrée que sur l'ordonnance particulière du médecin.

FOMENTATION SINAPISÉE.

Pr.: Farine de moutarde...................... 1
  Eau bouillante........................ 4

On applique ce mélange avec des compresses. Son emploi a été recommandé par M. Fouquier.

PÉDILUVE SINAPISÉ.

Pr.: Farine de moutarde, deux à six onces....... 64 à 192 gramm.
  Eau .... S. Q.

On délaie la moutarde dans l'eau tiède, de manière à faire une bouillie bien claire ; on couvre le vase et après quelque temps (le plus de temps possible) on ajoute de l'eau chaude, de manière à amener le bain à la température convenable.

Les observations de MM. Robiquet et Boutron sur l'obstacle que les acides et les alcalis mettent au développement de l'huile volatile de moutarde, enseignent tout naturellement de ne faire aucun mélange de ce genre dans les bains sinapisés ou du moins de n'ajouter ces sortes de matières qu'autant que l'huile volatile a déjà été développée. C'est pour la même raison que l'on délaie la farine d'abord dans de l'eau froide.

SINAPISMES.

Les sinapismes sont des cataplasmes dont la farine de moutarde est la base et qui lui doivent leur nom. On les prépare ordinairement avec le vinaigre ; mais comme les acides ont une influence fâcheuse sur le développement de leur partie active, il vaut mieux se contenter de les faire par un mélange de farine et d'eau froide. Il ne faut pas se servir d'eau bouillante, puisqu'ainsi que nous l'avons dit, elle s'oppose au développement du principe actif, mais on peut sans inconvénient se servir d'eau marquant de 30 à 40 degrés. Quelquefois on ajoute aux sinapismes des corps qui, par leur âcreté, peuvent augmenter leur énergie, comme le poivre, l'ail, les cantharides en substance ou leur teinture alcoolique. On réduit le poivre en poudre, et on le place à la surface du cataplasme ; l'ail doit être mêlé dans la substance même du cataplasme, après avoir été pulpé sans le secours de la chaleur : on mêle la teinture de cantharides à la masse, ou mieux encore, on se contente de la mélanger avec la couche superficielle.

L'huile fixe qui existe dans la semence de moutarde est naturellement douce, et n'ajoute en rien aux propriétés rubéfiantes des sinapismes ; elle diminue même leur activité par sa masse, en délayant le principe actif. On peut, comme nous l'avons dit, l'extraire d'abord par expression : on obtiendra une farine plus sèche, plus énergique. D'autres fois au contraire on veut donner au sinapisme moins d'énergie ; alors on mêle la farine de moutarde avec des quantités plus ou moins fortes de farine de lin, ou bien l'on se contente de saupoudrer de farine de moutarde un cataplasme de farine de lin..

EAU DISTILLÉE DE MOUTARDE.

Pr.: Moutarde pulvérisée, une once.................. 32 grammes.
    Eau. .... S. Q.

On délaie la moutarde dans l'eau froide ; on laisse macérer pendant plusieurs heures et l'on distille pour retirer 1 livre de produit.

Suivant l'observation fort exacte de M. Hesse et de M. Fauré, il est avantageux, avant de distiller, de laisser macérer la poudre de moutarde dans l'eau froide et de ne chauffer que plus tard. La distillation peut se faire à feu nu ou en faisant passer de la vapeur dans la bouillie de moutarde ; le passage de la vapeur à travers la moutarde humectée et réduite en boulettes ne suffirait pas. Il faut se garder surtout de mettre immédiatement la farine en contact avec l'eau bouillante, car il ne se formerait plus d'huile âcre volatile.

Les doses que j'ai indiquées donnent une eau distillée très odorante et très sapide ; l'eau que l'on retirerait en plus serait insipide ; et si l'on augmentait la proportion de moutarde, l'huile volatile serait en excès, et il s'en séparerait une partie.

HUILE VOLATILE DE MOUTARDE.

L'huile volatile de moutarde se prépare avec les précautions que nous venons d'indiquer pour la préparation de l'eau distillée. Seulement il faut augmenter la dose de farine. Il y a avantage cependant à ne pas distiller des liqueurs trop concentrées. On arrête l'opération aussitôt que l'eau passe presque insipide. On réunit tous les produits de la distillation dans un petit alambic, et l'on distille de nouveau pour retirer environ le quart de la liqueur. Il se sépare par ce moyen une plus grande quantité d'huile essentielle.

RÉVULSIF DE MOUTARDE.

Pr.: Huile volatile de moutarde..............   1
      Alcool à 66ᶜ (25° Cart.)...............   20

Mêlez et filtrez (Fauré).

Cette liqueur produit sur la peau une vive irritation. On l'applique avec un morceau de flanelle fine ou de linge fin, que l'on peut humecter à plusieurs reprises. Après 2 à 3 minutes l'effet est produit. En réglant convenablement l'application de ce moyen, on peut à volonté obtenir la rougeur de la peau et jusqu'à la formation d'une ampoule.

VIN DE MOUTARDE.

Pr.: Moutarde écrasée, demi-once..............   16 grammes.
      Vin blanc, deux livres. 1000

Faites macérer pendant quelques jours, passez avec expression, filtrez.

La moutarde communique au vin une odeur hydrosulfurée et une saveur piquante. On doit l'employer écrasée ; autrement elle ne céderait guère au vin que quelques parties mucilagineuses d'une odeur faible et désagréable. La liqueur est claire parce que l'albumine de la semence qui se coagule la clarifie, en retenant en particulier l'huile fixe qui troublerait la transparence du produit.

BIÈRE DIURÉTIQUE.

Pr.: Semences de moutarde concassées, deux onces..   64 grammes.
      Baies de genièvre, deux onces..............   64
      Semences de carotte, une once.   32
      Bonne bière, quatre livres................. 2000

Faites macérer pendant 2 jours et passez.

MOUTARDE BLANCHE.

(Sinapis alba.)

La semence de la moutarde blanche a la plus grande analogie avec celle de la moutarde noire. Elle en diffère en ce qu'elle contient la sulfo-sinapisine, matière découverte par MM. Henry et Garot. La sulfo-sinapisine est amère, inodore, soluble dans l'eau, l'alcool et l'éther ; elle contient du soufre au nombre de ses éléments.

La moutarde blanche ne fournit pas d'huile volatile, mais il s'y développe dans certaines circonstances un principe âcre fixe, qui n'y préexiste pas plus que l'huile âcre dans la moutarde noire, et qui se forme dans les mêmes circonstances. M. Simon a observé que la moutarde blanche perd toute son âcreté si on la traite par l'eau chaude, même au-dessous de l'ébullition.

Si on traite la graine sèche par l'alcool ou l'éther, on n'enlève aucune partie âcre ; mais si la moutarde a d'abord été mouillée, la solution éthérée est très âcre.

L'eau développe de l'âcreté dans la semence ; mais, si on ne la traite par l'eau qu'après avoir enlevé la sulfo-sinapisine par l'alcool, la matière âcre ne se forme pas, de sorte que la sulfo-sinapisine contribue tout aussi bien que l'eau à la production de la matière âcre.

Le principe âcre de la moutarde blanche a été découvert par MM. Robiquet et Boutron. Il se présente sous la forme d'un liquide onctueux, d'une couleur rougeâtre, qui n'a pas d'odeur, mais qui possède une saveur mordicante tout à fait analogue à celle de la racine de raifort. Ce même principe se forme, mais en très petite quantité, suivant M. Fauré de Bordeaux, dans les produits âcres du traitement de la moutarde noire par l'eau. On l'obtient en traitant du tourteau de moutarde blanche par de l'éther, par la méthode de déplacement ; on sépare l'huile douce qui s'écoule la première. Les liqueurs éthérées sont distillées et le résidu est traité par de l'alcool froid qui dissout la matière âcre et une partie d'huile. Les liqueurs alcooliques sont distillées, on traite de nouveau le produit par de l'alcool froid qui dissout encore le principe âcre, mais avec une moindre proportion d'huile. En répétant cette manipulation un grand nombre de fois, on se débarrasse de la plus grande partie de l'huile étrangère.

La moutarde blanche, laissée en contact avec l'eau froide, fournit un liquide épais, mucilagineux, presque insipide. La moutarde noire, dans la même circonstance, donne peu de mucilage, et elle communique à l'eau une saveur piquante (Cadet).

La moutarde blanche entière communique au vin blanc une saveur et une odeur désagréables, mais faibles, et le rend visqueux.

Quand la moutarde blanche est concassée, la liqueur prend un goût très piquant.

La semence de moutarde blanche n'est employée en médecine que dans son intégrité. On en fait avaler une ou plusieurs cuillerées par jour dans quelques affections du canal digestif.

DES VIOLARIÉES.

Les plantes de la famille des Violariées présentent une analogie remarquable dans leurs propriétés médicinales.

Les racines sont vomitives. Celles de notre violette ont été recommandées pour remplacer l'ipécacuanha blanc, et un grand nombre de racines vivaces appartenant à d'autres espèces, ont la même propriété : dans nos climats, le *Viola canina*; au Pérou, l'*Ionidium parviflorum*; à la Guiane, l'*Ionidium diandrum*, le *Viola calceolaria*, le *Pumbalia itubu*; au Brésil, les *Ionidium brevicaule, indecorum, urticæfolium, poaya*, l'*Anchietea salutaris*; au Malabar, l'*Ionidium enneaspermum*; aux Antilles, l'*Ionidium polygalæfolium*.

Cette propriété vomitive ne se retrouve pas dans la pensée sauvage et probablement dans les racines des autres espèces annuelles.

La nature du principe émétique des violariées est mal connue. M. Vauquelin, et MM. Richard et Barruel l'ont attribué à l'émétine; mais ils n'ont obtenu que l'émétine brune, matière impure qui n'est caractérisée que par ses propriétés vomitives. M. Boullay croit avoir trouvé un principe différent qu'il a appelé violine, et qui est encore mal caractérisé. C'est une poudre blanche, d'une saveur amère, âcre et vireuse, un peu soluble dans l'eau, soluble dans l'alcool, insoluble dans l'éther et qui paraît appartenir à la série des alcalis végétaux.

Les fleurs de la violette sont employées contre les rhumes; elles contiennent beaucoup de principes mucilagineux, mais elles sont en même temps légèrement vomitives et purgatives. M. Boullay dit y avoir rencontré la violine. Sans doute, les fleurs des autres violettes ont des propriétés semblables, car on substitue sans inconvénient à la violette ordinaire les fleurs des *Viola sudetica, pedata* et *calcarata*.

M. Boullay croit que les feuilles de la violette contiennent de la violine.Ce qui est plus certain, c'est que celles de l'*Anchietea salutaris* du Brésil y sont employées comme purgatives. Le *Viola arvensis* ou pensée sauvage et le *Viola tricolor,* qu'on lui préfère en Allemagne, sont usités comme amers et dépuratifs.

VIOLETTE.

(Viola odorata.)

RÉCOLTE ET CONSERVATION.

On préfère la violette du printemps qui est plus odorante et d'une plus belle couleur. On donne également la préférence aux violettes cultivées sur les violettes sauvages.

Le commerce livre la presque totalité des fleurs de violettes séchées. Elles proviennent surtout de deux espèces de violettes de montagne, les *Viola sudetica* et *calcarata.* Ces fleurs ne sont nullement comparables à celles que le pharmacien fait sécher lui-même, mais qui sont bien rarement employées parce qu'elles sont nécessairement d'un prix élevé.

Pour sécher les violettes, on sépare les pétales du calice; on les monde de leurs onglets, et on les fait sécher rapidement dans un grenier aéré ou dans une étuve. Si on veut qu'elles conservent leur couleur en magasin, il faut, suivant le conseil de M. Save, les enfermer, pendant qu'elles sont encore chaudes et friables, dans des flacons que l'on a laissés à l'étuve pour être certain qu'ils sont bien secs; on les bouche, on les goudronne de suite, et on les conserve à l'abri de la lumière.

M. Deyeux a conseillé de laver les fleurs de violettes à l'eau chaude avant de les sécher, dans le but de les priver d'un principe qui rend leur altération plus prompte. Cette pratique est inutile pour les violettes destinées à l'usage médical.

TISANE DE VIOLETTES.

Elle se prépare par infusion. On emploie 2 gros (8 grammes) de fleurs sèches pour un litre de boisson.

SIROP DE VIOLETTES.

Pr.: Pétales récents de violettes................ 1
    Eau bouillante........................... 2
    Sucre.................................... S. Q.

Les violettes mondées de leur calice et de l'onglet des pétales, doivent d'abord être lavées. On emploie avec avantage le mode de lavage conseillé par MM. Henry et Guibourt. Ils versent sur une livre de fleurs, 3 litres d'eau à 40°, et ils agitent pendant une minute ou deux, puis ils passent. Ils pèsent alors les violettes et complètent en eau bouillante le double de leur poids réel.

Le lavage des violettes a pour objet de séparer une matière jaune qui rend le sirop altérable.

Après 24 heures, on passe l'infusion avec expression et on la laisse déposer. On la décante pour séparer un dépôt verdâtre, et l'on fait fondre dans cette teinture le double de son poids de sucre. La solution doit être faite à une température modérée ; sans quoi le sirop prend une couleur feuille-morte. Il est vrai qu'en se refroidissant cette teinte diminue beaucoup.

On prépare ce sirop dans des vases d'étain. On a reconnu que la couleur en était plus vive. On ne connaît pas l'explication de ce phénomène ; mais le fait est que l'on trouve beaucoup d'avantages à opérer dans un vase d'étain et à y laisser séjourner le sirop.

Il est très important, lorsqu'on passe l'infusion de violettes, de se servir à cet effet d'un linge bien propre, et que l'on a eu soin de laver de nouveau à l'eau vive à plusieurs reprises. C'est afin de séparer les quelques parties de lessive alcaline qui auraient pu y rester et qui feraient tourner au vert la matière colorante bleue des fleurs.

CONSERVE DE VIOLETTES.

Pr.: Pétales mondés de violettes.   1
     Sucre.   3

On pile les pétales de violettes avec le sucre, jusqu'à ce que tout soit réduit en pulpe ; on passe à travers un tamis de crin à la manière ordinaire.

MIEL VIOLAT.

Pr.: Violettes fraîches avec leurs calices.   1
     Miel blanc.   3

On fait infuser les violettes dans le double de leur poids d'eau bouillante ; on mêle l'infusion au miel et l'on fait cuire en consistance de sirop. Cette préparation est employée comme laxative en lavement, à la dose de 1 à 4 onces.

PENSÉE SAUVAGE.

(Viola arvensis.)

On emploie la feuille et la tige de cette plante. Elles contiennent toutes deux une matière amère de nature extractive qui est le principe médicamenteux. Plusieurs praticiens pensent que l'on retire de meilleurs effets de cette plante lorsqu'elle est fraîche qu'après sa dessiccation. On l'emploie surtout sous forme de suc et d'infusion.

La dose est de 1 à 4 onces de suc. On emploie 3 à 4 gros de feuilles sèches par litre de tisane.

SIROP DE PENSÉE SAUVAGE.

Pr.: Pensée sauvage désséchée................ 1
  Eau bouillante........................ 10
  Sirop de sucre, seize livres. 16

On coupe la pensée sauvage; on la fait infuser dans l'eau bouillante; l'on passe et l'on soumet le marc à la presse. La liqueur clarifiée par le repos est mêlée au sirop de sucre, et l'on fait évaporer en consistance de sirop.

On peut recourir à la lixiviation pour extraire les principes solubles de la pensée sauvage et préparer son extrait; mais il faut humecter la poudre avec la moitié de son poids d'eau et la tasser peu, parce que cette plante est très chargée de parties mucilagineuses. L'opération est plus facile à conduire, si on délaie la poudre de pensée sauvage dans une assez grande quantité d'eau pour en faire une pâte molle, que l'on coule dans l'appareil à déplacement, qu'on y laisse égoutter et dont on achève alors la lixiviation. C'est M. Mouchon qui a donné ce procédé; il réussit fort bien.

Quelques personnes prescrivent de faire ce sirop avec le suc de la plante; mais elle est si visqueuse dans son état de fraîcheur que l'on ne peut en extraire le suc; en ajoutant une assez forte proportion d'eau, il est encore si mucilagineux, qu'il coule à la manière des blancs d'œufs. La clarification à chaud ne lui fait perdre qu'imparfaitement cette viscosité.

DES POLYGALÉES.

Les polygalées présentent peu d'analogie dans leurs propriétés médicinales ; s'il fallait s'en rapporter aux renseignements incomplets que nous avons sur cette famille, on serait disposé à croire que l'analogie de propriétés se retrouve seulement dans les genres et non dans la famille entière.

Les polygalées ont des feuilles amères. On retrouve ce caractère dans nos *Polygala vulgaris et amara*, dans le *Polygala austriaca*. Le *Soulamea amara* des Moluques est si amer que Rumphius l'avait surnommé *Rex amaroris*. Le *Polygala venenosa* de Java paraît être dangereux ; pour en avoir cueilli seulement quelques rameaux, Commerson eut de longs éternuements et des maux de cœur.

Les racines du *Polygala poaya* du Brésil et celles du *Polygala glandulosa* du Pérou sont employées comme vomitives. Cette propriété appartient également au polygala de Virginie, quand on l'administre à forte dose ; mais il est surtout recommandable pour la matière médicale, par l'action spéciale qu'il exerce sur les organes pulmonaires. Aux États-Unis, on emploie au même usage le *P. sanguinea*, et, suivant M. Peschier, le *P. chamœbuxus* de Suisse a les mêmes propriétés.

Le *Monnimia polystachia* du Pérou et le *M. pterocarpa* de l'Amérique du Sud ont des racines astringentes et amères.

Dans les krameria, célèbres par la racine de ratanhia du commerce, c'est le principe astringent qui domine et devant lequel s'effacent toutes les autres propriétés. On attribue la racine de ratanhia au *Krameria triandra* du Pérou et au *Krameria ixina* des Antilles.

POLYGALA DE VIRGINIE.

(Polygala Senega.)

La racine de polygala de Virginie a été analysée successivement par MM. Gelhen, Feneulle, Dulong, Folchi et Quevenne. C'est à l'analyse de ce dernier chimiste que nous emprunterons ce qui suit :

La racine de polygala est formée de :

Acide polygalique ; acide virginéique ; acide pectique ; acide tannique; matière colorante jaune, amère; gomme; albumine; cérine; huile fixe; quelques sels.

L'acide polygalique (séneguine de Gehlen) est la matière la plus importante et la partie active de cette racine. Il y existe à l'état de liberté. Il est blanc, pulvérulent, inodore. Sa saveur, d'abord faible, ne tarde pas à devenir piquante, âcre. Il produit à l'entrée du gosier un sentiment d'astriction pénible. Sa poudre excite l'éternuement. Il ne contient pas d'azote. Il est fixe. Il se dissout lentement dans l'eau froide et très promptement dans l'eau bouillante. Sa dissolution rougit le papier de tournesol; cette dissolution, comme celle du polygala, est âcre, piquante et très mousseuse; elle se conserve très longtemps sans s'altérer.

L'acide polygalique est également très soluble dans l'alcool. Il s'en précipite une partie par le refroidissement; il est absolument insoluble dans l'éther sulfurique, l'éther acétique, les huiles grasses et volatiles. Il n'a comme acide que des propriétés peu énergiques; aussi il ne chasse ni l'acide carbonique ni l'acide hydrosulfurique de leurs combinaisons. Ses combinaisons avec la potasse, la soude et l'ammoniaque sont seules solubles; le sous-acétate de plomb et le proto-nitrate de mercure sont les seuls sels qui précipitent l'acide polygalique de ses dissolutions. En comparant les propriétés de l'acide polygalique avec la saponine, M. Quevenne a trouvé que ces deux matières diffèrent très peu. L'acide polygalique est moins soluble dans l'eau. Il donne, avec l'acide hydrochlorique, un acide gélatineux amer, qui forme des sels amers, tandis que l'acide que forme la saponine, dans la même circonstance, est cristallin, non amer, et donne des sels insipides.

L'acide polygalique, à la dose de 7 à 8 grains, cause la mort aux animaux de petite taille; à une dose plus faible, il détermine des vomissements, une sécrétion abondante de mucus. Ce que son action a surtout de remarquable, c'est l'effet stimulant spécial qu'il exerce sur les membranes muqueuses, d'où résulte une sécrétion de mucus abondante : ce qui explique les bons effets que l'on a retirés de la racine de polygala, dans le croup et dans les catarrhes anciens, surtout chez les vieillards.

Pour obtenir l'acide polygalique, on épuise le polygala par l'alcool à 80° et l'on distille pour retirer l'alcool. Le résidu sirupeux est agité avec de l'éther qui sépare les matières grasses. Par le repos il se précipite de l'acide polygalique impur que l'on reçoit sur un filtre ; on le délaie dans l'eau froide et on ajoute un peu d'alcool qui facilite la précipitation ; on recueille l'acide et on le purifie par de nouvelles dissolutions dans l'alcool à 83° et l'aide du charbon animal purifié par l'acide hydrochlorique. On filtre bouillant ; l'acide polygalique se précipite par le refroidissement ; les eaux mères en fournissent une nouvelle quantité que l'on est obligé de blanchir au moyen du charbon.

La matière colorante du polygala est amère. C'est son caractère le plus remarquable. Elle est d'un brun jaunâtre, inodore. Elle fond à 160°. Elle est peu soluble dans l'eau, soluble dans l'alcool, l'éther et les dissolutions alcalines.

L'huile fixe du polygala est contenue en assez grande quantité dans le polygala. Elle est d'un brun rougeâtre, d'une consistance de sirop épais, d'une odeur et d'une saveur rance désagréables ; elle est facilement saponifiable. Elle contient, toute formée, une petite quantité d'un acide gras volatil (acide virginéique), d'une odeur fort pénétrante qui se forme en plus grande quantité par la saponification de l'huile, et auquel la racine paraît devoir son odeur.

§ I. RACINE ENTIÈRE.

POUDRE DE POLYGALA.

On pulvérise la racine de polygala sans laisser de résidu. Le polygala est peu usité sous cette forme.

§ II. PRODUITS PAR L'EAU.

En traitant le polygala par l'eau, on peut facilement en extraire toutes les parties utiles. Si l'on a recours à la lixiviation, il faut peu tasser la racine, car elle est visqueuse, se gonfle beaucoup et met obstacle au passage du liquide. On peut avoir recours à l'artifice conseillé par M. Mouchon, qui consiste à délayer la poudre demi-fine dans l'eau et à verser dans l'appareil la bouillie demiliquide qui en résulte ; la matière se tasse également et peut être épuisée par l'eau.

En comparant l'action de la macération, de l'infusion et de la décoction sur la racine de polygala, j'ai trouvé que la décoction donne toujours une liqueur moins sapide. M. Quevenne nous en a donné l'explication ; c'est que sous l'influence de la chaleur prolongée, il s'opère dans la racine même une combinaison insoluble d'acide polygalique, de matière colorante et d'albumine coagulée. Un semblable composé, moins l'albumine peut-être et plus un peu d'huile sans doute, se forme et se sépare pendant l'évaporation des liqueurs aqueuses du polygala, comme Dulong d'Assafort l'a signalé le premier ; cette combinaison constitue pour la plus grande partie l'apothème qui se sépare pendant la préparation de l'extrait de polygala.

TISANE DE POLYGALA.

Pr.: Racine de polygala concassée, un à deux gros..   4 à 8 grammes.
Eau bouillante, deux livres.................   1000

Faites infuser pendant 2 heures et passez,

L'infusion de polygala est bien plus sapide que la décoction, et doit être préférée. Cette racine est assez chargée de matières âcres, pour qu'une tisane faite avec une once de racine par litre, ait une saveur si âcre qu'il soit impossible de la boire.

POTION PECTORALE.

Pr.: Infusion de 1 à 2 gros de polygala, quatre onces..   125 gramm.
Sirop de sucre, deux onces...................   64

Mêlez.

SIROP DE POLYGALA.

Pr.: Racine de polygala concassée.   3
Eau bouillante........................   16
Sucre blanc, suffisante quantité...........   Q. S.

Faites infuser la racine dans l'eau pendant 2 heures, passez et filtrez ; ajoutez à la liqueur le double de son poids de sucre blanc, et faites un sirop par simple solution. Chaque once de sirop contient les parties solubles de $\frac{1}{2}$ gros de racine.

J'ai adopté la dose de polygala proposée par M. Mouchon, qui est, en effet, bien suffisante ; mais je ne pense pas que la lixiviation qu'il propose puisse donner un sirop constant dans sa composition.

§ III. PRODUITS PAR L'ALCOOL.

EXTRAIT DE POLYGALA.

Le Codex prescrit de préparer l'extrait de polygala au moyen de l'alcool à 56° (21° Cartier). 100 parties de racines mondées, épuisées par l'alcool, m'ont fourni 59 parties d'extrait de consistance pilulaire.

On pourrait obtenir un bon extrait de polygala par l'eau, mais l'alcool est préférable, d'abord parce qu'à cause de la viscosité de la racine, on parvient plus aisément avec l'alcool à obtenir des liqueurs concentrées ; ensuite, parce qu'ayant moins de liqueur à évaporer, on diminue les chances de formation du composé insoluble d'acide polygalique, de matière colorante et d'huile, qui se produit toujours pendant l'évaporation, au détriment des propriétés de l'extrait.

RATANHIA.

(Krameria triandra.)

MM. Vogel, Gmelin, Peschier et Trommsdorf se sont occupés de recherches sur la nature chimique de la racine de ratanhia. Il résulte de leurs expériences qu'elle est composée de :

Tannin, extractif, apothème insoluble, gomme, fécule, matière muqueuse, quelques sels, un acide mal déterminé.

La proportion de fécule est toujours très petite, et même il paraît qu'il n'y en a pas toujours, car Gmelin n'en a pas trouvé. Les matières astringentes sont bien plus abondantes dans l'écorce de la racine que dans sa partie ligneuse.

POUDRE DE RACINE DE RATANHIA.

C'est une mauvaise préparation, parce que la racine contient une forte proportion de parties inertes. Elle est très dure et tenace, et le produit ne s'obtient qu'à grand'peine. Les racines du commerce sont d'ailleurs fort inégales et contiennent par suite des proportions très variables de matière astringente, de sorte que la poudre de ratanhia est souvent fort différente dans sa composition.

TISANE DE RATANHIA.

Pr.: Racine de ratanhia, deux gros à une once. . . . . 8 à 32 gramm.
Eau, deux livres. .u 1000

On prépare ordinairement par décoction la tisane de ratanhia. On obtient une boisson d'un rouge très foncé, qui se trouble un peu en refroidissant, par le dépôt d'une partie d'apothème de tannin, et en outre, si la racine est amylacée, par celui d'un composé de tannin et d'amidon insoluble au-dessous de + 50°.

En opérant par infusion on a une liqueur d'une couleur jaune rougeâtre, qui paraît moins chargée que la précédente, mais qui possède à un plus haut degré la saveur astringente de la racine. C'est sans contredit un médicament beaucoup plus efficace que la décoction. Par l'action prolongée de l'eau bouillante, une partie du tannin s'est altérée, ou plus probablement a contracté une combinaison peu soluble et avec la fibre végétale et avec une portion de l'apothème préexistant dans la racine. Il faut éviter d'ajouter des acides minéraux aux solutions aqueuses de ratanhia, car s'ils étaient en quantité un peu forte et que l'infusion fût concentrée, les composés peu solubles qu'ils forment avec le tannin se déposeraient.

EXTRAIT DE RATANHIA.

Pr.: Racine de ratanhia..................... Q. V.
  Eau à 20°...................... S. Q.

On humecte la racine pulvérisée avec la moitié de son poids d'eau ; on tasse assez fortement la poudre humectée dans l'appareil à lixiviation et on lessive, en ayant soin de s'arrêter aussitôt que les liqueurs passent peu chargées. On évapore celles-ci, à la chaleur du bain-marie jusqu'à consistance d'extrait.

Il y a grand avantage à traiter par lixiviation la racine de ratanhia, suivant l'observation que MM. Boullay ont faite les premiers.

On a longtemps donné la préférence à l'extrait de ratanhia préparé par l'alcool ; mais il contient, outre la matière astringente, une très forte proportion de matière insoluble (apothème) ; aussi n'est-il que très imparfaitement soluble dans l'eau.

Sous ce rapport, l'emploi de l'eau est bien préférable à celui de l'alcool. En comparant les deux produits, j'ai trouvé quelquefois jusqu'à 40 p. 100 d'apothème insoluble dans l'extrait alcoolique, tandis qu'il n'a jamais dépassé 10 p. 100 dans l'extrait obtenu par infusion ; aussi ce dernier est-il plus avantageux, puisqu'à la même dose son action est plus grande. Il a l'avantage, en outre, étant très soluble dans l'eau, de donner des potions presque claires au lieu du mélange trouble que fournit l'extrait alcoolique (*J. Ph.*, t. 19, p. 596).

Du reste, la petite quantité de matière insoluble que contient l'extrait obtenu par infusion, provient de l'altération inévitable d'une partie du tannin pendant l'évaporation au contact de l'air. Il serait peu avantageux d'avoir recours à la décoction de la racine, pour les causes que j'ai déjà signalées ; l'extrait contiendrait une forte proportion de parties que l'eau ne pourrait dissoudre.

La même racine de ratanhia m'a fourni par l'eau 70 grammes d'extrait, et par l'alcool à 56ᶜ, 120 grammes, dont 15 parties n'ont pu être redissoutes par l'eau.

SIROP DE RATANHIA.

Pr.: Extrait de ratanhia, quatre gros. . . . .   16 grammes.
    Sirop simple, une livre.   500
    Eau distillée, quatre onces.   125

On fait dissoudre l'extrait dans l'eau, on filtre la dissolution, on l'ajoute au sirop bouillant et l'on achève de faire cuire jusqu'à 30° bouillant.

Chaque once de sirop contient 18 grains d'extrait.

Bien que le ratanhia puisse céder facilement à l'eau ses principes et que l'emploi de l'extrait semble ici chose superflue, on remarquera qu'il n'en est pas ainsi, parce que les racines de ratanhia du commerce donnant des quantités très variables d'extrait, la force du sirop ne peut jamais être aussi bien réglée quand on fait usage de la racine que lorsque l'on prend l'extrait tout préparé.

TEINTURE DE RATANHIA.

Pr.: Racine de ratanhia.   1
    Alcool à 56ᶜ (21° Cart.).   4

Faites macérer pendant 15 jours; passez.

L'alcool à 56ᶜ dissout très bien tous les principes actifs de la racine de ratanhia.

DES CARYOPHYLLÉES.

Les caryophyllées sont des plantes peu actives ; ce qu'elles offrent de plus remarquable , c'est la propriété savonneuse que l'on trouve dans plusieurs d'entre elles. La saponaire commune lui doit son nom et l'on sait que cette propriété appartient également à la *Saponaria vaccaria* , au *Lychnis dioica* , au *Lychnis calcedonica* , au *Gypsophylla struthium*. Suivant Martius, ce serait la racine de cette dernière plante qui fournirait la saponaire du Levant , qui sert à dégraisser les cachemires et qui est employée aussi pour laver les moutons avant la tonte. Elle donne à la laine de la souplesse et de la douceur. Sa propriété savonneuse est due à un principe particulier qui a été étudié en ces derniers temps par M. Bussy sous le nom de saponine.

On dit que l'*Anagallis arvensis* est âcre et amer. Il cause des superpurgations , et 5 gros de son extrait ont suffi pour tuer un chien , suivant M. Orfila. On dit également que ses graines font mourir les oiseaux. On a dit aussi que les semences de l'*Agrostema githago* communiquaient au pain des qualités nuisibles ; mais M. Cordier, qui a examiné le fait , s'est assuré que bien qu'elles aient de l'âcreté , ces semences n'ont pu produire les accidents qui leur ont été attribués.

ŒILLET ROUGE.

(Dianthus caryophyllus.)

DESSICCATION DES ŒILLETS.

On enlève les pétales des œillets , on rejette les onglets et on fait sécher dans un grenier bien aéré ou à l'étuve. On renferme les fleurs sèches dans des vases bien fermés : les pétales d'œillets mondés perdent près des trois quarts de leur poids par la dessiccation.

SIROP D'ŒILLETS.

Pr.: Pétales frais et mondés d'œillets rouges...... 1
    Eau bouillante......................... 2
    Sucre............................... S. Q.

Faites un sirop par simple solution, avec 30 onces de sucre par livre d'infusion.

Baumé a donné la formule suivante pour la préparation du sirop d'œillets à l'époque de l'année où l'on ne peut se procurer ces fleurs dans leur état de fraîcheur.

Pr.: Pétales secs d'œillets rouges, une once..... 32 grammes.
Girofles concassées. .... N° 6.
Eau bouillante, dix onces. .... 320 grammes.
Sucre, seize onces.................... 500

F. S. A.

Le sirop d'œillets est employé comme tonique cordial. On le fait entrer à la dose de 1 à 2 onces dans des potions fortifiantes.

SAPONAIRE.

(Saponaria officinalis.)

On emploie les feuilles et la racine de Saponaire. Elles contiennent toutes deux une matière particulière que Bucholz avait obtenue à l'état impur, et que M. Bussy a isolée et étudiée ; il l'a appelée saponine. Il l'a retirée de la saponaire d'Égypte, attribuée au *Gypsophylla struthium*; il l'a retirée aussi du quillaïa, de la famille des rosacées; M. Fremy l'a retrouvée dans le marron d'Inde. C'est une substance blanche, incristallisée, d'une saveur âcre et amère ; elle n'est ni fusible ni volatile ; elle est soluble dans l'eau en toutes proportions, et la dissolution mousse fortement par l'agitation, même lorsqu'elle n'en contient qu'un millième. L'alcool dissout aussi la saponine; elle est plus soluble dans l'alcool étendu que dans l'alcool rectifié. La saponine est insoluble dans l'éther.

En traitant à chaud la saponine par un acide étendu, ou par une dissolution alcaline, elle se transforme, suivant l'observation de Edmond Fremy, en un acide qu'il a appelé *esculique*, parce qu'il l'a observé d'abord dans la réaction sur la saponine du marron d'Inde. Cet acide est insipide, à peine soluble dans l'eau bouillante , insoluble dans l'éther. Il ne contient pas d'eau. Il est formé de carbone 52 pp. ; hydrogène, 92 pp. ; oxigène, 24 pp. On ne sait pas par quelle réaction la saponine est changée en acide esculique.

On retire la saponine de la saponaire d'Égypte en la traitant par l'alcool à 88° bouillant. La saponine se dépose par le refroidissement. L'évaporation des eaux mères alcooliques donne un extrait qui, repris par l'alcool, fournit encore de la saponine. Il faut la purifier par plusieurs dissolutions successives.

En outre de la saponine, la racine de saponaire contient une petite quantité d'une résine molle, de l'extractif, de la matière gommeuse, de l'albumine (Bucholz); les feuilles contiennent seulement en outre de la chlorophylle. Osborne a reconnu que la racine de saponaire recueillie avant la floraison, fournit par l'évaporation une matière cristalline, amère, neutre, fusible, soluble dans l'eau, l'alcool et l'éther, insoluble dans l'essence de térébenthine.

TISANE DE SAPONAIRE.

C'est la forme la plus ordinaire sous laquelle on emploie la racine et les feuilles de saponaire; l'on incise les feuilles, l'on concasse les racines et on les traite par infusion; on emploie 3 gros (12 grammes) de feuilles ou 5 gros (20 grammes) de racines sèches. La saponine se trouve dans la liqueur et peut-être est-elle la principale cause des propriétés médicinales de la saponaire.

EXTRAIT DE SAPONAIRE.

On prépare l'extrait de saponaire avec la racine ou avec la feuille. Tous deux peuvent être obtenus par la lixiviation, en humectant d'abord avec moitié de son poids d'eau froide la matière pulvérisée. Il faut tasser modérément les feuilles et tasser fort peu les racines, car elles ne laisseraient pas couler le liquide.

100 parties de feuilles de saponaire mondées, épuisées par l'eau distillée, m'ont fourni 38 parties d'extrait. 1 partie d'extrait représente par conséquent 2 parties $^6/_{10}$ de plante sèche.

100 parties de racine de saponaire, épuisées par l'eau distillée, m'ont donné 33 parties d'un extrait d'une extrême âcreté. 1 partie d'extrait représente, par conséquent, 3 parties de racine.

DES LINÉES.

Les Linées sont surtout remarquables par la ténacité de leurs fibres. C'est ce caractère qui donne tant d'importance au lin ordinaire. Le lin est utile à la médecine et aux arts par l'huile et le mucilage qui sont contenus en abondance dans sa graine.

Quelques linées, et peut-être toutes, ont les feuilles purgatives; on cite comme tels le *Linum aquilinum* du Chili, ainsi que le *Linum catharticum* de nos climats, qui est employé en Suède et en Angleterre pour évacuer les vers des enfants.

LIN.

(*Linum usitatissimum.*)

La graine de lin a fourni à M. Meyer :

Mucus végétal contenant de l'acide acétique libre et quelques sels; extractif mêlé de quelques sels; amidon; cire; résine molle; matière colorante jaune; gomme; albumine végétale; huile grasse.

M. Becquerel y a reconnu, en outre, la présence d'un peu de sucre. L'amande a la composition de toutes les semences émulsives, mais c'est dans l'enveloppe que se trouvent le mucilage et les matières extractives et colorantes. L'huile forme les 35 p. 100 du poids de la graine.

Le mucilage du lin a été spécialement étudié par M. Vauquelin. Il l'a trouvé composé de gomme, d'une substance animalisée analogue au mucus, d'acide acétique libre, d'acétate et de phosphate de potasse et de chaux, de sulfate et de muriate de potasse. La matière animalisée est unie intimement à la gomme.

FARINE DE LIN.

On peut obtenir de la farine de lin en pilant la graine dans un mortier; mais c'est un moyen long, surtout lorsqu'on n'a pas eu la précaution de sécher la graine ; il vaut mieux avoir recours au moulin. Celui-ci doit remplir dans sa construction la condition d'inciser ou de déchirer la graine, plutôt que de l'écraser ; autrement l'huile est exprimée, la farine est moins belle et elle rancit plus vite.

Il est à désirer que les pharmaciens fassent toujours eux-mêmes leur farine de lin; celle du commerce est constamment falsifiée. La plus belle espèce, celle qui est vendue sous le n° 1, est même de qualité inférieure ; elle provient des premiers produits de la pulvérisation, dans lesquels il se trouve beaucoup plus de l'amande que de son enveloppe, et c'est précisément dans cette enveloppe que réside le mucilage. Quant aux autres qualités, elles sont mélangées de tourteau de lin, de son, de sciure de bois, etc.

HUILE DE LIN.

On obtient l'huile de lin par l'expression à froid des graines réduites en farine. Cette huile est douce et bien différente de celle du commerce, qui a été extraite par le secours de la chaleur et qui doit être réservée pour les usages des arts. L'huile de lin est siccative ; elle s'altère avec rapidité, et pour cette raison on ne doit en préparer que de petites quantités à la fois.

MUCILAGE DE LIN.

Sa consistance varie suivant les proportions de lin dont on s'est servi et la température à laquelle l'eau a agi.

1 once (32 grammes) de graine de lin et 6 onces (192 grammes) d'eau, digérées pendant 12 heures, donnent le mucilage de lin du Codex, dont la consistance est celle du blanc d'œuf non battu.

2 gros (8 grammes) de lin bouillis quelques instants ou infusés dans un litre d'eau (1000 grammes) donnent une tisane limpide et faiblement visqueuse. La macération de pareille dose ne fournirait pas un liquide assez chargé.

$^1/_2$ once (16 grammes) de graine de lin bouillie pendant un quart d'heure dans une livre (500 grammes) d'eau, donne une liqueur visqueuse de bonne consistance pour des lotions ou des injections.

———

DES MALVACÉES.

Les malvacées contiennent dans toutes leurs parties un suc mucilagineux qui leur donne des propriétés médicales communes et qui permet de les substituer les unes aux autres sans le moindre inconvénient. La guimauve et la mauve de nos climats sont remplacées par des espèces nombreuses exotiques appartenant aux mêmes genres ou aux genres voisins, *Sida, Pavonia, Urena, Lavatera, Waltheria*. On connaît bien peu d'exceptions à cette uniformité des propriétés. Elles nous sont fournies par les *Hibiscus sabdarifera, suratensis* et *cannabinus* à feuilles acides, par les *Sida lanceolata* de l'Inde et *mauritiana* de l'île Bourbon, plantes amères qui sont employées comme fébrifuges.

Les fruits des malvacées sont petits et inusités ; à l'exception des fruits mucilagineux et un peu acidulés de l'*hibiscus esculentus*, qui servent d'aliment dans le Levant sous le nom de *Gombo*. Les semences des malvacées sont petites, oléagineuses et inusitées à cause de leur petitesse. Elles paraissent avoir les propriétés de toutes les semences émulsives; à Cayenne, on fait une émulsion pectorale avec les semences de cotonnier. Cependant, suivant Rumphius, celles du *sida hirta* sont narcotiques. Les graines de l'*hibiscus abelmoschus* sont employées comme parfum sous le nom de graine d'ambrette; elles contiennent, suivant l'analyse de M. Bonastre, une résine colorée et un corps odorant volatil d'o-deur de musc.

Les espèces de malvacées employées dans la médecine d'Europe sont la guimauve, qui fournit sa racine, ses feuilles et ses fleurs; les mauves, *Malva sylvestris*, *glabra* et *rotundifolia*, dont les fleurs et les feuilles sont également employées. Les fleurs traitées par infusion à la dose de 2 gros (8 grammes) par litre, fournissent des tisanes adoucissantes, et les feuilles sont plutôt réservées pour l'usage externe; à la dose d'une onc. (32 grammes) en décoction dans un litre d'eau, on les emploie en lotions, injections et fomentations émollientes; elles servent à la préparation d'une pulpe émolliente que l'on emploie en cataplasmes. Le mieux est de les faire cuire à la vapeur, de les piler dans un mortier et de les pulper.

GUIMAUVE.

(Althæa officinalis.)

La racine de guimauve contient:

De la gomme; de l'amidon; une matière colorante jaune; de l'albumine; de l'asparagine; du sucre cristallisable.

L'asparagine, fort intéressante sous le rapport chimique, ne l'est nullement comme matière médicamenteuse. Elle n'a aucune influence sur les propriétés thérapeutiques de cette racine.

POUDRE DE GUIMAUVE.

On coupe la racine de guimauve en tranches minces et on la pulvérise jusqu'à ce qu'il ne reste plus que de la fibre. A cause de la grande quantité de matière fibreuse que contient cette racine, il en passe toujours quelques parties au tamisage; il est bon de passer la poudre une seconde fois au tamis.

TABLETTES DE GUIMAUVE.

Pr.: Poudre de guimauve, deux onces. :......   64 grammes.
Sucre, quatorze onces................   436   »
Gomme adragante, cinq scrupules......   6,6
Eau de fleurs d'oranger, quatorze gros...   56

F. S. A.

HYDROLÉ DE GUIMAUVE.

Pour préparer la tisane de guimauve, on traite 1 once de racine sèche bien divisée par simple macération dans un litre d'eau. On obtient un liquide chargé du mucilage et de la matière colorante. En ayant recours à la décoction, l'amidon se dissoudrait aussi, et la liqueur serait épaisse, trouble et désagréable pour le malade.

Quand la liqueur est destinée à l'usage externe, pour lotions, fomentations, injections, gargarismes, on a recours à la décoction; on obtient alors avec la même quantité de racine une plus grande quantité de principes mucilagineux, et le manque de transparence dans ce cas n'est plus un défaut.

Le mucilage de guimauve se prépare avec 1 once (32 grammes) de racine de guimauve et 6 onces (172 grammes) d'eau. On fait digérer pendant cinq à six heures, et l'on passe.

SIROP DE GUIMAUVE.

Pr.: Racine de guimauve incisée, quatre onces..   125 grammes.
Eau froide, une livre et demie..........   750
Sirop de sucre, huit livres.............   4000

On fait macérer la racine pendant douze heures dans l'eau. On passe sans expression et l'on mêle la colature au sirop bouillant et même un peu concentré. On cuit en consistance ordinaire.

C'est M. Chereau qui a proposé de remplacer par la macération de la racine la décoction dont on faisait autrefois usage. Le sirop est beaucoup plus clair et fort odorant.

PATE DE GUIMAUVE.

Pr.: Gomme arabique blanche, une livre.......   500 grammes.
Sucre blanc, une livre.................   500
Eau de fleurs d'oranger, deux onces......   64
Blancs d'œufs.......................   Nᵒ 6.

On nettoie bien la gomme avec un canif; on la concasse et on la passe au tamis de crin. On la met dans une bassine plate avec la moitié de son poids d'eau commune et on la fait dissoudre à la chaleur du bain-marie. On ajoute alors le sucre et l'on achève l'évaporation au bain-marie jusqu'en consistance de miel épais. On ajoute alors par partie les blancs d'œufs battus en neige avec l'eau de fleurs d'oranger, et l'on achève de cuire en agitant vivement jusqu'à ce que la pâte, prise sur la spatule et frappée avec le dos de la main, n'y adhère pas. On la coule sur une table ou dans des moules garnis d'amidon.

Ce procédé est à peu près celui de M. Wislin; seulement la quantité d'eau est doublée, parce que je me suis aperçu qu'autrement il restait souvent de petits grains de gomme indissous. Ce procédé est préférable à l'ancien, par lequel la gomme était dissoute dans une plus grande quantité d'eau, en ce qu'il est plus expéditif. J'ai adopté l'évaporation au bain-marie, de crainte que la pâte ne vienne à brûler, bien qu'avec de l'attention on puisse l'éviter.

M. Oulès a proposé d'introduire les œufs sans les battre en neige. L'opération se fait bien; mais le produit est moins blanc.

Autrefois on se servait d'une infusion de 2 onces de racine de guimauve pour dissoudre la gomme; mais la pâte était moins blanche, et la quantité de mucilage que fournit la racine est insignifiante au milieu de la masse de gomme arabique qui forme la base de ce médicament.

—

DES BYTTNÉRIACÉES.

La famille des Byttnériacées ne diffère que peu de celle des Malvacées. Elle renferme également des plantes émollientes. C'est à cette famille qu'appartient le cacaotier; et, sous ce rapport, elle n'est pas sans intérêt pour la médecine. Le cacao est fourni par le *Theobroma cacao*; mais à la Colombie, on emploie également la semence du *Cacao montaraz*. Il paraît que l'on mêle au cacao du commerce les graines du *Theobroma bicolor*, et Martius pense que c'est le *Theobroma ovalifolia* qui fournit le cacao du Mexique.

Dans l'Inde, on mange les semences du *Sterculia tomentosa* ; à Manille, celles du *S. fœtida* donnent une huile bonne à manger et sont l'objet d'un grand commerce. Le fruit du *Sterculia acuminata* d'Afrique est employé sous le nom de noix de Kola, de Gourou ou de Soudan.

CACAO.

(Theobroma cacao.)

BEURRE DE CACAO.

On prend de préférence le cacao des îles, qui contient plus de matière grasse ; on le trie avec soin pour en séparer les pierres : on le torréfie ensuite légèrement dans un moulin en tôle, de manière à rendre les enveloppes friables ; on le brise en fragments par pression et par petites quantités à la fois sur un crible métallique à larges mailles, on le vanne pour en séparer l'enveloppe, et on le crible pour le débarrasser en grande partie des germes ; on le passe au moulin et on le réduit en pâte en le pilant dans un mortier chauffé ; puis on le tient pendant quelque temps au bain-marie ; on y ajoute une quantité d'eau égale au dixième du poids du cacao brut que l'on a employé ; on enferme la pâte dans des toiles, et l'on met à la presse entre des plaques de fer étamées, chauffées dans l'eau bouillante. Ce procédé est de Josse et il donne le meilleur produit.

On purifie le beurre de cacao en le tenant fondu pendant quelque temps à la chaleur du bain-marie et en séparant les fèces après qu'il est refroidi. On l'expose à l'air sur du papier sans colle pour en séparer l'eau ; on le liquéfie de nouveau et on le filtre dans des entonnoirs chauffés par la vapeur.

MM. Henry et Guibourt conseillent de le recevoir dans des fioles à médecine où il se congèle. Il est ainsi garanti du contact de l'air et il se conserve longtemps sans altération. Ce conseil est fort bon à suivre.

PILULES DE BEURRE DE CACAO.

Pr.: Beurre de cacao, huit gros................ 32 grammes.
Poudre de guimauve, un gros................. 4

F. S. A. des pilules de 4 grains.

PASTILLES DE BEURRE DE CACAO.

Pr.: Beurre de cacao, une once. . . . .   32 grammes.
    Sucre, sept onces.   220
    Gomme adragante, un gros.   4
    Eau de roses, une once.   32

On triture le beurre avec le sucre, et au moyen du mucilage on fait des pastilles de 16 grains.

VAKAKA DES INDES.

Pr.: Cacao torréfié et mondé, quatre onces. .   125   grammes.
    Sucre, onze onces.   350
    Cannelle, quatre gros.   16
    Vanille, un gros.   4
    Ambre gris, six grains.   0,30
    Musc, trois grains.   0,15

On pile le cacao à froid. On ajoute la vanille incisée et broyée avec un peu de sucre ; on ajoute successivement, en broyant toujours, les autres aromates et le reste du sucre. On passe au tamis de spie.

CRÈME PECTORALE DE TRONCHIN.

Pr.: Beurre de cacao, une once. . . . .   32 grammes.
    Sucre, demi-once.   16
    Sirop de capillaire, une once.   32
    — de Tolu, une once.   32

On racle le beurre ; on le triture avec le sucre, et l'on incorpore le tout aux sirops. Ce médicament se prend par cuillerées.

SUPPOSITOIRES DE BEURRE DE CACAO.

On fait fondre le beurre de cacao à une douce chaleur, et on le coule dans de petits cornets de papier où il se refroidit en conservant une forme conique.

CÉRAT COSMÉTIQUE DE VAN-MONS.

Pr.: Cire blanche.   1
    Huile d'amandes douces.   4
    Beurre de cacao.   1

F. S. A.

CHOCOLAT

(Chocolat de santé.)

Pr.: Cacao caraque, six livres............... 3000 grammes.
    — maraignan, six livres. 3000
    Sucre, dix livres. 5000
    Poudre de cannelle, une once. 32

Les doses que l'on emploie de chaque espèce de cacao sont très variables; on les associe toujours : le cacao caraque est plus cher, mais il est moins âpre et plus agréable au goût que les diverses variétés de cacao des îles ; seul il donnerait un chocolat trop sec. On en diminue la quantité et même on la supprime tout à fait dans les qualités inférieures de chocolat. On introduit souvent en fraude dans celles-ci des cassonades brutes au lieu de sucre, des amandes au lieu de cacao, des fécules, de la farine, etc.

Le cacao destiné à la fabrication du chocolat est traité d'abord comme s'il était destiné à fournir du beurre ; seulement sa torréfaction demande à être faite avec plus de soin ; elle doit s'exécuter sur un feu doux jusqu'à ce que les enveloppes se détachent facilement. Il faut aussi monder le cacao à la main avec la plus grande attention pour séparer les germes et toutes les portions des semences qui peuvent être altérées.

Le cacao bien mondé est remis dans le brûloir et on le torréfie de nouveau sur un feu un peu vif, jusqu'à ce qu'il soit devenu luisant à la surface; c'est pour lui enlever totalement ce qu'il aurait pu conserver de goût de moisi.

On chauffe un mortier avec des charbons, on le nettoie et on le remplit au tiers de sa hauteur de cacao ; on pile celui-ci jusqu'à ce qu'il soit suffisamment divisé et échauffé pour que le pilon s'enfonce jusqu'au fond de la masse par son propre poids.

On y incorpore alors les $^1/_8$ du sucre et on continue de piler ; quand le mélange est fait, on broie la pâte par petites parties sur une pierre échauffée jusqu'à ce qu'elle soit devenue parfaitement fine. On la remet dans le mortier chaud et l'on y incorpore le reste du sucre pulvérisé et la poudre de cannelle. Alors on divise la masse par portion de $^1/_4$ de livre ou $^1/_2$ livre, et l'on tasse chaque morceau dans un moule de fer-blanc; on place les moules pendant quelques instants dans un endroit chaud, et on unit la surface du chocolat en imprimant des secousses brusques à ces moules tandis que la pâte est encore chaude. Quand le chocolat est refroidi on le détache des moules en tordant légèrement ceuxci, et l'on enveloppe chaque tablette dans une feuille d'étain.

Dans le *chocolat à la vanille* on met de plus par livre un demigros de vanille qui a été broyée préalablement avec du sucre.

Le degré de torréfaction que l'on fait subir à la pâte modifie les qualités du chocolat. En Italie la torréfaction est poussée assez loin, et le chocolat est plus amer et plus aromatique. En Espagne on ne fait presque que sécher le cacao ; le chocolat a moins d'amertume, et il est plus gras. Les chocolats de France tiennent le milieu entre ces deux qualités.

Quelques personnes considèrent comme une qualité du chocolat d'épaissir beaucoup à l'eau, et c'est une qualité que possèdent au suprême degré tous les chocolats farcis de farine ou de fécule ; quand on veut communiquer cette propriété à de bon chocolat, il faut y introduire par livre 16 à 18 grains de poudre de gomme adragante. Le chocolat peut servir de véhicule à d'autres substances médicamenteuses. On y introduit du salep, du lichen, des fécules, ce qui se pratique en mêlant ces matières réduites en poudre avec le chocolat, lorsque la pâte est presque terminée.

On donne encore au chocolat la forme de pastilles, et sous cette forme il sert à masquer diverses matières médicamenteuses destinées surtout aux enfants. On mêle d'abord ces matières réduites en poudre avec le chocolat. On divise ensuite la pâte de chocolat en parties égales. On les arrondit en boules entre les doigts et l'on place ces boules écartés les unes des autres sur une ou plusieurs plaques de fer-blanc chauffées. En secouant cette plaque sur une table comme on le fait pour les moules à chocolat, les boules s'aplatissent et prennent la forme de pastilles.

DES TILIACÉES.

La famille des Tiliacées, voisine des Malvacées par ses caractères botaniques, s'en rapproche aussi par l'abondance du mucilage, quoique généralement les Tiliacées aient moins de viscosité. Elles sont plus rarement employées comme émollientes.

Le *Corchorus olitorius* est alimentaire dans tout le Levant ; en Arabie on mange le *Jussieua edulis* de Forskal.

On mange les petits fruits de l'*Apeiba emarginata* de Bahama, ceux des *Grewia microcos*, *asiatica* et *megalocarpus*.

Les fibres de l'écorce des tiliacées sont tenaces et servent à faire des cordes en plusieurs pays. Les fleurs de tilleul sont le seul produit de cette famille qui ait été bien étudiée.

TILLEUL.

(Tilia Europæa.)

La fleur de tilleul contient :

Une huile volatile odorante, du tannin colorant les sels de fer en vert, du sucre, beaucoup de gomme, de la chlorophylle.

M. Brossat a obtenu l'huile volatile de ces fleurs. A cet effet il a retiré de 100 livres de fleurs 80 livres d'une eau aromatique. En redistillant celle-ci sur 100 nouvelles livres de fleurs, il a retiré 40 livres d'une eau très suave que surnageaient des globules d'huile volatile d'un jaune doré. M. Brossat ayant bu de cette eau distillée, a éprouvé une sorte d'ivresse joviale, avec une stimulation toute particulière. Ces résultats ont été confirmés par Margraff et par Pfaff.

Ce même principe volatil se retrouve et dans l'eau distillée et dans l'infusion de fleurs de tilleul. C'est à lui que ces liqueurs doivent leurs propriétés antispasmodiques.

EAU DISTILLÉE DE TILLEUL.

Pr. : Fleurs sèches de tilleul. 1
Eau. . . . . S. Q.

Retirez, suivant l'art, 4 parties d'eau distillée.

L'eau de tilleul préparée avec la fleur sèche est plus suave que lorsque l'on s'est servi de la fleur fraîche.

DES AURANTIACÉES.

On observe une grande analogie entre toutes les plantes de cette famille, et même dans les différents organes de ces plantes. Elles abondent en huile volatile, qui se trouve renfermée dans des réservoirs vésiculaires que l'on retrouve dans l'écorce, les feuilles, le calice et la paroi épaisse des fruits.

Les fruits sont pour la plupart remplis d'une pulpe acide, plus ou moins sucrée, qui doit ses propriétés à l'acide citrique. On mange dans l'Inde les fruits du *Limonia trifoliata*, de l'*Ægle marmelos*; en Chine et aux Moluques, ceux du *Coockia punctata*. On sait l'emploi que l'on fait de l'orange pour le même usage.

Le genre Citrus fournit seul des espèces à la médecine européenne. Son fruit est enveloppé extérieurement par une écorce épaisse dont la surface est criblée de réservoirs pleins d'huile essentielle. Le fruit proprement dit est composé de plusieurs carpelles disposées en verticilles autour de l'axe idéal du fruit. Leur texture est membraneuse, et ils sont remplis intérieurement par un suc acide et sucré renfermé dans une multitude de cellules. Les semences sont attachées à l'angle intérieur des carpelles.

Les espèces employées dans la médecine européenne sont les suivantes :

Oranges douces, *Citrus aurantium*; Oranges amères ou Bigarrades, *Citrus vulgaris*; Citron ou Limon, *Citrus limonium*; Cédrat, *Citrus medica*; Limette et Bergamotte, *Citrus limetta*.

FEUILLES.

La feuille de l'oranger est la seule employée en médecine. On l'emploie le plus ordinairement en infusion théiforme, à la dose de 3 gros (12 grammes) par litre, ou sous forme de poudre, comme stomachique et antispasmodique, à la dose de 8 à 20 grains (4 à 11 décigrammes).

FLEURS.

La fleur d'oranger s'emploie souvent comme antispasmodique. On se sert des fleurs de l'oranger doux et de l'oranger amer.

Ces dernières sont préférées parce qu'elles ont une odeur plus suave. C'est l'espèce que l'on emploie à Paris, et c'est une des raisons pour lesquelles l'eau de fleurs d'oranger qui y est préparée est préférable à celle qui vient du Midi.

EAU DE FLEURS D'ORANGER.

Pr. Fleurs d'oranger récentes.......................... Q. V.

Eau.. S. Q.

Distillez à la vapeur.

Le Codex prescrit de retirer en eau distillée le double du poids des fleurs. Le produit porte alors le nom d'eau de fleurs d'Oranger double. On obtient l'eau de fleurs d'Oranger simple en coupant l'eau double avec son volume d'eau.

Ce que l'on vend dans le commerce sous le nom d'eau de fleurs d'Oranger quadruple est de l'eau distillée dans le midi de la France, et pour laquelle on a retiré livre pour livre.

On faisait autrefois l'eau de fleurs d'oranger en mettant les fleurs avec de l'eau froide et en chauffant jusqu'à l'ébullition ; mais le produit était trouble. M. Botentuit a remarqué qu'il était limpide si on attendait, pour mettre les fleurs, que l'eau fût en ébullition. On arrive au même résultat en distillant les fleurs à la vapeur.

La fleur d'oranger contient de l'acide acétique. Il passe à la distillation ; aussi l'eau de fleurs d'oranger est acide, ce qui est un inconvénient grave pour celle du commerce que l'on expédie dans des estagnons de cuivre, et qui dissout à la longue une portion de ce métal. M. Boullay avait proposé d'ajouter dans la cucurbite deux gros de magnésie par livre de fleurs pour saturer cet acide. Je ne sache pas que sa proposition ait eu de suite, ni que son adoption eût amélioré le produit.

Lorsque les localités ne permettent pas au pharmacien de se procurer la fleur d'oranger nécessaire à la préparation de l'eau distillée, il peut la faire venir de loin en mettant à profit la méthode donnée par Rouelle. Elle consiste à réduire les fleurs en pâte par la contusion, et à y ajouter le quart de leur poids de sel marin. Elles se conservent en cet état pendant très longtemps, et elles fournissent un bon produit quand on les distille.

NÉROLI.

(Essence de fleurs d'oranger.)

Quand on distille la fleur d'oranger, il se sépare une certaine quantité d'huile volatile qui nage à la surface de l'eau. Elle porte le nom de néroli. Elle a une odeur aromatique suave différente de celle de la fleur. Elle me paraît être un produit de l'altération de l'huile essentielle naturelle. Celle-ci est plus soluble que le néroli et reste en dissolution dans l'eau. On peut y démontrer sa présence en agitant l'eau distillée avec de l'éther privé d'alcool. L'éther laisse, par évaporation spontanée, une petite quantité d'une huile essentielle dont l'odeur est absolument la même que celle de la fleur, et qui se redissout facilement dans l'eau.

Le néroli contient une huile solide, cristallisable, à laquelle Plisson qui l'a découverte a donné le nom d'*Aurade*. Il la séparait en mêlant le néroli avec de l'alcool à 85°, et abandonnant au repos pendant quelques jours.

SIROP DE FLEURS D'ORANGER.

Pr.: Eau distillée de fleurs d'Oranger. 1
          Sucre très blanc........................ 2

On fait fondre le sucre à froid, et l'on filtre le sirop.

FRUITS.

Les fruits des hespéridées présentent deux parties distinctes qu'il est important de bien distinguer pour l'usage médical : savoir, l'écorce extérieure, et le fruit proprement dit.

ÉCORCE DES FRUITS.

L'écorce du fruit des hespéridées contient, dans sa partie la plus extérieure, des cellules closes, pleines d'une huile volatile excitante. Dans la partie blanche se trouve une matière amère, encore peu étudiée, qui s'est présentée sous la forme d'un extrait amer, insoluble dans l'éther et soluble dans l'alcool. On y a découvert également une substance cristallisée qui a été nommée hespéridine et qui paraît se rapporter à la série des résines cristallisables, insolubles ou peu solubles dans l'alcool froid. Elle est sans importance médicale.

HUILE ESSENTIELLE.

On extrait une huile essentielle de l'écorce du fruit des différentes espèces de Citrus; on la prépare par deux méthodes : tantôt par distillation, à la méthode ordinaire, tantôt par simple expression. Ce dernier procédé consiste à réduire en pulpe, au moyen d'une râpe fine, la partie jaune extérieure de l'écorce des fruits, et à la soumettre à la presse dans un tissu de crin. On obtient ainsi une liqueur qui se sépare en deux couches : l'une, inférieure, est formée par de l'eau et quelques débris; l'autre, supérieure, est de l'huile essentielle.

Cette huile est toujours colorée et extrêmement suave, beaucoup plus que lorsqu'elle a été retirée par la distillation. Elle est moins pure parce qu'elle tient en dissolution quelques parties fixes. Pour cette raison, elle n'est pas propre à enlever les taches sur les étoffes ; car l'huile seule s'évaporerait, et la matière colorante resterait fixée sur le tissu.

On prépare et par distillation et par expression les huiles essentielles de :

Citrons, Oranges, Cédrats, Bergamottes, Limettes.

D'après M. Raybaud, les écorces des aurantiacées fournissent les quantités d'huile volatile suivantes :

Fruits de Nice.			Par expression.		Par distillation.	
Bergamottes, nº 100	7 l. 1 onc. 1/2 de pulpe.		2 onc.	4 gros.	»	
Cédrats.....	*id.* 6	1	1	4	2 onc.	2 gros.
Citrons.....	*id.* 7	»	1	7	1	3
Limettes. ...	*id.* 5	3	»	6	1	1/2
Oranges. ...	*id.* 6	4	2	4	2	6
Curaçao sec du commerce 100 l.			»	»	6	»

L'huile essentielle de citrons, d'après l'analyse de M. Dumas, et celles de MM. Blanchet et Sell, est composée de 5 proportions de carbone (88,5), et 4 pp. d'hydrogène (11,5). Elle se combine avec l'acide hydrochlorique, en formant 2 combinaisons différentes, l'une solide, l'autre liquide.

D'après les analyses de M. Dumas, l'huile de cédrat et celle de limette ont la même composition que l'huile de citron.

ÉLEOSACCHARUM.

Pr.: Huile essentielle, une goutte. . . . . 1 gutt.
     Sucre, un gros. . . . . 4 grammes.

Mêlez par trituration.

Ces préparations sont le plus ordinairement employées comme aromate. Elles sont plus suaves, si on les obtient en frottant du sucre contre l'écorce fraîche du fruit, et, en le triturant pour obtenir une poudre également chargée dans toutes ses parties. On emploie :

Pr. : Citron ou orange. . . . . Nº 1
     Sucre, deux gros. . . . . 8 grammes.

ALCOOLAT DE CITRONS.

Pr.: Zestes frais de citrons.   1
     Alcool à 80° (31° Cart.).   6

Après trois ou quatre jours de macération, distillez à siccité au bain-marie.

On prépare de même les alcoolats d'oranges, de cédrats, de bergamottes.

EAU DE COLOGNE.

Pr.: Huile essentielle de bergamotte, deux onces...   64 grammes.
     —   —   citron, deux onces.   64
     —   —   limette, deux onces.   64
     —   —   orange, deux onces.   64
     —   —   petit grain, deux onces. . . .   64
     —   —   cédrat, une once.   32
     —   —   romarin, une once.   32
     —   —   lavande, demi-once.   16
     —   —   fleurs d'oranger, demi-once.   16
     —   —   cannelle, deux gros.   8
     Alcool à 88° (34° Cartier).   6000

On dissout les essences dans l'alcool, et après quelques jours, on distille au bain-marie presqu'à siccité ; on ajoute au produit :

     Alcoolat de mélisse composé, trois livres. .   1500 grammes.
     —   romarin, huit onces.   250

TEINTURE D'ÉCORCES D'ORANGES.

Pr.: Écorces d'oranges amères.   1
     Alcool à 56° (21° Cart.).   4

Faites macérer pendant 15 jours ; passez avec expression ; filtrez.

Cette teinture est médicamenteuse, et contient en même temps la partie aromatique et la partie amère de l'orange. Quand on la destine à servir d'aromate, on la prépare en mettant dans un flacon, avec de l'alcool rectifié, la partie jaune la plus extérieure des oranges douces fraîches, enlevée en lanières minces au moyen d'un couteau. Cette teinture a toute la suavité des fruits frais, et elle est très propre à aromatiser des aliments ou des préparations médicamenteuses.

On prépare de la même manière deux espèces de teintures de citrons.

SIROP D'ÉCORCES D'ORANGES AMÈRES.

Pr.: Écorces d'oranges amères dites curaçao
de Hollande, trois onces. . . . . . .   96 grammes.
Eau bouillante, une livre six onces. . .   692
Sucre blanc, S. Q., environ.   1000

On verse l'eau bouillante sur les écorces d'oranges, et, après douze heures d'infusion, on passe avec expression ; on filtre la liqueur et l'on y fait fondre en vase clos le double de son poids de sucre.

Chaque once de sirop correspond à 26 grains d'écorces d'oranges amères.

En n'employant que 20 onces d'eau pour faire l'infusion ; comme l'ont fait MM. Henry et Guibourt, on peut s'en servir pour décuire 3 livres de sirop simple qui a été amené au boulé par l'évaporation.

J'ai essayé de remplacer l'infusion d'écorces d'oranges par la macération ; mais le produit était moins chargé.

SIROP D'ÉCORCES D'ORANGES DOUCES.

Pr.: Zestes d'oranges frais coupés menus, six onces.   192 grammes.
Eau bouillante, deux livres.   1000

Faites un sirop par simple solution avec un poids de sucre double de celui de l'infusion.

On prépare de même le sirop d'écorces fraîches de citrons.

RATAFIA DE CITRONS COMPOSÉ.

(Eau cordiale de Colladon.)

Pr.: Écorces de plusieurs citrons. . . . .   Q. S.
Alcool à 56ᶜ (21° Cart.), vingt livres.. .   10000 grammes.

Retirez 10 livres (5000 grammes) d'alcool par distillation ; ajoutez au produit :

Teinture d'ambre. . . . .   quelques gouttes.
—   musc. . . . .   id.
Sirop de sucre blanc, cinq livres. . . . .   2500 grammes.

Faites dissoudre le sucre et filtrez (Cadet).

Cette préparation doit être faite en tâtonnant, de manière à ce que l'odeur de musc et d'ambre ne soit pas reconnaissable. La liqueur n'est bonne qu'autant qu'elle a vieilli pendant quelques années.

FRUIT.

SUC DE CITRONS.

On dépouille les citrons de leur écorce, on enlève les semences, on les écrase avec les mains ou avec une presse à main, et l'on exprime la pulpe à la presse après l'avoir mêlée avec de la paille hachée.

On abandonne le suc à lui-même dans un lieu frais pendant 3 à 4 jours; on le décante et on le filtre.

On sépare les semences avec soin, parce qu'elles sont amères et qu'elles communiqueraient leur saveur au suc. Celui-ci se clarifie par un léger mouvement de fermentation pendant lequel il laisse déposer un peu de ferment.

On prépare de la même manière le suc d'oranges.

SIROP DE LIMONS.

Pr. : Suc de limons. 16
      Sucre blanc. 30

Faites un sirop par solution dans un vase de verre ou d'argent. Aromatisez avec la teinture d'écorce fraîche de citrons.

On prépare de même le sirop d'oranges.

LIMONADE.

Les fruits des orangers sont employés à faire des boissons rafraîchissantes ; mais la composition et les propriétés médicales de celles-ci changent suivant la manière dont elles ont été préparées.

Quand on enlève l'écorce des citrons, qu'on coupe la partie succulente et qu'on la laisse en contact avec l'eau froide, l'on obtient une simple dissolution du suc dans l'eau.

Si l'on soumet à l'ébullition, on obtient ce qu'on appelle une limonade cuite, dont la saveur paraît moins acide et dont la consistance est plus mucilagineuse. C'est que par la chaleur les cellules chargées de principes gommeux sont crevées et que le mucilage qui y est contenu se répand dans la liqueur. M. Cadet avait cru que la quantité d'acide était diminuée, mais je me suis assuré par la saturation comparative des deux liqueurs qu'il n'en est rien. La tisane paraît moins aigre,, parce que les particules acides enveloppées de toutes parts par un liquide visqueux exercent une impression moins vive sur les tissus vivants.

Quand on prépare de la limonade, soit à froid, soit à chaud, en laissant toute l'écorce du fruit, on obtient une boisson tonique par le principe amer, et excitante par l'huile volatile qu'elle contient. C'est au médecin de prescrire le *modus faciendi* suivant les effets qu'il veut produire.

DÉCOCTION DE CITRON DE MINSICHT.

Pr.: Citrons coupés.. . . . . Nᵒ ℥ = ℥
  Eau, quatre livres et demie. . . . . 2250 grammes.
  Sucre, quatre onces. 125

Faites bouillir les citrons dans l'eau jusqu'à réduction à 2 livres $^{1}/_{2}$; passez et ajoutez le sucre.

—

DES HYPÉRICINÉES.

Les hypéricinées contiennent de l'huile essentielle, qui est peu abondante dans les espèces de nos contrées, mais dont la proportion est beaucoup plus forte dans celles qui croissent sous des zones plus chaudes. Les hypéricinées sont plus remarquables par les matières résineuses que l'on y rencontre, et dont la couleur varie du jaune au rouge. La résine est d'un jaune d'or superbe dans l'*Hypericum cochinchinense,* d'un rouge safrané dans les *Vismia,* dont le suc résineux obtenu par incision porte le nom de gomme gutte d'Amérique. A l'Ile-de-France, on retire une liqueur résineuse appelée Baume de fleurs de l'Ambavilla (*H. lanceolatum*).

Le Millepertuis (*Hypericum perforatum*) est astringent et a été employé comme vulnéraire. Il en est de même de la toute-saine (*Androsæmum vulgare*). Au Brésil, l'*Hypericum connatum* est aussi usité à cause de sa propriété astringente.

MILLEPERTUIS.

(Hypericum perforatum.)

On emploie les sommités fleuries de cette plante. Buchner y a trouvé :

Une résine rouge ; de la gomme ; du tannin qui colore le fer en vert ; de l'extractif ; de l'apothème insoluble ; de l'acide malique.

La résine est molle ; elle a l'odeur propre aux fleurs de mille-pertuis. Elle est insoluble dans l'eau, mais elle se dissout faci-lement dans l'alcool, l'éther et les huiles.

RÉCOLTE ET CONSERVATION.

On coupe les sommités fleuries d'*hypericum* au moment de la floraison. On les rassemble par petites bottes, que l'on renferme dans du papier et que l'on fait sécher en chapelet.

TISANE D'HYPERICUM.

L'infusion des sommités de millepertuis est légèrement astrin-gente et aromatique. Elle a la réputation d'être astringente, vul-néraire et diurétique, propriétés qui lui ont été concédées à bien peu de frais.

HUILE D'HYPERICUM.

Pr.: Fleurs sèches de millepertuis. 1
Huile d'olives. 8

On contuse les fleurs et on les fait digérer au bain-marie dans l'huile pendant 2 à 3 heures ; on passe avec expression et l'on filtre.

DES GUTTIFÈRES.

On trouve dans les guttifères un suc jaune, âcre et amer qui a plus ou moins d'analogie avec la gomme gutte. Celle-ci paraît même être fournie par plusieurs arbres de cette famille, mais principalement par le *Guttæfera vera* de Kœnig (*stalagmitis cambogioides* M.) ; à Ceylan, le *Garcinia cambogia* fournit un suc semblable.

La tacamahaca de l'île Bourbon est une résine obtenue par incision du *Calophyllum tacamahaca* et probablement d'autres espèces du même genre. Le baume vert, baume Marie ou baume Focot, paraît être le même suc résineux encore liquide.

Les *Clusia rosea* et *alba* des Antilles, le *Moronobœa* de Cayenne fournissent des sucs résineux qui sont employés comme goudron. Le *Moronobœa coccinea* de la Guyane fournit un suc jaune appelé Mani qui sert à brûler ; le *Mammea americana* donne un suc résineux amer qui est employé sous le nom de gomme Mamei pour faire périr les chiques.

L'écorce des guttifères est astringente dans quelques espèces. Elle est remarquable par sa saveur aromatique dans la cannelle blanche de nos boutiques (*Canella alba*) et dans le paratodo du Brésil (*Canella axillaris*).

Le fruit des guttifères dans les espèces charnues contient une pulpe acidule et sucrée qui le rend précieux dans les climats brûlants que ces plantes habitent. Le plus célèbre de tous est le mangoustan (*Garcinia mangostana*), le fruit le plus délicieux de l'Inde ; on mange encore les fruits moins agréables des *G. celebica*, *indica* et *cochinchinensis*, après en avoir séparé l'écorce noire, qui est astringente ; l'abricot de Saint-Domingue, *Mammea americana*, a une pulpe agréable aromatique peu acide ; on rejette les parties qui avoisinent l'écorce du fruit et les semences parce qu'elles sont amères.

On dit que les semences des guttifères sont astringentes et délétères. L'huile que l'on retire de plusieurs graines de *Calophyllum* est usitée par les Indiens contre les rhumatismes.

GOMME GUTTE.

(Garcinia morella, D. C.)

La gomme gutte, ou, pour parler plus exactement, la gomme-résine gutte, est composée, suivant une analyse de M. Braconnot, de 80 parties de résine et 20 parties de gomme. John y a trouvé jusqu'à 89 parties de résine. Ces deux matières sont unies si intimement qu'on ne peut les séparer entièrement par l'alcool ; il faut avoir recours à l'éther. Aussi la résine que fournit le traitement alcoolique est encore soluble dans l'eau. Il résulte, en outre, de cette adhérence de la gomme et du principe résineux, que la gomme gutte se divise très bien dans l'eau et y forme une émulsion permanente. La résine de la gomme gutte est d'un rouge hyacinthe en masse et jaune en poudre ; elle n'a ni odeur ni saveur ; le chlore la décolore , l'acide nitrique la change en amer de Welter ; elle se combine aux alcalis.

POUDRE DE GOMME GUTTE.

On l'obtient par trituration. Elle est d'un beau jaune. On l'administre le plus ordinairement en pilules , comme purgatif. On a soin de l'envelopper d'un véhicule mucilagineux assez abondant pour la diviser et prévenir l'irritation locale qu'elle pourrait produire sur les intestins.

La poudre de gomme gutte , à la dose de 12 à 16 grains (6 à 9 décigrammes), est un purgatif actif auquel on a plus souvent recours dans l'hydropisie. On la donne aux enfants à la dose de 1 à 2 grains (5 à 10 centigrammes), parce qu'elle n'a pas de goût et qu'ils la prennent sans répugnance.

TEINTURE ALCOOLIQUE DE GOMME GUTTE.

Pr.: Gomme gutte. 1
  Alcool à 80 (31º Cart.). 4

Faites macérer pendant quelques jours et filtrez.

SAVON DE GOMME GUTTE.

Pr.: Gomme gutte. 1
  Savon médicinal. 2
  Alcool à 80º (31º Cart.). . . . . S. Q.

On fait dissoudre la gomme gutte et le savon dans l'alcool ; on distille et l'on évapore en consistance pilulaire.

Le savon de gomme gutte a une action plus douce que la gomme gutte isolée ; peut-être s'est-il fait une combinaison de la matière résineuse ? peut être le savon n'agit-il qu'en divisant parfaitement la résine : la gomme gutte , comme toutes les matières âcres , ayant une action plus douce , quand elle est interposée au milieu d'autres substances.

CANNELLE BLANCHE.
(Canella alba.)

L'écorce de Cannelle blanche ou Costus doux est composée, suivant l'analyse de MM. Petroz et Robinet, de :

Matière sucrée et particulière ; matière amère ; résine ; huile volatile très âcre ; albumine ; gomme ; amidon.

La résine et surtout l'huile volatile sont les parties agissantes de cette écorce. La matière sucrée est blanche, cristallisée. Elle n'est pas susceptible d'éprouver la fermentation alcoolique.

La cannelle blanche est du nombre des substances qui doivent être pulvérisées sans résidu. Sa poudre amère tonique excitante s'emploie à la dose de quelques grains. C'est un de ces médicaments actifs qui sont peu employés parce que la matière médicale est riche en substances de la même nature.

—

DES AMPÉLIDÉES.

La vigne seule donne à la famille des Ampélidées ou Vinifères une haute importance, car le raisin et ses produits sont à peu près les seules substances qu'elle fournisse à la matière médicale.

Le raisin est bien connu par ses fruits acides et sucrés. On retrouve des fruits succulents dans toutes les espèces du genre Vitis, mais ils sont loin dans l'état sauvage de posséder les qualités que la culture a pu leur donner. Une seule espèce appartenant à un autre genre fournit des fruits comestibles, c'est l'*Ampelopsis bottria*, d'Afrique, dont on mange les baies noires.

Les propriétés médicales des plantes de la famille des Ampélidées sont mal connues. La racine de l'*Ampelopsis bottria* est employée comme diurétique. Les feuilles des Cissus ont de l'âcreté; les feuilles de notre vigne vierge (*C. quinquefolia*) sont âcres, rubéfiantes; et comme telles, elles ont été employées pour combattre les affections rhumatismales. Celle du *C. caustica* des Antilles, et du *C. quadrangularis* d'Arabie, sont âcres et brûlantes; cependant on mange en Arabie les feuilles des *C. rotundifolia et ternata*, mais après les avoir fait cuire dans l'eau.

VIGNE.

(Vitis vinifera.)

Les raisins doivent leur acidité, suivant M. Braconnot, à l'acide tartrique et à l'acide malique. Ceux qui appartiennent à la variété désignée dans le Midi sous les noms de Bordelais et Bourdelas, ne mûrissent pas dans le Nord et y portent le nom de verjus.

Arrivés à maturité, et surtout quand ils sont venus dans les pays chauds, les raisins sont très sucrés; ils prennent après leur dessiccation le nom de raisins secs.

On emploie assez indifféremment les différentes variétés de raisins secs du commerce, mais plus ordinairement les raisins de Corinthe et les raisins de Caisse. Ce sont des fruits mucilagineux, acidules et sucrés que l'on fait entrer dans quelques préparations; on les associe le plus ordinairement aux dattes et aux jujubes pour faire une boisson pectorale. Il faut les soumettre à la décoction quand on veut charger l'eau du principe mucilagineux que l'on y recherche.

SUC DE VERJUS.

Pr.: Verjus. . . . . Q. V.

On écrase le verjus et l'on en exprime le suc; on l'abandonne à lui-même pendant 2 à 3 jours, et quand il s'est éclairci on le filtre et on le conserve par le procédé d'Appert.

Les raisins écrasés et soumis à la fermentation fournissent des vins de diverses natures: ces vins, par la distillation, donnent de l'alcool; et quand ils sont placés dans des circonstances convenables, ils se transforment en vinaigre; enfin, pendant la fermentation du suc de raisin, il se dépose dans les tonneaux une croûte cristallisée qui porte le nom de tartre brut et qui prend celui de crème de tartre après avoir été purifiée. Tous ces produits sont importants pour la médecine.

Le vin est la base des médicaments connus sous le nom de vins médicinaux, dans lesquels il ajoute son action propre à celle des matières auxquelles il a servi de véhicule; seul, il est un excellent médicament dont l'action varie suivant sa nature. On fait usage des vins sucrés et alcooliques des pays chauds, du vin rouge comme tonique, des vins blancs étendus d'eau comme diurétique. Le vin comme médicament est recommandé aux vieillards et aux individus lymphatiques. A l'extérieur on l'emploie aussi comme fortifiant quand il y a atonie des parties.

LIMONADE VINEUSE.

Pr.: Vin rouge, huit onces. . . . . 250 grammes.
Sirop tartrique, deux onces. 64
Eau, vingt-deux onces. 692

Mêlez (Hôp. de Paris).

LOTIONS OU FOMENTATIONS VINEUSES.

Pr.: Vin rouge, deux livres.................... 1000 grammes.
Miel, quatre onces.......................... 125

Faites dissoudre à froid (Hôp. de Paris).

Le vinaigre convenablement étendu fournit une boisson rafraî-chissante; à l'extérieur on l'emploie comme légèrement astringent, souvent après l'avoir étendu d'eau; à l'état d'oximel, c'est un bon incisif usité pour faciliter l'expectoration dans les rhumes, les catarrhes (*Voyez* Acide acétique).

L'alcool concentré est employé en frictions excitantes à l'extérieur; à l'intérieur son action est des plus vives; il occasionne une irritation vive au point de contact, et une excitation du système nerveux. Il sert de véhicule dans une foule de préparations; plus rarement on l'emploie isolé: c'est un agent hygiénique populaire pour réveiller les forces de l'estomac.

LIMONADE ALCOOLIQUE.

Pr.: Alcool rectifié, deux onces. .... 64 grammes.
Sirop tartrique, deux onces.............. 64
Eau, vingt-huit onces................. 880

Mêlez (Hôp. de Paris).

La crème de tartre, ou tartrate acide de potasse, sera étudiée avec les autres sels de potasse.

DES RUTACÉES.

La famille des Rutacées, considérée dans son ensemble, contient des individus dont les propriétés médicinales sont fort différentes; mais les botanistes ont fait dans cette famille des sections dont quelques-unes sont même considérées par certaines personnes comme des familles distinctes; ce sont ces divisions que nous allons étudier séparément.

ZYGOPHYLLÉES.

Un genre de cette famille fournit deux espèces dont le bois est employé en médecine sous le nom de gayac; c'est le *Guaiacum officinale* et le *G. sanctum*; probablement les autres espèces du même genre ont des propriétés semblables.

Les Zygophyllées herbacées ont des propriétés différentes. On distingue la Tribule ou Herse (*Tribulus terrestris*), le *T. cistoïdes*, des Antilles, que l'on dit astringent, et le *Zygophyllum fabago*, qui passe pour vermifuge. Les Hottentots regardent comme un poison pour les moutons les *Z. herbaceum* et *sessilifolium*.

RUTÉES.

La Rue est le type de cette tribu. Toutes les espèces du genre Ruta ont une odeur forte qu'elles doivent à l'huile essentielle; le *Peganum Harmala* (Harmal des Arabes), est employé en fumigations comme parfum dans l'Orient, à cause de son odeur forte.

DIOSMÉES.

Les Diosmées, sauf le genre Dictame, sont des plantes exotiques; elles sont chargées d'une abondante quantité d'huile essentielle.

La racine de la fraxinelle (*Dictamnus albus*) a seule été employée, et l'ést à peine maintenant; elle est résineuse, amère, aromatique et elle passe pour vermifuge.

Les feuilles des Diosmées sont chargées d'huile volatile. On distingue principalement celles du *Correa alba* de la Nouvelle- Hollande, que l'on prend en guise de thé, celles des Diosma dont les *D. hirsuta, oppositifolia* et surtout *crenata*, sont employées sous le nom de *bucho* ou *bouchu*; elles sont vantées dans les maladies des voies urinaires. Brandes y a trouvé de l'huile volatile, de la gomme, de la résine, de la diosmine.

L'écorce du *Ticorea febrifuga* du Brésil y est appelée kina, et on l'y emploie comme fébrifuge, suivant M. A. Saint-Hilaire, sous le nom de casca de Laranjura. L'angusture vraie, fournie par un genre voisin, est célèbre par la même propriété.

Enfin le genre *Elaphrium* fournit des matières résineuses. Le vrai *tacamahaca* est fourni par l'*Elaphrium tomentosum (fagara actandra)*. L'*Elaphrium copallinum* fournit une autre résine que quelques personnes croient être la résine copale.

SIMAROUBÉES.

C'est la matière amère fournie par les Simaroubées qui leur donne de l'importance en médecine. Le bois de Surinam est le tronc du *Quassia amara*; le Simarouba des boutiques est l'écorce du *Simaruba amara*. Au Brésil on emploie comme amer contre l'hydropisie et les faiblesses intestinales l'écorce et la racine du *Simaruba ferruginea*; on retrouve la même amertume dans le *Paraïba* du même pays (*Simaruba versicolor*). A Cuba, on emploie sous le nom de Bois blanc l'écorce amère du *Simaruba glauca*. Il paraît toutefois qu'une partie de ces écorces, à l'état frais du moins, ont une âcreté dangereuse. MM. Spix et Martius assurent que celle du Paraïba cause des vertiges, et l'on rapporte que l'écorce de simarouba officinal a tant d'âcreté que les nègres qui en font la récolte, sont obligés de se vêtir, parce que le suc très âcre de la plante leur ferait naître des ampoules sur la peau.

ZANTHOXYLÉES.

Ces plantes sont mal connues dans leurs propriétés. Le Clavaier massue, *Zanthoxylum clava Herculis* du Canada, et le *Z. fraxineum* des Antilles, passent pour des sudorifiques puissants, qui excitent fortement la salivation. On les emploie contre les rhumatismes et les maladies syphilitiques. Au Sénégal, les nègres font usage contre la goutte de l'écorce du *Z. senegalense*. MM. Chevallier et Richard ont retiré de l'écorce de la première espèce une matière colorante jaune, cristallisable, amère, qu'ils ont appelée Zanthopicrite.

GAYAC.

(Guaiacum officinale.)

On emploie en médecine le bois de Gayac, l'écorce du même arbre et la résine qui s'écoule par des incisions faites à son tronc. Ce sont des stimulants que l'on emploie contre la syphilis, les scrofules, quelques maladies de la peau, la goutte, les rhumatismes chroniques.

BOIS DE GAYAC.

Le bois de gayac est composé, suivant Tromsdorf, de :

Résine particulière abondante; résine particulière en petite quantité, soluble dans l'ammoniaque; matière extractive; extractif muqueux;

Et sans doute de gomme et d'albumine. L'écorce a une composition analogue, mais on en fait peu d'usage.

La résine du bois de gayac en est la partie active; cette résine a une saveur d'abord douce ou amère, puis âcre. Elle se ramollit entre les dents. L'alcool la dissout et l'eau la précipite, mais la résine reste longtemps suspendue dans l'eau ; elle n'est pas soluble dans les huiles fixes ; elle présente avec les réactifs chimiques et en particulier avec le chlore et les acides, des phénomènes de coloration ou de décomposition remarquables ; elle est susceptible de s'unir aux alcalis à la manière des acides ; elle est très soluble dans la potasse et dans la soude.

Des expériences fort intéressantes de M. Biot font reconnaître dans la résine de gayac deux substances très différentes ; l'une est jaune, la lumière est sans action sur elle ; l'autre est incolore ou jaunâtre, la lumière la plus réfrangible la teint en bleu, la lumière la moins réfrangible tend à lui rendre sa couleur primitive.

Toutes les teintes de vert par lesquelles passe la résine de gayac exposée à la lumière, proviennent du mélange du bleu formé avec la matière jaune inaltérable. L'air est sans influence sur ce phénomène. En exposant à la radiation sous l'eau un papier qui a été trempé dans la teinture de gayac, la matière jaune se dissout et le papier passe au bleu. Cette matière jaune nuit à l'effet en interceptant les rayons violets, par conséquent les plus efficaces ; aussi la coloration en bleu se fait-elle mieux à mesure que l'on enlève les eaux jaunes qui surnagent le papier et qu'on en met de nouvelles.

En faisant bouillir le bois de gayac en poudre dans l'eau, on enlève proportionnellement une plus grande quantité de la matière jaune ; aussi, en faisant une teinture alcoolique avec le résidu et en imprégnant du papier de cette teinture, ces papiers sont beaucoup plus impressionnables.

TISANE DE GAYAC.

Pr.: Bois de gayac râpé, une once à une livre. 32 à 500 grammes.

Eau, un litre. 1000

Le bois de gayac doit toutes ses propriétés à la résine, et dans son emploi en tisane, il ne faut pas perdre de vue ces trois circonstances : 1° que le bois de gayac est très dur et difficilement pénétrable par l'eau ; 2° que la résine de gayac n'est pas soluble dans l'eau ; 3° qu'elle s'y dissout ou s'y divise à la faveur de la matière extractive et muqueuse.

Aussi, pour obtenir de bons effets de la tisane de gayac, faut-il employer une forte dose de bois et le soumettre à une longue décoction. Le contact longtemps prolongé de l'eau bouillante rend son action plus vive ; les particules de matières résineuses sont ramollies par la chaleur et détachées par le mouvement intérieur du liquide ; enfin la proportion des matières extractives fournies par une dose considérable de bois, facilite la division de la résine au milieu du liquide, et même la dissolution d'une partie de celle-ci. M. Aillé et d'autres médecins ont obtenu de bons effets de la tisane de gayac faite avec $\frac{1}{2}$ livre à 1 livre de gayac dans les rhumatismes. La tisane de gayac, mais moins chargée, faite avec 1 à 2 onces de bois, est souvent prescrite comme adjuvant dans les traitements mercuriels.

EXTRAIT DE GAYAC.

On prépare l'extrait de gayac par décoction du bois râpé dans l'eau, par les raisons que nous venons d'exposer tout à l'heure. On emploie 1 partie de gayac râpé et 10 parties d'eau ; on fait une décoction d'une heure ; on passe ; on fait bouillir le résidu pendant une heure dans 10 nouvelles parties d'eau. On laisse déposer les liqueurs pendant quelques heures ; on les décante et on les évapore en consistance d'extrait. Pendant l'évaporation des liqueurs, il se fait un dépôt considérable formé en grande partie par la matière résineuse et qu'il faut se garder de séparer. Vers la fin de l'évaporation, quand l'extrait est presque terminé, on y ajoute un peu d'alcool qui divise la résine et donne de l'homogénéité à l'extrait.

On a proposé de préparer l'extrait de gayac par l'alcool à 22°, qui dissout parfaitement la résine ; mais c'est une préparation qui paraît peu utile ; la résine de gayac remplit le même objet.

Le gayac fournit entre 3 à 4 p. 100 de son poids d'extrait.

SIROP DE GAYAC.

Pr.: Gayac râpé............................... 1
Sirop simple................................. 4

Faites bouillir le gayac pendant une demi-heure avec une quantité d'eau suffisante pour avoir 8 parties de liqueur ; faites une nouvelle décoction semblable ; concentrez les deux liqueurs pour les réduire à moitié ; laissez-les déposer, décantez, mêlez-les au sirop et faites cuire à consistance convenable.

Le sirop est un peu trouble, parce qu'une partie de la résine n'y est que suspendue. Cette formule est de M. Mouchon.

TEINTURE ALCOOLIQUE DE GAYAC.

Pr.: Bois de gayac. 1
Alcool à 56° (21°Cart.). 8

Faites macérer pendant huit jours; passez avec expression et filtrez.

On emploie cette teinture comme dentifrice; on la mêle avec un peu d'eau pour se rincer la bouche et raffermir les gencives.

RÉSINE DE GAYAC.

La résine de gayac du commerce est composée, suivant l'analyse de Buchner, de:

Résine; Gomme; Extractif; Débris.

Elle contient en outre un peu d'un acide particulier (acide gayacique) qui a beaucoup d'analogie avec l'acide benzoïque, et qui a été découvert par M. Righini d'Oleggio.

La résine de gayac est employée en médecine sous forme de poudre, de pilules, de potion; dans ce dernier cas, on la divise au moyen d'un mucilage ou d'un jaune d'œuf. On l'administre à la dose de 12 grains (6 décigrammes) à 18 grains (1 gramme) par jour.

ÉMULSION DE RÉSINE DE GAYAC.

Pr.: Résine de gayac, 10 à 20 grains. . . . . . .   0,55 à 1,1 gramm .
Gomme arabique, un gros.   4
Eau, quatre onces. 125

F. S. A.

Cullen assure que cette préparation produit de meilleurs effets que la teinture alcoolique.

TEINTURE ALCOOLIQUE DE RÉSINE DE GAYAC.

Pr.: Résine de gayac, une once. . . . .   32 grammes.
Tafia, six livres.   3000

F. S. A.

Cette teinture est le remède des Caraïbes contre la goutte. On l'administre à la dose de 1 à 2 cuillerées à bouche.

SAVON DE GAYAC.

Pr. : Résine de gayac. 1
Savon médicinal. 2
Alcool à 80° (31° Cart.). . . . . S. Q.

Faites dissoudre, filtrez et évaporez en consistance pilulaire.

La même préparation, faite avec parties égales de résine et de savon, est l'extrait résino-savonneux de Plenck. Si l'on fait la dissolution de savon et de résine avec 8 onces d'alcool rectifié sans évaporer, on a la mixture résino-savonneuse de Plenck.

RUE.

(Ruta graveolens.)

La Rue est une plante fort active dont l'emploi médical est encore mal déterminé, mais qui doit être employée avec prudence. L'analyse y a fait reconnaître:

De l'huile volatile; de la chlorophylle; de l'albumine végétale; de l'extractif; de la gomme; une matière azotée; de l'amidon et de l'inuline.

L'huile volatile de rue est d'un jaune verdâtre ou brunâtre; elle a une odeur forte et désagréable; elle se fige au froid en cristaux réguliers; elle est remarquable par sa solubilité dans l'eau qui est plus grande que celle des autres huiles essentielles.

L'huile essentielle de rue est considérée comme la partie énergique de cette plante; cependant on a cru remarquer que la plante elle-même a beaucoup plus d'âcreté que son huile essentielle; l'extrait aqueux en est très âcre et peut enflammer les intestins. D'après ces données, on peut soupçonner dans la rue la présence de quelque principe fixe encore inexaminé. On emploie l'huile essentielle de rue comme excitante, emménagogue, antispasmodique. Elle est administrée sous forme de potions.

Rarement on emploie la rue sous forme d'extrait, celui-ci doit être préparé avec de l'alcool à 56° (21° Cartier).

La poudre de la plante sert pour faire périr les poux et pour déterger les vieux ulcères. En infusion, on emploie la plante comme vermifuge, emménagogue; on la donne en lavements excitants.

HUILE DE RUE.

Pr.: Rue sèche incisée. 1
Huile d'olives. 8

Faites digérer au bain-marie, pendant 12 heures, passez avec expression, filtrez.

ONGUENT DE RUE.

Pr.: Feuilles fraîches de rue.................... 1
— —   absinthe.............. 1
— —   menthe. 1
Axonge.............................. 8

Faites cuire jusqu'à consomption de l'humidité, passez avec expression, laissez refroidir et séparez les fèces.

ANGUSTURE VRAIE.

(Galipea officinalis.)

L'écorce d'Angusture vraie contient, d'après l'analyse d'Husband :

Gomme ; matière amère ; résine ; huile volatile.

Le principe amer est déliquescent, incristallisable, soluble dans l'alcool et insoluble dans l'éther. Il paraît avoir de l'analogie avec la salicine ; cependant il faut se rappeler que Brandes a annoncé que cette écorce contenait un alcali végétal et que déjà Thomson avait cru y reconnaître un principe analogue à la cinchonine. Depuis, Saladin a reconnu qu'en traitant par l'alcool absolu l'extrait aqueux d'angusture, on obtenait par l'évaporation spontanée des cristaux de *Cusparin*. Ce sont des tétraèdres neutres, qui fondent facilement en perdant 23 p. 100 de leur poids. L'eau froide en dissout $\frac{1}{2}$ p. 100 et l'eau bouillante 1 p. 100. Il sont dissous aussi par les acides et les alcalis concentrés. La noix de galles les précipite.

POUDRE D'ANGUSTURE.

On pulvérise l'écorce d'angusture vraie sans laisser de résidu. Sa poudre a été employée à la dose de 1 gros à $\frac{1}{2}$ once (4 à 16 grammes), comme fébrifuge ; on l'a employée aussi dans quelques cas de dyssenteries, mais à plus faible dose (9 à 18 grains ; demi-gramme à 1 gramme).

EXTRAIT D'ANGUSTURE.

On le prépare en lessivant de la poudre d'angusture avec de l'eau et évaporant en extrait.

100 parties d'écorce épuisées par l'eau distillée, m'ont fourni 28 p. d'extrait. 1 partie d'extrait représente par conséquent 3 parties $\frac{1}{4}$ de racine.

BOIS DE SURINAM.

(Quassia amara.)

Le bois de Quassia ou de Surinam doit ses propriétés médicales à un principe amer, encore mal étudié, que Thomson a appelé quassine et qui se fait remarquer par sa saveur extrêmement amère et sa solubilité dans l'eau et dans l'alcool. Wiggers en a retiré une matière cristallisée en prismes, inodore, incolore, fort amère, peu soluble dans l'eau, peu soluble dans l'éther, mais que l'alcool dissout très bien ; elle est précipitée par la noix de galles ; quel rapport peut-elle avoir avec le cusparin ?

On n'emploie guère le *quassia amara* que sous forme de tisane ou de vin, ou d'extrait. C'est un médicament amer que l'on emploie comme tonique et fébrifuge.

TISANE DE QUASSIA.

Pr.: Bois de quassia râpé ou coupé menu, deux gros.   8 grammes.
    Eau, deux livres........................ 1000

Faites infuser pendant 2 heures et passez.

L'infusion doit être préférée à la décoction ; elle donne une boisson plus amère.

EXTRAIT DE QUASSIA.

Pr.: Quassia amara. .... Q. V.
    Eau à 20°.................... S. Q.

Humectez le bois pulvérisé avec la moitié de son poids d'eau ; au bout de 1 à 2 heures, tassez fortement la poudre dans un appareil à déplacement et lessivez : évaporez les liqueurs en consistance d'extrait.

100 parties de quassia épuisées par l'eau distillée, m'ont fourni 7 parties $^5/_{10}$ d'extrait. 1 partie d'extrait représente 14 parties de bois.

VIN DE QUASSIA.

Pr.: Quassia amara, une once. .... 32 grammes.
    Alcool à 56° (21° Cart.), une once........... 32
    Vin blanc, deux livres. 1000

F. S. A.

SIMAROUBA.

(Simaruba amara.)

L'écorce de la racine de Simarouba a été analysée par Morin, qui y a trouvé :

Une matière résineuse ; un peu d'huile volatile ; quassine ; ulmine ; quelques sels.

Le simarouba ne s'emploie presque jamais qu'en boisson ; c'est un amer qui est surtout employé dans quelques cas de dyssenterie chronique. On traite 4 à 5 gros (16 à 20 grammes) de cette racine par un litre d'eau bouillante par infusion. La décoction donnerait une boisson beaucoup moins amère.

DES RHAMNÉES.

Les Rhamnées ne sont pas parfaitement connues dans leurs propriétés médicales ; mais ce que nous en savons ne donne pas l'idée d'une grande analogie de propriétés entre ces plantes.

Le genre Rhamnus a des fruits purgatifs, du moins cette propriété est constatée pour le nerprun ordinaire (*Rhamnus cathar-ticus*), la bourdaine (*R. frangula*), le nerprun des teinturiers (*R. infectorius*) et l'alaterne (*R. alaternus*). Tous ces fruits contiennent une matière colorante particulière qui tourne au vert par les alcalis. On l'obtient de préférence avec le fruit du *R. infecto-rius* ; mais les autres espèces que nous venons de citer comme purgatives en donnent également. En mêlant à 30 parties du suc de ces fruits 8 parties d'eau de chaux et 1 partie de gomme arabique, et faisant épaissir, on a le vert de vessie, ainsi nommé parce que la matière est placée dans des vessies où la concentration s'achève. Le même principe colorant précipité du suc de ces fruits par l'alun et la craie, constitue le stil de grain.

Les fruits du genre zizyphus, au lieu de l'âcreté purgative des vrais nerpruns, ont une pulpe douce et sucrée, et plusieurs espèces sont alimentaires. Telles sont notre jujubier commun ; le *Zizyphus agrestis* de la Cochinchine ; *Z. jujuba* de l'Inde ; le *Z. napeca* (*spina christi L.*) du Levant et de l'Égypte ; le *Z. or-*

tacantha du Sénégal; le *Z. sativa* (*lotus L.*), arbre des lotophages. On dit cependant que les fruits du *Z. Barclei* du Sénégal sont vénéneux.

La racine du *Paliurus aculeatus* d'Europe, celle du *Ceanothus americanus* du nord de l'Amérique, du *Rhamnus ellipticus* des Antilles, du *Zizyphus Barclei* du Sénégal, sont astringentes et vantées contre les maladies vénériennes ; celle du *Myginda uragoga* de l'Amérique du Nord est un puissant diurétique, suivant Jaquin. Les feuilles de la même espèce ont une propriété semblable. On connaît peu les propriétés des feuilles dans les autres Rhamnées. Celles du *Rhamnus alaternus* passent pour astringentes, et l'on sait que les pauvres Chinois prennent en guise de thé les feuilles du *R. thezeans*. Le *Zizyphus soporifera* est, dit-on, narcotique.

L'écorce de bourdaine est vomitive. En est-il de même de celle des autres nerpruns ? Celle du *Ceanothus americanus* est amère et elle est employée comme fébrifuge aux États-Unis.

NERPRUN.

(Rhamnus catharticus.)

Le suc des fruits du nerprun a été étudié chimiquement par M. Vogel, qui y a trouvé :

Une matière colorante particulière; de l'acide acétique; du mucilage; du sucre; une matière azotée.

La matière colorante du suc de nerprun se présente sous la forme de paillettes pourpres, brillantes, hygrométriques. Elle est soluble dans l'eau, moins soluble dans l'alcool, insoluble dans l'éther et dans les huiles. Les alcalis lui font prendre une couleur vert foncé. Les acides la ramènent au rouge. M. Vogel croit que sa véritable couleur est le vert et qu'elle ne devient pourpre que par l'acide acétique qui se développe dans le fruit à la maturité. On conçoit alors facilement l'action de la chaux, qui dans la préparation du vert de vessie fait tourner au vert la couleur pourpre du suc de nerprun.

Le mucilage est de nature particulière; M. Vogel et depuis M. Hubert ont vu qu'il disparaît presque entièrement par la fermentation. Il est abondant dans le suc récent et il lui donne de la consistance.

On ignore encore quelle est la matière purgative du nerprun. M. Hubert pense que c'est la cathartine, mais ses expériences sont peu concluantes. Si l'on réfléchit que 25 à 30 fruits de nerprun suffisent pour purger et qu'il faut employer pour produire le même effet une once de suc, on sera disposé à croire que celui-ci n'entraîne qu'une faible partie de la matière purgative et qu'il doit en rester une plus forte proportion dans le marc.

RÉCOLTE.

Quand les fruits du nerprun ne sont pas bien mûrs, le suc a une couleur safranée. Il est d'un rouge verdâtre quand le fruit est mûr, et il passe au pourpre quand il est plus mûr encore. Ces changements paraissent être le résultat de l'action de l'acide qui se développe dans le fruit. On choisit ces fruits en pleine maturité.

SUC DE NERPRUN.

On écrase les fruits de nerprun avec les mains. On laisse fermenter le tout en contact avec le marc pendant 3 à 4 jours. On passe avec expression ; on laisse déposer ou l'on filtre, et l'on conserve dans des bouteilles à la manière ordinaire. Si les fruits ne sont pas en parfaite maturité, l'acide acétique, qui se forme toujours pendant la fermentation, achève de faire passer la couleur du suc au pourpre.

ROB DE NERPRUN.

On évapore en consistance d'extrait le suc dépuré de nerprun. Cette préparation n'est guère usitée que pour préparer le sirop dans le cas où le suc de nerprun viendrait à manquer dans le courant de l'année.

SIROP DE NERPRUN.

Pr.: Suc de nerprun dépuré.   1
      Sucre blanc.   1

Faites cuire en consistance de sirop.

MM. Henry et Guibourt remplacent le sucre par du sirop clarifié (2 suc, 3 sirop), ce qui permet d'employer du sucre moins beau et ce qui est plus économique. Les deux procédés réussissent également bien.

Ce sirop est à peu près la seule préparation de nerprun employée. A la dose de 1 à 2 onces (32 à 64 grammes), c'est un bon purgatif et peut-être notre meilleur purgatif indigène.

JUJUBES.

(Zizyphus vulgaris.)

Les fruits du jujubier sont sucrés et mucilagineux ; on les considère comme émollients et béchiques, et comme tels on les fait entrer dans les tisanes pectorales. Ils doivent être traités par la décoction. Ils entrent également dans la préparation de la pâte qui porte leur nom, mais qui doit ses propriétés bien plutôt à la gomme arabique qui en est la véritable base. Le plus ordinairement même on supprime complétement ces fruits.

PATE DE JUJUBES.

Pr.: Jujubes secs, une livre.	500 grammes.
Gomme du Sénégal, six livres..........	3000
Sirop de sucre, sept livres huit onces.. ...	3750
Eau de fleurs d'oranger, six onces........	192

On fait une décoction de jujubes de manière à obtenir environ 5 à 6 livres de liqueur ; on la verse sur la gomme et l'on remue de temps en temps pour faciliter la dissolution ; on passe avec expression à travers un blanchet, on mélange au sirop que l'on a déjà en partie concentré par l'évaporation, et l'on porte à l'ébullition, en agitant continuellement ; dès que la liqueur bout, on cesse de la remuer, et on l'entretient bouillante sur un feu doux. Par ce moyen, l'évaporation se fait, et la pâte se concentre, sans que l'on ait à craindre que la gomme brûle au fond de la bassine. Quand la pâte est arrivée à la consistance d'extrait mou, on l'aromatise avec l'eau de fleurs d'oranger. On place alors la bassine qui contient la pâte dans une autre bassine qui contient de l'eau bouillante ; après quelques heures on enlève l'écume qui s'est formée à la surface, et l'on coule dans des moules de fer-blanc huilés légèrement, ou mieux frottés de mercure, et l'on achève la concentration à l'étuve. On retourne la pâte dans les moules aussitôt qu'elle a pris assez de consistance pour permettre cette manipulation.

Il est nécessaire que l'étuve soit chauffée modérément (35 à 40°), autrement la vapeur d'eau qui se formerait dans la masse soulèverait la pâte et la rendrait bulleuse.

La clarification aux blancs d'œufs, également conseillée, n'est pas nécessaire ; le mouvement produit par une ébullition ménagée suffit pour ramener toutes les impuretés à la surface.

CONSERVE DE JUJUBES.

(Pâte de jujubes de Cadet Gassicourt.)

Pr.: Jujubes...................................... Q. V.

Mondez-les de leurs noyaux et reduisez-les par contusion en pàte aussi fine que possible ; ensuite :

Pr.: Pulpe de jujubes ci-dessus................ 4
     Sucre pulvérisé....................... 1
     Extrait d'opium gommeux, un grain par livre.

Mélangez, et pétrissez sur un marbre. Étendez avec un rouleau en une couche de 5 à 6 millimètres d'épaisseur ; tenez à l'étuve pendant 24 heures , coupez avec des ciseaux en carrés ou en losanges que vous conserverez en vaisseaux clos.

———

DES JUGLANDÉES.

Cette petite famille ne comprend que le genre Juglans, dont toutes les espèces ont des propriétés communes.

NOYER.

(Juglans regia.)

On emploie en médecine différentes parties du Noyer, les feuilles , les fleurs , le péricarpe et les semences.

La feuille de noyer est quelquefois employée en décoction pour déterger de vieux ulcères. Quelques personnes la considèrent comme un spécifique contre l'ictère. Elle fait partie du remède anti-vénérien de Mittié. Celui-ci est un extrait pilulaire fait avec le suc de P. E. de feuilles de noyer, d'ache et de trèfle d'eau.

Les fleurs du noyer font partie d'une ancienne préparation maintenant inusitée et que l'on appelait l'*eau des trois noix*. Elle se préparait en distillant d'abord l'eau sur les châtons mâles du noyer ; puis le produit sur les noix nouées et enfin sur des noix presque mûres.

Le péricarpe ou le brou de la noix est une matière active dont l'analyse a été faite par M. Braconnot, qui y a trouvé :

Amidon ; chlorophylle ; matière âcre et amère ; acide malique ; tannin ; acide citrique ; sels.

La matière âcre est extrêmement remarquable , elle absorbe

assez rapidement l'oxigène de l'air en formant de l'acide carbonique et probablement de l'eau. Le suc de brou de noix filtré, qui est à peine coloré, se fonce de plus en plus à l'air, et en même temps il perd sa saveur amère ; il se fait en même temps à sa surface une pellicule noire qui se renouvelle à mesure qu'elle se précipite. Cette matière noire, qui résulte de l'altération du principe amer, est insipide, inodore ; quand elle a été séchée, elle ressemble pour l'aspect au bitume de Judée, elle brûle sans flamme, elle se dissout dans la potasse, et elle en est précipitée par les acides.

Le brou de noix est la base de la tisane anti-vénérienne de Pollini, célèbre contre les syphilis rebelles, les dartres. La formule est rapportée différemment par les auteurs. Voici celle de la pharmacopée batave :

TISANE DE POLLINI.

Pr.: Brou de noix sec, seize onces.	500 gramm.
Racine de salsepareille, deux onces..........	64
— squine, deux onces.	64
Sulfure d'antimoine concassé, deux onces.....	64
Pierre ponce, deux onces.	64
Eau, vingt livres........................	10000

Faites réduire à moitié. La dose est de 2 à 3 cuillerées à bouche toutes les heures.

Cette formule diffère beaucoup de celle autrefois employée à l'hôpital Saint-Louis. Voici cette formule donnée par M. Biet :

Pr.: Écorce ligneuse des noix, située sous la partie verte, dix-huit onces...................	564 grammes.
Racine de salsepareille, demi-once..........	16
— squine, demi-once..............	16
Sulfure d'antimoine natif, demi-once.	16
Pierre ponce, demi-once..................	16
Eau, huit livres..........................	4000

Faites macérer pendant une nuit ; le lendemain faites réduire à moitié. Passez, décantez, mais ne filtrez pas.

Le malade prend une livre de cette boisson le matin et autant le soir, et pardessus une infusion de guimauve.

EXTRAIT DE BROU DE NOIX.

Pr.: Brou de noix vertes.................. Q. V.

Pilez dans un mortier, ajoutez un peu d'eau, exprimez et évaporez en extrait pilulaire. Cet extrait doit être évaporé promptement, à cause de la rapide altération du principe amer. Celui-ci se détruit facilement pendant l'évaporation, en laissant une liqueur acide et formant un dépôt d'un apothème noir.

L'extrait de brou de noix est employé à la dose de quelques grains, comme stomachique et anthelmintique.

HUILE DE NOIX.

On se sert en médecine de l'huile de noix du commerce. Elle est plus âcre que celle qui s'obtient sans chaleur; mais elle est employée comme purgative, en lavements, dans l'apoplexie et surtout dans le traitement de la colique des peintres. Elle a une propriété purgative que l'huile douce ne possède pas au même degré.

DES TÉRÉBINTHACÉES.

La famille des Térébinthacées est remarquable par le grand nombre de plantes qui fournissent aux arts et à la médecine des matières résineuses. Ce fait semble annoncer une grande similitude entre les différents produits de cette famille; et, sous ce point de vue, elle présente en effet beaucoup d'analogie entre les espèces botaniques et les produits immédiats. Cependant nous verrons que certaines exceptions ne peuvent se lier à ce système général d'uniformité. Les principaux produits résineux fournis par la famille des térébinthacées sont :

Le baume de la Mecque (*Balsamodendrum gileadense et opobalsamum*).

La térébenthine de Chio (*Pistacia terebinthus*).

Le mastic (*Pistacia lentiscus et atlantica*).

Le baume aracouchi (*Icica heterophylla*).

La résine élémi (*Amyris plumerii*).

————— d'Icica (*Icica icicariba*).

L'encens de l'Inde (*Boswelia serrata*).

La myrrhe (*Balsamodendrum kataf et myrrha*).

La gomme rouge de St-Domingue (*Bursera balsamifera*).

La gomme chibou des Antilles (*Bursera gummifera*).

Dans les Térébinthacées, le bois, l'écorce et les feuilles sont souvent imprégnés d'un suc résineux, uni à une plus ou moins grande quantité d'huile volatile. Les bois des *Icica*, des *Canarium*, des *Amyris*, sont pour cette raison employés comme parfums. Les bûchettes du *Balsamodendrum gileadense* entrent dans la thériaque sous le nom de *Xylobalsamum*.

Dans un assez grand nombre d'espèces, au contraire, les feuilles et l'écorce sont astringentes : c'est comme telles que l'on emploie en teinture les sommités du sumac commun (*Rhus coriaria*), qu'aux États-Unis on fait servir au même usage les feuilles du *R. striatum*, et aux Antilles celles du *R. metopium*. L'écorce du *Brucea antidysenterica* d'Abyssinie est célèbre par ses propriétés astringentes; on emploie au tannage celles des *R. glabrum* et *typhinum* du *Schinnus terebenthifera*, du *Spondias mangifera* et des *Comocladia*. Aux États-Unis l'on se sert comme fébrifuge de l'écorce des *R. cotinus* et *glabrum*.

Un assez grand nombre de fruits, dans la famille des Térébinthacées, ont une saveur acide et sucrée. Les mangues (*Mangifera indica*) sont comestibles dans l'Inde; on mange dans le Levant les fruits des *Pistacia terebinthus, lentiscus* et *atlantica* : il en est de même des fruits du *Spondias dulcis*, arbre de Cythère, des îles de la Société; du *S. purpurea*, Monbin, prunes d'Espagne, des Antilles; du *S. lutea*, prunes d'Amérique, Mombin et Hobo. L'acidité est très développée dans les fruits du *Schinus molle* et dans le Sumac, qui en a reçu le nom de Vinaigrier. M. Lassaigne y a reconnu l'acide malique, et Trommsdorf s'est assuré qu'il y est uni au tannin, et qu'on peut l'en extraire cristallisé avec beaucoup de facilité.

Dans beaucoup d'espèces de cette famille, la pulpe est moins abondante, et elle a plutôt de l'astringence et de l'âcreté. Cette différence est surtout très prononcée dans la noix d'acajou (*Anacardium occidentale*) et dans la noix d'anacarde (*Semecarpus anacardium*). On trouve dans le péricarpe une matière résineuse noire très âcre, même vésicante et que l'on a conseillé d'employer comme telle pour établir une dérivation énergique à la peau.

On mange les semences de plusieurs térébinthacées. Celles du Pistachier (*Pistacia vera*) sont employées dans nos climats. A la Côchinchine, on mange celles du *Pistacia oleosa*; aux Moluques celles du *Canarium commune* sous le nom de noix de Canarie ; en Amérique celles des noix d'acajou. Dans le Levant on retire une huile à brûler de la graine du *Pistacia lentiscus.*

Quelques térébinthacées présentent une anomalie remarquable ; c'est la propriété délétère des espèces appartenant au genre Rhus. Elle s'exhale dans l'air en émanations malfaisantes et elle se dissipe par la dessiccation ou par la coction de ces plantes. Van Mons a reconnu que ces plantes exhalent à l'ombre du gaz hydrogène carboné chargé d'un miasme ; mais quel est ce miasme ?

Le même caractère d'âcreté se trouve très développé dans l'*Amyris toxifera* de la Caroline. On le retrouve encore dans les *Comocladia dentata et integrifolia* de Saint-Domingue. L'*Aylantus glandulosa* paraît avoir des propriétés analogues ; une âcreté remarquable se rencontre encore dans le *Cneorum tricoccon,* petit arbuste du Midi, à feuilles purgatives ; et dans le *Toddalia aculeata* de l'île Maurice.

La lactescence du suc des Rhus y annonce la présence d'une matière résineuse et il s'y trouve en outre un principe qui devient noir à l'air, qui est insoluble, et qui tache les étoffes d'une manière indélébile. Ce même caractère a été observé dans le suc des *Comocladia,* dans le suc du *Rhus vernicifera* du Japon, du *Melanorrhea usitata* de Népaul, dont le suc noir et brillant donne un beau vernis, suivant Wallich.

Cette propriété n'est pas générale, car le *Rhus copallinum* fournit une résine que l'on a prise pour la gomme Copale, et le *R. metopium* de la Jamaïque, donne aussi une résine incolore, nommée dans le pays gomme du Docteur.

RHUS RADICANS.

Van Mons, qui est le seul chimiste qui se soit occupé de l'analyse du *Rhus radicans,* y a trouvé :

Du tannin, de l'acide acétique, un peu de gomme, nn peu de résine, de la chlorophylle, un principe hydrocarboné.

La matière hydrocarbonée serait, suivant cet observateur, la partie qui représenterait les propriétés âcres de la plante. C'est un principe fugace qui se sépare pendant la vie même de la plante et que la dessiccation et la chaleur doivent dissiper en grande partie.

Van Mons ne fait pas mention d'une matière qui existe dans les feuilles du rhus et qui devient noire à l'air ; l'acide nitrique ou le chlore la font également passer au noir, peut-être par un phénomène d'oxidation de quelque matière colorante. Le suc exprimé se couvre à l'air de pellicules formées par la même altération. Il paraît que cet effet cesse de se manifester dans la plante sèche.

L'emploi médical du rhus radicans est fort difficile à régler, ce qui paraît dépendre surtout de l'altération que le suc de cette plante éprouve par le seul effet de la dessiccation et de la chaleur. Il est certain qu'aucune des préparations que l'on obtient dans l'une des deux circonstances précédentes, ne représente l'action vénéneuse de la plante vivante. Ces préparations ont été vantées contre les paralysies et les dartres.

En Amérique on emploie la décoction de la racine en gargarisme, pour arrêter la salivation mercurielle.

POUDRE DE RHUS RADICANS.

On pulvérise à la manière ordinaire les feuilles séchées de Rhus radicans ; on dit avoir administré cette poudre avec succès à la dose de 12 grains par jour (6 décigrammes), en plusieurs prises.

TISANE DE RHUS RADICANS.

Pr.: Feuilles récentes de rhus radicans, un gros.   4 grammes.
  Eau bouillante, deux livres............. 1000

Faites infuser (Alderson).

EXTRAIT DE RHUS RADICANS.

On prépare cet extrait avec le suc non dépuré de la plante. Cette préparation exige des précautions de la part de l'opérateur, à cause des accidents qui peuvent résulter du contact du suc avec la peau. Il faut mettre des gants et se couvrir la figure pour n'être pas atteint par le suc.

On met les feuilles mondées dans un mortier de marbre, on les pile avec un pilon de bois ; on ajoute une petite quantité d'eau ; on exprime et l'on évapore le suc en couches minces, sur des assiettes, à la chaleur de l'étuve.

Les praticiens ne s'accordent nullement sur la valeur de cette préparation. Les uns la croient vénéneuse, d'autres lui refusent toutes propriétés, ce qui dépend sûrement du mode de préparation dont on s'est servi. Je suis convaincu que l'extrait est toujours fort éloigné d'avoir l'énergie d'action de la plante. J'ai préparé avec le suc de celle-ci, et en y mettant le plus grand soin, un extrait qui à été employé à l'Hôtel-Dieu par M. Guéneau de Mussy ; à la dose de 18 grains il a à peine produit de l'effet.

L'extrait de rhus radicans, uni au muriate de baryte, est employé contre les dartres.

TEINTURE ALCOOLIQUE DE RHUS RADICANS.

Pr.: Feuilles sèches de rhus radicans............ 1
    Alcool à 56ᶜ (21° Cart.)................. 4

Faites macérer pendant quinze jours, passez avec expression et filtrez.

ALCOOLATURE DE RHUS RADICANS.

Pr.: Feuilles fraîches de rhus radicans.......... 1
    Alcool à 86ᶜ (34° Cart.)................. 1

On contuse la plante et on la fait macérer pendant douze à quinze jours dans l'alcool ; on passe avec expression et l'on filtre.

Dans cette formule, la plante est employée fraîche et la teinture contient le principe âcre fugace ; c'est sous ce rapport un médicament particulier qui peut être beaucoup plus actif et qui ne doit être livré que sur une prescription spéciale. Une formule analogue a été donnée par la pharmacopée de Saxe et par Hufeland.

MYRRHE.

(Balsamodendrum myrrha.)

La Myrrhe est une gomme-résine qui contient, suivant l'analyse de Brandes :

Huile volatile ; résine insipide ; résine molle ; gomme ; adragantine ; sels et matière étrangère.

La résine insipide est inodore, d'un brun jaunâtre, cassante, soluble dans l'alcool et l'essence de térébenthine, et insoluble dans l'éther. Elle se dissout aisément dans les alcalis caustiques. La résine molle s'en distingue par sa couleur jaune rougeâtre, sa saveur âcre et amère et sa solubilité dans l'éther.

L'huile volatile de myrrhe est incolore, très fluide, d'une saveur balsamique et camphrée.

La gomme de la myrrhe est remarquable en ce qu'elle fournit avec l'eau un liquide plus mucilagineux que ne le fait la gomme arabique, et surtout en ce qu'elle ne donne pas d'acide mucique par l'acide nitrique.

La myrrhe est employée à l'intérieur et sous diverses formes comme tonique et excitante à la dose de 6 à 12 grains (3 à 6 décigrammes); on s'en sert également pour faire des fumigations excitantes.

EAU DISTILLÉE DE MYRRHE.

Pr.: Myrrhe pulvérisée...................... 1
    Eau.. 12

Mettez la myrrhe dans l'eau et distillez pour retirer quatre parties de produit. Cette eau distillée de myrrhe est employée contre les affections de poitrine.

TEINTURE DE MYRRHE.

Pr.: Myrrhe............................... 1
    Alcool à 80ᶜ (31º Cart.)................. 4

Faites macérer pendant quinze jours et filtrez.

Employée en pansements contre la carie des os.

Des teintures alcalines de myrrhe sont indiquées dans les Formulaires étrangers; elles sont inusitées en France.

EXTRAIT DE MYRRHE.

Pr.: Myrrhe........................... Q. V.
    Alcool à 56ᶜ (21º Cart.).............. Q. S.

F. S. A.

VINAIGRE DE MYRRHE.

Pr.: Myrrhe............................ 1
    Vinaigre.......................... 16

Faites macérer pendant 3 jours; filtrez.

MASTIC.

(Pistacia lentiscus.)

Le mastic est composé de deux résines et d'un peu d'huile volatile. L'une des résines, qui forme presque toute la masse, est soluble dans l'alcool froid; l'autre, qui ne constitue qu'une faible partie du mastic du commerce, ne s'y dissout qu'à chaud. Elle reste longtemps molle par l'alcool qu'elle retient.

Le mastic est peu employé. On s'en sert pour faire des fumigations excitantes, dans le traitement des rhumatismes. On l'emploie comme masticatoire; les femmes dans l'Orient en mâchent presque continuellement. A l'intérieur, on s'en est servi comme stomachique ou dans le traitement des catarrhes chroniques.

TEINTURE DE MASTIC.

    Pr.: Mastic...................................... 1
         Alcool à 80° (31° Cart.).................... 4

Faites macérer pendant 15 jours; filtrez.

MASTIC POUR LES DENTS.

    Pr.: Mastic en larmes pures................. Q. V.
         Éther sulfurique...................... S. Q.

On emploie un excès de mastic par rapport à l'éther, de manière à saturer celui-ci; après quelques jours de macération, on décante. La solution contient près de 82 p. 100 de résine. Pour s'en servir, on en imbibe une petite boule de coton, dont la grosseur a été basée sur la grandeur de la cavité de la dent, et après avoir nettoyé et essuyé l'intérieur de celle-ci, on y introduit la boule ainsi agglutinée, afin de remplir le vide le plus exactement possible. Le mastic reste adhérent à la dent sans coller à la langue ni aux aliments qui passent sur elle. Cette formule est de M. O. Henry.

DES LÉGUMINEUSES.

La famille des Légumineuses est remarquable par les grandes différences que présentent entre eux les principes immédiats qui sont élaborés par les végétaux qui la constituent. Cette diversité dans les propriétés médicales n'est pas liée à des différences correspondantes dans les caractères botaniques : on voit des substances aussi différentes que le tannin, la gomme, les matières résineuses, le sucre, être produites chacune par des espèces botaniques différentes et des organes semblables; on voit des plantes tout à fait inertes placées dans le même genre à côté d'espèces vénéneuses; aussi, au lieu de chercher à comparer entre elles les légumineuses par leurs ressemblances, nous passerons successivement en revue chacun des principes qu'elles produisent, en indiquant les espèces dans lesquelles on les rencontre ordinairement.

Un grand nombre de feuilles dans les légumineuses ont une

propriété purgative et souvent éméto-cathartique bien prononcée. Voici la série des principales espèces dans lesquelles on l'a observée, et elle se rencontrera bien certainement dans un plus grand nombre :

<table>
<tr><td>Feuilles de l'anagyris fœtida,</td><td>Feuilles de cytisus laburnum,</td></tr>
<tr><td>— bauhinia acuminata,</td><td>— genista scoparia,</td></tr>
<tr><td>— cassia acutifolia,</td><td>— — purgans,</td></tr>
<tr><td>— — cathartica,</td><td>— — juncea,</td></tr>
<tr><td>— — élongata,</td><td>— — tinctoria,</td></tr>
<tr><td>— — emarginata,</td><td>— mimosa pudica,</td></tr>
<tr><td>— — chamæcrista,</td><td>— — asperata,</td></tr>
<tr><td>— — lanceolota,</td><td>— robinia pseudo-acacia,</td></tr>
<tr><td>— — ligustrinoides,</td><td>— scoparia juncea.</td></tr>
<tr><td>— — marginata,</td><td>Racines de astragallus excapus,</td></tr>
<tr><td>— — marylandica,</td><td>— dolichos ensiformis,</td></tr>
<tr><td>— — obovata,</td><td>— — catharticus,</td></tr>
<tr><td>— — obtusifolia,</td><td>— mimosa pudica,</td></tr>
<tr><td>— — occidentalis,</td><td>— robinia pseudo-acacia,</td></tr>
<tr><td>— — œthiopica,</td><td>— geoffroya inermis,</td></tr>
<tr><td>— — sophora,</td><td>— — acutifolia,</td></tr>
<tr><td>— colutea arborescens,</td><td>Fruits de cassia elongata,</td></tr>
<tr><td>— — orientalis,</td><td>— — obovata,</td></tr>
<tr><td>— coronilla varia,</td><td>— — lanceolata.</td></tr>
<tr><td>— — emerus,</td><td></td></tr>
</table>

Dans les sénés et dans les follicules de séné, la matière purgative a été étudiée par MM. Feneulle et Lassaigne, qui lui ont donné le nom de cathartine ; elle a été retrouvée dans le *Cytisus laburnum* par M. Chevallier, et plus récemment dans le *Coronilla varia* et dans l'*Anagyris fœtida* par M. Peschier. C'est une matière encore mal caractérisée, dont il sera question à l'article Séné, et qui probablement n'est pas la même dans toutes les espèces. Il est bien certain au moins que l'on ne peut comparer à l'âcreté purgative du séné, la propriété que possède le *Poincinia pulcherrima* d'être un emménagogue si puissant qu'il détermine l'avortement, et celle des espèces suivantes, qui sont employées pour enivrer les poissons :

<table>
<tr><td>*Piscidia erytrina,*</td><td>*Clitoria ternata,*</td></tr>
</table>

Galega piscatoria,   Robinia nicou,
   — toxicaria,   Tephrosia toxicaria,
Glycine frutescens,   — emarginata.
Jaquinia armillaris.

L'écorce du *Piscidia erythrina* est un soporifique intense, suivant le docteur Hamilton, et celle du *Robinia maculata* sert à Campêche à empoisonner les rats. Par une action toute différente, la racine du *Moringa pterigosperma* est vésicante.

Un grand nombre de légumineuses ne participent pas à ces propriétés actives, et nos meilleurs fourrages artificiels sont empruntés à cette famille ; sur toute la surface du globe cette famille fournit aux herbivores une nourriture aussi saine qu'abondante.

On rencontre dans un certain nombre de fruits des légumineuses une pulpe douce et sucrée, quelquefois acide, qui forme un purgatif doux. Telle est la Casse des boutiques et d'autres espèces du même genre, les Carouges (*Ceratonia siliqua*), la pulpe de tamarins, celle des *Inga camatchuli, faroba, insignis, vera*; mais par une opposition singulière, la pulpe d'autres espèces est astringente et nauséabonde, par exemple dans le *Sophora* et le *Gleditzia*.

Le tannin abonde dans certaines légumineuses. Le tronc de l'*Acacia catechu* fournit le cachou du commerce, et le même principe paraît se trouver dans le tronc de tous les acacias gommifères ; le *Nissolia quinata* de la Guyane laisse exsuder de son tronc un suc astringent.

Les écorces des acacias sont astringentes ; au Brésil, plusieurs d'entre elles, suivant M. A. Saint-Hilaire, sont employées sous le nom de Barbatimao au tannage des cuirs ; les écorces des *Acacia vera et arabica* ont le même emploi. On emploie comme tonique et fébrifuge les écorces de l'*Acacia peregrina*, à la Nouvelle-Grenade ; de l'*A. leucocephala*, à Porto-Rico ; de l'*A. ferruginea*, et de l'*OEschinomene grandiflora*, dans les Indes ; du *Cassia hirsuta*, sous le nom de *Fedegoso*, au Brésil. On attribue la même propriété fébrifuge en Chine aux racines des *Cassia flava et amara*, dans l'Inde à la racine du Canéficier et de l'*Acacia tenuifolia*.

Le tannin abonde encore dans les fruits de plusieurs espèces, dans le Bablahb, qui paraît fourni par les *Acacia vera, arabica, cinerea* et peut-être d'autres espèces; dans l'*Algorobilla*, que l'on attribue à l'*Inga marthæ*; dans le *Cæsalpinia coriaria*, de Carthagène; dans l'*Acacia catechu*, dont les fruits fournissent du cachou aussi bien que le tronc.

Les légumineuses fournissent aux arts plusieurs matières résineuses : le baume du Pérou (*Myrospermum peruiferum*); le baume de Tolu (*Toluifera balsamum*); le baume de Copahu (*Copaifera officinalis* et autres); la résine animée (*Hymænea courbaril*); un vernis par l'*OEschinomène grandiflora*. On attribue le Copal dur à l'*Hymænea verrucosa*. Le tronc de l'*Aloexylum aggalocha*, qui, suivant Loureiro, constitue le bois d'aloës du commerce, est également plein de suc résineux.

Les légumineuses donnent deux espèces de gomme : l'une soluble, connue sous le nom de gomme arabique; l'autre, soluble en partie seulement, qui est vendue sous le nom de gomme adragante. Des gommes solubles sont fournies par exsudation du tronc des espèces suivantes et sans doute de beaucoup d'autres : *Acacia arabica, vera, Senegal, Lebbeck, Andansonii,* d'Afrique ou d'Arabie; *sassa* d'Abyssinie; *decurrens, floribunda* et *gummifera* de la Nouvelle-Hollande. On rapporte l'origine de la gomme adragante à trois arbrisseaux différents, *Astragallus verus; creticus, gummifer,* et même suivant Lieber, *aristatus.*

La manne découle du tronc d'une seule espèce, c'est l'*Alhagi Maurorum,* des déserts de l'Égypte et de la Syrie.

On rencontre dans les racines de plusieurs légumineuses une matière sucrée particulière qui a reçu dans la réglisse le nom de glycyrrhizine, et qui paraît être identique ou du moins analogue dans les autres espèces de racines sucrées. Deux espèces fournissent la réglisse du commerce, les *Glycyrrhiza glabra* et *echinata*; dans l'Inde on vend sur les marchés pour le même usage la racine de l'*Abrus precatorius* : les racines de l'*Astragallus glycyphyllos,* de nos bois, celles de l'*A. ammodites* de Sibérie, ont aussi une saveur sucrée ; cette saveur se retrouve, mais moins développée, dans les racines de quelques ononis, employées comme diurétiques sous le nom d'arrête-bœuf; cette même saveur se retrouve encore dans les tubercules féculents de l'*Orobus tuberosus* que l'on mange dans quelques parties de la France, de l'Écosse, etc., etc. Les tubercules du *Psoralea esculenta,* dont on se nourrit dans le voisinage du Missouri, sont de la même nature.

Les légumineuses ont une grande importance par les matières colorantes qu'elles fournissent aux arts. Au premier rang se trouve l'indigo que l'on retire de plusieurs espèces du genre Indigofera et qui paraît exister aussi dans les Galega ; le bois de Campêche (*Hœmatoxylum campechianum*), dont M. Chevreul a étudié la matière colorante sous le nom d'*hématine* ; le bois de Brésil fourni par les *Cæsalpinia echinata et tinctoria* ; le brésillet, qui est le tronc du *C. brasiliensis* ; le brésillet des Indes, qui provient du *C. tinctoria* ; le santal rouge, *Pterocarpus santalinus*, dont la matière colorante se rapproche des résines ; le *P. draco*, qui donne du sang-dragon, et le *Dalbergia montaria*, qui donne un suc analogue.

Les semences des légumineuses, relativement à leur composition et à leurs propriétés, peuvent être partagées en trois groupes : 1° celles qui sont plus ou moins purgatives ou vénéneuses ; 2° celles qui sont chargées d'huile ; 3° celles qui renferment beaucoup d'amidon sans principes vénéneux et que l'on emploie comme aliment.

1° On cite comme purgatives, et même jusqu'à un certain point comme vénéneuses, les graines des espèces suivantes :

Abrus precatorius,	*Erythrina monosperma,*
Cassia fistula,	*Ervum ervilia,*
Cytisus laburnum,	*Guilandina bonduc,*
Clitoria ternata,	*Lathyrus cicera,*
Dolichos minimus,	*Piscidia erythrina.*
— *obtusifolius,*	

Sans doute ces graines présentent autant de différence dans leur action que les feuilles des légumineuses entre elles, les unes étant simplement purgatives, les autres ayant une action spéciale toute différente. C'est ainsi que l'on attribue à l'*ervum ervilia* la propriété de produire la faiblesse des jambes et la paralysie chez les individus qui s'en nourrissent.

La propriété active de ces semences ne paraît pas toujours être constante ; ainsi on la retrouve dans le *Lathyrus cicera*, dans certaines années et non dans d'autres ; ainsi, un Dolichos comestible transporté à l'île Bourbon, y est devenu délétère après quelques années de culture.

2° Les semences des légumineuses qui contiennent de l'huile sont peu nombreuses. On emploie sous le nom de noix de Ben, celles du *Moringa aptera* de l'Inde ; sous le nom de pistache de terre, la semence de l'*Arachys hypogœa*. La fève tonka, fournie par le *Dipterix odorata*, est aussi très chargée d'huile fixe ; mais il s'y trouve en même temps une huile volatile odorante. MM. Boutron et Boullay en ont retiré une matière cristallisée qui est un véritable stéaroptène ; ils l'ont nommée coumarine, et depuis elle a été retrouvée dans les fleurs de mélilot.

3° Les semences des légumineuses dont on fait usage pour la nourriture des hommes et des animaux sont nombreuses. Voici la désignation des principales espèces :

Adenanthera pavonina (Malabar),
OEschinomene grandiflora (Indes),
Cajanus bicolor (pois d'Angole),
— *flavus* (Id.),
Dolichos catiang (Indes),
— *cultratus* (Id.),
— *ensiformis* (Id.),
— *hastatus* (Afrique),
— *lablab* (Égypte),
— *sinensis* (Chine),
— *soja* (Japon),
— *tranquebaricus*,
— *tuberosus*,
Ervum lens (lentille),
Faba vulgaris (fève),
Inga biglobosa (noix de gourou),
Lathyrus sativus (pois carré),
Lotus edulis (Barbarie),
Lupinus albus (lupin),
Pisum sativum (pois),
Phaseolus vulgaris (haricot d'Europe),
— *compressus* (Id.),
— *sphœricus* (Id.),
— *tumidus* (Id.),
— *aconitifolius* (Indes),
— *coccineus* (Espagne),

Phaseolus max (Espagne.),
— *mungo (Perse),*
— *tunquinensis (Tonquin),*
Trigonella fænum græcum (fénugrec),
Vicia sativa (vesce).

Ces semences nutritives des légumineuses contiennent toutes de l'amidon et une matière azotée abondante qui paraît être la même dans toutes les espèces. Leur saveur et leur odeur spéciales sont dues à des corps particuliers qui, jusqu'à présent, ont été mal examinés. Einhoff a trouvé un extrait amer dans les pois, les haricots, les lentilles, les fèves; Fourcroy et Vauquelin ont reconnu dans la lentille la présence du tannin et celle d'une huile verte et visqueuse; l'enveloppe de la fève contient aussi du tannin; M. Braconnot a trouvé encore dans les haricots une matière grasse ; dans le fénugrec M. Bosson a observé une matière amère et nauséabonde, avec une huile fixe et âcre; le lupin contient aussi une huile âcre, et dans ces derniers temps, M. Cassoli en a retiré un principe extrêmement amer, très soluble dans l'eau, mais insoluble dans l'alcool pur et dans l'éther; enfin Figuier attribuait les propriétés du pois chiche à une substance résiniforme.

Ces semences des légumineuses qui sont fort employées comme aliments sont d'un usage plus rare en médecine. Le pois chiche et la lentille sont donnés comme diurétiques, le lupin comme fébrifuge. Le pois chiche, quand il a été torréfié, contient, suivant Figuier, du tannin et de l'acide gallique.

A l'extérieur, ces semences réduites en farine sont employées en cataplasmes résolutifs. Toutes possèdent cette propriété, mais quelques-unes sont employées de préférence; le Codex donne la formule suivante :

FARINES RÉSOLUTIVES.

Pr.: Farine de fénugrec...................... 1
  — fève............................ 1
  — lupin............................ 1
  — orobe (ervum ervilia)............ 1

Mêlez.

La matière azotée des semences de légumineuses a été étudiée avec beaucoup de soin; elle se compose d'albumine végétale soluble, et d'une matière insoluble dans l'eau, qu'Einhoff compare au gluten (*Voir* famille des graminées), mais qu'il croit dépendant différente. Pour l'obtenir, il fait tremper les légumes dans l'eau, les écrase quand ils sont bien gonflés, et passe à travers un tamis fin pour les débarrasser des enveloppes; la liqueur laisse déposer de l'amidon, puis au-dessus, de l'amidon mêlé de gluten. La liqueur retient du gluten en suspension et reste trouble; on la décante, on l'étend de son poids d'eau et on l'abandonne au repos; le gluten s'en dépose, il est blanc, pulvérulent, insipide et inodore; en le pétrissant on le réduit en une pâte gluante et cohérente; l'alcool le dissout facilement. Ce gluten rougit le tournesol parce qu'il tient en combinaison du phosphate acide de chaux; il est soluble dans le chlore, l'acide hydrochlorique, l'acide acétique, les alcalis caustiques et carbonatés; l'eau de chaux le dissout, mais quand on le traite par une eau chargée de carbonate de chaux, il devient dur. Einhoff attribue à cette action le caractère qui appartient aux légumes, de durcir quand on les fait cuire dans les eaux calcaires. M. Braconnot paraît avoir étudié la même substance sous le nom de légumine; il lui a trouvé des propriétés fort analogues, et la croit intermédiaire entre le gluten et l'albumine végétale. La légumine verdit les couleurs bleues végétales, mais bien évidemment parce qu'elle retient de l'ammoniaque; elle donne à la distillation du carbonate, de l'acétate et de l'hydrosulfate d'ammoniaque, preuve qu'elle contient le soufre au nombre de ses éléments; quand on a dissous la légumine dans l'acide acétique et qu'on y ajoute un acide minéral ou un sel métallique, la légumine se précipite combinée avec l'un ou avec l'autre. M. Braconnot attribue à une combinaison de ce genre entre la légumine et le sulfate de chaux la propriété que possèdent les légumes de durcir dans l'eau de puits; un peu d'alcali ou un acide végétal s'oppose à ce que cet effet soit produit. Un caractère qui semble différencier tout à fait la légumine de M. Braconnot du gluten d'Einhoff, c'est qu'elle est insoluble dans l'alcool.

Pour obtenir la légumine, M. Braconot fait évaporer les eaux laiteuses, dont l'amidon s'est déposé. La légumine se précipite peu à peu sous forme de pellicules peu solubles; on les lave d'abord à l'eau froide, puis à l'alcool bouillant, qui sépare un peu de chlorophylle; en cet état, la légumine retient un peu de phosphate acidule de chaux; on la transforme en nitrate acidule, que l'on sépare du phosphate par des lavages à l'eau; on fait bouillir le nitrate lavé avec de l'alcool pour séparer un peu de chlorophylle, puis on le dissout dans l'ammoniaque. On chasse l'excès d'ammoniaque à l'ébullition, et l'on ajoute de l'alcool qui retient le nitrate alcalin et qui précipite la légumine.

Suivant Einhoff, la matière animalisée de ces semences entre pour 11 p. 100 dans les fèves; 15 p. 100 dans les pois; 21 p. 100 dans les haricots, et 37 p. 100 dans les lentilles. Elle concourt à rendre ces légumes fort nourrissants.

RÉGLISSE.

(Glycyrrhiza glabra.)

M. Robiquet a trouvé la racine de réglisse composée de :

Glycyrrhizine; fécule; asparagine; huile résineuse; albumine; sels.

La glycyrrhizine ou le sucre de réglisse a été étudiée par ce chimiste et par M. Berzélius. Voici ses principales propriétés. Le sucre de réglisse est en petites plaques jaunes, transparentes; sa saveur est douce et sucrée comme celle de la racine. Il se dissout facilement dans l'eau et dans l'alcool, ses solutions sont jaunes. Tous les acides le précipitent de sa dissolution : les précipités sont doux et sans acidité ; ils sont solubles dans l'eau bouillante, dont ils se précipitent sous forme de gelée ; ils sont solubles aussi dans l'alcool; ils contiennent une partie de l'acide qui les a formés.

La glycyrrhizine se combine également aux bases ; elle n'est pas susceptible de fermenter.

Si l'on veut se procurer cette matière sucrée, on ajoute à une infusion de réglisse assez d'acide sulfurique pour précipiter toute la matière sucrée en combinaison avec l'acide. On lave le précipité avec de l'eau acidulée pour ne pas le dissoudre, puis avec de l'eau froide pour enlever l'excès d'acide. On le dissout ensuite dans l'alcool qui le sépare de l'albumine qui y est mêlé. On ajoute à la solution alcoolique exactement la quantité de carbonate de potasse nécessaire pour la saturer ; on concentre pour faire cristalliser le sulfate de potasse, puis on achève l'évaporation pour avoir le sucre.

L'huile résineuse est le principe auquel la racine de réglisse doit son âcreté. Cette matière paraît à la longue se transformer en une résine sèche et insipide.

POUDRE DE RÉGLISSE.

Comme la racine de réglisse est très fibreuse, il faut la couper en tranches très minces, et cesser de pulvériser quand il ne reste plus qu'un résidu fibreux.

Pour avoir une poudre d'une belle couleur, on enlève d'abord, en râclant avec un couteau, l'épiderme brun qui recouvre la racine.

TISANE.

Pr.: Racine de réglisse, deux gros. .... 8 grammes.
Eau bouillante, deux livres............. 1000

Faites infuser pendant 2 heures et passez. C'est la tisane commune des hôpitaux de Paris.

La racine de réglisse est employée plus souvent comme moyen d'édulcorer d'autres tisanes. Il ne faut pas la faire bouillir dans l'eau, car la liqueur aurait de l'âcreté. Cet effet est dû à la matière huileuse âcre qui ne se dissout qu'en bien faible proportion quand on opère à froid ou simplement par infusion, mais qui est entraînée en plus grande quantité, si la chaleur est soutenue plus longtemps.

EXTRAIT DE RÉGLISSE.

Pr.: Racine de réglisse. .... Q. V.
Eau tiède........................... S. Q.

On prépare cet extrait par lixiviation de la poudre sèche, que l'on a humectée d'abord avec la moitié de son poids d'eau, car, suivant M. Guillermond, la proportion d'extrait que l'on obtient est alors plus considérable. Il faut tasser assez fortement la poudre dans l'appareil.

La racine de réglisse donne à peu près un tiers de son poids d'extrait.

L'extrait de réglisse préparé dans les laboratoires est bien préférable à celui du commerce. Celui-ci a été obtenu par décoction, et contient plus de matière âcre; souvent aussi il a été en partie brûlé. M. Zier a vu que la moitié du principe sucré en a disparu. Il l'attribue à ce que les liqueurs destinées à la préparation de l'extrait fermentent et forment de l'acide acétique qui précipite la glycyrrhizine en un composé insoluble, qui s'attache à la chaudière, y brûle et s'y décompose en grande partie. Le suc de réglisse du commerce contient aussi du cuivre, qui a été enlevé mécaniquement aux vases évaporatoires.

SUC DE RÉGLISSE ÉPURÉ.

Pr.: Extrait de réglisse du commerce........ Q. V.
Eau froide. .... S. Q.

On met l'extrait sur un diaphragme et on le plonge dans l'eau. Il s'y dissout peu à peu. On passe la liqueur au blanchet, et on la fait évaporer en consistance d'extrait pilulaire.

On roule celui-ci en petits cylindres sur un marbre huilé légèrement, ou bien on l'étale en plaques minces que l'on divise par petites bandes; on coupe ensuite transversalement en petits morceaux, que l'on fait sécher au soleil ou à l'étuve; on aromatise cet extrait avec de la poudre d'iris ou avec l'essence d'anis. La poudre d'iris est incorporée à l'extrait quelques instants avant de le retirer du feu; si l'on veut aromatiser à l'anis, on met dans un flacon quelques gouttes d'essence; on ajoute l'extrait préparé et l'on agite bien; on laisse le tout dans le flacon pendant un jour ou deux.

PÂTE DE RÉGLISSE BLANCHE.

Pr.: Racine de réglisse grattée, deux onces....... 64 grammes.
Gomme arabique, une livre. 500
Sucre blanc, une livre.................... 500
Eau de fleurs d'oranger, deux onces. 64
Blancs d'œufs. .... No 6.

On opère absolument de la même manière que pour la pâte de guimauve, toutefois en se servant de l'infusion de réglisse au lieu d'eau pour dissoudre la gomme.

La plupart des pharmacopées et des pharmaciens sont dans l'habitude de supprimer les blancs d'œufs et de couler cette pâte en plaques, comme la pâte de jujubes.

PÂTE DE RÉGLISSE BRUNE.

Pr.: Suc de réglisse, trois onces............. 96 grammes.
Gomme arabique, trois livres........... 1500
Sucre, deux livres.................... 1000
Extrait d'opium, dix-huit grains........ 1

On fait dissoudre le suc de réglisse dans 5 livres (2500 gramm.)

d'eau froide; on ajoute à la liqueur passée au blanchet la gomme arabique mondée et lavée; on fait fondre au bain-marie; on ajoute le sucre, puis la dissolution d'opium; on évapore en agitant continuellement, et quand la pâte est cuite on la coule sur un marbre huilé.

PATE DE RÉGLISSE NOIRE.

Pr.: Suc de réglisse........................ 1
  Gomme arabique...................... 2
  Sucre.............................. 1

On fait fondre le suc de réglisse à froid dans 4 parties d'eau; on se sert de cette liqueur pour dissoudre la gomme et le sucre; l'on passe à travers un blanchet, et l'on fait évaporer sur un feu doux en consistance ferme; on coule la masse sur un marbre huilé, et on la divise comme nous l'avons dit pour l'extrait de réglisse purifié. Cette préparation a le même emploi; seulement la présence du sucre la rend plus agréable.

SÉNÉ.

(Cassia acutifolia.)

Le Séné dont on se sert ordinairement en médecine, est le séné palthe, qui est formé par le mélange des feuilles du *cassia acutifolia*, du *cassia obovata*, et du *cynanchum olœæfolium*. Il s'y trouve en outre des bûchettes provenant des pétioles communs des feuilles, quelques fruits ou follicules, et quelques corps étrangers. On monde le séné pour le séparer de tous ces corps différents : des feuilles du cynanchum, parce qu'elles sont plus purgatives, plus âcres, suivant l'observation de Nectoux, confirmée par le docteur Puget; des follicules, parce qu'elles ont au contraire une action plus faible; des bûchettes, quoique Bergius, Bouillon-Lagrange et Swilgué se soient assurés qu'elles sont aussi purgatives que les feuilles.

Suivant une analyse déjà ancienne de MM. Lassaigne et Feneulle, les feuilles de séné seraient composées de :

Cathartine; chlorophylle; huile volatile peu abondante; matière colorante jaune; matière muqueuse; albumine; acide malique; quelques sels.

La cathartine, suivant ces observateurs, serait la partie purgative du séné. C'est une matière incristallisable, se présentant en masses qui ont l'apparence de la gomme arabique. Sa saveur est amère et nauséabonde. Elle est soluble dans l'eau et dans l'alcool, et insoluble dans l'éther. A l'intérieur, elle agit comme purgative et vomitive.

Pour obtenir la cathartine, on reprend l'extrait alcoolique du séné par l'eau, et on précipite la dissolution par l'acétate de plomb. On se débarrasse de l'excès de plomb par l'hydrogène sulfuré, et l'on évapore à siccité à la chaleur du bain-marie.

On fait chauffer l'extrait ainsi obtenu avec de l'acide sulfurique étendu de son poids d'eau; on sature l'acide sulfurique par la magnésie, puis on fait jeter quelques bouillons à la liqueur, après l'avoir mêlée de charbon animal; on filtre; on évapore à siccité; on reprend par l'alcool fort, qui ne dissout que la cathartine.

MM. Chevallier et Lassaigne ont retiré la cathartine des graines du *Cytisus laburnum*, et il lui ont donné le nom de cytisine; elle paraît être identique avec la cathartine du séné.

Il y a bien certainement dans cette analyse une lacune qui devra disparaître par de nouvelles recherches; car la cathartine est très soluble dans l'eau; et cependant tous les anciens auteurs s'accordent à reconnaître que l'action médicale du séné est augmentée par la décoction, ou par l'emploi de l'alcool comme véhicule, ou bien encore par l'influence des liqueurs acides.

POUDRE DE SÉNÉ.

Le Codex prescrit de pulvériser le séné sans laisser de résidu.

J'ai pulvérisé 1 kilogramme de séné mondé, et j'ai arrêté l'opération lorsque les $^3/_4$ de la matière ont été pulvérisés. J'ai épuisé alors par l'alcool à 56^c un même poids de la poudre et du résidu, et j'ai obtenu de chacun d'eux une même quantité d'extrait sec.

INFUSION DE SÉNÉ.

On traite le séné par infusion dans l'eau bouillante quand on veut dissoudre ses principes actifs. On obtient ainsi une liqueur très chargée. Quelques personnes préfèrent la macération qui, disent-elles, laisse dans le marc la matière résineuse, et repoussent surtout la décoction prolongée qui en entraînerait dans la liqueur une trop grande quantité. Cette matière résineuse du séné est encore à isoler, et je ne connais aucune expérience qui prouve qu'elle existe en effet dans cette feuille.

Le séné, pris sous forme d'infusion, purge à la dose de ½ once. On n'obtient ce résultat qu'avec le séné palthe, car les feuilles du *Cassia obovata* sont moins actives.

L'infusion de séné a une odeur nauséeuse qui provoque souvent le vomissement par le dégoût qu'elle inspire aux malades ; cette odeur paraît être due à l'huile volatile. On la masque en aromatisant l'infusion de séné avec quelques substances odorantes, comme une pincée d'anis, de fenouil, un peu de citron, etc.

CAFÉ AU SÉNÉ.

Pr.: Café torréfié en poudre, demi-once. .... 16 grammes.
Feuilles de séné, demi-once................... 16

On fait à part une infusion de café à la manière ordinaire, puis une infusion ou une légère décoction de séné ; on mêle au café et on coupe avec du lait ; on édulcore à volonté.

Ce purgatif que les enfants prennent sans difficulté, est recommandé par M. Baudeloque dans le traitement des maladies scrofuleuses.

POTION PURGATIVE.

Pr.: Feuilles de séné, deux gros. ....   8 grammes.
Sulfate de soude, quatre gros............   16
Rhubarbe, un gros.   4
Manne, deux onces.   64
Eau bouillante, trois onces et demie....... 112

On fait infuser les feuilles de séné et la rhubarbe dans l'eau ; on laisse sur les cendres chaudes ; au bout d'un quart-d'heure à une demi-heure, on ajoute les sel et la manne ; et quand ils sont fondus, on passe à travers une étamine avec une légère expression. On décante, et on aromatise avec un peu d'eau de menthe, d'eau de cannelle ou d'esprit de citron (Codex).

LAVEMENT PURGATIF.

Pr.: Feuilles de séné, demi-once............   16 grammes.
Sulfate de soude, demi-once............   16
Eau bouillante, une livre. 500

Faites infuser le séné pendant une à deux heures. Passez et ajoutez le sulfate de soude (Hôp. de Paris).

EXTRAIT DE SÉNÉ.

Pr.: Séné. . . . . Q. V.
Eau bouillante. . . . . S. Q.

Traitez le séné par infusion et évaporez en consistance d'extrait. Deux onces de séné palthe m'ont donné une once d'extrait sec. La même quantité de séné, épuisée par l'eau froide, n'a fourni que 6 gros et 18 grains d'extrait. On prépare difficilement cet extrait par lixiviation, car la feuille de séné est visqueuse, se gonfle et s'oppose au passage du liquide.

Le séné mondé, épuisé par l'alcool, m'a donné le tiers de son poids d'extrait sec.

Sirop de pommes composé.

Pr.: Séné, huit onces. . . . . 250 grammes.
Semences de fenouil, une once. 32
Girofles, un gros. 4
Suc dépuré de pommes de reinette, quatre livres. 2000
— de bourrache, trois livres. 1500
— de buglosse, trois livres. 1500
Sucre, quatre livres. 2000

Après avoir fait un premier sirop avec le sucre, et l'infusion du fenouil, du séné, du girofle dans le suc de pommes de reinette, on le verse bouillant sur

Girofles, un gros et demi. . . . . 6 grammes.
Fenouil, un gros et demi. 6

renfermés dans un nouet. On laisse infuser pendant six heures.

En mêlant à ce sirop, pour chaque livre, l'infusion d'une demi-once d'ellébore noir, et d'un demi-gros de carbonate de potasse, achevant de concentrer, et mêlant au sirop un demi-gros de teinture de safran, on a le sirop de pommes elléboré.

TEINTURE ALCOOLIQUE DE SÉNÉ.

Pr.: Séné. 1
Alcool à 56° (21° Cart.). 4

Faites macérer pendant quinze jours; passez avec expression; filtrez.

Une partie de teinture représente un peu moins du quart de son poids de feuilles de séné, 23 p. 100.

FOLLICULES DE SÉNÉ.

(Cassia acutifolia.)

Les follicules de séné sont les fruits de la même plante qui fournit le séné. M. Feneulle, qui les a analysées, leur a trouvé une composition analogue; mais il y a moins de cathartine et beaucoup plus de mucilage.

Ce résultat est en parfait accord avec l'observation médicale qui fait considérer les follicules comme moins purgatives que le séné. Suivant Mathiolle, cette différence tiendrait à ce que ces follicules ont été récoltées trop tard. Il assure que maintes fois il a obtenu des effets tout pareils à ceux des feuilles quand il s'est servi de follicules cueillies en pleine succulence, avant la maturité des graines.

Les follicules sont employées en infusion comme le séné; mais on en fait plus rarement usage.

MÉLILOT.

(Melilotus officinalis.)

On emploie les sommités fleuries de cette plante. Elles ont une odeur agréable qui se rapproche beaucoup de celle de la fève tonka. On fait sécher les sommités fleuries de mélilot enveloppées dans des cornets de papier. Elles acquièrent par la dessiccation une odeur plus suave et plus forte que celle qu'elles avaient dans leur état de fraîcheur.

Les sommités de mélilot contiennent une huile volatile concrète (stéaroptène) qui a été trouvée par M. Vogel, qui l'avait prise pour de l'acide benzoïque. Elle a été étudiée depuis par M. Guillemette, qui s'est assuré qu'elle était tout à fait identique avec la matière que MM. Boutron et Boullay ont retirée de la fève tonka et qu'ils ont nommée Coumarine.

La coumarine est blanche, cristallisée en aiguilles ou en prismes courts terminés par des biseaux. Son odeur aromatique est celle du mélilot; sa saveur est âcre, puis agréable. Elle est plus dense que l'eau. Elle est fusible et volatile. Elle est peu soluble dans l'eau froide; l'eau bouillante la dissout avec facilité et la laisse cristalliser par refroidissement. Elle fond dans l'eau bouillante à la manière d'une matière grasse. Elle est très soluble dans l'alcool et dans l'éther. Elle n'a aucune réaction, ni acide, ni alcaline. Elle contient, suivant l'analyse de M. Henry, 2 prop. d'oxigène, 3 prop. d'hydrogène et 10 prop. de carbone.

La coumarine existe dans l'eau distillée de mélilot; mais on l'obtient plus commodément par l'action directe de l'alcool sur le mélilot.

Le mélilot est employé comme résolutif, principalement dans les inflammations légères des yeux. On se sert de son infusion ou de son eau distillée.

EAU DISTILLÉE DE MÉLILOT.

Pr.: Sommités sèches de mélilot, une livre........

    Eau...................................... S. Q.

Distillez à la vapeur pour retirer 4 livres de produit.

Le mélilot fournit une eau d'une odeur plus agréable quand on l'emploie sec que lorsqu'on l'emploie à l'état de fraîcheur.

HUILE DE MÉLILOT.

Pr. : Fleurs sèches de mélilot. 1

    Huile d'olives........................... 8

Faites digérer à la chaleur du bain-marie pendant deux heures ; passez avec expression ; filtrez.

CASSE.

(Cassia fistula.)

Le fruit du Canéficier ou la Casse des boutiques est employé à cause de la pulpe laxative qui remplit les loges du fruit. Cette pulpe a été analysée par M. Vauquelin, qui y a trouvé par chaque livre :

Gélatine végétale,	1 once	1 gros	7	grains.
Extractif,	»	»	61	
Gomme,	»	4	37	
Gluten,	»	2	20	
Sucre,	5	2	48	
Parenchyme,	»	6	53	
Eau,	7	5	62	

M. Henry, qui a repris ce travail, a vu que le sucre de casse possède la saveur nauséeuse qui appartient à ce fruit, et il le considère comme le principe purgatif, ce qui est douteux. Le même chimiste a annoncé dans ce fruit l'existence d'un principe particulier qu'il a comparé au tannin, parce qu'il précipite les sels de fer en noir; mais il ne l'a pas suffisamment étudié.

La casse est toujours employée comme un purgatif doux; il en faut de 2 à 4 onces pour produire un effet marqué.

PULPE DE CASSE.

On choisit autant que possible de la casse grosse, bien fraîche, sans être moisie; on appuie l'une des sutures sur un point résistant, et avec un marteau on frappe doucement sur l'autre suture; de manière à ouvrir le fruit dans sa longueur. Alors, avec une spatule, on racle l'intérieur du fruit pour enlever en même temps les cloisons, les semences et la matière pulpeuse : c'est là la casse en noyaux. Si la pulpe est assez molle, on la sépare des parties étrangères, en pulpant sur un tamis de crin; mais le plus ordinairement, il faut faire digérer la casse en noyaux avec un peu d'eau pour gonfler la pulpe et la ramollir. 4 onces de casse de bonne qualité donnent environ 2 onces de casse en noyaux et 1 once de pulpe de casse.

La pulpe de casse purge à la dose de 1 à 2 onces.

CONSERVE DE CASSE.

Pr.: Pulpe de casse......................... 1
Sirop de violettes....................... 1

On mélange ces deux matières et on fait évaporer au bain-marie en consistance de miel épais. On obtient 1 partie ½ de produit. C'est un doux laxatif que l'on emploie à la dose de ½ once à 2 onces.

CASSE CUITE.

(Conserve de Casse du Codex.)

Pr.: Pulpe de casse, une livre................. 500 grammes.
Sirop de violettes, douze onces........... 375
Sucre pulvérisé, trois onces. 96
Huile volatile de fleurs d'oranger, cinq gouttes. 5 gutt.

On mélange toutes ces matières et on les évapore à la chaleur du bain-marie en consistance d'extrait mou. On aromatise avec l'essence de fleurs d'oranger. C'est un laxatif doux qui s'emploie comme le précédent et qu'il est destiné à remplacer. On reproche à cette conserve préparée avec la pulpe de s'aigrir promptement ; toutefois elle se conserve encore quelque temps sans altération quand elle a été bien cuite. Les auteurs du nouveau Codex ont préféré la formule ancienne à celle du Codex de 1818, qui avait remplacé la pulpe de casse par un poids égal d'extrait. La casse cuite préparée avec la pulpe est plus agréable.

EAU DE CASSE.

Pr.: Casse, deux à quatre onces............... 64 à 125 grammes.
Eau, deux livres.......................   1000

On ouvre la casse comme nous l'avons dit tout à l'heure ; on la brise par morceaux et on verse dessus de l'eau tiède ; on délaie bien toute la partie pulpeuse dans l'eau, et l'on passe à travers un blanchet.

Il ne faut pas faire bouillir la casse dans l'eau, car la partie solide extérieure du fruit contient un principe âpre et astringent qu'il faut éviter de dissoudre.

EXTRAIT DE CASSE.

On se procure de la casse en noyaux ; on la délaie dans l'eau froide ; on passe la liqueur à travers une étamine en laine, et l'on évapore au bain-marie en consistance d'extrait. On peut aussi et avec autant d'avantage, suivant le conseil de MM. Henry et Guibourt, mettre la casse brisée sur un diaphragme plongeant dans l'eau tiède, et après quelques heures de contact passer la liqueur et l'évaporer.

TAMARIN.

(Tamarindus indica.)

Le Tamarin des boutiques constitue la partie charnue du péricarpe du tamarinier. M. Vauquelin en a fait l'analyse et y a trouvé par livre :

Acide citrique,	1 once	4 gros.
— *tartrique,*	»	2
— *malique,*	»	$\frac{1}{2}$
Tartrate acide de potasse,	»	4
Sucre,	2	»
Gélatine végétale,	1	»
Matière féculente ou résidu,	4	»

Le tamarin est assez fréquemment employé en médecine : sous forme de boisson et à petite dose, il donne une tisane acide et rafraîchissante ; à plus forte dose, il purge. Cet effet est surtout prononcé quand on l'emploie à l'état de pulpe (1 once à 2 onces). On attribue ses propriétés laxatives à la crème de tartre et aux acides qu'il contient. Peut-être contient-il en outre quelque autre principe purgatif particulier.

PULPE DE TAMARIN.

On fait digérer le tamarin du commerce sur les cendres chaudes, dans un vase de faïence, avec un peu d'eau ; quand il est suffisamment ramolli, on le pulpe pour en séparer les noyaux et les filaments qui s'y trouvent mêlés.

CONSERVE DE TAMARIN.

```
Pr. : Pulpe de tamarin.........................  1
      Sucre en poudre. ........................  1 1/2
```

Mêlez à la chaleur du bain-marie et évaporez, s'il est nécessaire, jusqu'à consistance de miel épais.

C'est un bon laxatif, de saveur agréable et qui se conserve très bien.

TISANE DE TAMARIN.

```
Pr.: Tamarin, une demi-once à trois onces...... 16 à 96 grammes.
     Eau bouillante, un litre.................. 1000
```

On fait infuser, en ayant soin d'agiter de temps en temps pour bien diviser le tamarin. On passe à l'étamine avec une légère expression. Quand on veut obtenir avec cette tisane des effets purgatifs, il faut forcer la dose du tamarin.

On se sert quelquefois de petit-lait comme véhicule. La boisson prend alors le nom de Sérum tamariné.

POTION PURGATIVE AU TAMARIN.

```
Pr.: Tamarin, une once....................... 32 grammes.
     Séné, deux gros........................   8
     Sulfate de soude, demi-once............  16
     Élœosaccharum de citron...............  S. Q.
     Eau, cinq onces......................  150
```

On délaie le tamarin dans l'eau, et après lui avoir fait jeter quelques bouillons, on ajoute le séné et le sulfate de soude ;

on laisse infuser une demi-heure à une heure ; on passe avec une légère expression et l'on aromatise avec l'élœosaccharum de citron.

Quand le tamarin entre dans une potion purgative, il ne faut pas en même temps se servir des sels de potasse ; car les acides du tamarin, et en particulier l'acide tartrique, donneraient lieu à une décomposition d'où résulterait un précipité abondant de crême de tartre ou bi-tartrate de potasse.

FÉNUGREC.

(Trigonella fœnum græcum.)

La semence de fénugrec est quelquefois usitée en décoctions émollientes contre la dyssenterie ; son emploi le plus habituel est de servir de base à l'huile de fénugrec, qui passe pour résolutive et qui tient en dissolution un peu d'huile volatile et de résine que la graine lui a cédées.

HUILE DE FÉNUGREC.

Pr. : Semences de fénugrec. 1
Huile d'olives. 8

Réduisez les semences en poudre grossière ; faites digérer dans l'huile à la chaleur du bain-marie pendant six heures ; passez avec expression et filtrez.

GOMME ARABIQUE.

(Acacia vera, arabica, senegal, verech.)

La gomme arabique s'écoule naturellement de différentes es-pèces d'acacias ou bien encore lorsque l'on fait des incisions à leurs branches. Elle est formée en presque totalité d'une gomme soluble (arabine) et de faibles quantités de débris de tissu , d'un acide et de phosphate de chaux. Sa surface est souvent souillée par une matière amère qui ne pénètre pas dans son intérieur et que l'on peut enlever par un lavage superficiel.

La gomme pure , qui constitue pour la plus grande partie la gomme du commerce (arabine de Guérin), est une matière solide, blanche, insipide, inodore, incristallisable. Elle se dissout bien dans l'eau , à laquelle elle communique une consistance mucila-gineuse. Elle refuse de se dissoudre dans l'alcool, l'éther et les huiles. Elle peut contracter des combinaisons avec les alcalis ; elle donne avec l'acide sulfurique concentré une matière sucrée qui ne fermente pas ; l'acide sulfurique étendu la change en une matière qui a beaucoup de rapport avec la dextrine, mais qui donne de l'acide mucique par l'acide nitrique. Cette formation d'acide mucique est encore un caractère qui appartient à la gomme arabique.

On considère comme identique la gomme venant d'Arabie et celle qui est récoltée vers le Sénégal. Elles ont donné à l'analyse chimique les mêmes quantités d'oxigène, d'hydrogène et de carbone. Cependant M. Herberger a signalé en elles quelques différences. La gomme du Sénégal contient un peu plus d'eau hygrométrique (21 : 27) ; sa densité est un peu plus grande (1,46 à 1,52 : 1,56 à 1,65) ; l'eau en dissout un peu moins ; mais à quantité égale, la gomme du Sénégal donne une liqueur plus dense ; les sels de fer peroxidé forment instantanément un précipité ocracé dans la solution au 20ᵉ de gomme du Sénégal ; la solution de gomme arabique au même degré de concentration prend seulement une couleur rouge et donne un peu plus tard quelques flocons ; enfin, la gomme du Sénégal enveloppe et divise mieux les matières grasses. M. Herberger pense qu'on doit lui donner la préférence pour la préparation des émulsions artificielles et pour la préparation des pâtes.

La gomme arabique éprouve par la chaleur, soit lorsqu'on la chauffe à l'étuve, soit lorsqu'on la fait dissoudre à chaud, une altération qui la rend plus acide et lui donne plus d'âcreté. L'observation en a été faite par M. Vaudin. Elle est exacte, mais on en a exagéré les effets. Cependant, autant que possible, il faut éviter de chauffer la gomme, et l'on doit préférer de la dissoudre à froid dans l'eau.

GOMME LAVÉE.

On prend de la gomme arabique rouge du Sénégal, on enlève avec un canif les impuretés superficielles, on la casse par morceaux et on lave ceux-ci en les frottant avec la main dans de l'eau froide ; quand la surface en est bien nettoyée, on les met à égoutter, puis à sécher sur un tamis. La portion de gomme fondue qui recouvre la surface des morceaux, forme en séchant une sorte de vernis qui leur donne une apparence agréable. On met ces morceaux de gomme dans la bouche pour les y laisser fondre lentement.

POUDRE DE GOMME.

On nettoie la gomme des parties étrangères qui y adhèrent, on la fait sécher dans une étuve modérément chauffée et on la pulvérise par contusion sans laisser de résidu.

TABLETTES DE GOMME.

Pr. : Poudre de gomme arabique................ 7
Gomme arabique entière................... 1
Sucre en poudre........................ 24
Eau de fleurs d'oranger................... 1

Laissez dissoudre la gomme entière dans l'eau de fleurs d'oranger ; passez et servez-vous de ce mucilage pour faire des tablettes de 16 grains avec le reste de la gomme et le sucre.

EAU DE GOMME.

Pr.: Gomme arabique, demi-once à une once..... 16 à 32 grammes.
Eau froide, deux livres. 1000

On lave la gomme à l'eau froide, pour la débarrasser de la matière amère, et on la fait dissoudre par macération dans l'eau.

On peut faire dissoudre la gomme à chaud; on prépare encore l'eau de gomme instantanément avec de la gomme pulvérisée; mais dans l'un et l'autre cas, et pour les raisons que nous en avons données, la tisane est moins agréable.

MUCILAGE DE GOMME ARABIQUE.

Pr. : Gomme arabique pulvérisée................ 1
Eau froide. 1

Mêlez dans un mortier de marbre.

Si l'on n'est pas pressé par le temps, on peut préparer le mucilage avec la gomme entière.

POTION GOMMEUSE.

(Julep gommeux.)

Pr.: Gomme arabique entière, deux gros......... 8 grammes.
Sirop simple, six gros................... 24
Eau de fleurs d'oranger, un gros............. 4
Eau commune, quatre onces................ 125

Lavez la gomme à l'eau froide, et faites-la dissoudre à froid dans la quantité d'eau prescrite ; passez et ajoutez le sirop à l'eau aromatique.

En cas d'urgence, on remplace la gomme entière par la poudre de gomme (Hôp. de Paris).

POTION PECTORALE.

(Julep béchique.)

Pr. : Espèces béchiques , demi-gros.............. 2 grammes.
     Gomme arabique, deux gros................. 8
     Sirop simple, six gros..................... 24
     Eau commune, quatre onces............... 125

F. S. A. (Hôp. de Paris).

PATE DE GOMME.

La gomme arabique est la base de toutes les pâtes (*Voyez* des Pâtes en général, p. 273).

SIROP DE GOMME.

Pr. : Gomme arabique blanche..................... 1
     Eau filtrée.............................. 1
     Sirop de sucre. 8

On lave la gomme à deux reprises en la malaxant pendant quelques instants dans le double de son poids d'eau froide. On la met ensuite en contact avec l'eau filtrée et l'on remue de temps en temps pour faciliter la dissolution. On passe le mucilage sans expression à travers un blanchet ; on le mêle au sirop de sucre, et l'on fait cuire jusqu'à 29 degrés aréométriques bouillant.

On faisait autrefois dissoudre la gomme à chaud ; mais l'on obtenait un sirop moins limpide.

GOMME ADRAGANTE.

(Astragallus verus, creticus, etc.)

La gomme adragante, suivant les expériences de Bucholz, est composée de deux espèces différentes de principes gommeux ; l'un qui est soluble dans l'eau froide, et dont les propriétés sont les mêmes que celles de la gomme arabique ; l'autre qui ne se dissout pas dans l'eau. C'est l'adragantine. L'adragantine est solide, incolore, inodore, insipide, incristallisable. Elle est insoluble dans l'eau; mais elle l'absorbe et s'y gonfle beaucoup. L'acide nitrique la change en acide oxalique et en acide mucique. L'acide sulfurique la change en une matière sucrée qui n'est pas susceptible d'éprouver la fermentation alcoolique (Guérin).

La matière soluble de la gomme adragante a tous les caractères de la gomme arabique (arabine). Il s'y trouve mêlé un peu de matière extractive; souvent aussi certaines variétés de gomme adragante contiennent de l'amidon qui leur donne la propriété de prendre une couleur bleue par l'iode. Il s'y trouve aussi des matières fixes, et cette gomme fournit environ 4 p. 100 de cendres.

POUDRE DE GOMME ADRAGANTE.

On nettoie la gomme adragante, avec un canif, des corps étrangers qui adhèrent à sa surface; on la fait sécher à l'étuve, et on la pulvérise sans résidu.

La pulvérisation de la gomme adragante est difficile et longue, parce que cette gomme a une sorte d'élasticité qui la rend peu friable. La première poudre que l'on obtient est toujours plus colorée, parce que les débris étrangers à la gomme sont plus friables qu'elle.

On met cette première poudre à part, et on la conserve pour les cas où l'emploi d'un mucilage coloré est sans inconvénient. On se dispense ordinairement de nettoyer la gomme avant de la soumettre à la pulvérisation.

MUCILAGE DE GOMME ADRAGANTE.

Pr. : Gomme adragante pulvérisée. 1
Eau. 14

On met la gomme adragante pulvérisée dans un mortier; on y verse rapidement une partie de l'eau en agitant vivement pour diviser également la gomme; on bat bien le mélange de gomme et d'eau, et l'on ajoute peu à peu le reste de l'eau. Il faut une grande dextérité pour que la gomme se divise également; souvent il arrive que les premières parties qui ont le contact de l'eau forment des grumeaux qu'il est ensuite très difficile de diviser dans le reste du mucilage. L'opération est beaucoup plus facile si l'on mêle d'abord la poudre de gomme avec un peu de sucre.

Nous avons vu, en nous occupant des pastilles, qu'il y avait avantage à faire le mucilage avec de la gomme entière. Le mucilage est plus tenace et plus abondant, et cela tient réellement à ce que la gomme entière a une sorte de texture organisée; car, si l'on réduit la gomme en poudre, on ne parvient pas à obtenir, avec une quantité donnée de cette poudre, un mucilage aussi tenace et aussi consistant que celui qui serait fourni par une même quantité de la gomme entière, quelque temps d'ailleurs que l'on prolonge le contact de l'eau et de la poudre de gomme.

La quantité d'eau nécessaire pour préparer le mucilage de gomme adragante varie suivant l'usage auquel on le destine: 1 partie de gomme et 8 d'eau donnent un mucilage très consistant, très propre à la préparation des tablettes; 16 grains de gomme dans 4 onces d'eau lui communiquent une viscosité qui la rend propre à servir de base à des potions mucilagineuses. Le mucilage de gomme adragante a toujours quelque chose de gélatineux, qu'il doit à sa partie insoluble et qu'il conserve, quoique à des degrés différents, quand on le délaie dans l'eau. Aussi diffère-t-il essentiellement par ce caractère physique du mucilage de gomme arabique, autant qu'il en diffère par sa constitution chimique, ce dernier étant une véritable solution, tandis que le mucilage de gomme adragante tient en suspension plus de matière qu'il n'en possède réellement de dissoute.

SIROP DE GOMME ADRAGANTE.

Pr.: Gomme adragante, un gros. . . . . 4 grammes.
Sirop de sucre, deux livres. 1000

On met tremper la gomme entière dans 2 onces (64 grammes) d'eau chaude. Après vingt-quatre heures, on passe le mucilage avec expression, et on le délaie peu à peu dans un mortier avec 4 onces (125 grammes) d'eau. On le mêle au sirop de sucre bouillant, et l'on fait cuire à 29°. On passe au blanchet.

Ce sirop est transparent, mucilagineux; toute la gomme adragante y est entrée, car il ne reste sur le blanchet que quelques parties de mucilage mal divisé; la gomme, sous l'influence du sucre, paraît avoir changé de nature.

M. Mouchon a publié une autre formule que nous rapportons également, parce que le produit est différent; il a à plus haut degré le caractère gélatineux qui appartient à la gomme adragante et que l'on doit rechercher de préférence dans les médicaments qui ont cette gomme pour base.

<pre>
Pr. : Gomme adragante, une once.............   32 grammes.
      Eau commune, deux livres.............   1000
      Sirop de sucre, six livres..............   3000
</pre>

Faites tuméfier la gomme dans l'eau, pendant quarante-huit heures ; passez avec expression et délayez le mucilage avec le sirop chauffé à 80°.

Passez le sirop à travers une toile peu serrée, en agitant avec une spatule pour faciliter le passage.

CACHOU.

(Acacia catechu.)

Le cachou est un extrait préparé par la décoction du bois et peut-être des fruits de l'*Acacia catechu* de l'Indostan. Il est composé principalement de tannin, de matière extractive, de mucilage, d'acide catéchutique et d'un résidu insoluble dont font partie des matières étrangères, quelquefois du sable qui y a été introduit par fraude.

Le tannin du cachou a été étudié spécialement par M. Berzélius ; il est facilement soluble dans l'eau et l'alcool, mais il est peu soluble dans l'éther.

Sa dissolution aqueuse est incolore quand le tannin est pur ; mais elle ne tarde pas à se colorer d'abord à la surface, puis dans toute sa masse, et si l'on évapore, on obtient une masse en tout semblable au cachou : ses combinaisons avec les acides sont très solubles, et les alcalis ne le précipitent pas. L'acide catéchutique se retire du cachou épuisé par l'eau froide. Ce sont des aiguilles blanches qui s'altèrent à l'air avec une grande facilité, quand elles sont humides. Ses combinaisons avec les bases s'altèrent aussi très promptement, elles deviennent rouges, puis noires. Dans la matière rouge, se trouve une nouvelle combinaison (Rubinate). Dans la matière noire, il s'en est formé une autre (Japonate) ; celle-ci se produit à chaud ; l'autre par évaporation spontanée (Svanberg).

Le cachou, à raison du tannin qu'il contient, est employé comme tonique à petite dose (quelques grains), et comme astringent à une dose plus forte. Il a une saveur qui rappelle quelque chose du sucre et qui n'est pas désagréable.

§ I. PRÉPARATIONS QUI CONTIENNENT TOUTE LA SUBSTANCE DU CACHOU.

POUDRE DE CACHOU.

Pr. : Cachou choisi. . . . .   Q. V.

Pulvérisez sans laisser de résidu ; passez au tamis de soie.

GRAINS DE CACHOU.

Pr. : Cachou pulvérisé.   1
Sucre pulvérisé   4
Mucilage de gomme adragante. . . . .   S. Q.

On fait selon l'art une masse que l'on divise en petites boules pilulaires. Comme cette division demande beaucoup de temps, on tient la masse enfermée dans un pot de faïence, pour qu'elle ne puisse se dessécher.

On aromatise les grains de cachou de différentes manières :

à l'ambre ou à la vanille, avec S. Q. de teinture alcoolique de ces substances ;

à la violette, avec 2 gros de poudre d'iris par livre ;

à la cannelle, avec 1 gros de cannelle en poudre et un mucilage à l'eau de cannelle ;

à la rose, avec l'essence de roses et un mucilage à l'eau de roses.

TABLETTES DE CACHOU ET DE MAGNÉSIE.

Pr. : Poudre de cachou.   1
Magnésie calcinée.   2
Sucre en poudre.   13
Mucilage de gomme adragante à l'eau de cannelle.   S. Q.

Faites des tablettes de 16 grains.

Chaque tablette contient 1 grain de cachou et 2 grains de magnésie.

§ II. PRODUITS PAR L'EAU.

TISANE DE CACHOU.

Pr. : Cachou concassé , deux gros. . . . .   8 grammes.
Eau bouillante , deux livres.   1000

Après deux heures, passez sans expression. La macération du cachou donnerait une liqueur moins chargée.

EXTRAIT DE CACHOU.

Pr. : Cachou concassé. 1
Eau bouillante. 6

Faites infuser pendant vingt-quatre heures, en remuant de temps en temps ; passez avec expression, filtrez et évaporez en consistance d'extrait. 100 de cachou m'ont fourni 25 d'extrait sec ; mais la quantité de produit est fort variable.

SIROP DE CACHOU.

Pr. : Extrait purifié de cachou, un gros cinquante-six grains.. 7 gramm.
Eau distillée, deux onces. 64
Sirop simple, une livre. 500

Faites dissoudre l'extrait de cachou dans l'eau ; filtrez la solution ; mêlez-la au sirop bouillant et faites cuire à 30°.

Chaque once de sirop contient 8 grains d'extrait de cachou.

Autrefois on préparait ce sirop avec le cachou du commerce ; mais comme il contient des proportions très variables de parties insolubles, on arrive à un dosage plus exact, en se servant de l'extrait de cachou.

PASTILLES DE CACHOU.

Pr. : Extrait de cachou. 1
Sucre pulvérisé. 4
Mucilage de gomme adragante. . . . . S. Q.

F. S. A. des pastilles de 12 grains.

§ III. PRODUITS PAR L'ALCOOL.

TEINTURE DE CACHOU.

Pr. : Cachou. 1
Alcool à 56° (21° Cart.) 4

Faites macérer pendant quinze jours ; filtrez.

VIN DE CACHOU.

Pr. : Teinture de cachou. 1
Vin rouge. 16

Mêlez et filtrez après quelques jours.

1 once de vin représente à peu près 9 grains de cachou.

BAUME DU PÉROU.

(Myroxylum Toluiferum.)

On distingue deux sortes de baume du Pérou, le baume solide et le baume liquide ou baume noir. Le premier est souvent confondu avec le baume de Tolu; le second, quoique à peine employé, doit nous occuper ici comme formant en quelque sorte le type des baumes à acide cinnamique. M. E. Frémy en a fait dans ces derniers temps une histoire fort intéressante.

Le baume noir du Pérou contient une matière résineuse, de l'acide cinnamique, de la cinnaméine et de la métacinnaméine.

L'acide cinnamique ressemble beaucoup à l'acide benzoïque, mais il a une composition et des propriétés différentes (*Voyez* Cannelle).

La cinnaméine avait été désignée par Strolz sous le nom d'huile. Elle a été obtenue pure par M. Frémy; elle est liquide, un peu colorée, presque inodore, d'une saveur âcre, peu soluble dans l'eau, très soluble dans l'alcool et l'éther.

Elle est formée de 54 pp. carbone, 26 pp. hydrogène et 8 pp. oxigène. La potasse caustique la change en acide cinnamique et en une autre substance, la Péruvine, ayant la consistance huileuse, une saveur agréable, étant un peu soluble dans l'eau. Cette transformation peut être comparée à la saponification des huiles, l'acide cinnamique tenant la place des acides gras, et la péruvine celle de la glycérine.

La métacinnaméine a été peu étudiée. Elle est cristallisable, sa composition représente celle de l'hydrate de cinnamyle, et peut être n'est-elle pas autre chose. A l'air, l'oxigène est absorbé, l'hydrogène brûlé forme de l'eau, tandis que le cinnamyle se combine à une autre proportion d'oxigène et constitue l'acide cinnamique. Telle est, suivant M. Frémy, l'origine de l'acide cinnamique contenu dans le baume; aussi en trouve-t-on des quantités variables, suivant que la transformation a été plus ou moins complète.

La résine solide du baume du Pérou y augmente chaque jour. Cette résine diffère de la cinnaméine en ce que l'oxigène et l'hydrogène, dans les rapports où ils existent dans l'eau, s'y trouvent en plus grande proportion; mais ce changement de la cinnaméine en résine parfaite ne se fait que graduellement; on observe d'abord une résine visqueuse qui contient plus des éléments de l'eau que la cinnaméine, et moins que la résine sèche.

BAUME DE TOLU.

(Myroxylum peruiferum.)

Le baume de Tolu est composé de :

Résine, huile volatile, cinnaméine, peut-être de métacinnaméine et acide cinnamique.

Il diffère essentiellement du baume du Pérou noir par la petite proportion de cinnaméine qu'il contient ; il en diffère encore par ce caractère, qu'il perd rapidement l'état mou, ce qui paraît tenir à une prompte transformation de la cinnaméine en résine. On ne sait pas pourquoi cette résinification se fait si vite dans l'un des baumes et si lentement dans l'autre. La résine du baume de Tolu contient un peu plus des éléments de l'eau que celle du baume du Pérou.

Le baume de Tolu est employé le plus ordinairement comme excitant des organes de la respiration, à la fin des rhumes, ou dans les catarrhes chroniques, quand l'expectoration se fait avec peine.

SIROP DE BAUME DE TOLU.

```
Pr.: Baume de Tolu...........................   1
     Eau commune.............................   4
     Sucre...................................   S. Q.
```

On fait digérer le baume de Tolu pulvérisé dans l'eau, à la chaleur du bain-marie, pendant douze heures, en agitant souvent ; on passe, on filtre ; on ajoute à la liqueur le double de son poids de sucre, et l'on fait le sirop par solution. On filtre le sirop au papier.

Quelques praticiens ajoutent un blanc d'œuf à la liqueur, et la tiennent pendant sept à huit heures au bain-marie. Il se fait à la surface une écume épaisse que l'on enlève avec soin. On passe ensuite le sirop. L'addition du blanc d'œuf est inutile.

M. Desaybats, de Bordeaux, a conseillé de triturer le baume de Tolu avec un peu de sucre, de faire digérer à la manière ordinaire, de passer, d'ajouter à la liqueur le reste du sucre, et de passer de nouveau quand il est fondu. Cette pratique a pour objet de diviser davantag... baume, afin de lui faire présenter à l'eau une plus grande surface. Mais elle a réellement peu d'avantages, parce que le sucre se fond dès qu'il a le contact de l'eau chaude, et que la résine s'agglomère aussitôt en une seule masse.

M. Frémy et M. Planche ont employé l'alcool pour dissoudre le baume. M. Frémy triturait la teinture avec le sucre, et faisait un sirop par solution à chaud. Voici la formule de M. Planche ; elle donne un sirop très chargé :

Pr.: Alcool à 88° (34° Cart.) saturé de baume de Tolu,
      deux onces deux gros.......................... 72 grammes.

Introduisez dans un matras ; ajoutez peu à peu :

      Eau pure, deux livres...................... 1000 grammes.

Au bout de vingt-quatre heures, filtrez.

D'autre part, faites cuire à la grande plume, avec le moins d'eau possible,

      Sucre blanc, deux livres................... 1000 grammes.

Ajoutez l'eau balsamique : agitez un instant pour volatiliser l'alcool, et laissez refroidir dans un vase couvert.

La quantité de teinture prescrite contient 3 gros et demi (14 grammes) de baume ; elle abandonne à l'eau 64 grains (3 grammes et demi) de matière soluble, dont les $^4/_8$ environ sont de l'acide benzoïque, et le reste une matière extracto-résineuse plus soluble dans l'alcool que dans l'eau. Ce sirop est moins agréable que celui que l'on obtient par l'action directe de l'eau sur le baume de Tolu.

CRÈME PECTORALE DE PIERQUIN.

Pr. : Sucre blanc............................... 1
     Sirop de Tolu.,.............................. 1
    —   Capillaire............................. 1
Mêlez.

PASTILLES DE BAUME DE TOLU.

Pr.: Baume de Tolu, deux onces................ 64 grammes.
    Alcool à 88° (34° Cart.), deux onces....... 64
    Eau, quatre onces. 125
    Gomme adragante, deux gros cinquante-quatre
      grains......................... 11
    Sucre, deux livres....................... 1000

On fait dissoudre le baume dans l'alcool dans une fiole ; on ajoute l'eau, et l'on chauffe au bain-marie. On filtre, et l'on se sert de la liqueur aqueuse pour faire un mucilage avec la gomme adragante.

La formule précédente donne des pastilles très agréables au goût, et elle me paraît mériter la préférence sur toutes les autres.

         Pr.: Baume de Tolu, six gros. ....   24 grammes.
               Sucre blanc, deux livres.................   1000
               Eau de roses, quatre onces...............   125
               Sel d'oseille, deux gros..................   8
               Teinture de vanille, demi-gros...........   2
               Gomme adragante, deux gros...............   8

On fait digérer le baume de Tolu dans l'eau distillée, et l'on se sert de cette liqueur pour faire le mucilage. Les pastilles ainsi préparées sont moins aromatiques que les précédentes ; elles ont une saveur très acide, trop acide même, qui les rapproche des pastilles anglaises.

Les pastilles de Tolu sont employées contre la toux ; elles sont surtout avantageuses dans les catarrhes chroniques.

TEINTURE DE BAUME DE TOLU.

         Pr.: Baume de Tolu.   1
               Alcool à 86° (34° Cart.)..................   4

Faites dissoudre par macération, et filtrez.

TEINTURE ÉTHÉRÉE DE BAUME DE TOLU.

         Pr.: Baume de Tolu.   1
               Éther sulfurique.   4

Faites macérer pendant 8 jours ; décantez.

Cette teinture, mêlée avec de l'eau, est employée en fumigations dans les maladies de poitrine.

BAUME DE COPAHU.

(Copaifera officinalis, bijuga, etc.)

Le baume de Copahu est une espèce de térébenthine qui a été étudiée avec soin par Gerber et Stolze. Elle est composée de :

Huile volatile, 32 à 47 ; *Résine jaune*, 38 à 52 ; *Résine visqueuse*, 1,65 à 2,13.

La résine jaune est cassante, inodore, soluble dans les huiles et dans l'éther et l'alcool ; elle peut se combiner aux bases. Les combinaisons qui en résultent sont solubles dans l'éther et plus ou moins solubles dans l'alcool.

Schweitzer a obtenu cette résine pure, incolore et cristallisée ; il a reconnu que sa solution rougit le papier de tournesol, de là le nom d'acide copahivique qui lui a été donné ; suivant M. Rose, elle a la même composition que la colophane (40 pp. carbone, 32 pp. hydrogène, 4 pp. oxigène). En s'unissant aux bases, elles forme des sels dans lesquels l'oxigène de la base est à l'oxigène de l'acide comme 1 : 4.

Schweitzer obtient l'acide copahivique en faisant dissoudre 9 parties de baume de copahu dans 2 parties d'ammoniaque liquide et en abandonnant le mélange au repos dans un endroit frais. Les cristaux qui se forment sont lavés dans l'éther et redissous dans l'alcool. Ils donnent l'acide copahivique par évaporation spontanée.

La résine visqueuse de copahu est jaunâtre et onctueuse ; elle est soluble dans l'alcool anhydre et dans l'éther. L'alcool à 75 pour 100 et l'huile de pétrole ne la dissolvent qu'à chaud ; elle a peu d'affinité pour les bases. Cette résine est plus abondante dans le baume de copahu ancien que dans le nouveau ; aussi Gerber la considère-t-il comme le produit d'une altération de la première matière résineuse.

L'huile volatile de copahu est blanche, transparente ; sa densité est de 0,878 ; elle a l'odeur caractéristique du baume ; elle bout à 260°, mais en même temps elle s'altère ; elle est soluble en toutes proportions dans l'alcool anhydre et dans l'éther ; elle se dissout dans 4 parties d'alcool à 90 p. 100 et dans 9 à 10 parties d'alcool moins concentré. Le potassium s'y conserve sans altération ; l'acide hydrochlorique s'y combine. Elle est formée des mêmes quantités pondérables de matière que l'essence de citron et celle de térébenthine ; mais elle est isomérique avec la première et elle contient 10 pp. de carbone et 8 pp. d'hydrogène. Le camphre qu'elle forme en s'unissant avec l'acide hydrochlorique, est cependant fort différent du camphre de citron.

Le baume de copahu est souvent falsifié dans le commerce, tantôt avec l'huile de ricin, tantôt avec de la térébenthine ; la falsification par l'huile de ricin se reconnaît par plusieurs moyens ; les deux suivants sont les meilleurs :

1° On fait bouillir le baume de copahu dans l'eau pendant long-temps, pour dissiper toute l'huile volatile : s'il est pur, il laisse une résine qui devient sèche en se refroidissant ; s'il contient de l'huile fixe, il reste mou. Cette méthode est de MM. O. Henry et Delondre ; on conçoit du reste que la fraude par toute autre huile que celle de ricin serait facile à reconnaître par l'alcool, qui ne dissoudrait pas l'huile ; mais il faudrait se servir, pour faire l'essai, de l'alcool à 95ᶜ.

2° On verse 1 ou 2 gouttes de baume sur une feuille de papier, et l'on tient celle-ci à quelque distance de charbons allumés pour volatiliser l'huile : si le baume est pur, il reste une tache homo-gène et translucide ; si le baume est mêlé d'huile de ricin, la tache de résine est entourée d'une auréole grasse. Ce moyen fort simple, indiqué par M. Berzélius, est d'un bon emploi.

Quand le baume de copahu est falsifié par de la térébenthine, il est difficile de s'en assurer ; l'odeur est un moyen de reconnaître la fraude ; elle devient plus sensible, si l'on verse le baume sur un fer chaud. En outre, le baume de copahu, falsifié par la térében-thine, a pris de la viscosité et il reste adhérent aux parois des vases dans lesquels on l'agite.

RÉSINE DE COPAHU.

On met du baume de copahu dans une bassine avec de l'eau et l'on fait bouillir celle-ci jusqu'à ce que toute l'huile volatile soit dissipée, ce que l'on reconnaît à ce que la résine refroidie a une consistance sèche.

On peut remplacer l'ébullition à l'air libre par la distillation, ce qui donne le moyen de recueillir l'huile volatile ; mais il faut à plusieurs reprises reverser l'eau distillée dans l'alambic, pour parvenir à extraire toute l'huile essentielle. Elle est retenue par la résine qui l'abandonne plus difficilement, à mesure que sa propor-tion a diminué davantage par le fait de la distillation.

La résine de copahu médicinale est un mélange des deux ré-sines naturelles, qui retient quelques portions d'huile volatile ; elle a été recommandée par le docteur Thorn contre le catarrhé de l'urètre à la dose de 18 à 24 grains (1 à 1,3 gramme), trois à quatre fois par jour.

HUILE ESSENTIELLE DE COPAHU.

Nous avons dit que l'on pouvait obtenir cette huile en distillant le baume de copahu ; mais l'odeur forte et désagréable qui s'attache aux alambics qui ont servi à la préparation de l'huile de copahu a fait rechercher un procédé pour l'obtenir sans distillation. M. Ader a donné le suivant, qui remplit assez bien cet objet.

On introduit dans un vase de verre 100 parties de baume de copahu et 100 parties d'alcool à 90° (36° Cart.) ; on agite pour les bien mêler, et on ajoute 37,5 parties de lessive des savonniers ; on agite de nouveau et l'on verse 250 parties d'eau ; on mêle par une agitation légère, en renversant à plusieurs reprises le vase sur lui-même, puis on abandonne au repos ; la liqueur hydro-alcoolique retient les résines combinées à l'alcali, et l'huile essentielle vient nager à la surface ; on l'enlève au moyen d'une pipette ou par décantation et on la filtre ; on obtient à peu près autant d'huile par ce procédé que par la distillation, mais elle est moins pure ; elle tient en dissolution une petite quantité de savon de résine qui se dépose peu à peu ; aussi laisse-t-elle une tache sur le papier, ce que ne fait pas l'essence pure ; du reste, la petite quantité de matière étrangère que cette huile contient ne peut avoir aucune influence sur son emploi médical.

L'huile volatile de copahu est employée aux mêmes usages que le baume lui-même.

PILULES DE COPAHU.

On distingue deux espèces de pilules de copahu : celles qui sont faites sur l'ordonnance du médecin et dont la composition est variable, et les pilules magistrales, dont nous devons la formule à M. Mialhe. Le baume de copahu, à cause de sa fluidité, absorbe une grande quantité de poudre pour prendre la consistance pilulaire, et, comme on l'administre souvent à haute dose, il en résulte pour le malade le désagrément d'avoir à prendre un véritable picotin de pilules. La matière qui solidifie le mieux le baume de copahu est la magnésie calcinée ; on se sert de la formule suivante :

PILULES DE COPAHU.

(Magistrales.)

Pr.: Baume de copahu, une once................ 32 grammes.
Magnésie calcinée, six à sept gros. .... 24 à 28

Si on employait la magnésie blanche, il faudrait en augmenter un peu la dose. Elle est ordinairement d'un poids égal à celui de la matière résineuse.

PILULES DE COPAHU.

(Officinales.)

Pr. : Baume de copahu....................... 16
Magnésie calcinée. 1

On mêle intimement la magnésie au baume de copahu et l'on remue de temps en temps. Il faut huit à dix jours pour que la solidification ait lieu ; elle est le résultat de la combinaison de la résine électro-négative du copahu avec la magnésie, et de la propriété que possède la matière saline formée d'absorber une grande quantité d'huile essentielle ; l'on y trouve l'avantage d'avoir une masse pilulaire dans laquelle la matière étrangère au copahu n'entre que pour un dix-septième (Mialhe).

Le baume de copahu qui a été falsifié avec de l'huile de ricin ne se solidifie pas par la magnésie ; mais il arrive aussi que du baume de copahu pur refuse de prendre la consistance convenable, ce qui me paraît dépendre de ce que quelques variétés de baume contiennent une trop forte proportion d'huile volatile. Dans ce cas, on peut recourir au procédé de M. Fauré, qui ajoute au baume de copahu un sixième de térébenthine de Bordeaux ; cette térébenthine, qui est fort riche en parties résineuses et dont les propriétés sont analogues à celles du copahu, détermine la solidification de la masse.

La difficulté de faire prendre aux malades, sans un extrême dégoût, une dose un peu forte de copahu, a donné de l'importance à toutes ces formules de pilules ; mais elles en perdent tous les jours davantage par l'usage que l'on fait de préférence des capsules gommeuses ou gélatineuses, au moyen desquelles le baume de copahu est introduit facilement dans l'estomac, et sans mélange avec aucune substance étrangère.

POTION DE CHOPART.

Pr. : Baume de copahu, deux onces............... 64 grammes.
Alcool rectifié, deux onces. 64
Sirop de baume de Tolu, deux onces......... 64
Eau de menthe poivrée, deux onces.......... 64
— de fleurs d'Oranger, deux onces......... 64
Alcool nitrique, deux gros................. 8

On mêle l'alcool au baume dans la fiole même où la potion doit être contenue ; on ajoute successivement le sirop, les eaux distillées, puis l'alcool nitrique.

Le baume se sépare de cette potion presque aussitôt qu'elle vient d'être préparée, parce que l'alcool et le sirop qui ont servi à le diviser ne peuvent suffire à le tenir en suspension. Il vaut mieux remplacer l'alcool par un mucilage de gomme arabique ; mais, pour réussir, il faut avoir le soin de ne pas employer un mucilage trop épais. Il faut même ajouter un peu d'eau au mélange de baume et de mucilage dès qu'il tend à prendre une consistance trop ferme, de manière à l'entretenir jusqu'à la fin en consistance molle.

MIXTURE BRÉSILIENNE.

Pr. : Baume de copahu, trois onces.	96 grammes.
Jaune d'œuf, une once.	32
Sirop de gomme, une once................	32
Eau, huit onces........................	250
Teinture de safran, deux gros.............	8

On triture d'abord le baume de copahu et le jaune d'œuf, on ajoute successivement l'eau, le sirop et la teinture.

LAVEMENT DE COPAHU.

Pr. : Baume de copahu, deux gros à une once.	8 à 32 grammes.
Laudanum de Sydenham, 18 à 30 grains.	1 à 1,66
Jaune d'œuf, un....................	N° 1.
Eau commune, sept à huit onces........	220 à 250 grammes.

On divise le baume de copahu au moyen d'un jaune d'œuf ; on ajoute le laudanum. Cette formule est donnée par M. Velpeau comme propre à arrêter le flux gonorrhéique ; le laudanum a pour objet d'engourdir le rectum et de faire conserver le lavement au malade assez longtemps pour qu'il produise son effet.

DES ROSACÉES.

Les Rosacées, considérées d'une manière générale, sont des plantes astringentes ; mais, comme nous le verrons, elles présentent souvent entre elles des différences de composition chimique et de propriétés médicinales fort remarquables.

Les racines des rosacées sont astringentes. Cette propriété est surtout très développée dans les Dryadées. Au premier rang se trouve la tormentille (*Tormentilla erecta*), l'un de nos astringents indigènes les plus énergiques. La potentille anserine (*Potentilla anserina*), la P. rampante (*P. reptans*), la benoîte (*Geum urbanum et rivale*), et aux États-Unis (*G. canadense*) ont joui comme toniques d'une réputation fondée sur la présence de la matière astringente. Les tubercules farineux de la filipendule (*Spiræa filipendula*) ont une saveur analogue, et c'est à la même matière, quoique peu abondante, que les racines de fraisier (*Fragaria vesca*) doivent d'être employées habituellement comme diurétiques. On s'en sert en infusion à la dose de 20 grammes par litre.

L'écorce de la racine de la Spirée à trois feuilles des États-Unis (*Spiræa trifoliata*) se fait remarquer par ses propriétés émétiques qui la font employer comme succédané de l'ipécacuanha.

L'écorce d'un assez grand nombre de rosacées est astringente et employée comme telle ou comme fébrifuge, par exemple, celle des *Padus mahaleb, avium,* des *Prunus virginiana* et *cocumiglia*; elles contiennent souvent une partie du principe volatil vénéneux que l'on trouve dans les feuilles et les semences d'un assez grand nombre d'espèces. L'écorce de quillaia (*Quillaia smegadermos et molinæ*) se fait remarquer par sa saveur piquante et sa propriété savonneuse; elle contient de la saponine. Dans ces derniers temps, Komminck et Sterns ont retiré des écorces du prunier, du poirier, du pommier et du cerisier à grappes, une matière cristallisée en aiguilles soyeuses qu'ils ont appelée *Phloridzine*. Elle a été étudiée avec soin par M. Stass. Elle a une saveur amère, puis astringente; elle est soluble dans l'eau, l'alcool et l'éther; elle colore en brun le sulfate de fer; la colle animale est sans action sur elle. Les acides la changent en sucre de raisin et en une matière cristallisée (phlorétine) presque insoluble dans l'eau; l'ammoniaque s'y combine, et sa combinaison, en absorbant l'oxigène de l'air, passe au jaune, au rouge et au bleu.

Les feuilles des rosacées sont aussi astringentes; c'est à cause de cette propriété que plusieurs d'entre elles sont employées en médecine; les feuilles des rosiers et surtout celles de la ronce (*Rubus fruticosus*), et de l'aigremoine (*Agrimonia eupatorium*), servent tous les jours de base à des gargarismes astringents. Les feuilles du *Rubus arcticus,* du *Dryas octopetala*, du *Cerasus ma-*

haleb, du *Rosa rubiginosa*, sont employées en guise de thé. Ces feuilles, et surtout celles de la tribu des Drupacées, participent souvent de l'odeur et des propriétés des amandes amères. Ce caractère est surtout très développé dans le laurier-cerise; on le retrouve dans le pêcher, le cerisier à grappes et beaucoup d'autres espèces.

Les fleurs des rosacées sont peu usitées en médecine; et tandis que celles de la rose de Provins sont astringentes, les pétales des roses pâles, du pêcher et de l'amandier sont laxatives. Parmi ces fleurs, il en est une fort importante pour la médecine, c'est celle du *Brayera anthelmintica* d'Abyssinie, qui, sous le nòm de cotz ou cabotz, est employée avec succès dans le Levant pour faire périr le ver solitaire. Ces fleurs ont une saveur astringente, et cependant elles produisent des évacuations.

Les calices des rosacées participent des propriétés générales de la famille; le cynorrhodon est le seul qui soit utilisé; on en prépare une conserve astringente.

Les fruits, dans les différentes tribus qui composent la famille des rosacées, tout en conservant toujours un type de structure commun, se présentent avec des modifications importantes qui ont souvent la plus grande influence sur les propriétés médicamenteuses. Quand le calice est soudé avec les ovaires, la pulpe du péricarpe est astringente en même temps qu'acide, et la culture n'efface jamais entièrement ce caractère naturel.

Les pommes (*Pyrus malus*), les poires (*P. communis*), les sorbes (*Sorbus domestica*), les coings (*Cydonia vulgaris*), les fruits des différentes espèces de Cratœgus et de Mespilus se présentent toutes avec une composition et des propriétés communes. Le sucre, l'acide malique et une matière astringente les constituent en grande partie, et les propriétés varient avec les proportions de chacun de ces éléments.

Quand le calice n'est pas soudé avec l'ovaire, les fruits sont simplement acides et sucrés; tels sont presque tous les fruits de la tribu des Amygdalées : les prunes (*Prunus domestica*), les abricots (*Armeniaca vulgaris*), les pêches (*Persica vulgaris*). Les framboises (*Rubus idæus*), les fruits des ronces (*Rubus*), les fraises (*Fragaria vesca*) ont une composition analogue. Ces fruits contiennent toujours l'acide malique, le sucre, la pectine, la gomme et une matière azotée.

Quand le sarcocarpe des fruits n'est pas charnu, comme dans les roses, les spirées, les fruits ne participent pas aux propriétés générales de la famille.

L'attention ne s'est portée que sur les seules semences de la tribu des Amygdalées, si remarquables par l'odeur d'acide prussique que la plupart d'entre elles exhalent à un degré très varié. L'histoire du principe remarquable qu'elles fournissent sera faite à l'article Amandes amères; disons tout de suite que les espèces qui ont été analysées, les amandes amères, les amandes du *prunus padus*, du pêcher et du *cerasus avium*, ont une composition pareille; les autres sont certainement de même nature. Elles servent à fabriquer des liqueurs de table; celles du *Cerasus mahaleb* sont employées par les parfumeurs, à cause du principe prussique qui y est contenu. Toutes ces graines donnent une huile douce par expression; celle que l'on retire du *Prunus brigantiaca* des Alpes est vendue sous le nom d'huile de marmotte.

AMANDES DOUCES.

(Amygdalus communis.)

Les amandes douces médicinales sont la semence de l'*Amygdalus vulgaris, var : dulcis*. M. Boullay en a fait l'analyse. Elles sont composées de :

Eau, 3,5; *Pellicules*, 5; *Huile*, 54; *Albumine*, 25; *Sucre liquide*, 9; *Gomme*, 3; *Tissu végétal*, 4; *perte et Acide*, 0,5.

L'amande a les caractères génériques qui appartiennent à toutes les semences émulsives. L'huile qu'on en extrait est très douce, presque sans odeur et sans saveur. La pellicule contient un peu d'huile grasse et de tannin.

HUILE D'AMANDES DOUCES.

Pour se procurer l'huile d'amandes douces, on monde les amandes pour en séparer les pierres et les fragments de coques ligneuses; cela fait, on les frotte dans un sac rude, et on les crible : c'est pour détacher une poussière écailleuse qui est à leur surface, et qui absorberait en pure perte une partie de l'huile.

On réduit les amandes en poudre dans un mortier, ou mieux dans un moulin, et on les soumet à une pression graduée dans une toile forte de coutil ou de crin. Si, au lieu d'exprimer les amandes en poudre, on les broyait de manière à en former une pâte, l'huile entraînerait avec elle une partie du parenchyme et de l'albumine des amandes. Elle s'éclaircirait moins vite, et elle serait plus sujette à rancir.

Quand on a ainsi obtenu l'huile par expression, on la laisse déposer, ou mieux encore on la filtre, pour l'avoir pure et transparente.

Quelquefois, afin d'obtenir un tourteau d'amandes plus blanc, on fait tremper les amandes pendant quelques instants dans l'eau bouillante, pour ramollir leur pédicule, qui s'enlève ensuite aisément, en faisant glisser les amandes entre les doigts. Ce procédé doit être exclu du laboratoire du pharmacien, parce que la chaleur à laquelle les amandes sont exposées dispose l'huile à rancir plus vite.

Les amandes amères fournissent, par l'expression à froid, une huile tout à fait semblable à celle des amandes douces, et qui n'a comme elle ni odeur ni saveur forte.

Les amandes amères sont à meilleur marché que les amandes douces, et comme le tourteau d'amandes amères a plus de prix, on prépare le plus ordinairement l'huile d'amandes douces avec les amandes amères.

L'huile d'amandes douces est préférée à toutes les autres pour l'usage interne. Elle a mérité cette préférence par sa saveur douce, faible et agréable, et par son peu d'odeur; on l'emploie comme adoucissant à la dose de 1 gros à 1 once dans quelques maladies inflammatoires du canal alimentaire ou des organes de la respiration.

POTION HUILEUSE.

Pr. : Gomme arabique, deux gros. . . . .   8 grammes.
      Sirop simple, six gros. . . . . · 24
      Eau de fleurs d'oranger, un gros.   4
      Eau commune, quatre onces.   125
      Huile d'amandes douces, une once.   32

On ajoute l'huile d'amandes douces à la potion préparée avec les autres substances (Hôp. de Paris).

Souvent, au lieu de mélanger l'huile avec une potion toute préparée, on se sert de la gomme pour émulsionner l'huile; alors la potion est blanche, laiteuse et l'huile reste en suspension intime comme dans l'exemple suivant :

LOOCH HUILEUX DU CODEX.

Pr. : Gomme arabique en poudre, quatre gros...... 16 grammes.
Huile d'amandes douces, quatre gros......... 16
Sirop de guimauve, une once............... 32
Eau commune, trois onces................ 96
Eau de fleurs d'oranger, demi-once.......... 16

On prépare un mucilage avec la gomme et une partie de l'eau ; on ajoute l'huile par petites parties, et quand elle est bien divisée, on délaie avec le reste des liquides.

LOOCH BLANC.

Pr. : Amandes douces, quatre gros et demi........ 18 grammes.
Amandes amères, demi-gros............... 2
Sucre, quatre gros.................... 16
Poudre de gomme adragante, seize grains.... 0,9
Huile d'amandes douces, quatre gros......... 16
Eau de fleurs d'oranger, quatre gros......... 16
Eau commune, quatre onces.............. 125

On pile les amandes mondées de leur pellicule avec une partie du sucre et un peu d'eau, pour faire une pâte bien divisée que l'on délaie avec le reste du liquide ; on passe, avec expression, au travers d'une étamine ; d'autre part, on triture la gomme adragante avec le reste du sucre, et on ajoute un peu d'émulsion pour faire un mucilage dans lequel on divise l'huile par une trituration prolongée ; on ajoute petit à petit le reste de l'émulsion. On aromatise avec l'eau de fleurs d'oranger.

Cette formule, qui est celle du Codex, est modifiée dans la plupart des pharmacies par la suppression de $\frac{1}{4}$ de la gomme et la suppression totale d'huile. Le looch est moins épais, peut-être plus agréable, mais certainement moins efficace.

M. Mialhe a conseillé de piler les amandes avec l'huile, pour qu'elle reste mieux en suspension ; l'opération est plus facile et l'huile est plus sûrement divisée, bien qu'avec du soin on arrive à diviser l'huile exactement par le moyen ordinaire.

LOOCH VERT.

Pr. : Pistaches récentes...................... N° 14.
    Sirop de violettes, une once............... 32 grammes.
    Huile d'amandes douces, quatre gros...... 16
    Gomme adragante, seize grains........... 0,9
    Teinture de safran, vingt grains.......... 1,1
    Eau de fleurs d'oranger, deux gros........ 8
    — commune, quatre onces.............. 125

F. S. A.

Comme il est souvent difficile de se procurer les pistaches récentes, on leur substitue des amandes douces. Le mélange du sirop de violettes et du safran suffit pour donner au looch la couleur verte qu'il doit avoir.

LAIT D'AMANDES OU ÉMULSION.

Pr. : Amandes douces, une once. .... 32 grammes.
    Eau de rivière, cinq onces. 160
    Sucre, demi-once........................ 16

F. S. A.

Cette préparation constitue une sorte de potion que l'on fait prendre ordinairement en une seule fois, et qui agit comme un léger calmant.

Pr. : Amandes douces, demi-once.............. 16 grammes.
    Eau, un litre. 1000

F. S. A.

Cette émulsion forme une boisson adoucissante, souvent ordonnée comme tisane. On l'édulcore à volonté.

Voyez d'ailleurs pour la théorie et le *modus faciendi* des émulsions, page 137.

SIROP D'ORGEAT.

Pr. : Amandes douces, une livre............... 500 grammes.
    — amères, cinq onces............. 160
    Eau, trois livres quatre onces............. 1625
    Sucre, six livres....................... 3000
    Eau de fleurs d'oranger, huit onces........ 250

On sépare les pellicules des amandes, au moyen de l'eau bouillante, et on les pile avec une partie du sucre et de l'eau, pour avoir une pâte très fine (on y parvient plus promptement en broyant sur une pierre à chocolat); on fait avec cette pâte et de l'eau une émulsion à laquelle on ajoute le reste du sucre cassé par morceaux ; on fait chauffer pour dissoudre le sucre, on passe, et l'on aromatise avec l'eau de fleurs d'oranger ou l'esprit de citrons.

Cette formule, qui est celle du **Codex**, mais qui appartient originairement à M. Boudet, demande quelques explications.

D'abord, il vaut mieux ne pas porter le sirop à l'ébullition. Si la chaleur à laquelle on fait fondre le sucre ne dépasse pas 40 degrés, l'albumine n'est pas coagulée; elle ne se sépare pas du sirop, et celui-ci, délayé dans l'eau, donne un liquide plus homogène.

Quand le sirop d'orgeat se refroidit, il se fait une pellicule solide que l'on divise dans l'eau de fleurs d'oranger ; mais il vaut mieux l'empêcher de se former. L'on y parvient par une manipulation simple et facile, qui consiste à recouvrir le vase dans lequel est reçu le sirop chaud. Il ne se fait pas alors d'évaporation à la surface, et la croûte ne peut plus se former.

Quelques pharmaciens réservent une partie de l'eau destinée à l'émulsion, et l'ajoutent au sirop, après qu'il est terminé. Par ce moyen, qui ne nuit en rien à la qualité du sirop, il acquiert beaucoup plus de blancheur.

Quelque temps après qu'il a été préparé, le sirop d'orgeat se partage en deux couches. C'est que, malgré la présence du sucre, l'émulsion se sépare de telle manière que l'huile et le parenchyme viennent à la surface. On a cherché à éviter cette désunion, et beaucoup de moyens infructueux ont été employés. Il est de fait qu'elle est inévitable puisqu'elle tient à la nature même du sirop, qui tient en suspension des matières divisées qui doivent nécessairement se séparer à la longue. Cette séparation est moins prompte quand le sirop a été peu chauffé, parce que l'albumine est alors en dissolution, et qu'elle émulsionne l'huile d'une manière plus parfaite. Mais il arrive toujours qu'une partie plus épaisse se réunit dans le col de la bouteille, et ne se mêle ensuite que difficilement au sirop. M. Germain a conseillé de conserver le sirop dans des bouteilles renversées sens dessus dessous. Quand elles sont remplies et bien bouchées, on les met la tête en bas dans les trous d'une planche à bouteilles; la séparation se fait de même ; mais comme le fond de la bouteille présente une grande surface, la couche de matière est moins épaisse, et il suffit d'agiter la bouteille à plusieurs reprises pour mêler parfaitement cette matière au reste du sirop.

PATE AMYGDALINE.

Pr.: Amandes douces, six onces............... 192 grammes.
— amères, une once............... 32
Eau, seize onces.. 500
Gomme arabique, seize onces............ 500
Sucre blanc, seize onces................ 500
Eau de fleurs d'oranger, une once......... 32
— roses, une once............ 32
Blancs d'œufs, six..................... N° 6.

Faites une émulsion avec les amandes et l'eau; faites-y dissoudre la gomme, puis le sucre; après une évaporation convenable, ajoutez les blancs d'œufs battus avec les eaux aromatiques.

Cette formule de M. Magonty de Bordeaux, donne une pâte pectorale agréable.

AMANDES AMÈRES.

Les amandes amères sont les semences de l'*Amygdalus communis*. Elles contiennent les mêmes principes que les amandes douces, et en outre une matière cristalline appelée amygdaline, et une résine jaune âcre. Elles ont été étudiées successivement, par M. Vogel, par M. Robiquet, par MM. Robiquet et Boutron, et par MM. Woehler et Liebig.

On a compté au nombre des principes constituants des amandes amères, l'acide prussique et une huile volatile; mais ces deux principes ne préexistent pas dans la graine. Aussi, quand on exprime les amandes amères pulvérisées, surtout lorsqu'elles sont un peu anciennes et par conséquent bien sèches, on n'obtient que de l'huile douce, résultat qui ne saurait avoir lieu si les amandes contenaient en même temps de l'huile fixe et de l'huile volatile. M. Planche avait pensé que la chaleur était la principale cause du développement de celle-ci; mais MM. Henry et Guibourt ont démontré qu'elle ne se produit que sous l'influence de l'humidité.

MM. Robiquet et Boutron ont confirmé ces résultats; en traitant les amandes amères par l'éther et par l'alcool fort, ils n'ont pu séparer d'huile volatile. L'éther mis en contact avec le marc des amandes exprimées, ne donne qu'un peu d'huile fixe. L'alcool fort et bouillant ne donne pas non plus d'huile volatile.

Ce qui est fort remarquable, c'est qu'aucun de ces produits obtenus soit par l'éther, soit par l'alcool, n'a l'odeur d'amandes amères, et que le marc mis en contact avec l'eau, après qu'il a été épuisé par l'alcool, ne prend pas non plus l'odeur prussique. On n'a pu obtenir cet acide avec aucun des produits, ou par leur mélange entre eux ou avec le résidu d'amandes.

L'huile volatile résulte de la réaction de l'albumine des amandes sur la matière cristalline que l'on peut retirer de celles-ci et qui a reçu le nom d'Amygdaline.

L'amygdaline est une matière blanche, cristalline, dont la saveur, d'abord sucrée, rappelle bientôt celle des amandes amères. Elle est soluble dans l'eau et dans l'alcool, en très petite quantité à froid, et en grande quantité à l'ébullition. Elle cristallise par le refroidissement. L'alcool absolu à froid en dissout à peine des traces. L'éther ne la dissout pas. Elle est formée de 20 prop. de carbone, 27 prop. d'hydrogène ; 22 prop. d'oxigène et 1 prop. d'azote ; quand elle a cristallisé dans l'eau, elle retient 6 prop. d'eau de cristallisation, et est alors soluble en toutes proportions dans l'alcool froid ; si elle a cristallisé dans l'alcool, elle n'en retient que quatre : en cet état, elle est peu soluble dans l'alcool froid. Les alcalis caustiques la décomposent en ammoniaque et en un acide particulier (acide amygdalique). Les éléments de l'eau concourent à cette transformation.

Pour préparer l'amygdaline, on traite deux fois le tourteau d'amandes par l'alcool à 94ᶜ. On passe à travers un linge et on presse le résidu ; le liquide trouble laisse souvent déposer de l'huile grasse que l'on sépare ; on le chauffe et on le filtre. Après quelques jours, une partie de l'amygdaline a cristallisé. On distille l'eau mère au sixième de son volume, et on la mélange avec de l'éther qui précipite l'amygdaline ; on la recueille et on la comprime entre des papiers sans colle qui la débarrassent d'une grande partie d'huile grasse ; on la lave à l'éther et on la fait redissoudre dans l'alcool fort bouillant, d'où elle se dépose cristallisée par le refroidissement.

HUILE VOLATILE D'AMANDES AMÈRE.

L'huile volatile d'amandes amères, après avoir été purifiée, est incolore; son odeur se rapproche de celle de l'acide hydro-cyanique; sa saveur est amère et brûlante. Elle est extrêmement vénéneuse; sa densité, quand elle est pure, est de 1,043. Elle ne se décompose pas en passant à travers un tube incandescent.

Exposée à l'air, elle absorbe l'oxigène et se change en acide benzoïque.

Le chlore, en lui enlevant de l'hydrogène, la change en un corps cristallin particulier qui se transforme, au contact de l'eau, en acide hydrochlorique et en acide benzoïque.

Chauffée avec l'hydrate de potasse, l'huile d'amandes amères donne de l'hydrogène et un benzoate alcalin.

L'acide nitrique la change en acide benzoïque.

Ces diverses réactions s'expliquent bien d'après la composition de l'huile d'amandes amères, qui peut être considérée comme une combinaison binaire de 1 proportion d'hydrogène avec 1 proportion d'un radical composé, que MM. Liebig et Woehler ont nommé benzoïle, et qui est lui-même formé de carbone (14 pp.), d'hydrogène (5 pp.), et d'oxigène (2 pp.). L'huile volatile d'amandes amères est un hydrure de benzoïle.

L'huile volatile d'amandes amères est changée en acide benzoïque au contact de l'air; c'est que l'oxigène est absorbé. Il brûle l'hydrogène de l'huile en formant de l'eau, en même temps qu'il se combine au benzoïle et constitue de l'acide benzoïque (Bz 1 pp. $+$ oxig. 1 pp.)

Le chlore, en agissant sur l'huile, se combine à l'hydrogène et forme de l'acide hydrochlorique en même temps qu'il se combine au benzoïle et le change en chlorure. A son tour, ce chlorure, mis en contact avec l'eau, s'empare de ses deux éléments. L'hydrogène de l'eau et le chlore du chlorure de benzoïle forment de l'acide hydrochlorique, tandis que l'oxigène de l'eau et le benzoïle constituent de l'acide benzoïque.

MM. Liebig et Woehler ont trouvé que l'huile d'amandes amères se forme par l'action de l'albumine des amandes sur l'amygdaline. Cette propriété n'appartient qu'à l'albumine des amandes et point à celle que l'on trouve dans d'autres parties des végétaux, et, pour cette raison, ces chimistes la désignent sous le nom particulier d'Émulsine. Elle agit comme un véritable ferment. L'amygdaline se change, sous son influence, en acide hydrocyanique, en huile volatile, en sucre de cannes et en deux autres matières mal examinées. On peut concevoir la réaction suivante :

	Azote.	Carbone.	Hydrogène.	Oxigène.
Acide hydrocyanique........	1	2	1	»
Huile volatile.............	»	28	12	4
Sucre.................	»	6	5	5
Substances inexaminées. ...	»	4	9	13
Amygdaline.............	1	40	27	22

Il faut ajouter que les expériences de M. Robiquet ne laissent pas douter que l'émulsine soit une matière complexe ; mais elles ne nous éclairent pas suffisamment et sur cette composition et sur celui des éléments qui produit la transformation de l'amygdaline.

Voici du reste les circonstances nécessaires à la décomposition.

L'émulsine ne doit pas avoir été coagulée soit par la chaleur, soit par l'ébullition avec l'alcool; mais si on précipite sa dissolution aqueuse par l'alcool, comme elle ne perd pas par là sa solubilité dans l'eau, elle ne perd pas non plus la propriété de changer l'amygdaline en huile essentielle.

La transformation se fait à la température ordinaire; elle se fait mieux par un contact de 5 à 6 heures, à une température de 30 à 40 degrés.

La quantité d'eau que l'on emploie a une influence marquée. Il semble que la décomposition cesse quand l'eau est saturée d'essence. S'il y a moins d'eau que l'essence séparée n'en a besoin pour se dissoudre, une partie de l'amygdaline reste indécomposée.

On peut former l'huile d'amandes amères en mettant de l'amygdaline soit avec la dissolution filtrée d'émulsine, soit avec une émulsion d'amandes douces.

Pour préparer l'huile volatile d'amandes amères, on prend des tourteaux d'amandes amères récemment exprimés ; on les pulvérise, on y ajoute assez d'eau froide pour en faire une pâte liquide; on laisse macérer pendant 24 heures dans la cucurbite d'un alambic, on adapte le chapiteau et le serpentin, et l'on fait arriver au fond de la cucurbite, au moyen d'un tube, la vapeur d'eau produite par une chaudière, et l'on continue à faire arriver de la vapeur d'eau tant que le liquide qui passe à la distillation est très odorant. On reçoit le produit dans le récipient florentin. Après avoir recueilli tous les produits, on sépare l'huile volatile, qui occupe le fond du vase, on met l'eau distillée dans la cucurbite d'un alambic, et on distille de nouveau. L'huile passe tout entière avec les premiers produits ; ce qui vient ensuite n'en contient que de faibles quantités.

Les premiers produits qui passent lors de la distillation des amandes amères ont une odeur prussique extrêmement vive, et contiennent en effet une plus grande quantité d'acide hydrocyanique qui favorise la dissolution de l'huile dans l'eau ; aussi la première eau est-elle limpide, bien que très chargée d'huile essentielle ; les produits qui viennent ensuite sont moins odorants, l'eau est laiteuse, et cependant alors elle est moins chargée d'huile que les premières liqueurs ; mais la matière cyanique y est moins abondante.

C'est Geiger qui a montré l'utilité de la macération des amandes avant la distillation ; la proportion d'huile qui se forme est alors plus considérable. Ce sont MM. Boutron et Robiquet qui ont fait connaître la nécessité de redistiller les produits de la première opération pour retirer une plus grande quantité d'huile essentielle. L'huile d'amandes amères, obtenue ainsi que nous venons de le dire, a une couleur jaunâtre : elle contient toujours un peu d'acide benzoïque, un peu d'une matière cristallisée (Benzimide), qui parfois s'en sépare en cristaux, et de l'acide prussique. Quelques chimistes pensent que cet acide ne se forme qu'à mesure que l'huile se décompose ; en tous cas, la présence de cet acide, ou celle du composé qui lui donne naissance, rend l'huile d'amandes amères médicinale fort différente de l'huile purifiée (hydrure de benzoïle). Cette huile non purifiée est un médicament fort énergique dont les propriétés médicales sont analogues à celles de l'acide hydrocyanique, et qui ne doit être employée qu'avec la plus grande circonspection.

Si l'on voulait la débarrasser de l'acide prussique, il faudrait l'agiter avec de l'hydrate de chaux, puis avec une dissolution de chlorure de fer, et la distiller de nouveau. On la rectifierait par une nouvelle distillation sur de la chaux en poudre ; elle serait alors privée complétement d'acide benzoïque, d'acide hydrocyanique et d'eau (Liebig et Woehler).

M. Laurent a fait voir que l'on arrive au même résultat en distillant de l'huile d'amandes amères et fractionnant les produits. D'abord elle bout à 160°, et fournit de l'acide prussique et de l'huile essentielle; puis la température reste fixe à 180°, et pendant tout ce temps le produit est de l'hydrure de benzoïle à peu près pur. Plus tard la température s'élève encore et alors il reste dans la cornue un mélange d'huile épaisse, d'acide benzoïque et de benzimide.

EAU DISTILLÉE D'AMANDES AMÈRES.

Pr. : Tourteau récent d'amandes amères......... Q. V.

Opérez comme pour la préparation de l'huile volatile, en retirant 2 fois autant de produit que vous aurez employé de tourteau; filtrez l'eau distillée sur un filtre mouillé pour en séparer l'huile essentielle. Cette eau contient de l'huile volatile, de l'acide prussique et un peu de benzimide. Il faut refroidir beaucoup pendant la préparation pour éviter la déperdition d'acide hydrocyanique qui abonde dans les premiers produits, et par suite la séparation d'une partie de l'huile essentielle qui rend l'eau plus laiteuse.

Suivant une analyse de Geiger, l'eau d'amandes amères contient par once environ $^2/_5$ de grain d'acide prussique anhydre correspondant à 5 grains $^1/_2$ d'acide médicinal. On doit la conserver en flacons pleins, bouchés à l'émeri; encore suivant l'observation de Geiger et Liebig, elle s'altère peu à peu.

L'eau distillée d'amandes amères est conseillée comme antispasmodique. On l'emploie à la dose de quelques gouttes à quelques gros dans un julep ou une potion. On ne doit en user qu'avec prudence; c'est un mauvais médicament, en ce que, changeant peu à peu de nature après sa préparation, on peut rarement espérer de le trouver toujours le même.

MIXTURE DE LIEBIG ET WOEHLER.

Pr. : Amandes douces, deux gros.................. 8 grammes.
Eau, suffisante quantité..................... S. Q.
Amygdaline, dix-sept grains................ 0,95 grammes.

Faites avec les amandes et l'eau une émulsion dans laquelle vous ferez dissoudre l'amygdaline.

Cette mixture contiendra 1 grain d'acide prussique anhydre

(9,5 grains d'acide prussique médicinal), et 8 grains d'essence d'amandes amères. Nous avons expliqué déjà la formation de ces produits.

C'est dans l'intention d'avoir un médicament toujours identique qui remplace l'eau distillée d'amandes amères et celle de laurier-cerise, que cette formule a été donnée. En effet, ces deux eaux distillées s'altèrent après leur préparation en perdant de l'acide hydrocyanique, même étant conservées en vases clos; elles ne sont pas non plus toujours semblables au moment où elles viennent d'être faites; l'eau du laurier-cerise, suivant le moment où l'on en a fait la récolte, celle d'amandes amères, suivant la pureté des amandes (souvent mêlées d'amandes douces) et suivant la méthode selon laquelle on a distillé.

COINGS.

(Cydonia vulgaris.)

Les coings sont les fruits du coignassier. Leur pulpe charnue contient une matière astringente, de l'acide malique, du sucre, de la pectine, de l'acide pectique, une matière azotée. On les emploie sous forme de sirop comme un astringent faible.

SUC DE COINGS.

On prend les coings un peu avant leur parfaite maturité. On les essuie avec un linge rude pour enlever le duvet qui les recouvre. On les réduit en pulpe au moyen de la râpe, et on exprime celle-ci après l'avoir mêlée avec de la paille de seigle hachée et bien lavée.

On abandonne le suc à lui-même pendant deux à trois jours, jusqu'à ce qu'il soit clarifié. Il subit un léger mouvement de fermentation qui détermine un dépôt de ferment et des matières qui étaient tenues en suspension. On filtre le suc, et on le conserve par la méthode d'Appert.

On a proposé de clarifier le suc de coings en mêlant à la pulpe de 100 fruits 10 onces d'amandes douces bien pilées. Après quelques heures de contact, on exprime et l'on filtre. Par ce procédé, on évite la fermentation; le suc est clarifié par la coagulation de l'albumine des amandes; il est parfaitement clair, et ne diffère en apparence du suc ordinaire qu'en ce qu'il est un peu moins coloré. Mais quand on observe ce suc, on le voit se troubler de plus en plus, parce que la clarification ayant eu lieu sans fermentation, celle-ci ne tarde pas à se développer et à troubler de nouveau la transparence du suc.

SIROP DE COINGS.

Pr. : Suc de coings dépuré.......................... 16
Sucre blanc............................... 30

Faites un sirop par simple solution.

GELÉE DE COINGS.

Pr. : Coings cueillis sur le point de mûrir, ... 6
Eau................................... 10
Sucre.................................. 4

On enlève le duvet qui recouvre les coings, en les frottant dans un torchon ; on les coupe avec une lame d'argent ou d'ivoire, en séparant la peau et les cloisons ; on les fait bouillir dans l'eau jusqu'à ce que les fruits soient bien cuits ; on passe, on ajoute le sucre à la liqueur ; on clarifie aux blancs d'œufs et on évapore en consistance convenable, pour que la liqueur se prenne en gelée par refroidissement. On coule dans des pots.

M. Cedié a proposé de supprimer l'albumine, qui nuit souvent à la clarification, ce qu'il attribue à la formation d'un composé insoluble de tannin et d'amidon ; cet effet n'a pas toujours lieu, et il reste à expliquer, comme l'a fait observer M. Planche, pourquoi la décoction de coings tantôt se trouble et tantôt ne se trouble pas par les blancs d'œufs.

SEMENCES DE COINGS.

Les semences de coings fournissent un mucilage abondant. Il est contenu dans l'enveloppe extérieure, et on le sépare par l'action de l'eau chaude sur les semences entières. On fait digérer 1 once de semences dans 6 onces d'eau pendant quelques heures ; on passe. Ce mucilage est surtout employé à l'extérieur comme topique adoucissant, contre les hémorrhoïdes et les gerçures au sein.

POMMES.

Les pommes sont les fruits du *Malus communis*. Leur composition est la même que celle des coings. Elles sont plus sucrées et moins astringentes.

SUC DE POMMES.

Préparez-le comme le suc de coings.

SIROP DE POMMES SIMPLE.

On le prépare comme le sirop de coings; il est peu employé.

GELÉE DE POMMES.

On la prépare de la même manière que la gelée de coings, avec les pommes de reinette blanches.

On ajoute au suc de pommes, pour 6 livres de fruits, le suc de 2 citrons, et l'on aromatise avec une écorce récente de ce fruit.

TISANE DE POMMES.

Pr.: Pommes de reinette, huit onces............ 250 grammes.
    Eau, quatre livres..................... 2000

On coupe les pommes par quartiers; on fait bouillir dans l'eau jusqu'à ce qu'elles soient cuites, et l'on passe.

C'est une tisane adoucissante, agréable, qui est un remède populaire contre le rhume.

CERISES.

(Cerasus caproniana.)

Les cerises contiennent les acides malique et citrique, de la pectine, de la gomme, de l'albumine, du sucre, du malate de potasse.

SUC DE CERISES.

Pr.: Cerises rouges. .... Q. V.

Exprimez les cerises, mettez le suc à la cave, et après vingt-quatre heures, filtrez et conservez par la méthode d'Appert.

M. Béral a trouvé au suc de cerises une densité de 9 degrés à l'aréomètre. En 1838, j'ai trouvé que le suc marquait 10 degrés.

SIROP DE CERISES.

Pr.: Suc de cerises........................ 16
    Sucre blanc. 28

Faites un sirop par simple solution dans un matras de verre. Le sirop froid marque environ 37 degrés.

PRUNEAUX.

(Prunus domestica.)

Les pruneaux sont les fruits desséchés du *Prunus domestica*. Leur composition est celle de tous les fruits acides de la tribu des drupacées. On y trouve de l'acide malique, du sucre, de la gomme, une matière azotée, de la pectine.

On emploie en médecine, mais comme substance alimentaire, les pruneaux doux et sucrés de belle qualité ; ceux qui sont destinés à l'usage médicinal proprement dit sont choisis moins sucrés et plus acides : ils proviennent de la variété appelée petit Damas noir.

DESSICCATION DES PRUNEAUX.

On cueille les prunes à la maturité, et on les place sur des claies, en ayant soin de les écarter assez pour qu'elles ne se touchent pas ; on les expose à toute l'ardeur du soleil si l'on habite un pays chaud ; mais, dans les climats froids, il faut recourir à la chaleur artificielle d'une étuve ou d'un four ; les claies chargées de prunes sont laissées alternativement pendant une journée au four et pendant une journée à l'air, à moins que le temps ne soit trop humide. Par cette manipulation, les sucs intérieurs, qui ne peuvent éprouver de concentration directe, se mettent en équilibre de concentration avec ceux de la surface sur lesquels se fait l'évaporation. On s'arrête avant l'entière dessiccation des fruits, quand les sucs ont acquis assez de consistance pour que le sucre qu'ils contiennent leur serve de condiment.

PULPE DE PRUNEAUX.

On fait cuire les pruneaux dans l'eau, de manière à ce qu'il ne reste qu'une très petite quantité de décoction ; on les pulpe sur un tamis, en ayant soin d'ajouter de temps en temps un peu de décoction pour ramollir la pulpe, et pour qu'elle passe plus facilement à travers le tissu du tamis.

Il vaut mieux encore faire cuire les pruneaux à la vapeur et les pulper.

La pulpe de pruneaux est un doux laxatif ; on l'emploie rarement seule. Elle entre dans quelques anciennes préparations officinales,

CYNORRHODONS.

(Rosa canina.)

Les cynorrhodons sont le fruit de la rose et l'on emploie indifféremment celui de plusieurs espèces sauvages (*R. canina, arvensis, sepium*). Il se compose du calice persistant, charnu et succulent qui renferme dans son intérieur de petits fruits secs, mêlés de poils et des débris des pistils. C'est la partie charnue du calice qui est employée en médecine ; elle contient, suivant Bilz, de l'acide malique, de l'acide citrique, du sucre et une matière astringente, de la myricine, une résine rouge, de l'albumine. Les cynorrhodons sont employés comme un astringent doux et agréable.

PULPE DE CYNORRHODONS.

On prend des cynorrhodons un peu avant leur entière maturité ; on en sépare les lobes persistants du calice et le pédoncule, y compris le petit renflement qui est à son sommet. On ouvre le fruit et l'on rejette les carcérules et les poils qui les accompagnent ; cela fait, on arrose les cynorrhodons avec un peu de vin blanc et on les abandonne dans un lieu frais, jusqu'à ce qu'ils soient ramollis, en ayant l'attention de les remuer de temps en temps ; quand ces fruits ont suffisamment blessi, on les écrase dans un mortier, et on les pulpe par le procédé ordinaire.

La pulpe de cynorrhodons n'est employée que pour préparer la conserve du même nom.

CONSERVE DE CYNORRHODONS.

Pr. : Pulpe de cynorrhodons. 2
Sucre blanc. 3

On prépare la pulpe de cynorrhodons par le procédé que nous avons décrit en traitant de la pulpe ; on la mêle avec le sucre et l'on fait chauffer pendant quelques instants au bain-marie.

La conserve de cynorrhodons a une saveur agréable, on la donne comme astringente à la dose de 1 à quelques gros.

LAURIER-CERISE.

(Cerasus laurocerasus.)

Les feuilles de laurier-cerise contiennent de l'acide hydrocyanique et un peu d'huile volatile toute formée. Il s'y trouve du tannin, de la chlorophylle, de l'extractif et un principe amer important sur lequel Winckler a fait quelques observations intéressantes; ce chimiste n'a pas trouvé d'amygdaline dans ces feuilles, mais le principe amer paraît avoir des propriétés analogues. En le mêlant avec un lait d'amandes douces, la saveur, après quelques heures, devient celle de l'amygdaline, plus tard celle des amandes amères et de l'acide prussique.

Les feuilles de laurier - cerise fournissent à la distillation une huile volatile vénéneuse qui contient de l'acide prussique, dont les propriétés sont presque identiques avec celles de l'huile d'amandes amères (*Voyez* page 512) et qui est employée aux mêmes usages.

La quantité d'huile volatile que ces feuilles peuvent fournir n'est pas la même à toutes les époques de l'année. Brugnatelli a dit qu'elles en fournissaient le plus au printemps : je me suis assuré que pour le climat de Paris elles en donnent bien davantage vers les mois de juillet et août. C'est dans cette saison qu'il est le plus avantageux de les récolter.

Les feuilles du laurier-cerise perdent une grande partie de leurs propriétés par la dessiccation.

EAU DISTILLÉE DE LAURIER-CERISE.

Pr. : Feuilles fraîches de laurier-cerise............ Q. V.
Eau froide.............................. S. Q.

On incise et l'on contuse les feuilles ; on les met dans la cucurbite avec de l'eau, et l'on distille à la manière ordinaire.

Le Codex fait retirer 1 livre d'eau distillée par chaque livre de feuilles employées. Cette proportion donne un médicament très actif ; il faut séparer avec le plus grand soin l'eau distillée de l'huile essentielle qu'elle peut contenir, car celle-ci est un poison des plus énergiques. C'est sans doute à sa présence que quelques observateurs doivent d'avoir obtenu des effets très marqués avec quelques gouttes de ce médicament, tandis que d'autres ont pu l'employer à la dose de plusieurs onces.

Indépendamment des différences que les changements de formules peuvent amener dans la force de l'eau distillée du laurier-cerise, il en survient de très notables suivant l'époque de l'année à laquelle on fait la distillation. En retirant livre pour livre au printemps ou à l'automne, il ne se sépare aucune portion d'huile volatile, et l'eau n'en est certainement pas saturée. En opérant de la même manière au milieu de l'été, il se sépare une abondante quantité d'huile volatile, et l'eau distillée en est chargée autant que possible.

L'eau distillée du laurier-cerise contient, suivant Geiger, par once environ $^2/_3$ de grain d'acide prussique pur, qui correspond à 5 grains $^1/_2$ d'acide prussique médicinal. Sa force est la même que celle de l'eau d'amandes amères.

Cette eau doit être conservée en vases pleins et bouchés en verre. Elle perd peu à peu de sa force, même quand on prend cette précaution.

CÉRAT DE LAURIER-CERISE.

Pr. : Eau de laurier-cerise...................... 3
     Huile d'amandes douces. 4
     Cire blanche. 1

Ce cérat a été préconisé par le docteur Roux de Brignolles pour panser les brûlures, les plaies anciennes et douloureuses, le cancer ulcéré.

POMMADE DE JAMES.

Pr. : Huile essentielle de laurier-cerise. 1
     Axonge............................ 8

Mêlez.

Cette pommade est recommandée pour calmer les douleurs lancinantes des cancers.

TEINTURE DE CHESTON.

Pr. : Feuilles récentes de laurier-cerise, quatre onces. 125 grammes.
     Eau bouillante, deux livres................ 1000

Faites infuser ; ajoutez à la colature :

     Miel blanc, quatre onces.................. 125

Ce remède a été préconisé par le docteur Cheston, en lotions contre le cancer des lèvres et les ulcères malins.

ROSE PALE.

(Rosa semperflorens et centifolia.)

SUC DE ROSES.

On monde les pétales de roses de leur calice ; on les pile dans un mortier , on exprime le suc et on le filtre.

EAU DE ROSES.

Pr.: Roses...................................... Q. V.

Distillez à la vapeur pour retirer un poids d'eau distillée égal à celui des fleurs employées. On préfère pour cette préparation la fleur de la rose de Puteaux (*Rosa semperflorens*), à celle de la rose à cent feuilles (*Rosa centifolia*), parce qu'elle a une odeur plus agréable et qu'elle donne un produit plus suave. En séparant les calices avant la distillation, le produit est également meilleur.

SIROP DE ROSES.

Pr. : Eau distillée de roses...................... 1
Sucre blanc.................................. 2

Faites dissoudre le sucre à froid et filtrez.

ESPRIT DE ROSES.

Pr.: Pétales mondés de roses.................... 1
Alcool à 86° (34° Cart.).................... 1

On contuse les roses , on les met dans le bain-marie d'un alambic, on ajoute l'alcool, et après 1 ou 2 jours de macération, on distille pour retirer un poids d'alcool égal à celui que l'on a employé.

Cet alcoolat a une odeur peu agréable ; il serait meilleur si on le préparait en dissolvant de bonne essence de roses dans de l'alcool bien rectifié.

SIROP DE ROSES PALES.

Pr.: Suc dépuré de roses pâles.................. 1
Sucre.. 1

Faites cuire en consistance de sirop.

C'est un doux laxatif que l'on emploie pour les enfants à la dose de 1 à 2 onces.

HUILE ROSAT.

Pr. : Pétales mondés de roses pâles............... 1
Huile d'olives.............................. 4

On écrase les pétales de roses dans un mortier, on les mêle avec l'huile et l'on fait digérer au soleil ou à l'étuve pendant trois jours. On passe avec expression ; on ajoute à l'huile une quantité de pétales de roses égale à la première, et après une nouvelle digestion, on passe encore et on fait une troisième opération semblable. L'huile filtrée est conservée au frais dans des vases bien fermés.

L'huile au contact des fleurs ne se charge que de la matière odorante ; souvent on la colore en rose en ajoutant $1/16$ de racine d'orcanette pendant la dernière digestion des fleurs.

C'est un médicament insignifiant..

POMMADE A LA ROSE.

Pr. : Axonge lavée à l'eau de roses, une once....... 32 grammes.
Essence de roses, deux gouttes............. 2 gutt.

Mêlez.
Elle est employée comme cosmétique.

ONGUENT ROSAT.

Pr. : Axonge de porc récente. 1
Pétales de roses pâles fraîches. 1

On lave l'axonge à plusieurs reprises avec de l'eau de roses pour la charger de l'odeur de roses ; on contuse les fleurs et on les pétrit avec le corps gras ; au bout de deux jours, on fait liquéfier la graisse à une douce chaleur, et l'on passe avec expression ; on ajoute à la graisse une quantité de roses égale à la première et l'on a recours à la même manipulation. On fond la pommade avec un peu de racine d'orcanette ; et, quand elle a pris assez de couleur, on la passe de nouveau avec expression ; on laisse refroidir lentement pour permettre au restant de l'humidité et aux fèces de se déposer, et on sépare la pommade ; on la fond de nouveau et on la coule dans un pot.

ROSE ROUGE.

(Rosa gallica.)

Les pétales de roses rouges ou de Provins ont été analysés par M. Cartier qui y a trouvé :

Huile essentielle; tannin; acide gallique; matière colorante; matière grasse; albumine; sels.

Les roses de Provins sont employées en médecine à cause de la matière tannante qui leur communique sa propriété tonique et astringente.

RÉCOLTE ET DESSICCATION.

On récolte les fleurs de roses rouges quand elles sont encore en boutons ; elles sont alors plus colorées et contiennent en plus grande quantité la matière astringente que l'on y recherche ; on sépare les pétales du calice et on les fait sécher sur une claie dans un grenier bien aéré. Quand les fleurs sont sèches, on les crible et on les renferme dans des boîtes fermées.

POUDRE DE ROSES ROUGES.

On pulvérise les roses rouges sans laisser de résidu.

CONSERVE DE ROSES.

    Pr.: Poudre de roses rouges...................... 1
         Eau distillée de roses....................... 2
         Sucre pulvérisé. 8

On délaie la poudre dans l'eau distillée, et après une à deux heures de macération, on ajoute le sucre, et l'on mélange par trituration.

On prépare une conserve de roses avec les fleurs fraîches par le procédé suivant :

    Pr.: Pétales mondés de roses de Provins........... 1
         Sucre blanc.................................. 3

On pile les pétales de roses dans un mortier avec leur poids de sucre ; on passe la pulpe au tamis ; on ajoute le reste du sucre et l'on fait chauffer quelques instants au bain-marie.

La conserve ainsi préparée est d'une belle couleur ; mais elle fermente vers les derniers mois de l'année, avant l'époque où l'on peut la renouveler. C'est cette altération inévitable qui fait préférer la conserve préparée avec la poudre, qui donne un médicament un peu moins agréable, mais qui a l'avantage de pouvoir être préparé en tous temps et à mesure des besoins.

La conserve de roses est employée à la dose de 1 à quelques gros comme tonique et surtout comme astringente.

TISANE DE ROSES ROUGES.

Pr.: Fleurs sèches de roses de Provins, deux gros..   8 grammes.
　　 Eau bouillante, deux livres. 1000

Faites infuser pendant une heure et passez.

SIROP DE ROSES ROUGES.

Pr. : Pétales secs de roses rouges.   1
　　 Eau bouillante.   6
　　 Sucre. . . . .   S. Q.

On fait infuser les roses dans l'eau; on passe avec expression; on filtre la liqueur; on y ajoute le double de son poids de sucre; on fait un sirop par simple solution.

On pourrait se servir des pétales de roses fraîches, en en employant trois fois autant; la couleur du sirop serait d'un rouge plus pur, mais il serait moins odorant, parce que les roses rouges gagnent beaucoup d'odeur à la dessiccation.

Chaque once de sirop représente 30 grains de roses rouges.

MIEL ROSAT.

Pr.: Pétales secs de roses rouges.   1
　　 Eau bouillante.   6
　　 Miel blanc.   6

On fait infuser les roses dans l'eau; on passe avec expression; on mêle la liqueur au miel et l'on fait cuire en consistance de sirop.

Le miel rosat n'est jamais d'une transparence parfaite, à moins que l'on n'ait employé de très beau miel ou qu'on n'ait clarifié celui-ci par la craie ou la magnésie (*Voyez* page 261). On fait l'infusion de roses à la manière ordinaire et l'on conserve à part la portion de liquide que ces fleurs laissent couler sans qu'on ait recours à l'expression; on soumet ensuite à la presse. Ces secondes liqueurs sont ajoutées au sirop et l'on évapore sur le feu, et quand le sirop a dépassé le degré de cuisson ordinaire, on ajoute les premières liqueurs qui le ramènent au degré de concentration voulu.

On peut préparer le miel rosat en ayant recours au déplacement. Voici comment il faut opérer. Après avoir séché les roses à l'étuve, on les réduit en poudre grossière en les frottant sur un crible métallique ayant 30 mailles au pouce carré. On secoue cette poudre sur un crible fin pour la débarrasser des étamines; on la met dans un bain-marie et on l'arrose avec six parties d'eau bouillante; au bout de demi-heure, on place l'espèce de pâte qui en résulte, dans un appareil à déplacement en l'égalisant et en la tassant à peine; on la recouvre d'un diaphragme, et quand l'écoulement est bien établi, on verse de l'eau bouillante à la surface de la pâte; si l'opération est bien conduite, les roses sont épuisées quand on a recueilli un poids de liqueur sept fois aussi grand que celui des roses employées.

On a soin de mettre à part les premières liqueurs qui s'écoulent et qui ne sont ajoutées qu'à la fin pour décuire le miel rosat.

Les roses rouges, qui forment le résidu de l'infusion de roses dans le procédé ordinaire, après avoir été soumises à la pression, retiennent à peu près leur poids d'eau; dans le procédé du Codex, on perd un sixième de l'infusion; si on opère par lixiviation, on peut retrancher un sixième des roses et obtenir un produit tout aussi chargé.

En remplaçant les fleurs de roses sèches par trois fois leur poids de fleurs fraîches, on obtient une infusion qui donne un miel rosat de plus belle couleur et qui se conserve tout aussi bien; mais ici, comme pour le sirop, l'inconvénient est d'avoir un médicament moins odorant.

Le miel rosat est fort usité comme un astringent faible; on l'emploie surtout sous forme de gargarisme à la dose de 2 à 3 onces (64 à 96 grammes).

VIN ROSAT.

Pr.: Roses rouges sèches. 1
Vin rouge. 16

Faites macérer, passez avec expression et filtrez.

On emploie ce vin surtout à l'extérieur et en injections, quand il y a relâchement des tissus.

VINAIGRE ROSAT.

Pr.: Pétales secs de roses rouges. 1
Vinaigre rouge. 12

Faites macérer pendant huit jours; passez.

Il est employé pour la toilette et en injections astringentes.

PÊCHER.

(Persica vulgaris.)

Les feuilles de pêcher, et surtout les jeunes pousses, sont odorantes et fournissent à la distillation une huile volatile qui paraît se rapprocher beaucoup de celle des amandes amères. Elles sont rarement employées, quoique quelques auteurs les aient recommandées comme sédatives, et que quelques pharmacopées les fassent entrer dans le sirop purgatif de fleurs de pêcher.

Les semences du pêcher, comme toutes les semences émulsives qui se rapprochent des amandes amères, ont été vantées en émulsions comme sédatives; mais on n'en fait presque jamais usage.

Les fleurs du pêcher sont à peu près la seule partie de la plante qui figure maintenant dans la matière médicale. Elles ne sont employées que sous la forme du sirop.

SIROP DE FLEURS DE PÊCHER.

Pr.: Fleurs de pêcher récentes et mondées. . . . . . . Q. V.
Sucre blanc. . . . . S. Q.

On pile les fleurs et l'on en exprime le suc; on le filtre; on y ajoute le double de son poids de sucre blanc; on fait fondre le sucre au bain-marie, et l'on passe au blanchet.

Autrefois on préparait le sirop avec une infusion de fleurs de pêcher; mais le sirop de suc est plus odorant et plus fort, puisqu'on n'y introduit pas d'eau étrangère. Il a tout à fait l'odeur particulière aux fleurs de pêcher.

M. Boullay a donné un procédé qui consiste à retirer par la

distillation une certaine quantité de liqueur aromatique et à faire
deux sirops, l'un par simple solution avec la liqueur distillée,
l'autre par coction et clarification avec le liquide résidu de la distillation. J'ai répété ce procédé qui ne m'a pas donné un résultat
avantageux. Sous le rapport de l'odeur, le produit était inférieur
au sirop de suc de fleurs. En outre, la liqueur qui restait après la
distillation était trouble et assez abondante. Il fallut procéder à
la clarification par l'albumine qui pût enlever une partie du principe purgatif, et à une évaporation assez longue qui pût en altérer
une autre partie.

Le sirop de fleurs de pêcher est employé comme laxatif et vermifuge, et surtout dans la médecine des enfants, à la dose de
2 gros à 1 once (8 à 32 grammes).

FRAMBOISES.

(Rubus idæus.)

La framboise est un fruit composé de plusieurs petits dru-
pes succulents attachés sur un réceptacle commun et presque
toujours soudés entre eux. Ils contiennent, suivant l'analyse de
Bley, de l'huile essentielle, de l'acide malique, de l'acide citrique,
de la pectine, du sucre, une matière colorante rouge et une
matière azotée.

SUC DE FRAMBOISES.

On écrase les framboises avec les mains et on les met à la cave
pendant quelques jours, jusqu'à ce qu'il surnage un liquide clair;
on jette alors le tout sur une toile; on laisse égoutter, puis on
met le marc à la presse; on filtre le suc et on le conserve par le
procédé d'Appert.

M. Vuaflard a conseillé d'ajouter aux framboises le quart de
leur poids de cerises aigres. Cette addition rend la clarification du
suc plus prompte et il a meilleur goût; mais la proportion
de 1/6 de cerises est bien suffisante.

SIROP DE FRAMBOISES.

Pr.: Suc de framboises.............................. 16
    Sucre................................... 30

Faites le sirop par simple solution dans un matras de verre.
On trouve dans les anciennes pharmacopées le procédé suivant
pour la préparation du sirop de framboises:

34

Pr.: Framboises un peu avant leur maturité. 1
Sucre blanc. 1

On met les framboises et le sucre dans une bassine sur un feu doux. La chaleur fait crever les vésicules qui contiennent le suc et celui-ci dissout le sucre à mesure; on fait jeter quelques bouillons, et, quand le sirop bouillant marque 30°, on le passe à travers un tamis de crin serré.

Ce procédé donne un sirop plus visqueux et moins agréable; il a l'inconvénient de faire perdre une partie du produit qui reste dans le marc.

FRAISES.

(Fragaria vesca.)

La fraise sert à la préparation d'un sirop d'agrément que l'on emploie pour aromatiser des crèmes et des glaces. J'ai bien réussi par la méthode suivante :

Pr.: Fraises des bois, huit onces. . . . . 250 grammes.
Sirop de sucre blanc, une livre et demie. 750

On fait cuire le sirop jusqu'à ce qu'il ait perdu 6 onces ; on ajoute les fraises , on les retourne dans le sirop et l'on verse aussitôt le tout dans un vase non métallique que l'on couvre ; après 24 heures on passe sur une étoffe de laine avec légère expression.

M. Béral a donné depuis un procédé qui diffère à peine du précédent. M. Béral prend 6 parties de sucre, 3 parties de fraises et 2 parties d'eau ; il fait fondre le sucre dans l'eau en chauffant dans une bassine. Il ajoute les fraises privées de leur calice, fait jeter quelques bouillons et verse sur un blanchet. J'ai remarqué que cette ébullition de quelques instants suffisait pour altérer la saveur des fraises.

DES GRANATÉES.

Cette famille se compose d'un seul genre (*Punica*) et de deux seules espèces, *P. granatum*, qui est le grenadier ordinaire, et *P. nana*, des Caraïbes.

GRENADIER.

(Punica granatum.)

Le grenadier fournit à la médecine plusieurs médicaments, mais qui ne sont pas tous également employés. Ses fleurs non encore épanouies et composées surtout d'un calice charnu adhérent à l'ovaire, sont un astringent efficace qui a été employé sous le nom de Balauste, mais qui est maintenant presque inusité. Le calice qui enveloppe les fruits était appelé *malicorium*. C'est un de nos bons astringents, et l'on peut y recourir avec succès dans une foule de cas ; dans l'Inde et le Levant, il est employé pour expulser les vers et en particulier le ténia. Dans la médecine européenne, on fait surtout usage de l'écorce de la racine de grenadier et de l'enveloppe succulente et acide des semences.

L'écorce de la racine de grenadier a été analysée par M. Mitouart, et plus tard par M. Latour de Trie ; elle contient :

Tannin ; acide gallique ; résine ; cire ; matière grasse ; mannite.

L'écorce de racine de grenadier est employée comme un spécifique contre le ténia ; elle est surtout active contre le ténia armé ; elle réussit aussi contre le botryocéphale à anneaux courts ; mais elle est moins efficace contre le botryocéphale à anneaux longs. On préfère l'écorce fraîche à l'écorce séchée ; cependant j'ai vu bien des guérisons opérées par l'écorce sèche.

APOZÈME VERMIFUGE.

Pr. : Écorce fraîche de la racine de grenadier, deux onces.   64 grammes.
Eau, une livre et demie. 750

Faites bouillir pour réduire à une livre, passez.

On fait prendre cette quantité en trois prises. La veille au soir, on administre au malade 1 à 2 onces d'huile de ricin.

M. Béral veut que l'on ait recours au traitement par l'eau tiède par la méthode de déplacement, et il a blâmé le Codex d'avoir conservé la formule généralement admise ; il ne s'est pas aperçu que c'était précisément parce que la décoction donne une liqueur moins franchement astringente qu'elle est préférée et qu'elle est plus facilement supportée par les malades.

34*

Quand on se sert de l'écorce sèche, la dose est encore de deux onces; on la laisse macérer pendant 12 heures dans l'eau froide avant de la soumettre à la décoction.

EXTRAIT D'ÉCORCE DE RACINE DE GRENADIER.

Pr.: Écorce sèche de racine de grenadier. . . . . Q. V.
Alcool à 56° (21° Cart). . . . . S. Q.

F. S. A.

Cet extrait a été employé avec succès par M. Deslandes pour expulser le ténia; il l'a administré sous forme de potion suivant la formule suivante, qui donne un médicament moins repoussant pour le malade que la décoction.

Pr.: Eau de menthe, deux onces. . . . . 64 grammes.
— de tilleul, deux onces. 64
Suc de citron, deux onces. 64
Extrait alcoolique d'écorces de racines de grenadier, six gros,. 24

F. S. A.

Dans quelques cas, M. Deslandes emploie l'extrait obtenu par l'action successive de l'eau et de l'alcool sur l'écorce de la racine de grenadier.

SIROP DE GRENADES.

Pr.: Semences de grenades.. 10
Sucre blanc. 11

On ouvre les grenades, on enlève les semences charnues; on les mêle avec le sucre grossièrement cassé; après 24 heures, on porte sur le feu, on donne un bouillon, et l'on passe.

M. Mouchon indique, comme préférable, d'extraire directement le suc de la substance pulpeuse des grenades, de le filtrer et de faire un sirop par simple solution en employant 30 onces de sucre par livre de suc.

Ce sirop est acide, d'une saveur agréable et en même temps un peu astringente.

DES MYRTACÉES.

Les Myrtacées contiennent en général deux principes qui dominent tous les autres auxquels elles doivent leurs principales propriétés ; c'est une matière astringente et de l'huile essentielle. Ces deux principes sont rarement séparés ; mais, suivant que l'un ou l'autre domine, la plante a une propriété plus tonique ou plus excitante.

L'huile volatile abonde dans un grand nombre de feuilles ; elle est utilisée dans les *Melaleuca leucodendrum* et *minor* et sans doute dans d'autres espèces qui fournissent par distillation l'huile de Cajeput du commerce, qui est d'une couleur verte, d'une odeur forte et particulière, et qui paraît être composée, d'après Leverkoehn, de deux huiles de volatilité et de densité différentes.

M. Blanchet a trouvé en la rectifiant, que la première huile qui passe est d'une densité de 0,919 ; elle bout à 173 : la seconde partie bout à 175. L'huile de cajeput rectifiée lui a donné 77,9 de carbone, 11,57 d'hydrogène, et 10, 53 d'oxigène.

Quelques myrtacées moins aromatiques sont prises en guise de thé et agissent alors par la matière tonique et l'huile essentielle : telles sont le *Melaleuca genistifolia* et le *Leptospermum scoparium*, de la Nouvelle-Hollande. Les feuilles du myrte commun sont assez riches en tannin pour qu'on puisse, dans les lieux où il est abondant, s'en servir au tannage des peaux.

L'astriction des myrtacées se retrouve fort développée dans les racines et elle est utilisée dans plusieurs : *Myrtus ugni* du Brésil ; *Eugenia malaccensis*, *Calyptrantus caryophyllatus* de l'Inde.

Le tronc de l'*Eucalyptus resinifera* de la Nouvelle-Hollande donne par incision un suc astringent qui peut remplacer le cachou et que l'on a confondu avec le kino d'Afrique. Au contraire, on retire des principes résineux de celui des *Metrosideros costata et gummifera,* suivant M. A. Saint-Hilaire, et une autre espèce d'*Eucalyptus* de l'Australie donne de la manne.

L'huile essentielle abonde surtout, mais encore unie au tannin dans la cannelle giroflée du commerce (*Syzygium caryophyllum*), dans les fleurs et les fruits du giroflier (*Caryophyllus aromaticus*), dans le piment de la Jamaïque (*Eugenia pimenta*), dans le *Calyptrantus aromaticus*, du Brésil, le *Myrcia acris* ou piment couronné et beaucoup d'autres.

Dans un assez grand nombre d'espèces la pulpe du fruit est acide et sucrée, en même temps qu'elle conserve assez de principe aromatique pour avoir un parfum agréable. On mange entre autres fruits, les Jamboses (*Jambosa vulgaris* et *Syzygium jambosanum*) des Indes, la Goyave rouge (*Psidium pomiferum*), la Goyave blanche (*Psidium pyriferum*), les fruits des *Jambosia malaccensis*, de l'Inde, et *domestica*, des Moluques ; de l'*Eugenia Michelii*, de Cayenne, des *Myrtus uniflora et piperita*, du Brésil ; du *Campomanesia linearifolia*, du Pérou ; des *Psidium cattleianum et aromaticum*, de la Guyane.

Les semences de quelques myrtacées sont comestibles. On cultive à Cayenne le *Bertholetia excelsa*, dont les fruits, de la grosseur de la tête, renferment 40 à 50 semences comestibles, dont on retire une huile bonne à manger. Les semences du *Lecythis grandiflora* sont également bonnes à manger, et les singes en sont friands, ce qui joint, à la forme du fruit, a fait donner à celui-ci le nom de *Marmite de singe*. La même dénomination est appliquée aux *Lecythis olloria et zabucajo*. On dit cependant que les semences du *Barringtonia speciosa* (*Butonica*, Lam.) enivrent le poisson.

GIROFLE.

(Caryophyllus aromaticus.)

Le girofle, gérofle ou clou de girofle, est la fleur non épanouie du giroflier des Moluques. C'est l'un des condiments dont on emploie les plus grandes quantités. Il a été analysé par Trommsdorf, qui y a trouvé :

Huile volatile ; tannin particulier ; gomme ; résine ; extractif ; caryophylline.

Le tannin des girofles, suivant Trommsdorf, est moins acerbe que le tannin ordinaire, et le composé qu'il forme avec la gélatine a moins d'élasticité.

L'huile essentielle de girofle a une saveur âcre, mais qui est moindre que celle de l'huile du commerce, qui est souvent préparée par les Hollandais avec un mélange de girofle et de piment de la Jamaïque ; sa densité est 1,061 ; elle est peu volatile ; elle ne se solidifie pas par un froid de — 18 à — 20°; l'acide nitrique le colore en vert suivant M. Bonastre, et en rouge suivant M. Brandes.

L'huile de girofles contient 3 produits différents : 1° une huile formée d'hydrogène et de carbone comme l'essence de térébenthine, qui a été découverte par M. Ettling; elle est plus légère que l'eau; 2° une huile oxigénée (acide eugénique de M. Dumas), qui compose la majeure partie de l'essence de girofles. Elle est formée de 20 pp. carbone (70,14); 12 pp. hydrogène (6,80); 5 pp. oxigène (23,10). Elle se combine directement à la potasse en donnant un sel avec excès d'acide, dans lequel l'oxigène de l'acide est à l'oxigène de la potasse comme 10 est à 1. L'acide eugénique bout de 153 à 154°; 3° un stéaroptène (eugénine de Persoz), qui contient une proportion d'oxigène de moins que l'acide eugénique. Ce stéaroptène se forme aussi dans l'eau de girofles au bout d'un certain temps. Il est en lames minces, blanches et nacrées; il se colore légèrement en jaune par le temps; il a peu de saveur et moins d'odeur que l'essence de girofle; il est soluble en toutes proportions dans l'eau et dans l'alcool; comme l'huile de girofle, il se colore en rouge vif par l'acide nitrique.

L'huile volatile de girofle s'obtient par la distillation du girofle, avec de l'eau et du sel, suivant le procédé général de préparation des huiles essentielles pesantes; ce n'est que par des cohobations répétées que l'on parvient à l'obtenir en totalité, parce qu'elle est peu volatile, et parce que l'espèce de résine verte qui lui est unie naturellement la retient fortement et met obstacle à sa séparation.

La caryophylline a été entrevue par M. Baget et étudiée par MM. Lodibert et Bonastre. C'est une sorte de résine brillante, satinée, cristallisée, sans saveur et sans odeur; elle est fusible et volatile; elle est insoluble dans l'eau; elle se dissout dans l'alcool bouillant et dans l'éther; les alcalis caustiques en dissolvent un peu; l'acide sulfurique concentré la fait passer au rouge coquelicot; elle est isomérique avec le camphre et contient : 20 pp. carbone, 79,27; 16 pp. hydrogène, 10,36; 2 pp. oxigène, 10,87.

Le girofle est l'un des excitants les plus actifs que possède la thérapeutique; il entre dans la composition du laudanum de Sydenham et de plusieurs autres préparations; on emploie son huile essentielle comme excitante; on en met dans les dents cariées pour apaiser les douleurs. On fait peu d'usage des préparations simples de girofle; on l'emploie le plus habituellement sous forme de poudre ou de teinture.

ALCOOLAT DE GIROFLES.

Pr. : Girofles concassés. 1
Alcool à 80ᶜ (31º Cart.). 8

Faites macérer pendant quelques jours et distillez à siccité.

TEINTURE DE GIROFLES.

Pr. : Girofles. 1
Alcool à 80ᶜ (31º Cart). 4

Faites macérer pendant quinze jours; passez avec expression et filtrez.

DES CUCURBITACÉES.

Les Cucurbitacées sont des plantes qui fournissent à l'homme plusieurs substances alimentaires, mais qui sont généralement suspectes : les propriétés de leurs feuilles sont mal connues. Dans l'Inde et en Amérique, on emploie comme vermifuges celles du *Momordica charantia;* les médecins indous appliquent sur les ulcères rebelles celles du *Bryonia grandis.* A Java, on mange les feuilles du *B. rostrata,* et dans quelques cantons d'Europe, on en fait autant de celles des *B. alba* et *dioica.*

Plusieurs racines des cucurbitacées sont purgatives. On cite le *Bryonia africana* du Cap; notre Bryone (*B. alba* et *dioica*), appelée *navet du diable,* à cause de son âcreté, et dont la poudre purge bien à la dose d'un scrupule à un gros. Une racine d'une cucurbitacée mal connue, est employée au Brésil sous le nom d'*Abobrinha,* ou *Abobora do malo,* ou *nouveau Leroy.*

La nature du principe purgatif de ces racines n'a pas été bien déterminée, bien que MM. Vauquelin, F. Brandes, Firnhaber et Dulong se soient occupés de leur analyse. Le principe amer qu'ils ont obtenu de la racine de bryone (bryonine), est cerainement un mélange de plusieurs matières différentes : il possède les caractères chimico-pharmaceutiques suivants : consistance un peu molle et visqueuse, couleur rougeâtre, saveur très amère, solubilité dans l'eau, solubilité plus grande dans l'alcool, plus faible dans l'alcool rectifié ; insolubilité dans l'éther, précipitation par la noix de galle et par un grand nombre de sels métalliques. Le procédé de Dulong, pour l'obtenir, se réduit à traiter l'extrait de suc de bryone par l'alcool, à reprendre l'extrait alcoolique par l'eau, à filtrer, et à faire évaporer. La racine de bryone contient en outre de la résine, de l'albumine, de la matière extractive, et beaucoup d'amidon.

Il est des racines de cucurbitacées dans lesquelles l'amidon abonde : on les emploie comme nutritives ; telle est celle du siciote comestible des Antilles (*Sicyos edulis*), qui se mange cuite ou à l'état frais. M. Ledanois, qui l'a analysée, y a trouvé tous les principes qui se rencontrent dans les tubercules alimentaires, savoir : *amidon, sucré, gomme, albumine, acide pectique.*

Les fruits des cucurbitacées, relativement à leurs propriétés médicinales, se divisent en deux séries bien distinctes. Les uns ont une pulpe abondante, aqueuse, sucrée et nutritive ; les autres sont amers et purgatifs : les fruits sucrés paraissent même avoir une tendance à devenir amers ; on sait aussi qu'ils sont laxatifs ; mais cet effet paraît résulter en eux bien plutôt de l'abondante quantité de pulpe introduite dans l'estomac, que de la présence d'un principe purgatif particulier. Une espèce de cucurbitacée (*Benincasa cerifera*) donne un fruit remarquable, en ce qu'il est recouvert en entier d'une espèce de cire.

Les fruits comestibles des cucurbitacées les plus employés sont : *Anguria pedata et trilobata*, des Antilles ; *Joliffa africana* ou *Kouémé*, des Nègres ; *Cucumis melo*, ou melon ; *C. sativus*, ou concombre ; *C. citrullus*, pastèque ou melon d'eau ; *C. Lufa*, papangaye des Indes ; *C. chate*, abdelaoui d'Égypte ; *C. conomon*, du Japon ; *C. dudaïm*, chemmam des Arabes, qu'ils emploient comme parfum ; *Cucurbita maxima*, potiron, citrouille, courge ; *C. melopepo*, bonnet d'électeur ; *C. pepo*, courge de Saint-Jean ; *Turia moghadd*, de l'Arabie-Heureuse ; et *Tricosanthes anguina*, que l'on mange à demi-maturité à l'Ile-de-France.

On signale comme amers et purgatifs les fruits des espèces suivantes : *Bryonia alba et dioica, melothria purgans* du Brésil ; *trichosanthes amara*, de la Jamaïque et des Indes, employé pour tuer les rats; *Momordica balsamina* ou pomme de merveille des Indes; *M. cylindrica* et *purgans* du Brésil; *M. elaterium* d'Europe; *Cucumis colocynthis* ou coloquinte; *C. leucantha* ou calebasse, dont cependant les Égyptiens mangent la chair, après l'avoir fait cuire. Deux de ces fruits seulement ont été étudiés par les chimistes, et les résultats qu'ils ont obtenus sont peu comparables.

Les semences des cucurbitacées sont émulsives, et ne participent pas des propriétés purgatives des fruits; on en retire une huile douce bonne à manger, mais un peu fade; on en prépare des émulsions rafraîchissantes : sous le nom de semences froides, on emploie un mélange de plusieurs graines de cette famille.

SEMENCES FROIDES.

Pr. : Semences de calebasse. 1
—   pastèque. 1
—   melon. 1
—   concombre. 1

Mêlez.

On remplace le plus ordinairement ce mélange par les semences du potiron, qui sont plus grosses que les autres, et qui ont les mêmes propriétés. Avant de s'en servir, on rejette l'enveloppe épaisse dont elles sont recouvertes.

Les semences du *Bryonia callosa*, de l'Inde, sont, dit-on, amères et vermifuges, et l'on retire une huile vermifuge, mais que l'on emploie aussi pour brûler, des semences du *Fevillea trilobata* ou nhandiroba, des Antilles. Elles sont très amères et on les regarde comme un puissant antidote des poisons végétaux : cette propriété est toutefois révoquée en doute par quelques auteurs.

COLOQUINTE.

(Cucumis colocynthis.)

La partie charnue de la peponide du *Cucumis colocynthis* d'Orient, est employée en médecine comme un purgatif drastique, à la dose de 10, 15 et 20 grains : c'est un médicament très actif, qui peut produire l'inflammation des tissus, et qui par conséquent ne doit être administré qu'avec beaucoup de prudence.

D'après l'analyse de Meisner, la coloquinte contient :

Huile grasse; résine amère; amer (Colocynthine); extractif; gomme; acide pectique; extrait gommeux; sels.

L'amer de coloquinte a été étudié par M. Braconnot et par Herberger. Il a une couleur jaune rougeâtre, quand il est en masse, et jaune, quand il est en poudre. Il est translucide et friable; sa saveur est excessivement amère. Il brûle à la manière des résines. Il se dissout dans cinq parties d'eau froide, il est beaucoup plus soluble dans l'eau bouillante et il ne se dépose pas par le refroidissement; il est également soluble dans l'alcool et l'éther. Les acides et les sels très déliquescents le précipitent de sa dissolution sous forme d'une masse cohérente et visqueuse ; les alcalis ne le précipitent pas. Quand il est pur, la noix de galle ne le précipite pas. L'amer de coloquinte contient de l'azote, et, suivant l'observation de M. Braconnot, il ramène au bleu le papier de tournesol rougi par les acides.

L'amer de coloquinte est uni, dans le parenchyme du fruit, à des matières qui en altèrent la pureté. Aussi, quand on traite ce fruit par l'alcool, on obtient pour produit une matière jaune qui paraît être de nature complexe. L'eau froide la divise en deux parties : l'une qui se dissout, et l'autre qui se dépose sous forme de filaments blancs; ces derniers se réunissent en une masse jaunâtre ductile comme de la résine molle; mais on finit par les dissoudre par de nouveaux traitements par l'eau. Les premières liqueurs aqueuses sont plus chargées et plus colorées que les dernières, ce qui dépend de quelque principe qui augmente la solubilité du principe amer, et qui ne se partage pas également au moment de l'action de l'eau. Quand, en effet, on évapore ces diverses solutions, elles se troublent à mesure de l'évaporation, et elles laissent déposer la matière dissoute sous forme d'une résine jaune; mais les liqueurs finissent par laisser un extrait brun très amer, qui se dissout dans une petite quantité d'eau sans séparation, et qui est plus abondant dans les premières liqueurs que dans les autres.

Pour obtenir l'amer de coloquinte, M. Braconnot reprend par l'alcool l'extrait aqueux, pour précipiter la gomme ; il évapore et reprend le résidu par une petite quantité d'eau, qui dissout un peu d'acétate de potasse, et qui précipite presque tout l'amer;

en cet état, il paraît contenir une matière étrangère qui lui donne la propriété de précipiter par la noix de galle.

Herberger conseille de faire d'abord un extrait alcoolique, et de le dissoudre dans une grande quantité d'eau chaude, mais non bouillante. Il filtre la liqueur, et la précipite par l'acétate de plomb ; il fait passer dans la liqueur un courant d'hydrogène sulfuré pour la débarrasser de l'excès de plomb, puis il évapore en sirop clair, et ajoute de l'ammoniaque en petit excès qui précipite l'amer sous forme de flocons jaunes : on les exprime, on les redissout dans l'alcool ; on clarifie par le charbon animal, et l'on évapore à siccité.

Cette histoire chimique de la coloquinte aurait besoin d'être reprise.

POUDRE DE COLOQUINTE.

On enlève les semences des coloquintes, et on fait sécher la chair à l'étuve. On la pile ensuite dans un mortier et on passe la poudre dans un tamis de soie.

La chair de coloquinte est sèche, membraneuse, ce qui en rend la pulvérisation assez difficile. Pour faciliter cette opération, et en même temps corriger l'impression trop vive que la coloquinte exerce sur les tissus, les anciens coupaient la chair de coloquinte par morceaux, et la mélangeaient avec un mucilage épais fait avec la gomme adragante. On faisait sécher à l'étuve, et l'on pulvérisait. Quand on voulait faire les trochisques alhandal, on pétrissait cette poudre avec une nouvelle quantité de mucilage, et on en faisait des pastilles ; souvent même on répétait à plusieurs reprises ces pulvérisations et dessiccations successives.

VIN DE COLOQUINTE.

Pr.: Coloquinte incisée, cinq gros. . . . . 20 grammes.
    Alcool à 56ᵉ (21° Cart.), deux onces. 64
    Vin blanc généreux, trente onces. 940

On fait macérer la coloquinte pendant vingt-quatre heures dans l'alcool ; on ajoute le vin, et après huit jours de macération, on passe avec expression et l'on filtre. Chaque once de vin contient exactement la substance de 11 grains de coloquinte.

EXTRAIT DE COLOQUINTE.

Pr.: Chair de coloquinte. . . . .   Q. V.

On fait macérer la coloquinte dans l'eau froide, on passe avec expression et l'on évapore en consistance d'extrait.

Pendant l'évaporation des liqueurs, celles-ci se troublent beaucoup par le dépôt de la matière résinoïde. Il est bon, vers la fin de l'évaporation et lorsque l'extrait est presque cuit, d'y ajouter un peu d'alcool, qui divise plus également la matière résineuse et donne de l'homogénéité à l'extrait.

L'extrait est d'un jaune brun, sans odeur, d'une saveur horriblement amère. Il se divise dans l'eau en donnant un dépôt d'un blanc jaunâtre, et une solution jaune très amère.

Le Codex indique, en outre de l'extrait précédent, un extrait alcoolique ; il ne faut pas les confondre l'un avec l'autre. En effet, 100 parties de chair de coloquinte, séparée des semences, étant épuisées par l'eau distillée, ont donné 60 parties d'extrait ; le même traitement avec l'alcool n'a fourni que 47 d'extrait. 1 partie d'extrait aqueux représente 1,66 de la chair du fruit ; 1 partie d'extrait alcoolique en représente 2, 1.

POMMADE DE COLOQUINTE.

Pr. : Coloquinte en poudre, un gros. . . . .   4 grammes.
Axonge, une once.   32

Mêlez.

Cette pommade est conseillée en frictions sur le ventre, comme purgative.

ÉLATÉRIUM.

(Momordica elaterium L.)

Le fruit de l'*Élatérium* ou Concombre sauvage, est un purgatif drastique. C'est un irritant violent qui peut causer des accidents très graves ; on l'emploie dans l'hydropisie ; il est peu usité aujourd'hui. M. Morrus a retiré du suc d'élatérium une substance qui produit, à petites doses, des nausées, des vomissements et des selles liquides. Il lui a donné le nom d'Élatérine. L'élatérine, suivant ce chimiste, est blanche ; sa saveur est amère et styptique ; elle cristallise en prismes rhomboïdaux très brillants. Elle est insoluble dans l'eau, mais elle se dissout bien dans l'alcool et dans l'éther; elle fond un peu au-dessous de 100 degrés, et elle se volatilise à une chaleur plus forte.

M. Morrus obtient l'élatérine en traitant l'extrait de suc d'élatérium par l'eau, et en reprenant le résidu insoluble par de l'alcool. Celui-ci, évaporé en consistance sirupeuse, fournit de nombreux cristaux que l'on purifie en les lavant avec un peu d'éther; les eaux mères, traitées par l'eau de potasse, laissent déposer une nouvelle quantité d'élatérine impure.

M. C. Marquart donne le procédé suivant : Faire un extrait avec le suc du fruit non encore tout à fait mûr; reprendre par l'alcool à 90°, distiller, diviser le résidu par l'eau bouillante. On a, par le refroidissement, des cristaux d'élatérine mêlés de chlorophylle. On les purifie en les lavant avec de l'éther. Suivant ce chimiste, l'élatérine est cristalline, inodore, presque insipide. Elle est insoluble dans l'eau, presque insoluble dans l'éther, très soluble dans l'alcool; elle est neutre, elle contient de l'azote.

Paris paraît avoir obtenu la même substance à l'état impur, sous le nom d'*Élatine*. Elle avait la forme d'une matière résineuse, molle, verte, très purgative. Tout ce qui tient à l'histoire de l'élatérine est encore fort vague et aurait besoin d'être repris.

En outre de l'élatérine, le suc d'élatérium contient, suivant MM. Braconnot et Paris, une matière amylacée, de l'extractif non purgatif, de l'albumine végétale et quelques sels.

EXTRAIT D'ÉLATÉRIUM.

Pr. : Fruits mûrs d'élatérium. . . . . Q. V.

Écrasez les fruits, enlevez les semences, pilez la chair, et exprimez le suc; faites-le clarifier à chaud, et évaporez en consistance d'extrait.

Ce procédé ne paraît pas être fort bon; mais de nouvelles expériences sont nécessaires pour prononcer. En effet, le sédiment qui se fait par le repos dans le suc d'élatérium purge à très petite dose, et c'est en effet de ce sédiment que M. Morrus a retiré l'élatérine. Sous ce rapport, le procédé des pharmacopées, qui emploient comme extrait d'élatérium ce sédiment, évaporé à une douce chaleur, paraît être plus rationnel; mais il faut se garder de donner l'un des produits pour l'autre. Le dépôt du suc d'élatérium était employé autrefois sous le nom de fécule d'élatérium.

CONCOMBRE.

(Cucumis sativus.)

Les fruits de Concombre sont employés à la préparation d'une pommade cosmétique ; leurs semences servent quelquefois à faire des émulsions adoucissantes.

POMMADE DE CONCOMBRE.

Pr. : Panne de Porc mondée des membranes et
     veinules, vingt-quatre livres.......... 12,000 grammes.
     Graisse de veau mondée, quinze livres.... 7,500

Coupez grossièrement ; pilez dans un mortier de marbre ; lavez ensuite, d'abord à l'eau tiède, puis à l'eau froide ; faites égoutter sur un tamis de crin et faites fondre au bain-marie après avoir ajouté :

     Baume du Pérou dissous dans l'alcool, six gros.. 24 grammes.
     Eau de roses double, quatre onces. 125

Quand le tout sera fondu, passez avec expression à travers une toile et laissez reposer pour qu'une partie de l'eau se sépare.

Mondez 60 concombres, faisant environ 120 livres ; râpez-les et soumettez-les à la presse dans un seau percé de trous, dont l'intérieur aura été entouré d'un tissu de crin ; passez le suc à travers un tamis.

Dans une bassine étamée et d'une capacité convenable, pesez :

     Graisse préparée encore chaude et puisée à
     la surface, vingt-six livres............. 13,000 grammes.

Ajoutez le suc par tiers (pour ne pas trop refroidir la graisse et la voir se grumeler) ; agitez presque continuellement pendant 6 heures ; décantez le suc, remplacez-le par une nouvelle quantité et opérez comme la première fois ; enfin, renouvelez-le une troisième fois en opérant de même ; au bout de cela malaxez la pommade pour en séparer la majeure partie du suc ; mettez-la au bain-marie et chauffez en vase clos et sans remuer pendant deux heures.

On retirera alors le feu et on laissera reposer vingt-cinq minutes.

On enlèvera alors la couche de pulpe qui se sera formée à la surface du liquide, à l'aide d'une carte ou d'une écumoire, et on prendra le liquide avec un poêlon sans l'agiter pour ne pas mêler le fond ; on le coulera dans des pots.

Quand il ne restera plus que quelques livres de pommade, on laissera refroidir ; on la séparera du liquide et on la mettra avec celle qu'on préparera le lendemain, ou on la battra pour l'employer la première.

Pour livrer cette pommade au public, on lui fait subir l'opération suivante :

Pr. : Pommade, douze livres...................... 6,000 grammes.

Faites fondre à moitié dans une bassine étamée et battez pendant 2 heures avec une spatule de bois, absolument comme on bat la pâte de guimauve.

On l'enferme dans des pots en la prenant avec une large spatule et on fait couler dans le pot sans presser ; on frappe le dessous du pot avec la main pour ne pas laisser de cavités ; et on enlève à l'aide d'une spatule tout ce qui dépasse les bords du pot, on le frappe ensuite sur une table.

On ne doit battre que la quantité de pommade que l'on veut consommer dans un mois ; il faut en battre au moins 8 livres à la fois, sans quoi elle ne serait ni aussi grenue ni aussi légère.

L'opération commencée doit être terminée dans la journée, car le suc en contact avec la graisse s'acidifie et donne un produit de mauvaise qualité.

Les graisses doivent être préparées le même jour que le suc, car si on les préparait d'avance, on serait forcé de les refondre, et l'opération durerait aussi longtemps ; on ne doit employer que celles de première cuite, celles de la deuxième peuvent servir à d'autres usages.

Ce procédé est de M. Page.

MM. Henry et Guibourt opèrent de la manière suivante :

Pr. : Axonge............................... 4
Suif de veau........................... 1

Liquéfiez, ajoutez :

Suc de concombres....................... 3

On mêle et l'on malaxe bien avec les mains ; au bout de 24 heures on décante le suc et on le remplace par de nouveau suc que l'on change encore au bout de 24 heures; on répète jusqu'à dix fois cette opération; on fond ensuite la pommade au bain-marie et l'on y ajoute par livre 3 gros d'amidon, qui s'emparent de l'eau et la précipitent; on laisse déposer, on passe et on coule dans des pots.

M. Bouron, de Nantes, a donné la formule ci-après :

> Pr. : Concombres, quinze livres. .... 7,500 grammes.
> Alcool à 80ᶜ (31º Cart.), huit onces........ 250

Râpez les concombres, mettez-les avec l'alcool sur le diaphragme d'une cucurbite, et distillez jusqu'à ce que vous ayez obtenu ¼ livre de liqueur aromatique.

> Pr. : Axonge, quatre onces. .... 125 grammes.
> Blanc de baleine, demi-once................ 16
> Cire blanche, deux gros. 8
> Liqueur aromatique, un et demi à deux gros.. 6 à 8

Fondez les corps gras, coulez dans un mortier chauffé à l'eau bouillante, et n'ajoutez la liqueur aromatique que lorsque la pommade commence à se figer; triturez de nouveau et coulez chaud dans des pots.

Je rapporte ces procédés tels qu'ils ont été donnés par leurs auteurs; mais je ne les ai mis à exécution ni les uns ni les autres. Il ne faut pas perdre de vue que la grande difficulté n'est pas d'obtenir une pommade odorante, mais bien une pommade qui conserve son odeur jusqu'à l'année suivante.

DES GROSSULARIÉES.

Les baies dans cette petite famille ont un suc fade et douceâtre; il est acide dans le *Ribes rubrum* ou groseiller commun.

Dans le cassis (*Ribes nigrum*) le fruit, comme toute la plante, est recouvert par de petites glandes pleines d'un principe aromatique qui ne se trouve pas dans les autres espèces.

GROSEILLES.

(Ribes rubrum.)

Les groseilles sont les baies du *Ribes rubrum*, elles contiennent :

Acide citrique; acide malique; pectine; sucre; matière azotée; matière colorante.

SUC DE GROSEILLES.

On prend les groseilles avec leurs grappes, on les écrase avec la main sur un tamis de crin ou de laiton ; on y ajoute $1/10$ de leur poids de cerises aigres, que l'on écrase de même ; on met le marc à la presse, on descend le suc à la cave et on l'y laisse 24 heures ; au bout de ce temps, le tout est pris en une masse gélatineuse, que l'on verse sur une toile claire ou sur des tamis ; la majeure partie du suc s'écoule ; on extrait facilement le reste au moyen de la presse. J'ai trouvé en 1838 que ce suc marquait 7 degrés à l'aréomètre.

Ce procédé est de Piel des Ruisseaux, et il réussit parfaitement bien.

On a conseillé d'augmenter la quantité de cerises pour rendre la clarification du suc plus facile ; mais cette addition serait nuisible en ce que le suc prendrait une saveur trop prononcée de cerises.

On peut, si l'on veut, ajouter un poids de framboises égal au dixième du poids des groseilles, on évite alors la préparation du suc de framboises que l'on ajoute ordinairement lors de la préparation du sirop de groseilles. Les confiseurs font entrer dans la préparation du suc une certaine quantité de cerises noires pour donner une couleur plus foncée au produit.

On conserve d'ailleurs le suc obtenu par le procédé d'Appert. (*Voy.* page 81.)

On a employé et l'on emploie encore d'autres procédés qui ne valent pas le précédent.

On prend les groseilles mondées de leurs rafles, et on les fait fermenter avec leurs enveloppes jusqu'à ce que la fermentation ait éclairci le suc. Ainsi obtenu, le suc est moins agréable ; il conserve un goût vineux. En ajoutant aux groseilles $1/10$ de cerises rouges, on peut, au bout de 24 heures, en extraire le suc, et il n'est plus sujet à prendre la saveur vineuse ; mais je me suis assuré qu'il est plus agréable quand les groseilles ont été séparées de leurs enveloppes et des pepins.

M. Henry traitait de suite le suc par la méthode d'Appert, et ne le faisait fermenter qu'au moment de le convertir en sirop ; le suc ainsi obtenu est moins bon.

M. Robinet a conseillé de faire crever les groseilles sur un feu doux et de les pulper. Il ajoute au suc encore chaud 5 p. 100 de son poids de suc de cerises ; il porte le tout à la cave et il passe le suc après 36 heures de repos. Ce procédé donne un suc qui fournit un sirop plus visqueux et plus difficile à délayer dans l'eau.

SIROP DE GROSEILLES.

Pr. : Suc de groseilles......................... 16
Sucre blanc. 30

Faites un sirop par solution dans un matras de verre. Le sirop froid marque 37 degrés ; si l'on faisait l'opération dans une bassine où il y aurait évaporation, il faudrait diminuer un peu la quantité de sucre. On ajoute par livre 2 onces de sirop de framboises, à moins qu'on ne se soit servi de suc de groseilles framboisé.

GELÉE DE GROSEILLES.

On met sur le feu dans une bassine de cuivre les groseilles mondées de leurs rafles ; quand les grains sont crevés, on passe à travers un tamis de crin, en exprimant légèrement avec l'écumoire ; on ajoute au suc les trois quarts de son poids ou un poids égal au sien de sucre blanc, et l'on fait cuire rapidement en ayant soin d'écumer, jusqu'à ce qu'une partie de liqueur, mise sur une assiette, se prenne en gelée par le refroidissement. La gelée est plus agréable si l'on a ajouté aux groseilles $1/_{10}$ de framboises.

Pour cette préparation le suc de groseilles doit être obtenu extemporanément, parce que la pectine, ou matière gélatineuse doit y être conservée ; c'est elle qui donne à la gelée sa consistance. La chaleur employée à l'extraction du suc contribue à en augmenter la proportion.

On fait une gelée de groseilles très agréable en faisant fondre à froid une partie de sucre dans une partie du jus de groseilles obtenu également à froid ; on coule dans des pots un peu évasés que l'on place dans un lieu sec et aéré pour faciliter l'évaporation. Cette gelée, qui est fort agréable, ne se conserve pas longtemps.

DES OMBELLIFÈRES.

Les plantes de la famille des Ombellifères offrent un grand rapport dans leurs propriétés médicinales ; ce sont en général des végétaux aromatiques plus ou moins chargés d'huile volatile, qui leur donne une propriété excitante. Racines, tiges, feuilles, fruits, toutes ces parties sont chargées d'huile essentielle. Certaines espèces, dans les climats méridionaux, laissent exsuder de leurs tiges, soit spontanément, soit par suite d'incisions, des sucs gommo-résineux chargés également d'une huile essentielle. Une partie de ces sucs concrétés sont utilisés en médecine ; ce sont des excitants que l'on emploie à l'extérieur comme résolutifs et à l'intérieur comme de puissants expectorants pour combattre les catarrhes chroniques. La gomme-résine ammoniaque est celle dont on fait le plus habituellement usage, mais toutes les autres ont des propriétés semblables ; l'Assa-fœtida, par la fétidité de son huile essentielle, a une action spéciale sur le système nerveux, et on le considère comme l'un de nos plus précieux antispasmodiques.

Les racines des ombellifères, quand l'huile volatile y abonde, sont des excitants fort actifs. Telles sont les racines d'angélique, de ninsi, d'impératoire, de méum, de chervi, etc. L'huile volatile ne s'en sépare qu'avec difficulté, parce qu'elle est presque toujours associée dans ces racines à des matières huileuses ou résineuses qui la retiennent fortement. C'est ce mélange naturel qui constitue ce que l'on a appelé le baume d'Angélique ; c'est encore lui qui permet à une partie de ces racines de conserver leur arôme, même après qu'elles ont été soumises à une coction prolongée.

Les racines moins aromatiques de persil, de fenouil, de chardon-roland, de carottes, sont employées comme diurétiques, et les premières font partie des racines dites apéritives. Celles qui sont plus succulentes servent journellement de matière alimentaire ; la cuisson accroît en elle cette propriété en déchirant les cellules qui tiennent renfermée la matière gommeuse. On sait l'usage habituel que l'on fait de la carotte et du panais. On mange les tubercules du *Bunium bulbocastanum*, connus sous le nom de *terre-noix*. Vers Saumur et Angers on mange, sous le nom de *mechons* ou de *jouamettes*, les racines des *OEnanthe pimpinelloïdes* et *peucedanifolia*; aux environs de Santa-Fé de Bogota, on emploie comme alimentaire la racine de *Conium moschatum*.

Les feuilles médiocrement aromatiques du persil et du cerfeuil nous servent de condiment; un grand nombre d'autres espèces peuvent servir aux mêmes usages. Les tiges de l'angélique et de l'ache sont confites au sucre et sont employées comme stomachiques après avoir perdu une partie de leur âcreté; les tiges étiolées de l'ache sont encore alimentaires sous le nom de céleri. Dans le Roussillon on mange sous le nom de couscouilles les pousses étiolées du *Melopospermum cicutarium*.

Le fruit des ombellifères contient dans son intérieur une petite semence émulsive dont on a retiré et dont on retire une huile fixe; mais ils ont plus d'importance par la présence dans leur partie plus extérieure formée par le calice et le péricarpe, d'une proportion abondante d'huile volatile; celle-ci communique à ces fruits une odeur forte qui les fait rechercher comme aromates et qui les fait employer en médecine comme des excitants efficaces. Tous ont la même propriété; mais ils sont d'autant plus actifs que l'huile y est en plus forte proportion; les fruits d'anis, de coriandre, de fenouil, d'aneth, de cumin, d'angélique, sont les espèces les plus employées.

Au milieu de cette famille si remarquable par la similitude des propriétés des plantes qui la composent, se trouvent épars çà et là des genres à espèces vénéneuses, des espèces vénéneuses dans un même genre à côté d'autres espèces qui participent aux propriétés générales de la famille. Les ombellifères vénéneuses présentent la plus grande analogie par leur mode d'action; elles excitent le cerveau d'une manière spéciale, décident une perturbation dans le système nerveux, qui peut se borner à la production de quelques vertiges, mais qui peut aller jusqu'à causer la mort. Les espèces les plus connues sous ce rapport sont la ciguë officinale, la ciguë vireuse et la ciguë aquatique, l'*Æthusa cynapium*, ou petite ciguë; les *OEnanthe fistulosa, crocata et apiifolia*; le *Phellandrium aquaticum*; le *Sium latifolium*, et d'autres espèces. On a cru que ces qualités délétères se retrouvaient surtout dans les espèces qui naissent le pied dans l'eau; l'on a pensé que cette circonstance seule suffisait pour produire un tel résultat, mais on a été beaucoup trop loin ; il est vrai seulement que plusieurs des ombellifères vireuses sont des espèces aquatiques. La grande ciguë et la petite ciguë qui sont vénéneuses poussent dans des terrains secs, le *Daucus carotta*, l'*Ammi visnaga* qui ne sont qu'aromatiques, croissent dans les mêmes prés à côté des OEnanthes, qui sont délétères, sans acquérir, dans ces circonstances de terrain tout à fait semblables, aucune qualité nuisible.

RACINES.

Les espèces principales employées en médecine sont les racines de :

Angélique,	*Archangelica officinalis;*
Ache,	*Apium graveolens;*
Carotte,	*Daucus carotta;*
Chardon-roland,	*Eryngium campestre;*
Fenouil,	*Fœniculum officinale;*
Impératoire,	*Imperatoria ostruthium;*
Méum,	*Meum athamanticum;*
Persil,	*Petroselinum sativum.*

La racine d'angélique contient de l'huile volatile, une résine molle, de l'extractif, de la gomme, de l'amidon, de l'albumine (Brandes et Bucholz). La résine molle a été appelée baume d'angélique. C'est un mélange de résine et d'huile essentielle, qui a une consistance sirupeuse, une couleur brun noirâtre, une odeur fort agréable, une saveur âcre, amère et aromatique. Il suffit pour l'obtenir de faire un extrait alcoolique et de le laver avec de l'eau qui laisse le baume.

Les autres racines fortement aromatiques des ombellifères n'ont pas été analysées, mais il est probable qu'elles ont une composition analogue. Osanne et Wackenroder ont trouvé dans la racine de carotte une espèce de résine cristallisable (carotine); elle est d'un jaune rouge, insipide et inodore, insoluble dans l'eau, peu soluble dans l'alcool ; l'éther ne la dissout que lorsque dans l'état naturel elle est unie à l'huile grasse de la racine. La racine de carotte contient en outre, d'après l'analyse de M. Vauquelin, de l'albumine, ou plutôt cette matière azotée commune à plusieurs racines charnues et qui développe si aisément la fermentation

visqueuse, de la mannite, du sucre cristallisable, de l'acide malique et de l'acide pectique, et sans doute aussi de la matière gommeuse. La présence de la mannite a été attribuée à une altération ;
mais la découverte que M. Payen a faite d'une abondante quantité de ce principe dans les souches tuberculeuses du céleri-rave,
peut disposer à croire qu'à une certaine époque de la végétation
la mannite peut bien se rencontrer naturellement dans ces racines.

CONSERVATION.

Les racines sèches des ombellifères doivent être renouvelées
toutes les années, parce qu'elles perdent peu à peu une partie
de leur huile volatile ; elles sont d'ailleurs extrêmement sujettes
à être piquées par les insectes, et il est rare qu'elles passent l'année sans devenir leur proie.

ESPÈCES.

ESPÈCES DIURÉTIQUES.

(Espèces apéritives.)

Pr. : Racines sèches de fenouil.   1
    — —   petit houx.   1
    — —   ache.   1
    — —   asperge.   1
    — —   persil.   1

Incisez les racines et mélangez-les.

PULPES.

On emploie la pulpe de carotte, obtenue en râpant les racines
fraîches. On prétend qu'elle a produit de bons effets en application sur les cancers.

TISANES.

On les prépare toujours par infusion pour ne pas dissiper les
parties volatiles.

On prend 5 gros (20 grammes) de racine par litre d'eau.

Les tisanes de chardon-roland, de persil, de fenouil, de carottes,
sont employées comme diurétiques. La tisane de carotte se fait
avec les racines fraîches et par coction.

EXTRAITS.

On n'emploie guère que l'extrait de racine de persil ; on réduit la racine en poudre demi-fine, on l'humecte avec la moitié de son poids d'eau froide et on la lessive en ayant le soin de la tasser fort peu, car cette racine est visqueuse et ne laisserait pas l'eau s'écouler.

SIROPS.

On emploie rarement les sirops simples qui ont ces racines pour base. On les prépare comme le sirop d'hysope.

Les racines de persil, de fenouil et d'ache entrent dans la composition du sirop des cinq racines apéritives; il leur doit ses propriétés.

SIROP DES CINQ RACINES APÉRITIVES.

Pr. : Racines sèches d'ache, quatre onces. ...... 125 grammes.

— — persil, quatre onces. 125

— — fenouil, quatre onces...... 125

— — asperge, quatre onces..... 125

— — petit houx, quatre onces... 125

Sirop de sucre, sept livres et demie. 3750

On coupe les racines bien menues au moyen d'un couteau; on les met dans un bain-marie d'étain, et l'on verse dessus 2 litres ³/₄ d'eau bouillante. Au bout de douze heures, on jette sur une toile, on laisse couler sans expression, et l'on conserve la liqueur dans un lieu frais; on obtient ainsi un litre d'infusion concentrée; on remet les racines dans le bain-marie, et on fait une nouvelle infusion avec quatre litres d'eau. On passe avec une légère expression; on décante les liqueurs; on les mêle au sirop de sucre et l'on fait bouillir jusqu'à ce que le tout forme un sirop très concentré; on ajoute un quart de la première liqueur; on fait encore évaporer, et quand le tout ne pèse plus que 6 livres, on ajoute brusquement le reste de l'infusion aromatique et l'on passe.

L'objet que l'on se propose dans la manipulation précédente est de conserver dans le sirop la plus grande quantité des parties aromatiques des racines; à cet effet, on conserve une partie de l'infusion concentrée que l'on ne soumet pas à l'évaporation. J'ai vainement cherché à obtenir des liqueurs concentrées par lixiviation, ce qui donnerait le moyen de faire un sirop par simple solution; mais les racines apéritives sont trop mucilagineuses, et elles ne se prêtent pas à ce genre de traitement; force est donc, à cause de la forte dose de ces racines qui entre dans le sirop, de perdre une partie des principes aromatiques par l'évaporation des liqueurs.

TEINTURES.

Plusieurs racines d'ombellifères entrent dans la préparation de teintures alcooliques composées.

ALCOOLATS.

Les alcoolats simples dont les racines d'ombellifères sont la base, sont rarement employés; mais ces racines entrent dans la composition de plusieurs alcoolats composés.

FEUILLES ET TIGES.

Les feuilles et les tiges des ombellifères sont peu employées en médecine; on confit au sucre les tiges d'ache et d'angélique (*Voyez* pag. 265). On fait entrer le cerfeuil dans la préparation des sucs d'herbes; les feuilles du persil, appliquées sur les seins, sont un remède populaire pour dissiper les engorgements laiteux.

FRUITS.

Les espèces les plus employées sont :

Anis,	*Pimpinella anisum;*
Aneth,	*Anethum graveolens;*
Ammi,	*Sison ammi;*
Carvi,	*Carum carvi;*
Coriandre,	*Coriandrum sativum;*
Cumin,	*Cyminum cuminum;*
Daucus de Crète,	*Athamanta cretensis;*
Phellandrie,	*Phellandrium aquaticum.*

Tous ces fruits sont stimulants par l'huile volatile qu'ils contiennent; tous sont employés comme carminatifs.

ESPÈCES CARMINATIVES.

Pr.: Fruits d'anis. 1
   —   carvi. 1
   —   coriandre. 1
   —   fenouil. 1

Mêlez.

Dans l'étude que nous allons faire de ces semences, nous prendrons l'anis pour exemple. Les formules que nous rapporterons peuvent être appliquées à tous les autres fruits des ombellifères.

POUDRE D'ANIS.

Faites sécher l'anis à l'étuve et pulvérisez-le sans résidu.

La pulvérisation de l'anis et des autres fruits analogues, offre une circonstance remarquable. A mesure que l'on approche de la fin de l'opération, la matière devient de plus en plus difficile à réduire en poudre; cela tient à ce que le péricarpe chargé d'huile essentielle s'est pulvérisé le premier et qu'il ne reste plus pour ainsi dire que le périsperme corné de la semence. Bien que le périsperme reste odorant, parce qu'il a été pénétré par l'huile d'anis, je pense qu'il faut arrêter la pulvérisation quand tout le péricarpe a disparu. Cet effet est produit quand on a retiré les $^6/_8$ de la matière à l'état de poudre.

TISANE D'ANIS.

Pr. : Anis, deux gros......................   8 grammes.
Eau bouillante, deux livres.............   1000

Faites infuser.

Les autres fruits d'ombellifères donnent des tisanes analogues. On attribue à celle que fournit le fruit du *Phellandrium aquaticum* de bons effets dans le traitement de la phthisie pulmonaire.

TEINTURE D'ANIS.

Pr. : Anis.....................................   1
Alcool à 80° (31° Cart.)...................   4
F. S. A.

HUILE VOLATILE D'ANIS.

Pr. : Fruits d'anis...........................   Q. V.

F. S. A. (*Voy.* page 200.)

Il faut avoir le soin de tenir le serpentin tiède, parce que l'huile d'anis se solidifie facilement. L'essence d'anis est incolore; elle se fige à 10° et ne se liquefie qu'à 17°. Elle est soluble en toutes proportions dans l'alcool anhydre; mais l'alcool plus faible en dissout moins; le stéaroptène forme à peu près le quart du poids de l'huile; il est friable, moins volatil que la partie fluide. Il entre en fusion à + 20°.

On obtient par le même procédé que pour l'huile d'anis celles des autres semences des ombellifères.

L'essence de Fenouil est incolore ou jaunâtre. Elle se congèle en dessus à + 10°, son stéaroptène a la même composition que celui d'anis.

L'huile essentielle d'Aneth est d'un jaune pâle ; sa saveur est douce, puis brûlante ; sa densité n'est que de 0,881.

L'huile volatile de Carvi est jaunâtre ; sa densité est de 0,994. L'huile de Cumin est jaunâtre, très fluide, plus âcre que la précédente.

ÉLŒSACCHARUM D'ANIS.

Pr. : Essence d'anis, une goutte. . . . . 1 gutt.
Sucre blanc, un gros. . . . . 4 grammes.

Mêlez.

EAU DISTILLÉE D'ANIS.

Pr. : Anis. 1

Divisez l'anis au moulin, et distillez à la vapeur pour retirer 4 parties d'eau distillée.

ALCOOLAT D'ANIS.

Pr. : Anis. 1
Alcool à 56c (21° Cart.). 8

Retirez à la distillation 6 parties d'alcoolat.

GOMMES-RÉSINES.

Les gommes-résines des ombellifères employées en médecine sont :

La gomme ammoniaque, fournie par le *Dorema ammoniacum* (David Don) ;
Le galbanum, attribué au *Bubon galbanum* ;
L'opopanax, fourni par l'*Opopanax chironium* ;
Le sagapenum, attribué à un *Ferula* inconnu ;
L'assa-fœtida, qui découle des *Ferula assa-fœtida* et *orientalis*.

GOMME AMMONIAQUE.

La gomme ammoniaque est formée, suivant l'analyse de M. Braconnot, de :

Gomme, 18,4 ; *Résine*, 70,0 ; *Matière glutiniforme*, 4,4 ; *Eau*, 6,0 ; *Perte*, 1,2.

La matière résineuse est rougeâtre, transparente ; elle se ramollit par la seule chaleur de la main, et elle fond à 54°. Elle est très soluble dans l'alcool ; l'éther la sépare en deux résines, l'une qui se dissout, l'autre qui refuse de se dissoudre, mais qui est soluble dans les huiles grasses et dans les huiles volatiles.

La gomme ammoniaque est employée à l'extérieur comme résolutive, et à l'intérieur comme excitante dans le traitement de l'asthme et des catarrhes pulmonaires chroniques. On l'administre à la dose de 6 à 12 grains (3 à 6 décigrammes).

LAIT AMMONIACAL.

Pr. : Gomme ammoniaque, un gros............ 4 grammes.
Eau, une livre......................... 500

Triturez. On obtient une émulsion permanente ; mais il vaut mieux encore ajouter une certaine quantité de gomme ou de jaune d'œuf, qui s'oppose plus efficacement à la précipitation de la résine.

POTION INCISIVE.

Pr. : Gomme ammoniaque, douze grains. ...... 0,6 grammes.
Oximel scillitique, une once............ 32
Infusion d'hysope, quatre onces......... 125

On triture la gomme ammoniaque avec l'oximel, et l'on délaie peu à peu dans l'infusion (Codex de 1818).

PILULES DE GOMME AMMONIAQUE.

Pr. : Gomme ammoniaque pulvérisée, un gros. ..... 4 grammes.
Sirop de gomme......................... S. Q.

Divisez en 36 pilules.

On associe souvent dans les pilules la gomme ammoniaque à d'autres corps, tels que le sucre, le soufre, le soufre doré d'antimoine, le savon, la ciguë, l'opium, etc.

EMPLATRE DE GOMME AMMONIAQUE.

Pr. : Gomme ammoniaque.................... Q. V.
Alcool à 56° (21° Cart.)............... S. Q.

On divise la gomme ammoniaque à chaud dans l'alcool ; on passe avec expression, et l'on évapore en consistance convenable.

MM. Henry et Guibourt donnent la formule suivante :

Pr. : Cire jaune. 1
     Poix-résine. 1
     Térébenthine. 1
     Gomme ammoniaque purifiée. 2

On fait fondre, et on malaxe.

TEINTURE ALCOOLIQUE DE GOMME AMMONIAQUE.

Pr. : Gomme ammoniaque. 1
     Alcool à 80° (31° Cart.). 4

Faites macérer pendant 8 jours ; filtrez.

GALBANUM, OPOPANAX, SAGAPENUM.

Le Galbanum, d'après l'analyse de Meisner, est formé de :

Résine, 329 ; *Gomme*, 113 ; *Adragantine*, 9 ; *Acide malique*, 1 ; *Huile volatile*, 17 ; *Débris*, 14 ; *Perte*, 17.

L'huile volatile, quand on l'obtient par la distillation, prend d'abord une couleur jaune, et plus tard une couleur bleue. La résine est insipide ; elle ne se dissout bien que dans l'alcool fort, l'éther et les huiles fixes. Elle ne se dissout qu'à peine dans l'huile volatile de térébenthine. Elle se combine à la potasse .

L'Opopanax, d'après l'analyse de M. Pelletier, contient :

Résine, 4,2 ; *Gomme*, 33,4 ; *Ligneux*, 9,8 ; *Amidon*, 4,2 ; *Malate acide de chaux*, 2,8 ; *Matière extractive*, 1,6 ; *Cire*, 0,3 ; *Huile volatile et perte*, 5,9 ; *Caoutchouc, des traces*. ,

La résine d'opopanax est fusible à 50°. Elle est soluble dans l'alcool, l'éther et les alcalis.

Le Sagapenum, d'après l'analyse de Brandes, est formé de :

Résine, 50,29 ; *Huile volatile*, 3,73 ; *Gomme et sels*, 32,72 ; *Mucilage* (*bassorine*, Pelletier), 4,48 ; *Corps étrangers*, 4,3 ; *Eau*, 4,6 ; *Malate, sulfate et phosphate de chaux*.

L'huile volatile est d'un jaune pâle, très fluide, plus légère que l'eau, d'une odeur alliacée, d'une saveur amère. Elle paraît contenir deux huiles volatiles différentes, dont l'une, très fugace, se dissipe promptement au contact de l'air, et alors l'odeur alliacée a disparu, et elle a été remplacée par une odeur qui rappelle le camphre et la térébenthine. La résine du Sagapenum est aussi composée de deux résines différentes : l'une est insoluble dans l'éther ; elle est cassante, inodore et insipide, très soluble dans l'alcool et insoluble dans les huiles fixes et volatiles ; l'autre résine est molle ; sa saveur est amère et désagréable ; elle est soluble dans l'alcool et dans l'éther. Le chlore la colore en vert, puis en bleu. Elle se combine à la potasse. Elle se dissout très bien dans l'alcool, dans l'éther, dans les huiles, et même elle est un peu soluble dans l'eau.

Le galbanum, l'opapanax et le sagapenum ont des propriétés semblables à celles de la gomme ammoniaque, qu'on leur préfère toutefois, bien que celle-ci soit moins active. On les emploie sous les mêmes formes.

ASSA-FŒTIDA.

L'Assa-fœtida ou Asa-fœtida est un antispasmodique et un excitant énergique que l'on emploie à l'intérieur à la dose de quelques grains à ¹/₂ gros et sous des formes très diverses. Brandes a trouvé dans l'assa-fœtida :

Résine, 47,2; Gomme, 19,4; Huile volatile, 4,6; Substance résinoïde, 1,6; Adragantine, 6,4; Sels divers, 7,6; Extractif, 1,0; Impuretés, 4,6.

L'huile volatile est incolore. Sa saveur, d'abord fade, devient bientôt âcre et amère ; elle contient du soufre.

La résine de l'assa-fœtida rougit au contact de l'air. Elle est composée de deux résines différentes : l'une est d'un jaune foncé, cassante, insipide, très fusible ; elle est soluble dans l'alcool, dans les huiles fixes et volatiles et dans les alcalis ; elle refuse de se dissoudre dans l'éther ; elle ne forme qu'une petite partie de la résine d'assa-fœtida. L'autre résine est brune, verdâtre, cassante ; son odeur est aromatique ; sa saveur est amère et alliacée. Elle est soluble dans l'alcool, dans l'éther et dans les huiles. Le chlore la blanchit ; l'acide nitrique la change en acide oxalique et en acide mucique. L'acide sulfurique la dissout, et l'eau la précipite de cette dissolution.

PILULES D'ASSA-FŒTIDA.

C'est le mode d'emploi le plus habituel de l'assa-fœtida. Il évite aux malades le dégoût produit par la saveur et l'odeur fétides de l'assa-fœtida. Pour obtenir plus sûrement ce résultat, on recouvre les pilules d'une feuille d'argent.

L'assa-fœtida peut être ramolli par contusion et roulé en pilules sans intermède. Il vaut mieux cependant l'associer à quelque substance qui s'interpose entre ses parties, diminue leur cohérence, et donne aux pilules la facilité de se délayer dans les liquides de l'estomac; l'effet en est plus assuré. On associe à l'assa-fœtida des poudres inertes ou médicamenteuses; dans ce dernier cas, sur l'ordonnance spéciale du médecin.

ÉMULSION.

Ce mode d'administration de l'assa-fœtida est souvent employé. L'assa-fœtida, en raison du mélange naturel de gomme et de résine dont il est formé, donne par trituration avec l'eau une émulsion permanente qui devient la base de potions plus ou moins composées. On augmente artificiellement la proportion du principe gommeux par l'addition de la gomme arabique ou d'un jaune d'œuf : bien que cette addition ne soit pas indispensable, elle ajoute cependant à la permanence de l'émulsion.

LAIT D'ASSA-FŒTIDA.

Pr. : Assa-fœtida, un gros....................... 4 grammes.
     Eau, une livre.......................... 500

F. S. A. (Pharmacop. de Londres.)

POTION AVEC L'ASSA-FŒTIDA.

Pr. : Assa-fœtida, quinze grains.............. 0,8 grammes.
     Sirop de fleurs d'oranger, une once.......... 32
     Eau distillée de valériane, trois onces. 96
     Jaune d'œuf, demi-once. 16

F. S. A.

LAVEMENT AVEC L'ASSA-FŒTIDA.

Pr. : Assa-fœtida, un demi-gros à un gros........ 2 à 4 grammes.
     Eau commune, demi-livre................... 250
     Jaune d'œuf.......................... N° 1.

F. S. A.

TEINTURE ALCOOLIQUE D'ASSA-FŒTIDA.

Pr. : Assa-fœtida............................ 1
    Alcool à 80° (31° Cart.)..................... 4

Faites macérer pendant quelques jours et filtrez.

On fait entrer cette teinture dans des potions. Quand elle est en petite quantité, on la mêle d'abord au sirop, puis on ajoute successivement le véhicule aqueux ; quand la dose est forte, on bat la teinture dans un mortier avec un jaune d'œuf auquel on a ajouté un peu d'eau : c'est un moyen prompt et convenable pour diviser l'assa-fœtida.

TEINTURE ÉTHÉRÉE D'ASSA-FŒTIDA.

Pr. : Assa-fœtida............................. 1
    Éther sulfurique. 4

Faites macérer pendant quelques jours, décantez ou filtrez dans un entonnoir fermé.

TEINTURE FÉTIDE

(De la Pharmacopée de Londres.)

Pr. : Assa-fœtida........................... 1
    Alcool ammoniacal. 16

Faites digérer 24 heures, et distillez à siccité à la chaleur du bain-marie.

TEINTURE D'ASSA-FŒTIDA COMPOSÉE.

(T. de suie fétide.)

Pr. : Assa-fœtida, un gros...................... 4 grammes.
    Suie de bois, deux gros. 8
    Alcool à 56° (21° Cart.), trois onces.......... 96

Faites macérer pendant 8 jours, filtrez.

On l'emploie par gouttes comme antispasmodique contre les convulsions des enfants.

OMBELLIFÈRES VIREUSES.

La seule espèce employée est la ciguë, *Conium maculatum*.

CIGUE.

Brandes a cru trouver la matière active de la ciguë dans un produit qu'il a appelé *Conin*, et qui est évidemment un corps complexe. Cette matière se rapproche des résines par ses caractères les plus saillants. Le docteur Paris, en traitant par l'éther la ciguë vireuse, en a retiré une sorte d'extrait qu'il a considérée comme le principe actif, et qui nécessairement a des rapports de propriétés avec les résines. Ajoutons qu'en 1830, MM. Cormerais et Pihan Dufeuillay de Nantes, étudiant la composition de l'OEnanthe safranée (*OEnanthe crocata*), attribuèrent l'âcreté et les effets toxiques de cette plante à une résine, en même temps qu'ils s'assurèrent que la partie volatile était une huile essentielle tout à fait inerte. Cependant Giesecke, et plus tard Geiger, sont arrivés à des résultats plus précis; ils ont reconnu que les propriétés toxiques de la ciguë sont causées par la présence d'une base alcaline organique, qu'ils ont nommée *cicutine*.

Elle a depuis été étudiée par MM. Henry, Boutron et Christison, et elle a reçu le nom de conicine. C'est une matière très vénéneuse qui appartient à la classe des alcalis organiques : suivant M. Liebig, elle serait formée de :

Carbone.	66,91
Hydrogène.	12
Oxigène.	8,28
Azote.	12,80

La conicine est liquide, d'apparence huileuse, d'une couleur jaunâtre. Sa saveur est extrêmement âcre; son odeur tient à la fois de la ciguë, du tabac et de la souris; sa densité est moindre que celle de l'eau. Elle bout à 189°. L'eau la dissout en petite quantité, elle est au contraire soluble en toutes proportions dans l'alcool et l'éther. Ses dissolutions ramènent au bleu le papier rougi de tournesol. Elle sature les acides et forme des sels cristallisables avec les acides sulfurique, phosphorique, nitrique et oxalique. Les sels de conicine sont solubles dans l'eau et dans l'alcool; le tannin les précipite; quand on les évapore ils perdent une partie de leur base qui se sépare et se volatilise.

La conicine est très altérable. Au contact de l'air, elle donne naissance à de l'ammoniaque et à une matière résineuse; même à la température ordinaire, en quelques jours elle éprouve cette transformation. Les sels de conicine éprouvent le même genre d'altération, suivant Geiger.

La cicutine a été retirée des feuilles de ciguë; mais elle se trouve en proportion plus grande dans les semences.

Pour obtenir la cicutine, on distille les semences de ciguë

avec de la potasse caustique en dissolution étendue aussi long-temps que le produit de la distillation conserve de l'odeur. On sature la liqueur distillée avec de l'acide sulfurique, et on évapore en sirop. On ajoute au produit un mélange de 2 parties d'alcool et 1 partie d'éther, tant qu'il se précipite du sulfate d'ammoniaque, et l'on retire l'alcool par la distillation. On met le résidu dans une cornue avec une dissolution de potasse caustique très concentrée, et l'on distille de nouveau.

La cicutine est alors à l'état d'hydrate ; on l'obtient anhydre en la distillant sur du chlorure de calcium. Souvent elle retient de l'ammoniaque. On l'en débarrasse en la laissant dans le vide, ou par le procédé de MM. Boutron et Henry, qui consiste à la traiter par un peu de chlore liquide, qui décompose l'ammoniaque sans toucher à la cicutine.

La cicutine existe dans la plante à l'état salin. Elle subit une décomposition à mesure que la ciguë avance en âge et qui continue après sa récolte ; elle devient manifeste quand la plante a été conservée depuis longtemps.

RÉCOLTE ET CONSERVATION DE LA CIGUË.

La ciguë doit être récoltée lorsque la tige est déjà développée et que les fleurs ont commencé à s'épanouir. Plus tard les sucs de la plante seraient attirés en abondance vers les organes de la reproduction, au détriment des propriétés médicinales des feuilles et de la tige. Les feuilles bien mondées doivent être desséchées aussi rapidement que possible. Si la couleur verte et l'odeur de la plante sont bien conservées, c'est l'indice certain d'une bonne dessiccation. Un kilogramme de ciguë fraîche donne un peu moins de 200 grammes de ciguë sèche. En faisant l'opération sur des feuilles mondées avec soin, la perte est des cinq sixièmes.

§ I. PRÉPARATIONS QUI CONTIENNENT TOUTE LA SUBSTANCE DE LA CIGUË.

POUDRE DE CIGUË.

On pulvérise la ciguë par contusion dans un mortier, en ayant soin d'arrêter la pulvérisation aux $^3/_4$.

J'ai pris des feuilles de ciguë mondées, et je les ai pulvérisées en m'arrêtant quand il est resté un quart du poids en résidu. J'ai essayé comparativement quelle quantité d'extrait sec donnait

un poids égal de poudre et de résidu épuisés par l'alcool à 56ᶜ :
ils ont donné sensiblement la même quantité d'extrait. La poudre
que l'on peut obtenir en arrêtant aux $^3/_4$ la pulvérisation de la ciguë
non mondée, est à peine différente de celle que donnent les feuilles
mondées de ciguë pilées sans résidu, et l'on peut sans erreur
sensible admettre que la poudre de ciguë correspond à son propre
poids de ciguë sèche mondée.

La poudre de ciguë bien préparée doit être d'un beau vert et
avoir une odeur très prononcée.

On l'administre seule à l'état de poudre ou après lui avoir
donné la forme pilulaire. On l'associe d'ailleurs à une foule d'autres médicaments, suivant l'indication médicale.

CATAPLASME DE CIGUE.

```
Pr. : Ciguë en poudre, une once. . . . . . . . . . . . . . .   32 grammes.
      Farine de lin, une once. . . . . . . . . . . . . . . .   32
      Eau, six onces. . . . . . . . . . . . . . . . . . . .  192
```

Faites un cataplasme à une douce chaleur (Henry et Guibourt).

```
Pr. : Poudre de ciguë. . . . . . . . . . . . . . . . . . .   Q. V.
      Eau. . . . . . . . . . . . . . . . . . . . . . . . .   S. Q.
```

Faites digérer au bain-marie (Swediaur).

§ II. PRODUITS PAR L'EAU.

Le sel naturel de conicine est soluble dans l'eau, et se retrouve
dans le suc de la plante et dans le liquide qui résulte du traitement de la ciguë sèche par l'eau.

SUC DE CIGUE.

On l'obtient en écrasant la plante et l'exprimant fortement.
On peut le dépurer par filtration. Il n'est presque jamais employé
à l'état d'isolement, mais il sert à faire d'autres préparations.

EXTRAIT DE CIGUE.

On prépare l'extrait de ciguë par des procédés très différents
les uns des autres, dont les produits doivent être distingués avec
soin, car ils ne sont pas également actifs. Le médecin qui les
prescrit doit indiquer avec la plus grande attention la nature de
l'extrait dont il entend faire usage.

Extrait de ciguë avec le suc dépuré.

On clarifie du suc de ciguë en le soumettant à la chaleur du bain-marie ; on le passe à travers un filtre de laine, et on le fait évaporer à une douce chaleur en consistance d'extrait.

Plusieurs praticiens considèrent cet extrait comme moins actif que les autres ; serait-ce comme le pense M. Christison, que le sel naturel de conicine se serait détruit pendant l'évaporation ? Ce chimiste pense que la décomposition se produit surtout au moment où l'extrait a acquis la consistance d'un sirop.

L'extrait de ciguë avec le suc dépuré a été adopté par le Codex ; il doit être donné toutes les fois qu'une prescription spéciale n'en indique pas positivement un autre.

Extrait de ciguë avec le suc non dépuré.

On écrase la ciguë, on l'exprime d'abord entre les mains, puis à la presse, on passe le suc à travers une toile pour le débarrasser des débris de la plante. On le distribue, tout trouble encore, dans des assiettes, et on l'amène en consistance d'extrait, par évaporation, dans une étuve chauffée de 35 à 40 degrés. La seule condition à remplir est de ne pas faire la couche de suc trop épaisse ; vingt-quatre heures suffisent à l'évaporation ; le produit possède à un haut degré l'odeur de la ciguë.

On préparait cet extrait en évaporant le suc à la chaleur du bain-marie. Il y avait alors coagulation de l'albumine, peut-être altération ou soustraction d'une partie du principe actif. Il est certain, du moins, que l'extrait ne peut rien gagner à cette coagulation, et qu'il n'est nullement comparable, par ses caractères, à l'extrait desséché à l'étuve.

Extrait de ciguë par l'eau.

On humecte la poudre de ciguë avec la moitié de son poids d'eau ; après deux heures de contact, on tasse modérément la poudre dans un appareil de lixiviation et on lessive, avec de l'eau à 20 degrés ; on évapore au bain-marie en consistance d'extrait.

Les extraits de ciguë, préparés par ces différents procédés, ne sont pas identiques et ne peuvent être donnés les uns pour les autres. Il est à peu près impossible d'établir entre eux une comparaison exacte ; voici cependant des données qui permettent d'énoncer quelques rapports approximatifs.

100 parties de feuilles de ciguë mondées et sèches, épuisées par l'eau distillée, m'ont donné 42 parties d'extrait de consistance ferme.

100 parties d'extrait de ciguë, préparé à l'étuve avec la feuille verte étant repris par l'eau, m'ont donné 56 parties d'extrait de consistance ferme.

On peut admettre en outre que l'extrait obtenu avec le suc dépuré et par le traitement de la plante sèche au moyen de l'eau, sont peu différents.

En partant de ces données, on arrive aux rapports suivants :

1 partie d'extrait de suc dépuré représente :	1,00 extrait par l'eau.
	1,78 extrait de suc non dépuré.
	2,38 poudre de ciguë.
1 partie d'extrait de suc non dépuré représente :	0,56 extrait de suc dépuré.
	0,56 extrait par l'eau.
	1,33 poudre de ciguë.
1 partie poudre de ciguë représente :	0,42 extrait de suc dépuré.
	0,42 extrait par l'eau.
	0,75 extrait de suc non dépuré.

L'extrait de ciguë est une des préparations les plus usitées. On l'emploie sous forme de pilules, en y ajoutant une poudre inerte, de la poudre de ciguë ou quelque autre substance médicamenteuse.

§ III. PRODUITS PAR L'ALCOOL.

L'alcool dissout bien le sel naturel de conicine. Il se charge de la chlorophylle et de la matière résineuse que Brandes considérait comme la partie active de la plante.

EXTRAIT ALCOOLIQUE DE CIGUE.

On réduit la ciguë en poudre ; on l'humecte avec la moitié de son poids d'alcool à 56°; on la tasse entre 2 diaphragmes dans l'appareil à lixiviation et, après douze heures, on la lessive avec 3 parties d'alcool à 56°. Quand la dernière portion d'alcool a pénétré dans la poudre, on recouvre celle-ci avec de l'eau et l'on arrêté l'écoulement aussitôt que la liqueur qui tombe trouble les premières liqueurs obtenues.

M. Fouquier a reconnu l'efficacité de l'extrait alcoolique de ciguë. Nous allons voir que cet extrait doit être plus actif que les précédents ; d'abord il a pour lui les chances favorables qui résultent d'une évaporation moins longtemps prolongée des liqueurs au contact de l'air. En outre, en se basant sur les quantités relatives d'extrait fournies par la ciguë mondée, épuisée par l'eau et l'alcool à 56c, on arrive aux rapports suivants :

1 partie extrait alcoolique représente :

4,00	ciguë sèche.
4,00	poudre de ciguë.
1,68	extrait de suc dépuré.
1,68	— aqueux.
3,00	— de suc non dépuré.

L'extrait alcoolique de ciguë est la base de l'emplâtre de ciguë préparé suivant l'excellente formule donnée par M. Planche. Cet emplâtre est incontestablement supérieur à l'emplâtre préparé suivant l'ancienne formule (*Voyez* page 567).

EMPLATRE DE CIGUE DE PLANCHE.

Pr. : Extrait alcoolique de ciguë..................... 9
    Résine élémi purifiée...................... 2
    Cire blanche. 1

On fait liquéfier la résine et la cire à une douce chaleur, et l'on ajoute l'extrait qui s'incorpore facilement. Cet emplâtre est fort actif, car il contient les $^3/_4$ de son poids d'extrait de ciguë.

TEINTURE ALCOOLIQUE DE CIGUE.

Pr. : Ciguë sèche. 1
    Alcool à 56c (21° Cart.)................... 4.

Faites macérer pendant 15 jours, passez avec expression ; filtrez.

1 partie de teinture représente :

0,23	ciguë sèche.
0,23	poudre de ciguë.
0,06	extrait alcoolique.

ALCOOLATURE DE CIGUE.

Pr. : Ciguë fraîche contusée..................... 1
    Alcool à 86c (34° Cart.)................... 1

Faites macérer pendant 15 jours, passez avec expression, et filtrez.

1 gros alcoolature représente :   6 grains ciguë sèche.
                                  1 grain et demi extrait alcoolique.

§ IV. PRODUITS PAR L'ÉTHER.

Pr. : Ciguë sèche pulvérisée........................... 1
      Éther sulfurique.............................. 4

Préparez par lixiviation.

§ V. PRODUITS PAR LES CORPS GRAS OU RÉSINEUX.

L'usage a consacré l'emploi de plusieurs préparations qui résultent de l'action des corps gras ou du mélange des corps gras et résineux sur la ciguë. Le sel de cicutine fait-il réellement partie de ces préparations?

HUILE DE CIGUE.

Pr. : Ciguë contusée. 1
      Huile d'olives.............................. 2

On fait cuire sur un feu doux jusqu'à ce que toute l'eau de végétation de la ciguë soit dissipée. On fait digérer encore quelque temps à une douce chaleur ; on passe avec expression, et l'on purifie le produit par le repos ou la filtration.

POMMADE DE CIGUE.

Pr. : Ciguë contusée. 1
      Axonge.................................. 4

On fait cuire jusqu'à consomption de l'humidité ; on passe avec expression, et l'on sépare les fèces. Cette pommade est employée dans le pansement des ulcères scrofuleux.

EMPLATRE DE CIGUE.

Pr. : Résine de pin, quinze onces............. 470 grammes.
      Poix de Bourgogne, sept onces........... 220
      Cire jaune, dix onces................... 320
      Huile de ciguë, deux onces. 64
      Feuilles fraîches de ciguë, deux livres....... 1000
      Gomme ammoniaque, huit onces......... 250

On fait liquéfier les matières fusibles, et l'on ajoute la ciguë

contusée; on fait cuire jusqu'à évaporation de toute l'eau de végétation; on passe à la presse; on laisse refroidir, et l'on sépare les
fèces. Cela fait, on liquéfie de nouveau la masse emplastique, et
l'on y incorpore la gomme ammoniaque dissoute dans l'alcool
à 56° et évaporée en consistance d'extrait.

On a proposé bien des modifications à cette formule; le grand
reproche qu'on lui fait est de faire perdre une grande partie de la
masse qui reste engagée dans le marc de ciguë; mais on a bien
exagéré cet effet. J'ai reconnu, en traitant ce marc par l'essence
de térébenthine, que la quantité perdue ne s'élevait pas au-delà
de deux centièmes et demi de la masse totale. Aussi, je n'hésite
pas à donner la préférence à ce procédé, qui donne un emplâtre
d'une belle couleur verte.

Van Mons remplace la ciguë par la fécule verte; mais nous ne
savons pas si cette fécule a les propriétés de la plante.

M. Boullay a conseillé de faire fondre la gomme ammoniaque
en larmes, et d'y incorporer l'emplâtre ordinaire de ciguë; mais
la gomme ammoniaque se fond très mal.

M. Caventou fait cuire la ciguë avec l'huile jusqu'à consomption de l'humidité, et il ajoute la gomme ammoniaque avec les
autres substances résineuses.

M. Guibourt, à l'instar de quelques pharmacopées étrangères,
remplace la ciguë fraîche par de la poudre de ciguë, qu'il fait
chauffer avec l'huile de ciguë et la cire, pour faciliter la dissolution de la chlorophylle.

M. Hubert, de Caen, fait macérer la ciguë pulvérisée dans de
l'alcool, et après quarante-huit heures de contact, il l'ajoute aux
résines fondues. Il chasse l'alcool par quelques bouillons, et il
ajoute en même temps que la poix blanche la gomme ammoniaque
fondue avec l'huile de ciguë; mais l'emplâtre ainsi obtenu n'est
pas d'une belle couleur : il est d'un vert foncé peu agréable.

Si l'on veut réformer la formule du Codex, le mieux est de s'en
tenir à celle qui a été donnée par M. Planche, et qui donne un
médicament bien supérieur. Il faut seulement se rappeler que,
pour cette raison même, on ne peut s'en servir indifféremment,
pour remplacer l'emplâtre de ciguë du Codex.

DES CAPRIFOLIACÉES.

Les Caprifoliacées sont des plantes dont les propriétés médicinales n'ont souvent pas d'analogie entre elles.

Dans les *Lonicera*, l'écorce est astringente; au Chili, on se sert pour teindre en noir, de celle du *Lonicera corymbosa*.

Les sureaux sont remarquables par leur fétidité. Le liber du sureau commun est purgatif et vomitif; il en est de même de l'écorce de la racine : ses feuilles ont une propriété semblable, mais moins développée. Ses fleurs odorantes sont réputées sudorifiques; ses baies sont employées au même usage, et peut-être sont-elles purgatives. L'Hyèble (*Sambucus ebulus*) a absolument les mêmes propriétés que le sureau, et aux États-Unis, on remplace l'un et l'autre par le *Sambucus canadensis*. Le *Triostemum perfoliatum*, de l'Amérique septentrionale, a également des racines purgatives qui sont émétiques à plus haute dose. On dit que l'écorce du *Viburnum lantana* est vésicante.

Les fruits des caprifoliacées sont peu agréables : on en mange quelques-uns dans les climats peu favorisés. Ainsi les Russes mangent les fruits du *Viburnum lantana*, et en Sibérie, on fait le même usage de ceux du *V. opulus*; on dit que les fruits du *V. tinus* sont purgatifs.

CHÈVREFEUILLE.

(Lonicera caprifolium.)

Les feuilles du chèvrefeuille sont employées en infusion pour gargarismes astringents. Les fleurs servent à la préparation d'un sirop que l'on dit cordial, et que l'on conseille contre la toux et contre l'asthme.

SIROP DE CHÈVREFEUILLE.

Pr. : Fleurs récentes de chèvrefeuille.............. 1
Eau bouillante........................... 2
Sucre blanc.............................. S. Q.

On passe avec expression l'infusion des fleurs; on laisse déposer et on filtre : on ajoute à la liqueur le double de son poids de sucre blanc, et l'on fait un sirop par simple solution au bain-marie.

SUREAU.

(Sambucus nigra.)

Le sureau fournit à la médecine moderne ses fleurs, ses fruits, l'écorce de sa tige, et plus souvent encore celle de sa racine.

FLEURS DE SUREAU.

Elles ont une réputation populaire comme sudorifique, et c'est souvent comme telle que leur infusion est employée par les médecins. La dose est de 1 gros (4 grammes) de fleurs sèches par litre. On s'en sert aussi en fomentations résolutives. On porte alors la dose de fleurs de 2 gros $\frac{1}{2}$ à 3 gros (10 à 12 grammes). On en fait des cataplasmes pour le même objet. Dans leur état de fraîcheur, ces fleurs ont une odeur nauséeuse, qui devient plus forte, mais plus agréable, par la dessiccation.

L'eau distillée de fleurs de sureau est souvent la base de collyres résolutifs.

EAU DISTILLÉE DE SUREAU.

Pr.: Fleurs sèches de sureau.................. Q. V.

Retirez à la distillation à la vapeur quatre fois le poids des fleurs employées.

On peut aussi préparer l'eau de sureau avec la fleur fraîche.

On donne généralement la préférence à l'eau de sureau faite avec la fleur sèche ; mais quand on compare les deux produits, ils sont si peu différents , qu'on n'a pas réellement de raison pour préférer l'un à l'autre. La seule raison que l'on puisse donner de la préférence accordée à la fleur sèche de sureau, c'est que l'on est plus habitué à son odeur.

Suivant Gleitzmann, l'eau de sureau contient beaucoup d'ammoniaque, et elle précipite abondamment le sublimé corrosif et l'acétate de plomb.

BAIES DE SUREAU.

Les baies de sureau servent à la préparation d'un rob qui est employé comme sudorifique à la dose de 1 à 2 gros (4 à 8 grammes), mais qui purge quelquefois; elles contiennent de l'acide malique et peu d'acide citrique, du sucre, de la gomme, une matière colorante rouge, qui passe au bleu par les alcalis, et au vert, par une proportion d'alcali plus forte. On les emploie comme sudo-rifiques ; mais on ignore à quel principe elles doivent cette pro-priété.

EXTRAIT DE SUREAU.

(Rob de sureau.)

On écrase les baies de sureau dans les mains, pour ne pas bri-ser les semences ; on chauffe le suc au bain-marie, on le passe à la chausse, et on l'évapore en consistance d'extrait.

Quelques pharmacopées ajoutent du sucre à cette préparation. Cet usage n'est pas suivi en France : il est peu utile, car le sucre ne suffit pas pour rendre ce médicament agréable. On emploie le rob du sureau comme sudorifique, à la dose de $1/2$ gros à 2 gros (2 à 8 grammes).

VINAIGRE DE SUREAU.

Pr. : Fleurs sèches de sureau. ....,..... 1
Vinaigre............................ ,....... 12

Faites macérer pendant 8 jours ; passez avec expression ; filtrez.

ÉCORCE DE SUREAU.

C'est la seconde écorce de la racine qui est employée, et les auteurs s'accordent à la préférer dans son état de fraîcheur. Ce médicament a été remis en honneur par M. Martin Solon, comme éméto-cathartique, pour dissiper les accidents de l'ascite.

SUC D'ÉCORCE DE SUREAU.

On prend les racines de $1/2$ pouce à un pouce de diamètre, de préférence ; on les dépouille du tissu cellulaire extérieur et de l'épiderme, en les frottant avec un linge rude ; on enlève ensuite toute la partie charnue, et on la pile dans un mortier ; on passe et on filtre. Le suc est d'une couleur brun rougeâtre, d'une sa-veur douceâtre, d'une odeur fade, un peu nauséeuse. La dose est de 1 à 2 onces (32 à 64 grammes), que l'on prend en une fois. Il n'inspire pas de dégoût au malade, et son action est aussi éner-gique qu'innocente.

L'Hyèble, *Sambucus ebulus*, est employé aux mêmes usages que le sureau, et sous les mêmes formes. Il est plus rarement usité.

DES RUBIACÉES.

La famille des Rubiacées est l'une des plus remarquables du règne végétal, par l'importance des produits qu'elle fournit à la médecine et aux arts. Il suffit de dire que les quinquinas, le café, l'ipécacuanha et la garance proviennent de cette famille. Quand on vient à chercher les rapports que ces plantes présentent dans leurs propriétés médicales, on s'aperçoit qu'il est difficile de suivre leurs analogies ou leurs différences. Le même organe se présente dans des individus voisins chargés de principes qui ne paraissent avoir aucune ressemblance, tandis que chez des espèces très séparées dans la famille, on trouve au contraire une similitude d'action.

Les feuilles et les fleurs des rubiacées sont peu connues, quant à leurs propriétés. Dans l'Inde, on emploie sous le nom de *Schetti*, les feuilles de l'*Ixora coccinea* comme stimulantes, celles de l'*Ophiorhiza mungos*, contre la morsure des serpents à sonnettes. Au Brésil, quelques espèces de *Palicourea*, et en particulier le *P. speciosa*, sont employées contre les maladies de la peau et la syphilis, et on les accuse d'être vénéneuses à haute dose. Nos rubiacées indigènes sont presque inertes; les sommités fleuries du caille-lait blanc et du caille-lait jaune sont légèrement diaphorétiques; on se sert de ce dernier pour aromatiser le fromage de Chester.

Les écorces du quinquina sont justement célèbres par leurs propriétés fébrifuges. On sait qu'elles sont fournies par plusieurs espèces du genre Cinchona, sans que l'on puisse encore dire avec certitude à quelle espèce botanique correspond telle espèce commerciale. Quant à leur composition chimique, les quinquinas gris, jaune et rouge, sont remarquables par la présence de deux alcalis organiques, en lesquels réside la propriété antifébrile des écorces. La quinine a été retrouvée depuis par Kuhlmann, dans un quinquina différent, dont l'origine est encore inconnue : elle a été retrouvée avec la cinchonine, par M. Coxe, dans le quinquina de Virginie, fournie par le *Pinkneya pubens*. MM. Pelletier et Caventou ont annoncé l'avoir trouvée unie à la cinchonine dans le quinquina carthagène (*Portlandia hexandra*), mais associée en outre à une masse de matière colorante, qui rend leur extraction plus difficile. Depuis, Gruner assure y avoir trouvé un alcali différent, qui cristallise en aiguilles fines, et qui est bien moins soluble dans l'éther que la quinine ; il donne, avec l'acide sulfurique, un sel qui a la saveur de l'aloës, et qui cristallise en prismes quadrangulaires. La capacité de saturation de cet alcali est plus grande que celle de la quinine et de la cinchonine. MM. Corriol et Pelletier ont trouvé aussi dans une variété de quinquina carthagène, quinquina de *Cusco* ou d'*Arica*, une base différente de la quinine et de la cinchonine, qu'ils ont appelée Aricine. Elle se distingue en ce que la dissolution aqueuse de son sulfate, saturée et bouillante, se prend en gelée tremblante par le refroidissement, et prend un aspect corné par la dessiccation. Au contraire, la dissolution alcoolique cristallise en aiguilles soyeuses. L'aricine est formée de 40 pp. de carbone (90,9) ; 24 pp. d'hydrogène (6,9) ; 6 pp. d'oxigène (13,9) ; 2 pp. d'azote (8,3).

Elle prend une couleur verte par l'acide nitrique concentré.

Dans le quinquina nova, MM. Vinckler et Buchner jeune, ont trouvé la salseparine avec tous les caractères qu'elle possède dans la salsepareille. Elle avait été, sous le nom d'amer Kinovique, considérée comme un principe spécial du quinquina nova. Le quinquina jaune royal en contient également.

Le rouge cinchonique, qui abonde dans les quinquinas officinaux, a été retrouvé avec quelques modifications dans ses caractères, par MM. Pelletier et Caventou, dans les quinquinas carthagène et nova, par M. Kuhlmann dans une autre espèce de quinquina, et par M. Henry dans l'écorce de Paraguatan (*Condaminea tinctoria*). Beaucoup d'autres espèces, la plupart mal déterminées, et appartenant presque toutes à la tribu des Cinchonées, sont employées comme amères, toniques ou astringentes ; par exemple : l'écorce du *Remijia ferruginea*, du Brésil ; du *Cinchona excelsa*, des Indes ; de l'*Exostema Caraïbæa*, ou quinquina caraïbe ; de l'*Antirrhœa verticillata*, de l'Ile-Bourbon ; du *Mussinda stadtmanni* ou *Bela-Ayé*, de l'Ile-Maurice.

Le *Cinchona laccifera*, du Pérou, dont l'écorce donne un suc rouge, qui a reçu le nom de laque cinchonique, et le Kino d'Afrique, qui s'écoule de l'*Uncaria gambir*, ont une extrême analogie avec les substances précédentes. Le quinquina piton (*Exostema floribunda*) s'en éloigne par ses propriétés vomitives.

Un assez grand nombre de racines, dans les rubiacées, sont

vomitives. Les ipécacuanhas du commerce, le gris (*Cephœlis ipecacuanha*), le brun (*Psychotria emetica*), et le blanc (*Richardsonia brasiliensis*), appartiennent à des sections différentes de cette famille ; on retrouve des racines qui ont des propriétés analogues dans d'autres tribus encore. Les *Spermacoce ferruginea et Poaya*, du Brésil ; le *S. verticillata*, de la Jamaïque ; le *Gardenia dumetorum*, de l'Inde, sont employés comme vomitifs. On se sert contre l'hydropisie, au Brésil, du *Manettia cordifolia*, qui est vomitif et purgatif à plus haute dose ; telles sont encore les propriétés des *Chiococca racemosa* et *Anguifuga*, employés sous le nom de *Caïnça, Cainhana* ; du *Pavetta indica*, du Malabar ; du *Morinda roioc*, de l'Inde.

L'analyse a démontré la présence dans les ipécacuanhas, d'un alcali végétal, l'émétine, auquel sont dues les propriétés vomitives. Dans le *Caïnça*, c'est au contraire un acide, l'acide caïncique, qui est le principe actif. On ignore la composition des autres racines.

Les racines des rubiacées sont plus importantes encore par les matières colorantes qu'elles fournissent aux arts. Au premier rang se présente la garance (*Rubia tinctorum*), dont la teinture fait une énorme consommation ; puis le Munjith de l'Inde (*R. munjista*) ; le Chaya-ver (*Oldenlandia umbellata*) ; la garance relbrun de la Chine (*R. relbrun*) ; le *Danaïs fragrans*, de Madagascar : une multitude de plantes appartenant aux genres *Morinda, Gardenia, Hedyotis, Genipa, Palicourea*, etc., et jusqu'aux *Galium* de nos climats. L'analyse chimique de ces diverses racines est encore imparfaite ; les chimistes qui s'en sont occupés sont peu d'accord entre eux. M. Robiquet, qui a concouru beaucoup à étendre nos connaissances à ce sujet, admet dans le Munjith une matière colorante particulière, qu'il a nommée purpurine ; dans le Chaya-ver, une autre matière colorante, l'alizarine ; et dans la garance, la réunion de ces deux matières différentes.

Les fruits des rubiacées qui appartiennent à des tribus à fruits charnus ont seuls quelque emploi ; ce sont généralement des baies acidules comestibles. On mange celles des *Genipa americana* et *Marianæ* ; du *Catesbœa spinosa* ; de l'*Hamelia patens*, des Antilles ; du *Vangueria edulis*, de Madagascar. On fait un rob diurétique avec les fruits du *Randia latifolia* des Antilles ; les fruits des *Palicourea* sont plus actifs, puisqu'au Brésil, ceux de plusieurs espèces servent à empoisonner les souris, sous le nom d'*Ervo do Rato*.

Les graines du genre *Coffea* sont seules usitées. Le café est celle du *Coffea arabica*; on cultive près de Mozambique le *C. zanguebariæ*; le *C. mauritiana* ou café sauvage, de l'Ile-Bourbon, est employé sous le nom de café marron; au Pérou, on se sert des graines du *C. racemosa*. Les propriétés du café ne paraissent même pas être concentrées dans un seul genre, puisque les semences du *Psychotria herbacea* fournissent aux Nègres une boisson de saveur analogue. On sait encore que M. de Jussieu a montré que les graines de notre grateron (*Galium aparine*) sont le meilleur succédané du café.

QUINQUINA.

On distingue trois espèces principales de quinquina officinal :

Le quinquina gris, attribué au *cinchona condaminea*;
Le quinquina jaune, attribué au *cinchona cordifolia*;
Le quinquina rouge, attribué au *cinchona oblongifolia*;

sans que toutefois les espèces botaniques auxquelles il faut rapporter les écorces du commerce soient encore bien déterminées.

Suivant MM. Pelletier et Caventou, les quinquinas contiennent :

	Quinquina gris.	Quinquina jaune.	Quinquina rouge.
Kinate de quinine;	+	+	+
— cinchonine,	+	+	+
Rouge cinchonique soluble,	+	+	+
— — insoluble,	+	+	+
Matière colorante jaune,	+	+	+
— grasse verte,	+	+	+
Kinate de chaux,	+	+	—
Amidon,	+	+	+
Gomme,	+	+	—
Ligneux,	+	+	+

Dans le quinquina gris la cinchonine est bien plus abondante que la quinine; c'est le contraire dans le quinquina jaune: en tenant compte de la quantité totale des deux alcalis, le quinquina jaune est environ du double aussi riche que le quinquina gris. Dans le quinquina rouge les deux alcalis sont plus également partagés, la quinine paraît toutefois y dominer et le quinquina rouge est rarement aussi riche que le quinquina jaune.

Il faut ajouter que MM. Henry et Plisson ont reconnu qu'une forte proportion des deux alcalis organiques est combinée avec le rouge cinchonique.

QUININE.

La quinine est un alcali végétal énergique; elle se présente ordinairement sous la forme d'une masse résineuse, mais on peut l'obtenir cristallisée, en prismes à six pans; elle est formée de :

40 pp.	de carbone,	74,37;
24 pp.	d'hydrogène,	7,25;
4 pp.	d'oxigène,	9,74;
2 pp.	d'azote,	8,62.

Son nombre proportionnel est 4111,1. Hydratée elle contient 6 pp. d'eau, ou 14,1 pour 100, qu'elle perd par la fusion.

La quinine est blanche, inodore, très amère; elle entre facilement en fusion; l'eau bouillante n'en dissout guère que 0,005; elle est encore moins soluble dans l'eau froide; l'alcool la dissout bien et en plus grande quantité à chaud qu'à froid; elle se dissout assez bien dans l'éther.

Elle forme des sels facilement cristallisables qui ont un aspect nacré. Leur saveur est très amère; la plupart sont solubles dans l'eau, dans l'alcool et dans l'éther; les alcalis minéraux en précipitent la quinine; ils sont aussi précipités par la noix de galle.

On obtient la quinine en précipitant ses sels par l'ammoniaque; si on veut l'avoir cristallisée, il faut, suivant M. Pelletier, la dissoudre dans l'alcool à 90° et abandonner la dissolution à une évaporation spontanée dans un endroit sec. M. Henry conseille de dissoudre la quinine dans de l'alcool à 80°; on ajoute de l'eau à la liqueur jusqu'à ce qu'elle devienne laiteuse; on l'abandonne à l'air libre et en peu de jours les portions qui se sont précipitées sous forme d'une résine fluide se changent en cristaux radiés.

CINCHONINE.

La cinchonine cristallise facilement en prismes quadrilatères terminés par des facettes obliques ; en cet état elle ne contient pas d'eau.

Elle est formée de :

40 pp.	de carbone,	78,67;
24 pp.	d'hydrogène,	7,06;
2 pp.	d'oxigène,	5,16;
2 pp.	d'azote,	9,11.

Son nombre proportionnel est 3911,1.

La cinchonine est incolore et inodore ; sa saveur est amère ; elle ne fond que quand elle commence à se décomposer. Elle se dissout dans 2500 fois son poids d'eau froide ; elle est un peu plus soluble dans l'eau bouillante ; elle est très soluble dans l'alcool, surtout à chaud, cependant elle s'y dissout moins bien que la quinine ; elle est à peine soluble dans l'éther froid ; elle se combine bien aux acides. Les sels de cinchonine sont amers. Ils ont d'ailleurs tous les autres caractères attribués aux sels de quinine.

La cinchonine s'obtient en précipitant les sels de cinchonine par l'ammoniaque ; elle cristallise avec facilité par l'alcool.

QUINATES DE QUININE ET DE CINCHONINE.

Ces deux sels ont été extraits du quinquina par MM. Henry et Plisson ; ils ont une saveur très amère qui rappelle celle du quinquina ; ils sont extrêmement solubles dans l'eau, ils sont insolubles dans l'alcool à 36°, mais ils se dissolvent bien dans l'alcool plus faible. Les alcalis les décomposent et en précipitent les bases.

Tous deux deviennent cristallisés, quand, après les avoir obtenus par l'évaporation à siccité de leur dissolution, on les humecte avec de l'eau distillée ; ils se transforment peu à peu en une masse mamelonnée formée de cristaux brillants.

ROUGE CINCHONIQUE SOLUBLE.

Le rouge cinchonique soluble de MM. Pelletier et Caventou est un mélange de tannin pur et de tannin déjà altéré, mais encore soluble dans l'eau. M. Berzélius en a extrait du tannin incolore qui est extrêmement remarquable par la facilité avec laquelle il s'altère, surtout sous l'influence des alcalis, en formant du rouge cinchonique insoluble : ses combinaisons avec les acides sont plus solubles que celle du tannin de la noix de galle.

Le rouge cinchonique soluble a toutes les propriétés du tannin; il précipite en vert les dissolutions de fer; cependant le rouge cinchonique du quinquina jaune les précipite en brun.

Le rouge cinchonique soluble précipite la colle animale et l'émétique.

Il forme avec l'amidon un composé insoluble à froid et soluble au-dessus de 50°.

ROUGE CINCHONIQUE INSOLUBLE.

Le rouge cinchonique insoluble est inodore, insipide, d'une couleur brun rougeâtre ; il est à peine soluble dans l'eau et dans l'éther ; il se dissout très bien dans l'alcool.

Les acides favorisent singulièrement sa dissolution dans l'eau ; la liqueur ne précipite pas la colle animale, mais elle précipite l'émétique.

Les alcalis le dissolvent très bien ; quand on le précipite de leur dissolution au moyen d'un acide, il a acquis la propriété de précipiter la gélatine.

Le rouge cinchonique paraît être un produit de l'altération du tannin ; M. Braconnot a trouvé dans d'autres écorces une matière tout à fait analogue et qu'il a nommée corticine.

COMBINAISON DU ROUGE CINCHONIQUE AVEC LA QUININE ET LA CINCHONINE.

La combinaison du rouge cinchonique insoluble avec les alcalis végétaux dans le quinquina a été démontrée par MM. Henry et Plisson.

Cette combinaison ressemble tout à fait pour l'aspect au rouge cinchonique insoluble ; sa saveur est un peu amère et elle ne se développe que lentement ; elle est un peu soluble à froid dans l'eau ; l'eau bouillante en dissout davantage, et la liqueur se trouble en se refroidissant.

L'alcool la dissout très bien. Elle est dissoute à chaud par les liqueurs acides. Les alcalis en isolent la quinine et restent en combinaison avec le rouge cinchonique.

MM. Henry et Plisson ont rendu probable qu'il existe encore dans le quinquina une autre combinaison formée par la combinaison du rouge cinchonique soluble avec les bases alcalines organiques.

La matière grasse, le quinate de chaux et la matière colorante qui existent dans le quinquina n'ont pas d'importance médicale.

SULFATES DE QUININE ET DE CINCHONINE.

On connaît deux sels de quinine différents par leur état de saturation, savoir : le sulfate neutre et le bi-sulfate. C'est le premier de ces sels qu'on emploie en médecine sous le nom de sulfate de quinine.

Le sulfate neutre de quinine est cristallisé en petites houppes soyeuses et en aiguilles fines ; sa saveur est très amère ; il devient phosphorescent quand on le chauffe.

Le sel sec contient 1 pp. de quinine, 1 pp. d'acide et 1 pp. d'eau. Cristallisé il contient en outre 7 pp. d'eau ou 14,26 pour 100. Il s'effleurit dans un air chaud et peut y perdre les $^5/_4$ de l'eau qu'il contient.

Le sulfate de quinine est peu soluble dans l'eau froide ; il se dissout dans 30 parties d'eau bouillante ; l'alcool le dissout beaucoup mieux, surtout à chaud.

Le sulfate acide de quinine est beaucoup plus soluble que le précédent. Il n'est pas employé en médecine, à moins qu'on ne le forme sur-le-champ en dissolvant le sulfate basique dans une eau acidulée.

On connaît deux sulfates de cinchonine correspondant aux deux sels de quinine précédents. Le sulfate neutre est formé de 1 pp. de base, 1 pp. d'acide et 1 pp. d'eau ; quand il est cristallisé il contient 2 pp. d'eau de plus ou 4,74 p. 100.

Il cristallise en prismes rhomboïdaux. Ses cristaux sont très courts et ils sont terminés par une troncature ou un biseau. Sa saveur est amère. Il devient phosphorescent par la chaleur. Chauffé au-dessus de + 100, il fond comme de la cire ; à + 120 il perd toute son eau de cristallisation.

Le sulfate de cinchonine est plus soluble que celui de quinine. Il suffit de 54 parties d'eau pour le dissoudre à la température ordinaire ; à + 13 il est dissous par 6,5 parties d'alcool à 85°, et par 11 parties d'alcool anhydre.

Le bi-sulfate de cinchonine est extrêmement soluble. Il est inusité en médecine.

PRÉPARATION DU SULFATE DE QUININE.

C'est le quinquina jaune royal ou quinquina calysaya que l'on emploie à cette fabrication ; la première opération à faire est de s'assurer de la valeur du quinquina que l'on doit employer, car les caractères extérieurs sont souvent trompeurs. L'essai consiste à traiter par la méthode habituelle une petite partie de l'écorce (1 kilog.) pour s'assurer de la quantité de sulfate de quinine que l'on peut espérer en tirer. On peut bien, à la vérité, par quelques essais plus prompts, mais moins sûrs, rechercher la valeur des quinquinas. Ainsi, les quinquinas riches en alcalis végétaux précipitent abondamment par la noix de galle, par la formation d'un précipité insoluble composé des alcalis et du tannin. La gélatine y forme un précipité blanc ou grisâtre ; l'émétique un précipité jaunâtre ; ces caractères de précipitation sont dus au tannin. Le sulfate ferrique colore les liqueurs en vert ; quelquefois il se fait un abondant précipité noir grisâtre, et la liqueur surnageante paraît verte dès qu'elle s'est éclaircie ; cette réaction est due encore au tannin. On juge de la valeur des quinquinas par l'abondance des précipités ; celui formé par la noix de galle est l'indice le plus sûr ; les autres ne sont vrais qu'autant que la richesse en tannin est en rapport avec la richesse en quinquina ; et c'est en effet ce qui a lieu le plus ordinairement.

Pour préparer le sulfate de quinine, on broie grossièrement le quinquina et on le fait macérer dans de l'eau à laquelle on a ajouté 1 once d'acide hydrochlorique par livre de quinquina. Le lendemain on porte à l'ébullition, on l'entretient pendant deux heures et l'on passe *; on fait une seconde décoction, en ajoutant cette fois $\frac{1}{2}$ once seulement d'acide ; puis une troisième, avec encore $\frac{1}{2}$ once d'acide par livre d'écorce ; on soumet le quinquina à une quatrième décoction dans l'eau et l'on conserve le produit pour servir de véhicule à une première décoction acide d'une autre partie de quinquina. Après ce travail, le quinquina est rejeté comme complétement épuisé. Dans cette première opération, toute la quinine et la cinchonine entrent en dissolution, à la faveur de l'excès d'acide dont on s'est servi.

---

* Geiger conseille de traiter le quinquina par la liqueur acide au moyen du filtre-presse ; quant à moi, j'ai obtenu plus de produit d'un même quinquina en ne prolongeant les décoctions que pendant une demi-heure.

On ajoute aux décoctions acides et chaudes de quinquina du lait de chaux en excès; la liqueur prend une couleur lie de vin en même temps qu'il se développe une odeur particulière. L'essentiel est d'ajouter un excès de chaux. On laisse déposer. On décante le liquide qui surnage comme inutile, après toutefois s'être assuré que l'ammoniaque n'y fait pas naître de précipité, ce qui prouverait que la précipitation a été imparfaite; le dépôt calcaire est reçu sur des toiles, et, quand il est bien égoutté, on le soumet à la presse et on le fait sécher à l'étuve.

La liqueur acide de quinine contient la quinine, la cinchonine, la matière colorante jaune, le rouge cinchonique et les acides quinique et hydrochlorique. La chaux sature tous les acides, forme des sels solubles, quinates et hydrochlorates, qui restent dans les liqueurs avec une portion de la matière colorante et qui sont rejetées avec elle. Le précipité est formé de la quinine et de la cinchonine, d'une combinaison de chaux et de rouge cinchonique, de matière grasse et de l'excès de chaux que l'on a employé, le tout sali par des matières colorées formées en partie par l'action de l'acide sur les diverses parties colorantes de l'écorce.

Le précipité séché est pulvérisé et on le traite à cinq à six reprises au moins à la chaleur du bain-marie par de l'alcool à 86°, et à chaque fois on exprime le marc et l'on filtre les liqueurs alcooliques; celles-ci contiennent la quinine et la cinchonine, de la matière grasse et des substances colorantes; l'alcool a laissé l'excès de chaux et sa combinaison insoluble avec le rouge cinchonique.

Les liqueurs alcooliques sont réunies; on les acidule avec de l'acide sulfurique faible, de manière à ce qu'elles aient à peine de l'action sur le papier de tournesol; on les soumet à la distillation et on laisse refroidir l'appareil; on trouve alors la matière prise en masse cristalline; on met cette masse à égoutter sur une toile pour en séparer l'eau mère noire qui la souille; on la lave même ensuite avec un peu d'eau pour la débarrasser en grande partie de l'eau mère.

Le sulfate de quinine coloré que l'on a obtenu est réduit en pâte avec de l'eau à chaud, on y mêle du charbon animal pulvérisé et l'on abandonne cette pâte jusqu'au lendemain pour permettre au charbon d'agir.

On prend ensuite cette masse par parties; on la délaie dans

l'eau et on porte à l'ébullition. La liqueur doit être assez concentrée pour laisser déposer des cristaux aussitôt que sa température baisse ; on la filtre bouillante et on obtient du sulfate de quinine parfaitement blanc par le refroidissement. Au bout de 48 heures on redresse les terrines pour faire égoutter le sulfate ; on enlève le sel par bloc avec une carte de corne, et on le place sur quelques doubles de papier disposés sur une claie ; on porte à l'étuve et l'on a le soin de le tenir couvert ; sans cette précaution, il prendrait une couleur jaune. Il est également nécessaire de ne laisser le sulfate de quinine à l'étuve que pendant le temps nécessaire pour le sécher ; plus tard il perdrait de son poids en s'effleurissant, et au détriment de la richesse apparente du produit.

Les eaux mères dans lesquelles le sulfate blanc de quinine s'est déposé sont précipitées par l'ammoniaque, qui sépare toute la quinine et la cinchonine qui s'y trouvent ; ces bases sont dissoutes à chaud dans l'eau acidulée par de l'acide sulfurique ; sur la fin on ajoute du charbon animal, et, s'il est nécessaire, un peu de craie pour saturer l'excès d'acide. La liqueur convenablement concentrée est filtrée bouillante, et elle fournit de nouveaux cristaux blancs. Les eaux mères de cette opération sont encore traitées de même, et l'on répète ces traitements jusqu'à ce que l'on ait tout transformé en sulfate cristallisé. Dans cette série d'opérations on évite avec soin l'évaporation des eaux mères, car il se produirait alors des matières colorées qui s'attachent au sulfate et dont on a la plus grande peine à le débarrasser.

Après la troisième précipitation, au lieu de dissoudre le précipité par l'acide sulfurique, on trouve quelquefois avantageux de le traiter par de l'alcool à 64° qui dissout seulement la quinine. On fait alors cristalliser la cinchonine à part ; mais comme la forme du sulfate de cinchonine est différente de celle du sulfate de quinine, au moment où il cristallise, on le refoule dans le liquide en grattant avec une spatule sur les parois de la terrine où il cristallise. Il se dépose alors en poudre, et, en cet état, on le mêle aisément au sulfate de quinine obtenu.

L'eau mère noire qui saturait le sulfate de quinine après la distillation des liqueurs alcooliques, contient encore des portions de quinine et surtout de cinchonine qu'il ne faut pas négliger d'en extraire ; d'abord les eaux mères laissent déposer à la longue du sulfate de quinine que l'on purifie par l'expression, le lavage et la purification selon la méthode ordinaire ; mais ce qui reste en dissolution est beaucoup plus difficile à extraire ; on a donné, pour y parvenir, plusieurs procédés dont aucun n'est tout à fait satisfaisant ; on perd toujours une partie des alcalis végétaux qui se trouvent là empâtés au milieu de liqueurs grasses, résineuses et colorées. Le procédé donné par M. Guibourt m'a assez bien réussi. On ajoute aux eaux mères noires un poids égal au leur d'une solution de sel marin marquant 15°. On fait bouillir pendant 10 minutes ; on décante et on soumet le dépôt brun qui s'est formé à deux nouveaux traitements semblables. Les liqueurs réunies, refroidies et filtrées sont précipitées par l'ammoniaque.

Le dépôt brun qui s'est séparé de l'eau salée est redissous dans l'eau et on y verse par petites parties l'eau salée ammoniacale, en ayant soin de ne pas saturer complétement. Il se fait un précipité brun mollasse que l'on rejette ; puis on achève la précipitation par l'ammoniaque. Le précipité ammoniacal est réuni au premier, et le tout est traité par l'alcool, pour en séparer des phosphates terreux insolubles ; la liqueur alcoolique, par un traitement convenable, fournit du sulfate de quinine et du sulfate de cinchonine.

Les quinquinas du commerce fournissent par livre à peu près les quantités de sulfate de quinine ou de cinchonine indiquées ci-après.

Quinquina calysaya sans écorce,   3 gros 30 à 50 grains de sulfate de quinine ;

—   — avec écorce,   3 gros ;

—   gris de Loxa,   1 $\frac{1}{2}$ à 2 gros sulfate de cinchonine ;

—   gris de Lima,   1 gros $\frac{1}{2}$ sulfate de cinchonine ;

—   rouge vif,   2 gros sulfate de quinine, 1 gros sulfate de cinchonine ;

—   rouge pâle,   1 gros $\frac{1}{2}$ sulfate de quinine, 1 gros sulfate de cinchonine ;

—   Carthagène spongieux, 24 à 36 grains sulfate de cinchonine.

ALCOOLÉ DE QUININE.

Pr. : Quinine, six grains. . . . .   0,33 grammes.
Alcool à 86ᶜ (34° Cart.), une once.   32

Faites dissoudre (Magendie).

ALCOOLÉ DE CINCHONINE.

Pr. : Cinchonine, douze grains. . . . .   0,66 grammes.
Alcool à 86ᶜ (34° Cart.), une once.   32

Faites dissoudre (Magendie).

ALCOOLÉ DE SULFATE DE QUININE.

Pr. : Sulfate de quinine, six grains. . . . .   0,33 grammes.
Alcool à 86ᶜ (34° Cart), une once.   32

Faites dissoudre (Magendie).

VIN AU SULFATE DE QUININE.

Pr. : Sulfate de quinine, douze grains. . . . .   0,66 grammes.
Vin de Madère, un litre.   1000

Faites dissoudre (Magendie).

On prépare de même le vin de sulfate de cinchonine, en doublant la dose du sel.

SIROP DE SULFATE DE QUININE.

Pr. : Sirop de sucre blanc, une livre. . . . .   500 grammes.
Sulfate de quinine, trente-deux grains.   1,8
Eau distillée, un gros.   4
Alcool sulfurique, huit gouttes. . . . .   8 gutt.

On dissout le sulfate de quinine dans la plus petite quantité d'eau possible, au moyen de l'alcool sulfurique, et on mêle la solution au sirop.

Chaque once de sirop contient 2 grains de sulfate de quinine.

On prépare de même le sirop de sulfate de cinchonine en employant trois fois autant de ce sulfate.

TABLETTES DE SULFATE DE QUININE.

Pr. : Sulfate de quinine, trente-deux grains. . . . .   1,8 grammes.
Sucre pulvérisé, une livre.   500
Mucilage de gomme adragante. . . . .   S. Q.

F. S. A. des tablettes de 18 grains.

POMMADE CONTRE L'ALOPÉCIE.

Pr. : Moelle de bœuf, six gros................ 24 grammes.
  Huile d'amandes douces, deux gros........ 8
  Sulfate de quinine, demi-gros............. 2
  Essence de roses, trois gouttes. .... 3 gutt.

On incorpore exactement le sulfate de quinine dans le mélange liquéfié des corps gras. On aromatise avec l'essence.

On applique cette pommade en petites quantités sur la tête tous les matins.

QUININE BRUTE.

On traite le quinquina par l'acide hydrochlorique, la chaux et l'alcool, comme si l'on voulait préparer du sulfate de quinine, mais au lieu d'aciduler la liqueur alcoolique, on la distille sans cette addition; le produit est une masse plastique de consistance ferme, qui est formée par un mélange de quinine, de cinchonine, de matière grasse et de parties colorantes. Cette quinine brute a été employée avec succès par le docteur Trousseau : elle ne purge pas comme le sulfate de quinine, et elle peut réussir à plus petite dose; elle a en outre l'avantage de n'être pas sensiblement amère, ce qui la rend d'une administration plus facile, surtout chez les enfants.

Un kilogramme de bon quinquina de calysaya, donne à peu près 32 grammes de quinine brute.

HYDROCHLORATE DE QUININE.

(Chlorhydrate de quinine.)

Ce sel est cristallisable en aiguilles nacrées; il est plus soluble que le sulfate; il contient 1 pp. de quinine, 1 pp. d'acide et 3 pp. ou 6,89 pour 100 d'eau de cristallisation.

Pour l'obtenir on fait dissoudre 100 parties de sulfate de quinine dans environ 3 à 400 p. d'eau distillée bouillante, on ajoute à la liqueur 30 grammes de chlorure de barium cristallisé; on filtre pour séparer le sulfate de barite qui se forme, et l'on évapore jusqu'à ce qu'il apparaisse quelques points cristallins à la surface de la liqueur. On la porte en lieu frais pour qu'elle cristallise.

Si l'on voulait préparer l'hydrochlorate de quinine par l'action directe de l'acide, il aurait toujours une teinte verdâtre; mais il est important de s'assurer qu'il ne reste pas de chlorure de barium dans les liqueurs; celles-ci ne doivent pas précipiter par l'acide sulfurique et les sulfates.

On prépare de même le nitrate de quinine en remplaçant le chlorure de barium par le nitrate de barite.

ACÉTATE DE QUININE.

L'acétate de quinine cristallise avec la plus grande facilité en aiguilles soyeuses et nacrées.

Pour l'obtenir on réduit la quinine en poudre, on la délaie dans l'eau, on élève la température et on ajoute assez d'acide acétique pour dissoudre la quinine et ne laisser la liqueur que faiblement acide; on filtre bouillant et on laisse cristalliser.

L'acétate de quinine est formé de 1 pp. de quinine; de 1 pp. d'acide acétique et 1 pp. d'eau.

TARTRATE ET CITRATE DE QUININE.

Ce sont des sels presque insolubles que l'on prépare par double décomposition du sulfate de quinine par le citrate ou le tartrate de soude.

FERROCYANATE DE QUININE.
(Hydro-cyanoferrate de quinine.)

Le ferrocyanate de quinine est un sel jaune, d'une saveur amère; il cristallise en petites masses aiguillées; il est insoluble ou à peine soluble dans l'eau, il se dissout très bien dans l'alcool. Il est efflorescent à l'air. Il est composé de 1 pp. cyanure ferreux; 2 pp. d'hydrocyanate de quinine et 1 pp. d'eau. Il est employé comme fébrifuge : on le préfère au sulfate de quinine dans le traitement des fièvres intermittentes qui s'accompagnent d'un état inflammatoire. Pour l'obtenir, on opère de la manière suivante:

    Pr.: Sulfate de quinine......................... 3
         Ferrocyanate de potasse. 1

On divise le sulfate de quinine avec une suffisante quantité d'eau pour faire une bouillie très claire; on l'introduit dans une fiole à médecine; on ajoute le ferrocyanate de potasse dissous dans une petite quantité d'eau, et l'on porte à l'ébullition; on l'entretient pendant quelques instants, et on laisse refroidir; il se sépare une matière d'apparence résineuse, qui devient sèche en refroidissant; c'est le ferrocyanate de quinine. En concentrant les liqueurs, il s'en sépare encore une nouvelle quantité; on purifie par un ou deux lavages à l'eau chaude; on fait sécher, et l'on pulvérise. (Ce procédé est, à quelques modifications près, celui du professeur Bertozzi de Crémone. Il est préférable à tous les autres qui ont été proposés.)

Si l'on veut avoir le sel cristallisé, il faut le dissoudre dans l'alcool, et soumettre la dissolution à l'évaporation spontanée; on obtient deux produits, du ferrocyanate de quinine cristallisé, et une masse résineuse; celle-ci, redissoute dans l'alcool, se partage de nouveau en sel cristallisé et en résine amorphe : par de nombreuses cristallisations, on finirait par avoir tout à l'état de cristaux.

Le ferrocyanate de quinine est un sel au même état de saturation que le sulfate de quinine; si l'on emploie une dissolution de bisulfate de quinine et qu'on la mêle à une dissolution de ferrocyanate de potasse, la liqueur se colore très fortement en brun rouge, et à l'ébullition seulement, elle donne un précipité; mais celui-ci n'est qu'imparfaitement soluble dans l'alcool, qui laisse sans le dissoudre un dépôt d'une couleur bleu verdâtre.

TABLEAU COMPARATIF DE LA QUININE ET DE SES SELS.

Un grain de quinine cristallisée équivaut à :		Un grain de sulfate de quinine cristallisé équivaut à :	
Sulfate cristallisé...	1,15 grains.	Quinine cristallisée...	0,87 grains.
Acétate............	1,01	Acétate............	0,85
Citrate...........	1,04	Citrate...........	0,9
Tartrate..........	1,05	Tartrate..........	0,91
Chlorhydrate.....	0,95	Chlorhydrate......	0,82
Ferrocyanate.....	1,01	Ferrocyanate......	0,87

PRÉPARATIONS PHARMACEUTIQUES DU QUINQUINA.

Le Codex prescrit d'employer, pour la plupart des préparations officinales, le quinquina gris.

C'est l'espèce la plus anciennement employée.

C'est elle que l'on est habitué à voir figurer depuis longtemps comme base des préparations de quinquina. Le quinquina jaune est plus actif, et aurait dû peut-être lui être substitué. Il est bon toutefois que le médecin soit averti que les préparations faites avec le quinquina jaune, ne lui seront délivrées que sur une prescription spéciale. Les formules sont d'ailleurs tout à fait correspondantes.

§ I. PRÉPARATIONS QUI CONTIENNENT TOUTE LA SUBSTANCE DE QUINQUINA.

POUDRE DE QUINQUINA.

On pulvérise le quinquina sans laisser de résidu.

Quand on pulvérise du quinquina gris, ou tout autre quinquina avec écorces, le tissu cellulaire extérieur et les lichens foliacés ou crustacés qui s'y trouvent se pulvérisent en premier, de sorte que la première poudre qui se produit est moins amère que celle qui vient ensuite.

Le Codex a adopté la proposition fait par MM. Henry et Guibourt, de râcler les écorces pour séparer le tissu cellulaire et les lichens, et de ne pas séparer le premier produit, ce qui mène au même résultat.

Quand, au contraire, on opère sur des quinquinas sans écorces, comme le *calysaya*, la partie la plus friable est la matière la plus active, et les dernières parties de poudre sont plus chargées de matières fibreuses inertes. On mélange tous les produits.

TABLETTES DE QUINQUINA.

Pr. : Poudre de quinquina, deux onces.......... 64 grammes.
— de cannelle, deux gros............. 8
Sucre pulvérisé, quatorze onces............. 430
Mucilage de gomme adragante............. S. Q.

On fait des tablettes de 16 grains. Chaque tablette contient 2 grains de poudre de quinquina.

ÉLECTUAIRE FÉBRIFUGE DE DESBOIS DE ROCHEFORT.

Pr. : Poudre de quinquina, une once. .... 32 grammes.
Carbonate de potasse, un gros. 4
Émétique, seize grains. 0,9
Sirop d'absinthe, trois onces. 96

Mêlez.

Cette préparation n'agit pas comme émétique. Le tannin du quinquina décompose le sel d'antimoine, et donne naissance à un autre composé ; sans doute aussi le carbonate de potasse peut concourir à la décomposition de l'émétique.

BOLUS AD QUARTANAM.

Pr. : Poudre de quinquina, une once. . . . . 32 grammes.
Émétique, seize grains. 0,9
Sirop d'absinthe. . . . . S. Q.

F. S. A.

POUDRE DENTIFRICE.

Pr. : Quinquina pulvérisé. 1
Charbon végétal porphyrisé. 1

Mêlez.

CATAPLASME ANTISEPTIQUE.

Pr. : Farine d'orge, six onces. . . . . 192 grammes.
Eau commune, une livre. 500
Quinquina en poudre, une once. 32

Faites cuire et ajoutez, quand le cataplasme est en partie refroidi,

Camphre pulvérisé, un gros. 4

CATAPLASME ANTISEPTIQUE DE REUSS.

Pr. : Poudre de quinquina, deux onces. . . . . 64 grammes.
— de rue, deux onces. 64
Alcool camphré, deux onces. 64
Camphre, trois gros. 12
Vinaigre. . . . . S. Q.

Mêlez.

§ II. PRODUITS PAR L'EAU.

Le quinquina peut être traité par macération, par infusion, ou par décoction dans l'eau. La liqueur que l'on obtient par ces divers traitements est loin d'être la même.

La liqueur obtenue par macération est peu énergique. Elle contient le quinate de quinine et celui de cinchonine, qui ne renferment que la plus petite partie des alcalis végétaux contenus dans le quinquina. Le quinate de chaux, la gomme, le rouge cinchonique soluble et la matière colorante jaune se trouvent également en dissolution. Mais il ne se dissout que des quantités extrêmement faibles de la combinaison du rouge cinchonique avec la quinine. La plus grande partie de ces alcalis végétaux reste dans le marc; aussi l'infusion de quinquina est-elle un médicament tonique, mais peu fébrifuge.

L'eau dissout, à la faveur de la décoction, tous les principes précédents, plus, de l'amidon et une partie de la combinaison peu soluble du rouge cinchonique avec les alcalis, de sorte qu'une plus forte proportion des principes fébrifuges se trouve dans la liqueur. Celle-ci est transparente tant qu'elle est chaude, mais elle se trouble par le refroidissement, 1° parce que l'amidon et le tannin ont formé ensemble un composé qui se dépose aussitôt que la température baisse au-dessous de 49°; 2° parce que le composé de rouge cinchonique étant bien plus soluble à chaud qu'à froid, se sépare par le refroidissement. La décoction de quinquina est un médicament assez énergique; mais il faut l'administrer trouble, parce que la clarification séparerait une partie de la matière active. Il est à remarquer que plusieurs décoctions aqueuses n'épuisent pas le quinquina, et qu'il reste beaucoup de quinine et de cinchonine dans l'écorce.

J'ai essayé un dépôt formé dans des liqueurs obtenues par trois décoctions successives du quinquina calysaya, et je l'ai trouvé composé, sur 146 parties, de 60 parties insolubles dans l'alcool, dont je n'ai pu retirer que quelques grains de quinine, et qui paraissaient être formés, en grande partie, de tannate d'amidon; le reste, ou les 86 parties restantes, se dissolvaient facilement dans l'alcool, et j'en ai pu retirer 8 parties d'alcalis organiques.

J'ai trouvé encore que, dans du quinquina jaune soumis à trois décoctions, les deux tiers de la quinine avaient été entraînés dans les liqueurs, et un tiers était resté dans le marc; mais il ne faut regarder ces rapports que comme des approximations, parce qu'ils sont susceptibles de varier, et avec les quantités d'eau qui servent à faire les décoctions, et avec le temps pendant lequel on les prolonge.

L'infusion du quinquina donne des liqueurs moins chargées de quinine. J'ai trouvé dans une expérience dans laquelle je me suis servi du même quinquina calysaya, qui avait été employé dans les essais précédents, j'ai trouvé des résultats sensiblement inverses de ceux obtenus par décoction; un tiers de la quinine était dans les liqueurs, et les deux autres tiers étaient restés dans l'écorce. Reste à savoir de combien le composé de rouge cinchonique et d'alcali qui se dépose en grande partie par le refroidissement, peut concourir aux propriétés médicinales des liqueurs.

Quand on ajoute un acide dans l'eau qui doit servir à traiter le quinquina, les liqueurs en acquièrent une efficacité médicinale bien prononcée. Ceci s'explique aisément par la propriété que les acides possèdent de dissoudre, ou plutôt de décomposer le sel cinchonique insoluble, en formant des combinaisons solubles avec les alcalis.

Les liqueurs alcalines bouillies avec le quinquina donnent en apparence des liqueurs beaucoup plus chargées, parce que les alcalis dissolvent parfaitement le rouge cinchonique; mais en même temps, la quinine et la cinchonine sont précipitées, de sorte que les avantages que ferait supposer l'apparence de la liqueur ne sont pas réels, et celle-ci est moins active que si elle avait été obtenue par la seule action de l'eau.

Quand le quinquina est employé en tisane, la dose est de deux gros à une once (8 à 32 grammes) par litre; on opère par macération, infusion ou décoction, suivant les effets que l'on veut obtenir.

Pour l'extérieur, c'est à la décoction du quinquina que l'on a recours; on emploie une à deux onces (32 à 64 grammes) d'écorce par litre; on s'en sert en lotions, fomentations ou injections.

EXTRAIT SEC DE QUINQUINA.

(Sel essentiel de quinquina de Lagaraye.)

Pr.: Quinquina gris...................... Q. V.
Eau pure de 25 à 30°.................. S. Q.

On réduit le quinquina en une poudre demi-fine; on l'humecte avec la moitié de son poids d'eau; au bout de deux heures on le tasse assez fortement dans l'appareil à déplacement et on le lessive.

On évapore les liqueurs en consistance sirupeuse; alors on étale l'extrait sur des assiettes au moyen d'un pinceau, et on le fait sécher à l'étuve; on le détache en écailles au moyen d'un couteau à lame tronquée.

Cet extrait attire fortement l'humidité de l'air, et il doit être conservé dans des vases bien fermés. Les paillettes s'agglomèrent entre elles, quand on a ouvert plusieurs fois le flacon qui les contient. Pour que l'extrait soit plus maniable, on peut y ajouter $1/20$ de son poids de gomme arabique. Il se sépare alors en écailles plus belles, et il est un peu moins déliquescent; seulement, quand on le pèse, il faut augmenter de $1/20$ le poids d'extrait qui est demandé.

L'extrait de quinquina de Lagaraye, d'après l'analyse qu'en ont faite MM. Pelletier et Caventou, ne contient que fort peu de quinine ; aussi l'emploie-t-on plutôt comme tonique que comme fébrifuge. Ce sont MM. Boullay qui ont conseillé de le préparer par déplacement, au lieu d'employer de fortes quantités de liquide comme on le faisait avant eux.

Le quinquina gris contient plus de parties que l'on peut appeler extractives que n'en contiennent les autres quinquinas ; il donne un plus bel extrait sec, et il doit être préféré pour cette préparation.

TABLETTES D'EXTRAIT DE QUINQUINA.

Pr. : Extrait sec de quinquina, demi-once. . . . . . .   16 grammes.
    Sucre blanc, quatre onces.   125
    Cannelle pulvérisée, demi-gros.   2
    Mucilage de gomme adragante. . . . .   S. Q.

On divise, selon l'art, en tablettes de 10 grains ; chaque tablette contient sensiblement 1 grain d'extrait sec de quinquina.

EXTRAIT MOU DE QUINQUINA.

Pr. : Quinquina gris concassé.   1
    Eau commune.   6

Faites bouillir pendant un quart-d'heure, passez ; soumettez le quinquina à une nouvelle décoction, passez ; évaporez les liqueurs en consistance d'extrait (Codex).

Plusieurs auteurs proposent de préparer l'extrait de quinquina par simple infusion ; on en obtient moins, mais il laisse déposer moins de parties insolubles quand on veut le dissoudre. La différence entre les deux extraits est celle que j'ai fait connaître entre l'infusion et la décoction ; pour décider quel est celui des deux qui mérite la préférence, il faudrait connaître l'action médicale que peut exercer la combinaison peu soluble du rouge cinchonique avec les alcalis végétaux.

SIROP DE QUINQUINA.

Pr. : Quinquina gris, trois onces. . . . .   96 grammes.
    Eau, deux livres.   1000
    Sucre blanc, une livre.   500

Faites bouillir le quinquina dans l'eau pendant un quart-d'heure, passez ; évaporez les liqueurs à moitié ; ajoutez le sucre, et faites cuire en consistance de sirop.

Filtrez le sirop quand il sera refroidi.

Quand le sirop de quinquina a été fait avec le quinquina gris, sans être d'une limpidité parfaite, il est assez clair pour que l'on puisse se dispenser de la filtration, opération difficile par le temps qu'elle exige. Le sirop fait avec le quinquina jaune est toujours plus trouble, mais beaucoup moins que la décoction elle-même, parce que le sucre favorise la dissolution des matières insolubles. Pour avoir un sirop d'un aspect plus agréable, quelques pharmaciens substituent l'infusion de quinquina à la décoction, et le sirop de sucre clarifié au sucre en pain ; d'autres ont été jusqu'à filtrer les décoctions de quinquina, sans se douter qu'ils privaient ainsi le sirop d'une grande partie de ses principes actifs. Le sirop fait par décoction est toujours plus chargé.

Chaque once de sirop de quinquina contient le produit de 4 grammes ou 1 gros d'écorce.

§ III. PRODUITS PAR L'ALCOOL.

L'alcool, pourvu qu'il ne soit pas par trop concentré, dissout très bien les quinates de quinine et de cinchonine; il dissout aussi les combinaisons du rouge cinchonique avec ces bases.

TEINTURE ALCOOLIQUE DE QUINQUINA.

Pr.: Quinquina gris........................... 1
    Alcool à 56° (21° Cart.). 4

Faites macérer pendant 15 jours; passez avec expression; filtrez.

On prépare de même la teinture de quinquina jaune et celle de quinquina rouge.

La teinture de quinquina est un médicament fort actif.

EXTRAIT ALCOOLIQUE DE QUINQUINA.

Pr.: Quinquina gris........................ Q. V.
    Alcool à 56° (21° Cart.)................ Q. S.

On humecte la poudre de quinquina avec la moitié de son poids d'alcool ; on introduit cette poudre en la tassant dans un appareil convenable, et au bout de 12 heures on la lessive avec

I.

3 nouvelles parties d'alcool. On déplace l'alcool par de l'eau, en ayant soin de s'arrêter aussitôt que la liqueur qui coule fait naître un trouble dans les premiers produits. On distille les liqueurs alcooliques, et l'on évapore le résidu de la distillation jusqu'en consistance d'extrait.

Le quinquina gris fournit le huitième de son poids d'extrait alcoolique.

Cet extrait contient toutes les parties actives du quinquina, et par cela même il n'est que très imparfaitement soluble dans l'eau.

SACCHAROLÉ DE QUINQUINA.

    Pr. : Teinture de quinquina...................... 1
          Sucre. 8

Versez la teinture sur le sucre, mêlez ; séchez à l'étuve, et pulvérisez.

RÉSINE DE QUINQUINA.

    Quinquina. .... Q. V.
    Alcool à 80° (31° Cart.)................ Q. S.

On épuise le quinquina par l'alcool, et l'on distille pour retirer toute la partie spiritueuse de la liqueur.

On verse sur le résidu 20 à 30 parties d'eau tiède, on sépare le dépôt, on le lave à plusieurs reprises avec de l'eau froide ; on le fait dissoudre ensuite dans une petite quantité d'alcool, et l'on évapore à l'étuve sur des assiettes, jusqu'à ce que la résine soit devenue sèche et cassante.

Le liquide tient en dissolution les quinates de quinine et de cinchonine et les matières colorantes solubles dans l'eau ; on le sépare comme ne devant pas faire partie du produit ; la matière insoluble est formée de la matière grasse du quinquina, du rouge cinchonique, combiné, au moins en partie, avec la plus forte proportion des alcalis du quinquina ; on lave cette matière et on la fait sécher.

Cette prétendue résine de quinquina est un médicament fort actif que j'ai vu employer avec le plus grand succès pour combattre les fièvres intermittentes dans les pays marécageux.

TEINTURE DE QUINQUINA COMPOSÉE.

(Vin d'Huxham.)

```
Pr. : Quinquina rouge, deux onces. . . . . . . . . . .    64 grammes.
      Écorces d'oranges amères, une once et demie.       48
      Serpentaire de Virginie, trois gros. . . . . . . .   12
      Safran, un gros. . . . . . . . . . . . . . . . . . .    4
      Cochenille, cinquante grains. . . . . . . . . . .     2,8
      Alcool à 56c (21º Cart.), deux livres. . . . . . .  1000
```

F. S. A.

§ IV. PRODUITS PAR LE VIN.

VIN DE QUINQUINA.

```
Pr. : Quinquina gris. . . . . . . . . . . . . . . . . . . . . .    1
      Vin de Bourgogne. . . . . . . . . . . . . . . . . . . .    16
      Alcool à 56c (21º Cart.). . . . . . . . . . . . . . .     2
```

On verse l'alcool sur le quinquina concassé; après 24 heures on ajoute le vin; on fait macérer pendant 8 jours, on passe et on filtre.

MM. Boullay ont conseillé de se servir du déplacement; ils arrêtent l'opération quand, sur 32 onces de vin employées, ils en ont retiré juste 32 onces de produit; mais ce résultat ne peut être obtenu sans que l'eau employée pour déplacer le vin ne s'y mêle en partie, au grand détriment de la préparation. Si l'on veut éviter les pertes, il vaut mieux employer le quinquina en poudre et soumettre le marc à la presse, car le quinquina ne retient alors que le tiers de son poids de liqueur.

Le vin se charge bien des principes actifs du quinquina. L'alcool qu'il contient et celui qu'on y ajoute contribuent à lui donner une propriété dissolvante remarquable; les acides du vin concourent encore à faciliter la dissolution.

On a remarqué depuis longtemps que le quinquina décolore le vin. M. Henry a remarqué que cet effet se produit à un degré plus marqué avec les gros vins colorés du Midi, et il recommande de donner la préférence au vin de Bourgogne. Le vin blanc généreux vaudrait encore mieux. M. Henry attribue la décoloration du vin à la précipitation de la matière tannante qui entraînerait avec elle les alcalis organiques. C'est un fait qui me paraît avoir besoin de confirmation.

On prépare du vin de quinquina au vin de Madère; comme celui-ci est plus riche en alcool que le vin ordinaire, il est plus propre à dissoudre les parties actives du quinquina.

38*

SIROP DE QUINQUINA AU VIN.

Pr.: Extrait mou de quinquina, sept gros........ 28 grammes.
     Vin de Lunel, une livre.................. 500
     Sucre blanc, une livre et demie. 750

On fait dissoudre l'extrait dans le vin; on filtre, on ajoute le sucre que l'on fait fondre à une douce chaleur en vase clos.

Chaque once de sirop contient 12 grains d'extrait de quinquina.

BIÈRE DE QUINQUINA.

Pr.: Quinquina gris. 1
     Bière............................... 32

Faites macérer pendant deux jours, et passez.

IPÉCACUANHA.

(Cephælis ipecacuanha.)

L'ipécacuanha gris du commerce est la seule racine de ce nom qui soit employée en France. Elle agit le plus souvent comme vomitive; mais elle peut remplir d'autres indications. L'ipécacuanha jouit d'une grande réputation contre quelques cas de dyssenteries, et il est un remède journalier pour faciliter l'expectoration dans les catarrhes anciens et à la fin des rhumes.

L'ipécacuanha gris, analysé par MM. Pelletier et Magendie, puis par MM. Richard et Barruel, a fourni à ces chimistes :

Émétine; gomme; amidon; cire végétale; matière grasse huileuse; matière extractive.

L'émétine existe dans la racine à l'état salin. On ne sait pas bien à quel acide elle est combinée.

ÉMÉTINE.

L'émétine est blanche. Sa saveur est un peu amère. Elle est pulvérulente. Elle fait vomir à la dose de quelques grains.

Elle est fusible à environ 50°.

L'émétine se dissout assez bien dans l'eau froide, et elle est bien plus soluble dans l'eau chaude. L'alcool la dissout parfaitement. Elle est à peine attaquée par les huiles et par l'éther.

L'acide nitrique la change en une matière résineuse amère, puis en acide gallique.

L'acide gallique et la noix de galle la précipitent de ses dissolutions.

L'acétate de plomb est sans action sur elle quand elle est pure. Il précipite l'émétine colorée.

Elle sature fort mal les acides, et donne des sels incristallisables. En général, ses propriétés sont très mal connues; sa composition chimique ne l'est même que d'une manière imparfaite.

Suivant MM. Pelletier et Dumas elle serait formée de :

$$
\begin{array}{lll}
37 & \text{pp. carbone,} & 65,13; \\
27 & \text{pp. hydrogène,} & 7,76; \\
5 & \text{pp. oxigène,} & 23,03; \\
1 & \text{pp. azote,} & 4,08.
\end{array}
$$

Une grande quantité d'ipécacuanha ne fournit qu'une petite quantité d'émétine, ce qui paraît être dû à l'imperfection du procédé dont on fait usage pour l'obtenir.

Pour préparer l'émétine, on fait un extrait alcoolique d'ipécacuanha avec de l'alcool à 92^c (38° Cart.). On le dissout dans 10 parties d'eau, et l'on filtre pour séparer la matière grasse; on ajoute à la liqueur autant de magnésie calcinée que l'on a employé d'extrait, et l'on évapore à siccité à une douce chaleur; on réduit le résidu en poudre fine; on le lave avec 4 à 5 parties d'eau froide, on le sèche de nouveau et on le traite par l'alcool bouillant; on distille cet alcool à siccité, et on traite le résidu par de l'acide sulfurique affaibli et du charbon animal; on précipite l'émétine de la liqueur par l'ammoniaque. Il est important d'employer, dans tout le cours de l'opération, des liqueurs concentrées, car l'émétine est soluble dans l'eau d'une manière remarquable : c'est pour la même raison qu'on ne lave pas le précipité magnésien. Malgré ces précautions, une grande partie de l'émétine reste dans les liqueurs en raison de sa solubilité propre : aussi n'obtient-on d'une grande quantité de racines qu'une petite quantité de produit, qui est bien loin de représenter par son action les propriétés vomitives d'une proportion correspondante de racines d'ipécacuanha.

M. Callond a donné, pour obtenir l'émétine, le procédé suivant : on fait digérer 4 onces de poudre d'écorce d'ipécacuanha dans 24 onces d'eau acidulée par un peu d'acide sulfurique; on laisse refroidir, et l'on ajoute 4 onces de chaux qui a été réduite en bouillie, et l'on fait sécher à l'étuve. La masse séchée et pulvérisée est reprise par de l'alcool à 36° bouillant qui dissout l'émétine, et la donne presque pure par l'évaporation. On la purifie en la dissolvant dans un peu d'eau acidulée, ajoutant du charbon, filtrant, concentrant, et précipitant par l'ammoniaque.

L'émétine pure n'est pour ainsi dire jamais employée en médecine.

PRÉPARATIONS PHARMACEUTIQUES
DE L'IPÉCACUANHA.

§ I. PRÉPARATIONS QUI CONTIENNENT TOUTE LA SUBSTANCE DE LA RACINE.

POUDRE D'IPÉCACUANHA.

On pulvérise l'ipécacuanha à la manière ordinaire, et on ne fait entrer dans la poudre que les trois premiers quarts du produit que l'on obtient ; ce qui reste est formé presque entièrement par la partie ligneuse qui a moins de friabilité. Cette partie ligneuse de la racine est moins vomitive; on la conserve à part pour l'utiliser à la préparation de l'émétine.

On recommandait pour pulvériser l'ipécacuanha, de le triturer dans un mortier, de manière à détacher la partie corticale du méditullium ligneux ; de rejeter le méditullium, et de pulvériser l'écorce de la racine sans laisser de résidu. Mais la manipulation est peu commode à effectuer quand l'ipécacuanha, comme cela se présente toujours dans le commerce, est un mélange de racines de différentes grosseurs ; dans les petites racines, le méditullium ne se sépare pas nettement par la trituration.

La poudre d'ipécacuanha est plus active que la racine, précisément à cause de la séparation du méditullium. 100 parties de poudre m'ont fourni par l'alcool à 56°,22 parties d'extrait demipilulaire ; 100 parties de résidu m'en ont fourni 18 parties. La force de la poudre d'ipécacuanha est par conséquent de $^1/_{11}$ plus grande que celle de la racine.

En mondant de l'ipécacuanha moyen de sa partie corticale, il a fourni 1 partie de méditullium et 4 parties d'écorce. Les rapports entre les qualités d'extrait, fourni par un même poids de chacune de ces matières, ont été comme 10 à 17. La partie corticale seule fournirait donc une poudre plus active que la racine entière dans le rapport de $^1/_{11}$ encore.

TABLETTES D'IPÉCACUANHA.

Pr. : Poudre d'ipécacuanha.   1
Sucre très blanc pulvérisé.   47
Mucilage épais de gomme adragante. . . . .   S. Q.

Faites des pastilles de 12 grains.

On fait ces pastilles avec du sucre très blanc, parce que la poudre d'ipécacuanha les colore toujours un peu ; on se sert d'un mucilage épais, et l'on malaxe la pâte sur une table, sans la battre dans un mortier, pour éviter autant que possible de dissoudre la partie extractive de l'ipécacuanha qui colorerait les tablettes. Chacune d'elles contient environ $^1/_2$ grain de poudre d'ipécacuanha.

TABLETTES D'IPÉCACUANHA AU CHOCOLAT.

(Tablettes de Daubenton.)

Pr. : Ipécacuanha pulvérisé.   1
Chocolat à la vanille.   12

Faites liquéfier le chocolat à une douce chaleur, incorporez la poudre d'ipécacuanha, divisez la masse en parties de 13 grains, que vous roulerez en boule et auxquelles vous ferez prendre une forme hémisphérique, en les mettant pendant quelques instants sur une plaque de fer-blanc chauffée.

Ces tablettes sont d'un usage commode pour les enfants, qui les prennent sans difficulté.

§ II. PRODUITS PAR L'EAU.

Comme l'ipécacuanha contient beaucoup d'amidon, on le traite par infusion seulement, quand on ne veut dissoudre que les parties vomitives. La macération qui ne toucherait pas du tout à la fécule, semblerait devoir être préférable ; cependant MM. Henry et Guibourt (toutefois sans preuves bien positives) prétendent qu'elle ne dissout pas tout le principe vomitif de l'ipécacuanha.

L'ipécacuanha est employé en décoction, quand on l'administre contre la dyssenterie ; le mélange de la fécule amylacée n'est pas alors indifférent pour mitiger l'impression trop vive des liqueurs sur les tissus. Spielmann a donné la formule suivante :

Pr. : Ipécacuanha, deux gros. . . . .   8 grammes.
Eau, douze onces.   375

On partage l'eau en 3 doses, et chacune d'elles sert successivement à faire une décoction. La quantité totale du produit doit être de 6 onces, que l'on administre en trois fois.

EXTRAIT AQUEUX D'IPÉCACUANHA.

On prépare cet extrait par lixiviation. La racine en fournit le tiers de son poids. Cet extrait n'est pas celui du Codex, et ne doit être donné que sur une prescription spéciale.

§ III. PRODUITS PAR L'ALCOOL.

L'alcool à 56ᶜ dépouille bien l'ipécacuanha de toutes ses parties actives; aussi les préparations qui dérivent de la solution alcoolique sont efficaces et nombreuses.

TEINTURE ALCOOLIQUE D'IPÉCACUANHA.

Pr.: Ipécacuanha. 1
   Alcool à 56ᶜ (21° Cart.)..................... 4

Faites macérer pendant 15 jours ; passez avec expression et filtrez.

TEINTURE ANISÉE D'IPÉCACUANHA.

Pr.: Ipécacuanha. 1
   Esprit d'anis. 4

M. Alibert employait cette teinture comme vomitif pour les enfants.

EXTRAIT D'IPÉCACUANHA.

On humecte la poudre d'ipécacuanha avec la moitié de son poids d'alcool, et on l'introduit en la tassant modérement dans l'appareil à lixiviation. Au bout de 12 heures, on lessive avec 3 parties d'alcool et on déplace celui-ci par de l'eau ; on distille les liqueurs alcooliques et l'on évapore le résidu en consistance d'extrait.

Cet extrait est celui qui a été adopté par le Codex. La racine fournit 22 p. 100 d'extrait demi-pilulaire.

SACCHAROLÉ D'IPÉCACUANHA.

Pr.: Teinture alcoolique d'ipécacuanha............ 15
   Sucre blanc.................................... 7

Mêlez et séchez à l'étuve.

Un gros de saccharolé représente 2 grains un quart ($\frac{1}{8}$ de gramme) de racine d'ipécacuanha, et $\frac{1}{2}$ grain (2 $\frac{1}{2}$ centigrammes) d'extrait.

SIROP D'IPÉCACUANHA.

Pr. : Extrait alcoolique d'ipécacuanha, une once..   32 grammes.
Eau distillée, huit onces................   250
Sirop simple, neuf livres.   4500

Faites dissoudre l'extrait d'ipécacuanha dans l'eau, filtrez la dissolution ; ajoutez-la au sirop bouillant, et faites cuire jusqu'à 30 degrés.

Ce procédé est fort bon ; mais on n'est arrivé que successivement à l'adopter. L'ancien Codex conseillait de se servir d'une décoction de racine d'ipécacuanha et de filtrer les liqueurs ; mais on obtenait des liqueurs visqueuses qu'il était impossible de filtrer. M. Robinet a proposé d'ajouter à cette décoction de l'alcool pour précipiter le principe gommeux; mais MM. Henry et Guibourt firent observer qu'il valait mieux traiter immédiatement l'ipécacuanha par l'alcool, et ils donnèrent le procédé qui a été adopté par le Codex. Si l'emploi de l'extrait d'ipécacuanha est préféré au traitement direct de la racine, c'est qu'il est certain que cet extrait contient toutes les parties actives de la racine, et qu'il reste quelques doutes sur la possibilité d'en dépouiller complétement l'ipécacuanha par la seule action de l'eau.

Chaque once de sirop contient 4 grains d'extrait ou la substance de 16 grains de racine.

ÉMÉTINE BRUNE.

Pr. : Ipécacuanha........................   Q. V.
Alcool à 92° (38° Cart.)...............   S. Q.

On épuise l'ipécacuanha par l'alcool, et l'on distille les liqueurs pour obtenir un extrait. On redissout celui-ci dans très peu d'eau froide, et on le concentre de nouveau ; quand il est arrivé en consistance sirupeuse, on l'étale en couches minces sur des assiettes, à l'aide d'un pinceau, et on achève la dessiccation à l'étuve.

Cet extrait ne contient ni amidon, ni gomme, ni matière extractive proprement dite, parce que tous ces principes sont insolubles dans l'alcool à 40°. Il ne contient qu'une très faible proportion des matières grasses ou résineuses, parce que celles-ci sont séparées lors du traitement de l'extrait alcoolique par l'eau. Il constitue l'émétine brune ou médicinale, qui fait vomir à la dose de 4 à 5 grains.

L'ipécacuanha fournit le dixième de son poids d'émétine brune.

SIROP D'ÉMÉTINE.

Pr.: Émétine médicinale, seize grains. . . . .   0,9 grammes.
Sirop de sucre, une livre.   500

On dissout l'émétine dans une petite quantité d'eau; on l'ajoute au sirop bouillant, et l'on fait jeter quelques bouillons pour cuire le sirop (Magendie). Chaque once de ce sirop contient par once 1 grain d'émétine brune.

TABLETTES D'ÉMÉTINE PECTORALES.

Pr. : Sucre, quatre onces. . . . .,   125 grammes.
Émétine noire, trente-deux grains.   1,7
Mucilage de gomme adragante. . . . .   S. Q.

On fait des tablettes de 9 grains ($\frac{1}{2}$ gramme), en introduisant dans la pâte assez de laque carminée pour les colorer en rose (Magendie).

TABLETTES D'ÉMÉTINE VOMITIVES.

Pr.: Sucre, quatre onces. . . . .   125 grammes.
Émétine, soixante-quatre grains.   3,5
Mucilage. . . . .   S. Q.

On fait des pilules de 18 grains (1 gramme). Une de ces pastilles suffit ordinairement pour faire vomir un enfant (Magendie).

§ IV. PRODUITS PAR LE VIN.

VIN D'IPÉCACUANHA.

Pr.: Ipécacuanha.   1
Vin d'Espagne.   32

F. S. A. (Pharm. de Londres.)

SIROP DE DÉSESSART.

(Sirop d'ipécacuanha composé.)

Pr.: Ipécacuanha, une once. . . . .   32 grammes.
Séné, trois onces.   96
Vin blanc, une livre et demie.   750

On fait macérer pendant 24 heures ; on passe, et l'on ajoute au résidu :

Serpolet, une once.....................	32 grammes.
Coquelicot, quatre onces................	125
Sulfate de magnésie, trois onces.	96
Eau bouillante, six livres.	3000

On laisse infuser pendant 12 heures ; on passe avec expression, et on ajoute la liqueur vineuse, plus :

Eau de fleurs d'oranger, vingt-quatre onces.	750

On fait avec un poids de sucre double de celui de la liqueur un sirop par solution au bain-marie ; on le passe au blanchet.

Ce sirop est employé contre la toux, et en particulier chez les enfants.

Une partie racine d'ipécacuanha équivaut à :		Une partie extrait d'ipécacuanha équivaut à :	
Poudre............	0,9	Racine............	4,5
Extrait aqueux.....	0,33	Poudre............	4,1
— alcoolique..	0,22	Extrait aqueux.....	1,5
Émétine brune. ...	0,10	Émétine brune.....	0,45
Teinture alcoolique.	4,22	Teinture..........	19
Saccharolé........	32	Saccharolé........	144
Sirop.............	36	Sirop.............	144
Vin..............	32		

CAÏNÇA.

(Chiococca racemosa.)

La racine de caïnça est employée dans la médecine européenne contre les hydropisies, et principalement contre l'ascite. Elle a été analysée par MM. Pelletier et Caventou, qui y ont trouvé :

Matière grasse verte, d'odeur vireuse ; acide caïncique ; matière jaune extractive et amère ; matière colorante visqueuse.

La matière grasse verte donne son odeur à la racine ; l'acide caïncique en est regardé comme le principe actif ; mais nos connaissances à ce sujet ne sont pas assez étendues.

L'acide caïncique est formé d'oxigène, d'hydrogène et de carbone ; quand il est cristallisé, il contient une proportion d'eau, et il se présente sous la forme de petites aiguilles déliées, blanches et inodores. Il est d'abord insipide, puis il laisse à la gorge un sentiment d'astriction. Il faut 600 parties d'eau pour en dissoudre une partie; l'alcool le dissout très bien; il est à peine soluble dans l'éther; l'acide acétique le dissout et l'abandonne par l'évaporation spontanée; si l'on évapore la dissolution acétique à l'aide de la chaleur, l'acide caincique se change en une matière gélatineuse (la matière visqueuse signalée dans la racine n'a peut-être pas d'autre origine). Il se combine aux bases. Les caincates d'ammoniaque, de baryte, de strontiane et de chaux, sont incristallisables et très solubles dans l'alcool; si l'on ajoute de l'eau de chaux à la solution de caincate neutre de chaux, tout l'acide se précipite en un sel basique insoluble.

Pour obtenir cet acide, on dissout l'extrait alcoolique de cainça dans l'eau, et l'on précipite la liqueur par un excès de chaux; on recueille le précipité; on le lave et on le décompose par de l'alcool bouillant chargé d'acide oxalique. L'oxalate de chaux se dépose, et l'acide caincique reste en dissolution. L'acide caincique existe dans les liqueurs obtenues par l'action de l'eau et de l'alcool sur le cainça; il est tenu en dissolution dans l'eau à la faveur des autres principes, ou peut-être parce qu'il existerait dans la racine à l'état de caincate de chaux.

DÉCOCTION DE CAINÇA.

Pr.: Écorce de racine de cainça, deux gros. . . . . .   8 grammes.
    Eau froide, huit onces.   250

On fait macérer pendant 48 heures; puis on fait bouillir dix minutes, et l'on passe. On administre cette dose en deux fois (Docteur François).

Suivant MM. Pelletier et Caventou, la décoction épuise la racine de ses parties actives.

TEINTURE DE CAINÇA.

Pr.: Cainça.   1
    Alcool à 56ᶜ (21º Cart.).   8

Faites macérer pendant 15 jours et filtrez.

TEINTURE AMMONIACALE DE CAINÇA.

Pr.: Cainça en poudre.   1
    Alcool ammoniacal au 1/6.   4

Faites macérer et filtrez (Béral).

Cette teinture a une couleur vert foncé, qui se développe par l'action de l'ammoniaque sur la matière colorante de la racine. La potasse ne produirait pas le même effet. La couleur ne se produit que peu à peu, et ce n'est qu'après plusieurs heures que l'action est complète.

EXTRAIT DE CAINÇA.

Pr.: Racine de cainça.................................. 1
Alcool à 56° (21° Cart.)..................... S. Q.

On obtient le sixième du poids de la racine en extrait (Béral).

SIROP DE CAINÇA.

Pr.: Sirop de sucre, seize onces.................... 500 grammes.
Extrait alcoolique de cainça, soixante-quatre grains. 3,5

On dissout l'extrait dans un peu d'eau ; on filtre ; on ajoute au sirop bouillant, et l'on fait évaporer. Ce sirop contient 4 grains d'extrait de cainça par once.

SACCHAROLÉ DE CAINÇA.

Pr.: Teinture alcoolique de cainça au 1/4......... 4
Sucre blanc.. 23

On verse la teinture sur le sucre ; on mélange par trituration ; on sèche à l'étuve, et l'on pulvérise de nouveau. La teinture que l'on emploie a été préparée avec quatre parties d'alcool et une de racine. Suivant M. Béral, elle contient le quart de son poids d'extrait. Chaque once de saccharolé en contient 1 scrupule, et correspond à 2 gros de racine. Mais ces données, pour être admises, me paraissent avoir besoin d'être soumises de nouveau à l'expérience.

VIN DE CAINÇA.

Pr.: Cainça................................... 1
Vin de Malaga.............................. 16

Faites macérer pendant 8 jours et filtrez.

SIROP DE CAINÇA AU VIN.

Pr.: Saccharolé de cainça..................... 8
Vin de Malaga............................. 5

Faites dissoudre au bain-marie ; filtrez (Béral).

CAFÉ.

(Coffea arabica.)

Le café a été successivement étudié par plusieurs chimistes ; sa composition nous est cependant encore imparfaitement connue. On y a trouvé :

Huile volatile concrète ; mucilage ; cire brune ; huile jaune liquide ; huile grasse solide d'odeur de cacao ; matière extractive ; apothème ; albumine végétale ; caféine ; acide libre (gallique ?).

L'huile volatile du café est peu abondante. MM. Robiquet et Boutron nient son existence.

L'huile jaune fixe existe en abondance. Elle a une saveur et une odeur de café vert ; le café en contient environ le huitième de son poids.

La résine du café paraît avoir les propriétés de la chlorophylle.

L'extractif du café, suivant Schrader, contient une sorte de tannin qui précipite en vert les sels de fer protoxidés ou peroxidés. Il fournit avec les sels de cuivre un précipité à peine sensible ; mais en ajoutant un alcali, il se précipite une combinaison d'une magnifique couleur verte. Une partie de l'extractif est déjà altérée dans le café, et constitue de l'apothème insoluble dans l'eau.

L'acide du café est mal connu. Cadet l'a pris pour de l'acide gallique ; Grindel, pour de l'acide quinique ; Payssé a cru lui trouver des caractères particuliers, et il l'a appelé acide caféique. Pfaff indique comme un des caractères spéciaux de cet acide, de prendre par le feu l'odeur aromatique du café brûlé.

La caféine a été découverte par Runge ; mais c'est M. Robiquet qui nous a fait connaître ses principales propriétés. La caféine est composée de :

4 pp. de carbone,	49,79 ;
25 pp. d'hydrogène,	5,08 ;
1 pp. d'azote,	20,83 ;
1 pp. d'oxigène,	16,30.

Cristallisée, elle contient $\frac{1}{2}$ proportion d'eau.

La caféine est blanche et inodore. Elle a une saveur légèrement amère. Elle cristallise en longs filets soyeux ; elle fond à une chaleur modérée en un liquide transparent. Elle est volatile.

L'eau en dissout $\frac{1}{80}$ de son poids à froid ; elle est beaucoup plus soluble à chaud ; la dissolution saturée à l'ébullition, se prend en masse par le refroidissement. La caféine est peu soluble dans l'alcool anhydre. Elle se dissout facilement dans l'alcool à 70 ou 80 degrés centésimaux. Elle est insoluble dans l'éther et dans l'essence de térébenthine.

La caféine est neutre; les alcalis et les acides ne l'altèrent pas, mais ils la dissolvent plus facilement que l'eau. L'acide nitrique ne la décompose pas.

Pour obtenir la caféine, on épuise le café par l'alcool bouillant; on transforme en extrait, et l'on reprend par l'eau, qui sépare une matière grasse. On ajoute dans la liqueur aqueuse de l'hydrate d'oxide de plomb, qui entraîne la matière colorante en une combinaison d'un beau jaune serin. On filtre, on concentre en consistance de sirop clair; la caféine cristallise, on l'exprime, et on la purifie par le charbon.

Le café cru est considéré comme fébrifuge. On l'emploie sous forme de décoction. La dose est de 1 once (32 grammes) de café pour 12 onces (375 grammes) de produit.

La torréfaction du café lui fait éprouver, et dans sa nature et dans ses propriétés, des changements remarquables. Après la torréfaction, Schrader y a trouvé : ·

Extrait de café non altéré, mais plus brun, 12,5; gomme noirâtre, 10,4; apothème, 5,7; huile grasse et résine, 2; fibre végétale brûlée, 6,9.

C'est le principe aromatique qui se développe pendant la torréfaction qui communique au café brûlé son parfum, et peut-être ses principales propriétés. Nous ne savons pas quelle partie du café lui donne naissance. Pfaff prétend que c'est l'acide caféique; Schrader, que c'est la matière cornée de la semence. Il est possible que plusieurs matières concourent en même temps à sa formation. Ce principe aromatique lui-même n'a pu être isolé. On le trouve uni à l'huile fixe peu altérée sous la forme d'une matière grasse, brune, abondante, d'odeur de café brûlé; mais dont par aucun moyen on n'a pu séparer la partie odorante.

Schrader conseille de brûler le café dans un petit appareil à condensation; on recueille un liquide jaune aromatique, que l'on mêle au café. MM. Robiquet et Boutron n'ont obtenu dans ce cas qu'un peu d'acide acétique et d'huile empyreumatique. Ils ont vu se sublimer de la caféine. L'important est de ménager singulièrement la torréfaction; si elle est trop avancée, l'infusion est moins aromatique, mais aussi elle est plus foncée en couleur. On obtient d'excellent café en employant parties égales de café moka et de café Bourbon. On les torréfie à part : le café moka doit l'être assez pour prendre seulement une couleur brune ; on pousse un peu plus loin la torréfaction du café Bourbon.

La manière de préparer l'infusion de café est trop connue pour que nous en parlions ici.

KINO.

(Uncaria gambir.)

Le Kino, improprement nommé gomme kino, est attribué à l'*Uncaria gambir* de l'Inde ; mais on a décrit sous ce nom le suc de diverses plantes fort différentes, de sorte qu'il existe encore assez de confusion sur sa véritable origine.

Le kino est formé principalement de tannin et il paraît ressembler beaucoup au rouge cinchonique du quinquina. M. Berzélius en a isolé le tannin pur, qui est remarquable par la facilité avec laquelle il forme de l'extractif coloré ; ses dissolutions laissées au contact de l'air ne tardent pas à se colorer par la formation de l'apothème insoluble.

Le kino du commerce est incomplétement soluble dans l'eau. C'est un bon tonique et astringent que l'on emploie dans quelques diarrhées et dans les leucorrhées ; mais il est moins efficace que beaucoup d'autres astringents connus. On l'emploie le plus habituellement sous forme de poudre ; on en a fait un sirop, une teinture alcoolique.

DES VALÉRIANÉES.

Les racines des Valérianées vivaces ont une odeur forte et une saveur désagréable. Plusieurs d'entre elles sont usitées. On emploie indifféremment en médecine les racines des *Valeriana officinalis et phu* ; on se servait autrefois, sous le nom de nard celtique, de la racine des *V. celtica et saliunca* ; le nard indien ou *spicanard*, est le collet et le bas de la tige du *Nardostachys jatamansi*.

Les feuilles des valérianées sont insipides ; on mange celles de la grande valériane et de la valériane rouge. Plusieurs espèces de *Valerianella*, et surtout les *V. olitoria* et *locusta*, sont employées sous le nom de mâche.

VALÉRIANE.

(Valeriana officinalis et phu.)

La racine de valériane est la seule partie de la plante employée en médecine. C'est un médicament des plus puissants comme excitant et antispasmodique ; il est utile en quelques cas comme fébrifuge ou vermifuge.

Nous devons à Trommsdorf une analyse de la valériane : il y a trouvé :

Huile volatile ; résine ; extractif aqueux ; matière particulière ; amidon.

L'huile volatile contribue puissamment aux propriétés de la valériane. Quand elle a été simplement préparée par les procédés ordinaires, elle est un mélange d'une huile volatile d'odeur camphrée et d'un acide volatil particulier qui a été découvert par Pentz et étudié depuis par Grote et par Trommsdorf. Il a beaucoup d'analogie avec les acides gras volatils ; il est liquide, oléagineux, d'une odeur particulière repoussante qui a beaucoup d'analogie avec celle de la valériane ; il bout à 132° ; il se dissout dans 30 parties d'eau et il est soluble en toutes proportions dans l'alcool et l'éther. Ettling a trouvé l'acide valérianique formé de : 10 pp. carbone ; 9 pp. hydrogène ; 3 oxigène ; à l'état d'isolement il contient 1 proportion d'eau. Il se combine aux bases, et l'oxigène de la base, dans les valérianates, est le tiers de l'oxigène de l'acide. Ces sels ont une odeur particulière et une saveur douce avec un arrière-goût piquant ; presque tous les acides en séparent l'acide valérianique. On retire aisément cet acide de l'huile essentielle de valériane en la battant avec de l'eau et de la magnésie et distillant. L'huile se volatilise, l'acide reste combiné à la magnésie ; on le sépare de cette nouvelle combinaison au moyen d'un acide plus fort et par la distillation.

La résine de valériane est presque noire ; elle a une odeur de cuir bien caractérisée et une saveur âcre ; l'extractif aqueux conserve cette même odeur de cuir qu'il doit sans doute à un peu de résine. Quant au principe particulier de Trommsdorf, il a besoin d'être étudié de nouveau; il est soluble dans l'eau et insoluble dans l'éther et l'alcool absolu. Il est précipité par presque toutes les dissolutions métalliques.

POUDRE DE VALÉRIANE.

On concasse légèrement les racines dans un mortier et on passe au tamis de crin pour séparer la terre qui est restée adhérente aux racines; on les fait alors sécher à l'étuve et on les pulvérise à la manière ordinaire sans laisser de résidu. La poudre de valériane est une des formes sous lesquelles on emploie le plus ordinairement cette racine; on doit la conserver dans des vases bien bouchés.

EAU DISTILLÉE DE VALÉRIANE.

Pr. : Racine de valériane. 1
Eau. .... S. Q.

Retirez 4 parties d'eau à la distillation. Le produit est rendu acide par l'acide valérianique qu'il contient.

La valériane distillée à la vapeur fournit un excellent produit; il faut pour cette racine, comme pour toutes les substances sèches, la passer au moulin, l'humecter avec la moitié de son poids d'eau froide, et ne la distiller que douze heures après.

TISANE DE VALÉRIANE.

Pr. : Racine de valériane concassée, deux gros à
une once........................... 8 à 32 grammes.
Eau bouillante, deux livres.............. 1000

Faites infuser.

La théorie ne peut guère indiquer s'il faut préférer l'infusion à la décoction dans le traitement de la valériane. L'ébullition dissipe une partie de l'huile volatile, et si même elle est assez prolongée, la liqueur ne conserve plus que l'odeur de cuir propre à la résine. D'un autre côté, la résine, qui est certainement une partie active, doit exister en plus forte quantité dans la décoction. L'expérience montre que l'infusion faite avec la racine bien concassée mérite la préférence. Elle est et plus sapide et plus odorante.

SIROP DE VALÉRIANE.

Pr. : Racine de valériane........................ 1
Eau bouillante........................... 8
Sirop simple........................... 8

On concasse la racine de valériane, on la met dans la cucurbite d'un alambic, et on verse dessus l'eau bouillante; après 10 à 12 heures d'infusion, on distille pour retirer 1 partie et demie de liqueur que l'on conserve à part; on passe avec expression la matière restée dans l'alambic; on filtre le liquide, on le mêle au sirop de sucre, et l'on fait cuire jusqu'à ce que celui-ci ait perdu un poids égal à celui de la liqueur distillée; on le fait refroidir en partie et on y mélange la liqueur aromatique.

J'ai essayé de faire le sirop de valériane, tout en conservant le même rapport entre la racine et le sucre : 1° par simple solution du sucre dans l'infusion de valériane au bain-marie fermé; 2° en évaporant l'infusion de valériane avec le sirop, et décuisant avec 2 onces d'eau distillée de valériane, suivant le procédé de MM. Henry et Guibourt; 3° en mettant la poudre de valériane en contact avec le double de son poids d'eau chaude; exprimant après quelques heures; ajoutant une livre d'eau sur le marc; exprimant de nouveau; faisant évaporer cette seconde liqueur avec le sirop et décuisant avec la première; 4° en faisant dissoudre une once d'extrait alcoolique de valériane dans 6 onces d'eau, filtrant et mêlant la liqueur au sirop de sucre qui avait été évaporé d'un poids égal à celui de la solution d'extrait. Ce dernier sirop est le seul qui se soit rapproché du produit de la première formule.

TEINTURE ALCOOLIQUE DE VALÉRIANE.

Pr. : Racine de valériane......................... 1
Alcool à 56° (21° Cart.).................... 4

Faites macérer pendant quinze jours; passez avec expression; filtrez.

La teinture alcoolique de valériane est un bon médicament qui contient toutes les parties actives de la racine.

TEINTURE ÉTHÉRÉE DE VALÉRIANE.

Pr. : Racine de valériane pulvérisée.............. 1
Éther sulfurique. 4

Opérez par la méthode de déplacement.

Cette teinture tient en dissolution toute la matière résineuse, l'huile volatile et l'acide valérianique, c'est-à-dire toutes les parties actives de la racine.

EXTRAIT DE VALÉRIANE.

Pr. : Racine de valériane..................... Q. V.
Alcool à 56° (21° Cart.)............... Q. S.

On humecte la poudre de valériane avec la moitié de son poids d'alcool; au bout de 12 heures on lessive avec 3 nouvelles parties d'alcool; on déplace en grande partie celui-ci par de l'eau ; on distille les liqueurs alcooliques et on évapore en consistance d'extrait.

On obtient une quantité d'extrait qui équivaut au quart du poids de la racine.

L'extrait alcoolique de valériane est bien préférable à celui que l'on peut obtenir par l'eau, parce que l'alcool est un meilleur dissolvant des parties actives de la racine, et parce que l'évaporation étant moins longue, il y a moins d'huile volatile dissipée pendant la préparation de l'extrait. L'abondance de la matière résineuse dans cet extrait alcoolique concourt à y retenir plus d'huile essentielle.

L'extrait que l'on peut obtenir par l'eau froide et qui est recommandé par quelques auteurs, est moins odorant. L'extrait par infusion se rapproche davantage de l'extrait alcoolique, mais il lui est encore inférieur.

En prenant pour point de comparaison la racine de valériane, on trouve les rapports approximatifs suivants entre les différentes préparations de valériane.

Une partie de racine équivaut à :

        1   partie poudre.
        0,25 — extrait.
        4,2 — teinture alcoolique.
        4,2 — teinture éthérée.
        8   — sirop.

DES COMPOSÉES.

Les composées sont divisées en trois groupes principaux, savoir : les Chicoracées, les Cynarocéphales et les Corymbifères.

Les Chicoracées sont des plantes à suc laiteux amer, qui, suivant quelques chimistes, doit sa lactescence à du caoutchouc ; au moins Schrader et Quevenne l'ont trouvé dans la laitue, Pfaff dans la laitue vireuse et John dans le pissenlit. Le suc des Chicoracées est employé comme tonique et stomachique : à haute dose, ou par un usage continué, il est laxatif. Les espèces les plus employées sont le pissenlit, la chicorée sauvage, la lampsane (*Lampsana communis*), la chondrille (*Chondrilla juncea*) ; mais on peut leur substituer au besoin le plus grand nombre des espèces de la tribu.

Quelques Chicoracées sont sédatives ; la laitue ordinaire, la laitue vireuse, la laitue sauvage (*Lactuca sylvestris*), le *L. elongata* aux États-Unis, le *Sonchus tenerrimus* à Naples, sont les espèces dans lesquelles on a reconnu cette propriété ; elle paraît résider dans le suc propre laiteux que contiennent les gros vaisseaux de l'écorce. Cette propriété, d'ailleurs assez faible dans ces plantes, se retrouve-t-elle dans les autres espèces ? Nous manquons d'expériences à ce sujet, et il me paraît judicieux de suspendre le jugement à ce sujet jusqu'à ce que de nouvelles observations aient pu jeter du jour sur cette comparaison.

Malgré leur amertume, les Chicoracées, dans leur jeunesse, sont alimentaires ; un grand nombre d'espèces sont dans ce cas. Je citerai la chicorée sauvage, le pissenlit, la scorzonère ; la lampsane se vend communément sur les marchés du Levant. On mange le *Sonchus oleraceus* en Italie, et le *S. tenerrimus* dans les pays de montagnes. Dans un âge plus avancé, des Chicoracées ne peuvent servir d'aliment qu'autant qu'on les a fait étioler ; telles sont la laitue pommée, la laitue romaine, l'endive (*Cichorium endivia*), la scarole (*Lactuca scariola*), la barbe de capucin, qui n'est autre que la chicorée sauvage, dont les racines ont été plantées à la cave, et dont les feuilles ont poussé à l'obscurité, longues, étroites, décolorées et en grande partie dépourvues de sucs amers.

Quelques racines de Chicoracées sont employées comme aliment, la scorzonère (*Scorzonerra hispanica*), le salsifis (*Tragopogon porrifolium*), la cardousse (*Scolymus hispanicus*). Celles des racines qui ont peu d'amertume sont considérées comme apéritives ; celles qui sont plus amères, comme la racine de chicorée, sont employées à l'instar des feuilles.

CYNAROCÉPHALES.

Les Cynarocéphales ont le suc amer, mais d'une amertume plus franche que celui des Chicoracées ; il ne paraît pas participer aux vertus laxatives de ces dernières, aussi en fait-on usage comme tonique et fébrifuge ; mais il ne réussit pas également dans le traitement des maladies chroniques du mésentère. Les espèces très amères sont vantées comme fébrifuges. Ex. : les Centaurées, et en particulier la chausse-trape (*Centaurea calcitrapa*), l'artichaut (*Cynara scolymus*), le *Serratula amara*, de Sibérie. Les espèces moins amères sont réputées sudorifiques, stomachiques, apéritives ; Ex. : chardon-marie (*Sylibum marianum*), chardon-bénit (*Centaurea benedicta*), chardon-bénit des Parisiens (*Carthamus lanatus*) et l'*Elephantopus scaber*, de l'Inde.

La nature du principe amer de ces plantes a été mal déterminée ; M. Morin l'a trouvé dans le chardon-bénit sous forme d'une matière peu soluble dans l'eau froide, beaucoup plus soluble dans l'eau chaude, soluble dans l'éther et dans l'alcool. C'est évidemment une substance du même genre que Figuier a signalée dans la chausse-trape sous le nom de matière résiniforme et qu'il a considérée comme la partie active de cette plante.

Les Cynarocéphales dans l'état de jeunesse ou d'étiolement peuvent servir d'aliment. C'est ainsi que l'on étiole les pétioles du cardon (*Cynara cardunculus*), que l'on mange les réceptacles charnus et naturellement étiolés de l'artichaut, et dans les montagnes ceux de la *Carlina acaulis*.

Les racines des Cynarocéphales sont un peu amères et passent pour diurétiques. Les espèces les plus connues sous ce rapport sont les *Carlina vulgaris, Cnicus acarna, C. casaborna, Silybum marianum, Echinops ritro et sphœrocephalus*. La racine de bardane est la seule qui soit d'un usage habituel ; elle est employée dans le traitement des maladies de la peau et des maladies vénériennes.

Parmi les fleurs des Cynarocéphales, une est remarquable par la matière colorante qu'elle fournit à la teinture, c'est le *Carthamus tinctorius*, ou safran bâtard. Sa fleur renferme une matière colorante jaune, soluble dans l'eau, sans intérêt, et dont on la dépouille par des lavages ; et une autre matière colorante rouge, insoluble dans l'eau, soluble dans les alcalis et que les acides précipitent de sa dissolution ; elle donne des couleurs très vives, mais qui malheureusement n'ont pas de solidité. Broyée avec du talc, elle constitue le rouge de fard pour la toilette.

Les Cynarocéphales ont des semences huileuses ; on dit que celles du carthame sont purgatives. Durand a proposé d'extraire des graines de l'*Onoperdum acanthium*, une huile qui est bonne à manger.

CORYMBIFÈRES.

On trouve dans les Corymbifères une matière amère et de l'huile volatile. La présence de ces deux principes rend ces plantes toniques et excitantes, et chacune de ces deux propriétés domine suivant la proportion de l'un ou de l'autre des principes actifs. C'est par suite de ces propriétés générales que les Corymbifères sont considérées dans la matière médicale comme emménagogues, antihystériques, vulnéraires, stomachiques, fébrifuges.

Les espèces les plus employées comme amères, et qui sont en grande partie dépourvues d'huile essentielle, sont l'aunée, la verge d'or (*Solidago virga aurea*).

On emploie comme stomachiques, emménagogues, excitantes, les Absinthes, les Achillées, les Ambrosia, la Matricaire (*Matricaria parthenium*), la camomille (*M. chamœmilla*), la camomille romaine (*Anthemis nobilis*) ; c'est peut-être à cette même propriété que le *Mikania guako* et le *Mikania opifera*, du Brésil, doivent d'être employés contre les morsures des serpents.

Les vermifuges les plus ordinaires parmi les Corymbifères sont la santoline (*Santolina chamœcyparissus*), la tanaisie (*Tanacetum vulgare*), l'absinthe, les fleurs des *Artemisia contra et judaïca*, qui fournissent le *semen-contra* d'Alep, celles des *A. Glomerulata* et *Ramosa* auxquelles on rapporte le *semen-contra* de Barbarie, et celles des *A. Campestris* et *absynthium* qui fournissent le *semen-contra* indigène, et les semences de l'*Ascaricida anthelmintica*, connue dans l'Inde sous le nom de *Calageri*. Le mélange de 3 plantes de cette famille constitue les espèces anthelmintiques.

ESPÈCES ANTHELMINTIQUES.

Pr. : Sommités d'absinthe...................... 1
  —   tanaisie...................... 1
Fleurs de camomille romaine. 1

Mêlez.

Plusieurs espèces sont employées comme vulnéraires : de ce nombre sont l'*Achillœa millefolium*, le génépi blanc (*Artemisia glacialis, rupestris, mutellina, vallesiaca* et *spicata*), le génépi noir (*Achillœa herba rosa, moschata, atrata*).

Quelques Corymbifères peu actives sont usitées comme pectorales, telles sont le tussilage (*Tussilago farfara*), le pied de chat (*Gnaphalium dioicum*), l'ayapana (*Eupatorium ayapana*), l'*Hubertia ambavilla* de l'Ile-de-France ; d'autres espèces sont à peu près inertes, comme le souci, les bellis, le seneçon.

L'huile essentielle des Corymbifères a tous les caractères propres à cette série de corps ; le principe amer a été imparfaitement étudié dans l'absinthe ; il s'y est présenté sous deux formes, celle d'une matière soluble dans l'eau, et celle d'une matière résiniforme qui y est peu soluble : dans la tanaisie, M. Peschier l'a désigné sous les noms d'extractif et de résine, ce qui annonce l'analogie de composition avec l'absinthe. Dans le *semen-contra* les résultats obtenus sont assez de la même nature.

Certaines Corymbifères ont des propriétés toutes différentes de celles qui appartiennent à l'ensemble de la famille ; ainsi le *Bailleria aspera* de Cayenne enivre le poisson ; la racine de l'Eupatoire d'Avicenne (*Eupatorium cannabinum*) est purgative, et, suivant M. Righimi, elle contiendrait une base alcaline de saveur piquante, l'eupatorine ; la racine d'Arnica a été employée comme vomitive ; ses fleurs ont une action énergique, elles produisent des vertiges, des tremblements. Jusqu'à présent les essais chimiques n'ont pas fait connaître avec exactitude à quel principe il fallait rapporter cette action spéciale.

Certaines Corymbifères ont une saveur piquante, qui excite la salivation et qui les a fait employer comme sialogogues. Tels sont le *Spilanthus acmella*, ou cresson de Para, l'*Acmella repens et mauritiana*, les *Bidens tripartita et cernua*, l'*Osmites camphorina* du Cap. Cette dernière plante donne à la distillation une eau qui est employée contre la paralysie sous le nom d'eau de paquerette. La même propriété sialogogue se retrouve dans les racines de pyrèthre (*Anthemis pyrethrum*), dans celles de l'*Achillœa ptarmica*, du *Spilanthus urens* de Carthagène, du *Sigisbeckia orientalis* de l'Inde. D'après l'analyse de M. Gauthier, la matière âcre de la pyrèthre est une espèce d'huile résinoïde insoluble dans l'eau : on a trouvé une matière tout à fait analogue dans le cresson de Para.

Les tubercules de l'*Helianthus tuberosus* (Topinambour) et des Dahlias (*Georgina superflua et frustranea*) peuvent servir d'aliment. Ils contiennent une abondante proportion d'inuline.

Les semences des Corymbifères sont huileuses ; quand elles sont assez volumineuses, on en peut extraire l'huile avec avantage. Aux environs de Lyon, on cultive à cet effet le grand-soleil (*Helianthus annuus*) ; on se sert au même usage dans l'Inde du *Verbesma sativa*, et au Chili du *Madia sativa* ou *Madi*.

CHICORÉE SAUVAGE.

(Cichorium intybus.)

La chicorée sauvage fournit à la médecine ses feuilles et ses racines. C'est un médicament de grande réputation comme stomachique et dépuratif. On le recommande dans quelques maladies du foie ; dans ce cas, son usage, pour être suivi de bons effets, doit être longtemps continué.

Les feuilles de chicorée contiennent :

De l'extractif ; de la chlorophylle ; une matière sucrée ; de l'albumine ; des sels : entre autres, du nitrate de potasse.

Les racines de chicorée ont une composition analogue ; mais suivant l'observation de Watt, elles contiennent de l'inuline. C'est à la matière extractive amère que ces médicaments doivent leurs vertus.

Les feuilles de chicorée sont plus souvent employées en tisanes : on préfère les prendre fraîches, et on les soumet à une décoction de quelques instants. Si on les emploie sèches, on les fait infuser dans l'eau à la dose de 3 gros (12 grammes) par litre. C'est également par infusion que l'on doit traiter la racine de chicorée, après l'avoir bien divisée, pour qu'elle soit facilement pénétrée par l'eau. On en prend 5 gros (20 grammes) par litre de tisane.

SUC DE CHICORÉE.

On pile la chicorée, on exprime le suc, et on le filtre à froid.

Ce suc est le plus ordinairement allié à celui d'autres plantes, et constitue les sucs d'herbes, que quelques personnes ont encore l'habitude de prendre au printemps. En voici pour exemple la formule du Codex, qui pourrait être singulièrement variée.

SUC D'HERBES.

Pr.: Feuilles de chicorée sauvage.................. 1
—   bourrache. 1
—   fumeterre....................... 1
—   cerfeuil. 1

On pile les plantes, on en exprime le suc et on le filtre à froid.

EXTRAIT DE CHICORÉE.

On pile la chicorée pour en extraire le suc; on clarifie celui-ci par la chaleur; on le passe à la chausse, et on le fait évaporer en consistance d'extrait.

On obtient un bon extrait en traitant les feuilles sèches de chicorée par lixiviation.

La feuille sèche de chicorée fournit à peu près le quart de son poids d'extrait. On peut faire un bon extrait avec la racine : elle n'en fournit que le huitième de son poids.

PISSENLIT.

(Taraxacum dens leonis.)

Le pissenlit a absolument les mêmes propriétés que la chicorée; il s'emploie sous les mêmes formes et aux mêmes doses, et on le traite de la même manière.

LAITUE.

(Lactuca sativa.)

Le suc de laitue, obtenu par incision, contient, suivant M. Quevenne :

1° *Un principe amer, soluble dans l'eau et l'alcool, insoluble dans l'éther ; 2° de l'albumine ; 3° du caoutchouc ; 4° de la cire ; 5° un acide indéterminé ; 6° quelques sels.*

On attribue au suc propre de la laitue une vertu sédative ; mais on ne sait encore à quel principe la rapporter.

EAU DE LAITUE.

Pr.: Laitue montée prête à fleurir............... 1
Eau. .... S. Q.

Contusez la laitue, mettez-la avec l'eau dans la cucurbite d'un alambic, et retirez à un feu modéré 1 partie d'eau distillée.

Le Codex a adopté l'emploi de la laitue montée, car les feuilles de laitue donnent un produit inférieur.

M. Mouchon fils a conseillé de se servir de la laitue sèche ; mais l'eau est moins odorante. Le procédé de M. Mouchon ne pourrait être employé que dans le cas où pendant l'hiver on viendrait à manquer d'eau de laitue.

Enfin, M. Arnaud de Nancy a conseillé d'extraire le suc de la laitue et de le distiller : on obtient une eau très vireuse et très odorante, et qu'on étend d'eau si l'on veut la ramener au même degré de concentration que l'eau de laitue du Codex.

Il est à remarquer que l'eau distillée de laitue obtenue par le moyen du suc se conserve mal ; mais cette eau, qui possède à un très haut degré l'odeur de la laitue, devrait être préférée pour la préparation du sirop de laitue.

SIROP DE LAITUE.

    Pr.: Eau distillée de laitue...................... 1
         Sucre blanc............................... 2

Faites un sirop par simple solution, dans un bain-marie couvert.

On emploie à cette préparation l'eau de laitue du Codex. Elle donne un sirop trop faible. En préparant ce sirop avec l'eau que l'on obtient en exprimant le suc, et en le distillant pour en retirer un poids d'eau distillée égal à la moitié du poids du suc, j'ai obtenu un médicament d'un effet bien supérieur, ainsi que l'ont constaté les expériences de M. Martin Solon. Ce sirop doit être préparé pour toute l'année, car l'eau distillée concentrée de suc de laitue ne se conserve pas.

EXTRAIT DE LAITUE.

(Thridace.)

En faisant des incisions aux tiges de la laitue montée, les réservoirs qui se trouvent situés dans la partie corticale, laissent écouler un suc laiteux blanc, qui se colore à mesure qu'il prend de la consistance à l'air. Cet extrait a été désigné sous le nom de *Thridace* par le docteur François ; les Anglais le nomment *Lactucarium*. Mais il est difficile de se procurer ainsi une quantité d'extrait suffisante pour les besoins de la médecine : c'est ce qui a fait recourir au procédé suivant :

On prend de la laitue montée prête à fleurir ; on enlève les feuilles qui servent à préparer de l'eau distillée ; on pile les tiges, dans un mortier ; on passe le suc à travers un linge, et on le fait évaporer à l'étuve en couches minces dans des assiettes.

L'extrait ainsi obtenu contient, outre le suc laiteux, les autres sucs contenus dans le tissu de l'écorce. Il serait avantageux de rejeter l'intérieur de la tige, qui ne fournit qu'un liquide sans efficacité, lequel diminue les propriétés de la thridace par la grande proportion de matières étrangères qu'il y introduit. Mais la minutie de l'opération l'a fait négliger par le Codex.

La thridace contient quelques parties insolubles dans l'alcool à 56ᶜ, et qui sont sans action médicale. C'est ce qui a fait proposer par M. Dublanc de reprendre cet extrait par l'alcool, et d'évaporer de nouveau. Ce procédé n'est pas adopté. Il en est de même de celui que M. Mouchon fils a donné, et qui consiste à faire un extrait avec la laitue sèche et l'alcool à 56ᶜ.

SIROP DE THRIDACE.

Pr. : Thridace, un gros cinquante-six grains. ..   7 grammes.
  Eau distillée, deux onces................   64
  Sirop simple, une livre.................   500

Faites dissoudre la thridace dans l'eau. Filtrez la solution ; mêlez-la au sirop bouillant, et faites cuire à 30 degrés.

Chaque once de sirop contient 8 grains de thridace.

LAITUE VIREUSE.

(Lactuca virosa.)

La laitue vireuse passe pour plus active que la laitue ordinaire : on l'emploie également comme sédative. La composition de son suc laiteux est mal connue. Il contient de la résine, du caout-chouc et le principe extractif amer commun à toutes les Chicoracées.

ALCOOLATURE DE LAITUE VIREUSE.

Pr. : Suc de laitue vireuse.....................   1
  Alcool à 86ᶜ (34° Cart.)....................   1

Mêlez, et après quelques jours, filtrez.

Ce médicament serait sans doute plus efficace, si l'on ne se servait que de l'écorce de la plante.

EXTRAIT DE LAITUE VIREUSE.

On pile les feuilles et les tiges de la laitue vireuse ; on passe le suc à travers une toile, et on le fait évaporer à l'étuve sur des assiettes.

Plusieurs auteurs font préparer cet extrait avec le suc dépuré à chaud ; mais la clarification fait toujours perdre au suc des végétaux une partie de leurs propriétés.

Ici encore l'extrait serait préférable, si on le préparait comme la thridace, avec l'écorce seulement de la laitue vireuse.

BARDANE.

(Arctium lappa.)

La racine de la bardane est à peu près la seule partie de la plante dont on fasse usage en médecine. On la vante comme sudorifique et dépurative. Nous n'avons pas d'analyse spéciale de cette racine ; mais on sait qu'elle contient de l'amidon, de la matière extractive de l'inuline, du mucilage et quelques sels. C'est presque toujours sous forme de tisane qu'elle est employée. On doit la concasser et la traiter par infusion ; on emploie $^1/_2$ once à 1 once (16 à 32 grammes) de racine sèche par litre d'eau ; la décoction serait chargée d'amidon, et elle serait moins sapide et moins odorante.

Les feuilles de bardane ont été recommandées par Percy, pour le traitement de quelques ulcères. Il faisait employer un mélange de parties égales de suc de bardane et d'huile d'olives battus ensemble.

EXTRAIT DE BARDANE.

On prépare cet extrait par la lixiviation à froid de la racine que l'on a pulvérisée et humectée avec la moitié de son poids d'eau froide ; on chauffe la liqueur au bain-marie ; on la passe et on l'évapore en consistance d'extrait. L'opération est difficile et demande de l'habitude ; la racine est très visqueuse et doit être fort peu tassée.

AUNÉE.

(Inula Helenium.)

La racine d'aunée est la seule partie de cette plante usitée en médecine. Elle est employée comme tonique et excitante. On la recommande surtout dans les catarrhes chroniques avec engorgement du poumon. On l'emploie encore souvent dans le cas de faiblesse générale chez les jeunes filles non réglées ou dans les engorgements des viscères.

La racine d'aunée a été analysée par Feneulle et par John : elle contient :

Huile volatile; Hélénine; Résine molle et âcre; Cire; Extrait amer; Gomme; Inuline; Albumine végétale; Sels.

L'hélénine, appelée aussi camphre d'aunée, est un stéaroptène. Quand on distille la racine d'aunée, il passe une huile jaunâtre qui tombe au fond de l'eau et qui se fige : c'est l'hélénine. On peut l'obtenir encore cristallisée en laissant refroidir une teinture alcoolique d'aunée saturée à chaud. L'hélénine est une matière blanche, d'odeur d'aunée, fusible à + 42°, volatile, peu soluble dans l'eau, peu soluble dans l'alcool froid, mais très soluble dans l'alcool chaud. Elle se dissout très bien dans les huiles volatiles et dans l'éther. M. Dumas l'a trouvée composée de : 7 pp. de carbone; 9 pp. d'hydrogène; 1 pp. d'oxigène.

La résine d'aunée est molle, brune, d'une saveur amère, âcre, désagréable. Elle a une odeur aromatique qui se développe quand on la chauffe. Elle n'est pas soluble dans l'eau; elle se dissout bien dans l'alcool et l'éther. La chaleur de l'eau bouillante suffit pour la faire entrer en fusion.

L'inuline est une espèce de fécule qui a été découverte par Rose, dans la racine d'aunée, et qui a été trouvée depuis dans plusieurs autres substances. Elle est blanche, pulvérulente, sans odeur et sans saveur. Chauffée un peu au-dessus de 100°, elle perd de l'eau, et elle entre en fusion. L'iode la colore en jaune. Elle est très peu soluble dans l'eau froide; elle est au contraire très soluble dans l'eau bouillante. Sa dissolution est mucilagineuse: quand on l'évapore, l'inuline se sépare sous forme de pellicules membraneuses; par le refroidissement, elle se précipite à l'état pulvérulent. Une longue ébullition fait perdre à l'inuline la propriété de se précipiter ainsi.

L'inuline n'est pas soluble dans l'alcool. Les acides étendus la transforment en sucre plus facilement que l'amidon. Quand elle existe en même temps que celui-ci dans une liqueur, si l'amidon est en excès, l'inuline se précipite seule ; si l'inuline prédomine, elle entraîne avec elle une partie de l'amidon.

POUDRE D'AUNÉE.

On pulvérise l'aunée sans résidu. La poudre s'administre à la dose de 10 à 12 grains (5 à 6 décigrammes) jusqu'à 1 à 2 gros (4 à 8 grammes).

J'ai pulvérisé de la racine d'aunée en arrêtant l'opération quand les ³/₄ de la racine furent réduits en poudre ; le résidu ne m'a pas paru différer de la racine entière. Il a fourni, à poids égal, exactement la même quantité d'extrait sec.

CONSERVE D'AUNÉE.

```
Pr. : Poudre d'aunée........................... 1
      Eau commune............................. 2
      Sucre en poudre. ......................... 8
```

On mêle l'eau à la poudre d'aunée, on laisse en contact pendant quelques heures, on ajoute le sucre et l'on chauffe pendant quelques instants au bain-marie.

On préparait autrefois cette conserve avec la pulpe de la racine obtenue par coction ; elle s'altérait très promptement.

EAU DISTILLÉE D'AUNÉE.

Pr. : Racine sèche d'aunée concassée.......... Q. V.

Humectez-la avec de l'eau, et après 12 heures distillez à la vapeur pour retirer 4 parties de produit. Celui-ci se trouble par de l'hélénine qui reste quelque temps en suspension, puis qui se dépose.

TISANE D'AUNÉE.

```
Pr. : Racine d'aunée concassée, cinq gros. .......    20 grammes.
      Eau bouillante, un litre. .................  1000
```

Faites infuser pendant 1 heure ; passez.

EXTRAIT D'AUNÉE.

On prépare l'extrait d'aunée en humectant la poudre demi-fine de la racine avec la moitié de son poids d'eau et lessivant avec de l'eau à 20 degrés. L'opération se fait assez bien si l'on a soin de tasser modérément la racine ; on chauffe les liqueurs au bain-marie, on passe pour séparer le coagulum, et l'on achève l'évaporation au bain-marie jusqu'en consistance d'extrait.

VIN D'AUNÉE.

    Pr. : Racine d'aunée.   1
          Vin blanc.   31
          Alcool à 56c (21° Cart.).................   1

Concassez la racine, ajoutez l'alcool, après 24 heures versez le vin et laissez macérer pendant 8 jours, passez.

1 once de vin représente exactement un $\frac{1}{4}$ gros de racine.

TEINTURE ALCOOLIQUE D'AUNÉE.

    Pr. : Racine d'aunée.   1
          Alcool à 56c (21° Cart.).   4

Faites macérer pendant 15 jours ; passez avec expression, filtrez.

PYRÈTHRE.

(Anthemis pyretbrum.)

La racine de pyrèthre est âcre, excitante. C'est le sialogogue le plus puissant de nos climats ; on fait le plus ordinairement mâcher la racine pour dégorger les glandes salivaires, ou exciter vivement la langue paralysée. La décoction de pyrèthre est quelquefois employée en friction comme excitante ; elle a été proposée encore contre quelques affections pituitaires de la poitrine.

La racine de pyrèthre a été analysée par M. Gauthier, par M. Pariset, puis par M. Kœne ; elle contient :

Huile volatile presque inodore, des traces ; Huile volatile concrète ; Tannin ; Pyréthrine ; Principe colorant jaune ; Gomme ; Inuline ; Sels.

La pyréthrine, sorte de résine molle et âcre, est la partie active de cette racine.

Elle est brune, mollasse et poisseuse. Son odeur est fade et nauséeuse ; sa saveur est brûlante ; son âcreté est telle, qu'elle rubéfie la peau. Elle est insoluble dans l'eau ; elle est soluble dans l'alcool et l'éther. Elle se dissout mieux dans l'acide acétique, et mieux encore dans les huiles volatiles et les huiles fixes. Il est facile de l'extraire en mettant la racine en contact avec l'éther et lavant avec de l'eau l'extrait éthéré. La pyréthrine existe en plus grande quantité dans l'écorce de la racine que dans la partie ligneuse : la pyrèthre vermoulue en contient beaucoup.

M. Kœne a vu que la pyréthrine de MM. Gauthier et Parisel est un mélange de trois substances différentes ; savoir : 1° *une substance brune* très âcre, d'apparence résineuse, soluble dans l'alcool à 24° et dans l'alcool plus fort, insoluble dans l'eau, insoluble dans la potasse ; 2° *une huile fixe* d'un brun foncé, âcre et soluble dans la potasse ; cette huile a bien moins d'âcreté que la matière précédente, et peut-être n'est-elle pas âcre par elle-même : elle est très soluble dans l'alcool ; elle paraît être azotée ; 3° *une huile jaunâtre*, soluble dans la potasse, dans l'alcool et dans l'éther.

POUDRE DE PYRÈTHRE.

On pulvérise la racine sans laisser de résidu.

La poudre est employée à l'extérieur pour tuer les poux. A l'intérieur, on l'administre comme excitante, sous forme de pilules, à la dose de quelques grains.

HYDROLÉ DE PYRÈTHRE.

On soumet la pyrèthre à la décoction, parce que celle-ci entraîne une plus grande proportion de la résine molle insoluble. Cette liqueur est employée en gargarismes ou en lotions excitantes. On y ajoute souvent d'autres matières âcres, du vinaigre, du sel ammoniac, etc.

ALCOOLAT DE PYRÈTHRE.

Pr. : Racine de pyrèthre....................... 1
     Alcool à 86° (34° Cart.)................... 5
     Eau..................................... 1

Laissez macérer, et distillez pour retirer 5 parties de produit (Henry fils).

Cet alcoolat est âcre et odorant. Il est employé comme odontalgique.

TEINTURE ALCOOLIQUE DE PYRÈTHRE.

1° Pr. : Racine de pyrèthre...................... 1
     Alcool à 80° (31° Cart.)................... 4

Faites macérer pendant 8 jours ; filtrez.

Cette teinture contient toutes les parties âcres de la racine.

2° Pr. : Racine de pyrèthre...................... 1
     Esprit de romarin........................ 16

Faites macérer pendant 8 jours ; filtrez.

Cette teinture, bien moins chargée que la précédente, est employée pour la toilette.

TABLETTES DE PYRÈTHRE.

Pr. : Teinture alcoolique de pyrèthre.............. 1
Sucre................................. 10
Mucilage de gomme adragante. .... S. Q.

On mêle le sucre et la teinture de pyrèthre ; on fait desécher le mélange à l'étuve, on le réduit ensuite en pastilles au moyen du mucilage.

TEINTURE ÉTHÉRÉE DE PYRÈTHRE.

Pr. : Racine de pyrèthre...................... 1
Éther sulfurique. 4

Opérez par la méthode de déplacement.

Cette teinture est employée comme odontalgique. Elle est extrêmement âcre.

VINAIGRE DE PYRÈTHRE.

(Collutoire odontalgique de Fox.)

Pr. : Racine de pyrèthre, une once............ 32 grammes.
Opium, six grains................... 0,3
Vinaigre, douze onces.................. 375

Faites macérer pendant quelques jours et filtrez.

On se sert de ce vinaigre pour calmer les douleurs de dents.

HUILE DE PYRÈTHRE.

Pr. : Racine de pyrèthre...................... 1
Huile d'olives. 2

Faites digérer quelques jours. Passez avec expression ; filtrez.

Employée comme rubéfiant en frictions.

CRESSON DE PARA.

(Spilanthus oleracea.)

On emploie toute la plante. Il résulte des observations de M. Parisel, que l'âcreté que l'on recherche dans cette plante est due à une matière fixe, de nature résineuse, qui est soluble dans l'alcool et dans l'éther, et insoluble dans l'eau. Cependant, suivant M. Lassaigne, le cresson de Para contient une huile volatile âcre, et l'on pense assez généralement qu'il perd ses propriétés par la dessiccation.

On fait surtout usage de ce végétal comme odontalgique et pour la toilette. On s'en sert cependant quelquefois comme d'un sialogogue actif; on le considère encore comme un antiscorbutique puissant: M. Béral a donné pour l'emploi de cette plante plusieurs formules qui sont bonnes, et que nous allons rapporter.

ALCOOLAT DE CRESSON DE PARA.

Pr.: Cresson de Para fleuri. 1
    Alcool à 80c (31° Cart.). 1

On pile la plante, on ajoute l'alcool, on laisse macérer pendant 2 à 3 jours et l'on retire à la distillation autant d'alcool que l'on en a employé.

Cet alcoolat est employé, étendu d'eau, pour raffermir les gencives ou comme antiscorbutique. Il a beaucoup d'âcreté. Cette préparation a été recommandée, de préférence à toutes les autres de la même plante, comme antiscorbutique, par le docteur Rousseau.

ALCOOLATURE DE CRESSON DE PARA.

Pr.: Cresson de Para fleuri. 5
    Alcool à 86c (34° Cart.). 4

On pile la plante, on ajoute l'alcool et on laisse macérer pendant quelques jours. On passe avec expression et l'on filtre.

Cette liqueur a une saveur très âcre. En mettant dans la bouche un morceau d'amadou qui en est imbibé, il excite une abondante sécrétion de salive.

SIROP DE CRESSON DE PARA.

Pr.: Sirop de sucre. 8
    Alcoolature de cresson de Para. 1

On verse l'alcoolature dans le sirop bouillant et l'on retire du feu après quelques instants, quand la partie spiritueuse de la teinture est vaporisée.

PARAGUAY ROUX.

Pr.: Feuilles et fleurs d'inula bifrons. 1
    Fleurs de cresson de Para. 4
    Racine de pyrèthre. 1
    Alcool à 84° (33° Cart.). 8

Faites macérer pendant 15 jours. Ce remède est célèbre comme odontalgique.

ABSINTHE.

(Artemisia absinthium.)

M. Braconnot a trouvé dans l'absinthe :

Huile volatile ; matière résiniforme très amère ; matière animalisée très amère ; chlorophylle ; albumine ; fécule particulière ; matière animalisée peu sapide ; des sels, entre autres de l'absinthate de potasse.....

L'huile volatile et les principes amers nous intéressent surtout dans cette analyse.

L'huile volatile a toutes les propriétés générales qui appartiennent à ce genre de corps.

Quant aux principes amers, leurs propriétés ne nous sont connues que d'une manière imparfaite. Celui désigné sous le nom de matière résiniforme donne de l'amertume à l'eau froide, quoiqu'il y soit à peine soluble. Il se dissout plus abondamment dans l'eau bouillante, et la liqueur se trouble en le laissant déposer par le refroidissement. Il est soluble dans l'alcool ; l'eau le précipite de cette dissolution. Cette matière reste indissoute quand on reprend par l'eau l'extrait alcoolique d'absinthe.

Le principe amer animalisé est au contraire soluble dans l'eau froide, et il est peu soluble dans l'alcool. Il est contenu avec le précédent dans l'infusion d'absinthe, l'un parce qu'il est soluble par lui-même, l'autre à la faveur des autres principes de l'absinthe.

M. Caventou a obtenu le principe amer de l'absinthe dans un plus grand état de pureté, en précipitant l'infusion d'absinthe par l'acétate de plomb et en séparant l'excès de plomb par l'hydrogène sulfuré. Il évapore les liqueurs et les reprend par l'alcool mêlé d'éther ; puis il abandonne à l'évaporation spontanée. Il retire ainsi une matière très amère en ramifications brunes. Ces recherches sont encore trop incomplètes pour qu'elles puissent servir à éclairer l'histoire pharmaceutique des préparations d'absinthe. Elles nous confirment cependant dans l'opinion que l'eau et l'alcool peuvent se charger des parties amères de cette plante.

L'absinthe unit à la propriété tonique qu'elle doit à son principe amer, la propriété excitante qui provient de l'huile volatile.

C'est un excellent stomachique dont l'usage est très répandu. Elle est encore justement appréciée comme fébrifuge, vermifuge et emménagogue.

Il faut distinguer dans les préparations dont elle est la base, celles qui ne contiennent que l'huile volatile, celles qui ne renferment que les principes fixes, et celles enfin qui contiennent en même temps et les principes fixes et l'huile essentielle.

§ I. PRÉPARATIONS QUI NE CONTIENNENT QUE L'HUILE ESSENTIELLE.

HUILE ESSENTIELLE D'ABSINTHE.

Son extraction ne diffère en rien de celle des autres huiles volatiles. On l'emploie à la dose de 1 à 5 gouttes. Son âcreté oblige à quelques précautions particulières. Quand on la destine à l'intérieur, on la divise souvent dans une potion par l'intermède du sucre, d'un sirop ou d'un mucilage. Quelle que soit la manière dont on l'administre, il est toujours utile de l'étendre au milieu d'une masse quelconque, soit liquide, soit solide, afin d'éviter l'impression trop vive qu'à l'état de pureté elle produirait sur l'estomac. On emploie aussi l'huile essentielle d'absinthe à l'extérieur, en frictions vermifuges sur l'abdomen. On la mêle pour cet usage avec 3 à 4 fois son volume d'une huile fixe.

EAU DISTILLÉE D'ABSINTHE.

Pr. : Sommités fraîches d'absinthe............... 1
Eau. .... S. Q.

Distillez à la vapeur, pour retirer 2 parties d'eau distillée.

§ II. PRÉPARATIONS QUI NE CONTIENNENT QUE LES PRINCIPES FIXES.

EXTRAIT D'ABSINTHE.

Pr. : Sommités sèches d'absinthe. .... Q. V.

Réduisez l'absinthe en poudre demi-fine, humectez-la avec la moitié de son poids d'eau ; après 2 heures de contact, lessivez en tassant modérément la poudre ; évaporez les liqueurs en consistance d'extrait.

Une partie d'extrait représente les parties solubles de 4 parties environ de plante sèche.

§ III. PRÉPARATIONS QUI CONTIENNENT LE PRINCIPE AMER ET L'HUILE ESSENTIELLE.

TISANE D'ABSINTHE.

Pr. : Sommités sèches d'absinthe, un à deux gros.   4 à 8 grammes.
Eau bouillante, un litre..................   1000

Faites infuser pendant une heure ; passez.

SIROP D'ABSINTHE.

Pr. : Sommités de grande absinthe.............   1
Eau bouillante.......................   8
Sucre, environ......................   16

On fait infuser l'absinthe ; on passe avec expression ; on laisse déposer ; on ajoute à la liqueur le double de son poids de sucre, et l'on fait un sirop par simple solution au bain-marie fermé.

Ce mode de préparation donne un sirop très chargé des parties aromatiques et amères de l'absinthe. Il est préférable à celui que l'on obtiendrait en faisant évaporer l'infusion d'absinthe et aromatisant le sirop cuit avec l'eau distillée de la plante, suivant la méthode de MM. Henry et Guibourt ; on n'obtiendrait pas non plus un résultat aussi avantageux en traitant l'absinthe par déplacement, parce qu'il faudrait beaucoup plus de liquide pour épuiser la plante.

Le sirop d'absinthe est surtout destiné aux enfants, qui le prennent plus volontiers que toute autre préparation de cette plante.

Chaque once de sirop correspond à un gros d'absinthe.

VIN D'ABSINTHE.

Pr. : Feuilles sèches d'absinthe.................   1
Vin blanc généreux*...................   31
Alcool à 86^c (31° Cart.)................   1

Coupez l'absinthe, versez dessus l'alcool, et après 24 heures, ajoutez le vin blanc ; laissez macérer 2 jours ; passez avec expression, et filtrez. Une once de vin représente 18 grains d'absinthe.

TEINTURE ALCOOLIQUE D'ABSINTHE.

Pr. : Sommités sèches d'absinthe................   1
Alcool à 56^c (21° Cart.)................   4

Faites macérer pendant quelques jours ; passez avec expression ; filtrez.

QUINTESSENCE D'ABSINTHE.

Pr. : Sommités sèches de grande absinthe......... 2
— —   petite absinthe.......... 2
Girofles concassés............................ 1
Sucre...................................... 1
Alcool à 56° (21° Cart.).................... 32

Faites macérer pendant **8 jours** ; passez avec expression ; filtrez.

Cette teinture est un remède populaire employé comme stomachique.

HUILE D'ABSINTHE.

Pr. : Sommités sèches d'absinthe................. 1
Huile d'olives........................... 8

Faites digérer au bain-marie, passez avec expression, filtrez.

Cette huile a une belle couleur verte. On l'emploie en frictions sur le ventre, comme vermifuge, à la dose de 1 à 2 onces.

ARMOISE.

(Artemisia vulgaris.)

Les feuilles et sommités de l'armoise sont employées comme excitantes. Elles sont communément réputées comme emménagogues et antihystériques. Comme toutes les Corymbifères, elles contiennent en même temps une huile volatile et un principe amer. On les fait prendre souvent en tisane à la dose de 3 gros (12 grammes) par litre, mais plus souvent encore en infusion concentrée sous forme de lavements pour réagir sur la matrice.

Les feuilles d'armoise laissent, quand on les pulvérise, un résidu duveteux qui constitue une espèce de coton employé à la préparation des moxas (*Voyez* page 328).

La racine d'armoise a été employée avec succès contre quelques cas rares d'épilepsie et de danse de Saint-Guy, à la dose de 1 à 2 gros (4 à 8 grammes).Tel est l'usage de la poudre suivante :

POUDRE DE BRESLER.

Pr. : Poudre de racine d'armoise................ 1
Sucre pulvérisé......................... 2

Mêlez.

On en donne une cuillerée à café 4 fois par jour.

EAU DISTILLÉE D'ARMOISE.

Pr. : Sommités fraîches d'armoise.   1

Distillez à la vapeur pour retirer 1 partie de produit.

SIROP D'ARMOISE.

On le prépare comme le sirop d'absinthe (*Voyez* page 630).

ARNICA.

(Arnica montana.)

Les fleurs d'Arnica sont à peu près la seule partie de la plante qui soit restée dans la matière médicale. C'est un médicament énergique dont l'emploi est encore mal réglé. A une dose même assez faible, les fleurs d'arnica produisent des nausées, des vertiges, des tremblements. Les médecins les prescrivent contre la goutte, les rhumatismes, la paralysie, les spasmes. C'est un remède populaire contre les coups, les plaies, les contusions.

La fleur d'arnica, suivant l'analyse de MM. Chevallier et Lassaigne, contient :

Résine ayant l'odeur de l'arnica ; cytisine ou cathartine ; acide gallique ; matière colorante jaune ; gomme ; sels.

Il faut ajouter une huile volatile d'une couleur bleue, suivant Weber, et la saponine, suivant Bucholz.

Il semblerait, d'après l'analyse ci-dessus, que la cytisine est la partie active de l'arnica. Or, cette cytisine est la matière qui donne au séné ses propriétés médicales, et il y a tant de différence entre l'action du séné et celle de l'arnica, qu'on ne peut croire que l'une et l'autre soient dues au même principe. La résine peut avoir une grande influence sur les propriétés de l'arnica : en somme, l'analyse est à refaire.

L'arnica est le plus ordinairement employée en infusion. On met 1/2 gros à 1 gros (2 à 4 grammes) de fleurs pour 1 litre d'eau. Il faut passer la liqueur à travers une étoffe de laine, ou un linge très fin, pour séparer exactement les parties qui proviennent de l'aigrette et qui s'attachent à la gorge et font beaucoup tousser. L'arnica est un remède dont il faut au reste se servir avec prudence.

On emploie encore l'arnica en poudre. Comme les dernières parties de poudre diffèrent peu des premières, il faut pulvériser sans laisser de résidu, et mélanger les produits. Si l'arnica est destinée à servir de sternutatoire, on ne la réduit qu'en poudre demi-fine.

On emploie encore, mais rarement, l'arnica sous forme extrait; celui-ci doit être préparé au moyen de l'alcool à 56° (21° Cart.); 100 parties d'arnica fournissent plus de 40 parties d'extrait.

CAMOMILLE ROMAINE.

(Anthemis nobilis.)

La fleur de camomille romaine est extrêmement amère. Elle était le fébrifuge par excellence avant la découverte du quinquina. Elle est encore très employée à raison de son amertume et de l'huile volatile excitante qu'elle contient. C'est un remède populaire contre la colique venteuse. La matière amère de la camomille est soluble dans l'eau et dans l'alcool. L'huile volatile est d'un bleu foncé et d'une consistance visqueuse. Elle devient brune au contact de l'air.

TISANE DE CAMOMILLE.

Pr. : Fleurs de camomille romaine, un à deux gros.   4 à 8 grammes.
     Eau bouillante, deux livres..............   1000

Faites infuser pendant 1 heure et passez.

EXTRAIT DE CAMOMILLE.

Pr. : Fleurs de camomille romaine.:..............   1
     Eau tiède......................   2

On réduit les fleurs de camomille en poudre à moitié fine, et on les traite avec de l'eau tiède, suivant la méthode de Cadet; on évapore la liqueur en consistance d'extrait. On peut aussi recourir à la lixiviation; les fleurs doivent dans ce cas être divisées, humectées, puis tassées très fortement. L'extrait a perdu en grande partie le principe aromatique, mais il retient la partie amère de la camomille. C'est un médicament efficace, mais peu usité maintenant.

HUILE DE CAMOMILLE.

Pr. : Fleurs de camomille sèches.   1
     Huile d'olives......................   8

Faites chauffer pendant quelques heures au bain-marie; passez avec expression; laissez déposer et filtrez.

SEMEN-CONTRA.

(Artemisia contra, judaica, glomerulata.)

Le semen-contra est la fleur non épanouie de plusieurs espèces d'Artemisia encore mal déterminées. C'est un bon vermifuge que l'on emploie à la dose de 1 à 2 gros (4 à 8 grammes) chez les adultes ; il est employé surtout contre les lombrics ; on lui associe souvent un purgatif doux.

D'après l'analyse de Trommsdorf, le semen-contra contient :

Huile volatile ; résine dure ; extrait amer.

Plusieurs observateurs (Kahler, Alms, Merek) y ont reconnu depuis une matière cristallisée qui a reçu le nom de santonine.

La résine observée par Trommsdorf est d'un jaune verdâtre foncé ; elle est friable, fusible à + 100° ; d'une saveur amère ; très soluble dans l'alcool et dans l'éther chaud, soluble dans les alcalis, insoluble dans l'essence de térébenthine.

L'huile essentielle forme les $^8/_{100}$ du semen-contra. Elle est d'un jaune pâle, très volatile ; sa saveur est âcre et amère ; son odeur est vive et pénétrante, un peu analogue à celle de la menthe.

La santonine paraît être une espèce de stéaroptène, dont les propriétés sont fort remarquables. Elle se présente en cristaux brillants, incolores, qui sont des tables quadrilatères allongées. Elle est insipide et inodore, volatile. L'eau ne la dissout pas. Elle est soluble dans l'alcool et l'éther. Sa dissolution a une saveur amère. Elle se dissout aussi dans l'essence de térébenthine. Elle se combine fort bien aux bases, et elle donne avec la chaux, la baryte et l'oxide de plomb des sels cristallisables. Quand on chauffe la santonine avec une base alcaline, de l'eau et de l'alcool, la liqueur devient rouge, et quand elle se refroidit, le sel formé cristallise en aiguilles soyeuses d'abord rouges, mais qui deviennent blanches spontanément en perdant leur couleur successivement du haut en bas. La santonine, analysée par M. Liebig, a donné 79,51 carbone ; 7,46 hydrogène, et 22,03 oxigène.

Pour obtenir la santonine, il faut, suivant M. Kahler, distiller la teinture éthérée du semen-contra. Le résidu est oléagineux ;

mais le lendemain il s'y est formé des cristaux que l'on purifie par une nouvelle cristallisation. On les fait dissoudre encore une fois dans l'alcool auquel on ajoute un peu d'acide hydrochlorique.

Suivant M. Merck, il faut soumettre le semen-contra à l'action de la chaux hydratée et de l'alcool. On évapore la liqueur au quart, on la filtre pour séparer la résine, on l'évapore et on traite à chaud par l'acide acétique concentré; la santonine cristallise par le refroidissement. On la purifie par dissolution dans l'alcool et par le charbon.

La santonine a, dit-on, des propriétés vermifuges bien prononcées à la dose de 6 à 8 grains (3 à 4 décigrammes). Cette propriété appartient plus certainement encore à l'huile essentielle du semen-contra.

POUDRE DE SEMEN-CONTRA.

On pulvérise le semen-contra sans résidu, on conserve la poudre dans un bocal bien fermé à l'abri de la lumière. Le semen-contra reste odorant et amer jusqu'à la fin de la pulvérisation. Quand il cesse de l'être, le résidu est en quantité insignifiante. On introduit souvent la poudre de semen-contra dans de la pâte de biscuit ou de pain d'épice, pour l'administrer plus facilement aux enfants.

POTION VERMIFUGE.

Pr. : Semen-contra, deux gros. . . . .   8 grammes.
      Eau bouillante, quatre onces. 125
      Sirop d'écorce d'oranges, une once. 32

On passe l'infusion et on y ajoute le sirop.

ÉLŒOSACCHARUM DE SEMEN-CONTRA.

Pr. : Huile volatile de semen-contra, six gouttes. . . . . . 6 gutt.
      Sucre, un gros. . . . . 4 grammes.

Conseillé par M. Bouillon-Lagrange dans la médecine des enfants.

SIROP DE SEMEN-CONTRA.

Pr. : Sirop de sucre blanc, une once. . . . . 32 grammes.
      Huile volatile de semen-contra, deux gouttes. . . 2 gutt.

Mêlez.

DES STYRACÉES.

Cette petite famille a été formée par M. Richard, d'un démembrement de la famille des Ébénacées. Elle intéresse la matière médicale par l'*Alstonia theœformis,* thé de Santa-Fé de Bogota, mais plus encore par le genre styrax qui fournit à la médecine le benjoin, et, suivant une opinion plus incertaine, le Storax calamite.

BENJOIN.

(Styrax benzoin.)

Le Benjoin est un baume qui découle par incision du *Styrax benzoin.* Bucholz l'a trouvé composé de :

Huile volatile ; résine ; acide benzoïque ; matière soluble dans l'eau et l'alcool ; débris ligneux.

Unverdorben y a trouvé trois résines différentes. L'une est soluble dans le carbonate de potasse, elle est soluble aussi dans l'alcool à 68°, et dans l'alcool plus concentré ; elle est peu soluble dans l'éther et dans les huiles volatiles, et insoluble dans l'huile de pétrole : sa combinaison avec la potasse est soluble dans l'éther. On l'obtient aisément en faisant bouillir le benjoin avec une dissolution de carbonate de potasse. On précipite par l'acide hydrochlorique, et l'on fait bouillir le précipité avec de l'eau qui dissout l'acide benzoïque et un peu de matière extractive, et qui laisse la résine. Les deux autres résines sont insolubles dans les carbonates alcalins. Elles se changent à l'air en la résine précédente. Toutes deux sont solubles dans l'alcool, et insolubles dans l'huile de pétrole. Toutes deux se dissolvent dans la potasse caustique ; mais pour l'une, le nouveau composé est précipité par un excès d'alcali ; pour l'autre, cette précipitation n'a pas lieu.

Le benjoin est un excitant aromatique qui a été vanté contre les maladies de poitrine ; mais pour l'usage interne, on lui préfère généralement les fleurs de benjoin, ou le baume de Tolu. Le plus ordinairement, on se sert du benjoin en fumigations aromatiques et fortifiantes.

TEINTURE DE BENJOIN.

Pr.: Benjoin. 1
Alcool à 86ᶜ (34º Cart) 4

Faites dissoudre à l'aide de la macération, filtrez.

TEINTURE DE BENJOIN COMPOSÉE.

Pr.: Benjoin. 1
Baume du Pérou. 1/8
Alcool à 86ᶜ (34º Cart.) 8

Faites macérer jusqu'à ce que les résines soient dissoutes. (Swediaur.)

On met une demi-once de cette teinture dans 1 livre d'eau de roses : la liqueur laiteuse qui en résulte est employée comme smétique.

CLOUS FUMANTS.

Pr.: Benjoin. 16
Baume de Tolu. 4
Santal citrin. 4
Labdanum. 1
Charbon léger. 48
Nitrate de potasse. 2
Gomme adragante. 1
—   arabique. 2
Eau de cannelle. 12

Toutes les matières solides étant prises en poudre, on en fait une masse molle et ductile dont on forme des cônes, que l'on aplatit par la base en forme de trépied, et que l'on fait sécher d'abord à l'air libre, et ensuite à l'étuve (Henry et Guibourt).

DES JASMINÉES.

Les Jasminées ont des feuilles et des écorces amères. Ce caractère est bien connu dans l'olivier (*Olea Europœa*) et le frêne (*Fraxinus excelsior*), qui ont été vantés comme succédanés du quinquina. On retrouve cette amertume dans d'autres genres, dans le Lilas (*Lilac vulgaris*), le troène (*Ligustrum vulgare*).

Les feuilles de l'olivier ont été soumises à quelques essais, qui ne nous ont pas suffisamment éclairés sur la nature de leur principe amer. Suivant M. Pelletier, il revêt la forme de la matière extractive. M. Pallas dit en outre avoir retiré de l'oliville de ces feuilles. M. Potex a trouvé dans le troëne une matière qui possède les propriétés de l'extractif, et qui se distingue par la couleur bleue qu'elle développe au contact de l'acide sulfurique concentré.

Les fleurs de plusieurs Jasminées ont une odeur fort suave. En Chine, celles de l'*Olea fragrans* sont une des substances dont on se sert pour aromatiser le thé. Les jasmins se font surtout remarquer par la suavité de leurs fleurs : elles servent aux parfumeurs à préparer, par le simple contact avec un corps gras, des huiles ou des pommades parfumées. Si l'on agite l'huile de jasmin avec de l'alcool, et que l'on expose au froid, l'huile se sépare presque entièrement, et l'on a une liqueur aromatique qui porte le nom d'esprit de jasmin.

Les fruits des Jasminées sont amers et fébrifuges. Ce caractère est bien connu dans l'olivier : il a été mis à profit dans le lilas, par M. Cruveilhier. MM. Petroz et Robinet en ont retiré un principe extractiforme, qui colore en vert le sulfate de fer.

Le fruit charnu de l'olivier, ou l'olive, est d'une haute importance pour l'huile qu'il contient dans son péricarpe. (*Voyez* pour ses caractères, page 163.) On retrouve cette matière huileuse dans les fruits de tous les *Olea*, dans ceux des *Phylirea*, et peut-être dans tous les fruits charnus de la famille.

Les oliviers sauvages de la Calabre, de la Pouille et des Abruzzes, laissent découler une espèce de gomme-résine qui porte le nom de gomme d'olivier. Elle est composée, suivant M. Pelletier, d'un peu d'acide benzoïque, d'oliville, et d'une matière brune résineuse. On sépare l'oliville par l'évaporation spontanée de la dissolution alcoolique de gomme d'olivier. L'oliville cristallise en aiguilles aplaties : elle fond à 70°. Elle est inodore ; sa saveur est à la fois amère, sucrée et aromatique. L'eau froide a peu d'action sur elle ; l'eau bouillante en dissout 1/20. L'alcool la dissout bien ; elle est insoluble dans l'éther, ce qui donne le moyen d'en séparer la matière résineuse qui l'accompagne. L'acide nitrique la dissout à froid et la colore en rouge ; elle est soluble dans les alcalis.

La Manne découle par incision, ou naturellement, de plusieurs espèces de frênes, dans les parties les plus méridionales de l'Italie et de la Sicile. Notre frêne commun (*Fraxinus excelsior*) en donne en Italie, suivant Desfontaines.

Une particularité remarquable encore de l'histoire des Jasminées, c'est que les cantharides vivent sur plusieurs plantes de cette famille, particulièrement sur les frênes et les lilas.

MANNE.

(Fraxinus ornus et rotundifolia.)

La Manne est un suc concret qui découle principalement du *Fraxinus ornus*. On en distingue plusieurs espèces sous le nom de manne en larmes, manne en sorte, manne grasse. C'est un purgatif doux que l'on emploie à la dose de 2 à 4 onces (64 à 125 grammes); on s'en sert souvent encore dans les affections catarrhales, pour débarrasser les premières voies des mucosités qui s'y attachent. On l'emploie en dissolution dans l'eau ou dans le lait.

La manne est composée de :

Mannite; sucre incristallisable avec gomme; matière gommeuse; matière azotée.

Pour extraire la mannite, on fait chauffer la manne en larmes au bain-marie, avec de l'alcool à 86°; on filtre la dissolution bouillante, et on l'abandonne à elle-même. La mannite cristallise par le refroidissement; mais elle conserve interposée presque toute l'eau mère alcoolique. Une faible quantité s'écoule quand on incline le vase où s'est faite la cristallisation. On prend cette masse, et on la soumet à la presse pour en séparer l'alcool; puis on sèche à l'étuve le gâteau de mannite qui reste, et on le réduit en poudre après sa dessiccation. Si l'on voulait avoir la mannite cristallisée, ce qui est inutile pour l'usage médical, il faudrait la dissoudre de nouveau dans l'alcool, et la faire cristalliser; mais alors, son prix se trouve singulièrement augmenté, à raison de la grande quantité d'alcool qu'elle retient comme une éponge, et que l'on ne peut en retirer que par la compression.

Les eaux mères alcooliques fournissent, par la distillation, de nouvelles quantités de mannite moins belle; pour la purifier, il faut l'exprimer à la presse, et la faire cristalliser de nouveau dans l'alcool. On est souvent obligé de blanchir les dernières cristallisations au moyen du charbon.

La mannite est blanche; elle n'a pas d'odeur; sa saveur est sucrée, douce et agréable; elle se dissout facilement dans l'eau; la dissolution concentrée cristallise par le refroidissement. La mannite ne se dissout qu'en petite quantité dans l'alcool froid; l'alcool chaud en dissout au contraire beaucoup, et la liqueur saturée se prend en masse par le refroidissement. La mannite est formée de : carbone, 38,7; hydrogène, 6,8; oxigène, 54,5.

Elle se distingue parfaitement du sucre, en ce qu'elle ne peut éprouver la fermentation alcoolique.

La mannite est la partie purgative de la manne. On l'administre à la dose de 1/2 once (16 à 32 grammes) à 1 once dans 2 onces à 4 onces d'eau (64 à 125 grammes); c'est un médicament agréable, qui convient parfaitement aux femmes et aux enfants. Il faut faire boire sa dissolution chaude, car elle cristalliserait par le refroidissement.

TABLETTES DE MANNE.

Pr. : Manne en larmes, deux onces...............	64 grammes.
Sucre, quatorze onces.....................	440
Gomme adragante, demi-gros..............	2
Eau de fleurs d'oranger, une once..........	32

On triture la manne avec le sucre, et l'on fait, au moyen du mucilage, des tablettes de 16 grains.

M. Cadet-Gassicourt fait employer le double de manne; il la fait piler dans un mortier avec un peu d'eau, il incorpore le sucre, et fait des pastilles sans mucilage.

TABLETTES DE MANNE DE MANFREDI.

(Pastilles de Calabre.)

Pr. : Manne en larmes, six onces...........	192 grammes.
Racine de guimauve, trois onces........	96
Sucre blanc, six livres...............	3000
Extrait d'opium, douze grains..........	0,66
Eau de fleurs d'oranger, trois onces.....	96
Eau de fontaine, quatre livres,.........	2000
Essence de citrons, quatre gouttes......	4 gutt.
— bergamotte, quatre gouttes. .	4 gutt.

On fait bouillir la racine de guimauve dans l'eau pendant cinq

à six minutes : on ajoute la manne; on la fait dissoudre à chaud,
et on passe ; on ajoute le sucre et l'extrait dissous dans un peu
d'eau; on évapore en consistance d'électuaire solide; on ajoute
alors l'eau de fleurs d'oranger et les essences divisées par le
sucre. On remue fortement avec une spatule de bois jusqu'à ce
que la masse commence à s'épaissir; on la coule alors dans des
carrés de papier huilé. Quand la masse est refroidie, on la coupe
en pastilles carrées.

DES APOCYNÉES.

Les Apocynées sont des plantes dangereuses ; les feuilles de
quelques espèces sont cependant mangées dans leur jeunesse. Ces
plantes ont un suc laiteux plus ou moins âcre. On emploie
comme purgatif celui de l'*Allamanda cathartica* de Ceylan ; du
Plumeria alba du Mexique; des *P. drastica, et phagedenica* du
Brésil; de plusieurs *Echites*, du *Cameraria latifolia* des Antilles.

Le suc du *Tabernæmontana persicariæfolia* de l'Ile-de-France
est vénéneux; on emploie celui du *Couma guianensis* pour empoisonner les flèches et tuer les singes ; mais les poisons les plus
remarquables de cette famille sont les sucs des *Cerbera ahouai* du
Brésil, *C. Manghas* et *Thevetia* de l'Inde.

On ne sait absolument rien sur la nature du suc âcre ou vénéneux des apocynées; on sait seulement qu'il y a du caoutchouc
dans l'*Urceola elastica*, dans le *Pacouria guianensis* et dans le
Vahea gummifera.

Par une exception fort remarquable, le *Tabernæmontana utilis*
donne un suc qui a un aspect gras et crémeux et qui sert d'aliment.

Les écorces des apocynées ont souvent aussi de l'âcreté, quelques-unes sont amères et fébrifuges (*Carissa edulis, Tabernæmontana alternifolia, angustifolia* et *citrifolia*); celles de
l'*Alyxia aromatica* de Java sont amères et aromatiques. On emploie contre la dyssenterie celles de l'*Echites antidysenterica* et
du *Wrightia antidysenterica*. L'écorce de l'*Echites syphilitica*
de Surinam est employée contre les maladies vénériennes; celle

du laurier rose (*Nerium oleander*) sert dans le Midi à faire périr les rats.

Quelques feuilles sont employées comme purgatives ; celles du *Tabernæmontana* de l'Inde, de l'*Allamanda cathartica* de Ceylan; celles du *Tabernæmontana semperflorens* des Philippines sont astringentes. Il en est de même de celles de la pervenche (*Vinca major et minor*), que l'on dit cependant un peu purgatives et que l'on emploie en infusion pour gargarismes.

Les feuilles du laurier rose sont vomitives. Elles contiennent un principe volatil dangereux et une matière amère soluble dans l'eau.

L'une des espèces les plus remarquables par son utilité est le *Wrightia tinctoria* de l'Inde, qui fournit de l'indigo dans l'Inde, beaucoup plus avantageusement, dit-on, que les *Indigofera*.

Les racines des apocynées sont généralement pleines d'un suc laiteux âcre. On emploie comme purgatives dans l'Inde celles du *Plumeria obtusa;* comme vomitives, dans l'Amérique septentrionale, celles des *Apocynum androsæmifolium et cannabinum*. Cette dernière a donné à l'analyse faite par M. Griscom, du tannin, de la résine, du caoutchouc, de la gomme, de la fécule, et une matière amère, soluble dans l'eau, qui a été appelée apocyne, mais qui est encore mal caractérisée.

Les fruits des apocynées participent à l'âcreté des autres parties ; quelques-uns cependant sont alimentaires. On mange les fruits du *Vahea tomentosa* du Sénégal ; des *Plumeria alba et rubra* des Antilles ; du *Carissa edulis* d'Arabie ; du *C. dulcis* de Guinée ; de l'*Hancornia speciosa* du Brésil. Les fruits du *Couma guianensis* se vendent à Cayenne sous le nom de *poires de coumier*; on y fait aussi des confitures avec la pulpe de l'*Ambelania acida,* après en avoir séparé la peau, qui est purgative.

On connaît les propriétés des semences des *Cerbera*. Elles sont âcres, narcotiques, et donnent la mort. La graine du tanghin de Madagascar est aussi un poison dangereux que les Madécasses emploient comme épreuve judiciaire dans les accusations de sorcellerie : si le patient meurt, il est réputé coupable; s'il échappe, il est justifié... L'amande du tanghin contient, d'après l'analyse de M. Henry, une huile douce, de l'albumine, de la gomme, une matière brune, visqueuse, légèrement acide, amère, incristallisable, verdissant par les acides et brunissant par les alcalis, et enfin une matière cristallisée, blanche, amère, fusible, non azotée et neutre, c'est la tanghine. Elle a une action vénéneuse très prononcée ; quand on en goûte, elle fait éprouver au palais un engourdissement qui persiste plusieurs heures. Elle fait promptement périr les animaux.

On rapporte encore à la famille des apocynées le poison connu sous le nom de *curare,* sur les rives de l'Orénoque, et qui sert à empoisonner les flèches. Il est fait avec l'écorce et une partie de l'aubier d'une liane nommée dans le pays *Bejuco de mavacure.* Elle contient une base alcaline encore imparfaitement étudiée et qui a été découverte par MM. Boussingault et Rollin, et retrouvée depuis par MM. Pelletier et Pétroz. C'est une matière jaunâtre d'apparence cornée, de saveur très amère, déliquescente. Elle est soluble en toutes proportions dans l'eau et l'alcool ; elle est insoluble dans l'éther et l'essence de térébenthine ; elle forme des sels neutres, incristallisables, qui sont précipités par le tannin. Son action toxique est très puissante.

Parmi les apocynées se trouve un petit groupe de plantes dont quelques botanistes ont fait une famille sous le nom de *Strychnées.* Ces plantes sont remarquables par leurs propriétés vénéneuses. L'analyse de la noix vomique et de la fève de Saint-Ignace semble démontrer que les semences des Strychnées doivent leurs propriétés à la strychnine ou à son mélange avec la brucine. Introduites dans l'économie animale, il en résulte de violentes secousses, un tétanos et la mort. L'action consiste dans une excitation de la moelle épinière ; de là des contractions tétaniques dans les muscles des membres et de la poitrine, contractions qui s'opposent au mouvement de l'appareil de la respiration et déterminent l'asphyxie de l'animal. Ces semences des strychnées sont contenues dans un fruit à pulpe acidule, dont plusieurs espèces sont mangées ; *Strychnos innocua* du Sénégal ; *S. nux vomica* et *spinosa* de Madagascar ; *S. petatorum,* ou Titan-Cotte de l'Inde. On dit cependant que ce dernier fruit, à sa maturité complète, est émétique ; ses semences servent, dit-on, à purifier l'eau.

Le bois des strychnées paraît aussi contenir de la strychnine ; elle a été trouvée par MM. Pelletier et Caventou dans le bois de couleuvré, que l'on attribue au *Strychnos colubrina* ; elle se trouve sans doute aussi dans le *Wooraly* ou *Ourary* des Indiens de l'Orénoque qui est le suc du *Strychnos toxifera,* et dans l'Upas tieute ou tshettik des Javanais, qui est l'écorce de la racine du *Strychnos tieute*, et dont l'action est la même que celle de la strychnine. La présence de la brucine dans la fausse angusture fait présumer avec raison qu'elle doit également son origine à un *Strychnos*; cependant, d'après une analyse que M. Vauquelin a faite du *quina do campo* du Brésil (*Strychnos pseudochina*), cette écorce fébrifuge ne contiendrait ancun principe analogue à celui des strychnées.

Les Asclépiadées forment une famille qui n'est qu'un démembrement des Apocynées, avec lesquelles les asclépiadées ont la plus grande analogie; ce sont aussi des végétaux plus ou moins âcres et dangereux. Un assez grand nombre de leurs racines sont employées comme émétiques et purgatives contre la dyssenterie, et plusieurs ont reçu le nom de faux ipécacuanha. Nous citerons les *Cynanchum ipecacuanha*, *Periploca sylvestris* de l'Inde; *Asclepias asthmatica*, *procera*, *curassavica*, *gigantea*, *prolifera*, *syriaca*, *tuberosa*, *undulata* et *vincetoxicum*. Deux de ces racines ont été analysées, ce sont celle du dompte-venin, par M. Feneulle, et celle du Madar ou Mudar (*A. gigantea*) par M. Ricord. Le premier a trouvé de la résine, mais il a attribué la propriété active à une sorte de matière extractive qu'il a comparée à l'émétine; tandis que M. Ricord attribue à la résine l'effet vomitif de la racine de Mudar. M. Duncan, qui s'est occupé aussi de l'analyse de cette dernière racine, croit, au contraire, que c'est dans la partie extractive que réside le principe actif.

Le suc de la tige des asclépiadées est laiteux et âcre; celui de l'*Asclepias procera* d'Égypte a tant d'âcreté que, dit-on, il dépile le cuir; on emploie comme purgatif, sous le nom de scammonée de Smyrne, le suc du *Periploca secamone*; sous le nom de scammonée de Bourbon, le suc du *Periploca mauritiana*; et le *P. monspeliaca* fournit la scammonée en galettes, employée dans la médecine vétérinaire. On sait que toutes ces scammonées contiennent une résine purgative. On a trouvé du caoutchouc dans le suc de l'*Asclepias syriaca* et dans celui de l'*Apocynum cannabinum*.

On mange dans leur jeunesse l'*Asclepias asthmatica* de l'Inde, et l'*A. stipitacea* d'Arabie. Plusieurs espèces de *Stapelia* qui sont charnues, sont également mangées; au Cap, le *S. articulata*; chez les Hottentots les *S. incarnata et pilifera*.

Plusieurs feuilles d'asclépiadées sont purgatives, par exemple l'arguel (*Cynanchum oleæfolium*), que l'on mêle au séné ; le *Cynanchum tomentosum* de l'Ile-de-France, et le *Cynanchum erectum*, qui est en outre vénéneux,

NOIX VOMIQUE.

(Strychnos nux vomica.)

La noix vomique est la semence du *Strychnos nux vomica.* Son action énergique sur la moelle épinière l'a [fait employer contre la paralysie et dans d'autres cas d'affaiblissement du système nerveux. Elle a été analysée d'abord par M. Braconnot. MM. Pelletier et Caventou y ont découvert depuis la strychnine et la brucine. La noix vomique contient :

Igasurate de strychnine, Igasurate de brucine, Cire, Huile concrète, Matière colorante jaune, Gomme, Amidon, Bassorine.

La strychnine et la brucine se trouvent, dans la semence, à l'état salin, combinées à un acide (igasurique) dont les propriétés ont été encore mal étudiées. Cette combinaison naturelle est facilement soluble dans l'alcool et dans l'eau.

Les préparations médicales de la noix vomique se composent des deux bases alcalines, la strychnine et la brucine, soit isolées, soit à l'état salin ; puis, des préparations plus spécialement pharmaceutiques dont les autres principes de la noix vomique font partie.

POUDRE DE NOIX VOMIQUE.

On se procure la poudre de noix vomique en soumettant cette semence à l'action de la râpe. La consistance cornée et élastique de la noix vomique oblige d'avoir recours à ce moyen ; mais il vaut mieux exposer les noix vomiques sur un tamis à l'action de la vapeur de l'eau jusqu'à ce qu'elles soient ramollies ; on les pile en cet état, et on les fait sécher à l'étuve.

La poudre de noix vomique est rarement employée en médecine. On n'a le plus souvent besoin de diviser cette matière que pour la soumettre à l'action de différents véhicules ; on peut avoir recours à la méthode précédente, mais il est bien plus expéditif, après avoir ramolli les noix vomiques par la vapeur, de les faire passer dans un moulin pareil à celui qui sert à la fabrication de l'huile d'amandes douces. Elles en sortent en petits rubans minces et déchirés qui sont facilement pénétrés par les liquides.

Quand la noix vomique doit être soumise à l'action dissolvante de l'eau, on la ramollit en la faisant bouillir dans l'eau dans son état d'intégrité, et, quand elle est suffisamment pénétrée et ramollie, on la passe au moulin. Le liquide dans lequel elle a bouilli sert aux traitements ultérieurs. Seulement il ne faut pas prolonger trop longtemps la décoction de la noix vomique, car elle deviendrait pâteuse et ne pourrait plus passer au moulin.

POUDRE DE HUFELAND.

Pr. : Noix vomique pulvérisée, trois grains..... 0,15 grammes.
   Gomme arabique, douze grains........... 0,60
   Sucre, douze grains.................... 0,60

Mêlez.

Cette poudre a été employée avec succès contre quelques cas de dyssenterie.

TEINTURE ALCOOLIQUE DE NOIX VOMIQUE.

Pr. : Noix vomique râpée....................... 1
   Alcool à 80c (31° Cart.)................. 4

Faites macérer pendant 15 jours ; filtrez.

L'alcool dissout l'igasurate de strychnine et de brucine, la matière colorante et la matière grasse.

GOUTTES UTÉRINES DE LA REINE D'ESPAGNE.

Pr. : Extrait de noix vomique, trois grains...... 0,15 grammes.
   Alcool à 86c (34° Cart.), une once........ 32

Faites dissoudre et filtrez.

EXTRAIT DE NOIX VOMIQUE.

Pr. : Noix vomique........................... 1
   Alcool à 80c (31° Cart.), une once.......... 32

Traitez la noix vomique râpée par deux macérations successives dans l'alcool, et de 8 jours chacune. Passez chaque fois avec expression ; réunissez les liqueurs, filtrez-les et distillez-les ; évaporez le résidu de la distillation en consistance d'extrait.

L'alcool est préférable à l'eau pour la préparation de cet extrait. En outre de l'avantage qu'il possède de rendre les évaporations plus promptes, il a de plus, ici, celui plus précieux de dissoudre toutes les parties actives de la semence sans toucher à l'abondante quantité de mucilage qui s'y trouve. Le médicament en devient beaucoup plus actif sous un plus petit volume.

La noix vomique fournit le dixième de son poids d'extrait.

STRYCHNINE.

La strychnine est composée, suivant M. Liebig, de :

44	proportions	carbone,	76,16
28	—	hydrogène,	6,50
5	—	oxigène,	11,05
1 ½	—	azote,	60,1

Le nombre proportionnel de la strychnine est : 4415,7

La strychnine cristallise par évaporation spontanée en octaèdres ou en prismes blancs quadrilatères terminés en pyramide, ordinairement très petits.

Sa saveur est excessivement amère ; son action sur l'économie animale est des plus délétères.

Elle n'est ni fusible, ni volatile.

Elle commence à se décomposer entre 312° et 315°.

Elle ne contient pas d'eau de cristallisation.

L'eau en dissout $\frac{1}{2500}$ à l'ébullition, et $\frac{1}{6687}$ à froid.

L'alcool anhydre ne la dissout pas. L'alcool à 94° en dissout à peine. Elle est soluble dans l'alcool ordinaire.

L'éther n'en dissout pas, ou peu. Les huiles volatiles en dissolvent ; les huiles grasses en dissolvent à peine.

La strychnine prend souvent une couleur rouge par l'acide nitrique ; mais ce caractère ne lui appartient qu'autant qu'elle n'est pas parfaitement pure.

Elle se décompose avec le soufre à la température où celui-ci fond, en donnant du gaz hydrogène sulfuré.

La strychnine est l'un des alcalis végétaux les plus basiques ; elle précipite la plupart des bases organiques alcalines. Ses sels ont une saveur amère ; le tannin les précipite ; l'acide nitrique les colore en rouge, quand l'alcali, qui a servi à les former, n'était pas très pur.

Les oxalates et les tartrates ne les précipitent pas.

BRUCINE.

La brucine est composée, suivant M. Liebig, de :

47	proportions	carbone,	70,88
27	—	hydrogène,	6,62
8	—	oxigène,	15,54
2	—	azote,	6,96

Le nombre proportionnel de la brucine est :   5083,4

La brucine cristallise en prismes obliques à 4 pans, à base parallélogrammique.

Quand on l'obtient d'une dissolution alcoolique saturée, elle est sous forme d'écailles nacrées ayant l'apparence de l'acide borique.

La brucine a une saveur très amère avec une certaine âcreté, et son action persiste longtemps dans la bouche.

Elle se dissout dans 850 parties d'eau froide, et dans 500 d'eau bouillante.

Elle se combine à l'eau. Ses cristaux sont un hydrate ; ils contiennent 1 pp. de brucine et 8 pp. d'eau, ou 15 p. 100, que la brucine perd par la fusion.

L'affinité de la brucine pour l'eau est fort remarquable. Quand on la précipite d'une de ses dissolutions par la potasse ou la soude, elle absorbe une quantité d'eau considérable qu'elle ne perd que par la fusion. Cet effet est d'autant plus marqué, que la brucine est plus pure. Celle qu'on obtient de la noix vomique ne présente d'abord qu'une masse poisseuse, molle et colorée en jaune. Après quelque temps de séjour dans l'eau, elle durcit et s'hydrate. Pendant ce temps, la matière colorante se dissout ; ce qui mérite d'autant plus d'attention, que cette dernière accompagne la brucine avec opiniâtreté dans ses sels (Pelletier et Dumas).

A un degré de chaleur peu supérieur à celui de l'eau bouillante, la strychnine fond, et la masse se prend en une matière non cristalline qui ressemble à la cire. Réduite en poudre et mêlée avec de l'eau, elle reprend en quelques jours de l'eau de cristallisation.

La brucine se dissout facilement dans l'alcool.

L'éther et les huiles grasses ne la dissolvent pas. Elle est peu soluble dans les huiles volatiles.

L'acide nitrique lui donne une teinte nacarat qui passe ensuite au jaune. Le nitrate jaune devient d'un beau violet par le chlorure stanneux, et il se fait en même temps un précipité de même couleur. La strychnine, dans le même cas, ne donne qu'un précipité sale. Les sels de brucine ont une saveur amère, et ils cristallisent pour la plupart. Ils sont décomposés par la morphine et la strychnine.

L'oxalate est insoluble dans l'alcool, et c'est sur cette propriété qu'était basé le premier procédé d'extraction de la brucine. Le nitrate neutre de brucine est incristallisable.

PRÉPARATION DE LA STRYCHNINE ET DE LA BRUCINE.

Un procédé avantageux à suivre est celui qui a été donné par M. Corriol : le voici avec quelques modifications.

On fait bouillir la noix vomique dans l'eau ; quand elle est suffisamment ramollie, on la retire, et on la passe au moulin pour la diviser ; en cet état, on la remet dans l'eau d'où on l'avait tirée, et on la fait bouillir pendant au moins 2 heures ; on passe avec expression ; on met la noix vomique dans de nouvelle eau, on la fait bouillir encore, on passe, et l'on fait une troisième décoction. On évapore toutes les liqueurs en consistance de sirop, et l'on y ajoute de l'alcool jusqu'à ce qu'il cesse de former un précipité. Par ce moyen, toute la partie mucilagineuse se sépare, et la liqueur alcoolique ne retient que l'igasurate de strychnine et de brucine, de la matière colorante et un peu de matière grasse ; on passe, et on lave le dépôt avec de l'alcool que l'on ajoute aux premières liqueurs ; on distille l'alcool, et on achève l'évaporation au bain-marie en consistance d'extrait. On redissout cet extrait dans l'eau froide qui sépare un peu de matière grasse ; on chauffe la liqueur, et on la décompose par un excès de lait de chaux, qui précipite la brucine et la strychnine avec de la matière colorante. On exprime, et l'on sèche le précipité calcaire ; on le reprend par de l'alcool fort et bouillant à deux ou trois reprises. On distille, et on a pour résidu une masse composée de strychnine, de brucine et de matière colorante. On verse sur cette masse de l'alcool à 53ᶜ (20° Cart.) qui dissout la brucine et la matière colorante, et qui laisse la strychnine ; on purifie celle-ci en faisant dissoudre dans l'alcool à 80° bouillant ; elle cristallise par le refroidissement.

L'alcool faible qui a dissous la brucine et la matière colorante est évaporé en sirop, et on sature à froid avec de l'acide sulfurique étendu, en laissant un léger excès d'acide. Au bout de deux à trois jours, tout est pris en une masse cristalline de sulfate de brucine, qui est salie par une eau mère noire. On la sépare à la presse ; on redissout le sulfate dans l'eau, on le décolore par le charbon, et l'on précipite la brucine par l'ammoniaque. L'essentiel est de faire le sulfate de brucine à froid ; autrement le sel contracte avec la matière colorante une combinaison dont on peut difficilement la chasser. La liqueur ammoniacale dont la brucine s'est séparée, en retient encore beaucoup qu'elle laisse déposer à mesure que l'ammoniaque s'évapore à l'air.

M. Henry a donné comme préférable le procédé suivant : après avoir épuisé la noix vomique par plusieurs décoctions dans l'eau, il évapore en consistance de sirop épais, et il ajoute pour chaque livre de noix vomique, 2 onces de chaux vive, délayée dans l'eau ; il fait sécher au bain-marie, traite cette matière par de l'alcool à 85° (33° Cart.), qui dissout la strychnine, la brucine et quelques matières colorantes. Il distille l'alcool, convertit le résidu en un nitrate de strychnine qu'il purifie par plusieurs cristallisations, et dont il précipite enfin la strychnine par l'ammoniaque. Le Codex a adopté ce procédé, en remplaçant la transformation en nitrate par des cristallisations successives de la strychnine dans l'alcool.

La strychnine du commerce est souvent mêlée de brucine ; on les sépare l'une de l'autre par l'alcool faible qui dissout la brucine ; on redissout la strychnine dans l'alcool bouillant ; on distille et on a soin de laisser un peu d'eau mère alcoolique qui retient les dernières portions de brucine. On peut aussi transformer le mélange de brucine et de strychnine en nitrate, et faire cristalliser. Le nitrate de strychnine cristallise ; le nitrate de brucine est incristallisable, et il reste dans les eaux mères. M. Robiquet a donné le procédé suivant, qui est d'une exécution facile et d'un bon usage commercial : on délaie la strychnine soupçonnée dans un peu d'eau chaude, et l'on ajoute quelques gouttes d'acide. On porte à l'ébullition, et l'on précipite bouillant par l'ammoniaque. Si la strychnine est pure, le précipité est pulvérulent. S'il y a de la brucine, le précipité est poisseux; il colle aux vases, et d'autant plus qu'il contient davantage de brucine. Ce procédé est fondé sur la grande différence de fusibilité des deux bases.

La strychnine et la brucine sont employées en médecine. Il faut n'en faire usage qu'avec beaucoup de circonspection. La brucine est cependant beaucoup moins active. On les emploie souvent sous forme de pilules pour éviter aux malades l'impression désagréable de leur amertume.

ALCOOLÉ DE STRYCHNINE.

Pr.: Strychnine, trois grains.................... 0,15 grammes.
Alcool à 85° (33° Cart.) une once............ 32

Faites dissoudre (Magendie).

ALCOOLÉ DE BRUCINE.

Pr.: Brucine, dix-huit grains.................... 1 gramme.
Alcool à 85° (33° Cart.), une once. 32

Faites dissoudre (Magendie).

COLLYRE D'HENDERSON.

Pr.: Strychnine, deux grains.................... 0,1 gramme.
Acide acétique.................................. S. Q.
Eau distillée, une once......................... 32

Faites dissoudre. Usité contre l'amaurose.

SULFATE DE STRYCHNINE.

On l'obtient en faisant dissoudre la strychnine à saturation dans l'acide sulfurique étendu, filtrant et faisant évaporer. Le sulfate cristallise en cubes quand il est parfaitement neutre, et en aiguilles quand il contient un petit excès d'acide. Il est soluble dans moins de 10 parties d'eau froide. On l'emploie aux mêmes usages que la strychnine.

On obtient de la même manière les autres sels de strychnine.

Le sulfate de strychnine contient : 1 pp. de strychnine (87,8), 1 pp. d'acide sulfurique (10), et 1 pp. d'eau essentielle (2,2); cristallisé, il renferme en outre 7 pp. d'eau de cristallisation ou 13,6 p. 100.

Le nitrate de strychnine contient : 1 pp. de strychnine (84,8); 1 pp. d'acide nitrique (13); 1 pp. d'eau (2,2).

Le chlorhydrate de strychnine contient : 1 pp. de strychnine (87); 1 pp. d'acide chlorhydrique (13).

1 partie de strychnine équivaut à

Sulfate cristallisé. 1,31
Nitrate cristallisé. 1,17
Chlorhydrate cristallisé. 1,15

SULFATE DE BRUCINE.

On prépare le sulfate de brucine et les autres sels de cette base comme les sels de strychnine. Le sulfate cristallise en prismes quadrilatères, il est efflorescent. Le chlorhydrate cristallise en longues aiguilles; il est inaltérable à l'air.

Le sulfate de brucine contient : brucine 1 pp. (89,2); acide sulfurique 1 pp. (8,8); eau 1 pp. (2).

Cristallisé, il contient en outre 7 pp. d'eau de cristallisation, ou 12,1 p. 100.

Le chlorhydrate de brucine est formé de : 1 pp. de brucine (88,5); 1 pp. d'acide chlorhydrique (11,5); il ne contient pas d'eau.

1 partie de brucine cristallisée équivaut à

Sulfate de brucine cristallisé. 1,1
Chlorhydrate de brucine. 1

FÈVE SAINT-IGNACE.

(Strychnos ignatia.)

La fève Saint-Ignace a la même composition que la noix vomique; mais elle contient bien plus de strychnine et peu de brucine; aussi est-elle beaucoup plus active. C'est un remède qui jouit d'une haute réputation dans l'Inde contre les fièvres intermittentes. Elle a été employée dans quelques cas de débilité de l'estomac, contre l'épilepsie, l'amaurose. Ses vertus médicales dépendent de la strychnine qu'elle contient.

La fève Saint-Ignace est peu employée en Europe. On s'en sert pour retirer la strychnine qu'elle contient en plus grande proportion que la noix vomique; mais son prix toujours bien plus élevé rend son emploi peu avantageux sous ce rapport.

DES GENTIANÉES.

Les Gentianées ont dans toutes leurs parties, et particulièrement dans leurs racines, une amertume très prononcée qui les fait employer comme toniques, stomachiques et fébrifuges. Toutes les espèces vivaces peuvent être substituées à notre Gentiane jaune; en Allemagne, on emploie le *Gentiana rubra*; en Norwège le *Gentiana purpurea*. A notre petite Centaurée correspondent par les usages et les propriétés, le Centory des États-Unis (*Chironia angularis*), le Cachen du Pérou et du Brésil (*C. chilensis*), et le Chyrayita de l'Inde (*Gentiana chyrayita*). On emploie aux mêmes usages les *Lisianthus pendulus, amplissimus* et autres du Brésil, les *Exacum purpureum* et *violaceum* des Antilles, les *Coutoubœa purpurea* et *alba* de Cayenne.

Nous possédons peu de lumières sur la nature du principe amer des gentianées. Les analyses qui ont été faites à ce sujet sont peu comparables, parce que les matières amères qu'elles ont données n'étaient pas suffisamment pures et n'ont pas été comparées entre elles.

Les spigelia forment dans cette famille une anomalie remarquable par leur action énergique sur l'économie. Il faut dire toutefois que quelque chose d'analogue se montre dans la racine de gentiane quand elle est employée à haute dose. Le *Spigelia anthelmia* (Brainvilliers) de l'Amérique du Sud et des Antilles est un poison violent. Son odeur est vireuse, fétide; elle produit des vomissements, des soubresauts, des éblouissements, la stupeur. La racine est la partie la plus active de la plante; on l'emploie contre quelques affections nerveuses, et surtout comme vermifuge. Le *S. glabrata* du Brésil est moins actif, et est employé comme excitant et sudorifique; le *S. marylandica* a les mêmes propriétés que la Brainvilliers. Elle a été analysée par M. Feneulle, qui a trouvé dans les racines et dans les feuilles un principe semblable. Il l'a obtenu sous la forme d'une matière brune, amère, nauséeuse, soluble dans l'eau et l'alcool, ne contenant pas l'azote au nombre de ses éléments.

GENTIANE.

(Gentiana lutea.)

La racine de Gentiane est l'un de nos bons médicaments indigènes. Son excessive amertume la fait employer avec succès comme un tonique excitant, comme fébrifuge et contre les vers. Les observations successives de MM. Planche, Henry et Caventou et Leconte y ont fait reconnaître :

Principe odorant fugace, gentisin, glu, matière huileuse verdâtre, sucre incristallisable, gomme, acide pectique, matière colorante fauve, acide organique.

M. Planche y a reconnu l'existence d'un principe nauséabond volatil. Il donne à l'eau distillée de cette plante la propriété de causer des nausées et une sorte d'ivresse. On ne s'aperçoit pas de son action dans l'emploi de la plupart des préparations de gentiane, parce qu'il s'y trouve en trop faibles proportions.

MM. Henry et Caventou, qui ont extrait les premiers la matière cristalline, ne l'avaient obtenue qu'à l'état impur. Ils la considéraient sous le nom de Gentianin comme le principe amer de la gentiane ; mais MM. Leconte et Trommsdorf ont fait voir depuis, que la matière cristalline est une simple matière colorante non amère, qui est mélangée dans le gentianin de proportions variables de principe amer et de matière grasse.

Le gentisin, ou matière colorante cristalline de la gentiane, est d'un jaune pâle, cristallisé en longues aiguilles, insipide et inodore. A une température élevée, il se décompose ; mais, en même temps, une partie se volatilise et cristallise en se condensant. Il est très peu soluble dans l'eau. L'alcool en dissout plus à chaud qu'à froid ; il cristallise par le refroidissement. Il est peu soluble dans l'éther ; il se dissout en grande quantité dans les liqueurs alcalines caustiques, et forme de véritables sels (Gentisates). La combinaison sodique est bien cristallisée et d'une belle couleur, d'un jaune pur. Le gentisin ne chasse pas l'acide carbonique de ses combinaisons.

Pour préparer le gentisin, on prend de la gentiane grossièrement pulvérisée et séchée, on la traite par des macérations successives dans l'alcool à 95°, jusqu'à ce que celui-ci ne se colore plus. Les liqueurs, réunies et filtrées, sont soumises à la distillation ; l'extrait obtenu est traité par l'eau, qui dissout la matière extractive amère, l'acide libre, le sucre, et laisse sous forme de flocons blancs de la matière grasse unie au gentisin. On recueille ce précipité, on le lave, on le fait sécher et on le reprend par de l'alcool à 78ᶜ bouillant, qui dissout la matière cristalline jaune, et n'attaque presque pas la matière grasse. Si le gentisin, cristallisé par le refroidissement et l'évaporation spontanée, retient encore un peu d'huile qui aurait été entraînée par l'ébullition, on le reprend par un peu d'éther qui lui enlève cette matière. En le redissolvant par de l'alcool à 78ᶜ bouillant, on l'obtient sous forme de beaux cristaux jaunes parfaitement purs.

Les propriétés de la matière amère de la gentiane nous sont mal connues; elle s'est présentée à M. Leconte sous la forme d'une matière extractive, incristallisable, très soluble dans s l'eau et dans l'alcool. Le docteur Dulk, qui s'est depuis occupé de cette matière, ne me paraît pas l'avoir obtenue à l'état de pureté.

Quant à la matière connue sous le nom de glu, M. Leconte à prouvé qu'elle est un composé de cire, d'huile et de caoutchouc.

POUDRE DE GENTIANE.

On coupe la racine de gentiane par tranches; on la fait sécher à l'étuve et on la pulvérise sans laisser de résidu.

Ayant pulvérisé 1 kilogramme de gentiane en laissant ¹/₄ de résidu, j'ai trouvé que tandis que 100 parties de poudre épuisées par l'alcool à 56ᶜ laissent 42,5 d'extrait sec, 100 parties de résidu traitées de même en laissaient 41,6.

La poudre de gentiane s'emploie à l'intérieur, comme tonique, à la dose de quelques grains à 1 scrupule.

TISANE DE GENTIANE.

Pr.: Racine de gentiane incisée, deux gros......   8 grammes.
Eau bouillante, deux livres.   1000

Faites infuser pendant 2 heures et passez.

L'eau est très propre à dissoudre les parties actives de la gentiane. Froide, elle dissout la matière amère, le sucre, la gomme, une portion d'acide pectique, le principe acide, le gentisin, un peu de matière grasse et de résine, ainsi qu'une portion de la matière odorante et volatile. L'eau chaude employée en infusion a une action toute semblable; seulement la proportion de résine dissoute est un peu plus forte. Par la décoction on entraîne beaucoup d'acide pectique, de résine et de matière grasse.

EXTRAIT DE GENTIANE.

La meilleure manière de préparer l'extrait de gentiane consiste à réduire la racine en poudre à moitié fine, à l'humecter avec le double de son poids d'eau tiède, et laisser macérer quelques heures, et à soumettre à la presse; on ajoute au marc une nouvelle quantité d'eau pareille à la première, et l'on exprime encore. On évapore les liqueurs en consistance d'extrait mou.

On peut également avoir recours à la lixiviation. La racine doit être en poudre demi-fine, puis être humectée avec la moitié de son poids d'eau froide; on l'introduit dans l'appareil à lixiviation, en la tassant fort peu. L'opération demande de l'habitude. 100 parties de gentiane épuisées par l'eau donnent jusqu'à 50 parties d'extrait.

SIROP DE GENTIANE.

Pr.: Racine de gentiane, une once et demie....... 48 grammes.
Eau bouillante, seize onces................ 500
Sucre blanc............................ S. Q.

On coupe la racine de gentiane bien menue, et l'on verse dessus l'eau bouillante; après 12 heures d'infusion, l'on jette sur une toile, et l'on obtient une liqueur claire; le marc est soumis à la presse et fournit une nouvelle quantité de liqueur qui est trouble et que l'on clarifie par la filtration; on réunit les deux liqueurs, on les pèse et l'on y ajoute le double de leur poids de sucre; on fait un sirop par simple solution au bain-marie.

Ce sirop est fort amer et fort odorant. Il est moins bon lorsque, suivant le conseil de quelques praticiens, on mêle l'infusion de gentiane au sirop, et que l'on soumet le tout à l'évaporation.

Chaque once de sirop de gentiane contient les parties amères de 18 grains (1 gramme) de racine.

TEINTURE DE GENTIANE.

Pr.: Gentiane. 1
Alcool à 56° (21° Cart.).................... 4

Faites macérer pendant 15 jours; passez avec expression et filtrez.

L'alcool faible épuise parfaitement la racine de gentiane de toutes ses parties amères.

La teinture de gentiane contient la matière amère, le sucre, la gomme, le principe acide, le gentisin, et les matières grasses, résineuses et odorantes.

ÉLIXIR ANTISCROFULEUX.

Pr. : Racine de gentiane, une once............ 32 grammes.
Carbonate d'ammoniaque, deux gros....... 8
Alcool à 56° (21° Cart.), deux livres....... 1000

Faites macérer pendant 8 jours ; passez avec expression ; filtrez.

ÉLIXIR DE PÉRYLHE.

Pr. : Racine de gentiane, une once............ 32 grammes.
Carbonate de soude, trois gros............ 12
Alcool à 56° (21° Cart.), deux livres....... 1000

Faites macérer pendant 8 jours ; passez avec expression ; filtrez.

VIN DE GENTIANE.

Pr. : Racine de gentiane, demi-once............ 16 grammes.
Alcool à 56° (21° Cart.), une once......... 32
Vin rouge, une livre..................... 500

Divisez la racine ; versez dessus l'alcool et laissez en contact pendant 24 heures ; ajoutez le vin ; laissez macérer pendant 8 jours et passez.

Parmentier faisait employer la teinture de gentiane, ce qui est aussi bon ; mais il employait la teinture suivante :

Racine de gentiane, deux onces........... 64 grammes.
Écorce d'oranges, demi-once............. 16
Alcool à 56° (21° Cart.), trois livres........ 1500

PETITE CENTAURÉE.

(Chironia centaurium.)

On emploie les sommités fleuries de la Petite Centaurée. C'est un amer puissant dont on fait usage ordinairement en infusion à la dose de 2 gros à une ¹/₂ once (8 à 16 grammes), ou sous forme d'extrait, à la dose de quelques grains à 1 gros (4 grammes).

M. Moretti a trouvé la petite centaurée composée de :

Matière amère extractive ; acide libre ; matière muqueuse ; extractif ; sels.

On récolte les sommités de petite centaurée, lorsque la plante est en fleurs ; on en fait de petites bottes que l'on enveloppe de papier, pour conserver la couleur des fleurs, et que l'on fait sécher en guirlandes dans un grenier aéré.

L'extrait de petite centaurée se prépare par déplacement. Il faut tasser modérément la poudre.

TRÈFLE D'EAU.

(Menyanthes trifoliata.)

Les feuilles de trèfle d'eau contiennent un suc amer auquel la médecine a souvent recours comme tonique, vermifuge et anti-scorbutique.

M. Trommsdorf qui a analysé cette plante y a trouvé :

Fécule verte; extractif amer; gomme brune; albumine; matière animale que le feu ne coagule pas; inuline (?).

Il a fait remarquer que l'extrait amer de cette plante ne contenant pas de tannin, on pouvait l'associer avantageusement aux sels de fer.

SUC DE TRÈFLE D'EAU.

Il est rarement prescrit seul ; mais on l'associe souvent à d'autres plantes.

EXTRAIT DE TRÈFLE D'EAU.

On le prépare avec le suc dépuré de la plante. Si le trèfle d'eau frais venait à manquer, on aurait recours à la plante sèche que l'on traiterait par lixiviation.

DES CONVOLVULACÉES.

Les racines des Convolvulacées sont les seules parties des végétaux de cette famille sur lesquelles on ait fait des observations. Elles sont toutes plus ou moins âcres et purgatives. On emploie comme telles les racines de :

Convolvulus officinalis (Jalap).
— *oryzabensis* (Jalap mâle).
— *turpethum* (Turbith.).

Convolvulus mechoacana (Méchoacan).
— *soldanella* (Soldanelle).
— *arvensis et sepium* (Liseron).
— *althœoides* (d'Europe).
— *macrocarpos* (Martinique).
— *operculata* (du Brésil).
Ipomœa nil (du Japon).
— *repens* (des Antilles).
— *pandurata* (du Japon).

On retire par incision de la racine du *Convolvulus scammonia* du Levant, la gomme-résine connue sous le nom de scammonée. Le *Convolvulus brasiliensis*, et l'*Ipomœa cathartica* de Saint-Domingue donnent des sucs analogues.

On a extrait une résine purgative du jalap, du turbith, du liseron, de la soldanelle; et, sans aucun doute, les autres racines purgatives des Convolvulacées en contiennent également. M. Planche a fait sur l'histoire comparée de quelques-unes de ces résines des observations fort remarquables. Il les a obtenues par le procédé ordinaire, et il les a blanchies en traitant leur solution alcoolique par le charbon. Ces résines forment, suivant cet habile observateur, deux groupes différents; les unes sont solubles dans l'éther: telles sont les résines de la scammonée et du *C. soldanella*, une des résines du jalap et celle du *Convolvulus orizabensis*; les autres ne s'y dissolvent pas: telles sont les résines des liserons, et une des résines du jalap.

La résine du jalap est odorante, celle de soldanelle a une odeur d'huile rance; la résine de scammonée est inodore. La résine de jalap est âcre; elle prend à la gorge; insufflée dans l'œil, elle cause une cuisson douloureuse. La résine de scammonée n'a qu'une saveur douce; elle ne cause pas de douleur quand elle est insufflée dans l'œil. La résine de soldanelle a une saveur légèrement aromatique et un peu âcre; elle ne détermine pas la constriction de l'arrière-bouche et le crachotement particuliers au jalap. La résine du *C. orizabensis* a une saveur douceâtre, légèrement nauséeuse. La résine de scammonée et celle de *C. orizabensis* se divisent avec facilité dans le lait et sans intermède. En versant comparativement sur ces résines 4 pp. d'acide nitrique à 32°, l'acide dissout la résine de jalap sans dégagement de gaz;

il dissout imparfaitement les résines de scammonée et de soldanelle avec dégagement de gaz nitreux.

JALAP.

(Convolvulus officinalis.)

La racine de jalap est un purgatif drastique : elle a fourni par l'analyse à Gerber :

Résine dure ; résine molle ; extractif un peu âcre ; extrait gommeux ; matière colorante ; sucre incristallisable ; gomme ; mucilage végétal ; albumine végétale ; amidon.

La racine contient 8 à 10 p. 100 de résine. Cette résine est âcre ; elle se dissout fort bien dans l'alcool. L'éther la partage en deux espèces de résines : l'une molle, qui forme les $^3/_{10}$ du poids de la résine de jalap ; l'autre sèche, cassante, que l'éther ne dissout pas. La résine de jalap est insoluble dans les huiles volatiles. Sa capacité de saturation est des plus faibles.

Nous ajouterons à cette analyse, que M. Henry ayant analysé comparativement le jalap sain et le jalap piqué par les vers, a trouvé dans celui-ci plus de résine, parce que les vers ne mangent que les parties sucrées, mucilagineuses ou amylacées. Il en résulte que, pour l'extraction de la résine, on peut se servir avantageusement du jalap piqué ; mais pour toutes les autres préparations, il faut choisir le jalap sain ; autrement, la proportion de résine purgative se trouverait augmentée dans le produit, et les effets seraient plus énergiques que le médecin n'aurait voulu les produire.

POUDRE DE JALAP.

La racine de jalap est charnue, compacte, peu chargée de parties fibreuses. On la pulvérise sans laisser de résidu.

Le jalap est souvent employé sous la forme de poudre. On en donne 18 grains à $^1/_2$ gros (1 à 2 grammes). C'est un purgatif puissant.

SUCRE ORANGÉ PURGATIF.

Pr. : Poudre de jalap, deux onces.............. 64 grammes.
    Crême de tartre pulvérisée, une once........ 32
    Sucre pulvérisé, treize onces.............. 406
    Huile volatile d'écorces d'oranges, demi-gros.. 2

Mêlez.

Cette poudre est un purgatif souvent employé dans la médecine des enfants, à la dose de 1 gros (4 grammes). Elle contient le huitième de son poids de poudre de jalap.

HYDROLÉ DE JALAP.

Le jalap est rarement employé sous cette forme. Si l'on voulait y avoir recours, il faudrait l'employer à la dose de 1 à 2 gros, et recourir à la décoction pour entraîner la résine, qui n'est pas soluble par elle-même ; mais comme on n'est jamais certain de la proportion de celle-ci qui peut rester dans la liqueur, il vaut mieux renoncer à ce mode d'administration.

TEINTURE ALCOOLIQUE DE JALAP.

      Pr. : Racine de jalap.......................... 1
            Alcool à 56ç (21° Cart.)..................... 4

Faites macérer pendant 15 jours ; passez avec expression et filtrez.

EAU-DE-VIE ALLEMANDE.

      Pr. : Racine de jalap, huit onces.............. 250 grammes.
            —   turbith, une once. 32
            Scammonée d'Alep, deux onces. 64
            Alcool à 56ç (21° Cart.), six livres........ 3000

Faites macérer pendant 8 jours ; passez et filtrez.

Cette teinture est employée comme un bon purgatif, à la dose de ½ once à 1 once (16 à 32 grammes).

Si l'on y ajoute quelques aromates, comme la cannelle, la coriandre, le girofle et que l'on colore avec le santal rouge, on a l'eau-de-vie allemande aromatique.

EXTRAIT DE JALAP.

      Pr. : Racine de jalap........................ Q. V.
            Alcool à 56° (21° Cart.). .... S. Q.

On prépare cet extrait par lixiviation.

Cet extrait diffère de la résine, en ce qu'il contient les parties muqueuses et extractives de la racine. Il est peu employé. On lui préfère la résine qui permet de doser plus exactement. C'est pour cette même raison que l'extrait aqueux du jalap est inusité. On ne pourrait jamais savoir exactement la quantité de résine qu'il contient. La racine du jalap donne par l'alcool près du quart de son poids d'extrait.

RÉSINE DE JALAP.

On épuise le jalap par de l'alcool à 80ᶜ (31° Cart.); on distille les teintures alcooliques de matière à en séparer tout l'alcool; on ajoute au résidu de la distillation un volume d'eau égal au sien. On laisse refroidir; on recueille la résine qui s'est précipitée; on la lave à plusieurs reprises avec de l'eau chaude; enfin, on la dissout dans un peu d'alcool, et on évapore la dissolution alcoolique. On obtient une masse résineuse molle, qui se dessèche à l'étuve, en perdant les dernières parties d'alcool qu'elle retenait.

Quelques pharmaciens traitent le jalap par de l'alcool plus faible, ce qui revient absolument au même, le lavage qui doit terminer l'opération ayant pour effet de séparer les parties gommeuses ou extractives.

M. Planche a proposé de préparer la résine de jalap par le procédé suivant :

On coupe le jalap par morceaux de la grosseur d'une noisette, et on l'épuise par des macérations à l'eau froide, de 12 heures, jusqu'à ce que l'eau en sorte sans couleur; on pile le jalap ainsi épuisé dans un mortier, pour en faire une pulpe bien déliée. Pendant cette opération, il s'attache au pilon beaucoup de résine, dont la quantité augmente en triturant cette matière pultiforme avec dix à douze fois son poids d'eau froide : on passe avec expression; la liqueur qui s'écoule est laiteuse; elle dépose beaucoup d'amidon mêlé à de la fibre et à fort peu de résine.

On reprend le marc, et on le traite comme la première fois pour en tirer une petite quantité de résine qu'on réunit à la première. La résine ainsi obtenue contient des parties ligneuses, un peu d'amidon et de matière extractive; on l'agite au milieu d'une grande masse d'eau froide; elle prend l'aspect satiné de la térébenthine cuite; on la dissout au bain-marie dans trois parties d'alcool; on filtre, et l'on précipite la résine par les moyens ordinaires : on a ainsi une résine transparente, friable, d'une couleur jaune verdâtre, un peu brune.

La matière colorante est fournie par la partie corticale; car la partie intérieure, épuisée par l'eau, est presque entièrement décolorée, et fournit de la résine presque blanche.

L'eau qui a servi à épuiser le jalap donne par évaporation un extrait acidule légèrement sucré, très déliquescent, qui contient une matière colorante, un peu de fécule, de la matière sucrée et un acide.

La résine de jalap obtenue pharmaceutiquement est d'une couleur brune, d'une saveur âcre. Elle purge à la dose de 6 à 12 grains (3 à 6 décigrammes), en produisant une vive action sur les intestins. On l'emploie sous forme de pilules, ou divisée au moyen d'un mucilage, ou mieux d'un jaune d'œuf. Une partie de résine représente 8 à 10 parties de racine de jalap.

M. Barateau, de Carcassonne, a donné une formule qui m'a parfaitement réussi, et que pour cette raison je crois utile de rapporter ici :

```
Pr. : Amandes mondées, huit.................  No 8
      Sucre, une once......................  32  grammes.
      Eau commune, trois onces. ...........  96
```

Faites selon l'art une émulsion.
D'autre part :

```
Pr. : Résine de jalap, neuf grains. ...............  0,5 grammes.
      Sucre, seize grains......................  0,9
      Amandes mondées, une.................  No 1
      Gomme arabique en poudre, un gros.......  4 grammes.
```

Triturez la résine avec le sucre ; ajoutez l'amande et pistez jusqu'à extrême division ; alors, ajoutez la gomme et délayez peu a peu avec l'émulsion. La résine est si bien divisée par ce moyen qu'il ne s'en précipite aucune portion, et que lorsque l'émulsion se coagule en vieillissant, la résine monte tout entière à la surface mélangée intimement avec le coagulum.

SAVON DE RÉSINE DE JALAP.

```
Pr. : Résine de jalap..........................  1
      Savon médicinal.........................  2
      Alcool à 80ᶜ (31º Cart.). .................  S. Q.
```

On fait dissoudre la résine et le savon dans l'alcool, et on évapore en consistance pilulaire. Ce savon contient le tiers de son poids de résine de jalap ; elle s'y trouve parfaitement divisée.

SCAMMONÉE D'ALEP.

(Convolvulus scammonia.)

La Scammonée d'Alep est une gomme-résine. Elle est composée, suivant l'analyse de M. Bouillon-Lagrange, de :

Résine, 60 ; *gomme, 3* ; *extrait, 2* ; *débris , 35*.

Cette gomme-résine s'emploie de la même manière que la résine de jalap. On peut en extraire la résine par un procédé semblable, et faire un savon de scammonée comme on fait un savon de résine de jalap.

La résine de la scammonée n'a pas l'âcreté de celle du jalap. Elle est inodore et à peu près insipide. En la dissolvant dans l'alcool et en faisant bouillir la liqueur avec du charbon animal, on s'empare de la matière colorante qui est unie à la résine, et l'évaporation de l'alcool la laisse sans couleur. Elle se divise avec une extrême facilité dans le lait chaud ou froid, ou dans une émulsion d'amandes. Sous cette forme c'est l'un des purgatifs les plus agréables auxquels on puisse avoir recours. M. Planche, à qui l'on doit cette observation, a donné la formule suivante.

POTION PURGATIVE DE PLANCHE.

Pr. : Résine de scammonée décolorée par le charbon
    animal, six grains...................... 0,3 grammes.
Lait de vache chaud ou froid, trois onces.... 96
Sucre, deux gros........................ 8
Eau distillée de laurier-cerise, 4 gouttes.... 4 gutt.

On réduit la résine en poudre dans un mortier de marbre, et on la délaie peu à peu dans le lait. On ajoute le sucre et l'eau aromatique.

On peut couper le lait avec de l'eau, ou le remplacer par une émulsion. On peut également se servir de la résine de scammonée non décolorée.

POUDRE CATHARTIQUE.

Pr. : Jalap............................... 1
Scammonée........................... 1
Crème de tartre....................... 2

Mêlez.

TABLETTES DE SCAMMONÉE ET DE SÉNÉ.

Pr. : Scammonée, trois gros.....................	12 grammes.
Séné, quatre gros et demi.	18
Rhubarbe, un gros et demi................	6
Girofles, un gros.....................	4
Écorces de citrons confites, une once..:.....	32
Sucre, six onces six gros.................	216
Mucilage de gomme adragante préparé à l'eau	
de cannelle........................	S. Q.

Faites des tablettes de six gros.

Cette formule, donnée par le Codex de 1818, est destinée à remplacer les anciennes tablettes de citron composées ou Diacarthami.

—

DES BORRAGINÉES.

Les Borraginées sont des plantes mucilagineuses. Leur mucilage est utilisé par la médecine pour la préparation de boissons adoucissantes et relâchantes. On se sert principalement des fleurs et des feuilles de la bourrache, de la buglosse (*Anchusa italica*), de la buglosse des herboristes ou vipérine (*Echium vulgare*), de la pulmonaire (*Pulmonaria officinalis*).

On emploie l'écorce de la racine mucilagineuse de la cynoglosse (*Cynoglossum officinale et pictum*). Un assez grand nombres d'autres racines contiennent une matière colorante rouge. Elle est abondante dans l'orcanette (*Lithospermum tinctorium*). En Amérique on emploie au même usage l'*Anchusa virginica* et le *Lithospermum tinctorium* de *Ruiz* et *Pavon*. Dans le midi de la France on récolte pour orcanette le *Lithospermum tinctorium*, le *L. anchusioides* et l'*Onosma echioides*. La matière colorante de l'orcanette a été étudiée par M. Pelletier sous le nom d'acide anchusique. Il l'a trouvée composée de 17 pp. carbone, 10 pp. hydrogène, et 4 pp. oxigène. Elle a une couleur rouge ; elle fond à + 60 ; chauffée elle devient d'un rouge violet ; une partie se décompose, tandis qu'une autre partie se volatilise. Elle est insoluble dans l'eau, soluble dans l'alcool et dans l'éther. Elle se dissout bien dans les corps gras ; aussi son usage le plus habituel dans les pharmacies est-il de servir à colorer les graisses ou les huiles en rouge. Elle se combine aux bases et donne avec elles des combinaisons qui sont bleues. Elle colore en rouge quand on l'emploie seule, et elle colore en bleu quand on l'unit aux alcalis. On l'obtient en traitant la racine d'orcanette par l'éther dans l'entonnoir à déplacement et distillant. M. Béral l'a désignée sous le nom impropre de *Carminoïde* d'orcanette. Chaque once de racine fournit un scrupule de matière colorante.

BOURRACHE.

(Borrago officinalis.)

La Bourrache est une plante pectorale et adoucissante par le mucilage qu'elle contient abondamment. Elle a une grande réputation comme sudorifique. C'est sous ce rapport un remède populaire qui ne paraît pas mériter sa réputation.

L'extrait de bourrache contient, suivant M. Braconnot :

Substance muqueuse, 18 ; *substance animale insoluble dans l'alcool*, 13 ; *acide végétal combiné à la potasse*, 11 ; *acide végétal combiné à la chaux*, 0,5 ; *acétate de potasse*, 1 ; *nitrate de potasse*, 0,5.

DESSICCATION.

La bourrache, en raison de son état de succulence et de la viscosité de son suc, demande beaucoup de soin pour être desséchée. On doit lui faire présenter beaucoup de surface à l'air et la retourner souvent sur les claies ; si l'air n'est pas bien sec, il faut avoir recours à l'étuve pour que la dessiccation ne traîne pas en longueur et que la plante ne s'altère pas.

TISANE DE BOURRACHE.

Pr.: Feuilles sèches de bourrache, trois gros. ...　　12 grammes.
　　 Eau bouillante, un litre.................　1000

Faites infuser pendant 1 heure, et passez (Hôp. de Paris).

EXTRAIT DE BOURRACHE.

On humecte la poudre demi-fine de bourrache avec la moitié de son poids d'eau à 20°, et après 2 heures de contact, on tasse peu la poudre et on la lessive. Les liqueurs chauffées au bain-marie et passées sont évaporées en consistance d'extrait. La bourrache sèche fournit environ le 10ᵉ de son poids d'extrait.

Comme le suc de bourrache est très visqueux, on préfère obtenir l'extrait avec la plante sèche.

SUC DE BOURRACHE

On pile la bourrache dans un mortier de marbre ; mais avant de soumettre la masse à la pression, on y ajoute de l'eau (un seizième du poids de la plante), qui divise le suc trop mucilagineux et lui permet de s'écouler. Si le suc est trop visqueux pour filtrer, on le chauffe légèrement au bain-marie.

Le suc de bourrache est rarement employé seul ; quand on l'associe à celui d'autres plantes, on pile celles-ci avec la bourrache. Leur suc plus aqueux délaie le suc mucilagineux de la bourrache et en rend l'écoulement facile.

SIROP DE BOURRACHE.

Pr. : Suc de bourrache clarifié à chaud............ 1
    Sucre. 2

Faites un sirop par simple solution au bain-marie.

EAU DISTILLÉE DE BOURRACHE.

Pr. : Bourrache. 1
    Eau. .... S. Q.

Retirez un poids d'eau distillée égal à celui de la plante employée.

GRANDE CONSOUDE.

(Symphytum officinale.)

On emploie en médecine la racine de la Grande Consoude. L'analyse n'en a pas été faite ; mais on sait qu'elle est visqueuse, gluante par une abondance de mucilage, et qu'elle contient en outre un peu de matière astringente qui précipite le fer en noir. On la conseille dans le traitement des hémorrhagies, et en particulier de celle du poumon, et contre la diarrhée. Elle agit par le mucilage qu'elle contient, et qu'elle cède en plus grande abondance à l'eau par la décoction et par la petite quantité de matière tannante qui s'y trouve unie, et qui est dans bien des cas un adjuvant utile. On emploie surtout la racine de consoude sous forme de tisane. On en fait bouillir 1 once (32 grammes) dans un litre d'eau.

SIROP DE CONSOUDE.

Pr.: Racine de consoude, une once.............	32 grammes.
Eau commune à 20°, huit onces..........	250
Sirop de sucre, deux livres....:..........	1000

On coupe la racine de consoude en tranches très menues, on la fait macérer pendant 24 heures dans la quantité d'eau prescrite; on passe, on porte la liqueur à l'ébullition et l'on filtre à travers une étoffe de laine; alors on l'ajoute au sirop et l'on fait cuire en consistance convenable.

Si le sirop n'est pas clair, ce qui n'arrive pas ordinairement, avant de le passer on y délaie quelques feuilles de papier sans colle, suivant le procédé de M. Desmarest. Ce moyen de clarification est le meilleur dans cette circonstance; car le blanc d'œuf enlèverait le tannin de la racine. Le sirop de sucre clarifié se trouble même au moment de son mélange avec l'infusion de consoude, par la combinaison qui se fait entre le tannin et la matière animale soluble que les œufs ont laissée dans le sirop, au moment où ils se sont coagulés.

On doit préférer la macération à la décoction; celle-ci donne un sirop plus mucilagineux; mais le mélange du mucilage et de la matière tannante, qui fait employer la consoude en médecine, se trouve plus convenablement représenté dans le sirop fait par macération.

DES SOLANÉES.

Les Solanées sont des plantes souvent remarquables par leurs propriétés malfaisantes. Ce caractère se rencontre dans toutes leurs parties; cependant dans cette même famille se trouvent des plantes tout à fait innocentes, et d'autres qui fournissent une nourriture saine à l'homme et aux animaux. Toutefois, par cela seulement qu'une plante provient de cette famille, ce n'est qu'avec circonspection qu'elle doit être admise comme matière alimentaire.

Les racines des solanées sont généralement narcotiques. Les espèces les plus employées comme telles, sont la Belladone (*Atropa belladona*), la Jusquiame (*Hyosciamus niger et albus*), la Mandragore (*Mandragora officinalis*), le *Physatis somniferum* d'Égypte, la Nicotiane (*Nicotiana rustica*) et le Tabac (*N. Tabacum*). Les tubercules farineux du *Solanum tuberosum* ou pomme de terre, et ceux du *S. bulbocastanum* du Mexique sont alimentaires; ils ont cependant une certaine âcreté. Ainsi le docteur Nauche a conseillé d'employer les pommes de terre râpées pour faire des cataplasmes excitants. Baup assure que leurs germes contiennent de la solanine, et Brunswick rapporte un cas d'empoisonnement sur des bestiaux nourris avec les résidus de pommes de terre germées, qui avaient servi à fabriquer de l'eau-de-vie, et dans lequel les symptômes furent absolument les mêmes que l'on remarque dans l'action des solanées.

Les racines de quelques *Solanum* paraissent avoir des propriétés différentes ; les racines des *Solanum trilobatum* de l'Inde et *sodomeum* du Cap sont amères. Dans l'Inde on emploie comme diurétiques les racines du *S. manosum ;* celles du *S. undatum* de Madagascar sont, dit-on, purgatives, et cependant elles sont employées contre les fièvres.

La propriété narcotico-âcre se retrouve très prononcée dans un grand nombre de feuilles des solanées ; telles sont principalement la Belladone, la Mandragore, la Jusquiame, les différentes espèces de Datura et un grand nombre de Solanum, en particulier, le *S. toxicarium* de la Guyane. La Morelle, *S. nigrum*, passe pour délétère, et M. Dunal s'est assuré que son suc dilate la pupille à la manière des autres solanées ; cependant elle est mangée sous le nom de Brède dans le midi de la France, à Saint-Domingue et à l'île de France ; il en est de même des *S. oleraceum* des Antilles et du *S. sessilifolium* du Brésil ; sans doute que la coction dans l'eau emporte la presque totalité du principe vénéneux, et d'un autre côté, quand on choisit ces plantes comme aliment, on a soin de les cueillir dans un état de jeunesse où leur tissu est encore tendre, mais aussi où les sucs sont peu élaborés. Les feuilles des Molènes ou Bouillon blanc (*Verbascum thapsus, blattaria*, etc.) sont employées comme émollientes ; il y a cependant quelque chose dans leur action qui n'est pas remplacé par les mucilagineux ordinaires.

La tige de la Douce-amère (*S. dulcamara*) est employée comme dépurative dans les maladies de la peau ; elle participe aux propriétés narcotiques des autres solanées ; l'écorce du *Solanum pseudokina* du Brésil et celle du *Bellonia aspera* des Antilles sont amères et employées comme fébrifuges.

Quelques fruits de solanées sont comestibles ; tels sont ceux du *Physalis alkekengi* ou Coqueret que l'on mange dans tout le nord de l'Europe, du *P. pubescens* de l'Inde, la Tomate (*S. lycopersicum*), l'Aubergine (*S. melongena*). On mange au Japon les fruits du *S. æthiopicum*, à la Chine ceux du *S. album*, à Madagascar ceux du *S. anguivi*, au Pérou ceux des *S. muricatum et quitoense*; aux Antilles, au Brésil, les fruits du *Tenæcium jaroba* sont usités comme pectoraux.

Un bien plus grand nombre de fruits des solanées sont malfaisants; on cite ceux de la Belladone, de la Mandragore, des Datura, du *Cestrum venenatum* du Cap, du *Solanum mammosum*, ou pommes-poison des Antilles, du *S. sodomeum* du Cap, du *S. acanthifolium* des Antilles, des *S. fuscatum et caroliniense* de l'Amérique septentrionale, du *S. nigrum* de nos climats. Leur action est analogue à celle des autres parties.

Les *Capsicum* font une exception remarquable. Ils ont des fruits d'une âcreté extrême ; elle est bien connue dans le *Capsicum annuum* ou Poivre de Guinée cultivé dans nos jardins ; elle est bien plus prononcée dans le *C. minimum* dont le fruit est connu sous le nom de piment enragé. Suivant M. Braconnot, l'âcreté de ces fruits est due à une espèce d'huile résineuse qui a reçu le nom de *Capsicine*.

Un petit nombre des semences de solanées sont connues dans leurs propriétés, et celles-là participent aux propriétés narcotiques des autres parties ; ce sont les graines du *Stramonium* (*Datura stramonium*), celles du Metel de l'Inde (*D. Metel*), du *D. sanguinea* du Pérou, de la Jusquiame (*Hyosciamus albus*), et de la Jusquiame d'Arabie (*H. datura*).

Le principe narcotique des diverses solanées vénéneuses paraît être toujours le même, ou au moins il se présente avec une action pareille dans toutes ces plantes et dans toutes leurs parties; il agit à la manière des narcotiques. Il exerce une action particulière sur le cerveau, d'où résulte de la céphalalgie, du trouble dans les perceptions, des vertiges, des rêves fantastiques.

Si la dose en est forte, ces symptômes s'accompagnent de débilité musculaire, d'engourdissement, de somnolence, et la mort elle-même peut survenir. Un caractère remarquable de ces plantes, c'est l'action qu'elles exercent sur la pupille. Elles la dilatent très fortement : aussi les chirurgiens se servent-ils des solanées pour préparer cet organe , lorsqu'ils ont à faire une opération de cataracte ; tantôt ils instillent dans l'œil une dissolution d'extrait, tantôt ils se contentent de cerner cet organe avec un cercle de ce médicament.

Nos connaissances sur la nature du principe chimique auquel les solanées narcotiques doivent leurs propriétés n'ont pas encore toute la précision convenable. Un assez grand nombre d'observations paraissent cependant s'accorder à les attribuer à une ou plusieurs matières que leurs caractères associent aux alcalis végétaux.

M. Desfosses a annoncé le premier la présence dans ces plantes d'une base alcaline organique, et il lui a donné le nom de solanine. M. Morin assura depuis l'avoir rencontrée dans les fruits du *Solanum mammosum*. MM. Payen et Chevalier crurent l'apercevoir dans ceux du *Solanum verbascifolium*. Runge chercha à démontrer sa présence dans un assez grand nombre d'espèces ; et enfin, Brandes donna les noms d'atropine, daturine, hyosciamine, aux alcalis qu'il disait avoir obtenus de la belladone, du stramonium et de la jusquiame officinale. Cependant, les nombreux chimistes qui s'occupèrent de répéter ces expériences, n'obtinrent que des mélanges plus ou moins composés de diverses matières, et il fut bien entendu que, s'il existait des alcalis végétaux dans les solanées, ces matières n'avaient pu encore être obtenues à l'état d'isolement. Les doutes à ce sujet étaient d'autant plus sages, que Vauquelin, dont le talent d'analyse et l'exactitude ne sont pas contestés, avait isolé du *Solanum pseudokina* un composé d'une matière organique et de sous-malate de chaux et de potasse, qui présentait des caractères alcalins. Il fit observer que ce que l'on avait pris dans ces plantes pour des alcalis végétaux, pouvait bien n'être que des combinaisons du même genre.

Tel était l'état de nos connaissances, quand de nouvelles recherches entreprises sur ce sujet ont été publiées. M. Mein, pharmacien allemand, et M. Simes, aux États-Unis d'Amérique, paraissent être les premiers qui aient obtenu ces alcalis à l'état de pureté. Leurs recherches ont été constatées et enrichies par les travaux postérieurs de MM. Geiger et Hesse, et du docteur Otto.

L'atropine, la daturine, l'hyosciamine et la solanine, forment un groupe de principes immédiats, qui se rapprochent par l'ensemble de leurs propriétés de la classe des alcalis végétaux. L'atropine et la solanine ont été analysées, et l'azote a été trouvé au nombre de leurs éléments, de même que dans les autres alcalis connus. Les propriétés de ces quatre espèces d'alcalis des solanées se rapprochent beaucoup; elles sont cependant assez distinctes, pour qu'on ne doive pas les confondre encore les uns avec les autres.

L'atropine a été trouvée dans les racines, les feuilles et les tiges de la belladone. C'est une substance incolore, cristallisée en prismes soyeux transparents. Elle n'a pas d'odeur. Elle est fusible, et se volatilise un peu au-dessus de 100°. Elle se dissout très bien dans l'alcool absolu et dans l'éther. Elle est plus soluble dans ces deux liquides à chaud qu'à froid. L'eau froide en dissout $1/_{300}$ à la température ordinaire, et un peu plus quand elle est chauffée. Ces diverses dissolutions ramènent au bleu le papier de tournesol rougi par les acides. Elle se combine très bien aux acides, et elle forme avec eux des composés définis. Le sulfate et l'acétate d'atropine cristallisent facilement. On a plus de peine à faire cristalliser l'hydrochlorate et le nitrate.

La solution aqueuse d'atropine précipite abondamment en blanc par la noix de galle. Elle précipite en jaune par le chlorure d'or, et en isabelle par le chlorure de platine. Le précipité jaune citron qui se forme dans la dissolution d'or, devient peu à peu cristallin, et constitue une véritable combinaison d'atropine et de chlorure d'or.

L'atropine, abandonnée longtemps au contact de l'eau et de l'air, même à la température ordinaire, éprouve une altération remarquable. Les cristaux disparaissent, la liqueur prend une couleur jaune, et devient incristallisable. Elle laisse, par évaporation, une matière soluble dans l'eau, et d'une odeur nauséabonde. En cet état, l'atropine est restée aussi vénéneuse; et si on l'unit à un acide, et qu'on traite la liqueur par le charbon animal, les alcalis peuvent la précipiter avec toutes ses propriétés primitives.

L'atropine possède à un degré très remarquable la propriété de dilater la pupille des animaux. Elle produit d'ailleurs tout l'effet toxique et médical de la belladone.

L'Hyosciamine existe dans les feuilles et les semences de jusquiame. On l'extrait avec plus de facilité des semences. Elle est toujours plus difficile à obtenir que l'atropine, parce qu'elle est plus soluble dans l'eau. Elle a du reste un grand nombre de caractères communs avec cette première base.

L'hyosciamine cristallise en aiguilles soyeuses : sa saveur est âcre et désagréable ; elle dilate très fortement la pupille ; elle est volatile, presque sans décomposition ; toujours, cependant, il se fait un peu d'ammoniaque ; il s'en fait même quand on chauffe de l'hyosciamine avec de l'eau.

Elle est précipitée par le chlorure d'or en blanc jaunâtre ; mais le chlorure de platine ne la précipite pas.

Elle possède ce caractère remarquable de transformation qui se manifeste avec l'atropine au contact prolongé de l'eau et de l'air ; et de même encore que l'atropine, elle ne perd pas par là ses propriétés vénéneuses.

La Daturine existe dans les feuilles et les semences du *Datura stramonium*, et bien certainement dans les autres espèces du genre *Datura*. On l'obtient plus facilement que les alcalis précédents, parce qu'elle a plus de tendance à cristalliser. Elle se dépose, de ses dissolutions hydro-alcooliques, en prismes bien nets, incolores, très brillants et groupés. Elle est inodore. Sa saveur est peu amère, puis âcre et semblable à celle du tabac. Elle dilate fortement la pupille des animaux, et elle est très vénéneuse.

Elle est un peu volatile. 280 parties d'eau dissolvent 1 partie de daturine à la température ordinaire ; il suffit de 72 parties d'eau à l'ébullition. La solution se trouble par le refroidissement, sans que la daturine cristallise. A l'évaporation, on n'obtient pas de cristaux ; mais si l'on humecte la masse non cristalline, ou qu'on abandonne la solution à l'évaporation spontanée, la daturine cristallise. La daturine est soluble dans l'alcool ; elle est moins soluble dans l'éther, elle se comporte avec les alcalis comme l'hyosciamine ; ses sels cristallisent bien.

La Solanine, dont Desfosses a annoncé l'existence dans les feuilles et les tiges de douce-amère, a été isolée des germes de pommes de terre, par le docteur Otto, au moyen d'un procédé assez simple : il traite les germes par de l'eau acidulée sulfurique, et il précipite en même temps de la liqueur la matière extractive, l'acide sulfurique et l'acide phosphorique par l'acétate de plomb ; il sursature ensuite la liqueur par un lait de chaux, et il fait bouillir le précipité avec de l'alcool à 80° centésimaux. Il purifie l'atropine par des dissolutions alcooliques à plusieurs reprises.

La solanine est un alcali très faible ; ses sels se dessèchent pour la plupart en une masse gommeuse. Le sulfate seul s'effleurit en excroissances qui ressemblent à des choux-fleurs.

La solanine est pulvérente, brillante, nacrée. Elle ramène au bleu le papier de tournesol rougi par les acides.

La solanine paraît être très différente des autres alcalis des solanées. Elle ne dilate pas la pupille; elle agit comme un narcotique puissant, et elle manifeste une action paralysante énergique sur les membres postérieurs.

Je dois dire que, malgré tous ces travaux, l'entrée dans la science de toutes ces matières alcalines est encore contestée. Plusieurs chimistes n'ont pu obtenir ces alcalis. Quelques conditions essentielles de succès ont-elles été omises dans la description des procédés de fabrication? Tant d'observateurs s'accordent à dire qu'ils ont obtenu ces produits, qu'on ne peut guère douter de leur existence; mais de nouvelles recherches sont indispensables pour nous mettre à même de les obtenir à volonté. Je tiens de M. Brandes qu'une des conditions indispensables de succès est de ne laisser l'alcali végétal en contact avec l'alcali minéral qui le précipite, que pendant quelques instants, sinon il est détruit.

En outre de la matière fixe, quelle qu'elle soit, les solanées contiennent un principe volatil qui a surtout été étudié dans le tabac, sous le nom de nicotianine; toutes les solanées donnent par des distillations répétées une eau qui a tout à fait l'odeur du tabac, mais qui paraît avoir peu d'action sur l'économie animale. Il y a quelques années, qu'ayant fait, par de nombreuses cohobations, une eau distillée de belladone très concentrée, M. Velpeau, que j'ai prié de l'examiner, n'a pu en tirer aucun effet médical; en particulier, l'effet ordinaire sur la pupille ne se montra pas.

Les solanées employées en médecine ayant des propriétés communes, nous en ferons une histoire générale, en prenant pour type les préparations de la belladone, qui est, dans nos climats, l'espèce la plus active, et celle dont on fait le plus habituellement usage. A l'intérieur, ces plantes sont données sous forme de poudre, d'infusion, d'extrait, de teinture alcoolique, de teinture éthérée ; on emploie à l'extérieur les extraits, les huiles, les pommades et les emplâtres dont elles sont la base. C'est principalement pour combattre les affections nerveuses que l'on y a recours ; on commence par de petites doses que l'on peut élever successivement beaucoup plus haut.

§ I. PRÉPARATIONS QUI CONTIENNENT TOUTE LA SUBSTANCE DE LA BELLADONE.

POUDRE DE BELLADONE.

On prend la belladone séchée avec soin, on la pulvérise par contusion dans un mortier, en arrêtant l'opération quand les $^4/_5$ de la feuille ont été pulvérisés.

En pulvérisant des feuilles de belladone mondées, avec la précaution d'arrêter la pulvérisation aux $^3/_4$, j'ai trouvé qu'un poids égal de la poudre et du résidu donnaient, par l'alcool à 56ᵉ, un poids presque semblable d'extrait sec. La différence en faveur de la poudre est assez petite pour pouvoir être négligée. La poudre de belladone, faite avec la feuille non mondée et en arrêtant la pulvérisation aux $^3/_4$, est encore semblable, et l'on peut admettre, pour l'emploi médical, que la poudre de belladone représente la feuille elle-même.

Les feuilles de jusquiame mondées, ainsi que celles de stramonium mondées aussi, m'ont donné un semblable résultat.

Quand la plante a été séchée avec soin, la poudre de ces diverses solanées est un excellent médicament sur les effets duquel on peut compter entièrement ; mais il faut n'en préparer que de très petites quantités à la fois, car la belladone, comme les autres solanées, s'altère très rapidement sous cette forme.

§ II. PRODUITS PAR L'EAU.

L'eau dissout les parties actives des solanées ; on les retrouve dans le suc de la plante et dans le liquide qui résulte du traitement de la plante sèche par l'eau.

SUC DE BELLADONE.

Pr. : Belladone fraîche et mondée.,.......... Q. V.

On pile la plante dans un mortier et l'on en exprime le suc. Il est rarement employé seul ; il sert pour d'autres préparations ; on l'emploie tantôt dépuré et tantôt non dépuré. Il en est de même des sucs de :

Jusquiame,   Morelle,
Nicotiane,   Stramonium.

EXTRAIT DE BELLADONE.

On prépare avec la belladone plusieurs sortes d'extraits dont la valeur comparative n'a pas été bien établie. Le médecin qui les prescrit doit les distinguer nettement les uns des autres.

1° Extrait de belladone avec le suc dépuré.

On contuse la plante , on en exprime le suc, on pile de nouveau le marc et on le soumet à la presse. On porte alors le suc dans une bassine et on le chauffe à la chaleur du bain-marie ; quand il est coagulé on le passe à travers une étoffe de laine et on l'évapore en consistance d'extrait à la chaleur du bain-marie. Cet extrait ne contient ni l'albumine végétale, ni la chlorophylle, ni aucun des principes insolubles que le suc de la belladone peut renfermer.

Cet extrait a été adopté par le Codex ; il doit être donné toutes les fois qu'une prescription spéciale n'en indique pas positivement un autre.

2° Extrait de belladone avec le suc non dépuré.

On pile la belladone dans un mortier, on en exprime le suc avec les mains ; on pile de nouveau le résidu, on exprime encore entre les mains ; puis on le met à la presse. Le but de ces manipulations est de conserver dans le suc la plus grande quantité possible des parties insolubles ; quand on met immédiatement la plante pilée à la presse, une grande partie de ces matières reste emprisonnée dans le marc. On passe le suc trouble à travers un linge, seulement pour retenir les débris de plante qui ont été entraînées, puis on le partage en couches minces sur des assiettes et on le fait sécher à l'étuve, à une chaleur de 35 à 40° ; quand le suc est tout à fait desséché, on le tire de l'étuve, et quand il a attiré assez d'humidité atmosphérique pour être ramolli en consistance d'extrait, on l'enlève avec un couteau à lame tronquée et on le conserve dans des pots ou dans des flacons que l'on bouche exactement.

Cet extrait a l'avantage d'avoir été concentré à une douce chaleur, qui ne coagule pas l'albumine, et qui ne peut pas avoir altéré sensiblement les parties médicamenteuses du suc ; mais il contient toute l'albumine qui est inerte et toute la chlorophylle qui n'a pas plus de propriétés. L'augmentation de masse qui en résulte est-elle compensée par la meilleure conservation du suc, ou bien encore y a-t-il, dans la partie insoluble de la plante, quelques portions de principes actifs. Je suis peu disposé à admettre ce dernier point, car M. Martin-Solon ayant bien voulu, à ma demande, faire quelques essais à ce sujet, il a trouvé que les propriétés du coagulum du suc de belladone étaient à peu près nulles.

On prépare encore cet extrait en coagulant le suc par la chaleur, passant à travers une toile, évaporant la liqueur en consistance d'extrait mou, y ajoutant le coagulum et continuant l'évaporation en consistance d'extrait ; mais l'évaporation à l'étuve sans coagulation est préférable, car la coagulation de l'albumine ne peut rien ajouter aux qualités de l'extrait, et plus probablement les diminue.

3° Extrait de belladone par l'eau.

On réduit la belladone en poudre demi-fine, on l'humecte avec la moitié de son poids d'eau froide, et on la traite par déplacement avec de l'eau à 20°, avec la précaution de cesser de recueillir les liqueurs aussitôt qu'elles passent peu chargées ; on les chauffe, on les passe et on les évapore promptement à la température du bain-marie. L'expérience a appris que la matière active de la belladone se retrouve dans la liqueur aqueuse, et comme la belladone se prête bien à la lixiviation et que les produits sont assez concentrés pour ne pas rester longtemps sur le feu, l'extrait de belladone préparé de cette manière doit être efficace ; il est rarement demandé.

On prépare par les mêmes procédés les divers extraits de :

Jusquiame ,   Stramonium.

Pour ces plantes également, l'extrait qui doit être donné quand il n'y a pas de prescription spéciale, est l'extrait fait avec le suc dépuré.

Il est bien difficile d'établir une comparaison exacte entre les divers extraits de ces plantes solanées. Voici cependant, pour chacune d'elles, quelques rapports approximatifs, suffisants pour la pratique. Ils sont basés sur la quantité d'extrait que j'ai obtenu des feuilles mondées de ces plantes sèches, en les épuisant par l'eau distillée. J'ai recherché combien l'extrait préparé avec le suc non dépuré fournit d'extrait soluble à l'eau quand on le reprend par l'eau distillée et que l'on évapore la liqueur après en avoir séparé le coagulum albumineux. J'admets, en outre, comme identiques, les extraits obtenus par l'eau ou par le suc dépuré.

BELLADONE.

1 partie d'extrait de suc dépuré représente : 1   extrait par l'eau;
2,6 extrait de suc non dépuré;
2,7 poudre.

JUSQUIAME.

1 partie d'extrait de suc dépuré représente : 1   extrait par l'eau;
2,6 extrait de suc non dépuré;
4   poudre.

STRAMONIUM.

1 partie d'extrait de suc dépuré représente : 1   extrait par l'eau;
2,6 extrait de suc non dépuré;
2,7 de poudre.

Les plantes solanées sont souvent employées sous forme d'extraits; quand ceux-ci ont été préparés avec soin, ce sont de bons médicaments. On les administre en solution dans l'eau, soit en potions, soit pour des lotions ou des injections. On leur donne souvent la forme de pilules.

SIROP DE BELLADONE.

Pr. : Extrait de belladone, trente-deux grains...   1,7 grammes.
Eau distillée, une once..................   32
Sirop simple, une livre.................   500

On fait dissoudre l'extrait dans l'eau, on filtre ; on mélange la liqueur au sirop et on la ramène par l'ébullition à 30 degrés. Chaque once de sirop contient 2 grains (1 décigramme) d'extrait.

On prépare de même les sirops de :

Jusquiame,   Stramonium.

CÉRAT DE BELLADONE.

Pr. : Extrait de belladone. 1
Cérat de Galien. 4

Mêlez. Conseillé par Mme Lachapelle, dans les spasmes de l'utérus.

HYDROLÉ DE BELLADONE.

L'eau se charge très bien par infusion des principes actifs des solanées, et la forme d'infusion devrait être plus souvent employée, car elle fournit les parties médicamenteuses de ces plantes dans un excellent état ; elle évite les altérations qui ne résultent que trop souvent de l'évaporation des liqueurs.

A l'intérieur, on doit employer quelques grains de feuilles que l'on fait infuser dans l'eau bouillante.

Quand l'infusion de belladone est destinée à des injections ou des fomentations, on emploie une once (32 grammes) de plante sèche par litre. On emploie, à la même dose et pour le même usage, les feuilles de stramonium, de morelle et de jusquiame. On emploie, encore sous le nom de Fomentation ou Injection narcotique, l'infusion d'une once du mélange de ces 4 plantes fait à parties égales.

FUMIGATION DE BELLADONE.

Pr. : Infusion de sauge, un litre. . . . . 1000 grammes.
Poudre de belladone, un gros. 4

On mêle ces matières dans un flacon à fumigations et l'on opère à la manière ordinaire à une température de 40 à 50° (*Voyez* page 326). On augmente toutes les 24 heures la dose de belladone de $^1/_2$ gros à 1 gros (2 à 4 grammes). Ces fumigations sont recommandées par le docteur Furster pour combattre la coqueluche ; on les a conseillées également aux phthisiques.

§ III. PRODUITS PAR L'ALCOOL.

Extrait alcoolique de belladone.

On mêle la poudre de belladone avec la moitié de son poids d'alcool à 56° (21° Cart.). On la place, en la tassant, dans l'appareil à lixiviation, et, au bout de douze heures, on la lessive avec 3 parties d'alcool au même degré. On chasse celui-ci au moyen de l'eau, en ayant soin de s'arrêter aussitôt que la liqueur qui passe fait naître un trouble dans les premières liqueurs.

On distille les liqueurs pour en retirer l'alcool et on les évapore au bain-marie en consistance d'extrait. Cet extrait ne contient pas l'albumine, car elle a été coagulée par l'alcool; mais il contient la chlorophylle et bien certainement la partie active de la plante. M. Fouquier a prouvé que cet extrait est actif, mais il ne l'a pas essayé comparativement avec les autres extraits.

En prenant pour base les quantités relatives d'extrait fournies par la belladone mondée, épuisée par l'eau ou par l'alcool à 56°, on arrive aux rapports suivants:

1 partie extrait alcoolique représente :

3	poudre de belladone.
1,08	extrait de suc dépuré.
1,08	— par l'eau.
2,8	— de suc non dépuré.

L'*extrait alcoolique de jusquiame* se prépare comme celui de belladone. La jusquiame donne les rapports suivants :

1 partie extrait alcoolique de jusquiame représente :

4,5	poudre de jusquiame.
1,1	extrait de suc dépuré.
1,1	— par l'eau.
3	— de suc non dépuré.

L'*extrait alcoolique de stramonium* se prépare encore comme les précédents. Le stramonium nous offre les rapports suivants :

1 partie extrait alcoolique de stramonium représente :

2,8	poudre de stramonium.
1	extrait de suc dépuré.
1	— par l'eau.
2,6	— de suc non dépuré.

Ce qu'il est important de remarquer ici, c'est l'abondante proportion des parties insolubles contenues dans les extraits faits avec le suc non dépuré et qui établit une grande différence entre eux et les extraits solubles. 100 parties d'extrait de suc non dépuré de belladone m'ont fourni 38 parties seulement d'extrait soluble. Il est assez curieux que les extraits de stramonium et de jusquiame en aient produit exactement une semblable quantité.

Ce qu'il faut remarquer encore, c'est que la quantité d'extrait alcoolique et d'extrait aqueux fournis par ces plantes est la même ou peu différente. Une abondante quantité de matière verte et de matières huileuses vient remplacer dans les extraits alcooliques les principes gommeux, plus abondants dans les extraits que l'on a obtenus par l'eau.

EMPLÂTRE DE BELLADONE.

Pr. : Extrait alcoolique de belladone.............. 9
Résine élemi........................... 2
Cire blanche........................... 1

On fait liquéfier la cire et la résine, on y ajoute l'extrait que l'on incorpore facilement. Cette formule est fort bonne ; elle a été donnée par M. Planche.

On prépare de même les emplâtres de :

Jusquiame, Stramonium.

TEINTURE ALCOOLIQUE DE BELLADONE.

Pr. : Belladone sèche........................ 1
Alcool à 56° (21° Cart.)................. 4

Faites macérer pendant 15 jours ; passez avec expression et filtrez.

L'alcool faible dissout très bien les parties médicamenteuses de la belladone. On prépare de même les teintures de :

Jusquiame, Stramonium.
Nicotiane,

1 partie des teintures précédentes représente :

0,23 belladone mondée sèche.
0,23 poudre de belladone.
0,08 extrait alcoolique de belladone.
0,24 jusquiame sèche mondée.
0,24 poudre de jusquiame.
0,05 extrait alcoolique de jusquiame.
0,23 stramonium sec mondé.
0,23 poudre de stramonium.
0,08 extrait alcoolique de stramonium.

ALCOOLATURE DE BELLADONE.

Pr. : Belladone fraîche...................... 1
Alcool à 86° (34° Cart.).................. 1

On contuse la plante, on verse dessus l'alcool, et, après quelques jours de macération, on passe avec expression et l'on filtre.

Ce genre de préparation conserve parfaitement toutes les propriétés des solanées fraîches. On prépare de même que l'alcoolature de belladone ceux de :

Jusquiame,   Stramonium.

1 gros d'alcoolature de belladone représente :   6   grains belladone sèche.
       2   —   extrait alcoolique.
1 gros d'alcoolature de jusquiame représente :   5   —   jusquiame sèche.
       1,1   —   extrait alcoolique.
1 gros d'alcoolature de stramonium représente :   3,7   —   stramonium sec.
       1,3   —   extrait alcoolique.

§ IV. PRODUITS PAR L'ÉTHER.

TEINTURE ÉTHÉRÉE DE BELLADONE.

Pr. : Belladone sèche.......................... 1
     Éther sulfurique.......................... 4

On réduit la belladone en poudre demi-fine, on l'introduit dans l'appareil à lixiviation de M. Robiquet et l'on traite par l'éther ; quand celui-ci a épuisé son action, on déplace par l'eau la portion de liqueur éthérée qui a été retenue par la poudre.

Suivant les observations de Ranque, la teinture éthérée de belladone doit être active.

On prépare de même les teintures éthérées de

Jusquiame,   — Stramonium.

§ V. PRODUITS PAR LES CORPS GRAS OU RÉSINEUX.

HUILE DE BELLADONE.

Pr. : Feuilles fraîches de belladone.............. 1
     Huile d'olives............................ 2

On contuse la plante, on la fait bouillir sur un feu doux jusqu'à ce que toute l'eau de végétation soit dissipée ; on laisse digérer quelques heures encore ; on passe avec forte expression et l'on clarifie par le repos ou par le filtre. L'huile dissout-elle le principe narcotique des solanées ?

On prépare de même les huiles de

Jusquiame,   Stramonium.

BAUME TRANQUILLE.

Pr. : Feuilles fraîches de belladone, quatre onces.....   125 grammes.
     —   jusquiame noire, quatre onces.   125
     —   morelle, quatre onces:.........   125

Feuilles fraîches de nicotiane, quatre onces...... 125
— —   pavot blanc, quatre onces... 125
— —   stramonium, quatre onces... 125
Sommités sèches d'absinthe, une once. 32
— —   hysope, une once......... 32
— —   lavande, une once. 32
— —   marjolaine, une once. 32
— —   menthe aquatique, une once.. 32
— —   — coq, une once...... 32
— —   millepertuis, une once....... 32
— —   rue, une once............ 32
— —   sauge, une once.......... 32
— —   thym, une once.......... 32
Fleurs sèches de sureau, une once............ 32
— —   romarin, une once.......... 32
Huile d'olives, six livres.................... 3000

On contuse les plantes fraîches dans un mortier, on les met avec l'huile d'olives dans une bassine de cuivre, et on les fait cuire sur un feu ménagé jusqu'à ce que l'eau de végétation soit dissipée ; on passe avec forte expression et l'on verse l'huile encore chaude sur les plantes sèches incisées ; après 15 jours de macération, on passe de nouveau avec expression et l'on clarifie par le repos.

Le baume tranquille est une dissolution dans l'huile des principes narcotiques des solanées et de l'huile essentielle des plantes aromatiques. On l'emploie en frictions contre les douleurs rhumatismales.

Le baume tranquille prend souvent une apparence caillebottée, quelque temps après qu'il a été préparé, parce qu'une partie de la matière colorante verte des plantes se précipite ; cette substance se redissout à une légère chaleur pour se précipiter de nouveau par le refroidissement.

On doit conserver le baume tranquille à l'abri de la lumière, autrement, comme l'a observé M. Save, il prendrait une couleur jaunâtre.

POMMADE DE BELLADONE.

Pr. : Belladone fraîche...................... 1
Axonge............................. 2

On opère de même que pour l'huile de belladone ; seulement on exprime à chaud, et l'on sépare les fèces après le refroidissement de la pommade. On prépare de même les pommades de :

Jusquiame,   Nicotiane,
Morelle.   Stramonium.

La pommade de nicotiane portait autrefois le nom de baume vert.

RACINE DE BELLADONE.

La racine de belladone, bien que très active, est rarement usitée en médecine. Elle est la base de la poudre de Wetzler.

POUDRE DE WETZLER.

Pr. : Poudre de racine de belladone, dix-huit grains.   1
     Sucre, un gros.................................. 4

Divisez en 72 prises. On en donne de 2 à 6 prises pas jour dans la coqueluche des enfants.

FRUITS ET SEMENCES DE BELLADONE.

Les fruits et semences des solanées, bien que très actifs, sont peu usités. La semence de jusquiame entre dans la composition des pilules de Cynoglosse. Voici quelques formules usitées.

ROB DE BELLADONE.

On prend les baies de belladone à maturité, on en extrait le suc, on le chauffe à la chaleur du bain-marie, on le passe et on l'évapore en consistance d'extrait. On prépare de même un extrait avec les capsules vertes du *Datura stramonium*.

EXTRAIT DE SEMENCES DE STRAMONIUM.

Pr. : Semences de stramonium................... 1
     Alcool à 56c (21° Cart.)..................... 6

On passe les semences au moulin et on les traite par l'alcool à chaud, à deux reprises ; les liqueurs refroidies et filtrées sont évaporées en consistance d'extrait ; on redissout l'extrait dans une petite quantité d'eau ; on filtre et l'on évapore de nouveau en consistance d'extrait. Une livre de semence m'a fourni 9 gros d'extrait ou 11 p. cent.

Le produit est huileux, mais beaucoup moins que celui que l'on obtient par la décoction aqueuse, suivant la méthode du docteur Marcet. En faisant bouillir les semences dans l'eau, le liquide est trouble et il s'en sépare beaucoup d'huile, surtout pendant la concentration; malgré le soin que l'on peut mettre à la séparer, l'extrait est encore très huileux et n'a pas d'homogénéité. Une livre de semences traitée par cette méthode m'a donné 2 onces ¼ d'extrait ou 16 p. cent.

VIN DE SEMENCES DE STRAMONIUM.

Pr. : Semences de stramonium...................	2
Alcool rectifié...........................	1
Vin de Malaga............................	8

F. S. A. (Pharmacopée batave).
C'est une bonne préparation.

POTION SÉDATIVE.

Pr. : Semences de jusquiame, dix-huit grains......	1
Amandes douces, deux gros...............	8
Eau, quatre onces......................	125

On réduit les semences de jusquiame en poudre fine par trituration dans un mortier de marbre; on ajoute les amandes et on fait une émulsion à la manière ordinaire (Ph. Batave).

TABAC.

(Nicotiana tabacum.)

Posselt et Reimann ont trouvé dans les feuilles de tabac :

Nicotine; nicotianine; extractif; gomme; chlorophylle; albumine végétale; gluten; amidon; acide malique; sels.

La nicotine, étudiée d'abord par Posselt et Reimann, l'a été depuis par MM. Boutron et Henry. On l'obtient par le même procédé que la cicutine (*Voyez* page 561), avec laquelle elle a beaucoup d'analogie, en remplaçant la ciguë par les feuilles de tabac.

La nicotine a surtout été étudiée par MM. Henry et Boutron. Elle a été trouvée dans les feuilles de tabac, fermentées ou non, et dans les racines de la plante. C'est une base alcaline puissante et un poison des plus violents. Elle renferme beaucoup d'azote. Elle est ordinairement liquide ; mais elle laisse déposer, par évaporation dans le vide, de petits cristaux blancs que l'on peut à peine recueillir tant ils sont déliquescents. La nicotine n'a pas sensiblement d'odeur à froid ; celle-ci se développe quand on la chauffe. Elle fournit des vapeurs excessivement âcres qui ont l'odeur propre au tabac. Sa saveur est âcre et caustique ; elle pro-

duit une sorte d'engourdissement de l'arrière-bouche. Elle est volatile. La lumière l'altère assez promptement et la colore en brun;
cet effet se produit plus rapidement encore sous l'influence
des alcalis. Elle est très soluble dans l'eau, l'alcool, l'éther, les
huiles fixes et volatiles. Elle sature très bien les acides. C'est une
base puissante dont la capacité de saturation est telle que 100 parties saturent environ 5 parties d'acide sulfurique réel. Les
sels de nicotine sont cristallisables, déliquescents, solubles dans
l'eau et dans l'alcool; les alcalis et le tannin les précipitent. Quand
on chauffe leur dissolution, ils perdent une partie de leur base et
se transforment en sels acides à la manière des sels ammoniacaux.

La nicotine existe à l'état de combinaison dans la plante, qui en
contient de 4 à 12 p. 1000. Le tabac fermenté en contient moins,
quoiqu'il soit plus odorant; c'est qu'une partie de la nicotine a été
détruite par la fermentation; mais l'ammoniaque qui s'est formée
a mis en liberté une partie de nicotine, dont l'odeur se fait sentir,
surtout à l'aide de l'ammoniaque qui lui sert de véhicule.

La nicotianine, d'après les observations de MM. Henry et Boutron, est une espèce d'huile volatile solide qui ne paraît avoir
aucune influence sur les propriétés du tabac. Elle doit les propriétés qu'on lui a attribuées à son mélange avec de la nicotine.

On emploie en médecine le tabac qui a subi une fermentation.
C'est un médicament extrêmement âcre, fort dangereux, qui peut
même agir à la manière des substances corrosives; en poudre,
on l'emploie comme sternutatoire; on l'ordonne en fumigations
dans le rectum chez les noyés; on l'administre en lavements à la
dose de ½ gros à 1 gros dans la paralysie, la léthargie; à l'extérieur
c'est un remède populaire pour guérir la gale et les dartres.

DOUCE-AMÈRE.

(Solanum dulcamara.)

La douce-amère doit son nom à sa saveur en même temps
amère et sucrée. On l'emploie dans les maladies de la peau, les
douleurs rhumatismales, la syphilis; elle paraît augmenter la
transpiration. Ceux qui font un usage continué de cette plante,
éprouvent souvent de légers mouvements convulsifs, des éblouissements qui obligent d'en suspendre l'emploi. Ces effets sont dus
sans doute à la solanine que M. Desfosses a trouvée dans les tiges
et dans les feuilles de la plante.

La matière sucrée de la douce-amère a reçu de Pfaff le nom de picroglycion. Elle se présente sous la forme de petits cristaux isolés, d'une saveur en même temps douce et amère; ils sont parfaitement fusibles. L'eau, l'alcool et l'éther acétique les dissolvent facilement; ils sont moins solubles dans l'éther sulfurique; ils ne sont précipités de leur dissolution ni par les sels métalliques, ni par la noix de galle. Pour obtenir cette matière sucrée, il faut épuiser par l'alcool l'extrait aqueux de douce-amère, distiller, dissoudre le résidu dans l'eau, précipiter la dissolution par l'acétate basique de plomb, séparer l'excès de plomb par l'hydrogène sulfuré, et évaporer à siccité. Le produit traité par l'éther acétique donne une solution, dont le picroglycion se dépose en cristaux par l'évaporation spontanée.

La douce-amère n'est guère employée que sous forme de tisane ou d'extrait. Elle cède très bien à l'eau par infusion ses principes solubles.

EXTRAIT DE DOUCE-AMÈRE.

Pr.: Tiges sèches de douce-amère.............. Q. V.

Eau à 20°............................. S. Q.

Réduisez la douce-amère en poudre demi-fine, humectez-la avec la moitié de son poids d'eau; après 2 heures de contact, tassez-la assez fortement dans l'appareil à déplacement et lessivez. Évaporez les liqueurs au bain-marie en consistance d'extrait.

TISANE DE DOUCE-AMÈRE.

Pr.: Tiges de douce-amère sèches et concassées,
    cinq gros......................... 20 grammes.
Eau bouillante, deux livres.............. 1000

Faites infuser pendant 2 heures et passez (Hôp. de Paris).

SIROP DE DOUCE-AMÈRE.

Pr.: Douce-amère......................... 1
Sirop de sucre......................... 8

On fait infuser la douce-amère dans 2 parties ½ d'eau; on passe sans expression; on fait une seconde infusion que l'on mêle au sirop, et l'on évapore jusqu'à ce que toute cette première infusion soit évaporée et que le sirop ait perdu en outre un poids égal à celui de la première liqueur de douce-amère; on ajoute alors brusquement cette première liqueur, et l'on passe le sirop à travers un blanchet.

Chaque once (32 grammes) de sirop contient la substance de 1 gros (4 grammes) de tiges de douce-amère.

FÉCULE DE POMMES DE TERRE.

La fécule de pommes de terre est blanche, insipide, inodore, ses grains sont ovoïdes, deux fois plus gros que ceux de l'amidon de blé ; elle contient plus d'eau hygrométrique. Elle la perd à + 100°.

La fécule de pommes de terre est employée comme alimentaire ; on en prépare une tisane, de la gelée, des cataplasmes.

TISANE DE FÉCULE.

Pr. : Fécule de pommes de terre, deux gros..........   8 grammes.
Eau..   S. Q.

Délayez la fécule dans deux onces d'eau froide ; portez le reste de l'eau à l'ébullition, versez-y la fécule délayée, continuez à faire bouillir pendant un quart d'heure ; vous obtiendrez un litre de tisane que vous passerez au travers d'une étamine, et que vous édulcorerez à volonté.

GELÉE DE FÉCULE.

Pr. : Fécule de pommes de terre, une once........   32 grammes.
Sucre, quatre onces.   125
Eau, une livre.................................   500

On fait dissoudre le sucre dans l'eau, on porte à l'ébullition, et l'on verse la fécule que l'on a délayée dans un peu d'eau froide, après quelques bouillons on coule dans un pot.

CATAPLASME DE FÉCULE.

Pr. : Fécule de pommes de terre, deux onces......   64 grammes.
Eau commune, une livre................   500

Mettez l'eau sur le feu, et quand elle entrera en ébullition, versez-y brusquement la fécule que vous aurez délayée dans deux ou trois onces d'eau froide, faites jeter un ou deux bouillons et retirez du feu.

Le cataplasme fait avec la fécule est fort léger, et sous ce rapport il est préférable dans les cas où le malade supporte difficilement le poids d'un cataplasme plus lourd.

FIN DU PREMIER VOLUME.

www.ingramcontent.com/pod-product-compliance
Lightning Source LLC
Chambersburg PA
CBHW071521120726
47907CB00012B/45